Erika Mann:
Briefe und Antworten
Band 2: 1951–1969

Herausgegeben von
Anna Zanco Prestel

Deutscher
Taschenbuch
Verlag

dtv

Ungekürzte Ausgabe
März 1988
Deutscher Taschenbuch Verlag GmbH & Co. KG,
München

ISBN 3-7707-0209-3
Umschlaggestaltung: Celestino Piatti unter Verwendung eines
Fotos von Erika Mann (Ellermann Verlag)
Gesamtherstellung: C. H. Beck'sche Buchdruckerei,
Nördlingen
Printed in Germany · ISBN 3-423-10864-9

Das Buch

Der zweite Band der Korrespondenz Erika Manns umfaßt – in chronologischer Reihenfolge – 138 Briefe aus den Jahren 1951–1969: Die enttäuschte Abkehr der Familie Mann von den USA bedeutet auch Erikas Rückzug als Publizistin und eine stärkere Hinwendung zum Werk ihres Vaters. Sie wird Bevollmächtigte für alle Thomas-Mann-Verfilmungen und verwaltet nach dessen Tod auch den literarischen Nachlaß. Vom Schweizer Wohnsitz der Familie aus entwickelt Erika Mann einen regen brieflichen Meinungsaustausch. Hauptthemen ihres umfangreichen Briefwechsels sind neben dem Œuvre Thomas Manns die Politik der USA in der McCarthy-Ära und in Vietnam, die Schwierigkeiten der Deutschen, ihre nationalsozialistische Vergangenheit aufzuarbeiten, der Mephisto-Prozeß und die Neuausgabe der Werke ihres Bruders Klaus. »Die Briefe erzählen«, schreibt Albert von Schirnding in der ›Süddeutschen Zeitung‹, »die bei aller äußeren Bewegtheit erstaunlich kontinuierliche Geschichte der – von ihrer Verfasserin exemplarisch repräsentierten – kritischen Intelligenz unseres Jahrhunderts ... Daneben, darüber, darunter all das unnachahmlich Persönliche einer zur Liebe wie zum Haß, zum Witz wie zur Wut in außerordentlichem Maße begabten Frau.«

Die Autorin

Erika Mann, Tochter von Thomas und Katia Mann, wurde am 9. November 1905 in München geboren, gründete das antinationalsozialistische Kabarett »Die Pfeffermühle« und arbeitete u.a. als Schriftstellerin, Schauspielerin und engagierte politische Kämpferin. In erster Ehe war sie mit Gustaf Gründgens verheiratet. Während der Nazizeit emigrierte sie zunächst in die Schweiz, 1936 in die USA. Die Ära McCarthy ließ sie schließlich wieder in die Schweiz zurückkehren. Sie starb am 27. August 1969 in Kilchberg bei Zürich.

Inhalt

1. ABSCHIED VON AMERIKA

Erika Manns Beziehung zu ihrem Vater intensivierte sich anfangs der fünfziger Jahre. An Thomas Manns[1] *Entschluss, einem intolerant gewordenen Amerika den Rücken zu kehren und sich am Zürichsee niederzulassen, war sie maßgeblich beteiligt.*

Auch als »Helferin«[2] *wurde Erika von ihrem Vater jetzt stärker in Anspruch genommen; ein Schwerpunkt ihrer Mitarbeit war die Fortsetzung des Romanfragments »Felix Krull«.*

Der 1953 gedrehte Film »Königliche Hoheit«[3] *steht am Anfang einer Reihe von Verfilmungen aus dem epischen Werk Thomas Manns. Erika, die in »Königliche Hoheit« die Rolle der »Schwester Amalie« spielte, hatte im Auftrag ihres Vaters die Übertragung des Romans ins Filmische betreut und zeichnete für sie, wie auch für einige der späteren Thomas Mann-Verfilmungen »mitverantwortlich«. Sie verbrachte damals viele Wochen in Göttingen.*

Etwa zur gleichen Zeit begann Erika mit zahlreichen, aber lange erfolglosen Bemühungen, für die im Exil erschienenen Bücher ihres Bruders Klaus[4] *einen Verlag in Deutschland zu finden.*

1 1875–1955; Nobelpreis für Literatur 1929. **2** Vgl. Bd. I, S. 218. **3** Im Dezember 1951 hatte Thomas Mann einen Vertrag mit der Filmaufbau GmbH, Göttingen, über die Verfilmung des Romans »Königliche Hoheit« geschlossen. Da der Film »in fürchterlichem Zustand zu sein schien«, schaltete er im September 1953 seine Tochter Erika »gewaltsam« ein. Sie handelte als »Verbindungsoffizier« zwischen der Filmproduktion und dem Autor und konnte als »genaue Kennerin all seiner Intentionen« an der Entstehung des Drehbuchs (Hans Hömberg und Georg Hurdalek) mitwirken. Regie führte Harald Braun. **4** Klaus Mann (1906–49; Selbstmord). EM war nach seinem Tod Inhaberin der Urheberrechte geworden.

AN HERMANN HESSE[1] Pacific Palisades, 26.4.1951

Sehr lieber und verehrter Herr Hesse:
Scheinbar zumindest habe ich mich garstig und undankbar betragen. Wie nett war es doch von Ihnen, mir Ihre Weihnachtsgeschichte[2] (mit den Kindererzählungen) zu schicken, wie sehr habe ich mich darüber gefreut, und wie herzlich haben die Märchen mich interessiert und gerührt. Und erst heute, um die Pfingstzeit, sollt ich denken, danke ich Ihnen für diese Sendung. Auch sonst hätte es sich gehört, daß ich einmal berichtet hätte von unserem Ergehen hier und von unseren Plänen. Nun bin ich aber eigentlich den ganzen Winter über ein wenig krank, – oder doch jedenfalls nicht gesund gewesen; vor drei Wochen hat man mich schließlich aufs umständlichste (zweieinviertel Stunden lang) operiert – […].
Wie Sie wissen, hatten wir sehr damit gerechnet, im Frühling, oder doch spätestens im Frühsommer drüben zu sein. Und nun zieht sich die Abwicklung unserer hiesigen Dinge hin, über alles Erwarten, und noch wissen wir nicht, wann und ob überhaupt dieses Jahr wir wegkommen werden.
Gewiß hat mein Vater Ihnen schon gesagt, wie sehr er sich über die schönen Dinge gefreut hat, die Sie dem lieben Basler[3] bezüglich des »Erwählten«[4] für ihn aufgetragen. Generaliter ist das Echo, das dies Büchlein bei solchen findet, an denen einem gelegen ist, eine der wenigen Erfreulichkeiten dieser letzten Wochen. Im übrigen gibt es *ungewöhnlich* viel Ärger. Ein politisches Kesseltreiben[5] gegen T.M., wie es selbst die Nazis im Jahre 33 infamer nicht veranstalten konnten, kostet uns viel Zeit und Nerven. Geld auch, da, angesichts all der blödsinnigen Anschuldigungen, die Bücher sich schlecht verkaufen. Aber was rede ich? Sie kennen sich aus. Lassen Sie mich Ihnen bei dieser Gelegenheit sagen, wie sehr ich damals Ihren Aufsatz[6] in der »Neuen Zeitung« bewundert habe, von dem ich mir vorstellen kann, daß er Ihnen viel dämlich-Feindliches eingetragen hat, – auch viel Dank, sollt' ich freilich denken, von solchen, die nach derlei Seltenstem dürsten.
Da ich noch immer hoffe, daß es im Sommer ein Wiedersehen geben wird, und außerdem meine augenblickliche Schwächlich-

keit meine Qualitäten als Korrespondentin noch herabsetzt, schließe ich mit
den allerherzlichsten Grüßen und Wünschen für Sie beide als immer und sehr die Ihre Erika Mann

1 Hermann Hesse (1877–1962), Schriftsteller; lebte seit 1914 in der Schweiz, war seit 1923 Schweizer Staatsbürger und stand in enger geistiger Verbindung mit Thomas Mann. EM verehrte ihn sehr und schrieb ihm seit 1950 regelmäßig. **2** »Weihnacht mit zwei Kindergeschichten«, 1950; in: Hermann Hesse, »Späte Prosa«, Berlin (Suhrkamp) 1951. **3** Otto Basler (1902–1984), Schweizer Lehrer und Essayist; gemeinsamer Freund von Hermann Hesse und Thomas Mann. Vgl. auch Bd. I, S. 263. **4** Thomas Manns Roman »Der Erwählte« (1951). **5** Ende März 1951 hatte Eugene Tillinger, Redakteur der Zeitschrift »Freeman«, Thomas Mann prokommunistische Tendenzen vorgeworfen. Dieser nahm in einem »Offenen Brief« unter dem Titel »Ich stelle fest: Thomas Mann gegen seine Verleumder« im New Yorker »Aufbau« v. 13.4.1951 Stellung dazu. Weitere heftige Angriffe der amerikanischen Presse gegen seine politische Haltung wirkten mit bei der Aufgabe des Wohnsitzes in Kalifornien. **6** »Antwort auf Briefe aus Deutschland«, 1950; erstmals unter dem Titel »Kriegsangst« in *National-Zeitung*, Basel, v. 22.10.1950. Ferner in: Hermann Hesse, »Briefe«, Berlin (Suhrkamp) 1951.

VON HERMANN HESSE [Montagnola] Mai 1951

Liebe Frau Erika
Die Gicht – quella puttana maledetta[1], nannte sie eine greise Nachbarin einmal – läßt mir zweieinhalb bis drei Finger zum Gebrauch übrig, mit deren Machwerk Sie vorlieb nehmen müssen.
So sehr ich mich gefreut habe, Ihren lieben Brief zu bekommen, bin ich doch sehr betrübt über seine schlechten Nachrichten, über die Sie und Ihr Befinden betreffenden besonders. Die andern, aus der Atmosphäre kommenden und Ihr ganzes Haus betreffenden Übel, so viel ich drum gäbe sie aus der Welt zu schaffen, sind nicht unerwartet und werden doch zu einem Teil aufgewogen durch die Aufnahme, die der »Erwählte« findet. Was man von deutschen Lesern darüber an entzücktem Lobe hört, klingt oft wie aus einem Bedürfnis nach einer späten Kompensation angetaner Unbill kommend. Bei uns waren die

Abende, an denen Ninon[2] mir das Buch vorlas, eine richtig festliche Zeit, es müßten Ihrem Vater und Ihnen allen dreien die Ohren geklungen haben.
Mit Freund Suhrkamp[3], der kürzlich eine Woche bei uns war, teils um sich ein bißchen zu erholen, teils um Nötiges zu besprechen, haben wir auch eingehend und herzlich von Ihrem Gedächtnisbuch[4] für Klaus gesprochen.
Sonst ging es bei uns sehr still und oft etwas gedrückt zu, das Klapprigwerden und die ewigen Schmerzen machen mich nicht angenehmer, doch sprechen wir beide auf die Freuden der Lektüre und der Musik noch gut an. Und da gab es neulich eine festliche Sache: Freund Adolf Busch[5], mit seinem Quartett nach Rom unterwegs, unterbrach die Reise in Lugano und kam mit seinen Leuten herauf, um uns zwei Stunden Quartette von Mozart und Beethoven zu spielen.
Im Augenblick haben wir wieder Besuch, unsere Hauspatronin[6] ist für acht Tage da, um sich etwas auszuruhen, sie ist Ninons beste Freundin und ist auch mir seit den Zeiten, da sie einst das schönste Mädchen von Zürich war, gut befreundet, ihr Mann ist der Gönner, der uns das Montagnoleser Haus gebaut hat.
Mit meinem Aufsatz[7] über Kriegspsychose im letzten Herbst ging es mir genau wie Sie vermuten: einige rührende Zustimmungen und sehr viel mehr Schandbriefe. Die berühren mich kaum mehr, aber was mir ein wenig schmerzlich ist, ist das Kuriosum, daß die extremen Nationalisten in Westdeutschland das Wort »Glasperlenspieler«[8], das bisher mein hübsches kleines Eigentum gewesen war, als Schimpfwort in Broschüren und Prospekten benutzen. Doch auch dies läßt sich ertragen und vergessen.
Mein Buch »Briefe«[9], das um Ostern hätte erscheinen sollen, hat sich durch meine eigne Schuld verspätet, wird aber gegen den Sommer hin doch kommen und auch nach Pacific Palisades[10] reisen.
Herzlich denkt Ihrer und grüßt Sie mit den Ihren, auch im Namen von Ninon, Ihr H. Hesse

1 Ital.: jene verdammte Hure. **2** Ninon Dolbin geb. Ausländer (1895–1966), Kunsthistorikerin und Archäologin; dritte Ehefrau von Hermann Hesse. **3** Peter Suhrkamp (1891–1959), Redakteur im Ullstein Zeitschriften Verlag, seit 1932 Redakteur der »Neuen Rundschau« des S. Fischer Verlags. Nach der Auswanderung von G. Bermann Fischer übernahm er 1936 die Leitung des in Deutschland verbliebenen S. Fischer Verlags. 1944 von der Gestapo verhaftet, in verschiedenen Gefängnissen, schließlich ins KZ Sachsenhausen verbracht; Freilassung im Februar 1945. Neuaufbau des S. Fischer Verlags in Berlin, später in Frankfurt. Nach einem Zerwürfnis mit Bermann Fischer gründete er 1950 den Suhrkamp Verlag. **4** »Klaus Mann zum Gedächtnis«, Amsterdam (Querido) 1950. **5** Adolf Busch (1891–1952), Violinist; er gründete 1919 das »Busch-Quartett« in Berlin. 1926 nach Basel, 1940 in die USA emigriert. **6** Elsy Bodmer, Ehefrau von Hesses Freund und Gönner Hans C. Bodmer (1891–1956). **7** Vgl. vorhergehenden Brief, Anm. 6. **8** Hauptgestalten in Hesses Roman »Das Glasperlenspiel. Versuch einer Lebensbeschreibung des Magister Ludi Josef Knecht samt Knechts hinterlassenen Schriften«, Zürich (Fretz u. Wasmuth) 1943. **9** Hermann Hesse, »Briefe«, Berlin (Suhrkamp) 1951. **10** Thomas Manns Wohnort in Kalifornien.

VON HERMANN HESSE [o.O., 7.2.1952[1]]

Liebe Frau Erika
Heut schrieb mir Basler[2]: ein Mann in London habe ihm geschrieben, Thomas Mann ziehe in die Schweiz und zwar nach Montagnola, er habe dort schon ein Haus gekauft. Wir lachten, aber ich schämte mich auch, weil ich für Ihren lieben Brief noch nicht habe danken können, es fehlte an Zeit nicht so sehr wie an Gesundheit, Aktivität, guter Laune.
»Inspiré« mit einem Gedicht[3] von Ihnen sah ich leider nicht – leider, denn ein vor Monaten in der Nationalzeitung gefundenes klang lang und schön in mir nach, ohne daß die Worte mir bis heut geblieben wären, das Gedächtnis ist nur noch für die alten Zeiten gut.
Ich erwarte morgen Exemplare der Zürcher Zeit[un]g mit einer Plauderei[4], die Sie für eine Viertelstunde unterhalten soll, wie neulich die Dohle[5].
Ninon grüßt auch sehr. Sie ist nicht sehr wohl, aber zur Zeit von einem schönen Plan besessen und beflügelt: sie will dies

Jahr noch einmal ihrer großen Liebe folgen und nach Griechenland fahren, wahrscheinlich im September.
Addio, wir halten die Daumen für Ihre Umsiedlungspläne. Grüßen Sie die Eltern von uns, und rechnen Sie mich weiter zu Ihren Freunden.
Ihr H. Hesse

1 Datum des Poststempels. Briefkarte mit einem Landschafts-Aquarell (6 x 4 cm) von H. Hesse. **2** Otto Basler, vgl. S. 9, Anm. 3. **3** Sonett, in: *Inspirée* Nr. 33, Januar 1952. **4** Hermann Hesse, »Allerlei Post«, in: *Neue Zürcher Zeitung* v. 2.2.1952. Später in: »Beschwörungen. Späte Prosa. Neue Folge«, Berlin (Suhrkamp) 1955. **5** Hermann Hesse, »Die Dohle« (1951); ebenda.

AN HERMANN HESSE Pacific Palisades, 20.3.1952

Viellieber, wirklich verehrter Herr Hesse:
Haben Sie tausend Dank für die beiden Sendungen, – insbesondere die zweite hat mich sehr gerührt und erfreut. Was gewiß nicht heißen soll, ich hätte die erste nicht voll und ganz zu würdigen gewußt. Sowohl »Die Dohle«[1] als auch – und eigentlich besonders – »Bericht aus Normalien«[2] hat mich aufs lebhafteste angesprochen. Letzteren habe ich gerade gestern noch einmal gelesen und unter anderem an zwei Dinge dabei gedacht: Irgend wann, während des Krieges, glaube ich, hat eine Zeitung den alten H.G. Wells[3] gefragt, wo er glaubte, daß er sich in zehn oder fünfzehn Jahren aufhalten würde. Antwort: »In einem Irrenhaus für Normale«. Zum zweiten war ich durch den skurrilen Ernst des Fragments und die große Reinheit der Sprache, die gewissermaßen durch sich selbst, gelegentlich so sehr komisch wirken kann, merkwürdig an Kafka[4] erinnert, – natürlich, ganz ohne daß da irgend welche wirkliche Ähnlichkeit bestünde.
Besonders genossen haben wir alle die Geschichte von den Weihnachtsgeschenken[5], bei deren Lektüre man erst so herzlich lacht (sonderbar, wie Aufrichtigkeit, – das unbekümmerte und unkonventionelle Heraussagen und genau Bezeichnen von Dingen – sich humoristisch ausnimmt!), nur, um wenig später

ganz gefangen zu sein von der großen »Hübschigkeit« des Erzählten – des Kolibri-Nestes usw. Seien Sie nochmals von Herzen bedankt, – auch für das kleine Aquarell[6], dessen Besitz mich froh und stolz macht.
Dem Weihnachtsartikel zu entnehmen, daß es Ihnen – zumindest damals – recht gut ging, war eine besondere Freude. Auch wenn Sie von jenen »Spritzen« nicht ausdrücklich gesprochen hätten, – die kleine Arbeit atmete Wohlbefinden und gute Laune. Und nun will Frau Ninon also wirklich nach Griechenland? Wo werden Sie beide im Sommer sein? Obgleich bei uns noch immer das geringste nicht feststeht, haben wir auf gut Glück für Mitte Juni in Gastein Zimmer bestellt. Dabei hat unser hübsches Haus[7] bisher noch nicht einen Interessenten, geschweige denn Käufer gefunden, und wenn wir's nicht los werden, sehe ich uns noch nicht reisen.
Sonst steht das meiste leidlich zufriedenstellend. Die Meinen befinden sich bei guter Gesundheit; Herrvater bereitet einen Essayband[8] vor (»Altes und Neues – kleine Prosa aus fünf Jahrzehnten«), nicht ohne daß es dabei für meinereinen viel zu streichen und zu »edieren« gäbe. Wiederholungen und Überschneidungen wollen vermieden sein, und während er mit seinem Vorwort schon beinahe fertig ist, wate ich noch immer in Manuskripten.
Beide Eltern grüßen aufs herzlichste, und ich bin in Treuen Ihre
– und Frau Ninons –
aufrichtig ergebene Erika Mann

1 Vgl. vorhergehenden Brief, Anm. 5. **2** Hermann Hesse, »Bericht aus Normalien. Ein Fragment aus dem Jahre 1948«; in: »Beschwörungen« (1955). **3** Herbert George Wells (1866–1946), englischer Schriftsteller. **4** Franz Kafka (1883–1924), Schriftsteller. **5** »Allerlei Post«; vgl. vorherg. Brief, Anm. 4. **6** Es handelt sich um ein Originalaquarell, vgl. vorherg. Brief, Anm. 1. **7** Thomas Manns Haus in Pacific Palisades, das Ende 1953 verkauft wurde. **8** Thomas Mann, »Altes und Neues«, Frankfurt/M. (S. Fischer) 1953.

AN CURT BOIS[1] Erlenbach/Zürich, 17.3.1953

Lieber Freund, –
Ihr Kollektivbriefchen[2] an die Terress[3] und mich ist glücklich in meinen Händen. Ja, es bleibt ein Jammer, daß es zu einem Treffen anscheinend nicht kommen will. Wie oft hatte ich meinerseits den Flug nach Berlin geplant und wie ebenso häufig mußte ich ihn dann – teils aus Armut, teils auch, weil der Herr Verleger[4] einer persönlichen Ansprache gar nicht würdig ist, wieder aufgeben.
Der Grippe, von der Sie sprechen, bin ich rätselhafterweise entronnen. Nicht so Herrvater, der sich ein scheußliches Ding von einer »flu«[5] vor noch nicht langem fing und an den Nachwirkungen noch immer umherlaboriert.
Sie reden auch von »gemütlichen Abenden«, die es nur noch für die Kinder gibt, »die wir nicht haben«. Nun, – ich habe sie freilich auch nicht und bin trotzdem rastlos für die lieben Kleinen tätig, indem ich ein Kinderbuch nach dem anderen[6] zu Papier bringe. Für die Erwachsenen zu schreiben ist mir längst zu blöd.
Lassen Sie mich hoffen, daß inzwischen bei Ihnen alles nach Wunsch geht, – so gesundheitlich, wie beruflich, wie in jeder Beziehig.
La Giese[3] ist vor einigem hier eingetroffen und gedenkt nun den Rest der Saison in unserer leider erstaunlich und erstaunlich geschwind heruntergewirtschafteten – und gekommenen theatralischen Bude hinzubringen. Vorläufig und grade eben haben wir sie in den »Ratten«[7] auftreten lassen. Da ich sie in diesem Stückerl vor kurz und zu München in einer mehr als anständigen Aufführung gesehen, erspare ich mir für diesmal den Besuch des »Pfauen«[8].
Unser Häuschen[9] hier, oder vielmehr die zwei Stockwerke des Häuschens, das wir bewohnen, sind ganz lieb und vor allem zauberisch gelegen. An Pacific Palisades, natürlich, dürfen wir nicht denken, wenn wir Erlenbach tolerieren wollen, – aber who the hell denkt schon freiwillig an Pacific Palisades oder sonst einen Platz dortzusumpfe?
Und somit alles Liebe und Freundliche für Sie Beide
von der Anhänglichen

1 Geb. 1901, Bühnen- und Filmschauspieler und Regisseur. 1933–50 Emigration in den USA. Lebt in Berlin. **2** Nicht erhalten. **3** Therese Giehse (1898–1975), Schauspielerin; Brecht- und Dürrenmatt-Interpretin. Mitbegründerin von EMs Cabaret »Die Pfeffermühle« (1933–36). 1933 über Österreich nach Zürich emigriert, wo sie am Zürcher Schauspielhaus engagiert war. 1949–52 im Berliner Ensemble (DDR), seit 1954 wieder in München. **4** Der Berliner Verleger Lothar Blanvalet. Vgl. S. 30, Anm. 8. **5** Eine schwere Grippe, an der Thomas Mann Ende Dezember 1952 erkrankt war und von der er sich nur langsam erholte. **6** Zwischen 1952 und 1955 entstanden die zwei Kinderbücher »Unser Zauberonkel Muck«, Augsburg (Franz Schneider) 1952 und »Christoph fliegt nach Amerika«, München (Franz Schneider) 1953 sowie die Kinderbuchserie »Die Zugvögel«, München (Franz Schneider) 1953–55. **7** Im Zürcher Schauspielhaus spielte Therese Giehse die »Frau John« in Gerhart Hauptmanns Drama »Die Ratten« (1911). **8** Platz in Zürich, an dem das Schauspielhaus, auch »Pfauen-Theater« genannt, liegt. **9** In Erlenbach bei Zürich (Glärnischstraße 12), wo die Familie Mann vom 24.12.1952 bis zum 15.4.1954 wohnte.

AN LUDWIG MARCUSE[1] Erlenbach/Zürich, 17.12.1953

Cüsli, lieb und wert!
Ein Nichts – ein reduziertes Winken, ein verhuschter Weihnachtskuß Euch beiden und, von matter Hand, ein Treugekritzel aus unsagbar neblichter Ferne. Das »worldwide« erkrankte Klima, das sich, wie Ihr wißt, in ganz Europen durch die pathologischste Wärme kund tut, fügt bei uns auch noch einen Dauernebel hinzu, an dessentgleiche der älteste Eidgenosse sich nicht erinnert. Und dies tut er um so weniger, als das ekle Gebräu sich unten am See, von welchem es ordnungsgemäß aufzusteigen hätte, erheblich lichtet, während oben bei uns ganz einfach *gar* nichts zu sehen ist. – *Mir* leuchtet es *ein,* daß bei solchem Wetter die Mikroben »a hell of a time« haben, und allzusehr wundert es mich ergo nicht, daß die Darminfektion und Dünndarmentzündung, die mich vor mehr als vier Wochen befiel, sich pudelwohl fühlt, in meinem Inneren. Kein Wort weiter über die *ekle* Heimsuchung, zu deren Gunsten sich ausschließlich sagen läßt, daß sie definitiv *nicht* »malignent«.
Übermorgen wird der »Königliche Hoheit«-Film hier (noch vor der deutschen Première, versteht sich!) dem Z.[2] vorgeführt,

und es wird sich zeigen, ob mein so zeit- wie Kräfte verschlingender Versuch, »das Schlimmste zu verhüten« als gelungen ausgesprochen werden darf. Oder nein – *nichts* wird sich zeigen, da mein Z. ein so *ungemein* dankbares Publikum. Vielleicht, daß Frau-mama[3] ...? Aber die hinwiederum *möchte zu* kritisch sein? On verra.
Seid umhalst und mir hold.
Recht sehr die Euere: Erika

Ist es nicht GRAUENHAFT? wie dieses Frankreich *glatt* den Gehorsam – bisher – verweigert?! Es fehlte nur noch, daß diese Tiere einen Nichtangriffspakt mit der USSR schlössen. Aber *so* was Sch-eußliches passiert nicht!

1 Ludwig Marcuse (1894–1971), Schriftsteller, Philosoph; 1933 nach Frankreich, 1938 nach Los Angeles emigriert. Ab 1962 lebte er in Bad Wiessee am Tegernsee. EM nannte ihn auch »Cüselin«; sie standen seit Ende der vierziger Jahre in freundschaftlicher Verbindung und führten einen regen Briefwechsel. **2** Zauberer = Thomas Mann. **3** Katia Mann geb. Pringsheim, gen. Mielein (1883 – 1980). **4** Bei Gemeindewahlen im April/Mai 1953 hatten die Kommunisten 28,8% der Stimmen erhalten und waren auch in Paris stärkste Partei geworden. Im August hatte ein Generalstreik gegen die Sparpolitik der rechtsgerichteten Regierung unter Joseph Laniel (27.6.1953 – 12.6.1954) Frankreich lahmgelegt.

AN THOMAS MANN

Arosa, 31.1.1954
Hotel Streiff Juventas

Herzliebster Z., –
merci *viel*mal für Dein so freundlich ausführliches, neuigkeitenreiches und besorgtes Geplauder. Auf die Unbegründetheit ernstlicher Sorge gedenke ich weiter unten die Rede zu bringen. Zunächst zu dem von Dir – augenblicklich – so trübäugig beschauten Felix[1], dem Du ein mir gar nicht recht verständliches Unrecht zufügst, – zu schweigen von meiner totalen Unfähigkeit, Deine merkwidrigen Ansichten zu teilen! Es quält Dich, sagst Du, daß die Leute sich darauf »spitzen«. Warum und auf Grund wovon denn aber spitzen sie sich denn? Sie haben Dich

vorlesen hören (gut, das mag so ganz voll nicht zählen), – vor allem aber haben sie in der Rundschau[2] wichtige Kostproben genossen, – ohne daß es die Perlen allerersten Ranges gewesen wären, die man da vor sie geworfen. Was immer sie gehört und gelesen, hat ihren Appetit geschärft (sagt man das? Im Englischen heißt es »to wet one's appetite), – und, kurz, das Pack »spitzt« sich nicht von ungefähr, sondern weil es eine leidlich zutreffende Vorstellung hat von dem, was ihm bevorsteht. Zudem aber: ich lese auf der einen Seite systematisch und unter ständigem Rückblättern und Vergleichen, auf der anderen lese ich aber (zum Vergnügen) nur so herum. Und wohin ich auch blicke, die Lektüre ist (zum mindesten) reizend. Jedes Kapitel, ja jeder Abschnitt hat *seine* kleine oder größere Perle, – ob es da nun um die Geschwister auf dem Balkon geht; um die höchst sonderbare und unvergeßliche Episode mit den »Totenvögeln« und »Leichenhühnchen«; um die Betrachtungen, die da angestellt werden bezüglich des Verhältnisses der Gesellschaft zur Armut; um Stanko oder le maître Jean-Pierre; um die kleine Ekelgrimasse des Generaldirektors, – gleichviel: Du lässest Dir Deinen »Schelmenroman« als Gerüst dienen, daran alles aufgehängt werden kann und wird, was Du weißt und noch nicht gesagt hast – oder vielmehr früher noch gar nicht wußtest. Und das »Doppelbild«, das dem Felix allein Genüge zu tun vermag, der Roman selbst stellt es insofern dar, als er zwar die Abenteuer und Entwicklung des Helden zum Gegenstand hat, aber gleichzeitig und wie nebenbei Dein eigen »Weltbild« (nicht also nur eine andere Variante und Maskerade des Künstlertums) in zahllosen, durchaus neuartigen Zügen gibt und spiegelt. Im übrigen aber: *Du* bist *gut,* – um nicht zu sagen köstlich! »Eigentlich gefallen«, meinst Du, tue Dir nur Felixens Rede im Kreuzgang. – »Wo will sie denn hinaus, meine Kostbare?« heißt es in »Kabale«[3], und wenn Du Dir natürlich gleich *diese Ansprache* zum Maßstab setzest, die zum schlichthin *allerbesten* gehört, was Du überhaupt und je gemacht hast, dann muß der Rest Dir ja fade schmecken! In Wahrheit tut er dies weder (je!), noch stehen gewisse andere Höhepunkte etwa meilenweit hinter dem genannten zurück. »Kuckuck«, wie Du weißt, ist keineswegs von Pappe, – der »Circus« ist ein Edel-

stein, die Houpflé von äußerster Originalität, – muß ich sie Dir alle aufzählen, die leckeren Vortrefflichkeiten? Ich muß nicht! Kennst Du selbst sie doch gut genug und läßt Dich nur herabstimmen von der natürlichen Abspannung, die dem »Finis« (wenn es auch nur ein vorläufiges ist) zu folgen pflegt, – und einer Reihe von zusätzlichen, ja aber in der Lösung begriffenen Grämlichkeiten, – sagte sie altklug.
Hier unterbrach ich, weil die Sonne herauskommen zu wollen schien und, – siehe, sie wollte wirklich und handelte entsprechend. Ich fuhr rüstig auf einen ziemlich hohen Berg, wo es hübsch war, kaum zum beschreiben. Auch verteilt sich (heut ist Sonntag) in diesem unvergleichlichen Arosa die größte Menschenmenge auf eine Manier, daß man lange Strecken-weise allein scheint in der Weiße und Seidenbläue. Aber ich schweife ab, vermutlich, weil die liebe Sonne gar so rar ist (auch jetzt, zwei Stunden, nachdem sie gekommen, hat sie sich schon wieder davon gemacht!), und man also kaum umhin kann, eines Sonnenausflugs als einer Denkwürdigkeit zu erwähnen.
Zurück zu Felix, will sagen, hin zu meinen kleinen Vorschlägen und Ausstellungen. Ich hoffe, Ende der Woche, oder doch gewiß Anfang der nächsten, fertig zu sein, – wäre es übrigens natürlich schon, hätte ich nicht damit rechnen müssen, daß ich Dich in nächster Bälde nicht zu Gesicht bekommen würde, weshalb denn alles, was, *gesagt,* fast keine Zeit in Anspruch nähme, schriftlich niedergelegt und *begründet* sein wollte und (vorläufig) will. Kämet Ihr freilich herauf, – das wäre ein ander Ding! Aber man wird ja sehen und in jedem Falle werde ich mich in genannter Frist zum Wörtchen melden. Nein, – *gar zu* genau will ich's gewiß nicht nehmen. Nur irrst Du (glaub' ich), wenn Du meinst, um Unstimmigkeiten zwischen »Fragment« und »Neuem« kümmere sich kein Mensch. Genau um derlei Quisquilien kümmern sich die Lumpe, und da es Dir im Ganzen so bewunderswert gelungen, den Anschluß zu finden, und so mählich den Ton zu wechseln, daß keinerlei *Bruch* entstanden ist, wär's doch schad', wenn ein paar Flüchtigkeiten der Illusion etwas anhätten.
Ja, – die Huchin[4]! Mag sein, ich überschätze die Novelle[5], – vermutlich, weil ja überhaupt niemand auch nur eine solche zu

schreiben vermag. Den Stil angehend, so gestehe ich, daß mir immer zumute war, als läse ich etwas aus dem Russischen Übersetztes, bei welcher Selbsttäuschung ich mir's wohl sein ließ. Eine »Kriminalgeschichte« ist das Ding doch aber wirklich nicht, da man nicht nur den Verbrecher, sondern auch das Wie seiner Tat von Anfang an kennt. Und daß die Polizei ihn ohne weiteres schnappen würde, glaube ich auch nicht. Ist doch jener Gouverneur aufs berühmteste bedroht, kommt doch die Maschine aus der *Fabrik,* und ist doch überdies Madame (die einzige, die dem Schutzengel gewissermaßen mißtraute) gleichfalls in die Luft geflogen. Was mir gefiel, war der scheinbar völlige Mangel an Parteinahme, der Ricarda'n gleichwohl nicht hindert, dem Mörder recht zu geben, so lieb die ganze Familie ihr ist und so lieb sie sie uns macht, – und, anyway, I liked it. Alle Figuren sind hübsch gezeichnet, deucht mich, – und in jedem Fall habe ich so ungemein viele *größere* Zwerge gesehen, daß ich für diesen doch relativ zirrlichen dankbar war.
Regarding »Moulin Rouge«[6]: Das gilt als der mit Abstand beste Film, den die »Amis« in vielen Jahren zubereitet. Gemacht ist das Ding nach einem sensationellen Reißer von einem »biographischen« Roman, der, von einem seit Jahrzehnten in Santa Barbara auf die Filmchance hin laborierenden Franzosen, in starrem Hinblick auf eben diese und unter wüster Fälschung der »facts« fabriziert worden ist. »Technicolor«, to boot, das deutsche, von den Invaders beschlagnahmte Farbfilmpatent, ist von den Bestohlenen noch immer zur Gänze nicht wieder ersetzt, – ganz abgesehen davon, daß es in den Staaten so manchen guten Film gegeben hat, während in D.[7] die *Wüste* sich breitete. Ganz zweifellos und sehr natürlich, also, ist »Moulin Rouge« *besser* als »K.H.«[8]. Daß die beiden Dir aber wenigstens commensurabel scheinen, spricht schon Ganzlederbände für letzteres Elaborätlein.
Ich nehme füglich davon Abstand, von meinem Befinden noch irgend Wesens zu machen. Ist doch dies Schreiben schon von unnatürlicher Länge, und werde ich doch außerdem heut abig telephonisch mein bulletin durchgeben.
Nur, daß [...] der Stand der Kilchi-Angelegenheit[9] mich zu

tiefst befriedigt, will ich noch anmerken. Ist ein hübsches, verständiges Haus in bequemster Lage und – in Anbetracht eben der Bequemlichkeit, – recht hübsch situiert. Einige kleine Verbesserungen, den Garten und die Aussicht nach rechts betreffend, lassen sich unschwer vornehmen, zu erfreulichem Resultat. [...]

Mehr als übergenug! – Vielleicht solltest Du *drei ganz* kurze Noveletten schreiben – so zwischendurch und zur Erholig? Zwei weiß ich schon – die dritte kömmt Dir, wenn Du niedersitzest. (Spaß beiseite!).

Dank auch, für die lepphafte Photographie. Mieleinhold ist sehr nüdlich getroffen, – Du wieder mehr drollig, – und durchaus siehst Du »im Leben« so zügig nicht aus!

Adieu, adieu, – vielleicht kommt Ihr wirklich?

Zur langen, prünetten und, mag sein, schon nicht mehr *ganz* so hageren Gänze (»ganze Gänze« ist auch eher was für die Huch)

die Euere: E.

Ob Du dem *goldischen* alten Orlowski[10], dem *seltenen Rührei,* entsprechend schriebest? Antwort? Und habt Ihr den *Nerzmantel*[11] denn auch *bestellt?*

1 Thomas Mann hatte seiner Tochter die Abschriften von Kapitel 10 und 11 des dritten Buches seiner »Bekenntnisse des Hochstaplers Felix Krull. Der Memoiren erster Teil« zugeschickt. (s. Brief an EM v. 27.1.1954; in: Thomas Mann, »Briefe 1948–55 und Nachlese«, S. 323 ff). Der erste Teil des 1909 begonnenen Romans erschien Ende September 1954. Vgl. S. 26, Anm. 3. **2** Die in der *Neuen Rundschau,* Frankfurt/M., erschienenen Vorabdrucke: »Bekenntnisse des Hochstaplers Felix Krull. Zwei neue Romanfragmente (›Reise und Ankunft‹, ›Circus‹)«, Jg. 62, 1951, H. 3, S. 1–23; »Neues aus den Bekenntnissen Felix Krulls (›Die Verabredung‹)«, Jg. 63, 1952, H. 4, S. 473–492. **3** Schillers Drama »Kabale und Liebe« (1784), 4. Akt, 7. Szene. **4** Ricarda Huch (1864–1947), Schriftstellerin. **5** »Der letzte Sommer«, Erzählung von Ricarda Huch (1910). **6** Amerikanischer Film (1953) von John Houston nach dem gleichnamigen Roman von Pierre La Mure mit José Ferrer in der Rolle des französischen Malers Toulouse-Lautrec (1864–1901). In dem Film wurde ein neues Verfahren der Farbgebung entwickelt, um die Bilder Toulouse-Lautrecs den Originalfarben entsprechender wirken zu lassen. **7** Deutschland. **8** Die 1953 unter der Regie von Harald Braun entstandende Verfilmung von Thomas Manns Roman »Königliche Hoheit«. **9** Ende Januar 1954 erwarb die Familie Mann ein Haus in Kilchberg am Zürichsee (Alte Landstraße 39); letzter Wohnsitz von Thomas Mann. **10** Dr. Paul Orlowski, Berliner Arzt (s. Brief von Thomas an Erika Mann v. 15.2.1954; in: Thomas Mann, »Briefe 1948–55 und Nachlese«, S. 328; 583). **11** Vgl. S. 34, Anm. 2.

AN THOMAS MANN

Arosa, 10.2.1954
Hotel Streiff Juventas

Beloved Dad, –
here, then, we go, – und ich darf sagen, daß ich selten einer so absorbierenden Sisyphus-Arbeit[1] oblegen. Leider, wie Du sogleich bemerkst, ist die Liste *lang*. Sehr großenteils handelt es sich um Quisquilien klein-stilistischer Art (Wiederholungen von »auch«, »schon« und dergleichen). Zu viel kleineren Teilen geht es um Wichtigeres, um Strichvorschläge, – seltener der Länge halber, als weil gewisse Dinge sich – meiner Überzeugung nach – zu häufig wiederholen, um wirksam zu bleiben. Auch »Vorwegnahmen« laufen unter, – wie etwa F.s.[2] Nachplapperei einer Kuckuckschen Weisheit auf S. 237 und seine Verwertung *derselben* Weisheit im Brief an die Eltern (S. 294). Meine Empfehlungen, die Beziehung zwischen »Fragment«[3] und »Manuskript« angehend, basieren auf gewissenhaftestem »research«. Und ich meine wirklich, daß einige wenige »Rückweise« (will sagen, einige *mehr,* als schon vorhanden) vortreffliche Dienste tun würden. *Widersprüche,* dagegen, scheinen mir *sehr* »undesirable«. Im Grunde handelt es sich hier übrigens in erster Linie um die Paten-Hemden[4], und mich deucht, daß die minime Änderung, wie vorgeschlagen, das in Ordnung brächte. Oder aber man könnte natürlich auf Seite 131 (»Fragment«) die Gabe streichen, um erst zu gegebener Stelle auf Seite 159 (»Fragment«) zu erwähnen, daß Schimmeli ihm Hemden geschenkt, deren eines er angelegt hat. Ein paar mal mag ich Dir insofern »pedantisch« vorkommen, als ich Kleinigkeiten als »unmöglich« oder »unglaubwürdig« oder doch »unerklärt« beanstande, während das Ganze, – die Fiktion, es habe ein Krull genau dieses Buch geschrieben doch keinerlei Anspruch erhebt

auf Realismus und Glaubwürdigkeit. *Ich* glaube aber, daß, gerade auf Grund und angesichts der quasi Irrealität in der Gesamtanlage, die Kleinigkeiten, das Detail stimmig sein müssen, – sachlich stimmig und nicht offenbar »unmöglich«.
Daß der Frankfurter Lungerer all die Steine und Halbedelsteine kennt und richtig bezeichnet, bedarf der Erläuterung, – oder aber man verdrießt den Leser. Auch sein wirklich *gekonntes* Französisch, schon bei der Douane, will justificiert sein, oder aber der Leser wundert sich verärgert. Aber ich rede, – und dabei ist die »Liste« ja dermaßen übersichtlich und akkurat, daß man ganz weg ist. Tu mir nur, Lieber, die Freundlichkeit und Ehre und »check on *every item* listed«. Du mußt dies ja leider schon deshalb tun, weil ein jedes im Text feinfein mit Bleistift angestrichen ist, und Du zumindest diese Strichlein entfernen mußt, wenn Du schon meine Vorhaltungen (teilweise) in den Wind schlagen solltest. Mörderisch langweilig, wie die Berücksichtigung all meiner Winke übrigens gewiß wäre, – sie brauchte Dich, wenn Du nur mit frischem Mute ans Werk gingest, nicht mehr als drei Tage zu kosten, während, bedenke dies, ich drei volle Wochen an die Arbeit gewendet.
So far so good. Aber jetzt kommt etwas nicht so Gutes: ich bin in harten inneren Kämpfen zu der Überzeugung gelangt, daß Twentymans[5] *fallen* müssen. Dies, ich weiß, ist eine *scheußliche* Überzeugung, wenn ich Dir aber gesagt haben werde, worauf sie beruht, wirst Du sie mir – zumindest – verzeihen.
Schaumal:
1., erinnert, bei aller kompletten Unähnlichkeit im Äußeren, *sowie* »Inneren«, »mein Zicklein« insofern an die Houpflé, als Ausrufe, wie »you heavenly boy« und Geständnisse wie »I want to suffer«, in a rather more sophisticated way auch von Diane herrühren könnten. Ach, aber nicht dies ist es, was mir die schöne Episode (nicht ganz acht Seiten, übrigens, nimmt sie nur ein!) als untragbar erscheinen läßt. Vielmehr, – und nun weißt Du es selber schon, – ist es, 2., die Art, in der hier Frau Mama dazwischenfährt, das Töchterchen wegschickt, angeblich strafweise, nur um dann selber, reife Frau, die sie ist und an deren Busen gen Himmel zu fahren Felix' Jugend viel gescheuter tue, – etc., – die mir diesen Abschnitt so äußerst un-

tunlich vorkommen läßt. In hohem, unzulässig hohem Grade gefährdet er die Wirksamkeit des *ganzen Schlusses,* der, insbesondere, da er dem unüberbietbaren »Kreuzgang« nachfolgt, *keinerlei* Gefährdung *verträgt.* Hinzu, – aber eben nur hinzu, – kömmt, daß in diesen Hotelkapiteln, auch ohne Twentyman's, Felix genug Triumphe feiert; willst Du aber noch einen hinzufügen, so wäre ein *nur* gleichgeschlechtlicher wohl vorzuziehen. Worauf ich hinauswill, das ist der »gestrichene« Lord[6] (seinen Namen habe ich vergessen), den Du doch neuerdings zuziehen könntest, wenngleich ich ihn kaum in der »Liftphase« unterbrächte, da »dieselbe« durch Dianen erotisch »bedient« ist. Mit leichter Mühe, aber, könnte man Onkel (vorschlagsweise) in die Halle versetzen, wo er, – etwa, indem er Zigarren aussucht und sich durchaus nicht entschließen zu können scheint, den F. an seinem Tischchen festhält, um am Ende mit seinem propos herauszurücken, – zitternden Kinnes und Tränen in den Augen. *Dies* wäre etwas *anderes,* könnte keinerlei Houpflé-Anklänge enthalten, durchaus den Schluß nicht gefährden und hätte obendrein den Vorteil, daß es jene Anspielung auf die Schimmelpreesterschen »Seitenpfade« brächte, die, wie jedes Heranziehen des »Alten«, mir so wünschenswert scheint. Kurz, – der Band wäre mir *lieber mit* »Lord« als ohne.*

So, – das war das Schlimmste!

Kuckuck betreffend, so habe ich nur einige wenige und kleine Strichvorschläge gemacht, ohne ganz sicher zu sein, daß sie genügen. Die Oltener Ausgabe war mir keine Hilfe. Ohne *sie genau* studiert zu haben, bin ich der Anschauung, sie sei so ziemlich identisch mit dem Manuskript in der mir übergebenen Form. Nun habe ich freilich die »Vorlese-Version« nicht zur Hand gehabt, und während ich gewiß mehr hätte stehen lassen als dort vorrätig, hätte sie mich vielleicht auf gute Ideen gebracht. Ob Du Deinerseits sie Dir nochmals vornehmen magst? Aber fast sicher hast Du sie nicht bei Dir. Gern hätte ich dort gestrichen, wo zum *zweiten* mal, wenn auch in etwas anderen Worten, von all dem »Ineinander und Umeinander Kreisen und Wirbeln, ... Sich Ballen, ... Brennen, Flammen, Erkalten, Zerplatzen, Stürzen und Jagen ...« (S. 221) die Rede geht, dessen

schon auf Seite 219 recht ausführlich gedacht ist. Ich unterließ es mit Rücksicht auf das unmittelbar folgende »erzeugt aus dem Nichts und das Nichts erweckend, das vielleicht besser, lieber vielleicht im Schlaf geblieben wäre und auf seinen Schlaf wieder warte ...«. Und vorher, – auf Seiten 219 unten und 220, wo es, mag sein, auch ein wenig »overabundantly« zugeht, unternahm ich fast nichts (nur eine winzige »Erleichterung«), weil ich annehme, daß Dir an der dort demonstrierten kosmischen Nichtigkeit unserer Zeit- und Gewicht-Begriffe gelegen ist.
Ja, – noch eins, – oder vielmehr, noch zwei. Das eine findest Du in der »Liste« kurz vermerkt, das andere ließ sich dort – da zu vage – nicht unterbringen.
a), also: natürlich hatte ich es ganz vergessen, daß mir beim Vorlesen diese »Hotelstellen« (Seiten 138 und 139) größerenteiles als »Längen« erschienen. Auch ist man ja als Zuhörer nicht immer gleich »gut« und sehr neige ich dazu, derlei Eindrücke auf eigene Müdigkeit und Insuffizienz zu schieben. Da aber genau diese Abschnitte mir jetzt, ganz spontan und ohne daß ich mich sofort meiner früheren Reaktion erinnert hätte, ermüdend schienen, so ist gewiß etwas daran. Und außerdem, – es ist seltsam: die latente Gefahr, es möchte dieser Felix seinem Bruder Joseph gelegentlich gar zu ähnlich sehen, wird, soweit mein Auge reicht, hier und *nur* hier plötzlich akut. Wenn es Dir also möglich wäre, hier scharf zusammenzuziehen, es wäre sicher von Nutzen.
b) (*nicht* in der »Liste« zu finden): auch dies war mir beim Zuhören bereits aufgefallen und tat es, wie a), jetzt aufs durchaus Neue: In Lissabon, kommt mir vor, gibt es zuviele Schilderungen von »Interieurs«. Schon diejenige von F.s. Hotel-Appartement ist reichlich lang und detailliert. Doch hat er noch nie so gewohnt und seiner kindischen Freude an all der Feinheit mag die Ausführlichkeit zugute zu halten sein. Aber es folgen (nach dem rein schildernden Museumskapitel!) die Beschreibungen von Kuckucks Wohnung (ganz knapp, das ist wahr), von derjenigen des Gesandten und, besonders »gewissenhaft«, vom Königsschloß. Da auch der botanische Garten noch bedacht sein will, gibt es auf diesen Seiten sicher der Schilderungen zu viele, – und, wie vermerkt, besonders der Interieur-Wiedergaben.

Der Band ist reichlich lang genug (selbst ohne Twentymans, – falls Du denn, was ich nicht hoffen will, dem Lord nicht erlauben willst, jene zu ersetzen!), – auch reichen ja meistens geringe Kürzungen hin, um den Eindruck der Insistenz, des auf-einer-Sache-Sitzenbleibens und nicht recht Vorwärtskommens zu vermeiden.
Ich weiß *alles!* Weiß, wie *sehr* zum Verdruß Dir Brief und »Liste« gereichen *müssen* und bin *sehr* betrübt bei dem Gedanken, daß soviel Liebesmüh von meiner kleinen Seite geeignet sei, Dich (vorübergehend, Dieu merci!) herabzustimmen. Nachdem aber die Arbeit getan war, habe ich *jedes* »item« nochmals auf seine größere und kleinere Wichtigkeit hin geprüft, einiges nicht wirklich *Nötige* eliminiert und nur stehen lassen, was mir noch immer erwähnenswert schien. Die Winzigkeiten, sehr natürlich, sind samt und sonders winzig. Da aber Deine Mühewaltung bei ihrer Betreuung gleichfalls minim, habe ich an *ihnen* umso weniger gerüttelt, als sie ja eben doch, so einzeln, wie besonders in ihrer Gesamtheit, ein wenig stören. Und warum sollte ihnen gestattet sein, dies zu tun?
Im übrigen und nochmals meine Glückwünsche! Das ist ein reicher, bunter, tief unterhaltender, niemals langweiliger, offen und untergrundig komischer, von neuartigen Einfällen, Beobachtungen und Einsichten (Weisheiten, meine ich wohl) *strotzender* Band. *Jede* seiner Figuren *lebt, jede* ist »originell«, mit Dichteraugen gesehen, und aufs natürlichste ordnet die Fülle der Gesichte sich im Bei- und Nacheinander der Erzählig. Sei mir also, *bitte,* nicht griesgrämig und wolle bedenken, daß (kleine Ursache, große Wirkung!) die Quisquilien, mit denen ich Dich behellige, nicht ganz unwichtig sind der so wichtigen Sache!
Und nun, – kurz und schleunigst abschließend, – zu meinem Sohn Wolfgang[7]!: Man kann, denke ich, mich als genesen bezeichnen. Ich nehme *nichts* mehr, – keinerlei Mittel, bis auf die Schlafdinger, versteht sich, – esse alles, was ich früher aß, bin, wo nicht sehr, so doch leidlich leistungsfähig und ziemlich guter Dinge. Zuzunehmen, freilich, ist mir vorläufig nicht möglich, – teils weil es immer schwer hält, teils, weil das Essen gar zu bettelhaft, teils auch, weil ich zu beschäftigt bin. Denn nun-

mehr muß ich ans Kinderbuch heran, und die Korrespondenz, ich weiß nicht, wieso, ist allein schon zum Närrisch-werden. [...]
Las »Die Judenbuche«[8]. Ist *gar* nicht besonders und eher schlechter als »Der letzte Sommer«[9]. Nun nehme ich mir »Herrn Arnes Schatz«[10] vor und den »Fuhrmann des Todes«[11]. Oh, – richtig, – Deine Fontanepièce[12]: hat mir doch *sehr* gefallen, – alles so locker und so hübsch gesagt. Und mir, jedenfalls, hat das Stücklein die größte Lust erregt auf die Lektüre des Bandes.
BERLIN!!! Ha, – rasend! Und dann *doch* immer *noch* widriger, als man's, gebrannt, verbrüht und von oben bis unten angekohlt, wie man ist, vorausgewußt.
Schluß.
Küsse. E.

Der Brief geht ab, – uneingeschrieben, wie er ist. Mit dem *Tippen* der Teufelsliste noch nicht ganz fertig, Post überdies zu, – sodaß jene plus Ms., – auf drei Envelopen verteilt, denke ich, morgen früh (wie drahtlich angezeigt!) zu Amte soll! Adé!

1 Die Durchsicht der beiden letzten Kapitel des Dritten Buches der »Bekenntnisse des Hochstaplers Felix Krull«; vgl. vorhergehenden Brief, Anm. 1. **2** Felix Krulls. **3** 1922 hatte Thomas Mann im Rikola Verlag, Wien, Leipzig, München, das Fragment »Buch der Kindheit« des vor dem Ersten Weltkrieg abgebrochenen Romans »Bekenntnisse des Hochstaplers Felix Krull« veröffentlicht. Im Februar 1954 wurde das Manuskript der Krull-Fortsetzung »Der Memoiren erster Teil« schließlich fertiggestellt. **4** Vgl. Thomas Mann, »Briefe 1948–55 und Nachlese«, S. 324. **5** Die der Familie Twentyman gewidmete Episode fand im Roman nur in reduzierter Form Aufnahme (3. Buch, 2. Kap.). Das ursprünglich geplante Kapitel erschien unter dem Titel »Ein nachgelassenes Kapitel aus Felix Krull« in: *Neue Rundschau,* Jg. 68, 1957, H. 2, S. 181–186. **6** Thomas Mann ging auf EMs Vorschlag ein und nahm das Erlebnis Felix Krulls mit dem schottischen Lord Kilmarnock in erweiterter Fassung (3. Buch, 2. Kap.) wieder auf. In EMs Krull-Exemplar steht folgende Bemerkung: »An Eri, deren Wachsamkeit vieles in diesem Buch zu danken ist, vor allem ›the Lord‹, in Liebe und Dankbarkeit Z. Kilchberg, 3. Okt. 54« (s. Brief an EM vom 15.2.1954; in: Thomas Mann, »Briefe 1948–55 und Nachlese«, S. 327f, 582f). * [Anm. von EM:] »Twentymans« könnte, ja, *sollte* man *gesondert* verwerten, – als »Olten«-Bändchen, – oder sonstwie! [Anm. d. H.: »Olten«-Bändchen: Die Begegnung. Ein Kapitel aus »Bekenntnisse des

Hochstaplers Felix Krull«, Olten 1953. ›Pfingstpublikation 1953‹ der Oltener Bücherfreunde.] **7** Redensart in der Familie (vgl. Bd. I, S. 258, Anm. 2). EMs prekärer gesundheitlicher Zustand machte Thomas Mann damals große Sorge. **8** 1842; Novelle von Annette von Droste-Hülshoff (1797–1848). **9** Erzählung von Ricarda Huch. **10** 1904; Erzählung der schwedischen Nobelpreisträgerin Selma Lagerlöf (1858–1940). **11** 1912; Erzählung von S. Lagerlöf. **12** Thomas Mann, »Noch einmal der alte Fontane«; in: *Die Weltwoche,* Zürich, 5.2.1954. – GW IX, S. 816–822.

AN RUDOLF HIRSCH[1] Kilchberg/Zürich, 10.4.1954

Lieber Freund, –
von seinem »Schritt«[2] bei Ihnen hat mein Vater mir erst erzählt, als Ihre – unverbindliche – Antwort vorlag, und ich muß gestehen, daß mir selber ein entsprechendes Unternehmen vermutlich schwer gefallen wäre. Dennoch glaube ich (mit T.M.), daß »Der Vulkan« bei Ihnen am sinnvollsten untergebracht wäre und daß er [sich], – als »Parallel-Publikation«, quasi, zum »Wendepunkt«[3], – gerade bei Ihnen besonders »überzeugend« ausnehmen würde.
Ganz ohne daß ich mich mit ihm, dies mir so brennende Problem betreffend, beraten hätte, schrieb neulich Landshoff[4], er habe, – seit langem zum ersten mal, – im »Vulkan« weitläufig »herumgelesen«, und es sei dies Werk ihm jetzt schöner, wichtiger und beziehungsvoller vorgekommen, als zur Zeit seines ersten Erscheinens.
Sei dem, wie immer: ein (unersetzbares!) Exemplar geht Ihnen übermorgen (Montag) »eingeschrieben« zu. Gewisse, geringfügige Änderungen[5], die ich mit Klaus besprochen, ohne daß er noch Zeit gefunden hätte, sie auszuführen, könnte ich selbst vornehmen. Anderes – die Präponderanz, etwa, der Figuren »Martin« und »Kickjou« – was zu mitigieren er sich vorgenommen hatte, was aber mir zu »korrigieren« nicht zusteht, könnte ich in einem knappen Nachwort erörtern. Von T.M. steht entweder der ungemein anerkennende Brief[6] (als Vorwort) zur Verfügung, den er damals an den Autor geschrieben. Oder aber, – sollte unter den zahllosen, völlig unübersehbaren Papieren, die K.[7] zurückließ, jenes Dokument unauffindbar

bleiben, – es würde der Vater sich bereit finden, eine »Einführung« eigens zu schreiben.
Schlimm genug, daß, auf Grund der Drohungen eines irren »Nazi«[8], der »Mephisto« außerstande scheint, verlegt zu werden. Der so viel wichtigere und in jedem Sinne »bedeutendere« »Vulkan« muß umso gebieterischer ans Licht des Tages, als man den deutschen Markt überschwemmt sieht von »nonentities«, die »erscheinen«, – ganz einfach weil ihre respektiven Autoren am Leben sind.
Zauberhafte Rosen trafen hierorts ein, – während doch die Adressaten sich noch im Hotel befinden. Ich habe »daheim davon zu rühmen gewußt«, – im übrigen aber die Reizenden in meinem bisher wüstenähnlichen, von Teppich, wie Vorhängen durchaus entkleideten Privatissimo aufgestellt. Sie erhellen das Ganze ungemein, und abgesehen von dem Dank, welchen die eigentlichen »Empfänger« Ihnen dafür schuldig sind, bedanke ich mich für so besonders herzerfreuende Gabe.
In Sachen »Vulkan« bald von Ihnen zu hören, wäre mir eine Wohltat.
Von Einaudi, übrigens, erfahren wir, daß »Der Wendepunkt« dort demnächst herauskommt[9]. Der Handel, scheint mir, muß doch durch S. Fischer gegangen sein. Während ich aber wohl begreife, daß, in ständiger Abwesenheit des »Chefs«, Sie sich greulich überbürdet finden, wüßte ich in derlei Dingen doch gern *allmählich* Bescheid.
Der *Umzug*[10], dem ich so ziemlich allein vorstand, war durchaus apokalyptisch, hört aber langsam auf, es zu sein. Übermorgen werden, so scheint es, die lieben Eltern ihren Einzug halten. Und, weit davon entfernt, die Realisation zügelloser Wunschträume darzustellen, scheint das Haus mir doch entschieden hübsch und »entsprechend«. Insbesondere Herrnvaters Räume werden ihn, denk' ich, befriedigen.
Sieht man sich *nie*? Das wäre ein *Jammer!*
Jedenfalls und immer mit den herzlichsten Grüßen und Wünschen, die Ihre:

P.S. Blanvalet – incredibile dictu – fängt buchstäblich an zu zahlen. Die DM 3000, die er mir, in Erwartung eines sensationellen Verkaufs, auf den »Mephisto« angezahlt, hat der »Tschaikowsky«[11] nun mehr als eingebracht. Es ist meine heilige Überzeugung, daß auch »Der Vulkan« ein »Geschäft« wäre, – gewiß ein besseres als »Symphonie Pathétique«, und beinah gewiß ein besseres selbst als »Der Wendepunkt«, der dem Autor sein Publikum erst schaffen mußte. Daß »Der Vulkan« nicht zu teuer wäre, – darauf käme vieles an. Ob man ihn nicht jener »9.80«-Serie einreihen könnte? (oder was kosten jene Bände?)

Nochmals sehr herzlich d.O.

1 Rudolf Hirsch (geb. 1905), ursprünglich Kunsthistoriker. Übernahm 1948 das Lektorat des Bermann-Fischer/Querido-Verlags, Amsterdam. Ab 1950 literarischer Leiter des S. Fischer Verlags in Frankfurt/M., 1954–62 Geschäftsführer. Bis Ende 1964 Leiter des Insel Verlags. Jetzt Herausgeber einer kritischen Ausgabe sämtlicher Werke Hofmannsthals. Erste Begegnung mit EM 1933 in Amsterdam während der Emigration. Mehrfaches Zusammentreffen mit EM, Klaus Mann und Fritz H. Landshoff in Zürich, Kilchberg und Frankfurt/M., einige Male auch zusammen mit Adorno.
2 Thomas Mann hatte sich für die Veröffentlichung von Klaus Manns Exilroman »Der Vulkan. Roman unter Emigranten«, Amsterdam (Querido) 1939, beim S. Fischer Verlag eingesetzt, schließlich dem immer noch zögernden Verleger geradezu abgefordert. S. Brief Thomas Manns an Gottfried Bermann Fischer v. 17.12.1950; in: »Thomas Mann. Briefwechsel mit seinem Verleger Bermann Fischer 1932–55«, Frankfurt/M. (S. Fischer) 1973, Fischer Taschenbücher Nr. 1566/1, 1566/2. **3** Klaus Mann, »Der Wendepunkt. Ein Lebensbericht«, Frankfurt/M. (S. Fischer) 1952. **4** Fritz Helmut Landshoff (geb. 1901), Verleger und Freund von Erika und Klaus Mann; gründete 1933 die ›Deutsche Abteilung‹ des holländischen Querido Verlags, 1940 in die USA weitergeflüchtet, Mitbegründer der L.B. Fischer Corporation in New York. Nach dem Krieg Rückkehr nach Amsterdam, wo er den Querido Verlag bis zu dessen Zusammenschluß mit dem neugegründeten S. Fischer Verlag leitete. Heute Executive Vice Director des Harry N. Abrams Verlags, New York. Lebt in Bentveld/Holland. **5** Über die Änderungswünsche ihres Bruders berichtet EM auch in einem unveröffentlichten Brief an den Rowohlt Verlag v. 8.2.1954: »Es gibt eine ganze Reihe von Stellen in ›Der Vulkan‹, an denen vom Kommunismus und seinen Trägern in einem Sinne die Rede ist, die Klaus – wie übrigens aus seiner Autobiographie ›Der Wendepunkt‹ hervorgeht – zum Schluß bis zum gewissen Grade revidiert hatte.« Es lag auch in EMs Absichten, »auf die Notwendigkeit hinzuweisen, daß der Leser sich des Irrtums erwehre, in ›Martin‹ eine auch nur im entferntesten autobiographierte Figur zu sehen«. (Im Erika Mann-Archiv der Stadtbibliothek München). **6** An Klaus von Thomas Mann v. 22.7.1939; er wurde der ersten Nachkriegsausgabe, die 1956 im

G.B. Fischer Verlag, Frankfurt/M., erschien, ›Zur Einführung‹ vorangestellt. **7** Klaus Mann. **8** 1952 hatte der Berliner Verlag Lothar Blanvalet die Rechte an Klaus Manns Roman »Mephisto« (1936) erworben. Eingeschüchtert durch Drohbriefe der Düsseldorfer Anwälte des Schauspielers Gustaf Gründgens (1899–1963), die in »Mephisto« einen Schlüsselroman sahen und dessen Veröffentlichung verhindern wollten, nahm Blanvalet 1954 von einer Publikation Abstand. Der Fall ist ausführlich geschildert in: Eberhard Spangenberg, »Karriere eines Romans. Mephisto, Klaus Mann und Gustaf Gründgens«, München (Ellermann) 1982, S. 145 ff. **9** Die italienische Übersetzung erschien nicht bei Einaudi, sondern erst 1962 bei »Il Saggiatore«, Mailand. **10** In das Haus in Kilchberg am Zürichsee. **11** Klaus Mann: »Symphonie Pathétique. Ein Tschaikowsky-Roman«, Amsterdam (Querido) 1935; 1952 war im Blanvalet Verlag eine Neuausgabe erschienen.

2. »DAS LETZTE JAHR«

Am 6. Juni 1955 feierte Thomas Mann seinen 80. Geburtstag. 1955 wurde aber auch sein Todesjahr. Alle Aktivitäten von Erika Mann standen jetzt im Zeichen ihres Vaters.
Zunächst führte sie als Thomas Manns »Vertrauensperson in Filmdingen« Verhandlungen über neue Roman-Verfilmungen, vor allem über »Felix Krull« und die »Buddenbrooks«. Während der »Krull«[1] 1957 uraufgeführt wurde, verzögerten schwerwiegende Hindernisse politischer Art die Realisierung des »Buddenbrooks«-Vorhabens. Thomas Mann hatte sich dafür eine »gesamtdeutsche« Verfilmung gewünscht.
Unterdessen »destillierte« Erika die Festrede aus dem umfangreichen »Versuch über Schiller«[2], die Thomas Mann anläßlich Schillers 150. Todestags in Stuttgart (am 8.5.1955) und in Weimar (am 15.5.1955) hielt.
Am 12. August starb Thomas Mann im Kantonsspital in Zürich. Der Bericht über »Das letzte Jahr«[3] ihres Vaters wurde Erikas eigener und direkter Beitrag zur Wahrung seines Andenkens und der Beginn ihrer langjährigen Bemühungen um seinen künstlerischen Nachlaß: »Ich will erzählen, – nur dies: von ihm, seinen Plänen, seinem letzten Jahr, den letzten Tagen und Stunden. [...] Ihm ist der Tod gnädig gewesen, und schon sein Todesjahr war durchglänzt und erwärmt von der Gnade, derselben, die Joseph's[4] Teil war, sein Leben lang; die den ›Erwählten‹[5] krönte und die endlich auch ihm gewährt wurde, weil er treu gewesen und sich ganz erfüllt hatte. [...][6]
Lieber, geliebter Zauberer, Du warst gnädig geführt bis zum Ende, und still bist Du fortgegangen, von ›dieser grünen Erde‹, um deren Schicksal Du so lange liebend gebangt.«[7]
Erikas erste Aufgabe wurde aber die Einleitung zur Neuerscheinung der »Betrachtungen eines Unpolitischen«[8], die sie an Stelle ihres Vaters zu schreiben hatte.

1 Vgl. S. 61, Anm. 1. **2** Thomas Mann, »Versuch über Schiller. Zum 150.Todestag des Dichters – Seinem Andenken in Liebe gewidmet«, Berlin und Frankfurt/M. 1955; GW IX, S. 870–951. **3** Erika Mann, »Das letzte Jahr. Bericht über meinen Vater«, Frankfurt/M. (S. Fischer) 1956.

4 Anspielung auf Thomas Manns Tetralogie »Joseph und seine Brüder« (1933–43). **5** Gregorius, Hauptgestalt in Thomas Manns Roman »Der Erwählte« (1951). **6** »Das letzte Jahr«, Neuausgabe 1984, S. 5. **7** Ebenda, S. 92. **8** Vgl. S. 46, Anm. 3.

AN THOMAS MANN Höllriegelskreuth, 4.6.1954

Geliebter Dad, –
was soll *das* nun werden? Dümmlich, wie ich ohnedies bin (nicht *immer,* aber doch zur Zeit), liege ich überdies mit dem nassen Heublumenwickel darnieder, der zu den mannigfachen Riten des Hauses[1] gehört. Vorher, andererseits, gab es andere Abhaltungen; weitere folgen auf dem Fuße, und so laß mich Dir denn mehr schlecht als recht zum Fest gratulieren und zu allem, wozu Du es kürzlich gebracht, – als da sind: Krull, Haus, Pelz[2] und eine nicht abreißende Kette unverhoffter Glücksfällchen, von denen Du sicher sein magst, daß sie Dir treu bleiben werden: ES STRÖMT DIR ZU!
Sei *gesund,* je t'en prie, – erkälte Dich nicht, überanstrenge Dich nicht und tu auch sonst nichts Böses, – *mich,* Du weißt es, träfe die Verantwortung, und nimmer würde mir verziehen von Seiten sämtlicher »Kollegen«.
Daß ich meinerseits nun beinahe sicher demnächst *heilig* gesprochen werde, weißt Du schon? Solange ich denken kann, –: *so* hab ich's noch *nie* getrieben und muß mich wundern über das Übermaß meiner Bravheit. Bisher, – soviel ist richtig, – hat sie mir noch *keinerlei* Früchte getragen. Weit eher das Gegenteil, – was ich auf den Nervenaufwand schiebe, den das Nichtrauchertum zweifellos verursacht. Möchte die Zuversicht meines Arztes schließlich recht behalten. Vorläufig, jedenfalls, für weitere 12 Tage, oder so, heißt es abwarten.
Gestern war überraschend Michael[3] da, – des Bräunchens *Sohn,* der *kleine* Braun, – sehr nüdlich, sonnenverbrannt und hübscher als je. Kennt »Kabale« nicht (auch sonst nichts vom Schillinger), – ein *Student!,* – aber so ist das heute.
Von hier, trotz größter Eintönigkeit, gäbe es viel zu erzählen. Sobald einem Institut dieser Art »weltanschaulich« vorgestanden wird, herrscht ein eigener Hochmut dem »Flachland«[4] ge-

genüber. Und daß in jedem Gespräch der »Chef« starren Blauauges erklärt, er sei »*durchaus nicht* fanatisch«, bewiese nur seinen Fanatismus, auch wenn der sich sonst nicht überall spürbar machte.
Bei allem, was mir an Widrigkeiten laufend zugefügt wird, bleiben die 3 Nächte des geplanten »Heilschlafes« einzigartig und unerreichbar in ihrer wahren *Schrecklichkeit*. Dabei, – und dies hört nicht auf, mich zu aigrieren, – wäre es *so leicht* gewesen, mich zu mir selber zu bringen, und ich werde den Verdacht nicht los, daß die Ärzte (zwei, und zeitweise ihrer gar drei!) in jener 3. Nacht dies gar nicht *wollten,* – vielmehr ihre helle Freude hatten an der »Klassizität«, mit der ich halluzinierte. Einer von ihnen, der erste Assistent, hat mir seither häufig von diesem Erlebnis gesprochen, nie ohne seiner Begeisterung Ausdruck zu geben und zu erklären, – so, – *genau so* »lerne« man, daß halluziniert *werde,* aber nie noch habe er den Vorgang auch nur annähernd in dieser Vollkommenheit beobachten können. – Ich selbst erinnere mich mit abscheulicher Deutlichkeit an *alles.* Auch daran, etwa (um vom harmlosesten etwas anzuführen!), daß eine Schweizer Nurse, die, soviel ich wußte und sah, unten in der Halle am »desk« saß, Dir wegen des Interviews für »Unita«[5] (auf *züri*dütsch) widrig am Zeug flickte. Woraufhin ich, – oben, auf der Treppe stehend, mit *Donner*stimme hinunter*brüllte*: »*Halten* Sie den *Mund,* Sie GOTTVERFLUCHTE DRECKSAU!« Wie sehr mußte dies die arme Nachtschwester erschrecken, die zitternd neben mir stand, nicht ahnend, wodurch eine von mir frei erfundene Figur mich so gräßlich in Harnisch gejagt.
Gleichviel. Es ist vorbei. Aber NIE WIEDER möchte ich dergleichen zu durchleben haben.
Mit der Arbeit, sehr natürlich, hapert es auch. Und täglich kommen Briefe und keiner wird bedankt. Nun, – kommt Zeit, kommt Rat, und mich in Schafsgeduld zu fassen, ist alles, was mir vorläufig bleibt.
Lebt wohl. Wie *inniglich* gedenke ich Euer, jetzt und immer, und wie lepphaft werden meine wenigen Gedanken am Sonntag bei Euch weilen. Grüße für tout le monde
von der arm-lieben E.

1 Klinik in Höllriegelskreuth bei München, wo EM ein hartnäckiges Darm- und Magenleiden behandeln ließ. **2** Als Geschenk sollte Thomas Mann von dem Ost-Berliner Aufbau-Verlag einen Nerzmantel erhalten, der auch pünktlich eintraf. **3** Michael Braun, Sohn des Regisseurs Harald Braun (1901–60). **4** Häufig gebrauchter Terminus in Thomas Manns Roman »Der Zauberberg« (1924). **5** »Unser Interview mit Thomas Mann. Der große Schriftsteller spricht sich gegen den Krieg und die H-Bombe aus«; in: *L'Unità* v. 3.5.1954, dem Organ der Kommunistischen Partei Italiens.

AN THOMAS MANN Höllriegelskreuth, 23.6.1954

Teuerster Z., –
wiewohl quasi ein Dank für mein Ungenügendes vom 4. Juni, war Dein Lieb-Langes[1] vom 7. – nicht nur seinerseits äußerst dankenswert, sondern durchaus erwiderungspflichtig – (könnte in seiner Schiefheit ein neudeutsches Wort sein!) to boot[2]. Und *believe you me*: wär' ich nichtso *gar* dumm – dabei leider nicht einmal leer, vielmehr zornig und bewölkt – im Kopfe, ich wäre längst zu Briefe gekommen.

Anruhendes[3] fand ich, wie es ist, unter Heinrichs[4] Papieren und hob es – gleich damals, Anfang Mai, – für Dich auf, nur, um es in der Folge zu vergessen. Das Zitat mag Dir geläufig sein. Dennoch scheint es mir passend, daß doppelt ein »Doppelbild« (»an sich« Ahne und Enkelin, – Dein bezüglich aber Mutter und Kind!) Dir die *Grillen vorführe*, die selbst der Götterliebling sich da züchtete und hielt.

Und sonst? Wie sehr wünscht ich, es wäre die felsenfeste Überzeugtheit geschwind übertragbar, die ich hinsichtlich Deiner hege! – Ganz als ob übrigens die Unlust und das scheinbare Unvermögen des Augenblicks Dir nicht hübsch vertraut wären, und als ob irgend Grund bestünde, sie nun gerade jetzt, gerade diesmal als definitiv zu empfinden! Was zu tun Du freilich noch keinmal umhin konntest. Außerdem, aber, und *abgesehen* sogar von allem, was Dir noch so kürzlich so wohl geriet: hat es denn nicht so offenbarlich seine *Richtigkeit* mit Deinem Leben und Werk, und verhielte man sich »höheren Ortes« denn wohl wie die Fischer von St. Dunstan[5] und widerspräche sich lächerlich?

Nach dem »Faustus«[6], – meinst Du, – hättest Du reisen sollen? Aber geh! Vom »Erwählten« sagst Du selbst (und sagst selbst Du), daß Du ihn liebst. Doch ist da kürzlich außer und nach ihm – *nichts,* was fehlen dürfte, – keinerlei »Lebensabriß«[7] oder so. Leidigste »Minima« (das für Hesse[8], etwa, zum 75.) sind Dir zu zirrlichsten bijoux geworden, und wie ganz ist – kürz*lichst,* im großkleinen – der »Kleist«[9] Dir gelungen, – wie zweckdienlich, auf persönlichste Manier!
Ärgere ich Dich? Ach, es liegt an der *assiette sowohl, wie* an der *bredouille,* in der ich mich finde! Auf die Gefahr [hin(?)][10], Dich noch mehr zu verdrießen, gestatte ich mir schlußendlich, an »Die drei Gewaltigen«[11] zu erinnern – ein post-Faustum-Werklein, sie gleichfalls! – und zu meinen, daß ein wenig in dieser Art auch das neue Projekt[12] gedeihen müßte, – wobei manch andere Art gewiß zur Verfügung steht, – und ich gewis*ser* die Figur nicht bin, Ratschläge zu erteilen. Noch weniger – womöglich – bin ich der Raimund Hofmannsthal[13], und wenn ich trotzdem der Herzenshoffnung Ausdruck gebe, Du möchtest »es« doch, bitte, *etwas* »easier taken«, so nur, weil ich denke und glaube, dies und *nichts weiter* tue Dir Not.
Verzeih all das Geschreibsel
(»es schadt ja nichts, – aber was soll es?«), da es so deutlich best und ehrlichst gemeint. [...]
Leb wohl. Meine *Absicht* geht dahin, am Montag oder Dienstag wegzufahren, den Abend und die Nacht bei Euch zu verbringen und mich tags darauf ins Luzerner Sanatorium zu begeben. Die nahe Zeit wird zeigen, ob dies Plänchen ausführbar.
Sei mit Deiner *lieben* Frau geherzt von E.

1 Brief an EM v. 7.6.1954; in: Thomas Mann, »Briefe 1948–55 und Nachlese«, S. 344ff. **2** Um dem ganzen noch die Krone aufzusetzen. **3** Nicht erhalten. **4** Heinrich Mann (1871–1950), Schriftsteller; Thomas Manns älterer Bruder. **5** Anspielung auf das Kapitel »Die Fischer von Sankt Dunstan« in Thomas Manns Roman »Der Erwählte« (1951). **6** Thomas Mann, »Dr. Faustus. Das Leben des deutschen Tonsetzers Adrian Leverkühn erzählt von einem Freunde« (1947). **7** Thomas Manns Vortrag »Meine Zeit«, 1950; GW XI, S. 98–144. **8** Thomas Mann, »Brief an Hermann Hesse«; in: *Neue Rundschau,*

Juli 1952; GW X, S. 529 f. **9** Thomas Manns Essay »Heinrich von Kleist und seine Erzählungen«, 1954; GW IX, S. 823–842. **10** Auch eckige Klammer von EM. **11** Thomas Mann, »Die drei Gewaltigen«, erstmals unter dem Titel »Goethe, das deutsche Wunder«; in: *Der Monat,* Berlin, 1. Jg., Nr. 11, 1949; GW X, S. 374–383. **12** In dem Brief an EM v. 7.6.1954 (s. oben Anm. 1) hatte Thomas Mann »ein neues Unternehmen« erwähnt, das ihm vorschwebe, »eine kleine Charakter-Galerie aus der Reformationsepoche«. **13** Raimund von Hofmannsthal (1906–74), jüngster Sohn des Schriftstellers Hugo von Hofmannsthal; ein Jugendfreund von Erika und Klaus Mann. Die Anspielung bezieht sich auf den Ausspruch des wohl etwa achtjährigen R.v.H., der auf die Vorhaltungen eines Kinderfräuleins, daß ein Bub in seinem Alter so etwas nicht tue, sagte: »Ich bin kein Bub in meinem Alter, ich bin der Raimund Hofmannsthal!«

AN LUDWIG MARCUSE

Arosa, 10.2.1955
Hotel Excelsior

Cüselin, –

Du bist gut, – und umso besser, als ich hier oben – was Du freilich nicht wissen konntest – natürlich keinerlei Bibliothek mit mir führe oder zur Verfügung habe.

Mit ein paar vagen Andeutungen mußt Du also – verzeih – wohl oder übel vorlieb nehmen: T.M. hat de facto Freud[1] und sein Werk relativ sehr spät erst kennen gelernt. Doch lagen ja die Ideen des F. gewissermaßen in der Luft; auch läßt sich, wie so oft, nicht einmal genau sagen, *wer was* »zuerst erfunden« hat. Bei T.M., jedenfalls, spielen quasi »freudische« Dinge sehr früh ins Bild. Man denke etwa an den kleinen Hanno[2] und daran, wie bei ihm Psychisches in Physisches übergeht, und wie er stirbt, eher eigentlich an der »Musik« als am Typhus, gegen den sich zu wehren er psychisch so garnicht imstande war. In fast jedwedem Werk des Z. finden sich Dinge, die sich irgendwie auf Freud »reimen«. Warum verschafft sich Hans Castorp[3] ein wenig Fieber? Woran, eigentlich, stirbt Aschenbach[4]? Wie steht es um Adrian Leverkühns[5] »Pakt mit dem Teufel«? Wie mit der Tragödie der »Betrogenen«[6]?

Aber ich könnte lange so weitermachen, ohne Dir doch den erwünschten »research«-Dienst wirklich zu leisten. Ihm zuliebe müßte ich, 1.), wirklich die Sachen alle da haben und, 2.), Herrin meiner Zeit sein. Dies letztere aber bin ich im Augenblick besonders durchaus nicht. Ein dämliches »Drehbuch«[7] hat mich mit allem übrigen um drei Monate zurückgeworfen, das laufende Kinderbuch[8] ist über- und überfällig, meines Vaters Schillerbüchlein – 82 Seiten lang[9] – will zu einer Festrede von 18 Seiten destilliert werden, die Korrespondenz hat fürs allgemeine bereits den Bankrott angemeldet, ein »Nachtgespenst«[10] (für Szczesny) steht überdies bevor – über die »Malerei des 20. Jahrhunderts«, – if you please, – und, kurz, ich bin »serviert«.

Der arme Z., übrigens, ist soeben hübsch krank gewesen. Zur (nötigen) Erholung fuhren wir hier herauf, und gleich mußte er sich eine der garstigsten Virus-Infektionen holen, wurde schließlich, nach viel Penizillin gegen das hohe Fieber ins Spittel zu Chur[11] verbracht (per Ambulanz), ist aber jetzt wieder zuhause, – als »Rekonvaleszent«, – or so we hope.

Leb wohl, mein Guter. Es tut mir aufrichtig leid, daß ich Dir fürder nicht dienlich sein kann, – doch Du siehst, wie es steht.

Immer, und mit den freundlichsten Küssen für Dich und Sascha[12]

die Deine

1 Sigmund Freud (1856–1939), Wiener Arzt und Begründer der Psychoanalyse; 1938 nach London emigriert. Marcuse arbeitete damals an »Sigmund Freud. Sein Bild vom Menschen«, Hamburg (Rowohlt) 1956. **2** Buddenbrook; von seinem Tod handelt das vorletzte Kapitel des Romans »Buddenbrooks. Verfall einer Familie« (1901). **3** Hauptgestalt des Romans »Der Zauberberg« (1924). **4** Der Schriftsteller Gustav von Aschenbach, Held der Novelle »Der Tod in Venedig« (1912). **5** Hauptgestalt des Romans »Doktor Faustus« (1947). **6** »Die Betrogene« (1953), Erzählung. **7** Es handelt sich um das Drehbuch zu dem Kellerfilm ›Regine‹, den Harald Braun 1956 drehte, an welchem EM mitwirken sollte. Dialoge und Notizen im Erika Mann-Archiv. **8** Erika Mann, »Die Zugvögel singen in Paris und Rom«, München (Franz Schneider Verlag) 1955; 4. und letzter Band einer Serie. **9** »Versuch über Schiller«; die hier angegebene Seitenzahl bezieht sich auf das Manuskript. **10** EM war vom Leiter des »Nachtstudios« im Bayerischen Rundfunk, Dr. Gerhard Szczesny, eingeladen worden, an einer Rundfunkdiskussion zum Thema »Malerei im 20. Jahrhundert« teilzunehmen. **11** Am 22.1.1955 war Thomas Mann an einer schweren Virusinfektion erkrankt; vom 31.1.–5.2. wurde er im Kantonsspital in Chur behandelt. **12** Erna Marcuse geb. Reich, genannt Sascha (1913–67).

AN CHRISTOPH GRAF SCHWERIN[1] Arosa, 24.2.1955
Hotel Excelsior

Lieber Graf Christoph, –
seien Sie sehr bedankt für Ihren freundlichen Brief und Ihr freundliches Anerbieten. Aber merkwürdiger Weise besitze ich noch mehrere französische Exemplare des »Alexander«[2]. »Anja und Esther«[3], freilich, findet sich bei mir nicht. Da aber meine Sammlung ausländischer Versionen von Klaus' Büchern ohnedies sehr inkomplett ist, möchte ich Sie Ihres Besitzes nicht berauben, – was nicht heißen will, ich wüßte Ihre Generosität und Nettigkeit nicht zu schätzen.
Nein, von Plon[4] habe ich nichts gehört. Aber sehr wäre mir am Erscheinen des »Vulkan« in Frankreich gelegen, umso dringlicher, als es mir buchstäblich nicht gelingen will, für dieses Buch in Deutschland eine Unterkunft zu finden. Für alles, was Sie also etwa tun können, um diesem wichtigsten Roman meines verstorbenen Bruders in Frankreich eine Heimat zu finden, würde ich Ihnen aufrichtig dankbar sein.
Als Ihr Brief[5] kam, fiel mir ein, daß Ihre Anwesenheit hier mir gewiß von Nutzen gewesen wäre. Galt es doch, das Schiller-Büchlein meines Vaters (125 Seiten ist es lang) auf blanke und bloße 20 Seiten »herunterzuwirtschaften«, oder die zwanzigseitige Rede, die nottut, aus eben diesem Büchlein zu destillieren. Und zwar kam es einerseits darauf an, von der allgemeinen Substanz der Schrift möglichst viel (»viel«! Ha! Ha! Ha!) zu bewahren, während mir (wie T.M.) besonders daran gelegen sein mußte, das »Zeitgemäße«, ja, das brennend Aktuelle in Schiller recht deutlich zu profilieren. Und da Sie, wie ich Sie kenne, sich interessiert hätten, sowohl fürs »Allgemeine«, als auch, dringlicher noch, fürs »Aktuelle«, hätten Sie gewiß einen vortrefflichen Helfer abgegeben für eine Arbeit, die manchmal uferlos und garnicht zu bewältigen schien. *Ganz* ist sie auch noch immer nicht bewältigt, – doch beginne ich immerhin, »Land zu sehen«.
Golo[6] zu raten, ist schwer. Aus irgend welchen Gründen scheint er sich von den »Staaten« (Gott strafe sie!) nicht wirklich losreißen zu wollen, hat ja auch andererseits eine raiso-

nable »Bleibe« hier bei uns noch nicht gefunden. Das freie Herumschriftstellern liegt ihm nicht, und richtig bemerken Sie, sein »Zigeunerdasein« währe nun schon reichlich lange. Was also tun?
Seien Sie nochmals bedankt für Schreiben, wie Anerbieten, wie Teilnahme, und nehmen Sie die besten Wünsche und Grüße
Ihrer

1 Geb. 1933, Journalist. Sein Vater, Ulrich Wilhelm von Schwerin, wurde nach dem 20. Juli 1944 hingerichtet. Erste Begegnung mit EM 1953 in der Schweiz. Veranlassung war ein Brief, den der 16jährige Graf Schwerin an Thomas Mann, damals noch in USA, geschrieben hatte. Die Antwort war eine Einladung zu einem Besuch für den Fall, daß Thomas Mann nach Europa käme. Dank McCarthy geschah das 1953, und darauf spielt EM an. Als S. Fischer-Lektor (1956–64) betreute Graf Schwerin den ersten der von EM herausgegebenen 3 Briefbände ihres Vaters, für den er die Grunddaten der Anmerkungen recherchierte. **2** Klaus Mann, »Alexander. Roman der Utopie«, Berlin (S. Fischer) 1930. Die franz. Ausgabe erschien 1931 in Paris (Ed. Stock) mit einem Vorwort von Jean Cocteau. **3** Klaus Mann, »Anja und Esther. Ein romantisches Stück in sieben Bildern«, Berlin (Oesterheld) 1925. **4** Der französische Verlag Plon hatte für eine Herausgabe von Klaus Manns Werken in Frankreich Interesse gezeigt. **5** Nicht bekannt. **6** Angelus Gottfried Mann, gen. Golo (geb. 1909), Historiker, zweitältester Sohn von Thomas Mann; studierte Philosophie und Geschichte, promovierte 1932 in Heidelberg bei Karl Jaspers, emigrierte im Frühsommer 1933 nach Frankreich, wo er als Lehrer in St. Cloud und Rennes tätig sein konnte. 1937–40 Redakteur von »Maß und Wert« in Zürich. 1940 ging er als Kriegsfreiwilliger nach Frankreich, wurde interniert, floh über die Pyrenäen in die USA. Professor an den Colleges von Olivet/Michigan und Claremont/Kalifornien; 1960–64 Professor für Politische Wissenschaften an der TH Stuttgart. Lebt jetzt als freier Schriftsteller in Kilchberg am Zürichsee.

AN MARTIN FLINKER[1] Kilchberg, 26.6.1955

Lieber Dr. Flinker, –
lassen Sie auch mich Ihnen herzlich danken – und gratulieren! – für die (und zu der) wunderbaren Publikation[2]. Eine solche Ehrung, scheint mir, ist kaum je einem Künstler (oder sonstwem) zuteile geworden, und es kann nicht leicht gewesen sein, all diese glänzenden Namen, will sagen, ihre Träger zu aktivie-

ren und unter einen Hut zu bringen. Wie friedlich doch hier der Green sich dem Picasso beigesellt und Malraux mit Sartre gemeinsame Sache macht!
T.M., wie Sie gespürt haben werden, hat sich ganz ungemein gefreut, – ja, ich wüßte von keinem Geburtstagsgeschenk, das dem Ihren in seinen Augen gleichkäme.
Nun müssen wir gleich nach Holland, wo der Schiller-Circus[3] aufs neue beginnt und wo der Himmel über Noordwijk[4] ein wenig Verständnis aufbringen möge für die Erholungsbedürftigkeit gewisser Kurgäste.
Grüßen Sie Ihren Sohn, bitte, und nehmen Sie selbst alles Freundliche von
immer der Ihren:

1 Geb. 1895; österreichischer Buchhändler, Schriftsteller und Publizist. 1938 nach Frankreich emigriert; er gründete 1947 in Paris seine Buchhandlung. **2** »Hommage de la France à Thomas Mann«, Paris 1955, hrsg. und verlegt von M. Flinker; Festschrift zum 80. Geburtstag Thomas Manns mit Beiträgen französischer und in Frankreich lebender Künstler und Politiker, u.a. Picassos (vgl. S. 76, Anm. 3) und der Schriftsteller Jean-Paul Sartre (vgl. S. 76, Anm. 4), Julien Green (geb. 1900), André Malraux (1901–76; unter de Gaulle Minister für kulturelle Angelegenheiten). **3** Am 1.7.1955 sollte Thomas Mann seine Schiller-Rede in Amsterdam halten. Bei diesem Anlaß wurde ihm das Ordenskreuz von Oranje-Nassau (Kommandeursrang) namens der Königin der Niederlande verliehen. Am 4.7. hielt Thomas Mann zum vierten und letzten Mal seine Schiller-Rede im Rahmen des ›Holland Festivals‹ in Den Haag. **4** In Noordwijk aan Zee, wo Thomas Mann sich vom 5.–23.7. aufhielt, erkrankte er ernsthaft; er kehrte im Flugzeug nach Zürich zurück.

VON BRUNO WALTER[1] Beverly Hills, 14.8.1955

Liebste Erika!
Du weißt es wohl wie sehr ich Deinen Vater geliebt habe[2], Du weißt sicher auch von meinem Wissen darum, was er in Deinem Leben bedeutet hat. Wie sollte ich da Worte für die Größe eines solchen Verlustes finden, was könnte ich Dir wohl sagen? Wie ich aber gestern schon an Mielein[3] schrieb, laß es mich auch Dir versichern: mein Herz und meine Gedanken sind in Liebe und Sorge bei Dir. Selten wohl hat es ein schöneres, lebensvol-

leres, fruchtbareres Vater-Tochter-Verhältnis gegeben als das Eure und für Euch beide fühlte ich mich glücklich, wenn ich daran dachte. Welch einen Herzenstrost, welche Lebenswärme und auch welche aktuelle geistige Hilfe konntest Du ihm in immer höherem Maß bedeuten und welch eine Quelle unaufhörlicher bedeutendster Einwirkung auf Deine eigene geistige Entwicklung, welch dankbarer Empfänger für die Gaben Deiner lebendigen Geistigkeit und Deiner liebevollen Weggenossenschaft war sein edles Herz! Ich sollte denken, eine so wahrhaft fruchtbare und harmonische Beziehung wie die zwischen Euch wird ihren Segen über Dein ganzes ferneres Leben ergießen und das Gefühl davon was Du ihm warst, was er Dir war, muß Dir in all dem Schmerz über den Verlust zu einer Quelle tiefsten Trostes werden.
Ich stelle mir vor, was die nächste Zeit an Sorgen und Fürsorgen aller Art Dir auferlegen wird, auch was im Weiteren an Arbeit und Pflichten auf Dich wartet. Doch wäre ich für ein gelegentliches kurzes Wort sehr dankbar.
Bitte richte doch Deinen Geschwistern aus, daß ich in meiner Trauer um den geliebten Freund auch ihrer Trauer und ihres Verlustes von Herzen gedenke.
Du selbst nimm innigste Umarmung
von Deinem alten Bruno

1 1876–1962, Dirigent; gen. Kuzi. 1913–22 Generalmusikdirektor in München. Thomas Manns Nachbar im Herzogpark und lebenslang mit ihm befreundet. 1933 nach Österreich emigriert, 1934–36 Leiter der Wiener Staatsoper; seit 1940 lebte er in Beverly Hills, Kalifornien. **2** Thomas Mann war am 12.8.1955 in Zürich gestorben. **3** Katia Mann.

AN KÄTHE ROSENBERG[1] und
ILSE DERNBURG[2] Kilchberg, 22.8.1955

Meine Lieben, –
anbei mein Schrieb (mit Beilagen) vom 6. August. Einer düsteren Ahnung folgend habe ich ihn damals nicht abgeschickt. Nun aber behält er seine Gültigkeit.

Mielein dankt aufs innigste für Eure Briefe[3]. Ihr werdet wissen wollen, was geschehen ist und wie es geschehen konnte: Von Anfang an war zu befürchten gewesen, die Thrombose (denn eine solche war es von Anfang an, und die »Venenentzündung« hatten wir nur zu seiner eigenen Täuschung ausgegeben) sei nicht »primärer« Natur bei einem Patienten, der all seiner Lebtage nichts mit den Venen zu tun gehabt hatte. Natürlich dachten Ärzte, wie Nächstbetroffene in erster Linie an die Möglichkeit einer »Neubildung« (nur ich, – seltsam, – war überzeugt, derlei sei nicht im Spiele). Zu Besorgnissen dieser oder ähnlicher Art war umso mehr Anlaß, als die »Senkung« sich im Laufe des Klinik-Aufenthaltes[4] nicht nur nicht gebessert, sondern sogar verschlimmert hatte. Auf der anderen Seite machte die Heilung der lokalen Erkrankung so überraschend gute und geschwinde Fortschritte, daß man – »Neubildung« oder nicht – hoffen durfte, der Patient werde in knappen zwei Wochen als von der Thrombose geheilt nachhause kehren können. Und Alters-Carcinome, – man weiß es – können Jahre hindurch und bis zum Tode beinah statisch bleiben, ohne dem von ihnen Befallenen viel Leid zuzufügen. So lagen die Dinge, als am Donnerstag abend unser Z. einen kleinen Kollaps erlitt. Er saß im Stuhl, – hätte an diesem Tag zum ersten mal ein bißchen auf dem Korridor spazieren sollen, mußte aber schleunig ins Bett zurückgehoben werden und befand sich äußerst schwach. Dennoch kehrten an diesem Abend noch Blutdruck und Herzschlag zum Normalen zurück, und selbst am nächsten Morgen noch, nach schlecht verbrachter Nacht, waren die wesentlichen Funktionen normal. Um halb neun dann (Mielein war unterwegs zwischen hier und der Klinik) geschah der große Kollaps, der ihn sofort ums Leben gebracht hätte, wären die Ärzte nicht zur Stelle gewesen, um das Ende, an dessen Unverhütbarkeit sie nicht glauben konnten, künstlich zu verschieben. Er hat nicht sehr gelitten, glauben wir, nicht um seinen Zustand gewußt. Etwas Atemnot zuzeiten, durch Sauerstoffgaben schnell abgestellt, – einige Übelkeit, unendliche Schwäche. Aber am Abend, als, bei aller Unerklärlichkeit der Lage, deutlich geworden war, daß niemand sie ändern könne, war der Oberarzt – ein Westschweizer – menschlich und mutig genug,

Morphium zu verabfolgen. – Z., der den ganzen Tag bei hellem Bewußtsein gewesen war, wurde ruhig und schläferig. Im Einschlafen verlangte er nach seiner Brille; als er sie hatte, schlief er zufrieden ein und ist, etwa eine Stunde später, hinübergegangen, ohne daß Mielein, die neben ihm saß, den Augenblick hätte unterscheiden können.

Ich hatte ihn um drei noch gesehen. Abends standen Golo und ich (die anderen Kinder und die Enkelbübchen kamen zur Beerdigung) auf dem Gang. Wir wollten ihm nicht den Eindruck erwecken, ein Abschied stehe bevor.

Die Teilnahme der hiesigen Freunde und die der Welt ist groß und echt, ohne freilich auch nur in die Nähe kommen zu können unseres Kummers.

Übrigens hat die Sektion das Rätsel seiner Krankheit und seines Endes gelöst: das Herz war in ganz ungewöhnlichem, radikalem Maße verkalkt, auch die große Arterie des erkrankten Beines war dies, und dasselbe gilt von sämtlichen Zweigen mit Ausnahme des Gehirns. Sein Leben, sagen die Ärzte, hat seit langem an einem Haar gehangen, und wie es möglich für ihn war, die körperlichen und geistigen Strapazen der letzten Monate zu bestehen, bleibt phänomenal, ja mysteriös, – ein Sieg des Geistes über die Materie. Für Mielein war es von großer Wichtigkeit zu erfahren, daß nichts, was wir getan oder »erlaubt« hatten, keine Rück-Emigration, keine Schillerfeiern, – nichts eine Rolle gespielt hatte bei diesem Ende; daß vielmehr die Uhr abgelaufen war und auf unglaubliche Art noch gegangen war und so schön geschlagen hatte, *nachdem* es im Grunde schon geschehen war um das teuere Räderwerk. [...]

Seid umhalst und verzeiht den schnellen, schlechten Brief. Es ist der erste, den ich schreibe und jedes Fünkchen von »Talent« hat mich jetzt verlassen.

Die Euere:

1 1883–1960, Übersetzerin; eine Cousine von Katia Mann. **2** Geb. Rosenberg, ihre Schwester (1880–1965). **3** Nicht bekannt. **4** Im Kantonsspital in Zürich.

VON LION FEUCHTWANGER[1] Pacific Palisades, 3.10.1955

Liebste Erika,
Ich habe mich ehrlich gefreut, von Ihnen zu hören. Ich begreife durchaus, daß es immer wieder eine lästige und überflüssige Aufgabe scheint, Freunden zu schreiben; denn das Wesentliche läßt sich schriftlich ja doch kaum mitteilen.
Ich freue mich, daß Sie und Katia beschäftigt und abgelenkt sind. Ich habe vor kurzem Golo gesehen, bei Bruno Walter, und er hat mir ein weniges erzählt, nicht viel.
Mir geht es leidlich, eher gut. Natürlich verspüre ich oft Lust, von hier wegzugehen; manchmal verlangt es mich dringlich danach. Anderenteils weiß ich, daß ich eine schönere Stätte, meinen Schreibtisch hinzustellen, kaum finden kann und ich möchte die vertraute Umgebung meiner Bücher nicht verlieren. Nach Europa überzusiedeln und dort ein wohnliches Haus einzurichten, würde kaum weniger als ein bis zwei Jahre kosten, und die möchte ich nicht verlieren. Auch würde eine solche Umsiedlung sehr viel Geschrei hervorrufen, und ich bin es müde, dem Gebrüll der vereinten Dummköpfe immer wieder die gleichen Argumente zu wiederholen.
Ihnen und Katia sehr, sehr herzlich alles Gute, auch von Marta[2] und von Eva[3]. Und wenn Ihnen einmal danach zumut ist, liebste Erika, dann schreiben Sie wieder.
Immer Ihr Lion Feuchtwanger

1 1884–1958, Schriftsteller und Dramatiker; 1933 nach Frankreich, 1940 in die USA emigriert. **2** Marta Feuchtwanger geb. Löffler (geb. 1891), seine Ehefrau. **3** Eva Herrmann (1901–78), Zeichnerin und Karikaturistin; eine enge Freundin EMs. Sie stammte aus München, lebte aber seit 1919 in New York, später in Santa Barbara/Kalifornien.

AN BRUNO UND LOTTE WALTER[1] Kilchberg, 17.10.1955

Meine Lieben und Guten, –
seid von Herzen bedankt für Euere Briefe, – Du besonders, lieber Kuzi, von dem ich doch weiß, wie sehr ihn das Schreiben bemüht. Und überdies: ich hatte Deinen Geburtstag vergessen,

– ach, zum ersten mal seit wie langem! Deinen, liebe Taube, vergesse ich wenigstens immer (weiß auch jetzt nicht, wann er war oder sein wird!), und so kommt dem Einzelfall geringere Bedeutung und Schande zu. Verzeiht, bitte, alle beide!
Mielein schreibt auch, und Überschneidungen erscheinen unvermeidlich. Daß Fridos[2] Krankheit und Rückfall mich, die ich ganz allein war mit der Sorge, über die Maßen erschreckt hat, versteht sich. Mittendrin mußte ich mich auch selbst auf den Operationstisch legen, – eines schwer infizierten »Hagelkorns« – am Auge – wegen, das aus dem unteren Lid »geschält« sein wollte. Die Lokalanästhesie reichte nicht tief genug, – und es war ganz ungemein widerwärtig, tat auch nachher wütend weh und verlieh mir auf lange das Aussehen eines übelst zugerichteten Boxers. Je nun!
Die Einleitung zu den »Betrachtungen«[3] ist fertig, wird gelobt (auch und besonders von Golo, dessen Urteil gerade in dieser Sache mir sehr wichtig war und ist), und ich hoffe, daß sie klärend und pazifizierend wirken wird hinsichtlich eines Buches, über das feindliche Unwissenheit so viel Falsches verbreitet. Nächstens muß ich nach München; aber gleich nach der Rückkehr mache ich mich an die »Gedächtnisschrift«[4], über die wir uns mit Fischer einig geworden und die Z.s letztes Jahr, seine Pläne, seine letzten Tage und Stunden zum Gegenstand haben soll. Auch eine schöne Auswahl von Briefen, – größtenteils unbekannter junger Leute, – nach dem Tode an uns gelangt, wollen wir aufnehmen[5]. – Das Grab ist jetzt gärtnerisch angelegt, – sehr gut und sehr richtig: vor Weihnachten noch kommt der Stein, – ein behauener (nicht geschliffener) Granitblock.
Zu meiner Freude, Kuzi, höre ich, daß Du Dein Buch[6] fertig gestellt hast. Du weißt, was ich mir mit vollem Recht gerade von dieser Hervorbringung verspreche und begreifst also, daß ich mich *sehr* darauf freue. – Wir haben einige schmerzliche Freude an der »T.M.-Spende« der westdeutschen Kultusminister, – dem Z. zum 80. übermacht. Es sind da 50 000 Mark für begabte oder verdiente und bedürftige deutschschreibende Schriftsteller (also auch Emigranten), – eine Summe, mittels deren immerhin einer ganzen Reihe von Menschen auf eine Weile geholfen werden und auf eine größere Mut gemacht wer-

den kann. Diese posthume Hilfe, die Z. zu leisten vermag, ist schön und so sehr in seinem Geiste.
Lebt wohl, – ich freue mich auf Euch. Fast – und nur zu gern – wäre ich nach Wien gekommen. Doch ruft die Arbeit an der Schrift, die durch Fridos Krankheit und mein Elendsauge bitterlich ins Hintertreffen geriet. Auch ist es nicht tunlich, Mielein länger allein zu lassen – trotz den Bübchen – als durchaus nötig.
Innig und in Treuen die Eure:

1 Lotte Lindt-Walter (1903–70), älteste Tochter von Bruno Walter; Jugendfreundin von EM. **2** Frido Mann (geb. 1940), ältester Sohn von EMs Bruder Michael Mann (1919–77). **3** Das Vorwort für die neue Ausgabe von Thomas Manns »Betrachtungen eines Unpolitischen« (Frankfurt, S. Fischer, 1956; Erstausgabe 1918) war die erste Arbeit EMs nach dem Tod ihres Vaters. Sie schrieb es an seiner Statt. Es sollte »zeigen, wie Thomas Manns politische Entwicklung verlief, wie sie eben mit den ›Betrachtungen‹ ihren Anfang nahm und, schon während der Arbeit an dieser Schrift fortschritt, um, von 1918 an, in geradezu und ungebrochenem Fluß weiterzugehen bis zum Ende« (unveröffentlichter Brief an Rudolf Hirsch v. 18.9.1955; Typoskr. im Erika Mann-Archiv). **4** »Das letzte Jahr«. **5** Dieser Plan wurde nicht verwirklicht. **6** Bruno Walter, »Vom Mozart der Zauberflöte«, Frankfurt (S. Fischer) 1955.

AN DEN HERAUSGEBER DER »TIMES«[1]

Kilchberg, 5.11.1955[2]

Sehr geehrter Herr, –
in einer Meldung, erschienen in Ihrer Ausgabe vom 2. November, erwähnt Ihr Bonner Korrespondent, sachlich zutreffend, »ein neugegründetes Institut zur Erforschung von Thomas Manns Leben und Werk ... Das Institut befindet sich in Ost-Berlin.« Nachdem er berichtet hat, daß »laut Mitteilung der Ost-Berliner Nachrichtenagentur A.D.N. das Projekt mit Thomas Mann erörtert wurde und nun in Absprache mit dessen Familie durchgeführt wird«, fügt Ihr Korrespondent aus eigener Initiative hinzu, »er (Thomas Mann)« habe »Ost-Deutschland häufig besucht«. Dies entspricht nicht den Tatsachen.
In Wirklichkeit fuhr mein Vater nur zweimal in die Ost-Zone

– beide Male ausschließlich nach Weimar –, um die großen Dichter der deutschen Vergangenheit zu ehren: Goethe (im Jahre 1949) und Schiller (1955). »Wer«, sagte er, »sollte die Einheit Deutschlands gewährleisten und darstellen, wenn nicht ein unabhängiger Schriftsteller, dessen wahre Heimat die freie, von Besatzungen unberührte Sprache ist?«[3]
Erlauben Sie mir hinzuzufügen, daß zwar das Berliner Institut tatsächlich in stetigem Einvernehmen mit meines Vaters Erben arbeiten wird, daß jedoch sein gesamter literarischer Nachlaß, seine Manuskripte, Notizbücher, Tagebücher usw. in der Schweiz verbleiben werden.
Mit freundlichen Grüßen, Erika Mann

1 »The Times«, London. Der Leserbrief EMs wurde im Nov. 1955 abgedruckt. **2** Original (Zeitungsausschnitt) in englischer Sprache. **3** Zitiert nach Thomas Manns »Ansprache im Goethejahr«; in: *Neue Zeitung,* München, 26.7.1949.

AN FRITZI MASSARY[1] Kilchberg, 6.11.1955

Fritzilieb, –
sei mir doch *bitte* nicht gram ob meines langen Schweigens! Wir haben über tausend Karten ausgeschickt und nur solche Freunde ausgenommen, denen wir durchaus auf diesem Wege nicht ins Haus kommen mochten, und die nun fast sämtlich unbedankt – wenn auch gewiß nicht unbedacht! – blieben. Ich weiß, derlei erklärt sich nicht und zähle lieber auf Dein freundliches Herz.
Durch Walters, denen ich mit Müh und Not geschrieben, und die den Golo zweimal bei sich gesehen, bist Du leidlich im Bilde. Und daß im übrigen ein Verlust, wie dieser, mit der Zeit sich nur ärger – nicht sanfter! – spürbar macht, ist Dir schmerzlich bekannt. Ein *kleines* Bißchen, ein *wenig,* doch, hilft bei uns die ständige Beschäftigung mit seinen Dingen, die Sorge um den Nachlaß, die Schrift zu seinem Gedächtnis, an der ich arbeite, ein genauer Bericht über sein letztes Jahr, über die letzten Tage und Stunden. Etwas hohl und müßig bleibt freilich der Zeitver-

treib, da er ihm selbst nicht mehr gilt, ihn nicht mehr unterhalten und zum Lachen bringen kann. Da er aber für die Freunde bestimmt ist und da ich vielleicht hoffen darf, ihnen den Zauberer mit dieser Arbeit näher zu bringen, tue ich sie gern und gebe mir die redlichste Mühe.

Der Spätherbst ist mild und föhnig. Unter unseren Fenstern wird ein Haus gebaut, worüber wir sehr erschraken, als Z. in der Klinik lag. Wie würde, wenn er heimkäme, der Lärm ihn stören, und welch ein Jammer würde es schließlich sein, um die Aussicht aus seinem Arbeitszimmer! Das Haus wird unverhofft niedrig, – nirgends verdeckt es den See, – auch an seinem Schreibtisch nicht, – wir haben es ausprobiert. Wozu? Sinnlos sind die Spiele der allein Gelassenen.

Und sonst? Wir mühen uns wacker. Meinerseits werde ich mit nächstem 50 (fünfzig!) Jahre alt; daß Z. und ich die Jubiläen im gleichen Jahre feiern würden, – erst er sein großes, dann ich mein kleines, – hatten wir längst, längst errechnet, – falsch, einmal wieder, – zum Weinen falsch. – Ich bekomme ein Auto (im Tausch gegen meine Minxe, die kränkelt) und weiß, daß er sich kindlich gefreut haben würde über dies, sein Geschenk an mich. Es ist hübsch, das zu wissen. Aber schön ist es, sich zu sagen, wie gnädig er geführt war, bis zum Ende, und daß er Musik zu hören schien, während er starb.

Verzeih mir, Fritzilein, daß ich dem Gegenstand verhaftet scheine. Denn sogar Deine Jacke, mein weitaus bestes Stück, fällt mir, da sie schwarz ist und ich sie öfter trage als je, mit jenem zusammen. – Ob Du gestern den Wiener »Fidelio«[2] gehört hast (seine Lieblingsoper, – verzeih!)? Wir haben; und sind sicher, daß es in der Geschichte des Radios eine solche Ansammlung von »hookups«[3] nicht gegeben hat. Von Marokko bis Moskau, von Rom bis Australien und von Finnland bis Tokio rief »der Bruder seine Brüder«, und man begriff, wie gern die geschlagene Menschheit sich zusammen täte, wenn ihr nur erlaubt wäre, es in solchem Geiste zu tun. Weißt Du, ob unser Kuzchen[4] aufgefordert war, zu dirigieren? Sollte er abgelehnt haben, – aus welchen Gründen immer, – so hätte er, meine ich, den schwersten Fehler seiner Laufbahn begangen; abtreten, – in that worldwide blaze of glory[5], – das durfte er nicht ver-

säumen, und wenn es sein Ende gewesen wäre! – Aber ich werde ja sehen. Am 14. kommen sie her, und Lotte wird mir kaum verschweigen, was es auf sich hatte, mit dem gestrigen Abend, an dem sein *Name* nicht gefallen wäre, hätte im Pauseninterview eine Sängerin ihn nicht zufällig erwähnt und wäre er nicht als komplette Nebensächlichkeit einem Ansager im letzten Augenblick unterlaufen. Schande, wem Schande gebührt, – aber das alles war schändlich und hat mich zutiefst verdrossen.
Leb wohl, meine sehr Liebe. Wie schon manchmal muß die zugetane Ausführlichkeit eines Schreibens von mir für seine Seltenheit aufzukommen hoffen. Sei gesund und leidlich froh und aufs treulichste geherzt
von immer Deiner:

1 Fritzi Massary (1882–1969), Operettendiva; Schwiegermutter des Schriftstellers Bruno Frank. 1933 nach Wien, dann nach London emigriert. Seit 1938 lebte sie in Hollywood. **2** Beethovens Oper wurde am 5.11.1955 zur Wiedereröffnung der im Krieg zerstörten Wiener Staatsoper gespielt. Dirigent war Karl Böhm. **3** Übernahme einer Direktübertragung durch andere Sender. **4** Bruno Walter (vgl. S. 41, Anm. 1), der die Wiener Staatsoper 1934–36 geleitet hatte. **5** Engl.: in diesem weltweiten Jubelgetön.

AN W.E. SÜSKIND[1] Kilchberg, 19.11.1955

W.E.S., –
es war freundlich von Dir, diesen neuen Versuch nicht zu scheuen. Anläßlich des halben Jahrhunderts, das ich hinter mich gebracht, erinnerst Du mich an den 9. November, 1923, der mir freilich ohnedies erinnerlich war. Gemeinsam verlebte Kindheits- oder Jugendjahre sind wohl verbindend, – oder wären es doch, wenn das, was dann kam, nicht die äußerste Entfremdung hätte schaffen müssen. An dieser weiß ich mich schuldlos und auch Dich bezichtige ich nicht. Ich bin niemandes Richter; doch steht es fest in mir, daß unsere Wege sich auf Nimmerwiedersehen getrennt haben. Ja, wäre ich selbst über »Krakau« hinweggekommen (was kaum zu denken ist!), –

schon Dein angemaßtes »Gespräch mit einem Toten«[2] hätte mich wieder verjagt.
»Die Welt«, schriebst Du Klaus anno 27 in sein Exemplar von »Tordis«[3], »ruht vornehmlich auf dem Gedanken der Treue«. Das war von Joseph Conrad[4]. Dir stand es nicht zu.
Danke dennoch für Dein Gedenken.

1 W(ilhelm) E(manuel) Süskind (1901–70), Schriftsteller; Jugendfreund von Klaus und Erika Mann. Er blieb während der Nazizeit in Deutschland und versuchte 1933, Klaus zur Rückkehr aus der Emigration zu bewegen. 1933–42 leitender Redakteur der Zeitschrift »Die Literatur«; seit dem 1.1.1943 literarischer Redakteur der »Krakauer Zeitung«, die laut Klaus Mann »unter der Schirmherrschaft des berüchtigten Gouverneurs Frank« stand (Brief an Thomas Mann v. 16.5.1945; in: »Briefe und Antworten II«, S. 432). Hans Frank war 1939 – 45 Generalgouverneur in Polen und wurde 1946 in Nürnberg zum Tode verurteilt und hingerichtet. – Nach dem Krieg wurde Süskind Mitarbeiter und schließlich leitender politischer Redakteur der »Süddeutschen Zeitung«. Wie EM hatte auch Klaus Mann eine Versöhnung mit ihm nach 1945 abgelehnt. **2** Süskinds Rezension von Klaus Manns Autobiographie »Der Wendepunkt«; in: *Süddeutsche Zeitung* v. 17.10.1952. **3** W.E. Süskind, »Tordis«, 1927; Novellen. Das Widmungsexemplar befindet sich im Klaus Mann-Archiv. **4** 1857 – 1924, Kapitän und Schriftsteller; der gebürtige Pole schrieb in englischer Sprache.

AN HERMANN HESSE — Kilchberg, 1.12.1955

Lieber, hochverehrter Herr Hesse, –
mit den »Beschwörungen«[1] haben Sie mir eine wirklich sehr große Freude gemacht. Der Band mit der lieben Widmung, der vorzüglichen und schönen Photographie und dem Beiblatt vom »Aquarellmalen« kam vor zwei Tagen schon, und eigentlich wollte ich alles erst gelesen haben, ehe ich Ihnen von Herzen Dank sagte. Dann wurde ich so vielfach gestört, daß ich es bis heute zur eigentlichen Lektüre nicht gebracht habe (nur die dreieinhalb Seiten vom Jahre 1927 habe ich genossen, und bin zu meiner Freude im Inhaltsverzeichnis manchem wiederbegegnet, das mir vertraut ist und daran ich hänge, – »Bericht aus Normalien«, »Die Dohle«, »Kaminfegerchen«, und anderes). Ich begreife wohl, in welchem freundlichen und tröstlichen

Sinne Ihre Gabe gemeint ist und bedanke mich besonders für die Gedanken, die hinter ihr stehen.
Meine Mutter und ich sind vor ein paar Tagen aus München zurückgekommen, wo wir ein paar Tage verbrachten. Es gab dort eine offizielle Feier[2] zum Gedächtnis meines Vaters. Sie verlief würdig – im ganzen – wenn auch manches zu lang, manches unbeholfen und manches unnötig war. Hier bin ich vor allem mit einer Schrift befaßt, die »Das letzte Jahr« heißen soll und einen Bericht über den »Zauberer« darstellt. Fischer will die Broschüre im Vorfrühling herausbringen.
Von meiner Mutter (die längst einmal schreiben wollte und es gewiß bald tun wird) wäre zu sagen, daß es ihr nicht völlig unleidlich geht. Es ist gut, daß sie die Enkel hier hat, – vor allem den Frido-Echo[3], den Liebling des Z. Mit ihm arbeitet sie, ihn verwöhnt sie, von seinen Zeugnissen träumt sie, und eine kleine Nische wenigstens der entleerten Existenz vermag er auszufüllen. Entleert – vom Wichtigsten, meine ich. Denn natürlich zählen Kinder und Freunde auch.
Trebitsch[4], der reine Tor, erzählt, wie reizend er bei und von Ihnen empfangen worden sei. Hoffentlich hat er Sie nicht zu sehr gestört. Aber gut war es, zu hören, daß Sie Beide sich wohlbefinden.
Meinen Bruder Golo erwarten wir im Februar aus Amerika zurück, Michael[5] wohl erst Ende März. Elisabeth[6] (Medi) wird Weihnachten mit ihren hübschen und bösen Kindern bei uns verbringen. Dann wird auch auf dem Grab der Stein schon stehen (ein Block, Tessiner Granit, graviert, behauen), aber traurig ist jedes Fest, – noch trauriger als die Werkeltage.
Seien Sie sehr gegrüßt und nochmals von Herzen bedankt. Ich darf mich melden, wenn ich ausgelesen habe?
Wie immer die Ihre: Erika Mann

1 Hermann Hesse, »Beschwörungen. Späte Prosa. Neue Folge«, 1955. **2** Thomas Mann-Gedächtnisfeier in den Münchner Kammerspielen am 25.11.1955. **3** Das Kind Echo in Thomas Manns »Doktor Faustus« trägt Züge Fridos. **4** Siegfried Trebitsch (1869–1956), Wiener Schriftsteller; 1938 nach Zürich übergesiedelt. **5** Michael Mann, gen. Bibi (1919–77), jüngster Sohn Thomas Manns; Fridos Vater. Zunächst Violinist und Bratschensolist, seit 1961 Professor für Deutsche Literatur an der University of California in Berkely; Publizist und Schriftsteller; war auch wissenschaftlich mit dem Werk seines Vaters befaßt. S.a. Michael Mann, »Fragmente eines Lebens«, Hrsg. Frederic C. und Sally P. Tubach, München (Ellermann) 1983. **6** Elisabeth Mann, gen. Medi (geb. 1918), jüngste Tochter Thomas Manns; Schriftstellerin vorwiegend in englischer Sprache. Seit 1939 mit dem italo-amerikanischen Literaturhistoriker Giuseppe Antonio Borgese (1882–1952) verheiratet; Mutter zweier Töchter. Sie lebt in Kanada und ist seit 1980 Professor of Political Science an der Dalhousie University in Halifax, Kanada.

VON HERMANN HESSE Montagnola

[o.D.; um Weihnachten 1955]

Liebe Frau Erika

Für Ihren Brief war ich dankbar. Wir haben seit dem großen Unglück Ihrer und Ihrer Mutter so viel gedacht und uns Ihr jetziges Leben vorzustellen gesucht. Bei uns hat wenig sich geändert. Vielleicht auch merke ich es nur nicht so. Mir sind die Altersgaben Ihres Vaters, die Rüstigkeit und Munterkeit bis zuletzt, nicht zuteil geworden; dafür eine andere, auch nicht wertlose: ein sachtes Vertrotteln. Da erträgt man Dinge, über die man früher gar nicht weggekommen wäre. Und dann sind die lichten kleinen Inseln dazwischen, die Augenblicke großen Wachseins, sie sind selten, aber da schreibe ich dann die kleinen Notizen, die Sie in den »Beschwörungen« finden. Lesen Sie noch viel? Vielleicht bekamen Sie durch Adorno[1], der sie herausgegeben hat, die zwei Bände von Benjamin[2], die scheinen mir im großen Büchermarkt dieses Winters das Gediegenste.

Wieder Post von Ihnen zu kriegen wird mir immer eine Freude sein. Ich grüße herzlich und wünsche dem verwaisten Haus eine helle Kinderweihnacht.

Ihr H. Hesse

1 Vgl. S. 84, Anm. 1. **2** Walter Benjamin (1892–1940), Essayist, Literaturkritiker und -wissenschaftler; nach 1933 schreibt er unter Pseudonymen, emigriert dann nach Paris. Freitod auf der Flucht aus Marseille, um nicht von der Gestapo verhaftet zu werden. – »Schriften«, 2 Bde., hrsg. v. Th. W. und G. Adorno, 1955.

AN OTTO ROEDER[1] Kilchberg, 18.1.1956

Sehr verehrter Herr Dr. Roeder,
haben Sie vielen Dank für Ihre Mitteilung, die uns eine wirkliche Freude bedeutet. Die Umbenennung[2] der Föhringer- in Thomas Mann-Allee stellt die erste Ehrung ihrer Art dar, die dem Namen meines Vaters in der Bundesrepublik widerfährt, und daß wir diese Ehrung Ihrer Initiative zu danken haben, ist uns besonders lieb und bemerkenswert.
Nehmen Sie unseren herzlichen Dank und seien Sie unserer freundlichen Verbundenheit versichert.
Die Ihre

1 R. hatte sein Haus auf dem Fundament des im Krieg weitgehend zerstörten, vorher TM von den N.S.-Behörden enteigneten Wohnhauses Poschingerstr. 1 erbaut. R. beantragte 1955 bei der Stadt München die Umbenennung der Föhringer Allee, zu der das Wohnhaus jetzt gerechnet wurde (Nr. 10). Die Stadt kam seinem Wunsch sofort nach. **2** Thomas Mann ging fast täglich durch die Föhringer Allee, an der die Eingangsfront seines Hauses lag.

TELEGRAMM AN LUCHINO VISCONTI[1] Kilchberg, März 1956[2]

Meine herzlichsten Glückwünsche zu Ihrem exzellenten Mario. Könnte ich erfahren, ob Sie an der Möglichkeit interessiert wären, die Produktion eines Felix-Krull-Films mit erstklassiger deutscher Firma zu leiten? Einer deutsch-italienischen Koproduktion stünde nichts im Wege.

1 Luchino Visconti (1906–76), italienischer Regisseur. Ende Februar 1956 hatte er eine Art »Sprechballett«, das auf Thomas Manns Erzählung »Mario und der Zauberer« basiert, mit größtem Erfolg an der Mailänder »Scala« aufgeführt. Auf eine Krull-Verfilmung unter seiner Regie setzte EM große Hoffnung, es kam aber nicht dazu. 1970 verfilmte Visconti Thomas Manns Novelle »Der Tod in Venedig«. (Zur Krull-Verfilmung vgl. S. 59 und S. 61, Anm. 1). **2** Original in französischer Sprache.

VON GOTTFRIED
BERMANN FISCHER[1] Frankfurt/Main, 29.3.1956

Liebe Erika,
Sie haben ein wundervolles Buch[2] geschrieben, das mich tief bewegt. Es ist Ihnen etwas ganz Einmaliges gelungen. Obwohl aus jedem Wort und jedem Satz Ihre Liebe zu Ihrem Vater spricht, haben Sie in der schriftstellerischen Gestaltung eine Distanzierung gewahrt, die Ihre Darstellung aus der persönlichen Sphäre in die des Kunstwerkes erhebt.
Das Dokumentarische wird hier zum Erlebnis. Er tritt lebendig – wie durch die Spalte eines Vorhanges, den Sie öffnen – hervor, lächelt uns an und versinkt vor unseren Augen, unendlich traurig. Aber wie lebendig wird er uns nahegebracht in den vielen, vielfältigen Aspekten seiner Persönlichkeit und schließlich in ihrer Grundformel: Bescheidenheit, Güte und Humor, den drei Eigenschaften, deren Bedeutung im Lebensbild Ihres Vaters nur ganz würdigen kann, wer sie direkt zugleich mit der unmittelbaren Ausstrahlung seiner großen schöpferischen Persönlichkeit erleben durfte.
Dank für dieses Buch.
Herzlichst Ihr Gottfried

1 Gottfried Bermann Fischer (geb. 1897), Chirurg; seit 1926 mit Brigitte Fischer (geb. 1905), älteste Tochter des Verlegers Samuel Fischer verheiratet. Seit 1928 Geschäftsführer des S. Fischer Verlags, dessen Namen er seinem Familiennamen hinzufügte. 1936 nach Wien emigriert, wo er die Bermann-Fischer GmbH gründete. 1938 mit Hilfe des Bonnier Verlags Neueröffnung des Bermann-Fischer Verlags in Stockholm. 1940 mit F.H. Landshoff Gründung der L.B. Fischer Corporation in New York. Nach dem Krieg Rückkehr nach Schweden und dann nach Deutschland. 1950 Neueröffnung des S. Fischer Verlags in Frankfurt/M. Das Ehepaar Bermann Fischer lebt heute in Camaiore/Italien. **2** »Das letzte Jahr«.

AN GOTTFRIED BERMANN FISCHER

Luzern, 2.4.1956
Kurhaus Sonn-Matt

Lieber Gottfried, –
seien Sie sehr bedankt für Ihren so freundlichen Brief. Meinerseits war – und bin – ich so unsicher bezüglich meiner kleinen Schrift, daß jedes anerkennende Wort mir eine Stärkung bedeutet. Und nun gar ein Lob wie das Ihre!
Möchten auch Leser, die den Zauberer persönlich nicht kannten, seines Geistes – und seiner Menschlichkeit – einen Hauch verspüren in meinen Blättern!
Nochmals vielen Dank! Die Ihre:

VON LION FEUCHTWANGER Pacific Palisades, 26.6.1956

Liebste Erika,
Das angekündigte Büchlein[1] traf heute ein.
Ich brauche Ihnen nicht zu sagen, mit welchem Eifer ich es las.
Was ich Ihnen darüber schreiben kann, ist nicht objektiv, Ihr Bericht hat mich zu sehr erregt – nicht nur der Stoff, sondern auch die Art des Berichtes.
Ich habe in der Tat gesehen, was Sie darstellten, und ich hörte Sie sprechen. Daß das kleine Buch so wirkt, liegt wohl daran, daß es eben nicht geschrieben ist. Es ist in der Tat ein Bericht. Und dieses Urteil ist eine objektive Wahrnehmung.
Unter den vielen kleinen Dingen, die Sie bei aller Liebe so deutlich gesehen haben, sind manche, zahlreiche, die den ganzen Thomas Mann stehen und sitzen und gehen machen, und sicher nicht nur für diejenigen, die ihn kannten. Was mich jenseits von dem allen sehr beschäftigt, ist das, was Sie über das Grauen Ihres Albtraums zu sagen haben.
Soviel ist gewiß: das kleine Buch trägt zum Verständnis Thomas Manns mehr bei als mancher dicke Wälzer. Sie haben etwas Gutes gemacht, Erika, in jedem Sinn.
Ihnen und Katia alles Gute.
Herzlich Ihr Lion

1 »Das letzte Jahr«.

AN OTTO BASLER Kilchberg, 4.7.1956

Sehr lieber Herr Basler, –
seien Sie von Herzen bedankt für Ihre Besprechungen sowohl meines Büchleins[1] als auch (und besonders) des »Vulkan«[2]. Sie mögen denken, wie sehr ich mich über all das gefreut habe, was Sie zugunsten meines »Berichtes« zu sagen wußten; es gehört zum allerschönsten, was in diesem Zusammenhang irgendwo erschienen ist, und wenn ich auch natürlich das Gefühl habe, meine Arbeit sei überschätzt worden, so ändert dies Gefühl nichts an meiner gerührten Genugtuung. Darf ich Ihnen aber zugeben, daß Ihre Rezension des »Vulkan« mir womöglich noch wohler getan hat? Ich weiß nicht, ob Sie gesehen haben, was man in Deutschland so im allgemeinen über dies Buch gedruckt hat. Es war schändlich, im Durchschnitt, – mörderisch, sieben Jahre nach dem Tode des Autors, und so ekelhaft, daß einem jede Lust vergehen konnte und mußte, mit dem dortigen Pack das geringste noch (oder vielmehr wieder) zu tun zu haben. Oder sind literarische Rezensenten in gar keiner Weise charakteristisch für die Nation, aus der sie stammen? Vielleicht. Aber Bonn gibt es ja außerdem, und es gibt das *Wirtschafts*wunder, – und tausenderlei Anzeichen gibt es dafür, daß bis auf weiteres das meiste im Argen liegt in der stolzen Bundesrepublik.
Kommen Sie denn niemals her? Wir alle wünschten, Sie meldeten sich einmal. Denn zuletzt (wie gern und genau erinnere ich mich!) sind *wir* (der »Zauberer« und ich) bei *Ihnen* gewesen.
Alles Gute und Freundliche, auch für Ihre Frau
von immer Ihrer:

1 »Das letzte Jahr«; in: *Schweizerisches Bücherblatt. Zeitschrift für den Bücherfreund und den Buchhandel,* 29.6.1956. – Ferner in: *Aargauer Tagblatt,* Aarau, 5.10.1956. **2** Otto Basler, »Klaus Mann ›Der Vulkan‹«; in: *Schweizerisches Bücherblatt. Zeitschrift für den Bücherfreund und den Buchhandel,* 29.6.1956. Ferner in: *Der Bund,* Bern, 17.11.1956.

AN JOHANNES R. BECHER[1]
MINISTER FÜR KULTUR UND VOLKSBILDUNG

München, 17.12.1956

Sehr verehrter Herr Minister, –
zu meinem wahren Entsetzen höre ich, daß Walter Janka[2] verhaftet worden ist.
Wie Sie wissen, bin ich im Laufe der letzten 5 Jahre häufig in Berlin gewesen und zwar hauptsächlich, um – in Sachen meines Vaters – mit Janka zu verhandeln. Ich habe den Leiter des AUFBAU-Verlages bei all diesen Gelegenheiten, auch anläßlich seiner wiederholten Besuche in Kilchberg, sehr genau kennen gelernt und wäre bereit, meine Hände dafür ins Feuer zu legen, daß er nichts gesagt oder gar getan hat, was seine Verhaftung auch nur halbwegs verständlich erscheinen lassen könnte.
Ich selbst – Sie wissen es – bin nie Kommunistin gewesen. Umso eindrucksvoller und ergreifender war mir die unbedingte Treue und Gläubigkeit, die absolute Loyalität des jetzt Verstoßenen. Daß er überdies ein hervorragender Arbeiter im Dienste der Sache war, beweisen die glänzenden Leistungen des Verlages, unter denen die vorbildlich publizierte Gesamtausgabe der Werke von Thomas Mann wohl nicht am leichtesten wiegt.
Warum mußte dieser Mann entfernt werden, – auf Grund wovon und zu welchem Zweck?
Es *kann* da, sehr verehrter Herr Minister, nur ein Mißverständnis vorliegen; Erwägungen, die nur scheinbar stichhaltig waren, haben zu einem *Fehlgriff* geführt, – einem Irrtum von schlimmstem Rang und sehr erschreckender Bedeutung.
Unsere persönlichen Angelegenheiten möchte ich zu diesem Zeitpunkt aus dem Spiele lassen. Daß es aber Walter Janka war, der sämtliche AUFBAU-Verträge mit Thomas Mann abschloß, – ja, daß selbst das Projekt des »Buddenbrooks«-Films auf seine Initiative zurückgeht, will immerhin erwähnt sein.
Wie hätte Thomas Mann die Absetzung und Verhaftung seines Verlegers hingenommen, – gesetzt denn, er hätte sie überhaupt »hingenommen«?
Als Kultur-Minister haben Sie, verehrter Herr Dr. Becher, mit dem Verhaftungswesen natürlich direkt nicht zu schaffen. Wo

es sich aber um einen so unentbehrlichen Wahrer und Betreuer der Literatur handelt, wie wir ihn in Walter Janka besaßen, können und werden Sie dennoch dem Gefangenen Ihre Hilfe nicht versagen.
Doch, was rede ich? Scheint es mir doch im Grunde noch immer undenkbar, daß selbst diejenigen Autoritäten (wer immer sie seien), auf deren Veranlassung Janka abgetan wurde, sich dem wahren Sachverhalt auf die Dauer verschließen könnten. Und was nun gar Sie betrifft, der Sie in stetem politisch-beruflichen Umgang die Integrität des Inhaftierten bis zur Neige erprobt haben müssen, so glaube ich meiner guten Sache sicher zu sein: Sie werden – nicht wahr? – Ihr Äußerstes tun für die Aufhebung einer Maßnahme, die, weit über alles Individuelle hinaus, geeignet ist, das Ansehen Ihrer Republik bei allen Gutgesinnten auf das schwerste zu schädigen, die Advokaten der Uneinigkeit und des Hasses zu stärken und die »westlichen« Vorkämpfer für die Wiedervereinigung Deutschlands, das Ende des »Kalten Krieges« und eine friedliche Koexistenz aufs Haupt zu schlagen.
Ich bin, verehrter Herr Minister,
Ihre sehr ergebene

1 Johannes R(obert) Becher (1891–1958), Schriftsteller; seit 1923 KPD-Mitglied. 1933 emigriert, lebte 1935–45 in der Sowjetunion. 1945 Rückkehr nach Berlin (Ost); 1952–56 Präsident der Deutschen Akademie der Künste, 1954–58 Minister für Kultur (DDR). **2** Leiter des Aufbau-Verlags Berlin (Ost) bis 1956; er wurde wegen Boykotthetze am 26.7.1957 zu 5 Jahren Zuchthaus verurteilt. – EM wandte sich an Becher »nicht etwa in der Hoffnung, sein Einfluß oder seine Courage möchte ausreichen, das Geschehene wieder rückgängig zu machen, vielmehr in der Idee, Johannes R. möchte genug Vernunft besitzen, [ihr] Schreiben Herrn Ulbricht kommentarlos vorzulegen, und dieser wieder möchte in diesem Falle die Verantwortung scheuen und sich ratsuchend gen Osten wenden« (unveröffentlichter Brief an Rudolf Hirsch v. 17.12.1956; Typoskr. im Erika Mann-Archiv). Katia Mann und Hermann Hesse bemühten sich ebenfalls um die Freilassung Walter Jankas. EM traf ihn Ende 1967 noch einmal in Ost-Berlin.

AN BRUNO WALTER Lacco Ameno/Ischia, 20.5.1957

Liebster Kuzi, –
Dein Handgeschriebenes hat mich sehr gerührt. Weiß ich doch, daß ganz abgesehen von Zeitmangel, der gewiß augenblicklich weniger (oder doch *etwas* weniger) ins Gewicht fällt (ein Mangel kann nicht »ins Gewicht fallen« – pfui über mich!), abgesehen, also, vom Zeitproblem, das Schreiben Dir mühsam ist und vermag ich es ergo – auf gerührte Weise – hoch zu schätzen, daß Du Dich die Mühe für mich nicht verdrießen ließest.
Hier hatte ich vier oder 4einhalb Tage lang das schönste Wetter (nicht am Tage der Ankunft, sondern etwas später erst), nun aber scheint ein »Tief« hereingebrochen, das leider haltbar auf mich wirkt. Die Luft, natürlich, ist und bleibt »invigorating«, – ich nehme an, Du kennst sie. Jedenfalls erinnert sie an diejenige zu Bad Gastein (only »more so«), und so will ich denn nicht mucken, vielmehr hoffen, daß doch einige schöne Tage oder Stunden mir noch beschieden seien. Solange die Sonne schien, tummelte ich mich täglich in den Kreuselwellen; das Wasser, ziemlich kühl, doch keineswegs zu kalt, ist von ganz besonderem Charme: durchsichtig, wohl- und kräftig-riechend, dabei von einer eigenartig dunklen Bläue, – etwa wie ein höchst gelungener »Rundhorizont«, den man für den »Sommernachtstraum« gespannt.
Der »Krull«[1] geht prächtig, ungeachtet einiger böser und dummer Besprechungen. Habe ich Dir übrigens erzählt, daß »wir« eines Tages jemanden benötigten, als welcher den Papagei synchronisieren sollte, der in der Villa Kuckuck eine gewisse Rolle spielt? Man engagierte den teuersten Tierimitator von Hamburg, einen »professional«, der sein Leben, will sagen, seinen Unterhalt ganz auf das Nachahmen von Tierstimmen gestellt hat. »*Unserem*« Papagei, freilich, einem portugiesischen Vogel, vermochte er nicht gerecht zu werden, und so mußte er nach langen, verzweifelten Versuchen unverrichteter Dinge wieder abziehen. Woraufhin man sich nach dem begabtesten Affen unter den »Unseren« umsah und naturgemäß Horst, den Buchholz[2] heranzog. Als auch er nicht recht funktionieren wollte, »papageite« ich (die ich mich mit dem Regisseur in der

Abhörzelle befand) versuchsweise und leise vor mich hin. Kaum hatte der »Spielleiter« dies vernommen, als er mich auch schon vors Mikrophon jagte, und nun gebe ich einen portugiesischen Papagei ab, den nicht nur tout le monde für »echt« hält, sondern der auch noch 1 bis zwei sichere und schallende »Lacher« erzielt. Du wirst verstehen, daß diese Leistung mich mit weit größerem Stolz erfüllt, als irgend etwas, was ich etwa sonst beigesteuert zu diesem »Streifen«.
Seit Du schriebst, kam (heute) auch noch ein Brief des lieben K.L.[3], der mir zu meiner Herzensfreude bestätigt, daß es Dir in der Tat nicht nur zufriedenstellend, sondern eigentlich täglich besser gehe. Wolle doch bitte so fortfahren!!!
Auf Dein Buch[4] freue ich mich in ungewöhnlichem Grade. Neige ich doch der Ansicht zu, – nein, – bin ich doch der Überzeugung, Du habest darin Dein Bestes gegeben (von direkter Musikausübung, versteht sich, abgesehen), und dieses »Beste« könne gar nicht umhin, *vortrefflich* zu sein. Wann werden wir den Band in Händen halten?
Vergaß zu erwähnen, daß es, wie mit der Sonne, auch mit meinen »Ferien« schon seit einigem zu Ende ist. Wolfgang Reinhardt[5] (nebst Frau), – er ein kompletter »Zauberberg-addict«, und beide nett, sind mir hierher nachgefolgt, weil *nunmehr* ein schlüssiges »treatment« hermuß für den »Magic Mountain«, und ich ab Anfang Juni bereits in den »Buddenbrooks«-Arbeiten stecken werde. »Weh, nun ist all unser Glück dahin!«[6] (oder heißt es »Oh«?) Aber schließlich: erholen werde ich mich dennoch, ja, ein wenig habe ich es schon getan, und am Ende wiegt die freundliche Gesellschaft die Last der Arbeit beinahe auf.
Leb wohl. Umarme mir, bitte, Dein Kind L.[7] Ich habe ihr so selten geschrieben, in letzter Zeit (sie mir freilich auch!); doch sind meine Briefe an Dich (wie die an K.L.) für sie natürlich mitbestimmt, und so hoffe ich, sie werde mir verzeihen.
Ich verbleibe, mit tausend guten Wünschen,
die Deine und Euere:
[...]

1 Die Göttinger Produktionsfirma Filmaufbau GmbH verfilmte 1957 Thomas Manns »Bekenntnisse des Hochstaplers Felix Krull«. Regie führte Kurt Hoffmann; das Drehbuch schrieb Robert Thoeren, von dem auch das frei erfundene Finale stammt. Nach Angabe EMs war ihr Beitrag beachtlicher, als allgemein angenommen; nach Thoerens schwerem Autounfall im Frühjahr 1957 wurde ihre Aufgabe, eine Neufassung sämtlicher Drehbücher herzustellen und »in letzter Minute die gröbsten Geschmacklosigkeiten und Sinnwidrigkeiten [der] Schlußerfindung zu eliminieren«. Am 24.1.1957 war der 1. Drehtag in Hamburg. 12 Seiten des Drehbuchs stammten noch von Thoeren (unveröffentlichter Brief an Frl. Sickert v. 11.10. 1957; Typoskr. im Erika Mann-Archiv). **2** Horst Buchholz (geb. 1933); er spielte den Felix Krull. **3** Lotte Walters Mann, der Schauspieler Karl Ludwig Lindt (1902–71). **4** Bruno Walter, »Von der Musik und vom Musizieren«, Frankfurt (S. Fischer) 1957. **5** Älterer Sohn von Max Reinhardt, 1908–79; Regisseur und Filmproduzent. EM führte mit ihm langwierige Verhandlungen über eine Verfilmung von Thomas Manns »Zauberberg«, die schließlich scheiterten. **6** EM meint wohl Orpheus' Arie aus CH.W. Glucks Oper »Orpheus und Eurydike« (3. Aufzug, 1. Auftritt): »All mein Glück ist nun dahin/.../Weh, daß ich auf Erden bin!« **7** Lotte Walter.

AN THEODOR HEUSS[1] Sils-Maria, 2.8.1957

Hochverehrter Herr Bundespräsident,
folgendes zierliche Stückchen Blech bin ich Ihnen schuldig geblieben[2]:
Ein geistiger Mensch, der, an die Spitze eines schwierigen und vielfach gegen den Geist erzogenen Volkes gestellt, ohne sich je das geringste zu »vergeben«, wahre Popularität genießt (verzeihen Sie das harte Wort!), eine Popularität in die Weite und Tiefe und wohin er sich auch wende, – warum sollte ein Solcher nicht einige Freude haben an seiner Beliebtheit[3]?
Sie erinnern sich eines Wortes des alten Goethe (mein Vater war entzückt davon und hat es oft zitiert):

> Wohl kamst Du durch,
> So ging es allenfalls;
> Mach's einer nach
> Und breche nicht den Hals![4]

Unverkennbar schwingt hier in der reinen Feststellung die *Freude* mit über das gelungene *Kunststück*. Und wenn nun jemand Ihre Leistung gleichfalls als hohes Kunststück empfände und den – irrigen – Eindruck gewonnen hätte, Sie freuten sich des Gelingens? Blech? Gewiß! Nur beileibe nichts Schlechteres! Mit sehr vielem Dank für Ihre große Freundlichkeit, den schönsten Empfehlungen an die Ihren und dem erneuten Ausdruck meiner Hoffnung, der Silser Aufenthalt möchte Ihnen nachhaltig gut tun, bin ich,

hochverehrter Herr Professor Heuss

Ihre sehr ergebene

[...]

1 Theodor Heuss (1884–1963), Politiker und Schriftsteller; 1930–33 Mitglied des Deutschen Reichstags. 1945/46 Kultusminister von Württemberg-Baden; 1946 Mitbegründer der FDP, 1948/49 deren Vorsitzender. 1949–59 erster Bundespräsident. **2** Der Brief bezieht sich auf ein vorangegangenes Gespräch; EM verbrachte ihre Ferien im Hotel Waldhaus in Sils-Maria, wo auch Hermann Hesse und Theodor Heuss wohnten. Am 2.8.1957 war sie bei ihm zum Tee eingeladen. **3** EM greift dieses Thema noch einmal auf, als sie ihn bittet, das Ehrenpräsidium einer geplanten (und dann doch nicht zustande gekommenen) Thomas Mann-Gesellschaft in der Bundesrepublik zu übernehmen: »Je nun, – gegen die Beliebtheit (um nicht zu sagen, – verzeihen Sie, bitte! – das Geliebtsein) ist kein Kraut gewachsen ...« (unveröffentlichter Brief vom 26.4.1960; Typoskr. im Erika Mann-Archiv). **4** Aus: »Zahme Xenien«, VI. Abteilung.

AN WERNER BUKOFZER[1] Kilchberg, 18.8.1957

Sehr verehrter Herr Bukofzer, –
nehmen Sie meinen herzlichsten Dank für Ihren Brief vom 6. August. Es ist sonderbar und sehr erfreulich, wie eben jetzt Klaus Mann, seine Erscheinung und sein Werk beginnt, sich ins Breite und Tiefe durchzusetzen, – wie seine Bücher anfangen, – selbst in Deutschland, aber natürlich besonders in anderen Gegenden – eine verständnisvolle, neue Leserschicht für sich zu gewinnen, und wie allmählich deutlich wird, daß er ungemein viel mehr war, als nur der schreibende Sohn seines Vaters. Vor wenigen Tagen hat ein italienischer Journalist[2] mich interviewt (aus Anlaß des zweiten Todestages von Thomas Mann)

und wollte wissen, ob »Die Heimsuchung des Europäischen Geistes« de facto das geistige Testament von Klaus Mann darstelle. Als solches, ja, unter diesem Titel sei der Aufsatz vor kurzem in Italien erschienen. Ich sagte ihm, daß dem doch so ganz nicht sei. Daß Klaus jene Aufforderung zum allgemeinen Selbstmord der Elite einem Studenten in Uppsala in den Mund gelegt, statt sie selber auszusprechen, ist ein deutliches Zeichen dafür, daß er zwar solche Gedanken hegte, sie aber nicht zu »zeichnen« wünschte. Und Klaus war bei weitem zu aufrichtig und zu mutig, um etwas nicht zu »zeichnen«, wofür er wirklich stand. Sein eigener Tod steht natürlich in Verbindung mit Gedanken und Anwandlungen dieser Art, doch soll man nicht sagen, er sei ganz einfach in Ausübung seines bereits vorher festgelegten »Letzten Willens« gestorben.
Obwohl Sie sich in manchen Stücken erstaunlich informiert zeigen in Bezug auf meinen verstorbenen Bruder, weiß ich nicht, wieviele von seinen Büchern Ihnen bis dato wirklich zugänglich waren. Sollten Sie seine Autobiographie, »Der Wendepunkt« nicht kennen, oder nicht besitzen, ich schickte sie Ihnen gern. Dort jedenfalls, auf Seite 463 fänden Sie die triftigste Ursache für sein Sterben, – ich sage, die triftigste, – weil es natürlich eine einzig triftige nicht und niemals gibt, und immer eine Reihe von »erschwerenden Umständen« sich hinzugesellen.
Was Gottfried Benn[3] betrifft, so muß er sich verstellt haben, als er, drei Wochen vor der sogenannten »Machtergreifung« Ihnen gegenüber noch nichts von seinen Sympathien für den Nazismus spüren ließ. Er sympathisierte schon lange, und zwar, wie sich versteht, nicht auf die ordinäre, materiell-opportunistische Weise, sondern auf Grund seiner unkontrollierbaren Sympathie mit dem Abgrund, dem Chaos, irgend einer finalen Katastrophe, die er sich gar nicht prächtig genug ausmalen konnte. Das viehische und mesquine Desaster, das Hitler schließlich ins Land brachte, hatte er nicht vorausgesehen und natürlich hätte er einem Juden gegenüber, drei Wochen vor dem »Umsturz«, seiner Vorliebe für das Schaurige, was da kommen sollte, unter keinen Umständen Ausdruck verliehen.

Bitte lassen Sie mich wissen, ob ich Ihnen das Buch »Der Wendepunkt« schicken soll.
Mit erneutem Dank für Ihren Brief und den besten Wünschen für Sie selbst, bin ich, sehr verehrter Herr Bukofzer,
Ihre ergebene:

1 Werner Bukofzer (geb. 1903; Ps. Werner Brücken); ursprünglich Schauspieler; Dichter und Essayist. 1939 nach Palästina emigriert, lebt in Tel Aviv. **2** Das Interview fand am 10.8.1957 in Kilchberg statt und erschien am 12.8.1957 zum zweiten Todestag von Thomas Mann. Genaueres war nicht zu ermitteln. **3** Gottfried Benn (1886–1956), Arzt und Schriftsteller; er sympathisierte kurze Zeit nach 1933 mit dem Nationalsozialismus und wurde aus diesem Grund von Klaus Mann, der ihn bis dahin sehr verehrt hatte, schärfstens angegriffen. S. Klaus Mann, »Brief an Gottfried Benn« [v. 9.5.1933]; in: »Prüfungen. Schriften zur Literatur«, München (Nymphenburger Verlagshandlung) 1968, und Gottfried Benn, »Doppelleben. Zwei Selbstdarstellungen«, Wiesbaden (Limes Verlag) 1956.

3. »AN DIE VERNUNFT APPELLIEREN...«

Der schon 1956 von Erika Mann mit Magnus Henning[1] besprochene Plan, ein zeitkritisches Cabaret namens »Der Rettungsring« in der Nachfolge der »Pfeffermühle«[2] ins Leben zu rufen, erwies sich als undurchführbar. Er scheiterte auch an der ablehnenden Haltung von Erika Manns alter Freundin, Therese Giehse[3], die inzwischen als Brecht- und Dürrenmatt-Interpretin Ruhm erworben hatte und bei einer Kleinkunstbühne nicht mehr mitwirken konnte.

In Erika Manns Briefen der späten fünfziger Jahre steht die fortdauernde und besorgte Teilnahme am politischen und kulturellen Geschehen im Vordergrund. Auch kleinere publizistische Arbeiten zeugen von dem Bemühen, mehr Gerechtigkeit und Ausgleich in die Welt zu bringen. Gegen die Starrheit der weltpolitischen Lage der späten fünfziger Jahre und den immer bedrohlicher werdenden Wettbewerb zwischen den Supermächten geht Erika Mann mit aller Überzeugungskraft an. Eine dominierende Rolle spielte dabei die Friedensfrage. Im August 1958, wenige Monate nach dem ersten »Ostermarsch«[4] gegen atomare Aufrüstung, verfaßte sie einen »Appell«, der zur Beendigung jeglicher Art von Atomversuchen aufruft und sich speziell gegen die Errichtung von Abschußrampen für Atomwaffen auf europäischem Boden richtet.

1 Magnus Henning (geb. 1904 in Lettland), Mitbegründer, musikalischer Leiter, erster Pianist und Hauskomponist der »Pfeffermühle«. Nach der amerikanischen Tournee des Cabarets wurde er im Frühjahr 1937 musikalischer Leiter des »Simpl« in München. Während des Krieges war er bei der »Wehrmachtbetreuung« in Norwegen, der Ukraine, Berlin und Paris, nach 1945 Barpianist in der Schweiz. Lebt in Imst/Tirol. **2** Literarisches Cabaret, von EM gemeinsam mit Magnus Henning, Therese Giehse und Klaus Mann am 1.1.1933 in München gegründet. Nach der Emigration im März Wiedereröffnung am 1.10.1933 in Zürich; bis Ende 1936 erfolgreiche Gastspiele in Europa. Vgl. Bd. I, Kap. 4, 6 u. 9. **3** Vgl. S. 204ff. **4** Ostern 1958 hatte die englische »Campaign for Nuclear Disarmament« einen Marsch vom Londoner Trafalgar Square zum Atomforschungszentrum in Aldermaston organisiert; es war die erste Massendemonstration gegen nukleare Aufrüstung in Europa.

AN GABRIELE TERGIT[1]
PEN[2]-ZENTRUM
DEUTSCHSPRACHIGER AUTOREN
IM AUSLAND Kilchberg, 31.1.1958

Sehr verehrte gnädige Frau, –
so war es nun wieder auch nicht gemeint, und hätte ich geahnt, daß Sie sich durch meinen Austritt[3] persönlich gekränkt fühlen möchten, ich hätte jenen Brief gewiß nicht geschrieben.
Anbei die Bestätigung meiner Bank dafür, daß ich meinen Mitgliedsbeitrag für 1958 prompt geleistet habe. Im übrigen weiß ich natürlich, daß Ihnen an dem bißchen Geld (oder auch an etwas mehr Geld) nicht gelegen ist, und bin Ihnen sehr dankbar für Ihre freundlichen Worte, besonders auch den »Wendepunkt« betreffend.
An Carver[4], dagegen, schreibe ich nicht, wohl wissend, wie sinn- und zwecklos ein solcher Schritt wäre. Überhaupt darf ich Ihnen nicht verschweigen, daß, trotz dem zähen Kampf, den mein Vater viele Jahre lang für das Fortbestehen des PEN-Zentrums Deutschsprachiger Autoren im Ausland geführt hat, auch seine Meinung von der gesamten PEN-Institution nicht die höchste war, ja, daß die Haltung des PEN ihn mehr und mehr enttäuschte. Sein Eintreten für das deutsche Zentrum in London war weit eher humanitär-karitativer Natur, als daß er ernstlich geglaubt hätte, der PEN (als Ganzes genommen) hätte in den letzten Jahrzehnten irgend geleistet, was zu leisten ihm, potentiell doch wenigstens, möglich gewesen wäre, und worin sein Auftrag lag.
Ob eine wirksame *Organisation des Geistes* denkbar sei, war ihm immer ungewiß. Da sie nun aber – rein technisch – einmal bestand, und da es eine Institution gab, die fast sämtliche Schriftsteller unserer Erde zu ihren Mitgliedern zählte, so war vielleicht die Hoffnung nicht ganz unsinnig, der solcher Art vereinte »Geist« möchte die Macht, die er zweifellos besaß, zum Guten nutzen und moralisch, wie politisch von einigem, wenn auch noch so bescheidenem Einfluß sein. De facto geschah nichts. Es wurde emsig umhergereist; Resolutionen wurden angenommen zu dem Ende, daß von nun an möglichst viele Bü-

cher aus möglichst vielen Sprachen in möglichst viele andere Sprachen übersetzt würden (ob die Verleger sich bereit finden würden, spielte weiter keine Rolle); man sprach vom Frieden und sprach dann doch auch wieder davon, wie nötig es sei, demselben entgegen zu arbeiten; jetzt eben erst hat man dies prächtige Formosa-Zentrum gegründet; und, kurz: ich konnte und kann meinem Vater den Trübsinn sehr wohl nachfühlen, mit welchem er den Aktivitäten und Omissionen (hauptsächlich den letzteren) des PEN aller Länder zusah.

All dies unter uns und nur, um Ihnen meinen jähen (und sofort zurückgenommenen) Entschluß, aus dem einen Zentrum, dem ich nun einmal angehörte, auszutreten, halbwegs verständlich zu machen. Ich hoffe sehr, Sie werden verstehen, was ich meine. Im Grunde steht es um andere Institutionen, die die Macht besäßen, zum Besseren zu wirken, keineswegs anders. Würden Sie sich freiwillig auf irgendwelche Weise am Leben und Treiben der sogenannten »United Nations« beteiligen wollen? Sich der UNESCO anschließen, dem Europarat oder gar den Umtrieben des Grafen Coudenhove-Kalergi[5]? Ich bedarf Ihrer Antwort nicht, um zu wissen, daß keine zehn Pferde Sie in irgend eine der genannten Ansammlungen von Diätenempfängern würden zerren können.

Genug und übergenug. Seien Sie mir nur bitte nicht böse und nehmen Sie die besten Wünsche und Grüße

Ihrer:

1 Gabriele Tergit (1894–1982), Publizistin; emigrierte 1933 in die CSR und nach Palästina, 1938 nach London, wo sie seitdem lebte. Damals Sekretärin des PEN-Zentrums Deutschsprachiger Autoren im Ausland. **2** Internationale Schriftstellervereinigung. **3** Am 15.1.1958 hatte EM ihren Austritt aus dem PEN-Zentrum Deutschsprachiger Autoren im Ausland Frau Tergit angekündigt. Als Begründung hatte sie die Errichtung eines neuen PEN-Zentrums auf Formosa im Jahre 1957 angegeben: »So amerikanisch dürfte ein europäisches Zentrum nicht sein, daß es den jammervollen Puppenstaat von Formosa als repräsentativ für das gewaltige China anerkennte [...], ohne daß das wahre China (ob man seine derzeitige Verfassungsform nun billige oder nicht) herangezogen werden könnte. Mich – wenn auch nur indirekt und in kleinstem Maßstabe – an der Übersetzung von Formosa-Werken in irgendeine europäische Sprache finanziell zu beteiligen, wäre mir ein Ding völliger Unmöglichkeit « (unveröffentlichter Brief im Erika Mann-Archiv). Der Antwortbrief von Gabriele Tergit ist nicht erhalten. **4** David Carver (1903–1974), seit 1951 Generalsekretär des Internationalen PEN-Clubs. **5** Richard Graf von Coudenhove-Kalergi (1894–1972), österreichischer Politiker und Schriftsteller, Gründer der Paneuropa-Bewegung (1923). 1938 in die Schweiz, 1940 in die USA emigriert; 1940–46 Professor für Geschichte in New York. Seit 1947 Generalsekretär der von ihm gegründeten Europäischen Parlamentarier-Union; 1952–65 Ehrenpräsident der »Europäischen Bewegung«.

AN JEAN COCTEAU[1] Kilchberg, 26.4.1958[2]

Lieber Jean Cocteau.
Ihr Telegramm[3] vom 13. August 1955 hat mich gerührt und getröstet, soweit mir etwas tröstlich sein konnte in jenen Tagen. Daß ich Ihnen nicht gedankt habe, ist allein meinem mangelhaften Französisch zuzuschreiben, das Sie ja kennen.
Was mich heute endlich zum Schreiben ermutigt, ist die Lektüre eines Streiflichts, das sich – wie viele andere – mit Ihrer Person beschäftigt. Mit Hilfe meiner Mutter werde ich versuchen, mich zumindest verständlich zu machen. Offenbar bereitet Herbert von Karajan[4] eine Aufführung des »Oedipus Rex«[5] in Wien vor, und er soll Sie für die Rolle des Sprechers gewonnen haben. Das wird ein Ereignis von außerordentlichem Interesse werden und natürlich möchte ich dabei sein.
Aber allgemein: wie schöpferisch Sie geblieben sind, immer voller neuer Ideen, neuer Akzente, immer jung! Sie sind wirklich ein leuchtendes Gegen-Beispiel für all jene, die glauben, sich in diesen düsteren Zeiten jeder Aktivität enthalten zu müssen. Sie sind durchaus aktiv und Ihnen ist es zu verdanken, wenn mir unser Zeitalter etwas weniger schmutzig erscheint. Und das dünkt mich sehr viel.
Nehmen Sie, lieber Jean Cocteau, den Ausdruck meiner treuesten Gefühle. Ihre:

Vor kurzem habe ich Ihr schönes und verständnisvolles Vorwort[6] zur französischen Ausgabe des »Alexander« von Klaus wieder gelesen. Beim Lesen wurde in mir die Erinnerung lebendig, wie sehr er sich über dieses Zeichen Ihrer geistigen Verbundenheit gefreut hat. Er ist immer sehr stolz darauf gewesen.

1 Jean Cocteau (1889–1963), französischer Dichter, Maler und Regisseur; mit Klaus und Erika Mann befreundet. **2** Original in französischer Sprache. **3** Unmittelbar nach Thomas Manns Tod hatte Cocteau an EM telegrafiert: »Longue vague de souvenirs me porte auprès de Vous stop Tendresse fidèle = Jean Cocteau« (Telegramm v. 13.8.1955, Typoskr. im Erika Mann-Archiv). **4** Herbert von Karajan (geb. 1908), Dirigent; seit 1954 Leiter der Berliner Philharmoniker, 1956–64 auch der Wiener Staatsoper. **5** 1927; Szenisches Oratorium von Igor Strawinsky (1882–1971). Jean Cocteau schrieb den Text (nach Sophokles), der dann ins Lateinische übertragen wurde. **6** Für die erste französische Ausgabe von Klaus Manns »Alexander. Roman der Utopie«, Paris (Ed. Stock) 1931. Das Vorwort wurde in die Neuausgabe, München (Nymphenburger Verlagshandlung) 1963, übernommen.

AN KURT SONTHEIMER[1] Kilchberg, 4.5.1958

Sehr verehrter Herr Dr. Sontheimer, –
Ihre Arbeit, »Thomas Mann als politischer Schriftsteller«[2], habe ich mit Interesse und mehr als einmal mit wahrer Genugtuung gelesen. Alles in allem lassen Sie meinem Vater weit mehr »politische Gerechtigkeit« widerfahren, als dies heutzutage in Deutschland üblich ist. Und sogar dort, wo Sie von ihm abrücken, ihn »überspitzter Anklagen« bezichtigen oder mitteilen, T.M. selbst habe »nicht immer Maß gehalten«, und »Manche seiner Vorwürfe und Anklagen schossen über das Ziel hinaus«, vermeiden Sie es im allgemeinen, Schaden zu stiften, erweisen sich vielmehr als objektiver Analytiker und nicht als blinder Parteigänger Ihres »Helden«.
Nur ein paar Stellen habe ich mir angestrichen, weil sie mir – wiederum von einer durchaus objektiven Plattform aus gesehen – ganz einfach nicht stimmig scheinen. So habe ich persönlich die Erfahrung gemacht, daß den echten und rechten Antinazis in Deutschland die Radioansprachen meines Vaters während des Krieges in der Tat – nicht nur zum Trost, sondern in vielen Fällen zu einem so aufwühlenden, hinreißenden und zu Tränen rührenden Erlebnis wurden, daß sie (die Hörer) erst auf Grund dieser Reden wieder anfingen, der Menschheit und irgend einer deutschen Zukunft zu vertrauen. Die Freunde, von

denen ich spreche, haben mich nicht etwa gleich nach dem Kriege oder wenige Jahre danach von dieser Wirkung der Rundfunkansprachen auf sie unterrichtet. Vermutlich fürchteten sie damals, von mir mißverstanden und als »Streber« irgend einer »neuen Demokratie« falsch eingeschätzt zu werden. Erst sehr allmählich begannen sie, mir von den Abenden oder Nächten zu erzählen, in denen sie meinem Vater zugehört, – von diesen kurzen Minuten, jedesmal, deren jede ihnen mehr Hilfe bedeutet habe, als irgend etwas, was ihnen sonst zu jener Schreckenszeit widerfahren. Und ich meine hier nicht einige gezählte Individuen, sondern immerhin viele Dutzende solcher Menschen; und wenn ich allein viele Dutzende kenne (die ich doch im heutigen Deutschland wenig verwurzelt bin), so dürfte die Anzahl derer, die sich von der »grollenden Sprache des Emigranten« nicht »vor den Kopf gestoßen«, sondern zutiefst ermutigt fühlten, *sehr* viel größer sein, als Sie annehmen. Auch halte ich es nach wie vor für irrig, die »innerdeutsche« Version zu akzeptieren, nach welcher »der Masse des deutschen Volkes ... die Nazigreueltaten und -praktiken« weit weniger bekannt waren, als uns, die wir uns »draußen« befanden. Wer irgend in Deutschland sehen wollte, der sah. Und diejenigen, die sahen, lernten es durchaus, »den Nationalsozialismus so (zu) hassen und verabscheuen ... wie Thomas Mann.«
Nicht völlig gerecht deucht mich – in der Folge – Ihre Beurteilung des berüchtigten »Olberg-Briefes«[3]. Zweifellos: dieser Brief war taktisch ungeschickt und jedermann ist berechtigt, dies und anderes auszusetzen, an dem kleinen Dokument. Falsch aber ist es, zu glauben und drucken zu lassen, T.M.'s »Ablehnung des Nationalsozialismus« sei »unvergleichlich radikaler als die des Kommunismus ... nicht nur, weil T.M. die Notwendigkeit einer Überwindung des rein bürgerlichen Bewußtseins erkannt zu haben glaubte, sondern auch, weil der Nationalsozialismus seine Größe mit Füßen getreten und ihn geschmäht hatte. Das war ihm von kommunistischer Seite nie widerfahren.« Und zwar bestreite ich die Richtigkeit dieser Aussage schon allein auf Grund der Tatsache, daß man meinem Vater von der Naziseite her jahrelang mit Anträgen gekommen ist, er möchte doch nur heimkehren ins Reich und »alles« wer-

de vergeben und vergessen sein. Immer wieder, hauptsächlich auf dem Wege über S. Fischer, trafen die dringlichsten Aufforderungen ein. Und kann es denn wundernehmen, daß die Horde, die sich selbst, will sagen ihr Volk so vieler ihrer (beziehungsweise seiner) besten Geister beraubt hatte, indem sie nicht nur die Juden vertrieb, sondern auch sonst so viele hervorragende Deutsche das Weite suchen hieß – weil diese nicht atmen konnten in Hitlers Stickluft und unter seinem Diktat, – war es denn also ein Wunder, daß man den einzigen lebenden »arischen« Nobelpreisträger für Literatur der »Reichskulturkammer« nur zu gerne eingereiht hätte? Er aber kam nicht. *Wäre* er gekommen und *hätte* er sich zu dem Pack bekannt (was freilich so unvorstellbar ist, daß man es nicht einmal einbeziehen kann in irgend welche Gedanken an T.M.), er wäre geehrt worden, wie keiner sonst, – weit wilder und dümmer geehrt, als irgend ein kommunistisches Land ihn jemals zu ehren vermöchte.

Aber das sind Kleinigkeiten, – und, wie gesagt, im ganzen mögen sogar sie von Nutzen sein, dort, wo es darum geht, Ihre Schrift gegen den Vorwurf subjektiven Parteigängertums zu schützen.

Was nun Ihr Anliegen betrifft, so muß ich Sie vorläufig leider enttäuschen. Mit meiner Biographie[4] stecke ich selbst noch tief in den Vorarbeiten. Und auch der geplante Briefband[5] ist längst noch nicht fertig. Von den über viertausend Briefen, die uns bis dato vorliegen, haben wir, meine Mutter und ich, etwas über zweitausend bisher gesichtet. Aber täglich laufen neue Photocopien ein, und es dürfte sich als unmöglich erweisen, das Material, in dem Zustand, in dem es sich noch eine gute Weile lang befinden wird, Außenstehenden, und seien es die Wohlwollendsten, zugänglich zu machen.

Was nicht heißen will, daß es mir eine Freude[6] sein wird, Sie gelegentlich – sei es irgendwo zu treffen – sei es auch hier bei uns zu sehen. Allerdings weiß ich nie genau, wann ich wo sein werde, und so bedürfte es denn einer erneuten Anfrage Ihrerseits zu dem Zeitpunkt, der Ihnen in Ihrer Arbeit paßt.

Meine Mutter ist augenblicklich bei meiner Schwester[7] in Florenz, aber nach ihrer Rückkehr werde ich ihr Ihre Broschüre zu

lesen geben und bin sicher, sie werde gleichfalls mit Zustimmung davon Kenntnis nehmen.
Mit erneutem Dank für Ihre Freundlichkeit, wie für Ihre Ritterlichkeit, T.M. gegenüber, bin ich, sehr verehrter Herr Dr. Sontheimer,
Ihre ergebene: Erika Mann

PS. Der Ordnung halber füge ich an, daß dies ein reiner Privatbrief ist, der sich in keinem seiner Teile zur Veröffentlichung eignet.

1 Geb. 1928, Professor für Politologie an der Universität München. **2** In: *Vierteljahrshefte für Zeitgeschichte,* 6. Jg., 1958. Auf Anregung seines Verlegers Berthold Spangenberg verfaßte Prof. Sontheimer, von dieser Studie ausgehend, sein Buch: »Thomas Mann und die Deutschen«, München (Nymphenburger Verlagshandlung) 1961. Vgl. S. 159. **3** Thomas Mann hatte in einem Brief an den schwedischen Journalisten Paul Olberg v. 27.8.1949 (»Briefe 1948–55 und Nachlese«, S. 94–98) seine im Westen umstrittene Reise nach Weimar begründet. **4** EM trug sich lange mit dem Gedanken, eine Lebensgeschichte ihres Vaters zu schreiben. 1960 kam es zu einer Vertragsvereinbarung mit dem S. Fischer Verlag, die sie aber nicht erfüllte. **5** Im Lauf der Arbeit zeigte sich, daß ein Band nicht ausreichen würde. Als die »Briefe 1889–1936« 1961 bei S. Fischer erschienen, wurde ein 2. Band (Briefe 1937–55) angekündigt. Schließlich umfaßte die von EM herausgegebene Briefauswahl drei Bände: »Briefe 1937–47« (1963), »Briefe 1948–55 und Nachlese« (1965). **6** Einen Tag später berichtigte EM den Satz, der in ihrer Absicht lauten sollte: »Was nicht heißen will, daß es mir *keine* Freude sein wird ...« (Unver. Brief an Kurt Sontheimer v. 5.5.1958). **7** Elisabeth Mann Borgese.

VON KURT SONTHEIMER Freiburg i. Br., 7.5.1958

Sehr verehrte Frau Mann,
Sie haben mir mit Ihrer so freundlich gehaltenen und ausführlichen Antwort auf mein Schreiben[1] große Freude gemacht und ich möchte mich dafür herzlich bei Ihnen bedanken. Ihr zweiter Brief[2], der heute zu mir gelangte, und in dem Sie eine grammatische, d.h. vielmehr eine sinngemäße Unebenheit berichtigen, kam mir umso überraschender, als ich die fragliche

Stelle gar nicht bemerkt hatte und sie ganz selbstverständlich in dem gemeinten Sinne auffaßte. Ich darf jedoch aus Ihrer Gewissenhaftigkeit schließen, daß Sie meinen Bemühungen wohlwollend gegenüberstehen, und ich darum keine übertriebene Scheu an den Tag zu legen brauche, wenn mich mein Weg, wie ich hoffe, eines Tages mit Ihnen zusammen führen wird.
Obwohl Sie mir bezüglich der Auswertung neuer Quellen wenig Hoffnung machen können, konnte ich schon aus den in Ihrem Schreiben angeführten Anmerkungen zu meinem Aufsatz erschließen, wie wertvoll und aufschlußreich eine Unterhaltung mit Ihnen sein wird. Ich schrieb Ihnen schon das erste Mal, daß es mir im Augenblick aus verschiedenen Gründen mit der Ausarbeitung meines Buches nicht eilt, so gerne ich auch gleich daran gehen würde. Ich bin jedoch unendlich dankbar, Ihre Zustimmung zu einer entrevue, sei es in Kilchberg, sei es sonstwo, zu haben und werde in einigen Monaten darauf zurückkommen. Gott sein Dank ist Zürich nicht allzu weit von hier.
Ich darf Ihnen sagen, daß mein Aufsatz in seiner ursprünglichen Fassung sehr viel enthusiastischer die politische Haltung Ihres verehrten Vaters kommentierte. Ich mußte dann nur die Erfahrung machen, daß es angesichts der noch immer weitverbreiteten deutschen Skepsis gegenüber T.M. unerläßlich ist, die Kritik an T.M. ernster zu nehmen, als sie es meiner persönlichen Ansicht nach verdient[3]. Sie haben dieses Bemühen um Ausgewogenheit herausgespürt und Verständnis dafür gefunden. Das Echo, das mir bekannt geworden ist, hat meine Vermutung bestätigt, daß es richtig war, so vorzugehen, wie ich es versucht habe.
Ich bin überzeugt, daß es mir mit Ihrer Hilfe gelingen wird, Ungenauigkeiten und falsche Akzentuierungen der geplanten Schrift nach Möglichkeiten zu vermeiden und auf meine Weise einen kleinen Beitrag dafür zu leisten, was einer meiner Leser als die längst fällige Versöhnung Deutschlands mit Thomas Mann bezeichnet hat.
Sie werden verstehen, daß mir Ihre freundlichen Worte wie auch die sachlichen Anmerkungen viel bedeuten. Ich darf Sie bitten, sehr verehrte Frau Mann, meinen verbindlichsten Dank für Ihre ermunternden und hilfreichen Zeilen entgegenzuneh-

men. Ich werde mich also zu gegebener Zeit mit der Bitte um ein persönliches Zusammentreffen an Sie wenden und freue mich sehr, daß ich die Gelegenheit haben darf, Sie kennenzulernen.
Mit den freundlichsten Grüßen und besten Wünschen für Ihre Arbeit bin ich
Ihr ganz ergebener Kurt Sontheimer

1 Wahrscheinlich das Anschreiben, mit dem K.S. seinen Aufsatz »Thomas Mann als politischer Schriftsteller« an EM geschickt hatte. **2** Vgl. S. 72, Anm. 6. **3** Einer der Herausgeber der Zeitschrift hatte das Manuskript mit der Bitte um Überprüfung zurückgereicht. Er habe den Eindruck, es sei etwas zu apologetisch. Thomas Mann habe es sich in seiner Stellungnahme zum Kommunismus zu leicht gemacht. Er sei im Grunde doch ein großer Opportunist, der sich den aktuellen Eindrücken nie ganz entziehen könne und glaube, positiv zu ihnen Stellung nehmen zu müssen.

AN ARNO HERZ[1] Kilchberg, 11.5.1958

Sehr lieber Dr. Herz, –
mein Wort darauf, daß ich nicht mehr weiß, ob ich Ihnen im August 55 gedankt habe. Gewiß hatte ich vor, es zu tun, denn Ihr Brief war mir lieb unter all den zahllosen Bekundigungen, die damals auf uns einstürmten. [...]
Freilich, ein »in die Einsamkeit Verbannter« (so nannten Sie sich in jenem Schreiben) sind Sie seither gewiß noch nachdrücklicher und radikaler geworden. Denn wenn es wahr ist, daß unser ganzer Stern zur genauen Not nur noch bewohnbar scheint, so dürfte »God's own country« zu denjenigen Plätzen zählen, wo es sich am schwersten atmen läßt. Bücher, Grammophonplatten, »air-conditioning«, wieder Bücher und, wenn man Glück hat, doch einen oder den andern Freund: das ist wohl das Beste. Und ist wohl auch alles, woran ein Geist wie Sie sich dort zu halten vermag. Übrigens bestehen zwischen den Ländern der sogenannten »Freien Welt« nur Gradunterschiede, nicht solche essentieller Natur. Im Grunde ist das alles *ein* Schlamm, woher es denn kommen mag, daß das Erlöschen eines einzigen Lichtes so schmerzlich empfunden ward und von

so vielen. Wer bleibt uns denn noch? Bertrand Russell[2] kann und wird nicht nur auch sehr bald hinübergehen, – er ist überdies, bei all seiner leidenschaftlichen Gescheitheit, seinem enormen Mut und den Eigenschaften, die ihn manchmal wie einen wenn auch erleuchteten und unleugbar sehr alten Lausbuben, dem der Himmel wohl will, erscheinen lassen, ein wenig all zu rationalistisch-positivistisch (wobei man sich fragt, welche Sorte von ratio ernsthaft imstande sein könnte, heutzutage »positivistisch« ins Weite zu blicken;) – ein Naturwissenschaftler doch eben, mit humanen Neigungen, aber kein Humanist im tieferen und bedeutenderen Sinne. Und sonst? Les beaux restes längst verlaufener Jahrzehnte, – Cocteau, besonders, wohl auch Picasso[3], obgleich ich zur Zeit weder begreifen kann was er malt noch was er spricht; und dann: Sartre[4] und seinesgleichen, aber in jener Gegend fängt au fond schon das Reich der Liliputaner an.
Doch was erzähle ich da? Nicht nur wissen Sie dies alles selbst, sondern es wäre Ihnen gewiß lieber, wenn ich Ihnen – in ein paar Worten wenigstens – von meinem Ergehen spräche.
Ich habe viel gearbeitet in diesen letzten drei Jahren [...], war auf den verschiedensten Ebenen mit dem Nachlaß von T.M. befaßt, – auch mit dem von Klaus, dessen wichtigste Bücher allmählich herauszubringen, ich die Herren Verleger zu *zwingen* hatte. Und dann der Film, – erst, nach »Königliche Hoheit«, ein Erzeugnis, das mein Vater noch gesehen und das ihm Spaß gemacht hat – der »Krull«, den Sie vermutlich sich in New York zu Gemüte führten und der Ihnen wahrscheinlich nicht gefallen hat, weil Sie nicht umhin konnten, die Verfilmung an der »Vorlage«, dem Roman zu messen. Das, aber, soll man nicht, sondern soll allenfalls fragen, ob, *innerhalb der Gegebenheiten des Films* der Roman am Leben blieb und ob der Film »seines Geistes einen Hauch« spüren läßt. Und dies, meine ich, tut der »Felix« der Leinwand. Buchholz ist hinreißend, und vieles andere erstaunlich hübsch und adäquat (innerhalb der Gegebenheiten des Films!). Ganz zu befriedigen wird eine Romanverfilmung nie vermögen. Das weiß ich heute, nachdem ich mich sieben Monate lang mit einem Drehbuch für einen zweiteiligen »Buddenbrooks«-Film[5] geplagt, genauer noch als

vorher. Ob »Buddenbrooks« nun wirklich kommt, steht notabene dahin. Vorläufig leben die Filmleute und ich in hellem Hader, und die Kluft zwischen dem, was diese Knülche wollen und dem, was ich will oder auch nur akzeptabel fände, ist so tief, daß ich nicht sehe, wie sie überbrückt werden könne.
Einen netten kleinen Unfall hatte ich auch – brach mir zwei Mittelfußknöchlein, führe die dreizehnte Woche schon das horizontale Leben der Zauberberg-Bewohner und esse täglich mein Ewigkeitssüppchen, sodaß ich selten weiß, welchen Monat man schreibt, geschweige denn, welches Datum.
Was für ein langer Brief, und wollte doch nichts sein, als Dank, Gruß und die Versicherung meiner steten Anhänglichkeit. [...] Lassen Sie von sich hören, lieber Freund, und ich werde meinerseits gewiß nie wieder so lange schweigen.
Herzlichst die Ihre:

1 Arno Herz: Ein befreundeter, in New York lebender, jetzt verstorbener Arzt. Sein Tod ging EM sehr nahe. (Auskunft von Frau Anita Naef). **2** Bertrand Russell (1872–1970), englischer Philosoph und Mathematiker; forderte im 1. Weltkrieg zur Kriegsdienstverweigerung auf. Nobelpreis für Literatur 1950. Überzeugter Pazifist und Atomwaffengegner. Gründer eines Friedensinstituts (London 1963). **3** Pablo Picasso (1881–1973), spanischer Maler und Bildhauer. **4** Jean-Paul Sartre (1905–80), französischer Schriftsteller und Philosoph. 1964 lehnte er den Nobelpreis für Literatur ab. **5** Die Verfilmung war als Koproduktion der Filmaufbau GmbH, Göttingen, und der Ost-Berliner DEFA geplant. Nach Auflösung des 1956 abgeschlossenen deutsch-deutschen Film-Vertrages durfte schließlich die Göttinger Firma den Film produzieren. Nachdem Harald Braun kurz vor Drehbeginn wegen Krankheit ausfiel, übernahm Alfred Weidenmann die Regie. Drehbuch: EM, Harald Braun und Jacob Geis. Hauptdarsteller: Liselotte Pulver und Hansjörg Felmy. Der zweiteilige Film wurde am 11.11.1959 in Lübeck uraufgeführt.

AN RUDOLF STILLER[1] Kilchberg, 21.8.1958

Sehr geehrter Herr Stiller, –
haben Sie besten Dank für Ihren freundlichen Brief vom 19. August. Das Buch KLAUS MANN ZUM GEDÄCHTNIS[2] ist leider nicht mehr zu haben. Es erschien bald nach dem Tode

meines Bruders im Querido Verlag, Amsterdam, – dem Verlage, der während der Emigration alle seine und viele andere Bücher erstklassiger emigrierter deutscher Schriftsteller herausbrachte. Die Ausgabe war klein, im Handumdrehen vergriffen und ich selbst befinde mich nur noch im Besitz eines einzigen Exemplars, von dem ich mich, begreiflicher Weise, nicht trennen kann.
Um Ihnen aber doch etwas zu schenken, wovon Sie, wie ich mit Sicherheit glaube, mehr haben werden, als das Gedächtnisbuch, schön wie es ist, Ihnen hätte geben können, schicke ich Ihnen meines Bruders Autobiographie, DER WENDEPUNKT[3]. Dieses Buch hat – seltsamer Weise – sogar in der DBR[4] großen Widerhall gefunden, – sowohl in der Presse als auch bei den Lesern, die sich laufend mehren. Möchten Sie gleichfalls Freude – wenn auch eine natürlich melancholisch getönte Freude – daran haben!
Ihre Frage, Stefan George[5] betreffend, ist kaum zu beantworten, – und zwar nicht nur für mich, sondern überhaupt. Die Einzelwerke des fraglos bedeutenden Lyrikers wurden zeitweise von einem Kreise deutscher Leser (»SEINEM« Kreise!) zweifellos überschätzt, während sie in der Nazizeit und selbst jetzt noch ganz allgemein zweifellos unterschätzt werden. Welchen seiner Dichtungen man nun gerade den Vorzug gibt, ist großenteils Geschmacksache, wobei zu bedenken bleibt, daß George, wie fast jede halbwegs ernst zu nehmende literarische Erscheinung, mit den Jahren wuchs, so daß sich in seinen frühen Gedichten häufiger Dinge finden, die heute teils »verstaubt«, teils allzu »gewollt« und anspruchsvoll erscheinen, während der spätere und späte George meist einfacher und daher zeitloser und beständiger anmutet. Eines seiner bedeutendsten »Werke« scheint mir in der Tatsache zu liegen, daß er, – unleugbar, wenngleich quasi unabsichtlich, ein Wegbereiter des »Nationalsozialismus«, – sich, als es schließlich so weit war, nicht nur in der Schweiz befand und sich nicht nur weigerte, heimzukehren »ins Reich«, sondern es sich auch noch ausdrücklich testamentarisch verbat, dort begraben zu werden. Und dabei hatte Goebbels[6] schon ein Staatsbegräbnis für ihn in petto. So fügte der tote George den »Nationalsozialisten« eine Niederlage bei

(vor aller Welt!), die, wie mir scheinen will, alles wettmachte, was der Lebende (halb wissentlich, höchstens nur) getan, um die »Bewegung« zu fördern.
Nehmen Sie, lieber Herr Stiller, meine aufrichtigsten Wünsche für eine baldige Genesung. Ihre:

1 Rudolf Stiller: Wohnte damals in Davos. Näheres nicht zu ermitteln. **2** 1950; Vorwort von Thomas Mann. EM war Herausgeberin, ist aber nicht genannt. **3** Frankfurt/M. (S. Fischer) 1952. **4** Bundesrepublik Deutschland. **5** Stefan George (1868–1933), Dichter. **6** Joseph Goebbels (1897–1945), seit März 1933 Reichsminister für Volksaufklärung und Propaganda.

AN KURT FASSMANN[1]
REDAKTION »DAS SCHÖNSTE« Kilchberg, 29.8.1958

Sehr verehrter Herr Dr. Fassmann, –
eine einzige Seite, – zu diesem Thema[2]? Nun gut, ich habe mein Bestes und Kürzestes getan, sehe aber beim erbötigsten Willen nicht, wie anruhende Kleinigkeit weiterhin zu reduzieren wäre.
Streichen Sie also Ihrerseits, wenn Sie unbedingt müssen, – lassen Sie mir aber, um Gott, die Stelle stehen, an der festgestellt wird, die »Atomgefahr« laure natürlich, seit Amerika die Bombe hergestellt und ihrer zweie über einem praktisch besiegten Lande abgeworfen. Zu wenige unserer Mitmenschen – so will mir scheinen – sind sich darüber klar, daß es Amerika war, welches das Monstrum verfertigte und es ohne jede Not zu ruchlosester Anwendung brachte. Dergleichen will endlich gesagt sein.
Leider besitze ich keinen Glanzabzug eines Photos von mir. Lassen Sie mich hoffen, beiliegendes Bild möchte dennoch seine Dienste tun.
In vorzüglicher Hochachtung, Ihre sehr ergebene:
P.S. [...]

1 Kurt Fassmann (1927–79), Lektor, Berater und Herausgeber des Kindler Verlags, München. Essayist, Chefredakteur der Zeitschrift »Das Schönste«. 2 Anläßlich der Verleihung des Friedenspreises des Deutschen Buchhandels an Prof. Karl Jaspers im Jahr 1958 und des Erscheinens seines Werks »Die Atombombe und die Zukunft des Menschen« (München 1958) eröffnete die Münchner Zeitschrift »Das Schönste« im Septemberheft 1958 eine Diskussion zum Thema »Die Atombombe und der Friedenspreis« mit Beiträgen von Hermann Kesten und Michael Mansfield; sie wurde im Oktoberheft fortgesetzt mit Beiträgen von Robert Jungk, Heinrich Schirmbeck, Fritz Lemp, Ernst Krebs und EM. In ihrem Artikel »An die Vernunft appellieren ...« heißt es: »Der dritte Krieg, wenn er denn kommt, wird eine Veranstaltung der Riesen sein: Rußland und Amerika werden ihn entfesseln und führen, wobei freilich kaum ein Land zur Gänze verschont bleiben wird. Zunächst aber und mit tödlicher Bestimmtheit steht völlige Vernichtung denjenigen Ländern bevor, die als ›atombewaffnet‹ bekannt sind. [...] In den meisten Ländern des ›Westens‹ – um nur ein Beispiel zu geben – *wählen* die Völker, und *niemand* dürfte von Stund an mehr gewählt werden, der sich nicht heilig verpflichtet hätte, seinen gesamten Einfluß geltend zu machen gegen die Bombe. Und die Russen mit ihren Satelliten? Und China? Lauert denn dort nicht Gefahr? Natürlich tut sie das! Die Atomgefahr lauert, seit die Amerikaner die Bombe hergestellt und ihrer zweie abwarfen über ein praktisch besiegtes Land.«

AN MICHAEL MANN Kilchberg, 23.9.1958

Mike, sweetie-pie, –
congratulations, zunächst, Deine gescheite, gründliche und (wie selten ist dies!) auch noch gut geschriebene Arbeit[1] betreffend. Wie ich wohl bemerkte, hast Du in den Anfängen gar manches abgeändert, – nicht zum Nachteil der Veranstaltung, wie mir scheinen will. Im Gegenteil macht das Ganze sich jetzt übersichtlicher und »systematischer«.
Daß ich, von mir aus, mit dem Verschiedensten nicht einverstanden bin, versteht sich. Läßt doch Kafkas Franz so viele Deutungen zu, – die alle mehr oder weniger richtig sein mögen –, daß es schier unmöglich anmutet, es möchten zwei seiner Kenner in vielen seiner Stücke einer Ansicht sein. Insbesondere ist es der mir hervorragend liebe BAU[2], von dem ich eine ganz andere Auffassung hege als Du. Mir nämlich kommt es vor, als sei Fränzchen auffallend »prophetisch« gewesen, indem er das hoffnungslose Streben des Menschen nach »SECURITY« hier

abkonterfeiet habe. Dieses ständige Hin- und Hergaloppieren durch all die Gänge und zurück zum »Burgplatz«, – dieses ständige sich-Ängstigen vor irgendwelchen Gefahren, die dem Tierhelden nie gedroht hätten, wäre er nicht gar so sehr auf SICHERHEIT (als welche es nicht gibt!) aus gewesen: dieses Hören von Geräuschen, die wahrscheinlich gar nicht existent, von denen aber, falls sie de facto existieren, wirklich anzunehmen sei, daß sie auf irgendwelchen Luftzügen oder auf irgendwelchem ganz natürlich begründeten Geriesel in den Mauern zurückzuführen seien, – all diese Todesangst, nur, weil man sich zu »sichern« wünschte; wieso denn, in aller Welt, sollten diese Zwangsvorstellungen mit Kafkas Lungenschwindsucht zu tun haben? Hat er denn je versucht, sich einen »Bau« zu bauen, um das »Tier« (den Husten) abzuwehren? Mit nichten tat er dies! Und während, wie ich sagte, jeder sich seine Deutung zusammendeuten mag, so scheint mir doch in diesem Falle die Deine nicht recht eigentlich vertretbar, sogar wenn Brod[3], Politzer[4] und andere Schriftgelehrte Dir darin beigestimmt haben sollten.
Was mir im übrigen besonders fehlt, ist (ich sagte es schon inmitten des Meeres, Nähe Ischia) ein Hinweis auf DIE SORGE DES HAUSVATERS[5] (Erzählungen[6], Beginn Seite 170). Denn wiewohl »Odradek« zweifellos kein Tier ist, ist er doch, ebenso zweifelsohne, kein Mensch, und Kafkas Faszination durch denselben läßt das kurze Geschichtchen als besonders aufschlußreich erscheinen. Für Dich wäre in diesem Zusammenhang nichts weiter nötig, als die Einfügung »Odradeks« auf Seite 12, innerhalb der Fußnote 11: »Unerwähnt blieben ... etc.«
Was nunmehr folgt, sind die Pedanterien, die ich, an die kleine Mitarbeit mit Z.'s Sachen gewöhnt, kaum mehr umgehen kann. In Deinem Fall handelt es sich fast ausschließlich um Fragen der Interpunktion, oder auch um geringfügige Angelegenheiten der schlichten Grammatik: [...]
Das wäre aber auch alles, mon cher ami. Und, nochmals: Du hast da ein sehr fesches Ding hingelegt, – auch wenn ich meinen Kafka in manchen Stücken anders sehe, als dero Liebden ihn sieht. Small wonder: der Bursche ist dir so vieler Deutun-

gen fähig, daß einem jeden die höchsteigene Deutung zur Verfügung steht. Für meinen Sinn – ich sagte es wohl schon – ist er vor allem viel weniger »systematisch« als Ihr Analytiker ihn seht. Aber was macht das schon viel aus? Jede wohl-fundierte und persönliche Übersetzung von K.'s Alpträumen in eine gewissermaßen »verwendbare« Wirklichkeit ist allen Dankes wert, und so danke ich Dir denn aufs beste für Deine Zusendung.
Sei mit dem Weibe Dein herzlichst gehalst
von immer der Euren: [...]

1 Veröffentlichung nicht ermittelt. Manuskript im Nachlaß Michael Manns nicht vorhanden. **2** Kafkas Erzählung »Der Bau« (1924); aus dem Nachlaß veröffentlicht. **3** Max Brod (1884–1968), Schriftsteller; Nachlaßverwalter von Franz Kafka. Er lebte seit 1939 in Palästina. **4** Heinz Politzer (1910–78), Germanist und Lyriker; 1938 nach Palästina, 1947 in die USA emigriert. **5** Kurzerzählung, 1917 entstanden; zuerst veröffentlicht in: »Ein Landarzt«, München/Leipzig (Kurt Wolff Verlag) 1919. **6** Hrsg. von Max Brod, New York (Schocken Books) 1946; Lizenzausgabe für Europa: S. Fischer Verlag.

AN LIESL KARLSTADT[1] Kilchberg, 25.9.1958

Liebste Liesl Karlstadt, –
tausend Dank für Ihre Grüße und überdies und insbesondere für die prächtigen »Riesentischtücher«. Die, genau, haben uns zweifellos gefehlt, und da sie auch noch vom Wallach[2] stammen, kann ich mir schon beinah vorstellen, wie prächtig sie sind.
Ja, unsere »Mühle«[3] wird bestimmt so *schnell* fertiggestellt werden, wie dies menschenmöglich ist. Der Magnus[4], jedenfalls, ist ja längst schon ganz fiebrig.
Und Sie, liebe Liesl? Aus dem Prospekt für die Valentin-Ausstellung habe ich ersehen, daß der Bayrische Rundfunk noch eine ganze Menge von Bändern aufbewahrt, die Sie und der Herr Valentin[5] »besprachen«. Sollte und könnte man es denn nicht durchsetzen, daß diese Bänder schleunigst auf Platten aufgenommen würden und so unter die Leute kämen? Ich,

jedenfalls, (und mein ganzes Haus) können gar nicht genug bekommen von Euren unvergleichlichen und unwiederbringlichen Kostbarkeiten. Und sicher bin ich, daß jede Platte, die Euch zu Urhebern hätte, sich glänzend verkaufen müßte. Also hin mit Ihnen, zum Rundfunkplatz 1 (oder auch vorher zu einer geeigneten Plattenfirma!) und her für uns mit den Meisterwerken!

Wenn Sie wirklich auf der Wiesn[6] waren mit dem Magnus, dann bin ich unbeschreiblich neidisch. Was haben doch wir (Sie und ich) für eine Gaudi gehabt, damals, als wir so piekfein hinter dem Geländer saßen! Und auch den Gustl Waldau[7] hat es damals noch gegeben. Ich habe jetzt die Wiesn zwei oder drei Jahre schon versäumen müssen, und es gehören diese Versäumnisse zu den wenigen, die ich bejammere.

Alles Liebe Ihnen, und Ihrer Schwester die allerfreundlichsten Grüße.

Ich bin, wie immer aufs anhänglichste, die Ihre:

1 Liesl Karlstadt (1892–1960), Münchener Schauspielerin und Komikerin. **2** Alteingesessenes Verkaufshaus für Volkskunst und Trachten in München. **3** EMs und Magnus Hennings Haus in Ehrwald/Tirol, das damals gebaut wurde. **4** Magnus Henning. **5** Karl Valentin (1882–1948), berühmter Münchener Komiker; Liesl Karlstadt war seine Partnerin. **6** Münchener Oktoberfest. **7** Gustav Waldau, eigentl. Gustav Freiherr v. Rummel (1871–1958), Schauspieler.

AN THEODOR W. ADORNO[1] Kilchberg, 31.10.1958

Lieber Teddi Adorno, –

Ihr Brief hat mich von Herzen erfreut, und eben dieses tat auch der Sonderdruck[2] aus NEUE DEUTSCHE HEFTE. Das ist wirklich ein ungewöhnlich anmutiges, präzises und suggestives Stück Prosa, und gibt, bei aller Kürze, ungemein viel her für den Leser: ich meine, ein Leser, der etwa noch nie im Theater oder besonders in der Oper gewesen sei, müßte sich, auf Grund dieser acht Seiten geradezu ein Bild machen können von alledem, worum es Ihnen da geht. Und daß Sie es fertig gebracht haben, nicht nur Körperlichkeit und Atmosphäre des Opern-

hauses wahrhaft zu beschwören, sondern auch noch – aufs unaufdringlichste – »Soziologisches« mit hinein zu nehmen in Ihre Skizze, macht die Leistung noch bewundernswerter.
Aber nein, ach, nein, nach Frankfurt werde ich gar so bald nicht kommen können. Begebe ich mich doch morgen nach Wien (wo wir uns nun erst wirklich »verfehlt« haben!), einiger medizinischer Koryphäen wegen, die man mir dermaßen gepriesen hat, und die facto solche Erfolge aufweisen, that I want to give them a chance. Einmal muß es doch ein Ende haben mit der Unbrauchbarkeit meines Fußes, welcher übrigens natürlich (wer verträgt das schon: 7 Monate im Bett liegen?) allen zusätzlichen gesundheitlichen Ärger produziert hat, so daß ich mich des Eindrucks nicht erwehren kann, es habe nunmehr ganz entschieden »etwas zu geschehen«. Ob dies »Etwas« meiner albernen Konstitution dann auch anschlagen wird, ist eine andere Frage. Immerhin glaube ich, daß bereits der radikale Klimawechsel, das endliche abwesend-Sein von diesem Zimmer hier und alles, was damit zusammenhängt, eine Wendung zum Besseren herbeizuführen vermöchte. Kurz: ich tue dies nun einmal und bin nicht unguter Hoffnung dabei.
Was Sie Ihrerseits alles geschrieben haben[3], während ich dem lieben Gott ein Gutteil der mir zugemessenen Zeit stahl, erfüllt mich mit Neid. Und wenn ich überdies bedenke, mit wie schwierigen Dingen Sie ständig Umgang halten, ist mir kaum mehr verständlich, woher diese Kräfte Ihnen zuwachsen. Sie haben doch nicht etwa – Hand aufs Herz – einen kleinen Pakt[4] ... oder wie? Fast sieht es so aus. Wenn freilich Sils, vom Wetter begünstigt, die Basis bildet Ihrer ungemeinen Produktivität, so kann wohl von »Pakt« kaum die Rede sein, trotz Nietzsche[5], dessen Häuschen (oder vielmehr dessen Stübchen mit Häuschen drum herum) ja schandbarer Weise nun verkauft werden soll, ganz ohne daß sich einer fände, der dort eine »Stätte« errichtete.
Grundgütiger Papst Giovanni, – ich muß ja schleunigst aufhören. Denn was mir bis morgen zu tun noch übrig bleibt, geht auf keine, wie immer geartete Kuhhaut.
Alles Herzliche denn also in einiger Hast von immer
der Ihren:

1 Theodor W(iesengrund) Adorno (1903–69), Philosoph, Soziologe, Musiktheoretiker; 1934 nach England, später in die USA emigriert. Musikologischer Berater Thomas Manns während der Niederschrift des »Doktor Faustus«. 1949 kehrte A. nach Frankfurt/M. zurück. Seit 1950 dort Professor. 2 Th. W. Adorno, »Zur Naturgeschichte des Theaters«; in: *Neue Deutsche Hefte,* Jg. 5, 1958/59, H. 50, S. 516–533. 3 »Aspekte der Hegelschen Philosophie« (1957); »Noten zur Literatur I« (1958). 4 Anspielung auf den Teufelspakt in Thomas Manns »Doktor Faustus«. 5 Friedrich Nietzsche (1844–1900), Philosoph; 1881–88 verbrachte er fast jeden Sommer schreibend in Sils-Maria im Oberengadin.

AN REDAKTION »INFORMATION«[1]

Kilchberg, 31.10.1958

Sehr geehrte Herren, –
ich weiß nicht, ob Fräulein Seidenfaden noch Mitglied Ihres Stabes ist. Wohl aber erinnere ich mich genau, daß Ihre Redaktion mich mehrmals aufs freundlichste aufgefordert hat, wieder einmal, – ja, baldmöglichst, – einen Aufsatz[2] für Sie zu liefern.

Nun habe ich während der letzten Jahre Aufsätze überhaupt nicht geschrieben, sondern war ganz mit den kleinen Hilfeleistungen beschäftigt, die ich, zunächst noch, meinem Vater, dann dessen Nachlaß schuldig war, während ich überdies beschäftigt war mit Drehbüchern, »frei nach Thomas Mann«, sowie mit der Verfassung von eigenen Kinderbüchern.

Eben jetzt nur ist in mir der Wunsch entstanden, mich zu den verschiedenen Nobelpreisen zu äußern, die an Bürger der Sowjetunion gegangen sind. Was mich dabei besonders interessiert und was ich für allgemein interessant halte, ist die Tatsache, daß die drei russischen Physiker[3], die mit dem Nobelpreis ausgezeichnet wurden, diesen ohne weiteres – nicht nur annehmen dürfen, sondern daß es ihnen überdies gestattet sein wird, den Preis selbst in Stockholm entgegenzunehmen. Im Gegensatz hiezu wurde es dem Schriftsteller Pasternak[4] verwehrt, den Preis zu akzeptieren; mehr: er wurde als »krank« gemeldet; aus Rußland kam die Nachricht, er verfüge über kein Telephon; und schließlich wurde er aus der »Schriftstellerkam-

mer« ausgestoßen, ein desastre, was dem völligen »Berufstod« gleichkommt. Ob im übrigen Pasternak physisch überhaupt am Leben bleiben wird, ist fraglich und bleibt abzuwarten.
Nun besteht selbstverständlich ein prinzipieller Unterschied zwischen der Verleihung des großen schwedischen Preises an einen Physiker und der Verleihung eben dieses Preises an einen Schriftsteller, der sich zu Hause bereits bis zum gewissen Grade mißliebig gemacht hat. Während aber Pasternaks preisgekröntes Hauptwerk[6] in der UdSSR nicht vertrieben werden durfte, blieb doch der Autor selbst dort völlig ungeschoren; er konnte fortfahren, zu produzieren, und weder seine Arbeit, noch sein Leben standen bis dato in Gefahr. Die Gefahr – für Werk und Leben – begann erst, als man ihm nicht etwa nur den Nobelpreis verliehen hatte, sondern als Presse und Rundfunk der gesamten »Freien Welt« sich gar nicht genug tun konnten in ihrem Jubel darüber, daß einem innersowjetischen Autor, – einem, der ein dezidiert nichtkommunistisches Buch geschrieben hatte, diese höchste Ehrung widerfuhr.
Mein Glaube, nun, geht dahin, daß Pasternak zu retten gewesen wäre, und daß ihm vielleicht sogar vergönnt gewesen wäre, den Preis in Empfang zu nehmen, hätte unsere gute »Freie Welt« sich etwas weniger töricht betragen. Aber so ist es nun einmal bei uns: unser Interesse geht weniger dahin, einen guten Mann und einen, der gewissermaßen zu uns gehört, zu ehren und zu retten, als dahin, unter allen Umständen die UdSSR blöde vor den Kopf zu stoßen, unter Aufopferung desjenigen oder derjenigen, die zu beschützen und zu erhalten in unserem besten Interesse läge.
Über diesen Gegenstand, – nämlich über die Verleihung an drei sowjetische Physiker und an ihre Annahme des Nobelpreises einerseits und darüber, wie »wir« uns im Zusammenhang mit der Verleihung des Nobelpreises an Pasternak betragen haben, und was, meiner fundierten Meinung nach, die Folgen dieses Verhaltens gewesen sind, hätte ich wohl Lust, einen Aufsatz[7] zu schreiben.
Fürchten Sie nichts! Weder würde meine Arbeit so ungebührlich ausgedehnt werden, als diejenige über den »Fall John Peet« dies war, noch würde ich die Partei derer ergreifen, de-

nen auf Gedeih und Verderben (und zwar höchstwahrscheinlich auf letzteres) Pasternak ausgeliefert ist. Worauf es mir ankommen würde, wäre hauptsächlich, aufzuzeigen, wie äußerst falsch, ja, potentiell, wie mörderisch unsere »Propaganda« ist. Wir sollten gute Propagandisten sein und – wenigstens auf diesem Gebiete – überlegen den Propagandisten des »Ostens«, die, zu Recht oder zu Unrecht, mit einer Unmasse von Unwissenden, vom Rest der Welt abgesperrten und nur zu leicht zu verführenden Menschen zu rechnen haben. Europa ist weder zur Gänze unwissend, noch irgend von der Welt abgeschnitten, noch hat es irgend einen Grund, sich den propagandistischen Rattenfängern der »Freien Welt« ohne weiteres anzuschließen. Dennoch: die Zeitung möchte ich sehen, die den Fall der sowjetischen Physiker mit dem Fall Pasternak einleuchtend vergliche und darlegte, daß »wir« nicht dazu da sind, aus purer Eitelkeit, Sensationslust und haßerfüllter Verblendung Männer wie Pasternak zu ruinieren, wo nicht zu töten.
Leider bin ich so ziemlich sicher, daß mein Wunsch unerfüllbar ist, wo ich selbst ihn mir nicht erfülle. Und so komme ich denn zurück auf Ihre freundliche Einladung, bald einmal wieder bei Ihnen zu schreiben und frage an, ob ein Artikel des angedeuteten Inhalts für Sie akzeptabel sein könnte. [...]
Ihrer Nachricht sehe ich mit Spannung entgegen und bin, wie immer
Ihre sehr ergebene:

1 Konservative dänische Zeitschrift; Sitz: Kopenhagen. **2** Am 9.8.1950 war in »Information« EMs Artikel »Der Fall John Peet« erschienen; vgl. Bd. I, S. 272. **3** P.A. Tscherenkow (geb. 1904), I.M. Frank (geb. 1908), I.J. Tamm (1895 – 1971). **4** Boris Pasternak (1890–1960), Schriftsteller und Übersetzer (Goethe, Rilke, Shakespeare). **5** Nobelpreis für Literatur 1958. **6** »Doktor Schiwago«; der Roman durfte in der UdSSR nicht erscheinen. Der Mailänder Verlag Feltrinelli erwarb 1957 die Weltrechte; 1958 erschien die deutsche Übersetzung bei S. Fischer. **7** »Information« lehnte das Thema ab mit der Begründung, EMs Argumentation sei stalinistisch geprägt, sie verneine »die Freiheit des Geistes«. Gedruckt wurde der Artikel in der Münchener Zweiwochenzeitschrift »Die Kultur« v. 1.12.1958; er erregte Aufsehen. Die schärfsten Vorwürfe erhob das Züricher Blatt »Die Tat« am 10.1.1959 in dem ungezeichneten Leitartikel: »Erika und die ›Katastrophe‹ Pasternak«. EM antwortete der »Tat« am 17.1.1959. Zustimmung erfuhr EM u.a. von Marta Feuchtwanger.

AN GOLO MANN

Wien, 22.11.1958
Hotel Sacher

Bébé, –
wie durchaus goldig von Dir, meines garstigen kleinen Wiegenfestes[1] mit so schönen und, bei aller hochstieligen Zartheit, haltbaren Rosen zu gedenken. Auch kam die Gabe ja insofern garnicht zu spät, als der Jubeltag doch auf einen Sonntag fiel, und als an solchen Tagen die Händler höchst zögernd nur liefern. Sei bestens bedankt.
Im Monumentalwerk[2] lese ich immer wieder und noch immer, wobei ich freilich – nach echter Weiberart – recht willkürlich darin hin und her springe und keine rechte Disziplin halte, – wünschenswert, wie eine solchene zweifellos wäre. Daß ich – besonders, was die jüngste Geschichte angeht, nicht immer einer Meinung mit Dir sein kann, versteht sich. Während aber ein Buch, das genau den eigenen Ansichten und Überzeugungen entspräche, gewiß eine tröstliche Lektüre abgäbe, so wäre eben diese doch auch wieder langweilig, und man täte nichts, als immerzu befriedigt mit dem Kopf nicken. Wieviel lustiger ist es doch, »Ha!« an den Rand zu schreiben, oder auch »Barmherziger Himmel!« und was dergleichen Kommentare mehr sein mögen. Im übrigen und wie drahtlich schon mitgeteilt, ziehe ich großen Nutzen und viel Vergnügen aus Deiner masterpiece und dies umsomehr, als ich ja sonst exakt geschriebene »Geschichte« nicht lesen kann, weil dieselbe doch eben immer so sehr schlecht geschrieben ist. Wie anders Rudolf Genet[3]!
Daß ich nun leider wirklich recht krank bin, kann Dich bei bestem Willen nicht vehementer interessieren, als etwa eine blutige Schlacht in fernen Landen. Daß ich, auf der anderen Seite, gesonnen bin, die blutige zu gewinnen, ist ein ander Ding.
Und somit empfiehl mich der ganzen Fakultät und empfinde Städtchen Münster[4] als so anziehend, wie irgend möglich.
Très bien a toi

1 53. Geburtstag am 9. November. **2** Golo Mann, »Deutsche Geschichte des 19. und 20. Jahrhunderts«, Frankfurt/M. (S. Fischer) 1958. **3** Richtig: Dr. Rudolf Genée (1824–1914), Redakteur, Dramatiker, Verfasser von theaterhistorischen und ästhetischen Schriften; Zeitgenosse von EMs Urgroßvater Ernst Dohm und lt. Golo Mann ein Begriff im Familienjargon. **4** Er hielt damals Gastvorlesungen an der Universität Münster.

AN HANS RODENBERG[1] Kilchberg, 4.10.1959

Lieber Hans Rodenberg, –
alle Jahre wieder kommt, – wo nicht das Christuskind, so doch die Mann, Erika – und obendrein mit einem Anliegen (statt mit Gaben, wie das erstere!).
Heute geht es mir um den Roman »Mephisto«[2]. Wie Sie wahrscheinlich wissen, hat der Aufbau-Verlag dieses Buch in drei leidlich rasch aufeinanderfolgenden Auflagen, will sagen in 60 000 Exemplaren rasant abgesetzt. Seit über anderthalb Jahren nun ist das Werk vergriffen und alle meine Anfragen bezüglich einer Neuauflage (es dürften ihrer mindestens sieben gewesen sein!) blieben schlichthin unbeantwortet. Ich verstehe das nicht. Denn abgesehen davon, daß der »Mephisto« so ausnehmend gut ging, und daß die Nachfrage nach diesem Buch – aus Ost und West – dringlich bleibt, weiß man doch auch in der DDR ganz genau, was man da besitzt. Erst kürzlich wieder, – oder vielmehr im Sommer, – hat man bei Euch, in Berlin, das letzte Kapitel, betitelt »Die Drohung«, per Radio gesendet, und überhaupt liegt auf der Hand, daß, sowohl ideell, wie kommerziell die »Mephisto«-Rechte genutzt sein wollen. Meinerseits habe ich das Buch inzwischen in vieler Herren Länder verkauft[3], – so nach Italien, in die CSR, nach Jugoslawien, nach Ungarn etc. Und ausgerechnet Ihr solltet Euch plötzlich sperren? Ungemein dankbar, lieber Freund, wollte ich Ihnen sein, wenn Sie da einmal nach dem Rechten sähen. Denn natürlich muß mir insgesamt daran gelegen sein, die Bücher von Klaus in Umlauf zu wissen; und was nun gar den »Mephisto« betrifft, der in Adenauer-Deutschland nicht erschienen ist, so setze ich ganz auf Euch, – das Deutsche angehend.
Der »Buddenbrooks«-Film ist nun glücklich »abgedreht«. Dreieinhalb Monate Galeerendienst (nach Abschluß der Drehbucharbeiten) hat er mich gekostet, und wie zu erwarten, konn-

ten mitnichten alle Blütenträume reifen. Dies konnten sie umso weniger, als der – für den im letzten Augenblick erkrankten Harald Braun eingesprungene – Regisseur, ein Geselle namens Weidenmann, diesem Stoff und dieser Sprache so fern stand, wie ich Südkorea. Meinerseits habe ich jedenfalls das Äußerste getan und meine, das Ganze sei dennoch einigermaßen gediehen, – auf Grund besonders einer großenteils sehr zu bejahenden Besetzung. Nun, – Sie werden ja sehen. Ob denn die DEFA[4] »schlußendlich« von ihren eigenen Rechten Gebrauch machen wird? Hochinteressant wäre es jedenfalls, dies Experiment. Sollten Sie etwas über die dortigen Pläne wissen, – neugierig wäre ich.

Um aber nochmals auf den vortrefflichen Aufbau-Verlag zurückzugreifen, so hat derselbe vor Jahren einen Lizenzvertrag mit S. Fischer abgeschlossen, wonach er die Rechte für den Roman »Der Vulkan«[5] von Klaus Mann erwarb. Sehr schnell trafen dann auch die »Fahnen« bei mir ein, und da man bei Euch drängte, erledigte ich die Korrekturen in größter Geschwindigkeit. »Der Rest ist Schweigen«. Nicht nur ist das Buch nicht erschienen, sondern auch bezüglich seiner blieben all meine Anfragen unbeantwortet. Nicht viel anders steht es um meine Schrift »Das letzte Jahr«[6], von der, so weit ich sehe, eine einzige Auflage nur erschienen ist. Diese eine war ihrerseits sofort vergriffen, und unentwegt erreichen mich Briefe aus der DDR, die Klage darüber führen, daß das Büchlein nie zu haben gewesen ist.

Ich meine ja nur und frage ja bloß. Dabei haben sich gerade kürzlich die Beziehungen zwischen dem Verlage und unserem Hause, – soweit das Werk von T.M. im Spiele ist, – wieder besonders freundlich gestaltet. Und wenn Klaus Mann freilich ein Kapitel für sich darstellt, so hat doch »Das letzte Jahr« zumindest den unmittelbarsten Bezug auf unseren Vater. Und überdies stehen »Mephisto«, wie »Der Vulkan« Eurer Geistigkeit entschieden nahe.

Wie mag es Ihnen gehen? Ihrer Frau? Mir – Sie wissen es – geht's immer dankeschön. Noch bin ich aus den »Buddenbrooks«-Wehen nicht heraus. »Feinschnitt«, »Musik« und »Mischung« wollen noch verfolgt sein, und am *12.* November, vermutlich, soll zu Lübeck, an zwei hintereinanderfolgenden Abenden, die Uraufführung statthaben[7]. Wenn all dies hinter mir liegt, will und muß ich mich nun endgültig an die T.M.-Biographie[8] wagen, die ich seit langem plane. Sollte aber auch sie bei Euch nur in einer Auflage erscheinen, dann kriegt Ihr sie nicht. Ätsch!

Und somit, lieber Hans Rodenberg, wie immer alles Freundliche und Nette. Hegen und pflegen Sie sich ein wenig, – besonders nach den Anstrengungen, welche die Gespräche oder Korrespondenzen mit dem Aufbau-Verlag für Sie mit sich bringen müssen. Meine Mutter empfiehlt sich Ihnen aufs beste, und ich bin immer

die Ihre:

1 Hans Rodenberg (1895–1978), Schauspieler und Regisseur; emigrierte 1933 in die UdSSR. Nach seiner Rückkehr 1947 Theaterarbeit. 1952–56 Hauptdirektor für Spielfilme der Ost-Berliner Produktionsfirma DEFA. Mit ihm hatte die Filmaufbau GmbH, Göttingen, 1956 einen Koproduktionsvertrag zur Verfilmung von Thomas Manns Roman »Buddenbrooks« abgeschlossen (vgl. S. 76, Anm. 5). Seit 1954 Mitglied des Zentralkomitees der SED. **2** Klaus Manns »Mephisto. Roman einer Karriere« (1936) war 1956 im Aufbau-Verlag, Berlin (Ost) erschienen. Die Anwälte Gustaf Gründgens hatten im Juni 1957 versucht, eine Neuauflage des Romans in der DDR zu verhindern. Erst 1971 folgte eine weitere Auflage. S. Eberhard Spangenberg, »Karriere eines Romans«, München (Ellermann) 1982, S. 159f. **3** Bis 1959 war »Mephisto« in der DDR (1956), Polen (1957), Ungarn (1957) und Jugoslawien (1958) erschienen. Bis 1984 lag er auf Deutsch, Tschechisch, Polnisch, Ungarisch, Serbokroatisch, Slowenisch, Lettisch, Russisch, Französisch, Bulgarisch, Holländisch, Amerikanisch, Schwedisch, Hebräisch, Italienisch, Spanisch, Portugiesisch, Katalanisch, Griechisch, Norwegisch, Finnisch, Slowakisch vor. **4** Die DEFA war vertraglich ermächtigt, die »Buddenbrooks« selbst zu verfilmen; dazu kam es jedoch nicht. **5** Der Aufbau-Verlag brachte den »Roman unter Emigranten« (Untertitel) erst 1969 heraus. **6** EMs »Bericht über meinen Vater« (Untertitel); vgl. S. 31, Anm. 3. **7** Der zweiteilige Buddenbrooks-Film wurde an einem einzigen Abend (11.11.1959) uraufgeführt. Vgl. S. 76, Anm. 5. **8** Vgl. S. 72, Anm. 4.

AN FRAU GAMST[1] Kilchberg, 8.2.1960

Liebe Frau Gamst, –
es war sehr reizend von Ihnen, mir zu schreiben, und Ihr Brief[2] hat mich herzlich erfreut. Bitte seien Sie nicht böse wegen dieser verspäteten Dankesantwort, aber aus vielen guten (teilweise auch weniger guten) Gründen ist meine Korrespondenz während dieser letzten Monate völlig in Unordnung geraten.
Mein Bruder Klaus war ein Jahr jünger als ich, und kaum hatte ich mich an seine Anwesenheit hienieden und unser Zwillingsdasein gewöhnt, als ich auch schon der Überzeugung war, jedes kleine Mädchen brauche einen Klaus, und, wo alles mit rechten Dingen zugehe, habe es ihn auch. Ich war vielleicht zweieinhalb, konnte den Namen »Klaus« nicht aussprechen, versuchte »Klausi« zu sagen, brachte es aber über »Eissi« nicht hinaus. Wir beide, mit unserer Kinderfrau, trafen ein Kind namens Eva, die ohne brüderliche Begleitung unterwegs war (wenn auch natürlich gleichfalls mit Kinderfrau). Da fragte ich ganz ratlos: »Wo hast denn Du Dein' Eissi? Ein' Eissi muß man doch haben!«
Dieser Ansicht bin ich im Grunde noch heute, und so tut es mir denn herzlich leid, daß Ihre Erika nicht wenigstens eine gute Weile einen Klaus »gehabt« hat.
Nehmen Sie nochmals meinen herzlichsten Dank für Ihren wirklich reizenden Brief und seien Sie aufs freundlichste begrüßt
von Ihrer sehr ergebenen:

1 Nicht ermittelt. **2** Nicht erhalten.

AN ADELINE MEINERS[1] Kilchberg, 16.2.1960

Verehrte und liebe gnädige Frau, –
wie schon mehrmals angedroht, wende ich mich, im Zusammenhang mit der Biographie meines Vaters[2], an der zu arbeiten ich nun ernstlich begonnen habe, vertrauensvoll an Sie.

Heute sind es zwei Fragen, deren erste Sie gewiß beantworten können, während die zweite (und ihre Lösung) immerhin im Bereich Ihres näheren Blickfeldes liegt.
1. Als ich Sie in Lübeck besuchte, erzählten Sie mir von den schönen Weihnachtsfesten, die Sie in meinem urgroßväterlichen Hause verlebten. Fast nehme ich an, Sie seien schon damals eine nahe Freundin von Alice Biermann[3] gewesen und hätten in dieser Eigenschaft das Haus in der Mengstraße[4] gut gekannt und häufig – besonders zu Weihnachten – besucht. Ist meine Annahme richtig oder verbanden zusätzliche Fäden Sie mit den Manns zu der Zeit, in der Heinrich und Thomas Knaben waren? Erinnern Sie sich an Julia[5] und Carla[6] in irgend einem speziellen, erwähnenswerten Sinne?
2. Als wir eben angefangen hatten, den Film »Buddenbrooks« zu »drehen«, ließ sich, im Rathaus, ein alter Herr[7] bei mir melden. Er zeigte mir die erste »Grammatik«, die mein Vater besessen haben dürfte, – ein dünnes Büchlein, das nur die einfachsten Regeln der deutschen Sprache enthielt und des weiteren uninteressant gewesen wäre, hätte nicht T.M. sich auf allerlei Art darin »verewigt«. Immer wieder »übte« er seine Unterschrift auf diesen Seiten: schließlich war er in den Besitz eines Gummistempels gelangt, vermittels dessen er seinen Namen nun gar schon »im Druck« vorführen konnte; und überdies ward er nicht müde, die Blätter des kleinen Lehrbuchs mit Zeichnungen zu verzieren, die samt und sonders einen Schalk oder, genauer, den Till Eulenspiegel darstellten. Er war früh schon ein begabter Zeichner, und der »Eulenspiegel« ist unverkennbar. Leider, nun, war ich während jener ersten »Drehtage« so beschäftigt, daß ich mir zwar die Grammatik aufmerksam beschaute, es aber verabsäumte, Namen und Adresse des Besitzers zu notieren. Das »Souvenir«, so erzählte er mir, habe er von einem Lehrer meines Vaters entweder geerbt oder einst geschenkt bekommen. Das ist alles, was ich weiß. Meinen möchte ich aber, daß der alte Herr und sein Büchlein in Lübeck nicht ganz unbekannt sein dürften. Vielleicht, daß Sie selbst mir Auskunft darüber geben könnten, wie er erreichbar wäre: vielleicht, daß man im Stadtarchiv über ihn Bescheid wüßte. Außerordentlich dankbar wäre ich Ihnen jedenfalls, wenn es Ihnen

möglich wäre, mir zu seiner »Anschrift« zu verhelfen. Wie ich Ihnen ja sagte, beabsichtige ich, die Lebensgeschichte meines Vaters illustriert herauszubringen, und da käme ein oder das andere Blatt aus dieser Kinder-Grammatik mir sehr zupasse. Bitte verzeihen Sie die Behelligung, – aber, wie vermerkt, ich habe rechtzeitig mit ihr gedroht.
Hoffentlich geht es Ihnen gut und Sie haben weiterhin Freude an Ihrer Musik, den Ihnen lieben Menschen, der Lektüre und den vielen Erinnerungen.
Ich bin immer, mit den herzlichsten Grüßen und Wünschen
Ihre:

1 Adeline Meiners (1878–1968), entfernte Verwandte von Thomas Mann. **2** Vgl. S. 72, Anm. 4. **3** Geb. Haag, eine Cousine von Thomas Mann (ihre Mutter war eine Schwester seines Vaters). **4** In Lübeck; heute »Buddenbrook-Haus« genannt. **5** Julia Elisabeth Mann, verh. Löhr (1877–1927; Selbstmord); Schwester von Thomas Mann. **6** Carla Mann (1881–1910; Selbstmord), Schauspielerin; Schwester von Thomas Mann. **7** Auf eine Suchanzeige EMs in den »Lübecker Nachrichten« meldete sich der Kapitän a.D. Alexander Wegener. EM bat ihn, die Grammatik ihres Vaters dem Thomas Mann-Archiv in Zürich zur Verfügung zu stellen. Dort ist sie nicht.

AN UWE WENZEL[1] Kilchberg, 20.3.1960

Lieber Herr Wenzel, –
vielen Dank für Ihre freundlichen Briefe vom 24. Februar und 11. März. Auch der »Mephisto«[2] ist inzwischen heimgekehrt. Dies Buch betreffend, so gebe ich Ihnen ganz recht darin, daß es eine Ungeschicklichkeit des Verlages war, den Feuchtwanger-Text als einzigen Kommentar zu verwenden. Weit besser wäre, zum Beispiel, *Max Brod* gewesen, der sich im Gedächtnisbuch so ausführlich zu gerade diesem Roman äußert. Brod, in Prag lebend, kam zu der Zeit, in der der »Mephisto« spielt, so gut wie nie nach Berlin, kannte Herrn Gründgens durchaus nicht und hatte nicht die geringste Ahnung davon, daß es sich in jenem »Hendrik Höfgen« um eine sogenannte »Schlüsselfigur« handeln könnte. Umso bedeutungsvoller sein Urteil.
Ihr »Schlüsselproblem« im allgemeinen angehend, so empfehle

ich dringend die Lektüre eines relativ frühen Aufsatzes von Thomas Mann, »Bilse und ich«. Der Artikel ist enthalten in dem Band »ALTES UND NEUES. Kleine Prosa aus fünf Jahrzehnten«, S. Fischer 1953. Hier ist der ganze Komplex äußerst lucide abgehandelt und ein genauer Strich gezogen zwischen dem, was legitimer Weise als »Schlüsselroman« zu gelten hat, und dem sehr anderen, was sich nur eben gewisser Wirklichkeiten bedient, ohne deshalb mit dem zu Recht verfemten Genre die leiseste Verwandtschaft aufzuweisen.
Es freut mich, daß Ihre Arbeit fortschreitet, und nach wie vor läse ich gern, was Sie bis dato zu Papier gebracht. Daß Sie nicht umhin können werden, die »Erbmasse« meines Bruders zu untersuchen, versteht sich. Darüber braucht aber die absolute Eigenständigkeit seiner Individualität nicht zu kurz zu kommen. Zufällig war ich selbst soeben genötigt, in Lübeck einige Ahnenkunde einzuziehen, und da ergab sich, daß bereits unter den Vorfahren von Thomas Manns väterlicher Großmutter ungemein viel Inzucht gewaltet hat und auffallend häufige Selbstmorde vorkamen. Der Begriff der »Ebenbürtigkeit« spielt da eine Rolle, – insofern nämlich die sogenannten »ersten Familien«, fast wie Dynastien, gehalten waren, nicht »unter ihrem Rang« zu heiraten, und also mit einiger Regelmäßigkeit nahe Blutsverwandte einander ehelichten. Schon mein Großvater, der Senator Thomas Johann Heinrich Mann[3], war im Grunde degeneriert, und mein Vater schildert seinen Helden, »Thomas Buddenbrook« zu Recht als einen, der nur vermittels größter Zucht und Selbstdisziplin den Part zu spielen vermochte, der ihm aufgetragen war. Nicht viel anders stand es um Thomas Mann, und gar nicht anders um Klaus. Ihr israelischer Klaus Mann-Kenner hatte recht; *objektiv* war dies Ende nicht nötig. Daß es subjektiv unvermeidlich war, beweist die Tatsache, daß es stattgehabt hat.
Mit Ihnen bin ich der Überzeugung, daß eine Jugend, die Leben und Werk von Klaus wirklich und von Grund aus verstünde, besser wäre als eine, die nichts davon weiß. Möchten Ihre Bemühungen dazu führen, daß doch einige Wenige und Wichtige sich in der Welt zurecht fänden, die Klaus erlebt, erlitten und gestaltet hat, wie sie ist.

Ich bin, lieber Herr Wenzel, mit den allerbesten Wünschen und Grüßen
Ihre ergebene:
[...]

1 Uwe Wenzel, Verfasser der ersten nachgewiesenen Staatsexamensarbeit über Klaus Mann: »Die Bestimmung des Menschen und der Todesgedanke im Prosawerk Klaus Manns«, Hamburg 1963. **2** Ausgabe des Aufbau-Verlags, Berlin (Ost) 1956. Lion Feuchtwangers Beitrag zu »Klaus Mann zum Gedächtnis« (vgl. Bd. I, S. 259, 270f) diente als Klappentext. **3** 1840–1891; letzter Familienprinzipal der Getreidefirma Mann in Lübeck.

4. DIE HERAUSGEBERIN

Trotz eines schweren Unfalls im September 1960, der mehrere Krankenhausaufenthalte erforderlich machte, setzte Erika Mann ihre Bemühungen um den Nachlaß des Vaters fort. Ihre Versuche, neben der bestehenden Schweizer eine westdeutsche »Thomas Mann-Gesellschaft«[1] zu gründen, scheiterten. Die Herausgabe der Briefe ihres Vaters nahm ihre Zeit nun fast ganz in Anspruch: in den Jahren 1961–1965 erschienen bei S. Fischer schließlich drei Bände »Briefe«[2], zusammen 2000 Seiten.

»Die Arbeit am Briefband war schwer und erst schien sie uferlos. Aus Tausenden von Briefen, – eingesandten und bei uns vorhandenen, – waren knappe viereinhalb hundert zu wählen, deren jeder auf irgend einer Ebene lesenswert sein mußte, während die Summe (und das war das Schwerste) ein möglichst stimmiges Gesamtbild des Schreibers abgeben sollte, – ein lebendiges Zeugnis seiner zarten, zähen, bei aller Konzentration auf die ›Hauptsache‹ (die Arbeit), auch anderwärts so vielfach engagierten, gewissenhaft und neugierig schweifenden Existenz.

Anderes, – sehr viel anderes galt es zu beachten. Ein autobiographischer Zusammenhang mußte deutlich werden, Briefe, die meines Vaters eigene Entwicklung, – menschlich, geistig, künstlerisch, politisch, – erkennen ließen, wollten kombiniert sein mit solchen, die seine sich gleichbleibenden oder wechselnden Beziehungen zu seinen Freunden, Kollegen, Mitmenschen aufzeigten und, – dies vor allem! – es durfte mir nicht darauf ankommen, besonders schöne, wirkungsvolle und den Schreiber ehrende Äußerungen zu verwenden, sondern ihn gerade auch dort zu präsentieren, wo er irrte, schwankte, Krisen zu bestehen hatte.

Je länger und intensiver ich arbeitete, desto schwieriger und faszinierender schien mir die Aufgabe. Denn allmählich begann sich herauszuschälen, worauf zu hoffen ich kaum gewagt hatte: Die Dramatik seines Lebens, die immanente und durch das Zeitgeschehen nur gesteigerte, nicht verursachte Dynamik einer Existenz. [...]

Zeitgeschehen? Gewiß, – und was für eins! Daß aber die Dra-

matik seines Lebens in ihm *lag, erhellt aus den Briefen, die auch seine* Menschlichkeit *ins direkteste Licht rücken. Die Leidenschaft, mit der er um ›Katia‹ warb; die feurige Geduld, die er solange übte, bis die ›Märchenbraut‹ sein war; seine sich langsam zuspitzende Beziehung zu Heinrich Mann, dem brüderlichen Widersacher, – jäher Bruch mit ihm, jahrelange Trennung und endlich Versöhnung; seine Haltung den Kindern gegenüber, besorgt, liebevoll – stolz auf jeden ihrer Erfolge, bekümmert um jede Anfeindung; seine spontane Hilfsbereitschaft, – selbst völlig Fremden gegenüber; seine Strenge gegen sich selbst; seine Komik; seine absolute Unverwechselbarkeit, – es ist alles da, – die privateste Sphäre spiegelt es unmittelbarer als die künstlerische dies je vermochte«.*[3]

1 Vgl. S. 62, Anm. 3. **2** Vgl. S. 72, Anm. 5. **3** Zitat aus: »Die letzten Jahre von Thomas Mann. Über seine Briefe und seinen Nachlaß spricht Erika Mann«, *Westdeutscher Rundfunk*/Abt. Kultur. Erstsendung am 29.5.1962. Abdruck in: »Duitse kroniek«, Jg. XV, Nr. 1, 1963.

AN EVA HERRMANN

Wien, 12.10.1961
Hotel Imperial

Evbev, –
wäre mir nicht an sich schon ein wenig ungut, mir müßte sehr übel werden beim Anblick des Datums (14. Februar 1961), an welchem Dein liebwertes Briefchen[1] geschrieben ward. Aber was willst Du? Das Fleisch ist willig, der Geist ist schwach. Ersteres kränkelt noch immer, – will sagen, um die Knöchlein ist es noch immer höchst mäßig bestellt; und mit letzterem ist noch niemals nicht viel los gewesen. Wie sollte es jetzt klappen mit demselben, da er doch pausenlos so fürchterlich überanstrengt wird?! Gib *Du* mal erst einen T.M.-Briefband heraus, triff die Auswahl, schreibe so Einleitung, wie Anmerkungen (und letztere sind wie Maus, der Zahllose!) und *dann* fröne noch der Korrespondenz! Und *dann* tritt vor mich hin und behaupte blankstirnig, Du habest dies alles gemeistert!

Was nicht heißen will, daß ich, der Frau Oberin gehorsamste Zöglingin, nicht knicksend und das Kreuz schlagend um Verzeihung bitte. Ich *tue* bitten, des' sei der kleine Bär mein guter Zeuge. [...]
Des übrigen verbleibe ich ohne jeden sichtbaren Grund guten Mutes, herze Dich aufs angelegentlichste, wünsche Dir eine frohe Weihnacht, ein heiteres Osterfest und ein gedeihliches Pfingsten und zeichne antiamerikanischer denn je,
als Deine E.

1 Nicht erhalten.

VON GEORG LUKÁCS[1] Budapest, 17.10.1961

Sehr geehrte gnädige Frau!
Mein Freund Ernst Fischer[2] teilt mir soeben mit, daß Sie sich für die Briefe, die Thomas Mann an mich gerichtet hat, interessieren. Ich stehe Ihnen selbstredend mit großer Freude zur Verfügung. Jedoch die Ausbeute wird eine sehr geringe sein. Das liegt vor allem an der Art meiner Beziehung zu Thomas Mann. Wir haben uns während seines ganzen Lebens nur zweimal getroffen, einmal am Anfang der zwanziger Jahre in Wien und zuletzt in 1955 in Weimar, wo, wie Sie wissen, es keine Gelegenheit zu eingehenden Gesprächen gab. Dieser Lage entsprechend kommt meine Beziehung zu Thomas Mann so gut wie ausschließlich in meinen Essays zum Ausdruck, die seine zu mir in gelegentlichen Äußerungen.
Aber selbst dieses schon an sich spärliche Material ist größtenteils ein Opfer der Zeitumstände geworden. Ich erinnere mich z.B., daß Thomas Mann vor dem ersten Weltkrieg mir einen sehr interessanten Brief über meine Kritik von »Königliche Hoheit« geschrieben hat; in den Wirren nach dem Zusammenbruch der Rätediktatur in Ungarn[3] sind aber alle diese Schriften verlorengegangen. Ebenso gestalteten sich die Dinge in der Emigration. Ich erinnere mich ebenfalls an einen interessanten Briefwechsel über damals aktuelle Fragen mit Thomas

Mann, aber auch diese Briefe sind im Laufe meines Gejagtseins aus einem Land ins andere verloren gegangen.
So ist nur ein Brief in meinem Besitz, den Thomas Mann an meine Frau[4] gerichtet hat. Er schickte nämlich durch einen seiner Übersetzer Grüße an mich, und da ich unmittelbar darauf abreisen mußte, hat meine Frau ihm geschrieben und er ihr geantwortet. Ich werde diesen Brief, sowie die Kopie von Thomas Manns Brief an den Übersetzer fotografieren lassen und die Exemplare Ihnen zuschicken. Vielleicht interessiert Sie auch ein Brief Thomas Manns[5] an Bodo Uhse[6], der sich ebenfalls auf mich bezieht und dessen Kopie ebenfalls in meinem Besitz ist. Ich werde jedenfalls auch diesen Brief fotografieren lassen.
Bitte übergeben Sie meine herzlichen Grüße und die meiner Frau an Ihre Frau Mutter.
Mit aufrichtiger Hochachtung
Ihr sehr ergebener Georg Lukács

1 Georg Lukács (1885–1971), ungarischer Philosoph und Kulturhistoriker marxistischer Orientierung; er lebte seit 1933 in Moskau; 1945 kehrte er nach Budapest zurück. Verfasser eines bedeutenden Werkes über »Thomas Mann« (Berlin 1949) und zahlreicher Essays. **2** Ernst Fischer (1899–1972), österreichischer Politiker und Schriftsteller. Er lebte seit 1934 in Prag, 1939–45 in der Sowjetunion; Mitarbeiter der Komintern. Nach dem Krieg Rückkehr nach Österreich. Seit 1934 KPÖ-Mitglied, 1946–69 Mitglied des Zentralkomitees der KPÖ. **3** 1919; Lukács war Volkskommissar für Unterrichtswesen. **4** Brief an Gertrud Lukács v. 22.3.1949. Dieser Brief sowie Lukács' Antwort an Thomas Mann v. 29.3.1949 sind veröffentlicht in: *Sinn und Form,* Jg. 7, H. 5 (1955), S. 665–671. **5** Nicht ermittelt. **6** Bodo Uhse (1904–1963), Schriftsteller; er emigrierte 1933, kämpfte in Spanien, kehrte 1948 aus Mexiko nach Ost-Berlin zurück. Redakteur der literarischen Zeitschrift »Der Aufbau«.

VON GOTTFRIED
BERMANN FISCHER Frankfurt am Main, 27.11.1961

Liebe Erika,
Wir haben die ruhige Teestunde mit Ihnen in den Vierjahreszeiten sehr genossen.
Inzwischen hat man mir den Briefband[1] in die Hand gelegt. Ich bin ganz glücklich damit und sehe zu meiner großen Freude und Bewunderung, mit welcher Sorgfalt und Umsicht und mit

welch außerordentlicher Bemühung Sie den Anmerkungsteil ausgearbeitet haben. Durch Ihre Erläuterungen, die den Stempel Ihrer Persönlichkeit tragen, ist er weit mehr als nur eine Sammlung von Erklärungen geworden und stellt für sich allein eine fesselnde Lektüre dar.
Ihre Einleitung drängt mir die Frage auf, wann Sie sich wohl an die geplante Biographie[2] machen werden. Die wenigen Seiten zeigen in konzentrierter Form, daß es niemanden gibt, der berufener und informierter wäre, sie zu schreiben als Sie.
Ich wünschte, daß der zweite Briefband[3], der ja nun von Anbeginn in Ihren Händen liegt, nicht so lange auf sich warten läßt wie der erste. Die Nachfrage nach dem Buch ist sehr groß; die zweite Auflage[4] wird in kurzer Zeit vorliegen und eine dritte ist bereits in Vorbereitung.
Seien Sie herzlichst gegrüßt
von Ihrem Gottfried

1 Thomas Mann, »Briefe 1889–1936«, hrsg. Erika Mann, Frankfurt/M. (S. Fischer) 1961. Einleitung S. V–XII. **2** Vgl. S. 72, Anm. 4. **3** Er sollte ursprünglich die »Briefe 1937–55« umfassen; vgl. S. 72, Anm. 5. **4** Sie erschien noch 1961 (8. bis 13. Tausend).

VON HERMANN HESSE Montagnola, Dezember 1961

Liebe Frau Erika
Noch eh Sie dies lesen, wissen Sie ja, was meinen Brief veranlaßt. Natürlich ist es der Briefband I, der dieser Tage eintraf und in dem ich seither täglich einigemale spazieren gehe, zunächst ganz unsystematisch, nur daß ich Ihr schönes gutes Vorwort als Erstes las und bedachte. Hätten Sie in Ihrem bewegten Leben nichts andres getan als seit Ihres Vaters Tod die Pflege seines Andenkens, so wäre allein dafür Ihnen die Mit- und Nachwelt großen Dank schuldig. Langnoch und immer wieder wird das Buch mich beschäftigen, ich bin froh, daß ich sein Erscheinen noch erlebt habe.
Bei diesem ersten Durchstreifen und Abtasten finde ich auch manches bestätigt, was ich schon früher beim Vergleich von Th.

M. mit mir empfand. Die Verschiedenheiten, ja Gegensätze sind ja klar: nord- und süddeutsch, Städter und Landmensch et etc. Aber mir fallen zur Zeit mehr die Ähnlichkeiten und Verwandtschaften auf, vor allem die Zartheit, Anfälligkeit und das Gefühl von Gefährdetsein ist bei ihm und mir das selbe, und scheint sich, soweit ich bis jetzt sehe, bei ihm wie bei mir mit zunehmendem Alter immer mehr einzuebnen und zu verlieren.
Mit Genuß finde ich überall die überlegene, bald zeremonielle, bald versteckt mokante Höflichkeit wieder, die sein Panzer gegen die Roheit und Plumpheit der Welt war, da ist er herrlich, oft ganz Königliche Hoheit, oft spitzbübischer Spötter, immer die Seele durch Rolle und Maske verhüllt und beschützt.
Um Ihr Ergehen bin ich besorgt. Die Ihren, vor allem Ihre verehrte liebe Mutter, bitte von uns beiden sehr zu grüßen.
Stets Ihr H. Hesse

AN HERMANN HESSE Kilchberg, 14.12.1961

Lieber, hochverehrter Freund, –
kaum kann ich Ihnen sagen, wie sehr von Herzen ich mich über Ihren Brief gefreut habe. Sie waren (bei all Ihrer Post!) unter den ersten, von denen ich hörte, und werden mir der Wichtigste bleiben. Der Band hat unsägliche Mühe gemacht, ohne daß ich deshalb sicher wäre, daß meine Arbeit an ihm so gut ist, wie sie sein müßte. Was ich mir allenfalls sagen darf, ist, daß *ich's* nun einmal nicht besser vermochte, und daß niemand mehr geben kann als sein Bestes. Auch sprechen die Briefe ja wirklich für sich, und ich weiß nicht, ob ich mich irre, wenn ich meine, daß sie nicht nur Zeugnis ablegen von des Zauberers Natur, Geist und Leben, sondern daß sie, eben vermittels ihrer autobiographischen Lebensnähe auch der Dramatik seiner Existenz – vielleicht erstmalig – einigen Ausdruck verleihen. Aber wie recht haben Sie mit dem, was Sie über die Verschiedenheiten und Ähnlichkeiten zwischen Euch beiden sagen. Ich glaube, er selbst hat das nicht anders empfunden und wäre froh im Gedanken, daß Sie die Briefe lesen. Jetzt stecke ich natürlich

schon bis zum Halse in Band II, der nächsten Herbst heraus soll[1].
»Schreiben und Schriften«[2] habe ich sehr genossen, wie schon vorher (wenngleich auf andere Manier) die lucide und tiefe (rare Mischung!), befriedende* Weisheit von »Zen«[3]: »Offene Weite – nichts von heilig.«
Sie waren so lieb, Ausschau nach meinem Befinden zu halten. Es ist in der Tat das Beste nicht; das törichte Bein, das im letzten August sich schon recht nett betrug, auch im September noch, macht seit dem Oktober die leidigsten Zicken, tut immerzu weh, auch nachts, und bis dato weiß niemand, warum. Anfang Januar gehe ich wieder nach Wien, nicht nur um zusätzlichen Callus aufzuspeichern, sondern auch, um den großen Unfallchirurgen, Professor Böhler, zu befragen, der sehr natürlich viele Hunderte von Schenkelhals-Nagelungen gesehen und im Effekt verfolgt hat, und dem vielleicht Ähnliches schon vorgekommen.
Meine Mutter erwidert Eure Grüße aufs innigste, ich danke noch eigens für die rührend aufmerksame Rücksendung des Reserve-Exemplars und bin, mit allen guten Wünschen für Weihnachten und dieses 1962
Eure treue E.M.

1 Thomas Manns »Briefe 1937–1947« erschienen erst 1963. **2** Hermann Hesse, »Schreiben und Schriften« (Betrachtung). Erstmals in: *Neue Zürcher Zeitung* v. 15.8.1961; »Gesammelte Werke«, Frankfurt/M. (Suhrkamp) 1970, Bd. 10. * [Anm. von EM:] – befriedend, selbst dort, wo unlösbare Rätsel gestellt sind und von »Lucidität« nicht die Rede sein kann **3** Hermann Hesse, »Zen«, St. Gallen (Privatdruck) 1961.

AN THEODOR W. ADORNO Kilchberg, 15.12.1961

Lieber T.A., –
um unnötiger Weise meine Freundwilligkeit noch besonders zu betonen, antworte ich umgehend und ohne mit Golo Rücksprache genommen zu haben.
Aber ich bitte Sie! »... ein heftiger Angriff«[1]? Das ist für meine Begriffe überhaupt kein Angriff, vielmehr die trockene und

objektive Feststellung, daß Golo subjektiv mit Ihren »Analysen« nichts anfangen kann, da er meint, sie könnten »den Leuten nicht helfen«. Angegriffen werden in der Folge einige Gelehrte, die ihn und seine Studienfreunde in der Jugend enttäuscht haben, eben weil sie den Studenten nicht zu »helfen« vermochten. Und Ihr Name fällt offenbar ausschließlich, weil der Redner, Herr König[2], sich ausführlich mit Ihnen beschäftigt hatte.

Für Ihre Reaktion gibt es eine (und wie mir scheint nur eine) Doppelerklärung: Sie sind ungemein verwöhnt und ungemein empfindlich. Wie werden wir doch »heftig angegriffen«, wir alle, außer Ihnen, – jeden zweiten Tag und auf die infamste Weise. Und wie kühl läßt uns dies. Wollten wir uns darob erhitzen, wir wären längst am Nervenfieber verstorben.

Noch zwei kleine Anmerkungen möchte ich indessen machen:

1. T.M. hätte gegen das fragliche Sätzchen nicht das mindeste einzuwenden gehabt. Je vous le jure. Und zwar nicht nur wegen dessen Harmlosigkeit, vielmehr, weil es überhaupt nicht seine Art war, seinen Kindern irgend dreinzureden in ihrem Tun. Ganz, wie er, auf der anderen Seite und bei aller Liebe zu uns, nicht daran dachte, unseren Feinden zu verübeln, was sie gegen uns unternahmen. Gleichgültig ob wir uns diese Feinde »gemacht« oder ob wir sie einfach hatten, T.M. blieb ihnen selbst dann gewogen, wenn sie das Unentschuldbarste gegen einen von uns verschuldet hatten. Der NZZ-Korrodi[3] ist hiefür ein schlagendes Beispiel.
2. Golo, ein sehr konservativer Historiker, schreibt gar manches, was mir nicht in den Kram paßt, und ich, das Gegenteil einer sehr konservativen Historikerin, schreibe fast nur, was Golo nicht in den Kram paßt. Deshalb herrscht noch immer eitel Friede zwischen uns. Wo kämen wir denn auch hin, wenn nicht, wenigstens innerhalb der engsten Familie die Meinungsfreiheit garantiert wäre, die allerorten garantiert zu sehen wir natürlich wünschen.

Im übrigen ist »Wissen und Leben« dermaßen hinterwäldlerisch, daß sie jetzt, oder doch vor kurzem (das Datum ist nicht ersichtlich) einen kleinen Diskussionsbeitrag aus dem Jahre 60 abdrucken, da der Münchner »Kulturkongreß« des Jahres 61

längst verrauscht ist. Sollte das mir zugesandte Heft ein antikes Exemplar sein, so bewiese dies nur, wie wenig gelesen die Zeitschrift ist, und daß selbst Sie nach Jahr und Tag erst Einblick gewonnen haben.
Es war hübsch – wenn auch bei dieser etwas skurrilen Gelegenheit – wieder einmal von Ihnen zu hören. Nehmen Sie mit Gretel die herzlichsten Grüße
Ihrer

1 Dazu schriftliche Mitteilung von Prof. Golo Mann an die Herausgeberin: »Es hatte im Dezember 1960 in München ein Kongreß über die Weimarer Republik stattgefunden. Ich war eingeladen und beteiligte mich an der Diskussion. Ich sprach über meine Erfahrungen als Student: Die Professoren der Soziologie, Philosophie etc. hätten zwar sehr gerne ihre Intelligenz exhibitioniert, aber den Studenten in deren Lebensfragen kaum Hilfe gegeben. ›Revenants‹ wie Adorno täten ja heute wieder das gleiche ... Adorno, ausgezeichnet im Üben von Kritik, aber sehr schwach in der Annahme von Kritik gegen ihn selber, war über diesen Passus tief empört und schrieb Erika in diesem Sinn. Ihr Brief ist die Antwort auf sein Klagelied.«
2 Wahrscheinlich René König (geb. 1906), Soziologe; emigrierte 1937 in die Schweiz. Seit 1949 Professor in Köln. **3** Anspielung auf die Angriffe des Literaturkritikers Eduard Korrodi gegen sie selbst, Klaus Mann und die »Pfeffermühle« in der »Neuen Zürcher Zeitung« und auf die von Thomas Mann eingenommene Haltung. Vgl. Bd. I, S. 88f.

AN GEORG LUKÁCS — Kilchberg, 18.12.1961

Sehr verehrter Herr Lukács, –
haben Sie vielen, wenn auch leider sehr verspäteten Dank für Ihren freundlichen Brief vom 17. Oktober, sowie für die Übersendung des Materials.
Ja, es ist wirklich traurig, daß alles übrige Ihnen abhanden gekommen ist. Aber so ist es vielen ergangen; gerade die nächsten Freunde meines Vaters sind um ihre sämtlichen Briefe gekommen, und auch sonst klaffen überall Lücken.
Von dem, was Sie mir geschickt haben, werde ich ein oder das andere Stück (fast sicher den Brief an Ihre Frau) in den zweiten Band aufnehmen und bin jedenfalls sehr froh, diese Dinge zur Verfügung zu haben.
Mit allen guten Wünschen Ihre

AN LUTZ EVERTH[1] Kilchberg, 31.12.1961

Lieber guter Lutz Everth, –
seien Sie von Herzen bedankt. Ich freue mich der köstlichen Elisen und – weit mehr noch – Ihrer Treue und Ihres Vertrauens. Möchte dieses finster anmutende 1962 für Sie ein leidliches, fruchtbares Jahr sein, das Sie endlich aus den Krisen entläßt. Meiner Anteilnahme sind Sie hoffentlich immer gewiß.
Sehr lange schon wollte ich Ihnen einmal schreiben und von einem langen, äußerst bemühten Gespräch berichten, das ich mit meiner Mutter hatte. Es ging um »Cannes«. Und allen bisherigen Absichten und Plänen zum Trotz[2] waren wir uns schließlich darüber einig, daß Klaus im Grunde die Überführung nicht wünschen würde. Zwar geht aus seinen letzten Aufzeichnungen ein »Familiensinn« hervor, wie wir ihn früher an ihm nicht gekannt. Doch war es nicht sein eigentliches Ich, das aus diesen Notizen sprach. Er war seelisch schon zu krank und anlehnungsbedürftig, – sein natürlicher Stolz hatte schon zu schwer gelitten, als daß man derlei Notierungen zum Anlaß für eine Handlung nehmen dürfte, die seinem Wesen grundsätzlich widerspräche. All sein erwachsenes Leben lang hat er im Schatten des Vaters gestanden, und daß er in eben diesem Schatten nun auch ruhen sollte, war ein Gedanke, der uns letztlich unzulässig schien. Er wollte in Cannes sterben und zweifellos wollte er dort begraben sein.
Ihnen bin ich diese Erklärung schuldig, da ich Ihnen oft genug gesagt hatte[3], ich würde alles tun, um die Überführung möglich zu machen. Ich bin beinahe sicher, daß Sie verstehen werden, warum sie nun endgültig unterbleibt.
Leben Sie möglichst wohl, lieber Freund,
ich bin immer die Ihre:

PS. Daß Sie den Briefband lesen, ist mir eine sehr liebe Vorstellung. Und wie schön haben Sie mir darüber geschrieben! Natürlich stecke ich bereits tief in Band II, der übrigens, Dieu merci, auch viele Briefe an Klaus enthalten wird.
Meine Gesundheit? Ein dämliches Stück Malheur! Das alberne Bein, im September scheinbar einigermaßen genesen, hat seit-

her einen äußerst widrigen Rückfall erlitten, von dem bis heute niemand sagen kann, wie er zustande kam, und dem also vorläufig auch niemand abzuhelfen weiß. Zunächst muß ich wieder mal nach Wien zu meinem Plazenta-Arzt (wegen der allgemeinen Knochenbeschaffenheit) und in der Folge setze ich meine Hoffnungen auf einen höchstrenommierten und spezialisierten Mann in St. Gallen. Nun, im Kopf fehlt es mir noch nicht, – und das ist schließlich die Hauptsache.
Nochmals in großer Herzlichkeit

1 Lutz Everth, ein befreundeter, in Nürnberg lebender Schauspieler. **2** Lange Zeit hatte sich EM mit dem Gedanken getragen, die sterblichen Überreste von Klaus Mann nach Kilchberg überführen zu lassen. **3** In mehreren Briefen.

AN SWANTJE EHRENTREICH[1] Kilchberg, 3.1.1962

Wertes Fräulein Ehrentreich, –
ich bin im Begriff, auf einen Monat zu verreisen und daher in Eile. Wollen Sie es also bitte entschuldigen, wenn meine Antwort knapper ausfällt, als sie dies wohl sonst täte. Dafür erfolgt sie aber auch postwendend:
Zwar haben Sie recht, an »Zufälle« im vorliegenden Zusammenhang nicht zu glauben. Die Art, wie ein »Stoff« einem Künstler wie T.M. sich bietet, mag ganz nach »Zufall« aussehen, ist aber irgendwie – verzeihen Sie das harte Wort – schicksalhaft bestimmt. Nüchterner gesagt: kaum ist der »Stoff« irgendwo, womöglich sehr fern am Horizont, einmal flüchtig aufgetaucht, als der Künstler quasi zusammenzuckt und *weiß:* das ist für mich, das gehört mir. Ich könnte Ihnen eine Reihe ähnlicher »Zufälle« im Werke von T.M. nachweisen. Hartmann von Aue[2] haben wir alle in der Schule gelernt, und daß T.M. ihn alsbald zu Rate zog, ist keineswegs verwunderlich. Dem Charakter der Rezeption eine rein, oder auch nur primär ästhetische Prägung nachzusagen, wäre völlig falsch. Auch die Vorstellung, in »Der Erwählte«[3] werde gegen den religiösen oder ethischen Gehalt der Legende »polemisiert«, ist absolut irrig.

Wie Sie richtig annehmen, spielt die Gnade eine entscheidende Rolle, und zwar ist es die gewaltige Gnade, die mit dem Maß der Sünde wächst, welch letzterer freilich ein gewaltiges Maß von Buße zu folgen hat. Und so ist auch die »Verigelung« des Gregorius, humoristisch, – märchenhaft komisch, wie sie sich lesen möge, alles andere als höhnisch gemeint. Es ist ein extremes Maß von Buße, das der Sünder sich da auferlegt hat, und ebenso extrem ist die Gnade, die ihm widerfährt. Seine Erhöhung zum Papst, wiewohl gleichfalls nicht ohne komische Akzente, ist allen Ernstes als die größte Gnade gemeint, die dem Sünder gewährt werden konnte. Übrigens hat T.M. bekanntlich seinerseits Pius den XII. in Privataudienz besucht, und der Zögling hochprotestantischer Tradition beugte ohne gêne und tief beeindruckt das Knie vor dem katholischen Sendboten hienieden.

Natürlich bedeutet Grigorß' »Verigelung« durchaus ein Gegenstück zu Josephs in-die-Grube-geworfen-Werden. Joseph büßt für wissentlich Begangenes (Hoffart etc.), Gregorius, weil er ein Kind der Sünde und unschuldig sündhaft der Gatte der Sünderin ist.

Was schließlich Ihre Kernfrage betrifft, – die Frage nach dem Wesen der Parodie bei T.M. und inwieweit sie liebevoll oder kalt zu nennen sei, so kann von Kälte im »Gregorius« nicht die Rede sein. Der Autor hat das Buch und seinen Helden wahrhaft geliebt und mir wiederholt gesagt[4], (nämlich bezüglich des »Krull«, der ihn erheiterte, ohne ihn mit Zärtlichkeit zu erfüllen), es wäre vielleicht besser gewesen, wenn er nach dem »Faustus« dahingegangen wäre; den »Erwählten«, freilich, *liebe* er, und so wäre es am Ende doch schade gewesen, um dieses Buch.

Was das Problem der Parodie *und* das der Ironie bei T.M. im allgemeinen und weiteren angeht, so empfehle ich Ihnen dringend die Lektüre des großen Aufsatzes »Der Künstler und die Gesellschaft« (Gesammelte Werke 1960, Band X). Sie finden dort vieles, was Ihnen behilflich sein wird.

Mit den freundlichsten Grüßen und Wünschen für Ihre Arbeit,

Ihre sehr ergebene

1 Swantje Ehrentreich: sie wohnte in Frankfurt/M. Näheres nicht ermittelt. 2 Epiker der Stauferzeit; gest. zwischen 1210 u. 1220. 3 Roman von Thomas Mann (1951), der auf der letzten Seite angibt: »Diese Erzählung gründet sich in den Hauptzügen auf das Versepos ›Gregorius‹ des mittelhochdeutschen Dichters Hartmann von Aue«. 4 Vgl. S. 35.

AN THEODOR W. ADORNO Kilchberg, 5.4.1962

Lieber T.A., –

S. Fischer hat mir, Ihrem Wunsche entsprechend, eine Fotokopie Ihrer Darmstädter Rede[1] zugeschickt. Seien Sie sehr bedankt.

Ich habe diese elfeinhalb Seiten mit Interesse und Vergnügen – stellenweise mit Freude – gelesen und wieder einmal bemerkt, wie viel mehr einer, der höchst Persönliches zu sagen hat, auf kurzer Strecke sagt, als zwölf andere, die sich mit dem bekannten Philologengeraune begnügen müssen, weil sie's besser nicht können.

Es gibt da Stellen bei Ihnen, die mich wahrhaft gerührt haben, – etwa die Feststellung: »Den Affekten der Freude und des Schmerzes war er fast schutzlos ausgeliefert, ungepanzert, wie nie ein Eitler es wäre.« Anderes hat mich sehr befriedigt im Sinne von »endlich einmal«! Wieder anderes, freilich, kann ich nicht bejahen, wie etwa die Mitteilung von den »zwei voneinander höchst abweichenden Handschriften«, die angeblich der Identität seines Ichs entgegenstehen. Aber Sie wissen doch genau, daß er sich die lateinische Schrift erst im Exil und aus rein zweckgebundenen Gründen zulegte, – weil kein »Ausländer« die gotische hätte lesen können. Auch die Stelle mit den »offiziellen Dirigenten« will mir durchaus nicht in den Sinn. Keineswegs hat er Bruno Walter koketter, abgründig schelmischer und also unernster Weise »herangezogen«. Er war von eh und je und in vollem Ernste sein erklärter Lieblingsdirigent (wie er übrigens auch – für die italienischen Dinge – Toscanini[2] sehr hoch schätzte); und angesichts alles dessen, was er mit dem Brustton der Überzeugung über Walter schrieb, geht es denn doch wohl kaum an, es so darzustellen, als sei seine Bewunderung für ihn rein scherzhafter Natur gewesen.

Aber das sind Kleinigkeiten. Im Ganzen, wie vermerkt, habe ich die Lektüre genossen und bin froh, daß das Ding in der Welt ist. (Daß Sie, lieber Freund, sich sämtliche Kompositionen des Adrian Leverkühn mutterseelensolo ausgedacht haben, wußte ich allerdings nicht, und auch in der »Entstehung«[3], dankerfüllt, wie sie doch ist, steht das nicht zu lesen. Nun, vielleicht sehen Sie's so, und er sah es anders.)
Wie immer herzlich die Ihre:

1 »Zu einem Portrait Thomas Manns bei Eröffnung der Darmstädter Thomas Mann-Ausstellung am 24.3.1962«; in: *Die Neue Rundschau,* 73. Jg., 1962, H. 2/3. Auch in: Theodor W. Adorno, »Noten zur Literatur III«, Frankfurt/M. (S. Fischer) 1965, S. 19–30. **2** Arturo Toscanini (1867–1957), italienischer Dirigent. Antifaschist, 1931 in die USA emigriert; 1946 nach Italien zurückgekehrt. **3** Thomas Mann, »Die Entstehung des Doktor Faustus. Roman eines Romans«, 1949. Adornos Mitwirkung wird darin dokumentiert.

VON
THEODOR W. ADORNO Frankfurt am Main, 19.4.1962

Liebe Erika,
schönsten Dank für Ihren Brief, der mir nach Bregenz nachgeschickt wurde. Schade, daß niemand von Ihnen in Darmstadt war. Die Wirkung ist übrigens weit über das von mir Erwartete hinausgegangen, darüber haben Sie gewiß einiges vernommen. Was die Erklärung der zwei voneinander abweichenden Handschriften anlangt, so habe ich das schlechterdings nicht gewußt; das hat man davon, wenn man kein Philolog ist. Ich selbst hatte diese graphologische Doppelschlächtigkeit stets, und nicht ohne Neid, bewundert. Überdies höre ich, daß er stets, schon vor der Emigration, seine Konzeptschrift strikt von der anderen schied. Und in meinen Vortrag paßt sie mir gar zu gut in den Kram, als Zeugnis eben jenes Moments von Nichtidentität, das ich – und das ist die eigentliche Idee des Vortrags – gerade als das Großartige und dem traditionellen Persönlichkeitsideal Inkommensurable bezeichnen wollte.
Zu den offiziellen Dirigenten: nicht maße ich mir an, zu beur-

teilen, wie T.M. in camera darüber dachte. Ganz sicher aber weiß ich, daß die Art, in der er von diesen Dingen mit mir sprach, durchaus im Sinn jener Koketterie sich verhielt, auf die ich hindeutete, ohne daß ich das ebenso schlagende wie differenzierte Phänomen, um das es mir dabei geht, schon wirklich zureichend dargestellt hätte. Vielleicht gelingt mir das später einmal. Wenigstens möchte ich die Hypothese wagen, daß in seiner Bewunderung für die beiden Herren mehr als nur ein Gran Salz war. T.M. war selber viel zu sehr Artist, wußte viel zu genau, wie sehr Fragen der Kunst an deren Techniken und Materialien gebunden sind, als daß er da sich entêtiert gezeigt hätte – ich erinnere mich recht wohl daran, daß meine Attacken ihn beeindruckten. Schließlich hätte er sonst nicht den Faustus geschrieben, in dem ja, wenn ich mich recht entsinne, die Namen der beiden Prominenzen nicht genannt werden, während weit unberühmtere freundlichen Einlaß fanden.

Schließlich zu Leverkühns Kompositionen. Das hat sich so abgespielt, daß T.M. die Titel der meisten Werke parat hatte und mir nannte, und daß ich dann, ganz genau so, wie es in der Rede steht, diese Werke mir ausdachte; ich glaube, nur bei den Brentanoliedern haben wir es nicht so gehalten, bei denen es musikalisch ja auch bei bloßen Andeutungen bleibt. Das weitere ist äußerst einfach: ich habe die gleichen Erwägungen angestellt, die ich als Komponist angestellt hätte, wenn ich vor die Aufgabe gestellt gewesen wäre, diese Werke selbst zu schreiben; genau so wie ein Komponist, etwa Berg[1], sich im allgemeinen einen Plan macht, ehe er an seine Arbeit geht. Diese Erwägungen habe ich notiert, es ist noch allerhand von diesen Notizen vorhanden, und sie wurden dann so verarbeitet, als ob es nicht Vorerwägungen, sondern Beschreibungen von Bestehendem wären. Dabei nun trat T.M. in Aktion. In der Diskussion hat vieles sich geändert; sei es, daß er die Intention des Gesamtromans in der Deskription musikalischer Einzelheiten noch plastischer herausarbeitete; sei es, daß er manche Akzente anders setzte, ähnlich wie im Teufelskapitel; sei es schließlich, und das war wohl das Wichtigste, daß vieles ausgeschieden wurde, da es ja schließlich um einen Roman ging und keinen Musikführer. Ich glaube nicht, daß seine Auffassung von diesen Nach-

mittagen, die mir selbstverständlich bis ins Letzte gegenwärtig sind, von der meinen irgend abgewichen wäre.
Auf diese Seite der Angelegenheit lege ich deshalb einen gewissen Wert, weil die Oberlehrer, die sich dieses ganzen Komplexes natürlich in aller Herren Länder bemächtigt haben, immer wieder nur von den offenen und allbekannten Montagen aus der »Philosophie der neuen Musik«[2] und der Arbeit über den Spätstil Beethovens schwatzen. Die betreffenden, längst vor der Konzeption des Romans existenten Stellen hatten mit dieser so wenig zu tun wie jener von T.M. erwähnte Lexikonartikel über die Tuberkulose[3] mit Hanno Buddenbrook. Mein spezifischer Anteil liegt in dem, was ich Ihnen heute schildere. Ich habe überhaupt zum ersten Mal bei dieser offiziellen und ganz und gar seinem Andenken dienenden Gelegenheit von der ganzen Sache gesprochen. Aber es gibt doch, wie die Psychoanalytiker sagen, ein gewisses Maß an berechtigtem Narzißmus, und dem möchte ich zurechnen, daß ich nicht gerne Arm in Arm mit dem guten Dr. Liefmann[4], der übrigens bis zum Tode meines Vaters der Hausarzt meiner Eltern war, in die vita Thomas Mann Einzug halten will.
Lassen Sie mich Ihnen nur noch eine Einzelheit mitteilen, die sonst leicht vergessen werden kann und die mir so überaus merkwürdig dünkt, daß ich sie, durch Ihre Hände, gern der Überlieferung zueignen möchte. Als ich beim Plan jenes Oratoriums, auf seinen Wunsch, es solle darin das archaische mit dem modernen Moment sich verschränken, als ein technisches Mittel den Echoeffekt vorschlug, kannte ich das damals bereits geschriebene Kapitel über den Tod Echos nicht, wußte nichts von der entscheidenden Absicht, in der diese Figur entsprang; ich glaube nicht einmal ihr Name war mir bekannt. Es hat dadurch sich eine kaum glaubliche prästabilierte Harmonie ergeben. Noch in einem anderen. Die Zeile »Denn ich sterbe als ein guter und schlechter Christ« war von ihm als Zentrum des Texts zum Faust-Oratorium gedacht. Sie mußte also auch das musikalische Zentrum werden, die kleinste Zelle des Systems konzentrischer Variationen, als die das Stück gebaut ist. Mit anderen Worten: diese Worte mußten zu der Grundreihe komponiert werden. Als ich die Silben auszählte, entdeckte ich, zu

meinem maßlosen Erstaunen, daß es zwölf waren – daß also eine Zwölftonreihe genau darauf paßte. Solche Korrespondenzen schicken sich nicht schlecht zu dem Klima der negativen Mystik, das den Roman beherrscht.
In steter Herzlichkeit
Ihr Theodor Adorno

1 Alban Berg (1885–1935); Schüler Arnold Schönbergs. **2** 1949; Adornos bekannte Interpretation der Musik Arnold Schönbergs und dessen Schule. **3** Hanno stirbt an *Typhus*; vgl. auch S. 36. **4** Emil Liefmann (1878–1955), Frankfurter Arzt und Thomas Manns Freund. 1939 in die Vereinigten Staaten emigriert.

AN KLAUS BUDZINSKI[1] St. Gallen, 7.5.1962
Kantonsspital

Sehr geehrter Herr Budzinski, –
als Ihr Buch eintraf, stand ich vor einer schweren Knochenoperation, der ich mich inzwischen unterzogen habe, und so bin ich wohl entschuldigt bezüglich dieser verspäteten Antwort.
Ihre »Muse«[2] ist ein großes Stück Arbeit, mit großer Leichtigkeit hingelegt, – vielleicht mit zu großer. In der Mehrzahl der Fälle haben Sie das nicht erlebt, wovon Sie schreiben, Sie treten als Historiker auf, und als solchem hätte man Ihnen mehr sachliche Exaktheit (will sagen, weniger Schnitzer), sowie, vor allem, ein bißchen Sinn für historische Proportionen gewünscht. Ich gehe auf Einzelheiten nicht ein, – ihre Zahl ist zu erheblich. Was nun »Die Pfeffermühle« betrifft, so geben Sie ihr ganze vier Seiten (Fehlmeldungen inklusive), während das vortreffliche »Cornichon«[3] auf zehn Seiten gefeiert wird. Das ist schlichthin närrisch, ohne jede Beziehung zur »Cabaretgeschichtlichen« Wirklichkeit der letzten dreißig Jahre und zu erklären, allenfalls, aus Ihrem verständlichen Wunsche zu gefallen, – auch den Schweizern und ihrer, wie der gesamten deutschsprachigen Presse. Wem aber hätten Sie schmeicheln können im Falle der »Pfeffermühle«? Ausschließlich der Wahrheit, und die bringt nichts ein.

Ich habe Ihr Buch nicht hier, doch erinnere ich mich – zum Beispiel an Ihre knappe, quasi verblüffte Darstellung unseres Zürcher Erfolges vom Oktober 1933. Die Presse, heißt es da ungefähr, überschlug sich, man sprach *geradezu* von einem neuen Bänkelstil, etc. Nun, – es war ein völlig neuer Stil, den wir da in die Welt brachten, und von dem Ihre Helden, die Walter Mehring[4], Friedrich Hollaender[5], usw. sich nichts träumen ließen. Auch von der Gefahr, in der wir uns beinahe ständig befanden, (in Zürich, im Sudetenland, in Musserts[6] niederländischen Hochburgen), gibt Ihre »Muse« keinerlei Begriff, und ebenso wenig weiß sie von den unentwegten Versuchen der Nazi-Diplomatie, uns unserer Existenz zu berauben. Wir – unserer zehn, von niemandem finanziert, auf eigenste Faust – waren ein steter Dorn im Fleisch des deutschen Regimes, der *einzige* seiner Art.
Um Ihnen aber doch nachträglich wenigstens noch eine Ahnung davon zu geben, was wir den von den Nazis bedrohten Nationen bedeuteten, schicke ich Ihnen demnächst eine kleine Dokumentensammlung, die jeder leidlich gewissenhafte Cabaret-Historiker unbedingt hätte kennen müssen, ehe er sich daran machte, der »Pfeffermühle« ihren Platz im Europa von damals zuzuweisen.
Der Name *Menno ter Braak*[7] (er erschoß sich, als die Deutschen kamen) war und bleibt vorläufig unbestritten der bedeutendste Kulturkritiker und Essayist, den Holland in unserem Jahrhundert hervorgebracht. Und von ihm stammen die Kritiken, die augenblicklich im Haag fotokopiert und übersetzt werden. Es mag noch ein paar Wochen dauern, ehe das fertig ist. Doch haben wir ja insofern sehr viel Zeit, als die Besprechungen keinem praktisch-akuten Zweck dienen sollen und übrigens nur ein Beispiel darstellen, – eines von zahllosen, wenngleich das Gewichtigste.
Daß ich es leider ablehnen muß, mit Ihren Fernsehfilmen das geringste zu tun zu haben, ist vermutlich bereits deutlich geworden. Unsere Texte sind nie im Druck erschienen und ihre Verwendung, also auch zitatweise, legal unzulässig.
Vielleicht, wenn Sie ter Braak gelesen haben, werden Sie anfangen zu begreifen, daß ich »Die Pfeffermühle« (in Deutschland)

weit lieber der Vergessenheit anheim gebe, als die Stradivari, die damals einsam durch die Lande sang, von Ihnen ans dritte Pult versetzen zu lassen, wo eine Überfülle tief unterlegener Instrumente ihren Klang ersticken müßte.
Mit freundlichem Gruß
Ihre sehr ergebene

1 Geb.1921; Journalist und Schriftsteller. 2 »Die Muse mit der scharfen Zunge«, München (Paul List Verlag) 1961. Der Autor hatte EM von seinen Plänen berichtet, eine Fernsehserie über das Cabaret im Exil zu drehen. 3 Literarisch-politisches Cabaret, 1934 von dem Schweizer Dramaturgen Walter Lesch in Zürich gegründet. 4 Walter Mehring (1896–1981), Dichter, Erzähler und Essayist; 1933 nach Frankreich, 1941 in die USA emigriert. Seit 1953 wieder in Europa. Vgl. Bd. I, S. 32, 52 ff., 189. 5 Friederich Hollaender (1896–1976), Komponist; 1933 über Paris und London in die USA emigriert, 1955 nach Deutschland zurückgekehrt. 6 Anton Adriaan Mussert, holl. Ingenieur. 1931 hatte er in Utrecht die »Nationaal-Socialistische Beweging« nach dem Vorbild der NSDAP gegründet; sie konnte in den Niederlanden 1937 vier Mandate erringen, schaffte aber nicht den Aufstieg zu einer Massenbewegung. 7 Menno ter Braak (1902–40), holländischer Schriftsteller, Philologe und Kritiker; mit Klaus und Erika Mann befreundet. Er schrieb mehrere Artikel über die »Pfeffermühle«, die in der Zeitung »Het Vaterland«, Den Haag, erschienen. Beim Einmarsch der Deutschen in Holland nahm er sich das Leben.

AN R.A. OTTOSSON[1]

Zürich, 7.10.1962
Klinik Hirsladen

Sehr geehrter Dr. Ottosson, –
daß ich Ihren freundlichen Brief vom 17. Juli[2] erst heute beantworte, wäre unentschuldbar, hätte ich nicht eine sehr triftige Entschuldigung: Am 11. April mußte ich mich einer häßlichen und komplizierten Knochenoperation unterziehen, liege noch heute im Spittel, und Sie mögen denken, daß ein Krankenhaus-Aufenthalt von solcher Länge die verschiedensten und leidigsten Begleiterscheinungen und Nachwirkungen zeitigt. Demnächst soll ich auch neuerdings operiert werden. Gleichviel. Über Ihren Brief habe ich mich gefreut. Denn natürlich erinnere ich mich äußerst genau an die Vorfälle jenes Abends im

»Beethoven-Saal«[3], – auch und besonders an unser von Bruno Walter inszeniertes Entweichen durch die verdunkelten Gänge der Philharmonie.
Ihre eigene Erinnerung kann ich in einem Punkte auffrischen, in einem andern bereichern: Die Auffrischung angehend, so brachte am nächsten Tage »Der Völkische Beobachter«[4] eine Photographie, die er aufgenommen hatte in dem Augenblick, da der trotz einer dunklen Brille, nunmehr durchschaute Bronnen[5] von der überwiegenden Mehrzahl des Publikums heftig aufgefordert worden war, den Saal zu verlassen. Im Bilde nahm sich das so aus, daß das Publikum schlechthin aufgesprungen war und nunmehr dem Redner, T.M., die Rücken zuwandte. Soviel ich weiß, war es der einzige begabte Einfall, der dem »Beobachter« je gekommen, daß er sein Bild betitelte: »T.M. hält einen Vortrag«.
Derweil stand mein Vater, ruhig abwartend, an seinem Pult, dachte garnicht daran, sich irre machen zu lassen, war vielmehr entschlossen, seinen Vortrag genau, wie geplant, zu Ende zu führen. In der ersten Reihe Mitte, aber, saß Frau Hedwig Fischer[6], die Frau des unvergleichlichen Sami, wölbte die Hände zur Trompete und flüsterte scharf zu T.M. hinauf: »MÖGLICHST BALD SCHLUSS MACHEN!« Wir haben nie aufgehört, das zu belachen.
Briefband II erscheint im Frühherbst 1963. Er wird sehr reichhaltig.
Ihnen alles Gute und nochmals Dank für Ihren Brief.
Ihre sehr ergebene

1 R.A. Ottosson: Nicht ermittelt; damals wohnhaft in Reykjavik/Island. **2** Nicht erhalten. **3** Am 17.10.1930 hielt Thomas Mann im Berliner Beethoven-Saal seine »Deutsche Ansprache. Ein Appell an die Vernunft« (GW XI, S. 870–890); er forderte das deutsche Bürgertum auf, gemeinsame Front mit der Sozialdemokratie gegen den aufsteigenden Nationalsozialismus zu machen. Die Veranstaltung wurde durch Rechtsradikale gestört. Thomas Mann führte seine Rede zu Ende, mußte sich aber von seinem Freund Bruno Walter durch die Hintergänge des Gebäudes in den nahegelegenen Saal der Berliner Philharmonie und von dort in dessen Wagen in Sicherheit bringen lassen. **4** Das betreffende Foto ist dort nicht veröffentlicht, aber u.a. im *General-Anzeiger Dortmund* v. 20.10.1930. Die Überschrift lautet: »Thomas Manns Rede an die deutsche Nation«. **5** Arnolt

Bronnen, eigentlich Arnold Bronnen (1895–1959), österreichischer Dramatiker; ursprünglich Kommunist, seit 1929 Rechtsradikaler. Nach 1945 wieder Kommunist, zuletzt Theaterkritiker in Ost-Berlin. Unterstützt von zwanzig SA-Leuten in Smoking hatte er die Demonstration inszeniert.
6 Hedwig Fischer, geb. Landshoff (1871–1952), Frau des Verlegers Samuel Fischer.

AN WERNER WEBER[1]

Zürich, 4.1.1963
Kantonsspital

Lieber Werner Weber, –
ich weiß nicht, ob Ihnen ein Buch vor Augen gekommen ist, eine Veröffentlichung der Deutschen Akademie für Sprache und Dichtung, Darmstadt, die, herausgegeben von Wilhelm Sternfeld und Eva Tiedemann, versehen ist mit einem Vorwort von Hanns W. Eppelsheimer*. Das Buch heißt »Deutsche Exil-Literatur 1933–1945« und stellt eine mit größter Akribie und Gewissenhaftigkeit zusammengetragene Bibliographie eben dieser Exil-Literatur dar.
Obwohl der Band sehr rechtzeitig vor Weihnachten erschien, hat, wie Herr Sternfeld mir aus London mitteilt, die deutsche Presse ihn durchwegs »totgeschwiegen«. Sie will nun einmal, diese Presse, von deutscher Exil-Literatur so wenig wissen, wie überhaupt vom Leben, Treiben und Wirken der deutschen resistance im Ausland. Einzig »Die Zeit«, so berichtet Herr Sternfeld, habe wiederholt auf die Veröffentlichung hingewiesen. Und das ist eine Zeitung mit relativ geringer Verbreitung.
Unter den Einzelpersonen, die sich den Herausgebern gegenüber anerkennend geäußert haben, wäre hier in Zürich vor allem Ossip Kalenter[2] zu nennen, und mir drängt sich die Frage auf, ob Sie nicht etwa willens sein könnten, Kalentern mit einer Besprechung des fraglichen Buches zu betrauen. Daß der Band einer Besprechung in der NZZ würdig ist, steht, so meine ich in aller Objektivität, außer Zweifel. Nicht nur geht es da um ein aktuelles Buch, es geht überdies um ein Stück Literaturgeschichte, wie man es in dieser Geschlossenheit kaum nochmals zu erwarten hat. Da überdies eine Bibliographie keinerlei

Raum bietet für Werturteile, ist auch jede Gefahr einer etwaigen Überschätzung der im Exil erschienenen deutschen Werke automatisch ausgeschaltet.
Dieser Brief, wie sich versteht, bedarf keiner Antwort. Sollte eine Besprechung erscheinen, so würde mich dies natürlich herzlich erfreuen.
Mit verspäteten, aber desto besseren Neujahrswünschen bin ich immer Ihre

1 Werner Weber (geb. 1919), Schriftsteller und Essayist; 1951–73 Feuilletonchef der »Neuen Zürcher Zeitung«; seit 1973 Professor für Literaturkritik an der Universität Zürich. * [Anm. von EM:] Verlag Lambert Schneider, Heidelberg-Darmstadt. **2** Ossip Kalenter (1900–76), Schriftsteller und Übersetzer. Er lebte seit 1939 in Zürich; Schweizer Korrespondent des »Aufbau«, New York.

5. EIN VERLAG FÜR KLAUS MANN

1963, dreizehn Jahre nach dem Freitod von Klaus Mann in Cannes, lagen in der Bundesrepublik aus dem Gesamtwerk nur vier Titel vor: »Der Wendepunkt«, »Der Vulkan«, »Symphonie Pathétique« und »Vergittertes Fenster«[1]. Alle waren in der Emigrationszeit entstanden und in ausländischen Verlagen in deutscher Sprache oder Übersetzungen erschienen. Nach dem Tod ihres Bruders hatte Erika Mann vielfach versucht, eine verlegerische Heimat für das Gesamtwerk in der Bundesrepublik zu finden. Sie war davon überzeugt, daß eines Tages sich auch im deutschen Sprachbereich das Urteil ihres Vaters über Klaus durchsetzen würde: »ich glaube ernstlich, daß er zu den Begabtesten seiner Generation gehörte, vielleicht der Allerbegabteste war.«[2]

Es waren bis 1963 sechs Verlage, die »Mephisto – Roman einer Karriere« in Erwägung gezogen, dann aber abgelehnt hatten. In mehreren Fällen war der Grund ein Zurückweichen vor dem wiedererstarkten Einfluß von Gustaf Gründgens[3] auf das Theaterleben in der Bundesrepublik oder vor der direkten Drohung des ehemaligen Staatsintendanten und Göring-Freundes Gründgens, der die Veröffentlichung des Romans verhindern wollte. In der DDR hatte 1956 der Aufbau-Verlag es gewagt, den Roman für sein Gebiet herauszubringen. Ein Teil dieser Auflage gelangte auf individuellen Wegen in die Bundesrepublik.

Im Frühjahr 1963 trat die Nymphenburger Verlagshandlung in München an Frau Katia Mann mit dem Vorschlag heran, mit der Herausgabe einer größeren Zahl von Werken Klaus Manns zu beginnen. Im Namen der Familie gab Erika Mann sofort die Zustimmung. Eine rege Korrespondenz zwischen ihr, dem Cheflektor Martin Gregor-Dellin[4] und dem Verleger Berthold Spangenberg[5] bahnte sich an.

Schon im Herbst 1963 wurde als erster Band »Alexander – Roman der Utopie« veröffentlicht und gleichzeitig die Herausgabe weiterer Werke, darunter »Mephisto«, angezeigt. Wenig später starb Gustaf Gründgens (7.10.1963). Kurz danach erhob sein Adoptivsohn Peter Gorski[6] durch einen Anwalt beim Ver-

lag Vorstellungen gegen die Veröffentlichung dieses Romans und brachte am 24.3.1964 eine entsprechende Klage beim Landgericht Hamburg ein. Das Urteil fiel am 25.8.1965 zugunsten der Nymphenburger Verlagshandlung und ihres Verlegers aus. Darauf veröffentlichte der Verlag das Buch in einer Auflage von 10.000 Exemplaren, die sofort ausverkauft waren. Inzwischen hatte Peter Gorski beim Oberlandesgericht Hamburg Berufung eingelegt. Das Urteil vom 17.3.1966 verbot für das gesamte Bundesgebiet die Verbreitung des Werks, das »in erster Linie ein Schlüsselroman sei«. »Die Allgemeinheit«, sagte ein Satz des Urteils, der die Gesinnung seiner Richter deutlich machte, »ist nicht daran interessiert, ein falsches Bild über die Theaterverhältnisse nach 1933 aus der Sicht eines Emigranten zu erhalten.« Verlag und Verleger gingen Ende 1966 in Revision vor den Bundesgerichtshof. Ihr wurde nicht stattgegeben. Das Verbot blieb, wenn auch im Urteil nicht deutlich gemacht war, auf wie lange Zeit.
Die Führung des Prozesses und die Folgen der Urteile werden von Erika Mann in den Briefen dieser Jahre behandelt.

1 »Novelle um den Tod des Königs Ludwig II von Bayern« (Untertitel). Amsterdam (Querido) 1937; Frankfurt/M. (S. Fischer) 1960. **2** In »Klaus Mann zum Gedächtnis« (Vorwort von Thomas Mann, S. 10), Amsterdam (Querido) 1950. **3** Gründgens (1899–1963), Schauspieler, Regisseur und Theaterintendant. War 1926–29 mit EM verheiratet. Hendrik Höfgen, Hauptgestalt in Klaus Manns Roman »Mephisto« (1936) weist Ähnlichkeiten mit ihm auf. **4** Martin Gregor-Dellin (geb. 1926), verließ 1958 die DDR, lebt als freier Schriftsteller in Gröbenzell bei München. 1962–67 Lektor der Nymphenburger Verlagshandlung, in der die ersten 8 Bände der von ihm betreuten Klaus Mann-Werkausgabe (insgesamt 15 Bde, 1963–80, seit 1974 im Ellermann Verlag) erschienen sind. Enge Zusammenarbeit mit EM, bei deren Begräbnis (1969) in Kilchberg er die am Schluß dieses Bandes abgedruckte Gedenkrede hielt. M.G.-D. schrieb Romane, Erzählungen, Essays und Hörspiele sowie Biographien von Richard Wagner (1980) und Heinrich Schütz (1984). Mitherausgeber der Tagebücher Cosima Wagners (1976–77). Seit 1982 Präsident des PEN-Zentrums Bundesrepublik Deutschland. **5** Berthold Spangenberg (1916–1986), Verleger. Kinderfreundschaft in München-Herzogpark mit den jüngsten Mann-Kindern Elisabeth (geb. 1918) und Michael (geb. 1919). 1946 Mitinhaber der neugegründeten Nymphenburger Verlagshandlung, 1960 deren alleiniger Leiter. Seit 1963 Verleger der Werke von Klaus Mann. 1967 Kauf des Ellermann Verlags, wo seit 1974 die Klaus Mann-Werke in der »edition spangenberg« erscheinen. Seit 1984 Herausgabe der Korrespondenz und von Werken Erika Manns. **6** Peter Gorski (geb. 1921), Regisseur, langjähriger Assistent und seit 1949 Adoptivsohn Gründgens', sein Alleinerbe. Er lebt heute in Spanien.

VON MARTIN GREGOR-DELLIN

Nymphenburger Verlagshandlung München, 6.3.1963

Sehr verehrte gnädige Frau,
es ist mir wirklich eine große Freude, daß ich Ihnen heute so viel günstige Nachrichten geben kann. Die Prüfung alles dessen, was uns bisher von Klaus Mann zur Verfügung stand, hat in unserem Verlag zu dem Entschluß geführt, nun wirklich ernst zu machen mit der Betreuung des Werkes. Als Anlage zu diesem Brief erlauben wir uns, Ihnen einen Vertragsvorschlag zu unterbreiten, der zunächst für den Roman »Alexander«[1] ausgestellt ist und die Option auf »Mephisto«[2], »Kindernovelle«[3], »Flucht in den Norden«[4] und die Essays einschließt. Das bedeutet, daß wir zu weiteren Veröffentlichungen entschlossen sind und mit dem Roman »Alexander« den Anfang machen wollen.
Vielleicht darf ich Ihnen kurz begründen, warum wir mit diesem Buch beginnen möchten: Es zählt literarisch vielleicht zu den gewichtigsten und dürfte auch verlegerisch ein guter Beginn sein. Hätten wir gleich mit dem »Mephisto« begonnen, so würde es zwar aussehen wie eine kleine Sensation, aber noch nicht darauf schließen lassen, daß wir uns auch der anderen Werke annehmen möchten. Besonderen Wert legen wir auch auf die Herausgabe der Essays. Ich denke zunächst an einen Sammelband. Es ist aber auch nicht ausgeschlossen, daß sich der eine oder andere Essay zwischendurch als eine kleine Publikation in den Frühjahrsprogrammen des Verlages einschieben läßt. Das wird allerdings noch von der Prüfung der jeweiligen Essays abhängen, und auch die Reihenfolge ist jetzt noch nicht zu sagen.
Eine weitere und für Sie sicher ebenso beruhigende Nachricht ist es, daß wir in München sowohl ein Exemplar von »Alexander« wie von »Flucht in den Norden« und einigen anderen frü-

hen Veröffentlichungen ausfindig gemacht haben. Das bedeutet also, daß ich die Ihnen so wertvollen Exemplare bei meinem nächsten Besuch in Zürich mitbringen kann. Auch Herr Spangenberg, der Ihre Grüße herzlich erwidert, wird bei einem seiner Züricher Besuche Gelegenheit nehmen, einmal mit Ihnen in Verbindung zu treten.
Wir müssen, um den »Alexander« noch bis zum Herbst vorzubereiten, allerdings bald an die Übersetzung des Vorwortes von Jean Cocteau[5] denken. Inzwischen werden wir einmal prüfen, ob dieses Vorwort schon einmal übersetzt worden ist. Wenn nicht, müßten wir Sie bitten, uns die französische Ausgabe von »Alexander« noch zur Verfügung zu stellen.
Außer den in § 4 des Vertrages aufgeführten Titeln liegt uns selbstverständlich auch an den Erzählungen Klaus Manns. Wir haben sie nur deshalb noch nicht aufgeführt, weil sie noch nicht gelesen worden sind. Ich hoffe aber, daß es mir bald gelingen wird, auch einen Überblick über die Erzählungen zu erhalten, und ich werde mir vor allen Dingen den Band »Vor dem Leben« einmal ansehen.
Wir würden uns freuen, wenn Ihnen die im Vertrag aufgeführten Bedingungen annehmbar erschienen.
Mit freundlichen Grüßen Ihrem Hause, dem ich mich in so vieler Hinsicht verpflichtet weiß, und den besten Wünschen für Ihre Genesung
Ihr sehr ergebener Martin Gregor-Dellin

1 »Roman der Utopie« (Untertitel), Berlin (S. Fischer) 1930. 2 »Roman einer Karriere« (Untertitel), Amsterdam (Querido) 1936. 3 Erzählung, Hamburg (Enoch) 1926. 4 Roman, Amsterdam (Querido) 1934. 5 Vgl. S. 69, Anm. 6.

VON
THEODOR W. ADORNO Frankfurt am Main, 12.3.1963

Liebe Erika,
der Norddeutsche Rundfunk hatte mich eingeladen, für sein Drittes Programm eine »Erzählung meiner Zusammenarbeit mit Thomas Mann am Doktor Faustus« zu schreiben; es sollte

sich dabei ebenso ums Biographische wie um die musikalischen Fragen, die Rolle von Schönberg und all das handeln. Sogar, ob ich nicht eine Szene aus Doktor Fausti Wehklag komponieren könnte, war mir nahe gelegt worden.
Es ist mir wichtig, daß Sie wissen, daß ich diese Einladung abgelehnt habe. Aus so etwas kann nichts Gutes kommen, ganz gleich, wie man es anfängt. Ich bin sicher, daß Sie meine Ansicht teilen. Über das, was ich in jener Rede[1] sagte, möchte ich nicht hinausgehen; vielleicht gelingt es mir, wirklich einmal meine Erinnerungen an T.M. unter Dach und Fach zu bringen, aber das müßte dann jedem Schatten von Sensation entzogen sein, und wahrscheinlich erst nach meinem Tod erscheinen. Vielleicht lassen Sie mich gelegentlich einmal wissen, was Sie darüber denken.
Von Rudolf Hirsch[2] höre ich, daß es Ihnen immer noch nicht gut geht, und ich bin wahrhaft traurig darüber. Wenn es Ihnen nicht zuviel zumutet – geben Sie mir doch ein Wort über Ihr Befinden. All unsere guten Wünsche sind mit Ihnen.
Von mir gibt es unterdessen allerhand Neues an Produktion. Vielleicht haben Sie die »Einleitung in die Musiksoziologie«[3] gesehen. Jetzt kommt heraus »Der getreue Korrepetitor. Lehrschriften zur musikalischen Praxis«[4] – bei Fischer –; die Annahme des Buches war die letzte Tat von Rudolf[5], ehe er von den Fischers sich trennte; gleichzeitig ein Band, »Eingriffe«[6], bei Suhrkamp. Im Herbst erscheint ein kleines Buch, »Drei Studien zu Hegel«[7], bei Suhrkamp, deren eine die alten »Aspekte«[8] sind, und der zweite Band der sogenannten Musikalischen Schriften[9]. Sie sehen, ich bin nicht gerade faul, und suche sozusagen das an temps perdu einzubringen, was mir der Hitler genommen hat; wozu übrigens zu sagen wäre, daß der überwältigend größte Teil dessen, was von mir seit der Rückkunft gedruckt wurde, in der Emigration geschrieben ist. Dies nur, weil es keinen Menschen gibt, bei dem ich weniger dem Verdacht des Vielschreibenden erregen möchte als Sie. Dabei ist all das im Grund ja doch nur Salat, und die Bratengänge sollen erst kommen. Der erste, ein schwer belastetes philosophisches Buch, beginnt immerhin schon ganz knusprig zu werden und müßte endlich fertig werden. Wenn man zäh genug ist, sei-

ne Pläne über lange Jahre zu verfolgen, kommt schließlich doch allerhand zustande.
Grüßen Sie Ihre verehrte Frau Mutter aufs allerschönste, und nehmen Sie die herzlichsten Grüße, auch von Gretel –
Ihr wahrhaft getreuer Theodor Adorno

1 Vgl. S. 109, Anm. 1. **2** Vgl. S. 29, Anm. 1. **3** »Zwölf theoretische Vorlesungen« (Untertitel), Frankfurt/M. (S. Fischer) 1962. **4** Frankfurt/M. (S. Fischer) 1963. **5** Rudolf Hirsch. **6** »Neun kritische Modelle« (Untertitel), Frankfurt/M. (Suhrkamp) 1963. **7** Inhalt: Aspekte. Erfahrungsgehalt. Skoteinos oder wie zu lesen sei; Frankfurt/M. (Suhrkamp) 1963. **8** »Aspekte der Hegelschen Philosophie«, Berlin, Frankfurt/M. (Suhrkamp) 1957. **9** Der 1. Band war 1959 erschienen. Der 2. Band trägt den Titel »Quasi una fantasia« (1963).

VON JEAN COCTEAU St. Jean Cap-Ferrat, 17.3.1963[1]

Meine liebste Erika,
Sie wissen es (denn Sie kennen jene Pariser Zeit sehr gut), Maurice Sachs[2] hat alles mitgenommen und »verstreut«, was mir kostbar war: seltene Bücher, Manuskripte, Zeichnungen, Briefe. 200 Briefe von Proust[3], 100 Briefe von Max Jacob[4] und die Ihres Vaters[5].
Er schrieb mir an die Clinique de Soeurs (Toulon), wo ich gegen den Typhus kämpfte. Zum Glück erinnere ich mich noch an drei wichtige Sätze, mit denen er auf meinen Brief über den »Zauberberg«[6] einging.
»Ihre Enfants Terribles[7] liebe ich brüderlichen Herzens.«
»Mein Traum wäre es, Ihre schöne Sprache so vollständig zu beherrschen, daß ich Ihre ›machine infernale‹[8] übersetzen könnte.«
»Nehmen Sie sich in acht, denn Sie gehören zu den Außergewöhnlichen, denen es bestimmt ist, im Krankenhaus zu sterben.«
Es ist alles, was mir von jenem Reichtum übriggeblieben ist. Oft denke ich an Sie und Klaus mit der Traurigkeit dieses Herbstes, der das Totenfeld um unseren Stammbaum mit Blättern zudeckt.
Ich umarme Sie Jean Cocteau

1 Original in französischer Sprache. **2** Maurice Sachs (1906–1945), eigentl. M. Ettinghausen; Schriftsteller, Kunsthändler und Verlagslektor. Ende der 20er Jahre mit Cocteau befreundet; er verkaufte heimlich dessen Bücher und Papiere. Im Krieg Schwarzhändler in Paris und »Fremdarbeiter« in Hamburg; unter ungeklärten Umständen verschollen. **3** Marcel Proust (1871–1922), französischer Schriftsteller. **4** Max Jacob (1876–1944), Schriftsteller und Maler. **5** EM hatte ihn am 9.3.1963 gebeten, ihr seine Thomas Mann-Briefe für die Brief-Ausgabe zur Verfügung zu stellen. **6** Thomas Mann, »Der Zauberberg«, Roman (1924). **7** Jean Cocteau, »Les enfants terribles«, Roman (1929); dt.: »Kinder der Nacht« (1953). 1930 erschien eine Bühnenfassung von Klaus Mann nach Motiven aus dem Roman unter dem Titel »Geschwister«. **8** »La machine infernale«, Schauspiel (1934); dt.: »Die Höllenmaschine« (1959).

AN THEODOR W. ADORNO Kilchberg, 28.3.1963

Lieber T.A., –
dies ist zwar ein Dankesbrief, denn über Ihre Zeilen vom 12. März habe ich mich sehr gefreut. Ohnedies aber hätte ich geschrieben, um Ihnen zu sagen, wie widerlich mir – und uns allen – das Zeug ist, was der »Diskus«[1] da aufgetischt hat. Lange konnte ich nicht in Erfahrung bringen, worum es eigentlich ging, hörte nur leidigen und ungenauen Tratsch, bat schließlich S. Fischer, man möchte mich mit den einschlägigen Nummern des Blättchens versehen, und erhielt am Ende, da alles vergriffen war, photostatische Reproduktionen. Wirklich! Die paar unbedachten Sätze! Und dreißig Jährchen after the event. Am lästigsten waren – und sind – mir die Anfragen danach, ob denn T.M. von dieser Sache gewußt habe. Nun, sehr natürlich hat er nicht davon gewußt, aber reinen Gewissens antworte ich jedesmal, daß ihn das oder die Vorfällchen völlig kühl gelassen hätten. Von allen Goethe-Worten stand ihm vielleicht jenes »Sehe jeder, wie er's treibe ...«[2] am nächsten, und im Traume hätte er einem Menschen, den er so hoch schätzte wie Sie, das bißchen Jugendnarretei nicht verübelt. Wie schlecht, übrigens, Ihr Denunziant formuliert hat, und wie elegant Sie sich aus dem Affärchen zogen. Über letzteres wird das Gras mit ungewöhnlicher Behendigkeit wachsen. Was soll's denn auch!

Daß Sie die Einladung des Norddeutschen Rundfunks refüsierten, war vermutlich weise, – so leid es einem auch wieder tut um das, was da ungeschrieben blieb. Aber gewiß werden Sie mit der Zeit in diesem Zusammenhang etwas anderes machen. Wobei mir »unsere« Briefe einfallen. Für Band II standen mir insgesamt 6 Briefe und eine Postkarte zur Verfügung. Natürlich habe ich in erster Linie das große Schreiben[3] gewählt, das er selbst – nachdem er es nun einmal verfaßt – der lieben »Nachwelt« zudachte. Zwei weitere Briefe[4] figurieren gleichfalls. Die drei verbleibenden und die Postkarte[5] geben nicht viel her, aber in Band drei wird es ja dann dichter zugehen. Gestrichen wurde selbstverständlich kein Wort und kein Komma. Für das Aprilheft der Rundschau wollte ich den großen Brief nicht opfern. Der soll taufrisch im Bande prangen, – wie übrigens auch die Korrespondenz mit Agnes E. Meyer[6], die ebenfalls dem Bande vorbehalten bleibt. (Nicht, um Gott, als ob ich vergleichen wollte, nur, was die von mir erwünschte »Jungfräulichkeit« für das Buch betrifft, nenne ich Ihren Namen zusammen mit demjenigen der Diotima[7].)
Auf Ihre verschiedenen Publikationen bin ich sehr neugierig, ungeachtet meiner steten Furcht, die Arbeiten möchten schlechterdings »zu hoch« für mich sein. Am ehesten traue ich mir noch den »Getreuen Korrepetitor« zu, von dem J. Hellmut Freund[8] mir bereits viel Amüsantes erzählt hat.
Meine Mutter erwidert Ihre Grüße aufs herzlichste, und ich bin, mit den allerschönsten Wünschen für Sie und Gretel,
wie immer Eure

1 In der Frankfurter Studentenzeitung »Diskus«, Nr. 1/63, wurde »Ein Offener Brief« des Studenten Claus Chr. Schroeder an Professor Adorno abgedruckt. Der Brief enthielt die Wiedergabe einer von Theodor Wiesengrund-Adorno unterzeichneten Rezension aus der Monatsschrift »Die Musik. Amtliches Mitteilungsblatt der Reichsjugendführung«, Jg. 26, H. 9 (Juni 1934), in der die Vertonung von Gedichten aus dem Band »Die Fahne der Verfolgten« des NS-Reichsjugendführers Baldur von Schirach durch Herbert Müntzel (Ein Zyklus für Männerchor) durchaus positiv beurteilt wurde. Anschließend brachte der »Diskus« eine Offene Antwort Adornos, in der er sich mit den Argumenten rechtfertigte, die »Musik« sei »eine allgemein bekannte, unpolitische Fachzeitschrift« gewesen und er habe »die Intention« verfolgt, »die neue Musik zu verteidigen, ihr zum Über-

wintern unterm Dritten Reich zu verhelfen. [...] Ich glaubte, daß das Dritte Reich nicht lange dauern könne, daß man bleiben müsse, um hinüberzuretten, was nur möglich war. Nichts anderes hat mich zu den dummtaktischen Sätzen veranlaßt.« **2** Aus der Schlußstrophe des Gedichts »Beherzigung«. **3** Thomas Mann an Th. W. Adorno. v. 30.12.1945 (»Briefe 1937–1947«, S. 469ff); Thema ist der »Doktor Faustus«: »Tatsächlich haben Sie mir [...] den Begriff von modernster Musik gegeben, dessen ich für ein Buch bedurfte, welches [...] die *Situation der Kunst* zum Gegenstand hat« (S. 471). **4** An Th. W. Adorno v. 8.11.1947 und 18.12.1947; ebenda S. 567 u. 577. **5** An Th. und Gretel Adorno v. 19.5.1946; ebenda S. 489. **6** Agnes E(ugene) Meyer geb. Ernst (1887–1970), amerikanische Journalistin deutscher Herkunft; Frau des Bankiers Eugene Meyer (Besitzer und Herausgeber der »Washington Post«). Sie gründete die Eugene und Agnes E. Meyer Foundation, die sich in erster Linie sozialen Aufgaben widmete. Seit 1937 war sie mit Thomas Mann befreundet; von der umfangreichen Korrespondenz konnte nur ein Teil in die Thomas Mann-Briefbände aufgenommen werden. **7** Agnes E. Meyer. Anspielung auf die Gestalt der Diotima in Platons »Symposion« und Hölderlins »Hyperion«. **8** Lektor im S. Fischer Verlag.

AN GOTTFRIED BERMANN FISCHER

Kilchberg, 3.4.1963

Lieber Gottfried, –
vielen Dank für Ihre so freundlich-prompten Briefe.
Was den »Wendepunkt«[1] betrifft, so bin ich in Gottes Namen mit dem allerdings kläglichen Honorar einverstanden, das die Fischer-Bücherei auszuwerfen bereit ist. Ginge es nicht um Klaus, – ich zögerte vermutlich. Denn wirklich ist ja eine Beteiligung von knappen 3% eine rechte Zumutung. Trotzdem freue ich mich über den Plan und halte ihn für gut.
Im Prinzip stimme ich Ihnen auch darin durchaus zu, daß es nicht im Interesse eines Autors liege, wenn man sein Werk bei verschiedenen Verlagshäusern unterbringe. Von Anfang an ist es denn auch mein dringender Wunsch gewesen, S. Fischer möchte sich der Bücher von Klaus annehmen. Der Wunsch sollte mir zunächst gar nicht erfüllt werden. Sowohl im Falle »Wendepunkt«, als den »Vulkan« angehend, begegnete ich tauben Ohren, und erst die Briefe, die im Interesse beider Bücher mein Vater an Sie persönlich schrieb[2], haben Sie schließlich dazu vermocht, die Bände herauszubringen. »Der Wende-

punkt« war ein großer Erfolg. »Der Vulkan« war dies leider nicht, – vermutlich, weil die Deutschen Emigrationsromane nun einmal nicht lesen mögen.
Im Lauf der Jahre habe ich dann immer wieder mit Rudolf[3] die Möglichkeit erörtert, weitere Bücher von Klaus – insbesondere auch die frühen – bei Fischer herauszubringen. Ich ließ nicht locker, machte die verschiedensten Vorschläge und erreichte endlich die Publikation von »Vergittertes Fenster«[4]. Selbstverständlich sprach ich auch von »Alexander«, – ohne jeden Erfolg. Ihrerseits waren Sie sehr viel verreist; in Sachen von Briefband I hatte ich ausschließlich und unentwegt mit Rudolf zu tun, während Sie diese Briefe erstmalig in Händen hielten, als der Band soeben ausgeliefert wurde[5]. Diese Feststellungen sind in *keiner Weise* und nicht im entferntesten als Vorwurf gemeint. Ich muß nur wollen, daß Sie mich verstehen: Meine Abmachungen mit Rudolf (seine Jas und Neins) hatten für mich volle Gültigkeit, und ich bin sicher, daß sie dies für andere Autoren gleichfalls hatten. Auch ist Rudolf ja nun seit langem schon aus dem Hause, und hätten Sie inzwischen bezüglich des Werkes von Klaus die leiseste Initiative ergriffen, – wie freudig hätte ich zugelangt.
Stattdessen kam die Initiative aus Nymphenburg[6], wo man entschlossen ist, das Werk von Klaus systematisch aufzubauen und in rascher Folge alles Verfügbare (und heute noch Geeignete) zu veröffentlichen. Und während natürlich S. Fischer und insbesondere die Fischer-Bücherei Möglichkeiten bietet, wie die Verlagshandlung sie nicht zu bieten vermag, muß ich doch bedenken, daß ein kleiner Betrieb, der sich mit allem, was er ist und kann, einer bestimmten Sache annimmt, erhebliche Vorzüge hat gegenüber einem Riesenhause, wie dem Ihren, in welchem Klaus doch nur immer eine recht nebensächliche Rolle spielen würde. Die Nymphenburger planen, das Folgende herauszubringen:
»Alexander«, »Kindernovelle«, »Kind dieser Zeit«[7], »Mephisto«, »Flucht in den Norden«, einen Band Erzählungen, einen Essayband und einen Briefband. Sie werden mir zugeben, daß dies attraktiv ist. *Und* daß bei S. Fischer eine ähnliche Planung nicht denkbar wäre.

Auch ist ja der »Alexander« das einzige Werk, welches je bei S. Fischer erschien, und da es seit über 30 Jahren vergriffen ist, frage ich mich, ob Sie »legal« noch den geringsten Anspruch auf den Roman hätten. Andererseits bin ich sicher, daß zwischen uns und in diesem Zusammenhang Erwägungen »legaler« Natur keine Rolle spielen werden. Völlig abgesehen sogar von der Tatsache, daß, wie erwähnt, Ihr bevollmächtigter Geschäftsführer mir bindend erklärt hat, das Buch komme für S. Fischer nicht in Frage.
Sehr möglich, übrigens, daß Sie, wenn Sie ihn erst gelesen, den »Alexander« gar nicht haben wollen. Ich ziehe es nur vor, Ihnen gleich reinen Wein einzuschenken, und meine zuversichtlich, Sie werden einverstanden sein und mir nichts verübeln.
[...]
Wie immer mit den herzlichsten Grüßen für Sie und Tutti
Ihre

1 Klaus Mann, »Der Wendepunkt. Ein Lebensbericht«, Frankfurt/M. (S. Fischer) 1952. – Fischer Taschenbücher Nr. 560/61 (1963). **2** Vom 20.10.1950 und 17.12.1950; s. Thomas Mann, »Briefwechsel mit seinem Verleger Gottfried Bermann Fischer 1932–55«, hrsg. Peter de Mendelssohn, Frankfurt/M. (S. Fischer) 1973. **3** Rudolf Hirsch, vgl. S. 29, Anm. 1. **4** Vgl. S. 119, Anm. 1. **5** Vgl. S. 99 f. **6** Vgl. S. 120. **7** Berlin (Transmare) 1932.

AN JEAN COCTEAU Kilchberg, 6.4.1963[1]

Mein liebster Jean Cocteau, –
ich war wirklich gerührt über Ihre rasche Antwort auf meinen Brief. Aber Ihre Nachrichten haben mich erschüttert. Welch unersetzlicher Verlust! Vor allem habe ich das Abhandenkommen Ihrer Zeichnungen und Manuskripte bedauert, eine trostlose Lücke in Ihrem Werk. Und dann *zweihundert* Briefe von Proust! Man darf nicht daran denken! Auch um die Briefe meines Vaters tut es mir natürlich sehr leid. Was mich etwas tröstet, ist, daß die Gemeinsamkeiten, die zwischen Ihnen und meinem Vater – zwei nach Alter und Charakter so verschiedenartigen Menschen – existierten, bekannt sind unabhängig von ihrer Korrespondenz. Die Sympathie meines Vaters für Ihre

Person und Ihr Werk, erwacht bei der ersten Begegnung in Paris, begleitete ihn sein Leben lang, auch noch während unseres Aufenthalts in Amerika. Es war sein größter Wunsch, Ihre »Machine Infernale«[2], die er leidenschaftlich bewunderte, zu übersetzen.
Wir leben in einer so unruhigen Epoche, daß man dankbar sein muß, daß uns überhaupt etwas geblieben ist. Ein bescheidener Trost, um diesen Brief abzuschließen.
Ich werde immer an Sie denken, lieber Jean Cocteau, in unverbrüchlicher Freundschaft.

1 Original in französischer Sprache. **2** Vgl. S. 124, Anm. 8.

AN KLAUS SCHRÖTER[1] Kilchberg, 7.4.1963

Sehr geehrter Herr Dr. Schröter, –
seien Sie herzlich bedankt für Ihren Brief vom 3. April. Ich freue mich sehr darüber, daß der Rowohlt-Verlag gerade Sie mit der Erstellung jener Monographie[2] beauftragt hat. Ganz offenbar sind Sie ein hervorragender Vertreter der Gruppe von jungen Deutschen, die heutzutage »treu« ist dem Werke von Thomas Mann, und die sich durch H.E. Holthusen[3] und andere edle Zeitgenossen nicht hat irre machen lassen.
Natürlich dürfen Sie die gewünschte Photographie für den Umschlag benutzen.
Es ist sehr schade, daß Sie nie an meinen Vater geschrieben haben. Ich wußte es immer, – habe es aber eben bei der Auswahl der Briefe für den zweiten Band mit erneuter Vehemenz erlebt, daß T.M.'s Beziehung zu Deutschland, – seine oft gepeinigte Liebe zu dieser Nation, wahrhaft grundlegend war für sein Leben und Werk. So wenig Nietzsche je von Wagner[4] »losgekommen« ist, so wenig konnte es T.M. je gelingen, sich von Deutschland zu trennen. Er konnte nicht einmal wollen, sich von diesem Lande zu lösen, und ist ihm treu geblieben bis in den Tod.
Ihnen alles Gute
von Ihrer sehr ergebenen

1 Klaus Schröter (geb. 1931), Literaturwissenschaftler; Verfasser u.a. von Publikationen zum Werk Thomas und Heinrich Manns. 2 »Thomas Mann in Selbstzeugnissen und Bilddokumenten«, dargestellt von Klaus Schröter, Reinbek bei Hamburg (Rowohlt Taschenbuch Verlag) 1964; Bd. 93 der Reihe »rowohlts monographien«. 3 Hans Egon Holthusen (geb. 1913), Schriftsteller. Er hatte in seinem Werk »Die Welt ohne Transzendenz. Eine Studie zu Thomas Manns ›Doktor Faustus‹ und seinen Nebenschriften« (1949) Thomas Mann angegriffen. 4 Richard Wagner (1813–1883), Komponist.

AN THEODOR W. ADORNO Kilchberg, 11.4.1963

Lieber T. A., –
welch krasses und grauses Mißverständnis[1]! Und schon, – da Sie meinen Brief vom 28. März so lange unbeantwortet ließen, – war ich sicher gewesen, Sie hätten mich verstanden und sich (in Grenzen) über mein Schreiben geärgert. Daß gerade Sie, der Erfinder (mit Horkheimer[2]) der »Flaschenpost«-Sprache, für bare Münze nehmen würden, was ich Ihnen da bot, – auf die Idee wäre ich wahrhaftig nicht verfallen.
Nicht nur kennen Sie mich doch und wissen, daß ich in Sachen Goebbels, von Schirach und Kumpanei nie den geringsten Spaß verstanden habe, sondern Sie mußten doch auch (so meinte ich) bemerkt haben, wie unglaubwürdig jede meiner Wendungen sich »anhörte«, – wie *falsch* (»musikalisch« genommen). »Die paar unbedachten Sätze«! *Unbedacht?* Waren Sie denn ein Knabe zu jener Zeit? Und waren Sie, dem die Emigration zu schwer fiel, um sie zu vollziehen (während T.M. im selbstgewählten Exil saß), denn auch nur gehalten, derlei »taktisch« Gezieltes drucken zu lassen? Handelte es sich nicht vielmehr um finsterste Fleißaufgaben?
Und T.M.? Glauben Sie ernsthaft, Ihre »Jugendtorheiten« hätten ihn »kühl gelassen«? Wie, wohl, hätte er sich verhalten? Wäre es zum Bruch gekommen? Kaum. Aber eine Standpauke hätte er Ihnen gehalten, mit der verglichen »Wotans Zorn« eitel Ballgeflüster gewesen wäre, und ein Rest von Widerwillen und Mißtrauen wäre bestehen geblieben, – unausrottbar.
Genug. Es tut mir aufrichtig leid, mich offenbar »verhauen« und Sie irregeführt zu haben. Und wenn Sie denn nun die

Menschheit einteilen[3] in solche Kreaturen, die sich mit Ihnen solidarisch fühlen und ergo gut sind, und solche, die sich durch Sie verletzt fühlen und ergo miserabel sind, so gehöre ich – wie weiß Gott vorauszusehen – zu den miserablen.
Schönste Ostergrüße – trotz allem.
Ihre

PS. Vergessen Sie doch bitte auch nicht, – wie Sie's anscheinend bisher getan, – daß jenem »Sehe jeder, wie er's treibe« schließlich das unbarmherzige »Und wer steht, daß er nicht falle!« folgt[4]. Freilich, in der Bundesrepublik »fällt« man – aus solchen Gründen – nicht so leicht. Und meine Voraussage, es werde dort mit größter Behendigkeit Gras wachsen über Ihr »Affärchen«, *war ernst* gemeint.

1 Adorno hatte den ironischen Charakter der Argumentation EMs nicht verstanden und ihr in einem Brief vom 5.4.1963 gedankt. Er betonte darin, wie hoch er gerade ihre vertrauensvolle Haltung einschätze und deutete ihre Stellungnahme zur »Diskus«-Kontroverse (vgl. S. 125, Anm. 1) als Solidaritätskundgebung. (Unveröffentlichter Brief Th. W. Adornos an EM v. 5.4.1963 im Erika Mann-Archiv. Der Brief wurde von der Adorno-Verwaltung zur Veröffentlichung in dieser Ausgabe nicht freigegeben.) **2** Max Horkheimer (1895–1973), Philosoph und Soziologe, 1930–33 Professor für Sozialphilosophie und Direktor des von ihm mitbegründeten Instituts für Sozialforschung in Frankfurt. 1933 nach Genf, 1934 nach New York emigriert, wo er das Institute for Social Research gründete und bis 1949 leitete. 1949 Rückkehr nach Frankfurt. Adorno zählte mit Herbert Marcuse und Leo Löwenthal zu seinen engsten Mitarbeitern. **3** In dem Brief vom 5.4.1963 bemerkte Adorno, wie er erst infolge der »Diskus«-Affäre die Menschen zwischen ihm Gut- und Schlechtgesinnte hätte unterscheiden lernen. **4** Die drei letzten Zeilen des Goethe-Gedichts »Beherzigung« lauten: »Sehe jeder, wie er's treibe, / Sehe jeder, wo er bleibe, / Und wer steht, daß er nicht falle!«

VON LUDWIG MARCUSE

Bad Wiessee, 14.4.1963
Oster-Sonntag abends

Erikissima, Wohltäterin:
heute morgen habe ich Sascha[1] meinen trüben Brief[2] an Dich mitgegeben, ihn im Ort einzustecken. Da geschah etwas Ungewöhnliches: Sascha brachte mir Post mit nach Haus; sie hatte

den Postboten bestochen, das Unsre herauszusuchen. Und da war Dein Brief[3]. Ich weigerte mich, zu glauben, was ich las. Sascha mußte sofort mitlesen, um mir zu bestätigen, daß das alles schwarz auf weiß war. Hättest Du mir ein Marzipan-Ei geschickt, so groß wie Euer Haus ... es hätte nicht einen Bruchteil der Seligkeit hervorrufen können.
Das mit der »Flaschenpost« ..., daß Dir das eingefallen ist! Und die Fortsetzung des Goethe-Verses. Der Wotan-Zorn gegen Brünhilde ist zu schade für ihn, schließlich hat ja das Mädchen den tiefsten Wunsch ihres obersten Kriegsherrn erfüllt. Und sein Brief! Nur unter Zuhilfenahme von Alkaselzer zu lesen. Diese zweckhafte Anschmiererei war genau das Stichwort, das Du brauchtest. Und Deine Charakteristik des imaginierten Verhaltens von Th. M.! Wäre da eine große Portion von Verachtung und Ekel dabeigewesen? Ich lasse jetzt sämtliche Dorni-Stellen heraussuchen. Zweifle aber, ob noch so eine erbitternde dabei ist, wie seine Denunziation des jüdischen Kalman[4].
Wie er Dir imponieren will mit Berlin und Auden und Wien[5]. So einen Brief hat er noch nie in seinem Leben bekommen; sonst wäre er nicht, wie er ist. In Dir sieht er eine Macht: jemand, der Leute gut kennt, die er braucht. Ich kenne ihn so gut, daß mir wohler wäre, wenn ich nicht solch eine präzise Anschauung hätte. Ach, war Dein Brief gut. Ist der auch sicher abgegangen? Ich glaube nie daran, daß wirklich ist, was mir solch einen Frieden gibt. Du wirst mich für närrisch halten. Dorni ist mein Anti-Ideal. Ich kennen keinen Menschen, der so alles besitzt, was ich aus Tiefstem hasse. Ich sagte mal zu Dolf Sternberger[6]: A. ist von einer gemeinen Intelligenz. Er fand das das Exakteste, was er je über ihn gehört hat. –
Darauf antwortet er nicht mehr. Jetzt rennt er zu Hirsch[7] und bittet ihn um Vermittlung. Oder so ähnlich.
Wohltäterin, hab' Dank.
Dein beseligter Marcuse

1 Ludwig Marcuses Frau, gest. 1967. **2** Unveröffentlichter Brief Marcuses v. 14.4.1963, in dem er die Vermutung ausspricht, Adorno werde die Ironie ihres Briefes v. 28.3.1963 mißverstehen. (Fotokopie im Erika Mann-Archiv). **3** Ein Durchschlag ihres Briefes an Th. W. Adorno v.

11.4.1963 vgl. S. 130. **4** Emmerich Kálmán (1882–1953), ungarischer Operettenkomponist; lebte seit 1940 in den USA. – Adorno hatte 1934 Kálmáns »Herzogin von Chicago« als »Machwerk« abgetan, das »vor dem Ernst dessen, was heute in Deutschland geschieht, anders als zynisch nicht genannt werden darf«. (»Die Musik«, Jg. 26, H. 8). **5** In dem Brief v. 5.4.1963 (vgl. S. 131, Anm. 1) berichtete Th. W. Adorno von seinen bevorstehenden Reisen nach Berlin und Wien, wo er auch den englischen Dichter und zweiten Ehemann EMs Wystan H. Auden (1907–73) hätte treffen sollen. Er äußerte den Wunsch, EM selbst möge dabei sein. **6** Dolf Sternberger (geb. 1907), Schriftsteller und Publizist; Professor für politische Wissenschaften in Heidelberg. 1964–70 Präsident des PEN-Zentrums der Bundesrepublik. **7** Rudolf Hirsch.

AN LUDWIG MARCUSE Wien, 27.10.1963

Cüselinst, –
sei mir vom Herzen bedankt für Deine Zeilen, – mein Gott, sie sind vom 15., und heute schreiben wir schon den 27. Aber bei mir herrscht Zauberberg-Zeit, – seit Jahren schon, wie ich's auch mache und wie gewissenhaft ich die flüchtigen Täglein auch zu unterteilen suche. »Wie ist es mit der Wiener Kur?« Junge, – das weißt Du doch längst. Weißt, daß sie eklig ist und daß man etwa zwei Monate nach ihrem *Abschluß* erst wird sagen können, ob und wieviel sie ausgerichtet.

Viel, viel wichtiger ist es, daß das Sascha-Kind in den Jägerwinkel kam und jetzt vermutlich zu Hause weilt. Daß noch immer – und wahrscheinlich noch eine Weile – nicht, alles ist, wie man sich's wünscht[1], scheint mir – leider – nur zu verständlich, aber die krasse Geduld, die da not tut, werdet Ihr beide aufbringen, – die Sascha (bitte küsse sie von mir) vermutlich eher als Du. Ich weiß, man hat gut reden, – immerhin: irgendwie gehöre ich doch auch zu Saschas Club, und so, denk' ich, versteht man einander.

Daß der »Alexander« Dir gefallen hat (alles in allem), freut mich, und daß Du nicht darüber schreiben willst oder kannst, leuchtet mir ein.

Von wegen des Gustaf[2] brauchst Du Dir meinen Kopf durchaus nicht zu zerbrechen. Ohne daß ich dessen so recht gewahr war, habe ich mit dem linken Finger der linken Hand immer

sein Kontobuch geschrieben, und jetzt ist es abgeschlossen. Schmutziger konnte es nicht abschließen. Und glitzernder konnte die Lügengloriole nicht ausfallen, die die »Unbewältigten« um sein schaurig entstelltes und verfallenes Haupt woben. Friede seiner Asche.
Über Jean Cocteau[3] war und bin ich sehr betrübt, – noch drei Wochen vor seinem Tode hatte ich einen reizenden Brief[4] von ihm. Ich hätte recht getan, so schrieb er, und sein Herz schlage wieder solide – für die Freunde. Nun, der jähe Tod seiner lieben Freundin Piaf[5] hat es zum Stehen gebracht. Er war seinerseits ein Lieber.
Am 9. November hoffe ich, nach Kilchberg heimzukehren, und dann wird man weitersehen.
Seid beide aufs innigste umarmt
von in Treuen Eurer

1 Sascha Marcuse war damals erkrankt. **2** Gustaf Gründgens war in der Nacht vom 6. zum 7.10.1963 unter nicht geklärten Umständen (offiziell an einer Überdosis Schlaftabletten) in Manila gestorben. **3** Gest. am 11.10.1963. **4** Vom 11.9.1963 (unveröffentlicht); er genehmigt darin den Abdruck seiner Einleitung zu Klaus Manns »Alexander« (vgl. S. 69, Anm. 6). **5** Edith Piaf (1915–1963), französische Sängerin und Schauspielerin.

AN MARTIN GREGOR-DELLIN Kilchberg, 6.2.1964

Lieber Herr Gregor-Dellin, –
haben Sie vielen Dank für Ihren freundlichen Brief vom 28. Januar mit den interessanten Anlagen. Den Herren Rechtsanwälten des »Alleinerbens«[1] gebührend zu antworten, sollte nicht schwer sein. Von allen übrigen »Unmöglichkeiten« abgesehen, fragt sich noch sehr, ob dieser Adoptiverbe überhaupt das Recht hat, in Sachen Gründgens bei Gerichte vorstellig zu werden. Bitte schicken Sie mir doch die Antwort Ihrer Rechtsberater an die Hamburger.
Während leider nicht aus der Welt zu leugnen ist, daß Klaus – wenn auch äußerst bedingt – im »Wendepunkt« auf Gründgens als auf eine Art von »Modell« hingewiesen hat, so scheint

mir doch von Bedeutung, daß er zum Zeitpunkt seiner angeblich strafbaren Handlung dieses »Modells« öffentlich mit keinem Worte gedacht hat. Ich schicke Ihnen eine damals vom Querido-Verlag verbreitete »Selbstanzeige«[2], worin auf »Flucht in den Norden«, »Symphonie Pathétique« und »Mephisto« hingewiesen wird. Den »Mephisto« angehend, so ist deutlich und unverkennbar, daß der Autor nicht voraussetzte oder gar wünschte, man möchte seinen Romanhelden mit dem Schauspieler Gründgens identifizieren. Im Gegenteil: Auf den *Zeitroman* kommt es ihm an und auf den *Typus*. Aber Sie werden ja sehen.
Herzlich gefreut habe ich mich über Ihre schöne Besprechung[3] des T.M.-Briefbandes. Bei Lichte besehen ist sie, gemeinsam vielleicht mit der Kritik in der NZZ[4], das Beste, was über das Buch erschien. Seien Sie sehr bedankt.
Die Vorabdrucke von »Maskenscherz«[5] betreffend, so sind sie natürlich an sich durchaus erfreulich, nur tut es mir ein bißchen leid, daß Sie nicht wußten, wie ungeheuer jung der Autor damals war. Er war 15 Jahre jung. Vielleicht wäre es gut, wenn wir uns bei ähnlichen Anlässen vorsorglich verständigten.
Die Auslassungen des Herrn Klaus Schröter[6] sind so dumm, wie abscheulich. Wir stehen in Korrespondenz mit dem Menschen, und ein Leichtes wäre es ihm gewesen, die absolute Falschheit jener »Anekdote« mit der T.M.-Fälschung in den Münchner Neuesten Nachrichten[7] von mir erhärtet zu bekommen. Statt sich aber an mich zu wenden, erfindet er aus heiterem Himmel die infamsten Zutaten und hat auch noch die Stirn, zu behaupten, die Erzählung »Unordnung und frühes Leid«[8] stelle einen Racheakt des ergrimmten Vaters dar. Nicht nur kannten wir den *Täter* und nicht nur konnte also nie der Schatten eines Verdachtes auf Klaus fallen, – die Unterstellung T.M. habe sich derart »gerächt«, ist unentschuldbar, und dies umso mehr, als sie, wie die ganze Geschichte, einen Toten betrifft, der nicht mehr Stellung nehmen kann. Daß des übrigen T.M. überhaupt »Schlüsselwerke« geschrieben habe, entspricht nicht den Tatsachen und widerspricht ihnen besonders im Falle des Knaben »Bert« aus »Unordnung«. Die Ähnlichkeit dieses Buben mit Klaus ist um ein tausendfaches geringer

als etwa diejenige des »Mephisto« mit Gründgens. Die bösartige Fahrlässigkeit des Herrn Schröter wird leider auch sehr deutlich in einer Thomas Mann-Monographie[9], die er soeben für Rowohlt vollendete. Kann ma nix machen.
Wie gut, daß Sie für den Briefband von Klaus einiges sammeln konnten! Wie ich Ihnen wohl schon sagte, gibt es sehr viele Briefe an meine Mutter und mich, – wohl auch an Golo. Des übrigen kann ich Ihnen eine Menge sicherer »Empfänger« nennen. Trotz alledem weiß ich aber, wie ungemein viel Zeit vergeht, ehe man so einen Band zustande bringt. Und mein wiederholter Rat geht also dahin, man möchte möglichst bald annoncieren, – in wichtigen deutschen, englischen, amerikanischen, auch französischen Zeitungen. Das bedeutet leider einige Unkosten. Auf der anderen Seite habe ja aber ich im Ausnahmefalle Klaus auf jedweden Vorschuß verzichtet und meine also, der Verlag dürfte sich da ruhig ein wenig ins Zeug legen. Verkaufsmäßig scheint gerade der Briefband mir besonders aussichtsreich. Fast sicher wird er wesentlich besser gehen, als alles andere. Hätte Klaus in seinem ganzen Leben nichts geschrieben, als den Brief an Gottfried Benn[10], er wäre heute in Deutschland berühmt. Und allein auf Grund dieses Briefes ist der Band eine sichere Sache.
In diesem Zusammenhang: Klaus hat nachweislich eine ziemlich dichte Korrespondenz mit Heinrich Mann geführt. Heinrich Manns gesamter schriftlicher Nachlaß wurde zunächst von Lion Feuchtwanger betreut. Dann kam aus Prag Heinrich Manns Schwiegersohn, ein Journalist namens Askenazi[11], und übernahm den Nachlaß. Mit großer Wahrscheinlichkeit hat Askenazi das Übernommene an das Heinrich Mann-Archiv[12] in Ostberlin verkauft. In jedem Fall wäre es lohnend, dort einmal anzufragen. Die zuständigen Leute haben sich bisher immer durchaus freundlich und zuvorkommend betragen und wären gewiß bereit, für unsere Zwecke – wenn auch auf unsere Kosten – Photokopien anfertigen zu lassen. Möglicher Weise würden sie die Photokopien sogar kostenlos liefern.
Mein Bevollmächtigungs-Dokument in Sachen Klaus könnte dazu dienen, den Steinberg-Verlag zur Hergabe des Gide-Buches[13] zu bewegen. De facto hat Steinberg längst kein Recht

mehr auf das Buch, und die Weigerung der Firma, mir die Rechte freizugeben, beruhte auf ihrer Behauptung, der Rechtszustand sei ungeklärt.

Machen Sie Ihre Verheißung nur recht bald wahr und kommen Sie bei nächster Gelegenheit her. Denn nicht nur würde ich mich natürlich freuen, Sie zu sehen, – es gibt auch immer gar vieles zu besprechen.

Mit den besten Grüßen und Wünschen

Ihre

1 Gründgens Adoptivsohn Peter Gorski; vgl. S. 118. **2** Abgedruckt in: Eberhard Spangenberg, »Karriere eines Romans«, S. 94f. **3** »Befestigung einer Zeit im Wort. Thomas Manns zweite Briefauswahl«, in: *Deutsche Zeitung und Wirtschaftszeitung,* Stuttgart, 25.1.1964. **4** Carl Helbling, »Briefe Thomas Manns«; in: *Neue Zürcher Zeitung* v. 20.12. 1963. **5** »Maskenscherz«, in: Klaus Mann, »Abenteuer des Brautpaars. Die Erzählungen«, hrsg. Martin Gregor-Dellin, München (Ellermann) 1976, S. 63ff. Die Vorabdrucke erschienen in: *Die Welt,* Hamburg, 28.12.1963; *Frankfurter Allgemeine Zeitung 25.1.1964; Süddeutsche Zeitung,* München, 25.1.1964. **6** »Zwischen Fin du siècle und Weltende. Rückblick auf das Werk Klaus Manns«, Hessischer Rundfunk, 23./31.1.1964. **7** Am 23.4.1925 erschien in den *Münchner Neuesten Nachrichten* »Ein seltsamer Traum« ein von Thomas Mann gezeichneter Artikel, der sich als Fälschung herausstellte. Klaus Mann wurde als Verfasser verdächtigt; der »Täter« war in Wirklichkeit der mit Klaus und Erika befreundete Maler und Nachbarssohn Ricki Hallgarten (1905–1932). Vgl. Klaus-Mann-Schriftenreihe (hrsg. v. Fredric Kroll), Bd. II: Fredric Kroll und Klaus Täubert: Unordnung und früher Ruhm (1906–27), Wiesbaden (Edition Klaus Blahak) 1977, S. 96–97. **8** Novelle von Thomas Mann (1926). **9** Vgl. S. 130, Anm. 2. **10** Vgl. S. 64, Anm. 3. **11** Ludvik Askenazi, verh. mit Heinrich Manns einzigem Kind Leonie (geb. 1916). **12** Die Briefe von Klaus an Heinrich Mann befinden sich im Heinrich Mann-Archiv der Deutschen Akademie der Künste zu Berlin (Ost). Acht Briefe sind aufgenommen in: Klaus Mann, »Briefe und Antworten«, Bd. I u. II, hrsg. v. Martin Gregor-Dellin, München (Ellermann) 1975. **13** Klaus Mann, »André Gide. Die Geschichte eines Europäers«, Zürich (Steinberg) 1948.

AN HANS JÜRGEN BADEN[1] Kilchberg, 1.3.1964

Sehr verehrter Herr Dr. Baden, –
seien Sie bestens bedankt für Ihren Brief vom 27. Februar. Mit den »Hinweisen«, nach denen Sie fragen, wird es freilich hapern. »Eine Art literarisches Vermächtnis« hat Klaus Mann nicht hinterlassen, auch stellt der Essay »Die Heimsuchung des europäischen Geistes«[2] ein eigentliches literarisches Testament keineswegs dar. Wie Sie richtig bemerken, hatte sein Entschluß sich von langer Hand angekündigt und war mit tragischer Konsequenz herangereift. Als er »Die Heimsuchung« schrieb, wußte er durchaus *nicht,* daß er demnächst aus dem Leben gehen werde. Er wußte dies am Vortage seines Todes, ja, am Tage selbst nicht. Dennoch: dieser Selbstmord war sein fünfter Versuch, – alle anderen, ebenso ernst gemeinten scheiterten. Während er aber seit früher Kindheit mit dem Gedanken vertraut war, begann er doch erst im Jahre 1935 in vollstem Ernste mit der Absicht umzugehen. Damals hatte ein ihm sehr teurer junger Schicksalsgenosse, der Dichter Wolfgang Hellmert[3], sich in der Pariser Emigration absichtlich und tödlich zugrundegerichtet, und Klaus wollte nicht mehr weiterleben. Es bedurfte der ungewöhnlichen Tapferkeit, die ihm eignete, weitere vierzehn Jahre bei uns auszuharren. Thomas Mann hat sich, abgesehen von seinem Vorwort zum Gedächtnisbuch[4], zum Tode von Klaus nicht geäußert.
Ich sprach von fünf Versuchen und sollte hinzufügen, daß er den ersten unternahm, als sein liebstes Leidenskind, die Zeitschrift »Decision«[5], sich aus finanziellen Gründen nicht länger halten konnte (nur einen Jahrgang hatte er, unter Aufbietung *aller* seiner Kräfte »geschafft«). Dann zog er in den Krieg, und erst im Jahre 47, als er am Frieden verzweifelt war, folgte der zweite Versuch. Der dritte kam 48, und damals hinterließ er Abschiedsbriefe an uns, die samt und sonders von der prächtigen kalifornischen Polizei beschlagnahmt und uns niemals ausgehändigt wurden. Er hatte gelernt und schrieb keinerlei Abschiedsbriefe mehr. Im Jahre 49, etwa zwei Monate vor der finalen Tat, probierte er es noch einmal. Am 21. Mai 49 kam das Ende.

Abschließend darf ich Ihnen sagen, daß der Weg unserer Familie väterlicherseits mit Selbstmorden gepflastert ist. Nicht nur haben, wie Sie natürlich wissen, die beiden Schwestern von Thomas Mann[6] sich umgebracht, – ich mußte überdies, Familienforschung betreibend, in Lübeck feststellen, daß Klaus in diesem Zusammenhang sehr vielfach erblich belastet war. Das absolut Individuelle seines Wesens und Endes wird dadurch nicht angerührt.

Leider ist mir Ihr Vortrag[7] im Südwestfunk nie vor Augen gekommen. Falls Sie noch ein Exemplar besitzen, wäre ich Ihnen für dessen Überlassung sehr verbunden. Ebenso dankbar wäre ich, wollten Sie mir die für Münster geplanten Arbeiten, sobald sie vorliegen, mindestens leihweise übermachen.

Mit den freundlichsten Grüßen und Wünschen

Ihre sehr ergebene

1 Hans Jürgen Baden (geb. 1911), Theologe; seit 1968 Honorarprofessor an der Universität Münster. **2** Erstmals engl. in der amerik. Zeitschrift *Tomorrow,* Juni 1949. Dann in: *Neue Schweizer Rundschau,* 1949, H. 3 (dt. Übersetzung von EM) und in: »Klaus Mann zum Gedächtnis«, Amsterdam (Querido) 1950. Ferner in: Klaus Mann, »Heute und Morgen. Schriften zur Zeit«, hrsg. Martin Gregor-Dellin, München (Nymphenburger Verlagshandlung) 1969, S. 317–338. **3** 1906–1934, Erzähler; er beging in Paris Selbstmord. **4** Vgl. oben Anm. 2. **5** »A Review of free Culture« (Untertitel), ed. Klaus Mann, New York, Jan. 1941–Feb. 1942. **6** Vgl. S. 93, Anm. 5 u. 6. **7** »Literatur und Selbstmord«, *Südwestfunk Baden-Baden,* 20.11.1963; in Buchform: Stuttgart (Klett) 1965.

VON HERMANN KESTEN[1] New York, 1.4.1964

Liebe und verehrte Erika Mann,

ich danke Ihnen aufs Schönste, für Ihren raschen Brief vom 21. Januar 1964 und bitte um Vergebung, daß ich Ihnen erst heute antworte. Ich wollte Ihnen erst antworten, wenn ich mich endgültig entschieden hatte, welche Briefe ich nun von Klaus nehme.

Ich danke Ihnen, wie der Nymphenburger Verlagshandlung, sehr für die Erlaubnis, zehn Briefe von Klaus Mann in meinem

Buch[2] Deutsche Literatur im Exil Briefe 1933–1949 abdrucken zu dürfen.
Ich will die folgenden nehmen:
Vom 15.V.1933 – 13.VIII.1933 – 21.XII.1933 – 6.I.1934 – 25.V.1939 – 10.VI.1939 – 3.VII.1943 – 25.VII.1946 – 1.VIII.1947 – 20.V.1949.
Die Briefe von Klaus gehören zu den charmantesten in meinem Buch, und ich freue mich, daß ich sie habe. Das Buch hätte schon im März erscheinen sollen, wird aber jetzt im Spätsommer herauskommen.
Ihrem Wunsch gemäß nahm ich also keinen der englischen Briefe.
Selbstverständlich will ich Ihnen Fotostats aller Briefe von Klaus senden, die ich noch besitze. Ich schicke Ihnen dieser Tage Fotostats und Abschriften per Drucksache Flugpost. Natürlich kann ich Ihnen nur diese Briefe senden, die ich zur Hand habe. Unzählige Briefe sind verloren gegangen, darunter auch sicher viele Briefe von Klaus. Sie sehen ja aus meiner Auswahl und den Fotostats schon, daß ich zwischen anfangs 1934 und Mitte 1939 nichts von Klaus, aber auch keine anderen Briefe von anderen Autoren habe. Diese Briefe gingen entweder in Paris zugrunde, oder aber sie liegen noch irgendwo in finsteren Koffern und Truhen von mir vergraben. So habe ich in Rom in zwei öffentlichen Bibliotheken viele Koffer mit meinen Papieren liegen, auch ganze Koffer mit Briefen, aber wie komme ich dazu. Selbst wenn ich nach Rom komme, kostet es mich Wochen, all diese meist sinnlosen Papiere zu durchwühlen. Wie gerne hätte ich gerade aus den mir ganz fehlenden Jahren von 1934–1938 den oder jenen Brief von Klaus gebracht, oder zumindest auch Briefe von mir an Klaus. Aber Sie haben wohl sicher auch nichts mehr dergleichen.
Auf den Briefband von Klaus Mann[3] bin ich sehr gespannt. Er hatte das stärkste Talent, sich in seinen Briefen darzustellen. Für wann planen Sie ihn? – Es klingt vielleicht naiv, wenn ich Ihnen nach so vielen Jahren sage, wie sehr er mir fehlt. Wenn ich mich heute umsehe, in diesem unsäglichen Deutschland, in dieser kuriosen deutschen Literatur von heute, sage ich mir so oft, wenn Klaus Mann noch lebte, was für einen Freund hätte

ich, ja sogar welche Stütze. – Dieser kindliche Egoismus ist nur ein verkleideter Schmerz. Ich hatte so viel Glück mit meinen gleichaltrigen Literaturfreunden. Nur währte das Glück so kurz, sie starben so jung, Klaus, oder Ernst Toller[4], Joseph Roth[5] …
Nochmals meinen besten Dank und meine herzlichsten Grüße und Wünsche
stets Ihr Hermann Kesten

P.S. Die KINDERNOVELLE[6] erhielt ich noch nicht. Aber ich bin gerührt, mit meinem Versuch eines Porträts gerade in diesem frühen Buch von Klaus zu erscheinen.
Eben kam das Exemplar. H.K.

1 Geb. 1900, Schriftsteller; 1927–33 Verlagsleiter. Gründete nach seiner Emigration 1933 den Emigrantenverlag Allert de Lange in Amsterdam. Kehrte 1949 nach Europa zurück, lebt jetzt in Basel. Mit Klaus Mann befreundet. Ein großer Teil seiner Korrespondenzen und Schriften befindet sich auch in der Handschriften-Sammlung der Stadtbibliothek München. **2** »Deutsche Literatur im Exil. Briefe europäischer Autoren 1933–49«, hrsg. Hermann Kesten. München/Wien/Basel (Kurt Desch) 1964. **3** Die von EM gesammelten Briefe wurden ausgewählt und hrsg. von Martin Gregor-Dellin: »Briefe und Antworten«, Bd. I u. II, München (Ellermann) 1975. **4** Ernst Toller (1893–1939), expressionistischer Dramatiker und Lyriker. 1919 Mitglied der Münchener Räteregierung, anschließend fünf Jahre Festungshaft. 1933 Emigration in die Schweiz, 1936 in die USA; er nahm sich in New York das Leben. **5** Joseph Roth (1894–1939), österreichischer Schriftsteller; 1933 nach Paris emigriert. **6** Hamburg (Enoch) 1926; Neuausgabe: München (Nymphenburger Verlagshandlung) 1964. Mit einem Nachwort von Hermann Kesten, S. 109–127.

AN HERMANN KESTEN Kilchberg, 11.4.1964

Lieber Kesten, –
heute – endlich! – kann ich mich, ein bißchen doch, revanchieren für die Freude, die Sie mir mit Ihrer glückhaften Erweiterung des Klaus-Porträts von damals gemacht haben. Dies Nachwort[1] steht der »Kindernovelle« vorzüglich, ja, das Büchlein wäre ohne Ihren Beitrag nicht wirklich komplett.

An Ihren eigenen Briefen[2] nun (fünf an der Zahl, aber weitere mögen auftauchen) werden Sie nichts als Freude haben. Es sind so beredte, wie reizvolle Beweise für eine Freundschaft, die in sich reizvoll war und beredt schon dadurch, daß sie zwei mit Leib und Seele der Literatur verschriebene Geister verband. Fast bin ich sicher, Sie werden den ein oder anderen dieser Briefe in Ihr Buch aufnehmen, bin übrigens sehr neugierig auf die Sammlung und verspreche mir Schönes davon. Klaus hing sehr an Ihnen, das wissen Sie – und Tollers Tod ist ihm fast so nahe gegangen wie Ihnen[3] – näher insofern als er sein eigenes Sterben mitbestimmte. Ach, all unsere Toten.
Immer Ihre
[...]

1 Vgl. vorhergehenden Brief, Anm. 6. **2** Sechs Briefe an Klaus Mann wurden in die Auswahl (vgl. vorherg. Brief, Anm. 3) aufgenommen. **3** S. Klaus Mann, »Briefe und Antworten II«, S. 70–74.

AN ANDRZEJ DOLEGOWSKI[1] Zürich, 24.9.1964
Kantonsspital

Sehr geehrter Herr Dolegowski, –
bitte entschuldigen Sie diesen späten Dank[2]. Aber ich liege, nach einer Knochenoperation, nun schon dreieinhalb Monate im Spital, und es geht mir nicht allzu gut.
Die vier Photos haben mich natürlich erfreut, wenn ich auch hoffe, das verheißene zusätzliche Material (Familienaufnahmen vom Lido) noch zu bekommen.
Inzwischen teile ich Ihnen kurz die Entstehungsgeschichte mit: In wirklich erstaunlicher Weise hat alles, was Thomas Mann im »Tod in Venedig« erzählt, sich wirklich ereignet – genau so und in der gleichen Reihenfolge – mit der einzigen Ausnahme, daß sein faible für den Knaben Tadzio natürlich rein ästhetischer Natur war und in gar keiner Weise der Leidenschaft ähnelte, der der alternde »Aschenbach« zum Opfer fiel. Ob T.M. die erste Inkarnation des Todes (den seltsamen Wandersmann beim Friedhof) wirklich getroffen hat, ist nicht mehr nachweisbar. Im übrigen aber hat jedes Detail seinen Platz in der damals er-

lebten Wirklichkeit. Meine Eltern waren zunächst in Brioni, fuhren von dort per Schiff nach Venedig, beobachteten auf dem Schiff den »falschen Jüngling«, den geschminkten Gecken; ließen sich – eigentlich gegen ihren Willen – von dem in der Novelle beschriebenen Gondoliere zum Lido rudern; waren außerstande, den Mann zu bezahlen, weil er die Flucht ergriffen hatte; sahen Tadzio und die Seinen; wollten dennoch – des Schiroccos wegen – abreisen; das große Gepäck wurde, ganz, wie beschrieben, versehentlich nach Como geschickt, und T.M. war im Grunde froh darüber. Die Cholera brach aus, wurde, ganz, wie geschildert, »vertuscht«; die Bänkelsänger kamen, unter ihnen jene dritte Inkarnation des Todes (die zweite war der Gondoliere), die T.M. in die Novelle aufnahm; alle ausländischen Zeitungen verschwanden, und man bekam nur noch zu lesen, was in Venedig die offizielle Version war; kurz, alles, alles komponierte sich selbst, und es bedurfte ausschließlich der tragischen Zuspitzung im Schicksal von »Aschenbach«, um die Erzählung zu dem zu machen, was sie ist. An die Behandlung von unerlaubter, weil unsinniger und nicht erlaubter Liebe hatte der Dichter schon vor der Venedigfahrt gedacht und vage erwogen, ob er nicht die Liebe des alten Goethe zu dem Kinde Ulrike[3] in Novellenform fassen sollte. Aber Jahrzehnte später erst wagte er sich an Goethen[4] heran, und zudem war ihm nun eine ganze Erzählung gewissermaßen in den Schoß gefallen.

Viel mehr gibt es im Grunde nicht zu berichten. Sollten Sie noch irgend eine Frage haben, so wäre ich natürlich gern bereit, sie – soweit wie möglich – zu beantworten. Sie wissen, daß im Sommer 1911 Gustav Mahler[5] starb, und daß mein Vater, der ihn sehr verehrte, ihm damals in aller Stille einen Stein setzte, indem er seinen Helden[6] nicht nur »Gustav« nannte, sondern ihm auch äußerlich die Züge des Verewigten verlieh?

Seien Sie aufs beste gegrüßt von

Ihrer sehr ergebenen

1 Übersetzer, u.a. von Thomas Manns »Späte Erzählungen« (1958) und »Die Betrogene« (1967). Er plante eine Veröffentlichung über Thomas Manns Novelle »Der Tod in Venedig« (1912) in der polnischen Zeitschrift

»Polonia«. **2** Er hatte EM Bilder von dem »leibhaftigen Original des Knaben Tadzio« (Baron Wladyslaw Moes) und dessen Familie übersandt; sie waren für EM, die damals mit dem Regisseur Harry Craig an einer nicht realisierten Verfilmung des »Tod in Venedig« arbeitete, von großem Interesse. 1970 verfilmte Luchino Visconti die Novelle mit Musik von Gustav Mahler. Vgl. auch S. 53. **3** Ulrike von Levetzow; Goethes Heiratsantrag hatte die Neunzehnjährige 1823 abgewiesen. **4** Der Roman »Lotte in Weimar« (1939). **5** Gustav Mahler (1860–1911), österreichischer Komponist und Dirigent. **6** Die Figur des Schriftstellers Gustav von Aschenbach.

AN MICHAEL MANN

Zürich, 25.9.1964
Kantonsspital

Cher frère et ami, –
wenn Du wüßtest, wie krank ich bin – vier Monate nach jener Höllenoperation[1] –, und wie grausig zerfetzt mein Tag ist, zur Hälfte durch all die sinnlosen Anwendungen (Fango, Gehbad, wieder Fango, Bindegewebsmassage, am Bettrand sitzen, auf dem Stuhle sitzen und nichts können, als liegen und schmerzerfüllt sitzen), zur anderen, knappen Hälfte durch mühlselige Arbeit, – wenn Du all dies wüßtest und Dir ausmaltest, Du verziehest diesen späten Dank für das Heine-Buch[2]. Erst nachdem ich es fast zur Gänze durchstudiert, vermochte ich die Ehrung zu würdigen, die in der Widmung liegt: »Von Herausgeber zu Herausgeberin«. Nun ja, ich gebe nolens volens die Briefe heraus, aber ein Vergleich zwischen Deiner Arbeit und meiner ist denn doch nicht zulässig. Du gehst strikt wissenschaftlich zu Werke und bist obendrein, wie so wenige Deutsche, ein wirklich begabter Schreiber. Dein Vorwort sowohl, wie der Kommentar sind außergewöhnlich eindrucksvoll, und wo immer ich meinte, es sei im Kommentar irgend etwas vergessen, stellte sich, wenige Seiten später, heraus, daß ich geirrt hatte. So suchte ich schon auf Seite 29 vergebens nach der Dokumentarerwähnung des Namens Talleyrand, nur, um auf Seite 32 (a) das Portrait des dem Heyne [sic!] so Verhaßten vorzufinden. Kennst Du übrigens den »Talleyrand«[3] von Duff Cooper[4]? Ein sehr gutes und jedenfalls sein bestes Buch. Nur, daß Duff – ganz wie Golo etwa den Gentz[5] oder den Metter-

nich – den Talleyrand *geliebt* hat. Ist ja aber rein unheimlich, was Du da alles studiert hast, keineswegs nur in Ulm und um Ulm, sondern auch um Ulm herum, in der *weiten* Umgebung. Und die Handschriften! Niemand, so scheint es, hatte sich bis dato der Mühe unterzogen, Einblick in die Originale zu nehmen, und so kann die Heine-Forschung Dir gar nicht dankbar genug sein für diese Publikation. Übrigens geht sehr natürlich Dein Held nicht eigentlich sympathisch hervor aus diesen Kunst-Feuilletons. Ganz abgesehen von den vorsätzlichen »Einseitigkeiten«, die Du im Vorwort beschreibst, hat der Laienleser das dumpfe, aber unabweisbare Gefühl, es habe der »Referent« letztlich weder zur Musik noch zu den bildenden Künsten eine wirklich legitime Beziehung gehabt. Daß er »referieren« und beileibe nicht »rezensieren« wollte, ändert nichts an diesem Eindruck. Allein sein veritabler Abscheu gegen die gesamte Klaviermusik (Chopin[6] ausgenommen) muß doch wundernehmen. Auch der jüdische Antisemitismus, den er gegen Mendelssohn[7] hegt und ins Feld führt, klingt eher mißtönend, und sein Revoluzzertum wirkt in den »Wanderratten«[8] weit überzeugender als hier, wo er es oft und mehr oder weniger an den Haaren herbeizieht. Aber lesenswert ist das Ganze – von A bis Z. Zu diesem Z gehört entschieden auch die schnoddrige Gehässigkeit, mit der er von Donizettis[9] tragischer Verfassung berichtet. Und als er den »Don Pasquale«[10] hörte, fand er nichts Besonderes daran, meinte vielmehr, der Maestro mache es halt mit der Quantität.

Genug. Erst schreibe ich gar nicht und dann so *ausführlich.* Aber der Band hat mich sehr beschäftigt, und wes das Hirn voll ist …

Die Arbeit an Briefband III ist schwerer noch, als die an den beiden ersten Bänden. Mit der Auswahl, die noch keine endgültige ist, befinde ich mich – mit Gott – im Jahr 1952 und muß bemerken, daß die wirklich guten Briefe immer rarer werden, während die Wiederholungen sich häufen. Je später es wurde, desto eiserner hatte er sich auf seine Arbeit zu konzentrieren und desto weniger konnte er investieren in eine Korrespondenz, die stetig uferloser wurde. Umso mehr muß mir an den Briefen aus der allerletzten Zeit und besonders aus den allerletzten Ta-

gen gelegen sein. Da gibt es doch einen an Dich[11] – oder an euch –, geschrieben zwei oder drei Tage vor seinem Tode. Äußerst froh wäre ich, das kleine Schreiben »bringen« zu können und wäre ungemein verbunden, wolltet ihr es mitbringen. Ihr kommt doch demnächst? Oder war es im November, daß ihr kommen wolltet? Das wäre ja – für mich, im einerlei der Tage – auch schon so gut wie sofort. Weiß noch gar nicht, was Du mit Fischer[12] abgeschlossen hast. Etwas Essayistisches, wie es scheint, und gut ist es jedenfalls, daß Du Dich der Sache annimmst.
Ade, so long und nochmals meinen Glückwunsch zum »Heine«.

1 An den Folgen ihres Schenkelhalsbruchs vom September 1960 litt EM jahrelang. Nach mehreren Aufenthalten in verschiedenen Schweizer Kliniken unterzog sie sich im Mai 1964 einer komplizierten Hüftoperation im »Nuffield Orthopaedic Centre« in Oxford, die zunächst als gelungen galt, wobei sich Komplikationen ergaben, deren Überwindung fast zwei Jahre beanspruchte. **2** »Heinrich Heines Zeitungsberichte über Musik und Malerei«, hrsg. Michael Mann, Frankfurt/M. (Insel) 1964. **3** 1932; Biographie des französischen Staatsmanns Charles Maurice de Talleyrand (1754–1838). **4** Alfred Duff Cooper (1890–1954), englischer Schriftsteller und Politiker. EM war mit ihm befreundet; vgl. Bd. I, S. 152f, 244–250. **5** Golo Mann, »Friedrich von Gentz. Geschichte eines europäischen Staatsmannes«, Zürich/Wien (Europa Verlag) 1947; Berlin (Ullstein Taschenbücher) 1972; Nr. 2935. – Gentz (1764–1832), Politiker und Publizist, war seit 1813 außerordentlicher österreichischer Hofrat unter Fürst Metternich (1773–1859). **6** Frédéric Chopin (1810–1849), Komponist. **7** Felix Mendelssohn-Bartholdy (1809–1847), Komponist. **8** »Die Wanderratten«, ein aus dem Nachlaß veröffentlichtes Gedicht. **9** Gaetano Donizetti (1797–1848), italienischer Komponist. **10** Oper von Donizetti (1843). **11** An die Familie Michael Mann v. 9.8.1955; in: Thomas Mann, »Briefe 1948–55 und Nachlese«, S. 417f. **12** Vgl. folgenden Brief, Anm. 3.

VON MICHAEL MANN Orinda[1], 5.10.1964

bonne soeur:
muß ich es sagen, daß Dein so liebenswürdiges Schreiben in mir das starke Bedürfnis auslöste, einen *großen* Strauß Rosen bei Blumen-Marsano für Dich zu bestellen; aber eben *weil* Dein

Brief so viel Freundliches enthielt, geht das doch nicht an. Ja, der Heine liegt weit zurück und was indessen dies Guggenheim-Jahr[2] noch bringen soll, respektive bringen sollte, ist nicht recht abzusehen. – Fest scheint zu stehen, daß wir im Dezember, oder vielmehr ich erst im Januar, nach drüben komme(n); und dann gibt's ein Wiedersehen. Zu dem mitzubringenden Brief zunächst einmal überhaupt Folgendes. Ich will Dir nur lieber gestehn und das mag auch bis zu einem gewissen Grad manche Schreibunterlassung meinerseits erklären, daß ich nämlich *beiden* Briefbänden relativ lange Zeit aus dem Weg gegangen bin, aus einer schwer erklärlichen persönlichen Hemmung (etwa dieselbe, die mich zum Beispiel davon abhält, mir Plattenaufnahmen des Betreffenden anzuhören). Natürlich mußte nun im Zusammenhang mit meiner eigenen Anthologie[3] dieser Drückebergerei ein Ende sein, und wenn auch Retourkutschen bekanntlich nur dann und dann fahren, scheint mir doch die Gelegenheit nicht zu verachten zu sein, Dir, wenn auch noch so bescheidenen Ausdruck meiner Bewunderung für diese Leistung zu geben. Ich meine damit nicht primär die Kommentare, die ich wahrscheinlich nach etwas anderen Gesichtspunkten gemacht hätte (ob sie dadurch besser geworden wären, bleibt natürlich die Frage), sondern ich meine natürlich die Auswahl, die, was die Organisation und Reihenfolge betrifft, im 2. Band fast noch meisterhafter wird. Ich weiß, was es heißt, bei TM auszuwählen und hatte meine liebe Not damit, in meiner kleinen Anthologie, obwohl ich dort nach Lust und Laune die Chronologie über den Haufen zu werfen mir herausnahm. Aber bei streng eingehaltener Chronologie eine solche Kontinuität und sinngemäße Entwicklung, Varietät, etc. zu wahren, wie es Dir gelungen, das ist doch wahrhaftig eine Tat – nun, das wollte immerhin gesagt sein.

Aber wegen jenes Briefes an uns. Ja, schau, das ist so: ich besitze von Jenem im ganzen zwei Briefe; der erste aus dem Jahr 47, sehr ausführlich über den Faustus ...

Zwei Tage später. Ich wurde unterbrochen. And to cut a long story short: selbstverständlich sollst Du den Brief vom 9. August 1955 haben. Er ist schön und etwas traurig; Gret[4] bringt ihn mit. Alles übrige mündlich. O Gott, wir reisen ja schon in

6 oder 7 Wochen – es ist schrecklich, wirklich schrecklich! (sagte Salome[5] beim Anblick Jochanaans). Mit Hund und Kegel, im alten Peugeot über den Kontinent, dann Gret per Schiff und ich, gar nicht auszudenken, gar nicht auszudenken, auf sonderbarsten Abwegen über den nahen und fernen Osten. So verludere ich mein Guggenheim-Jahr.
Daß Du den dritten Band zu Ende dichtest, ist unter den von Dir beschriebenen Umständen doch wahrlich heroisch. Das sind doch unerlaubt aufreibende Störungen und schwer, sich den Humor zu wahren. Aber ist denn diese Hospitalluft schon wieder wirklich nicht erläßlich, und wäre nicht Kilchberg, trotz praktischer Komplikationen zu machen? Wir wollen hoffen, in nicht allzu ferner Zukunft. Von unserer Maman hatten wir doch immerhin vorgestern ein einigermaßen beruhigendes Schreiben, ihren eigenen Gesundheitszustand betreffend. Freilich, auch hier gibt es manchen ungelösten Sorgenpunkt: und auch und besonders die Fahrersituation will mir gar nicht recht gefallen. Nun, sorgen hier und dort – Erst das Jesulein und nun auch noch die Königin Astride[6]. Erst der Warren-Report[7] und nun auch noch demnächst die Wahlen. Aber du sollst es sehen, unser Barry[8] wird nicht einen Staat gewinnen. Auch hier an der Universität[9] wird fleißig demonstriert und die Studenten sitzen tagelang, Sandwich essend vor den Polizeiautos und streiken gegen dies und das. So etwas ist doch erfreulich.
Adee – and make haste with your recovery
stets ganz der Maikel

1 Bei Berkeley in Kalifornien; dort besaß M. Mann seit 1962 ein Haus. **2** John Simon Guggenheim-Fellowship, ein Stipendium. **3** »Das Thomas Mann-Buch. Eine innere Biographie in Selbstzeugnissen«, hrsg. Michael Mann, Frankfurt/M./Hamburg (Fischer Bücherei KG.) 1965; Nr. 710. **4** Gret Mann geb. Moser, seit 1939 Michaels Frau. **5** In der Oper »Salome« (1905) von Richard Strauss. Eigentlich: »Er ist schrecklich, er ist wirklich schrecklich«. **6** Ein geflügeltes Wort in der Familie, das »von einem jüngeren Freund« stammte, »den man zur Osterzeit über die Leiden Christi aufgeklärt und der, als sich kurz darauf der tödliche Unfall der belgischen Königin Astride im Vierwaldstättersee ereignete, diesen kindlichen Ausspruch tat«. (Mitteilung von Frau Gret Mann-Moser). **7** Bericht einer Untersuchungskommission unter Leitung des amerikanischen Politikers und Juristen Earl Warren (1891–1974) über die Ermordung von Präsident John F. Kennedy (1917–63). Der Bericht blieb umstritten. **8** Senator Barry M. Goldwater (geb. 1909), republikanischer Politiker; 1964 in den USA erfolgloser Präsidentschaftskandidat gegen L.B. Johnson. **9** University of California, Berkeley, wo M. Mann seit 1961 im German Department angestellt war; seit 1964 Professor für Deutsche Literatur.

AN MARTIN GREGOR-DELLIN

Zürich, 18.1.1965
Kantonsspital

Lieber Herr Gregor-Dellin, –
vielen Dank für Ihren Brief vom 8. Januar.
Natürlich hat der Wagner-Plan, statt der »Meistersinger« eine Oper, »Luthers Hochzeit«, zu schreiben, auf T.M. eingewirkt. Sein eigener Entschluß, sich an einem Drama dieses Titels zu versuchen, hatte aber mit Wagner fast nichts mehr zu tun. Vielmehr interessierte er sich nicht nur von langer Hand für die Erscheinung »Luther«, sondern überhaupt für die führenden Figuren der Reformation und Gegenreformation, insbesondere für Karl V.[1] und Erasmus[2]. Beim Wagner-Archiv hat er gewiß keinerlei Erkundigungen eingezogen und wußte, soweit uns bekannt ist, von Wagners Plan nichts als den Titel und die Erwähnung in »Zur Genealogie der Moral«[3] – »Was bedeuten asketische Ideale«[4]. In seiner Besprechung der Burrell-Collection[5] steht ja denn auch nichts, als daß der Referent von dem Wagnerischen Plan wußte.
Meiner Mutter habe ich den Brief des Dänen[6] gezeigt, und sie hat meinen Ausführungen nichts hinzuzufügen.
»Schröter und die Folgen« – so könnte und müßte man die intensive Schnüffelei benennen, die seit dem Erscheinen jener Bild-Monographie[7] eingesetzt hat. Plötzlich soll T.M. alles von allen abgeschrieben haben, und ihm selbst ist offenbar überhaupt nichts eingefallen. Ich kriege da die wunderlichsten Briefe. Auch tückisch »verschwiegen« hat er stets die Namen der Autoren, von denen er klaute. Er, der es nicht lassen konnte, jeden Wicht öffentlich zu preisen, dem er auch nur das allergeringste verdankte. Nun ja …
Nehmen Sie wie immer die herzlichsten Grüße
Ihrer

1 1500–58, römisch-deutscher Kaiser 1519–56. Seit 1516 als Karl I. König von Spanien. **2** 1466 (oder 1469)–1536, bedeutender Humanist. **3** Friedrich Nietzsche, »Zur Genealogie der Moral. Eine Streitschrift« (1887). **4** Titel der Dritten Abhandlung dieser Schrift. **5** Thomas Mann, »Briefe Richard Wagners. The Burrell-Collection«, 1951; GW X, S. 791–801. **6** Nicht ermittelt. **7** Vgl. S. 130, Anm. 2.

AN ALFRED KURELLA[1] Leukerbad[2]/Wallis, 5.5.1965

Deutsche Akademie der Künste

Sehr geehrter Herr Professor Kurella, –
ich wende mich heute an Sie namens und im Auftrag meiner Mutter. Als Bevollmächtigte der Erbengemeinschaft Thomas Manns hat sie mich gebeten, Sie mit dem anliegenden Text vertraut zu machen. Der Text selbst bedarf keiner Erläuterung. Wollen Sie nur bitte dafür Sorge tragen, daß die fraglichen Plakate *sofort* eingezogen werden[3], wo immer man sie placiert hat. Es handelt sich da um eine Vereinfachung, die der Fälschung gleichkommt und die wir nicht länger hinnehmen können. Sollten die Plakate nicht umgehend verschwinden, so sähe die Erbengemeinschaft sich gezwungen, die anruhende Richtigstellung an die Presse zu versenden.
Natürlich sind Sie persönlich nicht zuständig in dieser Sache. Wohl aber wird und muß es Ihnen möglich sein, die zuständigen Stellen zu avisieren.
Mit bestem Dank im voraus
hochachtungsvoll

[Anlage:]
Anläßlich der Osterbesuche von West- nach Ost-Berlin waren an den Kontrollpunkten von Ostberliner Seite Plakate mit einem Zitat von Thomas Mann angebracht worden. Das Fehlzitat, das in der D.D.R. seit langem gelegentlich Verwendung findet, lautet:
»Der Anti-Kommunismus ist die Grundtorheit unseres Jahrhunderts.« Was – im Jahre 1943 – Thomas Mann wirklich gesagt[4] hat, war das Folgende:
»Sie sehen, daß ich in einem Sozialismus, in dem die Idee der

Gleichheit die der Freiheit vollkommen überwiegt, nicht das menschliche Ideal erblicke, und ich glaube, ich bin vor dem Verdacht geschützt, ein Vorkämpfer des Kommunismus zu sein. Trotzdem kann ich nicht umhin, in dem Schrecken der bürgerlichen Welt vor dem Wort Kommunismus, diesem Schrecken, von dem der Faschismus so lange gelebt hat, etwas Abergläubisches und Kindisches zu sehen, die Grundtorheit unserer Epoche[5].«
Es liegt der Erbengemeinschaft Thomas Manns daran, den Unterschied zwischen dem Zitat und dem wahren Wortlaut ein für allemal festzustellen.

1 Alfred Kurella (1895–1975); Schriftsteller (Ps. Bernhard Ziegler, Viktor Röbig); er lebte seit 1932 in Paris, 1935–54 in der Sowjetunion. 1954 Rückkehr in die DDR; 1963 Sekretär für Dichtkunst und Sprachpflege der Deutschen Akademie der Künste zu Berlin (Ost), 1965–74 deren Vizepräsident. **2** Der erste Kuraufenthalt in Leukerbad/Wallis dauerte vom 29.4. bis 25.8.1965. In dieser Zeit entstanden die Anmerkungen zum 3. Thomas Mann-Briefband. Der Transport EMs nach Leukerbad erfolgte per Flugzeug und Helikopter, geführt von dem bekannten Gletscherpiloten Herrmann Geiger, der anderthalb Jahre später abstürzte. EM schrieb ihm einen Nachruf, der am 2.9.1966 in »*Die Weltwoche*« erschien. **3** Laut EM wurden damals sämtliche Plakate entfernt. **4** Die Veröffentlichung erfolgte ein Jahr später; vgl. folgenden Brief. **5** Aus: Thomas Mann, »Schicksal und Aufgabe« (1944); GW XII, S. 918–939.

AN ALFRED KURELLA Leukerbad/Wallis, 16.6.1965
Deutsche Akademie der Künste

Sehr geehrter Professor Kurella, –
bitte entschuldigen Sie die Verspätung. Schuld daran ist mein ziemlich elender Gesundheitszustand, gegen den ich die abschließende Arbeit am dritten Thomas Mann-Briefband[1] durchsetzen muß.
Für Ihren Eilbrief vom 24. Mai[2] danke ich bestens, ohne freilich recht klug daraus zu werden. Emphatisch erklären Sie sich bereit, jenes Fehlzitat[3] sofort und auf breitester Ebene richtigstellen zu lassen, nur, um im selben Atemzuge zu erklären, ein »Fehlzitat« sei das gar nicht, sondern eine völlig sinngetreue und daher legitime Zusammenziehung und Vereinfachung.

»Formalismus«? Nun, Sie sind ein geschulter Funktionär Ihrer Regierung (was nichts gegen die Aufrichtigkeit Ihrer Äußerungen besagen will) und reden wortwörtlich, wie es in deren Buche steht. Meinerseits bin ich niemandes Funktionär, meine Funktion war es vielmehr immer, gegen den Strom zu schwimmen, und ich habe meinem Non-Konformismus zuviele, zu schwere Opfer gebracht, als daß Ihre »Freimütigkeiten« mir irgend nottäten. Auch über die »Wirklichkeit« Ihrer Republik weiß ich besser (im Doppelsinne dieses Wortes) Bescheid, als Sie ohne weiteres annehmen.
Sie »erwarten« die Beantwortung Ihrer »zweiten Frage«. Aber Ihre Streit- und Lehrschrift stellt keine solche. Wonach einzig Sie sich erkundigen, ist die Herkunft des echten Zitates. Die Stelle findet sich in dem Aufsatz »Schicksal und Aufgabe«* (1944, erstmals auf deutsch erschienen in »Deutsche Blätter«, Santiago de Chile, 2. Jg. H. 7).
Die Erbengemeinschaft, voran meine Mutter, habe ich vom Inhalt Ihres Schreibens in Kenntnis gesetzt. Wollen Sie mir nun bitte ein paar Belegexemplare Ihrer Richtigstellung[4] baldmöglichst zukommen lassen. Ich möchte hoffen dürfen, die Richtigstellung werde erfolgen ohne einen Kommentar, der sie ihres Sinnes beraubte. Es mag eine formalistische Hoffnung sein, die ich da hege. Dennoch sollte sie erfüllbar sein.
Mit freundlichem Gruß
Ihre sehr ergebene

1 Die »Briefe 1948–55 und Nachlese« erschienen im Herbst 1965. **2** Nicht erhalten. **3** Vgl. vorhergehenden Brief. * [Anm. von EM:] S. Fischer, Gesammelte Werke, Band XII. **4** Die gewünschte Berichtigung des Zitats wurde nicht veröffentlicht.

VON ALBRECHT GOES[1] Stuttgart-Rohr, 7.11.1965

Liebe und verehrte Erika Mann,
es ist ziemlich schlimm: seit der exzellente Dr. Mayer – Düsseldorf die »Chronik«[2] veröffentlicht hat, gibt es für das Haus Mann keine Diskretion mehr außer der, die man selbst hält:

soll ich – frag' ich mich – den besonderen Geburtstag übergehen, soll ich nicht? Der 50. vor zehn Jahren stand noch so ganz unter dem Schmerz des Augusttags[3]; dieser jetzt hat andere Schatten um sich, von denen ich nicht spreche. Wovon ich aber sprechen möchte, ist: daß man Ihnen heute gehörig gratulieren soll, wenn man an drei wichtige Aufgaben Ihres Lebens denkt: ich nenne die »Pfeffermühle«[4] zuerst: daß Sie in diesen Zeiten ein lebendiger Protest gewesen sind, daß Sie an der Erhaltung der Energie des résistez! bei halbsicheren und unsicheren Kantonisten Ihr gutes Teil geleistet haben und dem und jenem erlaubten, seine Seele zu waschen, und wär's mitten im Zorn. Und dann denke ich an Ihre Kinderbücher[5], in denen das rasche und behende Wort, etwas von Imma Spoelmann[6] im Kinder-Hospital, mit dem Spiel und mit der Freude sich verbindet, und an Ihre Mitarbeit am Werk des Vaters, an die Schillerrede[7], an verborgene Assistenz, an die Briefbände: ich habe in München eine kluge Tochter mit einem sicheren Stilgefühl, und weiß das Timbre aus einem Brief von T.M. an Sie (es ging um Flüchtigkeiten bei Ricarda Huch) wohl nachzuspüren: »Du hättest mir das nicht durchgehen lassen«[8].
Ich hoffe, Sie bekommen auf den Festtag manches gute, dankbare Wort – und die Nächsten, die Mutter, die Geschwister, Neffen und Nichten werden sich leibhaftig oder briefweise einstellen. [..]
Herzliche dankbare Grüße, bitte auch sehr an Ihre Mutter,
Ihr Albrecht Goes

1 Geb. 1908, Pfarrer; im 2. Weltkrieg Lazarettpfarrer an der Ostfront. Seit 1953 freier Schriftsteller; Essays, Lyrik und Erzählungen (»Unruhige Nacht«, 1949; »Das Brandopfer«, 1954). **2** Vgl. S. 158, Anm. 2. **3** Am 12.8.1955 war Thomas Mann gestorben. **4** Vgl. S. 65, Anm. 2 **5** Vgl. Literaturverzeichnis S. 252. **6** Weibliche Hauptgestalt in Thomas Manns Roman »Königliche Hoheit« (1909). **7** Vgl. S. 31. **8** Brief v. 27.1.1954: »Und daß die Universitäts*schließung* Ungerechtigkeiten ein*schließt,* würdest Du mir nicht durchgehen lassen« (»Briefe 1948–55 und Nachlese«, S. 324). EMs Antwort an ihren Vater v. 31.1.1954 siehe S. 16.

AN HUGO MÖSSLANG[1] 24.11.1965

Lieber Herr Oberregierungsrat, –
mit Ihrem Brief nebst Beilagen[2] haben Sie mir eine große Freude gemacht. Vielleicht wissen Sie gar nicht, eine wie große Rolle Ihre Familie nebst »Großmutter« und »Großmama« in unseren Kindheitserinnerungen spielt. Und wie genau mein Bruder Golo und ich uns an Ihre drei Buben erinnern. Vielleicht wissen Sie nicht einmal, daß Professor Golo nach Ihrem Angelus getauft worden ist. Ich war 3 Jahre alt, als meine Mutter dieses, ihr drittes Kind erwartete. Obwohl ich aber noch so klein war, durfte ich oft euren Angelus, das Baby, herumtragen und spielen, ich sei seine Mutter. Zu Haus plagte ich dann die meine, sie solle mir einen Angelus kaufen. Und da ihr voriges Kind ein Bub gewesen war, dachte sie, diesmal würde wieder ein Mädchen kommen. Dann kam doch ein Bub, meine Mutter hatte mir versprochen, mir womöglich den Angelus zu kaufen, und nun brachten meine beiden Eltern es nicht übers Herz, den Jungen anders als Angelus zu nennen. Ist ja auch ein hübscher Name. Das Kindermädchen nannte ihn Gelus, das konnte er nicht aussprechen, nannte sich Golo, und *der* Name ist ihm schließlich geblieben.
Ja, das waren schöne Zeiten, damals in Tölz. Und sogar daran, daß Ihre Gattin einmal bei uns den Nikolaus gemacht hat, können wir uns erinnern. Die putzige Geschichte mit den Ohrringen war mir allerdings entfallen und ich habe meinen Spaß daran. Freude hat es mir auch gemacht zu hören, wie tapfer Sie sich gegen die Nazipest zu wehren wußten. Hätte nur die Mehrzahl der Deutschen sich so verhalten, Hitler wäre gestürzt worden, ehe es zum Kriege kommen konnte.
Leben Sie wohl, lieber Herr Mösslang. Und nehmen Sie besonderen Dank für das hübsche Bild, auf dem ich Hans und Hugo genau wieder erkenne. Als Angelus so groß war wie auf diesem Photo, waren wir, glaube ich, schon weg von Tölz. Herzlich beklage ich den Tod Ihrer Gattin und darf Ihnen bei dieser Gelegenheit meine lebhafte Anteilnahme aussprechen. Sie selbst – Ihrem Briefe nach zu urteilen – sind erfreulich frisch und gar nicht 86jährig.

Nehmen Sie die freundlichsten Wünsche für Ihr persönliches Wohlergehen.
Ihre

1 Wohnte ca. 15 Gehminuten von dem Landhaus in Bad Tölz entfernt, wo die Familie Mann von 1909 bis 1918 den Sommer verbachte. Vgl. Klaus Mann, »Kind dieser Zeit«, München (Nymphenburger Verlagshandlung) 1965, S. 14ff. »Die Verbindung kam so zustande«, daß die ›Großmutter‹ der Mösslang-Kinder und das Kindermädchen der Mann-Kinder »diese zu den zwischen den beiden Wohnungen gelegenen Klammerweiher und auf die anschließenden Wiesen- und Waldstücke brachten«. (Mitteilung von Angelo Mösslang, Bad Tölz). 2 Nicht erhalten.

AN ALBRECHT GOES 25.11.1965

Lieber und verehrter Albrecht Goes, –
so wunderschön haben Sie mir geschrieben und so viel – viel zu viel – Ehre haben Sie mir angetan. Seien Sie aufs allerherzlichste bedankt.
Ich war noch ein halbes Kind, da habe ich mir häufig vorgestellt, wie einem Sänger zumute sein muß, der – womöglich noch vorzeitig – seine Stimme verlor und sich nun seine eigenen Platten aus der guten Zeit vorspielt. Und immer habe ich mir das über die Maßen scheußlich gedacht. Nun, – daß ich's nur gestehe, – recht ähnlich ergeht mir's jetzt selbst. Was immer man mir Freundliches sagt, hat Bezug nur auf die Vergangenheit. Mählich aber sicher hat diese alberne Krankheit mich doch in meiner kl[einen] Gesamtheit elend heruntergebracht, ich kann nichts mehr zu [1] und ich bin insofern ärger dran als jener der Stimme beraubte Sänger, als ich mich nicht – wie jener – rühren kann, Freunde besuchen, Dinge sehen und eine Chance darin erblicken, aus neuen Anregungen neuen Mut zu schöpfen. Schmerzen haben ist gut, jahrelang Schmerzen haben ist weniger gut, und die Wahrscheinlichkeit, »immer« und zunehmend welche zu haben ist gar nicht besonders.
Daß ich wenigstens Briefband III noch zustande gebracht, erleichtert mich immerhin. Aber soviel gäbe es noch zu tun, und ich sehe nicht, wie.

Die Gefühle »meines« Sängers sind gewiß zwiespältig. Und in seinen Kummer mischt sich die Freude darüber, daß er's einst so hübsch gekonnt. Sie haben mir diese Freude weit über Gebühr vermittelt. Und obendrein ist es ein Trost, zu wissen, wie lebhaft Sie teilnehmen an allem, was »uns« betrifft – in stetem Gedenken an den Zauberer. Ein deutsches Blatt (weiß nicht mehr welches) schrieb in seinem Geburtstagsartikel, manche Leute in der Bundesrepublik seien bei uns schon fast so zu Haus wie in der Familie Hesselbach[2]. Darüber konnte ich denn doch recht herzlich lachen.
Ihnen alles Schöne und Gute von
immer Ihrer

1 Hier fehlt offenbar ein Wort. **2** Damals eine beliebte Fernseh-Serie.

VON ALBRECHT GOES Stuttgart-Rohr, 16.12.1965

In der vorweihnachtlichen Drängnis nur einen ganz herzlichen Dankesgruß, liebe und verehrte Frau Erika, für zwei Dinge: für das große Geschenk des blauen Briefs, der den schweren Sänger-Alptraum auf eine menschen-würdige, nein, auf eine souveräne Weise aufnimmt,
und dann für die große Freude des Dritten Bands, in dem ich, nun natürlich gleich von neuem vieles las, auch im »Apparat«, er wird (wenngleich von Fischers so teuer (wie mein Löffelchen[1] einst auch) gemacht ...) gute Leser finden.
Herzlich dankbar gedenkend
mit besonderen Grüßen an Ihre Frau Mutter, und, wenn es sich gibt, an Golo,
Ihr Albrecht Goes

1 »Das Löffelchen«, Erzählung, Frankfurt/M. (S. Fischer) 1965.

AN HANS BÜRGIN[1] Kilchberg, 24.1.1966

Lieber Doktor Bürgin, –
dies ist durchaus keine Retourkutsche. Längst – gleich nach Erscheinen der »Chronik«[2] – hatte ich mein eigenes Vehikel angespannt, und nur Krankheit plus Überbürdung machten es mir unmöglich, es Richtung Kappeln/Schlei in Fahrt zu bringen.
Nehmen Sie also zunächst meinen allerherzlichsten Glückwunsch zu dieser Co-Produktion. Das Buch ist ganz ausgezeichnet, völlig einzigartig, glänzend und liebevoll gemacht, höchst hilfreich für den T.M.-Forscher- und Freund, durchwegs nicht nur belehrend, sondern auch unterhaltend, eine wahre Fundgrube. Und überdies konnte ich das Werk noch für so manche Anmerkung gebrauchen, wie Ihnen andererseits die Briefe zustatten gekommen sein mögen. Das ist die Sorte von »Give and Take«, die so selten geworden ist hienieden.
Darüber, daß Band III[3] Ihre Zustimmung fand, habe ich mich sehr gefreut. Wenn irgendwer, so können Sie dies oeuvre beurteilen, und so weit es sich bis dato beurteilen läßt, ist auch allgemein das Buch ein Erfolg. Ja, das mit den Ehrenberg-Briefen war ein überraschender Glücksfall. Carl Ehrenberg[4], an den ich mich wiederholt gewendet, beteuerte immer wieder, sämtliche Briefe an Paul und ihn seien ziemlich rätselhaft abhanden gekommen. Und dann, nach Carls Tod, kamen die Söhne (Pauls und Carls) und stellten die ganze Ernte zur Verfügung, nicht nur Fotokopien sondern auch die Originale – fürs Archiv.
Mein kl. Befinden hat sich *etwas* gebessert, aber nicht so, daß ich Freude daran hätte. Anfang März verfüge ich mich wieder nach Leukerbad[5], zusammen mit meiner Mutter, der im Vorjahr die Bäder sehr gut getan haben. Aufs herzlichste erwidert sie Ihre Grüße, und ich bin wie immer
treulich die Ihre: Erika Mann

PS. Die Chronik habe ich zunächst einmal nur *gelesen,* bin aber jetzt daran, sie auf kleine Fehlmeldungen hin durchzuschauen. Sobald ich fertig bin, schicke ich Ihnen, Dr. Mayer und Herrn Freund das betreffende Listchen. Viel ist es nicht, was da auszustellen ist.

1 Hans Bürgin (1904–77), Studienrat am Gymnasium in Kappeln an der Schlei. Er gab die Bibliographie »Das Werk Thomas Manns« (Frankfurt/M. 1959) heraus und zusammen mit Hans-Otto Mayer (vgl. S. 214, Anm. 1) den ersten Band eines systematischen Verzeichnisses der gesamten Korrespondenz Thomas Manns. **2** Hans Bürgin/Hans-Otto Mayer, »Thomas Mann. Eine Chronik seines Lebens«, Frankfurt/M. (S. Fischer) 1965. **3** Vgl. S. 152, Anm. 1. **4** Carl Ehrenberg (1878–1962), Dirigent und Komponist; er gehörte mit seinem Bruder, dem impressionistischen Maler Paul Ehrenberg (1878–1949) zum engsten Freundeskreis Thomas Manns in der frühen Münchener Zeit. 25 Briefe Thomas Manns an die Brüder E. aus den Jahren 1900–19 wurden in die »Nachlese« aufgenommen; der Band III enthält ferner einen Brief an Carl E. v. 22. 11.1949. **5** Rheumaklinik; vgl. S. 151, Anm. 2.

AN SALKA VIERTEL[1] Kilchberg, 9.2.1966

Salka, Darling (and I do mean it!), –
tausend Dank für Ihren lieben Brief[2]. Aber was macht denn nur Ihre Hand? Was ist es? Arthritis? Mir geht es so schlecht, daß es mich um so inniger erbost, wenn meine lieben Freunde gleichfalls physisch zu leiden haben. Ich allein sollte den »Mächten« genug sein. Ach, überhaupt, »die Mächte«! Gründlich sorgen sie dafür, daß jeder bessere Mensch zum »Anarchisten« werde. Wobei sie (die Mächte) noch froh sein müssen, wenn unsereins nicht schlankwegs zum Nihilisten wird.
Seltsam, daß Sie »Buddenbrooks« lasen und sich »nicht losreißen« konnten davon. Ganz so ging es in Beverly Hills dem guten Werfel[3], der plötzlich zurückgegriffen hatte auf dies Buch, und dem Zauberer erregt Bericht erstattete über seine Lektüre. In der Lyrik hat es stets »Wunderkinder« gegeben (siehe »Loris«[4]), aber daß ein dreiundzwanzigjähriger Mensch einen Roman dieses Formats begann und mit noch nicht 25 zuwege brachte[5], dürfte einzigartig sein.
Den ganzen März wollen und sollen meine Mutter und ich in Leukerbad verbringen. Aber im April sind wir gewiß wieder

hier, und Ihr Besuch dann wird uns – ganz besonders mir! – eine helle Freude sein.
Alles Gute und Liebe
von immer Ihrer

1 geb. Salomé Steuermann (1889–1978), erste Frau des Schriftstellers Berthold Viertel; Schauspielerin, Drehbuchautorin. Seit 1928 in Hollywood; sie war mit Greta Garbo befreundet und schrieb viele Drehbücher für sie. 1970 erschienen ihre Lebenserinnerungen (»Das Unbelehrbare Herz«). 2 Nicht erhalten. 3 Franz Werfel (1890–1945), Schriftsteller; 1938 emigrierte er von Wien nach Frankreich, dann in die USA. 4 Pseudonym des 16jährigen Hugo von Hofmannsthal (1874–1929). 5 Nämlich Thomas Mann die »Buddenbrooks« (1901).

AN KURT SONTHEIMER Kilchberg, 12.2.1966

Verehrter Professor Sontheimer, –
seit Jahren befindet – auf Grund chronischer Krankheit und ebenso chronischer Überarbeitung – meine gesamte Korrespondenz sich in einem Zustand des Dauerbankrotts. Nur so ist es allenfalls zu erklären, wenngleich leider kaum zu entschuldigen, daß ich Ihnen anno 1961 (!!!) für Buch[1] und freundlichen Brief[2] nicht gedankt zu haben scheine. Ohne viel Hoffnung darauf, daß der Schein trügen könnte, überlese ich Ihr Schreiben von damals und rufe mir die Abende und halben Nächte ins Gedächtnis zurück, die ich mit der Lektüre Ihres Buches verbrachte.
Das waren gute Zeiten. Und durchaus halte ich fest an der damals gewonnenen Überzeugung, daß Ihr großer Kommentar geeignet war und bleibt, Klärung und Verständnis zu schaffen, wo Verworrenheit, Mißverständnis und Vorurteil grassierte. Nicht in allen Fällen, natürlich, – den wirklich Dummen und wahrhaft Bösen ist nicht zu helfen. Wo aber Hilfe möglich war, hat Ihr Buch heilend gewirkt, und dafür wird Ihnen immer dankbar sein
Ihre PS. [...]

1 Kurt Sontheimer, »Thomas Mann und die Deutschen«, vgl. S. 72, Anm. 2.
2 Nicht erhalten.

AN KURT BUSSMANN[1] Kilchberg, 15.2.1966

Verehrter Professor Bußmann, –
heute habe ich aus Nymphenburg den Schriftsatz der Gegenseite[2] plus Beilagen für den Termin vom 24. Februar erhalten und studiert.
Im Ganzen enthält das Dokument wohl nicht sehr viel Neues, wiederholt vielmehr unerläßlicher Weise in der Hauptsache alles schon früher Vorgebrachte.
Da aber diesmal die Behauptung, der Roman »Mephisto« sei ein Produkt der »Privatrache« besonders in den Vordergrund gespielt wird und sogar die Schlußkadenz bestimmt, müßten wir wohl erneut und mit größtem Nachdruck auf Folgendes hinweisen:
Jedes Rachegelüst bedarf eines Motivs. Ein solches Motiv aber hatte Klaus Mann durchaus nicht bis zu dem Zeitpunkt, da Gründgens begonnen hatte, das meinem Bruder in der Tat verhaßte Naziregime mitzuverkörpern und mitzurepräsentieren. Er gehörte zu den Würdenträgern des Dritten Reiches. Diese Würdenträger waren Klaus Mann de facto und in corpore entsetzlich, wobei es nur natürlich ist, daß Wirtschaftsführer – um nur ein Beispiel zu nennen – ihm weniger nahestanden und ihn also weniger in Harnisch brachten als die kulturellen Exponenten des Regimes. Unter diesen aber waren die »Fremden« ihm weniger verabscheuungswürdig als solche, die einst seine Kameraden gewesen. Gründgens als Görings[3] Staatstheater-Intendant und als einer seiner Staatsräte, – das war ungeheuerlich. Gerade dies Ungeheuerliche aber, von dem Klaus Mann wußte, daß es keineswegs vereinzelt auftrat, sondern scharen- und typenweise vorkam, suchte er im »Mephisto« darzustellen und glaubhaft zu machen. Daß er sich dabei gewisser Züge seines Ex-Schwagers bediente, ist selbstverständlich und wird von niemandem bestritten. Aber »Privatrache«? Rache überhaupt?
Auf die freundlichen Beziehungen, die zwischen Gründgens und mir und Gründgens und Klaus bis zu unserer Emigration anhielten, habe ich in früheren Briefen an Sie wiederholt hingewiesen. Es wird aber wohl nötig sein, zwecks »Ausräumung«

des »Privatrache«-Motivs, diesen Tatbestand eindringlich zu erhärten.
Was, im übrigen, *wollte* der Roman »Mephisto«? Er wollte ein Zeitbild geben, anklägerisch, gewiß. Vor allem aber wollte er *erklären*. Er wollte verständlich machen, was im Ausland unverständlich schien, daß nämlich und warum eine so große Anzahl nicht unbedeutender und ursprünglich gewiß nicht nationalsozialistischer deutscher Künstler den »Pakt mit dem Teufel« eingingen.
Zum Thema »Wendepunkt« versus »Turning Point«[4]: Klaus Mann hat zwei volle Jahre – die letzten seines Lebens – daran gewandt, seine Autobiographie in deutscher Sprache neu zu gestalten, wobei er sie nicht nur wesentlich erweiterte, sondern auch, wo ihm dies richtig und seiner Nachkriegsstimmung dienlich schien, veränderte.
In Sachen »Privatrache«, wie in Sachen »Der Wendepunkt« lege ich Ihnen einen Durchschlag meines Briefes an Herrn Dr. Arras[5] vom 19. Januar 1966 bei. Diese Kopie haben Sie schon damals erhalten.

16.2.1966
Ich habe gestern diesen Brief nicht abgeschickt, weil ich von Herrn Spangenberg wußte, daß eine Stellungnahme des Herrn Dr. Arras zum gegnerischen Schriftsatz mich heute erreichen würde. Diese Stellungnahme ist nunmehr eingetroffen und ich habe ihr Neues nicht hinzuzufügen.
Gleichzeitig eingetroffen ist (zufällig) eine Photokopie der Glosse »Zahnärzte und Künstler«[6], die Klaus Mann im Jahre 34 in »Das Neue Tage-Buch«, Paris, veröffentlichte. Aus der Glosse ist mit großer Deutlichkeit zu ersehen, daß Klaus Mann gehofft hatte, Gründgens werde – aus welchen Gründen immer – »vor dem Schlimmsten bewahrt bleiben«. Dann, nach seinem Auftreten mit Emmy Sonnemann[7], »gab er ihn eigentlich schon verloren«. Jemanden »verloren geben«, – moralisch verloren, das bedeutet doch, daß man ernsthaft gehofft hatte, der Verlust würde einem erspart bleiben. Und dann kam er doch, der Verlust, da Gründgens nicht nur zum Staatsempfang eingeladen worden, sondern auch photographiert[8] worden war

»in traulicher, man kann wohl sagen: intimer Konversation« mit Goebbels.

Es war anno 34, daß Klaus Mann begann, den »Mephisto« zu schreiben. Und nicht vor dem Jahre 34 hatte er Gründgens öffentlich angegriffen. »Privatrache«? Dreiste Lüge.

Mit den freundlichsten Grüßen wie immer

Ihre sehr ergebene

1 Kurt Bussmann (1894–1970), Rechtsanwalt und Professor in Hamburg, vertrat die wegen Veröffentlichung des Romans »Mephisto« von Klaus Mann verklagte Nymphenburger Verlagshandlung und deren Geschäftsführer Berthold Spangenberg in den beiden ersten Instanzen (in Hamburg). In der dritten Instanz (BGH) waren die Beklagten durch Rechtsanwalt Philipp Möhring, Professor in Karlsruhe, vertreten. **2** Zur juristischen Auseinandersetzung über Klaus Manns Roman »Mephisto« siehe S. 118. **3** Hermann Göring (1893–1946; Selbstmord); seit 1922 NSDAP-Mitglied, 1933 preußischer Ministerpräsident, 1935 Oberbefehlshaber der Luftwaffe, 1940 Reichsmarschall. **4** »The Turning Point. Thirty-five Years in this Century«, New York (L.B. Fischer) 1942, Neuausgabe 1984 (New York, Marcus Wiener). – In einer Nachbemerkung zu »Der Wendepunkt« (1952) sagt Klaus Mann, er habe »ein neues deutsches Buch geschrieben«. **5** Gerth Arras (geb. 1912); Rechtsanwalt und Notar in Stuttgart, juristischer Berater der Nymphenburger Verlagshandlung und Vertreter des Verlags vor dem Bundesverfassungsgericht (s. Eberhard Spangenberg, »Karriere eines Romans«, S. 165). **6** Aufsatz von Klaus Mann in: *Das Neue Tage-Buch,* 2. Jg. Nr. 4, Paris-Amsterdam 27.1.1934. Auszug in: Eberhard Spangenberg, »Karriere eines Romans«, S. 56. **7** Schauspielerin, seit 1935 H. Görings Frau. **8** Foto in: *Münchner Illustrierte Presse,* 1933/Nr. 52; abgebildet in: »Karriere eines Romans« (s. o.), S. 57.

AN GEORGE C. ROSENWALD[1] Kilchberg, 17.2.1966

Verehrter Professor Rosenwald, –

mit großem Interesse habe ich Ihre Arbeit, »The Exile Theme in Thomas Mann«[2] gelesen. Zweifellos enthält der Aufsatz viel Wahres, während ich andererseits nicht durchaus übereinstimmen kann.

Um zunächst nur einen Punkt zu berühren: wer immer T.M.'s kleinen Artikel »Im Spiegel«[3] im geringsten ernst nimmt, wer also glaubt, der Autor habe den Typus des Künstlers wahrhaf-

tig so gesehen, wie T.M. in dieser *Humoreske* ihn sieht, der irrt – und irrt bedenklich. Wie denn überhaupt in Ihrem Essay der *Humorist* Thomas Mann meines Wissens zu kurz kommt. Er selbst wollte weniger »Ironiker« sein als eben »Humorist«.
Auch, daß er sich selbst als ein »Exilierter aus dem 19. Jahrhundert« empfunden hätte, entspricht gewiß nicht den Tatsachen. Er empfand es (siehe »Meine Zeit«[4]) als einen Vorteil, das Ende des 19. Jahrhunderts noch miterlebt zu haben und die *Vorteile* zu genießen (Bildungsvorteile!), die den Kindern des Zwanzigsten nicht zuteile wurden. Als ein »Outsider« fühlte er sich ausschließlich in seiner Eigenschaft als Künstler und hat immer wieder neue Masken und Verkleidungen erfunden, um dies Ausgeschlossensein von den »Wonnen der Gewöhnlichkeit« zu illustrieren.
Aber nicht dies war es, was Sie wissen wollten. Sie fragen nach T.M.'s Beziehung zu seinem Vater. Er war diesem »in scheuer Bewunderung« ergeben und nichts konnte ihm ferner liegen, als »to vindicate his father«[5]. Sehr im Gegenteil ist er immer bestrebt gewesen, »to vindicate himself«[5] durch die eigene *Leistung*. Sie brauchen nur die kleine Rede[6] zu lesen, die er, kurz vor seinem Tode und anläßlich der Verleihung der Lübecker Ehrenbürgerschaft in seiner Vaterstadt hielt, um ermessen zu können, in wie hohem Grade der Vater ihm ein Leben lang *Beispiel* gewesen ist. T.M.'s Ethos war die Arbeit, die zähe Willenskraft, die er einer schwierigen und anfälligen Natur entgegensetzte. Genau dies hatte sein Vater getan. Und wie sein Vater hatte T.M. keineswegs eine »decadent marriage« eingegangen, indem er eine Fremdblütige (lies Halbjüdin) heiratete. Im Gegenteil: die Mann-Familie war degeneriert gewesen, und die Zufuhr anderen, »fremden« Blutes ermöglichte die großen Talente der Söhne Heinrich und Thomas, während die Schwestern, Julia und Carla sich dennoch als lebensunfähig erwiesen. – Aber all dies führt viel zu weit, und ich kann mich nicht weiter darauf einlassen.
Sagen muß ich nur noch, daß das Thema des Exils in »Joseph und seine Brüder«[7] nichts zu tun hatte mit dem leibhaftigen Exil, das T.M. anno 1933 auf sich nahm. Befand er sich doch mitten im zweiten Band, als das »Dritte Reich« ausbrach.

Nichts von dem, was ich da schreibe, schmälert die Verdienste Ihres Essays und die Freude, die ich an der Lektüre hatte. Nur ist es so, daß die objektive Wissenschaft fast immer zu anderen Resultaten kommt als die intime Kenntnis der Figur und des Lebens, die da behandelt werden. Wer hat recht? Vermutlich beide oder keiner.
Seien Sie in jedem Falle aufs schönste bedankt und gegrüßt von Ihrer sehr ergebenen

1 George C. Rosenwald, Professor an der Psychological Clinic der University of Michigan. **2** Erscheinungsort nicht zu ermitteln. **3** Autobiographische Skizze (1907), GW XI, S. 329–333. **4** Thomas Mann, »Meine Zeit« (1950), GW XI, S. 302–324. **5** Engl.: seinen Vater ..., sich selbst zu rechtfertigen. **6** Thomas Mann an den Bürgermeister von Lübeck; in: *Lübecker Nachrichten* v. 11.3.1955. **7** Die einzelnen Bände der Tetralogie erschienen 1933 (Berlin), 1934 (Berlin), 1936 (Wien) und 1943 (Stockholm).

AN LESTER BOWLES PEARSON[1] Kilchberg, 16.4.1966[2]
Premierminister des Landes Kanada

Verehrter Premierminister.
Die Unterzeichnenden möchten sich nachdrücklich den Proteststimmen all jener anschließen, die – infolge der Fernsehsendung von Professor Grzimek[3] – entsetzt sind über die Unmenschlichkeit, mit der jedes Jahr in Ihrem Land viele Hunderttausende junger Robben verfolgt werden. Es ist uns bekannt, daß Ihre Regierung versucht hat zu unterbinden, daß diesen lieben und hilflosen Jungtieren bei lebendigem Leibe das Fell abgezogen wird; wir wissen jedoch auch, daß Ihre Bestrebungen den gewünschten Effekt bisher nicht erzielt haben.
Wir schlagen deshalb höflichst vor, schärfere Maßnahmen zu ergreifen und das Lebend-Abhäuten von Robben zu einem Verbrechen zu erklären, auf das strenge Strafen stehen. Seien Sie bitte versichert, daß die Welt jeden drastischen Schritt Ihrerseits in diese Richtung vollauf würdigen wird, während die Fortführung der obenerwähnten verabscheuenswerten Prakti-

ken weiterhin einen Schatten auf ein sonst so geschätztes und bewundertes Land wie Kanada werfen wird.

Mit vorzüglicher Hochachtung
Frau Thomas Mann Prof. Dr. Golo Mann
Erika Mann
Frido Mann, Student der Theologie

1 Lester Bowles Pearson (1897–1972), kanadischer Historiker, Diplomat und Politiker; Friedensnobelpreis 1957; 1963–68 Premierminister. **2** Original in englischer Sprache. **3** Bernhard Grzimek (geb. 1909), Zoologe und Publizist, seit 1960 Professor an der Universität Gießen, 1970–73 Bundesbeauftragter für Naturschutz.

AN WALDEMAR WAHREN[1] Kilchberg, 27.4.1966

Sehr verehrter Professor Wahren, –
ich habe es entsetzlich spät werden lassen, – wollen Sie mir das bitte verzeihen? Aber ich war den ganzen Winter über krank (eine elende Knochengeschichte, an der ich seit acht Jahren schon laboriere und die sich immer wieder ins Unleidliche auswächst) und hatte überdies unaufschiebbare Terminarbeiten zu bewältigen, so daß die ganze Korrespondenz in die Brüche ging.
Erst jetzt also bin ich dazu gekommen, Ihren »Briefwechsel«[2] mit Karl Amadeus Hartmann[3] zu studieren und darf sagen, daß ich fasziniert davon war und bleibe. Viel zu wenig hatte ich bisher von Brucknern[4] gewußt, – was seine pathologischen Seiten betrifft, so war mir überhaupt nur die übersteigerte Frömmigkeit detailliert bekannt gewesen, und so ergibt sich mir aus jenen »Briefen« ein völlig neues Bild. Was ich schon selbst entdeckt hatte und was mir, wenn auch eher widerwillig, von Bruno Walter bestätigt worden war, ist die Unabdingbarkeit des Wagnerschen Einflusses auf Bruckners Werk, – *nach* der Dritten. Oder sollte selbst die Dritte, deren Gesamtbild ich nicht überblicke, schon derlei Züge tragen?
Was nun Ihr persönliches »Anliegen« innerhalb dieses großen Gedankenaustauschs angeht, so kann ich Ihnen da – dies wuß-

ten Sie im voraus – nicht unbedingt folgen. Zwar sagen Sie richtig, daß schon auf Grund seiner »Erbmasse«[5] Adrian Leverkühn[6] gewissermaßen prädestiniert war fürs »Spekulieren«. Für seinen »Durchbruch« aber bedurfte er außer jeder Frage des Teufelspakts, und das zentrale Thema des Buches *ist* dieser Teufelspakt und seine genialen Folgen. Daß auf der Musik, die dabei herauskommt, kein rechter Gottessegen ruhen *kann,* versteht sich am Rande, wie sich ja auch begreift, daß T.M. selber diese Musik dezidiert nicht mochte und sie, wie trefflich er sie auch zu gestalten wußte, im Grunde nie wirklich »gehört«, will sagen, die »Reihen« niemals eigentlich wahrgenommen hat. Während also bei Bruckner durchaus gestritten werden kann, den Grad betreffend, in dem seine Neurose und all seine übrigen Absonderlichkeiten sein Werk befruchteten, gibt es bei Adrian in diesem Punkte keinerlei Streit.
Ich könnte stundenlang weiterschreiben, – nur, daß ich das eben leider nicht kann. Allein schon Ihr Stil, – der Ihre und der von K.A. Hartmann ist äußerst bemerkenswert in seiner Mischung aus anheimelndem Konservativismus und kühner Modernität. Auch finden Sie beide Wendungen, die ganz neuartig sind und mich geradezu entzückt haben.
Nur etwas noch, – eine Randbemerkung: ich weiß nicht, wieweit und wie gut Sie und (oder) Hartmann Adorno'n[7] persönlich kennen oder kannten. Ich, wie Sie denken mögen, kenne ihn recht gründlich. Pardon, falls Sie es anders und besser wissen: aber meiner genauen Erfahrung nach ist er nicht nur *pathologisch* eitel, und nicht nur paart sich seine Eitelkeit logischer Weise mit einem hohen Grad von Verfolgungswahnsinn, – er ist überdies ein Bluffer; ganz bewußt streut er den Leuten Sand in die Augen, ganz bewußt und absichtlich schreibt er häufig so unverständlich und nur zu häufig verbirgt blanke Unwissenheit sich hinter seiner hochkonzentrierten, allumfassenden Versiertheit. So habe ich ihn auf einem seiner eigensten Gebiete – über Mahler[8] nämlich – baren Unsinn reden hören, wäre aber natürlich nicht imstande gewesen, ihn auf der Stelle zu ertappen und festzunageln, hätte nicht zufällig Lotte Walter (Brunos hochmusikalische Tochter) bei uns gestanden und mir beigestanden. Dorni[7], schlüssig überführt,

drehte sich, ein wenig Schaum vorm Mund, auf dem Absatz um und verließ uns. Daß übrigens dies flache Universalgenie sich während der letzten Jahre auch noch als Experte für die bildenden Künste ausgegeben hat und weiter ausgibt, ist symptomatisch. Und ich persönlich bin nicht einmal fähig, die Suggestivkraft zu begreifen, die doch zweifellos von ihm ausgeht. Was findet bloß die Jugend an dem zwar enorm gescheiten, doch, besonders im Menschlichen, so lädierten Knirps? Außer der Gescheitheit und dem Bewandertsein auf genau dem Gebiet, das er brauchte, fand übrigens auch T.M. nichts an ihm. Nie sind die beiden Herren befreundet gewesen (kann man ja auch gar nicht). Doch all dies, wie schon vermerkt, ganz nebenbei.

Seien Sie nur nochmals auf herzlichste bedankt für Ihre Gabe, die ich gewiß noch wiederholt mir vornehmen werde, da sie so erfreulich, wie lehrreich ist. Ja, eine Winzigkeit noch: Sie reihen Tschaikowsky[9] ein unter diejenigen, die sich selbst im Hinblick auf ihre Schöpferkraft und deren mögliche Schädigung die Ehe untersagten. Aber bei Tschaikowsky, dessen homoerotische Veranlagung keinem Zweifel unterliegt, lagen die Dinge doch ganz anders.

Schleunigst Schluß, sonst finde ich ein Ende überhaupt nicht.

Mit allen guten Wünschen und erneutem Dank

Ihre sehr ergebene

PS. Natürlich ein PS! Daß ich nicht enden kann, das macht mich lästig. Aber der Grundtatsache muß ich doch noch Erwähnung tun, daß Adrian, durch seine Hyperintellektualität entscheidend gehemmt, der Entfesselung durch den Teufel dringend bedarf, während der, trotz seiner guten Schulzeugnisse doch eher tumbe und fromme Bruckner *solchen* Hemmungen nun einmal gewiß nicht unterworfen war.

Hat sich gerade gelohnt, für diese kl. Feststellung einen neuen Bogen einzuspannen. Zu dumm.

1 Waldemar Wahren (geb. 1921); 1952–65 Privatdozent in Würzburg (Universitätsklinik), dann apl. Professor. Heute Chefarzt der Neurologischen Klinik in Sande. **2** Karl Amadeus Hartmann/Waldemar Wahren: »Die neurotische Symptomatik und ihre Beziehungen zur Produktion. Briefe über Bruckner«; in: *Neue Zeitschrift für Musik,* 126. Jg., 1965, H. 7–10. **3** Karl Amadeus Hartmann (1905–63), Komponist; er gründete 1945 in München die »Musica Viva«, eine Veranstaltungsfolge moderner Musik. Träger ist der Bayerische Rundfunk. **4** Anton Bruckner (1824–96), Komponist. **5** Dieser Begriff kommt in dem ganzen Briefwechsel (s. o. Anm. 2) nicht vor. EM setzte ihn in Anführungszeichen wegen seiner mißbräuchlichen Benutzung im Dritten Reich. **6** Hauptgestalt in Thomas Manns Roman »Doktor Faustus« (1947). **7** Theodor W. Adorno; vgl. S. 84, Anm. 1. **8** Gustav Mahler. **9** Peter Iljitsch Tschaikowsky (1840–93), russischer Komponist. Klaus Mann beschrieb sein Leben in dem Roman »Symphonie Pathétique« (1935).

6. »ZWISCHEN ALLEN STÜHLEN«

Seit 1955 war die Beschäftigung mit dem väterlichen Werk wesentlicher Inhalt des Lebens von Erika Mann geworden. Noch in ihren letzten Jahren führte sie langwierige Filmverhandlungen, bestritt eine Zeitungspolemik mit dem Schriftsteller Robert Neumann[1] und gab drei Thomas Mann-Sammelbände[2] heraus.
Nach dem Erscheinen des 3. Thomas Mann-Briefbandes fand Erika Mann wieder Zeit für andere Aufgaben. Trotz einer Gehbehinderung, die durch eine schwere Knochenkrankheit verursacht war, nahm sie an Radio- und Fernsehsendungen teil, gab Interviews und versuchte auf diese Weise wieder auf einen größeren Kreis zu wirken. Vor allem die »Selbstanzeige«, ein Fernsehinterview mit Fritz Raddatz im WDR (10.1.1968) erregte Aufsehen. Eigentlicher Anlaß ihrer publizistischen Tätigkeit war die wieder bedrohlich gewordene Weltlage (Vietnam-Krieg, Israel-Konflikt, Biafra-Tragödie, Jugendprotestbewegung, u.a.). Als Amerika-Spezialistin suchte sie neue Verbindungen herzustellen und bemühte sich durch Aufsätze, öffentliche Solidaritätskundgebungen und durch Briefe an einflußreiche Politiker und bedeutende Künstler, ihre Erfahrungen in den Dienst des Friedens und der Völkerverständigung zu stellen.
1964, im Rückblick auf die Hitler-Diktatur und die Wirkungsmöglichkeiten der »Pfeffermühle« und ihre Vortragstätigkeit in USA, gibt Erika Mann eine bemerkenswerte Definition der Rolle des engagierten Intellektuellen in den sechziger Jahren: »Wir waren damals, schlimm wie die Zeiten waren, in einer günstigen Lage: die Fronten waren damals sehr klar abgesteckt und es schied sich einfach die Menschheit zwischen denen, die gegen die Barbarei, die heraufziehende, waren, und zwischen denen, die für dieselbe waren. Heute ist es nicht mehr so einfach. Der Ehrenplatz, für mein Gefühl, ist zwischen allen Stühlen, ein sehr unbequemer Ehrenplatz, auf dem ich schon seit langer Zeit sitze ...«[3]

1 Im »Münchner Merkur« v. 10./11.8., 24./25.8. und 31.8./1.9.1968: Briefwechsel zwischen EM und Robert Neumann (1897–1975). N. hatte in sei-

nem Buch »Vielleicht das Heitere«, München (Kurt Desch) 1968, EM u.a. beschuldigt, in ihrer Thomas Mann-Briefedition einen Thomas Mann-Brief an Hanns Johst (geb. 1890) v. 16.9.1920 »unterdrückt« zu haben, der eine von N. als antisemitisch gedeutete Äußerung enthielt. EM wies den Vorwurf entschieden zurück mit der Feststellung, der Brief habe ihr nie vorgelegen. **2** »Wagner und unsere Zeit – Aufsätze, Betrachtungen, Briefe«, Frankfurt/M. (S. Fischer) 1963, »Autobiographisches«, Frankfurt/M. (S. Fischer) 1968, »Thomas Mann – Eine Auslese«, Wien (Ueberreuter) 1969. **3** Rundfunkinterview mit Roswitha Schmalenbach v. 7.7.1964 innerhalb einer Musiksendung, die sechs Lieblings-Musikwünsche EMs erfüllte. Zitiert nach: R. Schmalenbach, »Musik für einen Gast«, Basel (Friedrich Reinhardt) 1971.

AN LOTTE LEHMANN[1] Kilchberg, 3.5.1966

Geliebtes Wesen, –
dies ist nur ein zärtlich Lebenszeichen, – nach so vielen Monaten frenetischen Schweigens. Aber ob Du's nun glaubst oder nicht, – ich war wirklich zappenduster dran, während dieses ganzen Winters, und weder physisch noch psychisch war das Allergeringste von mir zu wollen. Nicht einmal arbeiten konnte ich, und das will viel heißen, bei Deiner Dir so sehr Ergebenen. Dann haben viereinhalb Wochen Leukerbad[2] mich – zwar nicht ganz auf die Beine, doch des übrigen wieder ein bißchen in die Höhe gebracht. Auch das Schwimmen durfte ich erlernen – zum zweiten Mal im Leben – und gedenke des öfteren unserer herrlichen Meerbäder bei Euch in SABA. Das waren noch Zeiten!
Wie gehts der Copiermaschine und der Menagerie? Meinerseits mußte ich kürzlich an den Herrn Premierminister von Canada[3] schreiben, um ihn dringend zu ersuchen, er möge sofort verfügen, daß man Seal-Babies nicht mehr lebendig enthäutet, wie dies leider in seinem Ländchen massenweise und am laufenden Band geschieht. Ich schrieb ihm, das im übrigen so allbeliebte und hochverehrte Canada stünde von oben bis unten wie mit Jauche begossen da, wenn er nicht schleunigst meinen Worten lausche und den gebührenden Nachdruck zu verschaffen wisse. Mensch, wird der sich erschreckt haben! Registered und Express war die Bannbulle auch.

Die Biographie[4] des Zauberers kann ich wirklich jetzt nicht schreiben. Glaube mir aber, daß die drei T.M.-Briefbände, die ich in sechsjähriger Arbeit ediert habe, sehr wohl so etwas darstellen wie eine Selbstbiographie. Aber jetzt muß ich erst mal was machen, das nichts mit Nachlaßdingen zu tun hat. Ohnedies steht der Verlag von Klaus[5] mit der Pistole hinter mir und verlangt Briefbände von ihm. Ich verbiestere ja noch ganz, darf *nur* noch in der Vergangenheit leben, und da ich mich im »Heute« ohnedies nur auf zwei Krücken mühsam und schmerzhaft bewegen kann, muß ich doch »arbeitsmäßig« gelegentlich wegstreben vom »Einst«.
Die zwei Zauberer-Briefe an Dich hätte ich aber trotzdem sehr sehr gern. Denn warum? Erstens möchte ich sie lesen und zweitens wird das hiesige T.M.-Archiv sich riesig freuen mit den fraglichen Photostats. Sei doch also bitte so lieb.
Da Du so eisern darauf bestehst und durchaus keine Ruhe gibst, schicke ich Dir natürlich auch gerne die jüngsten Kindlein meiner Muse. Das Pflegepersonal zu Leukerbad wußte nicht, was Limericks sind, – unanständig durfte ich die Dinger nicht machen (leider bestand die Schwesternschaft aus lauter Nonnen!), und so habe ich Dich wegen der läppischen Züchtigkeit der Poesie um Entschuldigung zu bitten:

Es lebte auch ein Leutnant in Genf
Der frißt ums Leben gern Senf.
Erst heut sagt' er mir:
»Ich tu alles dafür, –
Und wenn ichs mir blutig erkämpf!«

Es wohnt' eine Dame in Brig.
Der saß der Schalk im Geniek.
Meine Damen und Herrn,
So scherzte sie gern.
Mein Opa hieß Ludwig von Tieck.

Es wohnt' auch ein Fräulein zu München,
Die hatte das reizendste Kindchen.
Mit dem fraglichen Herrn
Da lebte sie gern, –
Nicht in Sünde direkt, nur in Sündchen.

Die Ähnlichkeit dieser holden Versgebilde mit Shakespeares Sonetten ist für den Gebildeten geradezu täuschend und muß jedem höher Gearteten zu Herzen gehen. Gell ja?!
Und somit umarme ich Dich aufs nachdrücklichste und angelegentlichste. Sei – mit Frances![6] – sehr sehr gegrüßt
von Deiner treuen und teuren
[...]

1 Lotte Lehmann (1888–1976), Opernsängerin; sie lebte seit 1938 in Kalifornien und hatte in Santa Barbara eine Musikakademie gegründet. **2** Zweiter Aufenthalt EMs in Leukerbad/Wallis im Frühling 1966. Durch die Kur verbesserte sich ihr gesundheitlicher Zustand so weit, daß sie wieder gehen konnte. **3** Vgl. S. 164. **4** Vgl. S. 72, Anm. 4. **5** Die Nymphenburger Verlagshandlung, die eine Klaus Mann-Briefausgabe vorbereitete. **6** Frances Holden, eine Freundin Lotte Lehmanns.

AN GÜNTHER SAUER[1] Kilchberg, 29.5.1966

Sehr verehrter Herr Sauer, –
Ihrer beider Besuch gestern bleibt mir eine wahre Freude. Nicht häufig – Sie wissen es – versteht man sich heutzutage mit den Herrschaften, die in lieb Heimatland zuhaus sind. Umso wohltuender die Ausnahmen.
Umso schmerzlicher – andererseits –, wenn einem Gespräch, das in so gutem Geiste geführt wurde, letztlich der Erfolg versagt ist. Wir dürfen uns aber nichts vormachen: die Schwierigkeiten, die der Ausführung unseres Planes[2] im Wege stehen, sind unvergleichlich größer als unsere Chancen. Ich bin kein Defaitist, doch muß ich mir nach reiflicher Überlegung sagen, daß es besser ist, in Ehren zu verzichten, als sich im Unmöglichen zu versuchen und darin unterzugehen.
Ihre Kommentare zu den Ihnen übermachten Probenummern haben mich völlig davon überzeugt, daß all diese Dinge, die dem hellhörigen Europa von damals so viel bedeuteten, dem Bundesbürger von jetzt ganz einfach nichts zu sagen haben. Und während ich im Prinzip durchaus bereit gewesen wäre, nach Kräften zu »popularisieren«, sehe ich gar keine Möglichkeit, aktuelle Wirkungen zu erzwingen vermittels eines Mate-

rials, das längst historisch geworden ist. Sehr zu Recht, verehrte gnädige Frau[3], haben Sie darauf hingewiesen, daß die junge Generation in der Vorstellung lebe, Nazismus und Krieg seien 300 Jahre her. Die Zeit ist schnellebig, – eine Platitüde, gewiß, – doch deshalb nicht weniger wahr. Und wenn schon Kästner[4], der große »Innerdeutsche«, kaum mehr zählt bei den Mitbürgern, wenn schon Finck[5], der Liebling der »Stillen im Lande« von anno Tobak, bitter über Echolosigkeit klagt, wie sollte da der »Mühle«, die nur 2 Monde lang überhaupt dort existent gewesen, die geringste Erfolgsmöglichkeit lachen? Überall sonst haben wir Spuren hinterlassen, die ans Licht zu heben ein Leichtes wäre. Selbst in der ach so neutralen Schweiz wimmelt es von Menschen, zu deren liebsten Jugenderinnerungen die »Mühle« zählt. Vor kurzem erst bat ein hiesiges Restaurant[6] um die Erlaubnis, sich »Pfeffermühle« zu nennen, und heißt nun glücklich so (nicht etwa »Cornichon«[7], if you please!), – und das ist Zürich, wo wir seit dem November 34 nicht mehr gesichtet wurden. Auch hier, versteht sich, sind wir »Geschichte«, aber doch nicht fremde oder gar »feindliche« wie in Deutschland, sondern eigenste, da wir rechtens als Urheber gelten des ganzen schweizerischen Cabarets.
Ein anderes, besseres Beispiel ist Holland. Das Andenken, das wir dort hinterließen, ist noch heute so wach und lebendig, daß *jeder* Darbietung, die mit der »Pfeffermühle« zusammenhinge, ein freudiger Empfang gewiß wäre. Ich ganz allein, so versicherte mich vor etlichen Jahren der holländische Innenminister, würde mit einem bloßen Vortrag die Stadtschowburg zu Amsterdam füllen, und wiederholt haben die Veranstalter des »Holland-Festival« mich eingeladen, irgendwie mitzuwirken. Dort – wie anderwärts – bleibt man uns zugeneigt – nicht nur auf Grund eines Ruhmes, der den Nachruhm zeugt, und von dem in Deutschland nicht die Rede sein kann. Unser Emigranten-Schicksal und das Schicksal des invadierten, vergewaltigten Landes sind mit der Zeit zu einem verschmolzen, – unsere leidenschaftlichen Wünsche während des Krieges waren identisch mit denen des niederländischen Volkes, dessen ältere Generationen uns noch heute die Treue wahren, während sogar die Jungen so viel von uns haben singen und sagen hören, daß sie

froh wären, unsere Bekanntschaft zu machen. Blutet doch auch in fast jeder Familie dort noch die Wunde aus der Besatzungszeit, von der niemand wähnt, sie sei dreihundert Jahre her.
Hätte ich mir – mögen Sie fragen – all dies nicht sagen können, ehe Sie sich einließen auf dies mehr als problematische Projekt? Doch nicht so ganz. Erst im Gespräch mit Ihnen wurde mir sonnenklar, was mich vorher ahnungs- und augenblickweise angeflogen haben mochte: es gibt keine Verständigung zwischen den deutschen Ferngucker[8] und Leuten wie mir, – keine jedenfalls zwischen der »Pfeffermühle« und den Beschauern da drinnen. Um uns selbst den Bestwilligen unter ihnen begreiflich zu machen, müßten wir alles zerreden, und das wäre tödlich.
So bitter ich es also bedauere, – ich bin seit gestern überzeugt von der Aussichtslosigkeit eines solchen Unterfangens, bitte Sie von Herzen, mir nicht gram zu sein, danke Ihnen aufrichtig für Ihr Interesse und die Mühen, die Sie sich bereits gemacht, hoffe sehr, Ihnen beiden wieder zu begegnen, und verbleibe mit allen guten Wünschen und den freundlichsten Grüßen
Ihre sehr ergebene

1 Günther Sauer (geb. 1918), Dramaturg, Regisseur und Fernsehproduzent. Lebt in München. **2** Günther Sauer plante eine Fernsehsendung über die »Pfeffermühle« (Bertelsmann Filmproduktion). Zusammen mit Caspar van den Berg verfaßte EM eine »Outline« (Typoskript im Erika Mann-Archiv). **3** Ursula Sauer, Studienrätin. **4** Erich Kästner (1899–1974), Schriftsteller. Seine Werke wurden 1933 verboten und verbrannt; er emigrierte nicht; 1952–62 Präsident des PEN-Zentrums der Bundesrepublik, 1957 Georg-Büchner-Preis. **5** Werner Finck (1902–1978), politischer Kabarettist und Schriftsteller; 1935–45 Berufsverbot. **6** Das Lokal in der Züricher Altstadt (Münstergasse 20) existiert noch. **7** Vgl. S. 114, Anm. 3. **8** 1962 hatte EM schon einmal die Sendung von »Pfeffermühle«-Texten im deutschen Fernsehen untersagt (vgl. S. 113).

AN LUDWIG MARCUSE Kilchberg, 30.5.1966

Lieber Marcuse, –
sei herzlich bedankt für den hübschen und ergreifenden Brief aus Johannesburg[1]. Du fragst, was ich sachlich dazu meine. Nun, ich verstehe sehr wohl, wie es kommt, daß der Leser sich bei Klaus an Bang[2] erinnert findet. Doch ist da, scheint mir, weit eher Blutsverwandtschaft im Spiel als literarische Beeinflussung. Stilistisch jedenfalls sind zeitweise die Einflüsse von Vater und Oheim sehr viel offenkundiger. Als Junge hat Klaus seinen Bang zärtlich geliebt, besonders den »Michael«[3], den er wenig später als reichlich verkitscht empfand. Der Niederschlag, den eben dieses Buch in »Symphonie Pathétique« gefunden zu haben scheint, trügt durchaus. Die Parallelität ist rein stofflich gegeben, und wenn gerade Klaus sich gerade diesen Stoff aussuchte, so tat er's, weil Tschaikowsky ihm noch näher stand, als Bang ihm jemals gestanden.
Überdies – und weil von der »Kindernovelle«[4] die Rede ist: Dieser strahlende »Till«, der da von außen hereinbricht, ist echtester Klaus und hat nichts zu tun mit irgendeinem Bang'schen Motiv. In »Anja und Esther«[5] bereits tritt er auf (in der Gestalt des »Erik«), und in einem sehr späten und unbekannt gebliebenen Stück, »Der siebente Engel«[6], gibt es fast dieselbe Figur ein letztes Mal. Nicht, als ob sie übrigens in »Der fromme Tanz«[7] abgängig gewesen wäre.
Nochmals aber, – der Brief von drüben hat mich herzlich erfreut.
Laß doch bald wieder einmal von Dir hören.
Ich bin immer Deine

1 Nicht ermittelt. **2** Herman Bang (1857–1912), dänischer Schriftsteller. **3** 1904 (dt. 1906); autobiographischer Roman. **4** 1926; Klaus Mann schrieb sie mit 20 Jahren. Till ist eine Hauptfigur. – Vgl. S. 141, Anm. 6. **5** »Ein romantisches Stück in sieben Bildern« (Untertitel), Berlin (Oesterheld) 1925. **6** Drei Akte, Zürich (Europa Verlag) 1946. **7** »Das Abenteuerbuch einer Jugend« (Untertitel), Hamburg (Enoch) 1926.

AN CURT BOIS Kilchberg, 1.11.1966

Geliebte Curtisane, –
ja, ich bin ein wahres Scheusal, eine grausliche Schweigerin. Was aber soll man denn sagen, – zur Welt und überhaupt? Bald, so hoffe ich, werde ich Dir einen erheblichen Spaß bereiten können, zu welchem die Vorbereitungen in vollem Gange sind.
Habe mir auf ärztliches Zureden ein Wägelchen gekauft, den trefflichen Mustang mit der Automatenschaltung. Letztere freilich verbittert mich, weil sie das sportliche Fahren, das ich seit so vielen Jahrzehnten betrieb und liebte, auf läppische Weise unmöglich macht. Schalten und dann mit Vollgas in die Kurve, das war meine Devise. Jetzt heißt es bremsen und nochmals bremsen, – pfui Spinne im Quadrat.
Meine Mutter brach sich kürzlich den rechten Arm, ein widriges und sehr schmerzhaftes Malheur, von dem man noch nicht einmal sagen kann, wie und wann es enden wird.
Warum, Racker Du, spielst Du denn nie im Fernsehen? So kann ich Dich nie beschauen und schließlich vergess' ich Dich noch ganz.
Weiß nicht, ob ich dümmer bin als faul, oder vice versa. Ist auch egal.
Sei höflichst geknutscht

AN HANS-ALBERT WALTER[1] Kilchberg, 12.11.1966

Lieber Herr Walter, –
darf ich schnell noch was vorschlagen?
Ihre Frage nach der Stellung, die Klaus innerhalb der deutschen Literatur von heute einnehmen würde, habe ich ganz ungenügend, weil nur negativ, beantwortet. Darüber waren wir Treppenwitzbolde uns ja einig. Und nun fände ich es besonders schön, wenn Sie mit Ihrer eigenen Antwort die ganze Sendung[2] abrundeten. Klaus, in seiner absoluten Integrität, seiner umfassenden literarischen Bildung, seinem genauen Unterscheidungs- und Qualitätsgefühl, seiner Fähigkeit, sich

plastisch auszudrücken, kurz, der ganze schreibende, formulierende, wägende Klaus hätte sehr wohl eine große und wichtige Funktion gehabt, in unserer armen Gesellschaft.
Schneiden Sie nur »mich« überhaupt recht drastisch zusammen, um Ihrerseits zu sagen, was unserer Improvisation vermutlich abgeht.
Und seien Sie wie immer aufs herzlichste gegrüßt
von Ihrer

1 Hans-Albert Walter (geb. 1935), freier Schriftsteller, Professor, Verfasser einer umfassenden und wissenschaftlich erforschten Darstellung der deutschen Exilliteratur (in Erscheinen). 2 »Der engagierte Schriftsteller in der Emigration. Ein Porträt Klaus Manns« von EM, Ludwig Marcuse, W.E. Süskind u.a.; *Hessischer Rundfunk,* 18.11.1966.

AN HANS HABE[1] Kilchberg, 23.12.1966

Lieber, Treuer, Guter, Lieber, –
so wundernett hast Du mir geschrieben[2], mich so leuchtend beschenkt (die Sterne sind herrlich!) und mir so viel Freude gemacht mit dem wirklich reizenden Bildchen, daß ich Dir doch unbedingt eins hinhauen möchte, – in großer Hetze und vierundzwanzig Stunden vorm Christabend. Zu allem Überfluß (man hat ja ohnedies immer genug um die Ohren in diesen Tagen) ist nun auch unser armer Gololo häßlich verunglückt, und ich muß täglich per Mustang ins ferne Thalwil. Unser großer und irrer Hund rannte ihn des Nachts auf einsamem Spazierwege dermaßen hin, daß er sich nicht zu erheben vermochte und schließlich von einem durch freundliche Fügung vorbeikommenden Automobilisten aufgeklaubt wurde. Wenig später verbrachte die Ambulanz ihn ins Spittel, wo er nun mit gerissener Kniescheibe schmerzhaft liegt und warten muß, bis der traurige Bluterguß soweit zurückgegangen ist, daß er gegipst werden kann.
Meinen Traum vergesse ich *nie* und will ihn Dir bei nächster Gelegenheit erzählen. Fürs Schriftliche taugt er nicht.
Deine neue Emigration[3] halte ich für richtig. Wäre ich jemals heimgekehrt – in irgend einem Sinne –, ich hätte längst so ge-

handelt. Was freilich mich betrifft, so unterscheide ich mich von Dir und Heine[4] vor allem darin, daß ich Deutschland nie eigentlich geliebt habe. Roosevelt's[5] Amerika, das sich dann nur zu schnell als optische Täuschung herausstellte, glaubte ich zu lieben. Und England, bei all seinen offenbaren Schwächen, liebe ich wirklich. Aber sonst? Nicht, daß ich wüßte. Ich liebe eine Reihe von Menschen, keineswegs zuletzt Euch beide. Das genügt mir.
Seid in diesem Sinne sehr geherzt und weihnachtlich gesegnet

1 1911–1977, eigentl. Janos Bekessj; Journalist und Schriftsteller ungarischer Herkunft. 1934 aus Wien in die Schweiz emigriert, 1939/40 Freiwilliger in der französischen Armee und zeitweilig in deutscher Gefangenschaft; 1940–50 in den USA und in der amerikanischen Armee. 1945 am Wiederaufbau des deutschen Pressewesens in der amerikanischen Besatzungszone beteiligt; 1950–52 Chefredakteur der »Münchner Illustrierten«; 1952 Chefredakteur von »Echo der Woche«, München. 1953 nach Österreich und 1960 ins Schweizer Tessin. Seit 1955 wechselte EM mit ihm regelmäßig Briefe. **2** Unveröffentlichter Brief Habes v. 18.12.1966 im Erika Mann-Archiv. **3** In dem o.e. Brief schrieb Habe: »Ich habe mich von Deutschland insoferne ›abgesetzt‹ als meine Bücher ›inskünftig‹, wie die Schweizer sagen, nicht mehr zuerst in deutscher Sprache erscheinen werden«. **4** Auf ein Wort Heinrich Heines hatte sich Habe bezogen: »Wegen dieser Liebe (zu Deutschland) habe ich dreizehn Jahre im Exile verlebt, und wegen eben dieser Liebe kehre ich wieder zurück ins Exil, vielleicht für immer...« (Vorwort zu »Deutschland. Ein Wintermärchen«, 1844). **5** Franklin Delano Roosevelt (1882–1945), 1933–45 Präsident der USA.

AN FRANZ THEODOR CSOKOR[1] Kilchberg, 3.1.1967

Csoki, Liebster, –
da ich zu wissen glaube, wie nah Doderers[2] Tod Dir gegangen ist, bin auch ich betrübt, – obwohl sein Werk mir relativ unvertraut ist. Bekannt ist mir aber, daß D. dem Zauberer freundlich gesinnt war und ihm künstlerisch unfern stand, ja, in gewissem Sinne sogar von ihm herkam. Und überdies: jammerschade ist es heute um jeden reinen, hochbegabten und bemühten Geist, der vorzeitig dahingeht. Siebzig, – das ist kein Alter mehr, – warum mußte es denn auch sein? Bitte sag mir gelegentlich darüber ein Wort.

Die Weltpolitik macht mich krank, und nie – bei allem erprobten Pessimismus – hätte ich anno 63 diese grauenerregende Situation[3] für möglich gehalten. Immer muß man das Schlimmste mit mindestens zwanzig multiplizieren und dann froh sein, wenn es nicht *noch* schlimmer kommt.
Dir zu diesem Jahresanfang alles, alles Liebe!

1 Franz Theodor Csokor (1885–1969), österreichischer Schriftsteller, Dramatiker und Lyriker. 1938 über Polen, Rumänien, Jugoslawien und Italien emigriert; 1943 in London, 1946 Rückkehr nach Wien. 1947 Präsident des Österreichischen PEN-Clubs. **2** Heimito von Doderer (1896–1966), österreichischer Schriftsteller; er war am 23.Dez.in Wien gestorben. **3** In Vietnam; 1963 war der südvietnamesische Regierungschef ermordet worden. Der Partisanenkrieg eskalierte 1965 durch das Eingreifen regulärer nordvietnamesischer Truppen und die Bombardierung Nord-Vietnams durch amerikanische Flugzeuge.

VON FRANZ THEODOR CSOKOR Wien, 8.1.1967

Liebste Erika,
Dank Dir tausendfach für Deinen Brief! Dodererbegräbnis gleich auf die Zuckmayerfeier[1] war etwas komisch – aber mit dem 82. Jahr, in das ich, 1885 geb., jetzt trete, fängt einem auch der eigene Tod (obgleich ich das Leben liebe) [an] einen komischen Beigeschmack zu kriegen. Ich möchte nur solange leben, bis daß mindestens für drei Generationen eine Sauerei wie Vietnam unmöglich sein wird und ich werde doch in Rom, wenn ich wieder hinkomme, zum erstenmal einen Papst[2] besuchen, der Spellmann[3] über die Schnauze gefahren[4] ist. Eine solche Ausdehnung der Monroedoktrin nach Asien, wie sie die USA jetzt machen, hat uns gerade gefehlt. Ich traf neulich eine deutsche Kollegin, Ilse Langner[5] heißt sie, war in Kambodscha, über das sie bei uns im PEN-Club sprach, »ich muß immerfort heulen«, klagte sie mir, »wenn ich an dieses friedliche Land denke mit seinen süßen Kindern, das jetzt, ob es will oder nicht, in diesen Krieg hineingezerrt wird, den dort niemand wollte!« Und im Burgtheater, wo man meinen »Dritten November«[6] wieder auf den Spielplan setzte, habe ich seit einem

Monat ausverkaufte Häuser, weil der Schluß, wo das Freundespaar unter dem Zwang des Nationalismus aufeinander schießt, heute mehr ist als 1937, Deutscher und Slowene – heute ist es die USA und der Vietnam-Partisan geworden, und man versteht es erst jetzt, schaudernd, auch ich.
Mein Liebes, ich war so glücklich zu sehen, daß es Dir besser geht, hoffentlich hält das an, Du hast weiß Gott schon genug gelitten! Daß ich New York gesehen habe, ist mir ganz recht: schaudernd wieder, sehe ich, daß man dort den Faschismus noch *vor* sich hat und nicht wenigstens einmal schon überstanden, wie wir. Ich hab jetzt »Mephisto« wieder gelesen, und ich empfand wohl richtig, daß Klaus daran war, im besten Sinn in die Linie seines Onkels Heinrich einzuschwenken, was ihm sehr gut bekommen hätte. Heinrich konnte selbst kaum ahnen, wie unheimlich nahe er seinem Neffen in dem Claude der »Jagd nach Liebe«[7] gekommen war, die ihrerseits jenseits des Politischen dem »Mephisto« nahe kommt. Auch in der epischen Technik herrscht Ähnlichkeit. Seltsam nur, daß es im ganzen Mann'schen Zaubergarten keinen Lyriker gibt – ich wüßte weder von Thomas, noch Heinrich, noch Klaus auch nur eine Verszeile! Mein Liebes, ich bin müde, draußen schneit es, und morgen muß ich weiter Briefe schreiben. Ich umarme Dich vom ganzen Herzen, heute bin ich zu alt für Dich, aber vielleicht wärest Du der Mensch gewesen –? Nun ja, das weiß man erst immer zu spät. Embracing you
Yours Csoki

1 Carl Zuckmayer (1896 – 1977), Schriftsteller. Er feierte am 27.12.1966 seinen 70. Geburtstag. **2** Paul VI. (1897–1978), Papst 1963–78. **3** Francis J. Spellmann (1889–1967), kath. Theologe; seit 1939 Erzbischof von New York, seit 1946 Kardinal. **4** Am 6.1.1967 hatte sich Paul VI. für Kontakte des Vatikans zur Volksrepublik China ausgesprochen. Die Äußerung steht vermutlich damit in Zusammenhang. **5** Eigentlich I. Siebert, geb. 1899, Schriftstellerin, lebt in Darmstadt. **6** »Der Dritte November« (1918), Theaterstück. **7** Heinrich Manns Jugendroman »Die Jagd nach Liebe« (1903).

AN GERD VON PACZENSKY[1] Kilchberg, 17.1.1967
Redaktion »Deutsches Panorama«

Sehr verehrter Herr von Paczensky, –
natürlich haben Sie recht, und als waschechter Amerika-Spezialist sollte man drüben sitzen, – womöglich in Washington. Das Nächstbeste aber scheint mir jemand zu sein, der sehr lange und sehr aufmerksam dort gelebt hatte, der den großen Krieg mitgemacht und dort Zeuge des Koreakriegs[2] gewesen, Zeuge auch von vielen Präsidentenwahlen, der McCarthy-Zeit[3] und ihrer Folgen, – und der sich seither ständig auf dem Laufenden hielt.
Es sind zwei Beiträge, die ich von ungefähr ins Auge fasse. Vorläufige Arbeitstitel wären

> Der unglaubwürdige Präsident, – zur Dauerkrise in Washington. Und (oder)
> Wer ist der Aggressor? Zur Geschichte des Vietnamkrieges.

Mir ist deutlich, daß über Johnson[4] und seinen Niedergang in Deutschland schon geschrieben worden ist. (Auch DER SPIEGEL brachte neulich eine Kleinigkeit.) Doch ist, in Anbetracht seines völlig unerhörten Wahlsieges anno 1964, die Katastrophensituation, in der dieser Johnson sich jetzt befindet, etwas absolut Sensationelles, und so täte man wohl gut daran, seine Chancen für 1968 genau zu prüfen. Alles wohlerwogen, halte ich sie für gering.
Mein zweites Thema sollte dazu gut sein, endlich aufzuräumen mit der amerikanischen Fiktion, daß es hier darum geht, ein von außen überfallenes, demokratisch gesinntes kleines Land gegen die kommunistischen Invadoren zu schützen, in selbstverständlicher Bundestreue und gemäß den Verpflichtungen, die der Riese Amerika nun einmal altruistisch eingegangen. Es gilt da, die Geschichte zurückzuverfolgen, nicht nur bis zum Jahre 1954[5], sondern zurück bis in die zwanziger Jahre und den Beginn des vietnamesischen Lökens gegen den kolonialistischen Stachel.
Natürlich dürfte diese zweite Arbeit sich auf die Historie nicht

beschränken, sondern müßte zeitgenössische Urteile miteinbeziehen.
Bezüglich der Länge des Beitrags würde ich mich an Ihren Vorschlag halten.
Mit freundlichem Gruß
Ihre sehr ergebene

1 Gerd von Paczensky (geb. 1925), Journalist und Schriftsteller; 1966/67 Chefredakteur der Zeitschrift »Deutsches Panorama«, Hamburg. EM hatte ihm Ende 1966 angeboten, »in unregelmäßigen Abständen« über Themen der amerikanischen Politik zu schreiben. Paczenskys Antworten sind nicht erhalten. Das Projekt zerschlug sich. Die Zeitschrift stellte im November 1967 ihr Erscheinen ein. **2** 1950–53. **3** Joseph R.Mc Carthy (1909–57) war 1950–54 Vorsitzender des Senatsausschusses zur Untersuchung »un-amerikanischer Umtriebe«. **4** Lyndon B(aines) Johnson (1908–73), demokratischer Politiker; 1963–69 Präsident der USA. 1963 nach der Ermordung John F. Kennedys als Präsident vereidigt, 1964 wiedergewählt. Die innenpolitischen Auswirkungen des Engagements in Vietnam (Studentenunruhen, Rassendemonstrationen, Dollarkrise) zwangen ihn, 1968 auf eine erneute Kandidatur zu verzichten. **5** Der Indochinakrieg wurde 1954 auf der Genfer Ostasienkonferenz beendet; Frankreich mußte seine hinterindischen Besitzungen abtreten.

AN ELISABETH CASTONIER Kilchberg, 20.2.1967

Liebe Frau Castonier[1], –
vielen Dank. Auch mir – durch ihn schwerst und für immer geschädigt, wie ich mich weiß, – hat zum Schluß unser spanischer Pfau[2] eher leid getan, und sehr wohl vermag ich mir vorzustellen, daß seine Buntheit nun geradezu fehlt.
Ja, nach Klosters gehe ich am 1. März, und dem Skifahren war ich gleichfalls leidenschaftlich ergeben, obgleich ich – die hohe Kunst nie erlernt habend – lausig fuhr. Aber mir ging es im Laufe meines Knochenepos, wie folgt: erst beneidete ich alle, die ich skifahren sah; dann alle, die liefen, um etwa die Trambahn noch zu erwischen; dann alle, die »zügig« gingen; dann alle, die gingen. Dabei geschah es mir zum ersten Mal, daß ich überhaupt irgendwen »beneidete«, und so bin ich nun um eine garstige und minderwertige Sensation reicher.

Ihre Büchlein – seien Sie sehr bedankt – trafen ein, und ich freue mich auf die traute Gebirgslektüre.
Grüßen Sie mein Onkel Heinzchen[3] und seien Sie selbst wie immer herzlich gegrüßt

»Die tolle Olga«[4] malte mich einst – ich war etwa drei oder vier – in einem blauen Samtkleidchen, und das Bild war sehr zier. Leider haben meine schludrigen Herrn Eltern es anläßlich eines Umzugs ganz einfach verloren.

1 Elisabeth Castonier (1894–1975), Schriftstellerin, in Paris aufgewachsen, übersiedelte später nach Berlin, 1934 nach Österreich und über Italien und Frankreich nach England emigriert. **2** Professor Trueta, Chirurg im »Nuffield Orthopaedic Centre« in Oxford. **3** Heinz Pringsheim (1882–1974), älterer Bruder Katia Manns; Musikologe und Musikkritiker. Lebte in München. **4** Olga Markowa Pringsheim, geb. Meerson (1880–1929; Selbstmord), russische Malerin, erste Frau von Heinz Pringsheim.

AN FRANZ THEODOR CSOKOR Kilchberg, 25.2.1967

Vielliebster Csoki, –
bitte verzeih diesen späten Dank. Aber mir geht's längst nicht so gut oder leidlich, wie Du wohl meinst, und zudem ist immer so viel »Laufendes« zu erledigen. Dich bewundere ich von Herzen, weil Du arbeitest und obendrein Zeit und Laune findest, so liebe, lange Episteln hinzumeißeln.
Auch auf mir liegt »Vietnam« wie ein Daueralb, und nie – bei allem glänzend erlernten Pessimismus – hätte ich mir träumen lassen, daß uns, nach erledigter Hitlersauerei, sowas Entsetzliches noch mal blühen würde. Und immer noch kein Absehen, Thailand versklavt, Kambodscha mehr als bedroht, China verrückt, Rußland gehandicapt, und wer straft Amerika? Gott gewiß nicht.
Du schreibst über den »Mephisto« und davon, daß K. in diesem Buche an Heinrich erinnert. »Die Jagd nach Liebe« ist mir sehr aus dem Gedächtnis gekommen, und ich will sie jetzt hinauf nach Klosters nehmen, wo meine Mutter und ich den Wonnemonat März – bei hoffentlich netter Witterung – verbringen

werden. Einmal jährlich muß ich der Knochen wegen mindestens auf einen Monat ins Hochgebirg.
Wie schön, daß Dein »Dritter November« wieder so viele ausverkaufte Häuser machte, aber sehr wohl kann ich mir vorstellen, daß das alles neuerdings hochaktuell geworden ist.
Ade für heut, mein sehr Lieber, ich umarme Dich

Achja und die Klaus-Briefe. »Nymphenburg«[1], wie Du wohl weißt, braucht dringend einen von mir schleunigst zu edierenden Band[2]. Bat ich Dich schon, mir alles zu schicken, was Du etwa hast? Bitte schick doch. Und sei bedankt.

1 Die Nymphenburger Verlagshandlung, München. **2** Vgl. S. 141, Anm. 3.

AN BERND MITTELSTEN SCHEID[1] Kilchberg, 16.5.1967

Sehr verehrter Herr Mittelsten Scheid, –
ich antworte Ihnen mit wendender Post, weil ich es nur von ungefähr tun kann. Ausführliche, publizierte Äußerungen von T.M. über Stefan George liegen nicht vor. Wohl aber ist in allen drei Briefbänden immer wieder von ihm die Rede oder Schreibe, und zwar konsequent in dem Sinne, den ich Ihnen gleich kurz darlegen werde.
Vorher noch dies: Ernst Bertram[2] stand dem George-Kreis wohl nahe, doch hat er ihm niemals angehört. Selbst B.'s geliebter Freund Ernst Glöckner[3], der gewissermaßen ein stiller George-Schüler war, stand dem Meister nicht ohne ironische Distanz gegenüber.
Was nun die T.M.-Briefe betrifft, so sind die Bände ja teuer, ich kann sie Ihnen nicht schicken, und vermutlich besitzen Sie sie. Sehr wohl aber könnten Sie doch in irgendeiner Bibliothek in den Namensverzeichnissen nachschauen und fänden dann gleich die betreffenden Stellen.
Summarisch ist zu sagen, daß T.M. eher fremd, doch äußerst achtungsvoll zu ihm stand, daß er nichts unversucht ließ, ihn anno Toback zum Beitritt in die sogenannte »Dichter-Akademie«[4] zu vermögen (die Versuche konnten nur indirekt

unternommen werden), daß er hoch von ihm dachte, sein Werk kannte, jede Äußerung von ihm genau bedachte und erwog und dort[5] begraben sein wollte, wo er, Rilke[6] und Mombert[7] ihre letzte Ruhe fanden.
Natürlich ist auch im Gespräch der Name George sehr oft bei uns gefallen, umso öfter, als Klaus manches von ihm geliebt hat. Meinem Vater war er zu »gesteilt«, zu sehr »Prophet«, zu tyrannisch, zu sehr »Ästhet«. Letzteres galt ihm auch für Platen[8], dessen Gestalt ihn aber ungemein rührte, und dessen Dichtertum ihm wohl reiner schien.
Wie Sie übrigens wissen, hat Hofmannsthal sich vor Georges Tyrannei recht eigentlich *gefürchtet* und hatte eine Heidenangst davor, sich in seinen Kreis hineinverführen zu lassen.
Genug. Mehr weiß ich wirklich nicht, und *sehr* viel mehr werden Sie selbst in den Briefbänden nicht finden. Nur die Formulierungen und immerhin einiges Zusätzliche dürften Ihnen da behilflich sein.
Mit den freundlichsten Wünschen
Ihre sehr ergebene

1 Heidelberger Student. ›Als ein völlig Fremder‹ gratulierte er EM zum 60. Geburtstag. (Unveröffentlichter Brief von Bernd Mittelsten Scheid v. 9.11.1965 im Erika Mann-Archiv). **2** Ernst Bertram (1884–1957), Germanist, Dichter und Essayist; er gehörte bis Anfang der 30er Jahre zu Thomas Manns vertrautesten Freunden. **3** Ernst Glöckner (1885–1934), Freund von Ernst Bertram. **4** Sektion für Dichtkunst an der Preußischen Akademie der Künste (auch »Deutsche Dichterakademie« genannt). 1926 wurden durch den Preußischen Minister für Wissenschaft, Kunst und Volksbildung 5 Gründungsmitglieder ernannt: G. Hauptmann, Arno Holz, Thomas Mann, Ludwig Fulda und Hermann Stehr (anstelle von St. George, der die Ernennung ablehnte). **5** In der Schweiz. **6** Rainer Maria Rilke (1875–1926). **7** Alfred Mombert (1872–1942), Dichter und Dramatiker; er starb in der Schweiz an den Folgen seiner Haft im südfranzösischen Konzentrationslager Gurs, in das er zusammen mit anderen Juden aus Baden 1940 verbracht worden war. **8** August Graf von Platen (1796–1835). Thomas Mann hielt am 4.10.1930 in der Platen-Gesellschaft zu Ansbach einen Festvortrag; in: »Leiden und Größe der Meister«, Berlin 1935.

AN SHMUE BEN ZUR[1] Kilchberg, 8.6.1967

Exzellenz, –
in diesen glorreichen Tagen[2], die freilich von schwerer Sorge keineswegs frei sind, gehen Ihnen natürlich zahllose Beweise der Sympathie und der Solidarität mit Ihrem Lande zu. Meinerseits darf ich meiner leidenschaftlichen Anteilnahme und meiner Verbundenheit Ausdruck geben, indem ich mich – nach meinen Möglichkeiten – an der Sammlung beteilige, von der ich wünsche, sie möchte einen wirklich hilfreichen Gesamtertrag erbringen.
Wenn ich Sie mit einem ehrerbietigen »Schalom« begrüße, so schließt das Wort »Friede« den dringenden Wunsch ein, daß das Ende dieses Krieges auch das Ende aller Bedrohung für Israel bedeuten möge.
Ihre sehr ergebene

1 Damals israelischer Botschafter in Bern. **2** Israels Sechs-Tage-Krieg (5.–10. Juni 1967) gegen Ägypten, Jordanien und Syrien.

AN PABLO PICASSO Kilchberg, 16.6.1967[1]

Cher Maître, –
wenn ich meine Bedenken überwinde und es wage, mich an Sie zu wenden, so geschieht dies, weil ich fünfzehn Jahre in den Vereinigten Staaten gelebt habe, vorwiegend mit intensiver politischer Tätigkeit befaßt, und mir die amerikanische Mentalität einigermaßen vertraut ist.
Aus Presseberichten erfahre ich, daß verschiedene bedeutende Organisationen, die leidenschaftlich gegen den Vietnam-Krieg opponieren, mit einem Anliegen besonderer Art an Sie herangetreten sind: sie bitten Sie, Ihr herrliches Bild »Guernica«[2], das Sie für einige Zeit dem Museum of Modern Art zur Verfügung gestellt haben, aus Protest zurückzuziehen. Der Gedanke ist nicht schlecht, und wenn Sie darin einwilligten, so wäre dies ganz zweifellos ein deutlicher Akt der Demonstration. Jedoch

erschiene es mir weitaus sinnvoller und effektiver, wenn Sie diesen Organisationen mittels eines »Offenen Briefes« antworteten. Dieser Brief müßte – die betreffenden Organisationen verfügen ja über beträchtliche Geldmittel – als ganzseitige Annonce in der »Times«[3] veröffentlicht werden. Der Inhalt sollte ungefähr folgender sein:
»Ihren Vorschlag, mein Bild zurückzuziehen, habe ich mit Freude zur Kenntnis genommen; dennoch möchte ich ihn nicht befolgen. ›Guernica‹, damals ein Protest gegen Hitlers Bombenangriffe auf Spanien, ist heute leider aktueller denn je. Was die Vereinigten Staaten Vietnam antun, ist bestimmt nicht besser als das Vorgehen der Nazis in Spanien. Mein Bild stellt die amerikanischen Aktionen in Vietnam dar, und mich erfüllt eine aufrichtige Befriedigung bei dem Gedanken, daß so viele Amerikaner jetzt die Gelegenheit haben, mein ›Guernica‹ zu sehen.«
Es versteht sich von selbst, cher Maître, daß Sie einen solchen Brief weitaus eindrucksvoller formulieren können, als ich es vermag. Aber *ich* weiß – dank meiner Kenntnis der amerikanischen Psychologie –, daß ein offener Brief dieser Tendenz, veröffentlicht auf einer ganzen Seite der »Times«, eine enorme Wirkung erzielen würde. Imponierende Kundgebungen zugunsten Ihres Bildes wären die Folge, und in der Kampagne *gegen* den Vietnam-Krieg und *für* Vietnam in seiner entsetzlichen Lage würde ein solcher Brief von Ihnen der guten Sache einen unschätzbaren Dienst erweisen.
Bitte entschuldigen Sie diese vielleicht etwas indiskrete Empfehlung. Sie gründet nicht allein auf meiner Überzeugung, daß wir in der Politik dieselbe Sprache sprechen. Im August 1944, als ich Sie als erster alliierter Kriegskorrespondent (in amerikanischer Uniform) in Paris aufsuchte[4], hatten Sie die Güte, mir Ihr kleines Warmwassergerät, von Ihnen selbst erfunden und hergestellt, zu zeigen. Erst nach Besichtigung dieses kleinen Wunders erlaubten Sie mir, Ihre Bilder und Skulpturen zu betrachten. Erinnern Sie sich daran? Für mich wird diese Erfahrung immer unvergeßlich bleiben.
Mit dem Ausdruck meiner höchsten Bewunderung und meinen besten Wünschen

1 Original in französischer Sprache. Ein Antwortbrief Picassos ist im EM-Nachlaß nicht erhalten. 2 1937 unter dem Eindruck der Meldungen über das Bombardement der spanischen Stadt Guernica durch die deutsche Luftwaffe entstanden; bedeutendes Beispiel engagierter Kunst gegen den Krieg. Das Bild hing bis 1981 als Leihgabe im New Yorker Museum of Modern Art. 3 Gemeint ist die »New York Times«. 4 Anfang September 1944 in Paris; vgl. Bd. I, S. 199.

AN ARTUR RUBINSTEIN[1] Kilchberg, 22.6.1967

Lieber, hochverehrter Herr Rubinstein, –
gerade heut – ich hörte wieder einmal eine Ihrer herrlichen Platten (Chopin, Postumes und den »Bolero«) – hatte ich den spontanen Wunsch, Ihnen zu schreiben. Und dann kam auch noch Ihre ergreifende und so ausnehmend wichtige Äußerung[2] in der NZZ mir zufällig und verspätet vor Augen.
Sagen wollte ich Ihnen nur, daß ich in diesen furchtbaren Wochen, während jener glorreichen hundert Stunden und jetzt, da das Schicksal Israels schon wieder verhangen ist, sehr an Sie gedacht habe und denke. Warum, unter all meinen jüdischen Freunden gerade an Sie, den »Freund« zu nennen ich mich nicht einmal unterfangen dürfte? Das wird gute Gründe haben. Unter anderem freilich – entsinnen Sie sich? – bleibt »unsere« kleine, mittelwestliche Tournee[3] mir immer unvergeßlich. Unser Beisammensein vor Ihrem jeweiligen Konzert, die Treffen im Speisewagen, unsere Gespräche. Ich bin äußerst lädiert seither, habe drei große Knochenoperationen hinter mir, wanke an Krücken einher und kann nicht in Konzerte gehen. Wohl aber lese ich viele Zeitungen, alles Sie Betreffende mit besonderem Interesse, und so weiß ich auch, wie es Ihnen kürzlich im lieben Eindhoven[4] erging, und wie märchenhaft Sie der phantastischen Situation gerecht wurden.
Meine Mutter empfiehlt sich Ihnen beiden aufs freundlichste (wir hoffen, auch Ihre Gattin ist wohl!), und ich schließe mit dem erneuten Ausdruck meiner großen, aufrichtigen Verehrung
als Ihre

PS.[5] Erst jetzt fällt mir ein, daß wir immer nur englisch miteinander sprachen. Hoffentlich empfinden Sie mein Deutsch – lassen Sie's uns Schweizerisch nennen! – nicht als Zumutung.

1 Artur Rubinstein (1886–1982), polnischer Pianist; er lebte in USA und lehnte es nach 1945 ab, je wieder in Deutschland aufzutreten. **2** Nicht ermittelt. **3** EM war ihm in den USA öfters begegnet: »Ich war auf ›Lecture-Tour‹, er auf Konzertreisen, und stets produzierten wir uns am gleichen Abend in der gleichen mittelwestlichen Stadt (USA). Immer trafen wir uns zum ersten Frühstück im Speisewagen, und immer mußte ich ihn des abends vorm Konzert trösten und beruhigen. Mir ist noch kein reproduktiver Künstler untergekommen, – besonders kein dermaßen routinierter Könner, – der so entsetzlich nervös gewesen wäre, vorher, um dann, vom ersten Augenblick an, die Ruhe selbst zu sein. Und ich fand es rührend und großartig, daß er die törichten publica in Fort Worth, Texas und Dayton, Ohio genau so heilig ernst nahm wie die Zuhörerschaft in der Carnegie Hall.« (Unveröffentlichter Brief an Adeline Meiners v. 15.2.1967 im Erika Mann-Archiv). **4** Anläßlich eines Konzerts in der holländischen Stadt Eindhoven im April 1967 war Rubinsteins Klavierstuhl im Schlußsatz von Beethovens »Appassionata« zusammengebrochen. Der Pianist bewahrte die Ruhe und spielte halb stehend, halb sitzend, das Stück meisterhaft zu Ende. **5** Nachschrift im Original englisch.

AN HANS WYSLING[1] Kilchberg, 22.9.1967

Lieber Dr. Wysling, –
mit vergnügtem Interesse habe ich Ihre anmutige und aufschlußreiche »Krull«-Arbeit[2] im Fischer-Almanach gelesen. Ich hatte nicht gewußt – oder vergessen –, daß T.M. das Tagebuch meiner Großmutter so treulich exzerpierte. Auch sonst war manches mir neu.
Zu zwei Ihrer Schlußfolgerungen aber darf und möchte ich Stellung nehmen:
»Wir dürfen«, so meine ich, gewiß nicht »vermuten, daß der junge Novaro mit dem Stierkämpfer Ribeiro identisch ist, den Krull in der Arnea zu Lissabon bewundert.« Wie denn sollte wohl das Familiensöhnchen aus »El Retiro« sich als Stierkämpfer in Lissabon betätigt haben, – und obendrein so kurz vor Felix's Abreise nach Argentinien? Zudem: das Rollenwechseln ist Krulls Sache und niemandes anderen in diesem Buche.

Und überdies: das »Wiedererkennen« ist ein altes T.M.-Motiv, überkommen aus – spätestens – dem »Tonio Kröger«[3], und der argentinische Junge wiederholt den Stierkämpfer nur in dem Sinne, in welchem der dänische Junge den Hans Hansen wiederholt. Aber das ist eine Kleinigkeit.

Weit wichtiger ist, daß T.M. durchaus nicht die Absicht hatte, eine »etwaige« Fortsetzung auf die Notizen von 1910 zu basieren. Die Reise nach Argentinien hätte stattgefunden, auch der Ehe, der Gefangenschaft, der Flucht und dem »Ruhestand« fühlte der Dichter sich verpflichtet. Keineswegs aber hatte er vor, seinen Felix als Hoteldieb und Falschspieler durchs Leben tanzen zu lassen. »Dafür«, sagte er mir oft, »ist der mir längst zu gut.« Vielmehr plante er, einen Vorläufer des Typs Stavisky[4] oder Kreuger[5] aus ihm zu machen, wohl wissend, daß sein ganzes Notizenmaterial hierzu nicht tauge. Ganz neue Studien, dies war ihm klar, würden nötig sein. Fraglich sogar, ob die Reise »rundherum«[6] unternommen worden wäre. Sie wäre dies höchstens insofern, als dieser neue »Hochstapler« für seine Zwecke hätte reisen müssen oder – fluchtartig – unterwegs gewesen wäre. Kurz: aus den frühen Notizen auf späte und späteste Absichten zu schließen, erlaubt sich nicht.

All welches nichts besagt gegen Reiz und Verdienst Ihres Beitrags. Nur festgestellt wollte es sein.

Wie immer mit herzlichen Grüßen

Ihre

1 Hans Wysling (geb. 1926); seit 1964 Leiter des Thomas Mann-Archivs in Zürich und Mitherausgeber der »Blätter der Thomas Mann-Gesellschaft«; seit 1971 Professor für Neuere Deutsche Literatur an der Universität Zürich. **2** »Thomas Manns Pläne zur Fortsetzung des ›Krull‹«; in: *Fischer Almanach,* Frankfurt, 1967, S. 21–46. **3** 1903; Novelle von Thomas Mann. Dem Titel-Helden steht Hans Hansen gegenüber. **4** Alexandre Stavisky (1886–1934), berühmter französischer Schwindler russischer Abstammung. Seine betrügerischen Machenschaften führten Ende 1933 zu einem Finanzskandal. **5** Ivar Kreuger (1880–1932), der »Zündholzkönig«; der schwedische Industrielle nahm sich das Leben, nachdem finanzielle Unregelmäßigkeiten zum Zusammenbruch seines Konzerns geführt hatten. **6** Eine Weltreise Felix Krulls. Anspielung auf den Titel von Erika und Klaus Manns Buch »Rundherum. Das Abenteuer einer Weltreise«, Berlin (S. Fischer) 1929.

AN LEO KREUTZER[1] Kilchberg, 13.10.1967

Sehr verehrter Herr Dr. Kreutzer, –
wenngleich vage und etwas unsicher, – ich habe dennoch den Professor Ernst Bloch[2] neulich fälschlich bezichtigt. Nicht nur hat er nie (aber dies behauptete ich ja auch nicht) nie also hat er konvertiert, er hat nicht einmal in dem von mir insinuierten Sinne »katholisiert«. Was mir vorschwebte, war sein für einen Marxisten (pardon, – Hegelianer!) doch recht unpassender Dauerflirt mit dem Metaphysischen, mit der Mystik, mit Jesus Christus, mit – was wollen Sie noch. Und irregeführt worden war ich durch seine Freundschaft mit Klemperer[3], die besonders intim war zur Zeit von Klempis inbrünstigstem Katholentum. Wie denn überhaupt Bloch es ja liebt, sich nicht nur mit Gläubigen, sondern mit Theologen aller Observanzen zu unterhalten, seinen eigenen Heilsglauben – mehr als andere Mitglieder seiner Kirche – religiös zu färben und wie er sich denn auch darin gefällt, auf die Frage, warum er Atheist sei, – zu erwidern: »... um Gottes Willen.« Dies alles, so wollte mir stets scheinen, ist nicht besonders sauber. Was gewiß nicht heißen will, daß ich an E.B. nicht das Viele schätzte, was schätzenswert an ihm ist. Unter so zahlreichen Blinden ist er gewiß ein ungewöhnlich imponierender Einäugiger – mit prächtigem Prophetenkopf, schönen Händen, ausgezeichneten Talenten und vielleicht allzu großen persönlichen Wirkungsmöglichkeiten. Nicht »Vom Geist der Utopie«[4], welch erstaunlich frühes Hauptwerk doch im Grunde schon enthält, was er überhaupt zu geben hat, sondern so manches Spätere verdiente vielleicht den Titel eines von mir zärtlich geliebten Werkchens: »Das geheime Kinderverwirrbuch«[5] (Ringelnatz[6]).
Ausschließlich »der guten Ordnung halber« schreibe ich Ihnen diesen Schrieb, nutze freilich gern die Gelegenheit, Ihnen zu sagen, daß ich mich freue, Sie kennengelernt zu haben.
Mit den freundlichsten Grüßen Ihre

1 Leo Kreutzer, Professor für Neuere und Neueste Deutsche Literatur an der Universität Hannover. EM lernte ihn am 9.10.1967 bei der Aufnahme der Fernsehsendung »Das Porträt. Alfred Döblin«, WDR, 11.10.1967, kennen, zu dem Professor Kreutzer das Buch verfaßte; EM sprach u.a. über

Döblins Verhältnis zu Thomas Mann. **2** Ernst Bloch (1885–1977), Philosoph, 1933 über Zürich, Paris, Wien nach Prag, 1938 in die USA emigriert. 1949–57 Ordinarius für Philosophie an der Universität Leipzig, 1961 nach dem Mauerbau nicht in die DDR zurückgekehrt; Professor für Philosophie an der Universität Tübingen. **3** Dr. Otto Klemperer (1885–1973), Dirigent; Leiter der Berliner Staatsoper, 1933 in die USA emigriert; nach dem Krieg lebte er in London und Zürich. **4** »Geist der Utopie« (1918). **5** Hier fließen zwei Ringelnatz-Titel ineinander: »Geheimes Kinder-Spiel-Buch« (1924) und »Kinder-Verwirr-Buch« (1931). **6** Joachim Ringelnatz, eigentl. Hans Bötticher (1883–1934); Schriftsteller, Maler und Kabarett-Autor.

AN ERNST BLOCH Kilchberg, 6.11.1967

Verehrter Ernst Bloch, –
darf ich Ihnen lästig fallen? Aber ach, fast fürchte ich, Sie möchten sich der Behelligung schier automatisch entziehen.
Es geht um Folgendes: Ich bereite einen Klaus Mann-Briefband[1] vor und bin ziemlich sicher, daß Klaus eine ganze Reihe von Briefen – besonders in der Frühzeit – an Sie geschrieben hat. Nun weiß ich natürlich, wie viele Dinge unsereinem auf den Wanderschaften verloren gingen, und würde es gar nicht wagen, mich an Sie zu wenden, hoffte ich nicht, daß dienende Geister Ihnen bei der Verwaltung Ihrer Papiere treu zur Seite stehen. Falls dem also so wäre, – würden Sie bitte entsprechende Weisung erteilen?
Mein eigener treuer »Geist«[2] hat einiges von Ihnen an Klaus ermittelt, und nur zu gern biete ich hiemit Revanche an. Beide Partien wären photostatisch zu spielen.
Nicht unhäufig durfte ich Sie unlängst auf dem Bildschirm bewundern[3], – und ich meine aufrichtig bewundern. Auch ist oft die Rede von Ihnen, wenn wir mit dem Klempi[4] zusammen sind, der sich jetzt freilich in London befindet. Sie sind ja beide zwei erstaunliche Herren mittleren Alters.
Ich aber bin seit jeher und mit allen guten Grüßen und Wünschen
Ihre ergebene

1 Die beiden Bände (vgl. S. 141, Anm. 3) enthalten keine Briefe von oder an E. Bloch. **2** Anita Naef, viele Jahre Sekretärin im Hause Mann.

3 Anläßlich der Verleihung des Friedenspreises des Deutschen Buchhandels 1967 in Frankfurt/M. **4** Otto Klemperer.

AN FRIEDERIKE SCHMITT-BREUNINGER[1]

Kilchberg, 14.11.1967

Liebster Mugg, bester Treuling, –
daß Du dies alberne Datum[2] im Kopf hast, rührt mich zutiefst. Ich kenne fast nur noch die Geburtstage der nächsten Verwandtschaft und vergesse selbst die oft genug im richtigen Augenblick.
Ja, Deine Wünsche allesamt erwidere ich aufs dringlichste. Und kann meinerseits melden, daß zwar mein Fuß sich mittlerweile wirklich »derfangen« hat, daß aber der gute Kreuther Doktor Kölwel[3] *be*fangen war in einem Irrtum. Ein Mittelfußknöchlein war gebrochen, und nur die mir angeborene Bescheidenheit vermochte mich dazu nicht wesentlich lauter »anzugeben«.
Angesichts Eurer Reisen wäre ich wohl *noch* neidischer, hätte ich mir nicht selbst neulich einmal ein Herz gefaßt und wäre nach Berlin[4] gehumpelt. Ganz erleine. Es gab wichtige Dinge dort zu verhandeln – in West und Ost[5], und während das Ganze natürlich ein Wagnis war, habe ich es doch leidlich überstanden. Sogar eine ganze Menge interessantes Theater sah ich, speiste mit Freunden in guten Restaurants, geriet auch in die große und wilde Anti-Vietnam-Demonstration auf dem Kuhdamm und spielte überhaupt völlig »erwachsen«.
Daß ich mir bei solchem Treiben einen erheblichen Fernseh-Job[6] zuzog, darf nicht wundernehmen. Ein einstündiger Vortrag will (frei) gehalten sein und dafür bedarf es der Vorbereitung. Macht ja aber nichts, und wenigstens kommt diridari ins Land.
Wie gut und hübsch, daß Du zu Allerheiligen unserer Sissi[7] so aktiv gedachtest! Natürlich gehört unser »Jungbronnen«[8] mit allem Drum und Dran auch zu meinen liebsten Erinnerungen. Und auch in diesem Sinne – wie in jedem anderen – habe ich Deinen Besuch in Kreuthlingen[9] aufs lebhafteste genossen.
Ade für heut, bester Mugg, ich bin immer die Deine:

1 Friederike Schmitt-Breuninger (geb. 1903), Schulfreundin EMs im Luisen-Gymnasium; lebt in Rottach-Egern. **2** EMs Geburtstag am 9. November. **3** Arzt in Bad Kreuth. **4** Dort hielt sich EM vom 18. bis 25.10.1967 auf. Es handelte sich um ihre erste Reise ohne Begleitung nach sieben Jahren. **5** In West-Berlin verhandelte EM wegen einer »Zauberberg«-Fernsehsendung (vgl. Anm. 6); in Ost-Berlin führte sie Gespräche wegen der im S. Fischer Verlag geplanten Ausgabe des zunächst in der DDR erschienenen Briefwechsels Thomas Mann-Heinrich Mann 1900–49, hrsg. v. der Deutschen Akademie der Künste zu Berlin, Berlin und Weimar (Aufbau) 1965. Die erste Buchausgabe im S. Fischer Verlag, Frankfurt/M. erschien 1968, hrsg. v. Hans Wysling. **6** Eine einstündige »Solo-Einleitung« zu der »Zauberberg«-Lesebühne (SFB, III. Programm, 4.1.1968). **7** »Sissi« Möhl, Lehrerin im Luisen-Gymnasium. **8** Friederike Schmitt-Breuninger, von der Lehrerin »Sissi« Möhl »Jungbronnen« genannt. **9** Bad Kreuth.

VON ERNST BLOCH Tübingen, 19.11.1967

Verehrte, liebe Frau Erika!
Ich freute mich, von Ihnen zu hören und bei einem so wichtigen, uns verbindenden Anlaß. Leider besitze ich keinen einzigen Brief von Klaus Mann mehr. Meine ganze Korrespondenz ist in Leipzig geblieben, und es ist vorläufig unmöglich, sie herauszubekommen. Dabei geht der erste Brief von Klaus an mich schon in eine sehr frühe Zeit zurück. Es müssen also die Briefe von Klaus an mich, von denen Sie schreiben, leider ohne ihre Resonanz veröffentlicht werden, obwohl diese Resonanz doch stets so herzlich, betroffen und oft bewundernd war. Den Frühverstorbenen, der so vieles noch zu sagen gehabt hätte, habe ich nie vergessen.
Schöner Dank für Ihre freundlichen Worte zu dem spectaculum[1] in Frankfurt, es ging vorüber. Ich sehe Sie vor mir, nicht nur in der Prager Pfeffermühle[2], auch in Paris, am Züricher See und, wenn mich die Erinnerung nicht täuscht, mit Klaus und Eva Herrmann zusammen in New York.
Schöne Grüße,
Ihr aufrichtig ergebener

1 Friedenspreisverleihung in der Paulskirche zu Frankfurt am 15.10.1967.
2 EMs Cabaret gastierte vom 8.1.–20.2.1935 in der Tschechoslowakei.

AN MARTIN GREGOR-DELLIN Kilchberg, 6.12.1967

Lieber Herr Gregor-Dellin, –
mit – ich möchte sagen, – ungewöhnlichem Interesse habe ich Ihre T.M.-Rede[1] verschlungen. Das ist außerordentlich und außerordentlich gut.
In welcher Gedrängtheit, allein schon, fassen Sie alles Hergebrachte zusammen und entfernen sich gleichzeitig davon. Und wie gescheit und umsichtig benennen Sie das, was T.M. selbst der Kritik und Analyse verschlagen geliefert hat. Auch das – von den »Forschern« wirklich weitgehend übersehene »Vorwort zu Joseph Conrads Roman ›Der Geheimagent‹«[2] introduzieren Sie sehr zu Recht. Nur, daß ich persönlich nicht glaube, T.M. habe jene erste Inkarnation des Todes im »Tod in Venedig« an dieser Stelle bewußt als »das Groteske« eingeführt. »Verfremdung«, – dieser Begriff kann seit Sartre und Brecht[3] eingesetzt werden, fast wo immer der Interpret dies wünscht. »Das Groteske« dagegen ist doch ein viel exakterer Begriff, und ich meine, T.M. habe, den Wandersmann beim Ostfriedhof[4] betreffend, schlechterdings den personifizierten Tod geschildert, so wie eben dieser, in anderen Kostümen später erneut auftritt. Daß alles auf dieser Reise – »ohne eigentlich Stoff zum Nachdenken zu geben, grundsonderbar von Natur« ist, gehört zu dem »grundsonderbaren« Urstoff der Novelle, den alles in allem – und die alles in allem – »grotesk« zu nennen, ich mich denn doch scheuen würde, angesichts der klassizistischen Behandlung, die der Stoff erfährt, und die ihm inhärent ist.
Dennoch Ihr großes »treatment« erscheint mir durchaus stimmig, – besonders hübsch und richtig der Hinweis auf Andersen[5], Poe[6] und E.T.A. Hoffmann[7]. Höchst interessant und »akut« die Ausführungen über die seltsam verschobenen »Generationsunterschiede«: »Die Jungen wollen nichts ›sagen‹, weil sie einfach nichts zu sagen wüßten.« Was immer es da zu erwidern gäbe oder gibt, – die Behauptung ist erschreckend richtig.
Aber fast könnte ich jede Seite Ihrer Arbeit – und fast immer zustimmend – mit Ihnen durchgehen, was ja wenig Sinn ergä-

be, in einem Brief. Lassen Sie mich also nur zusammenfassend für das prächtige Fazit danken: »Thomas Mann wird seine Sekundärliteratur überleben.«
Wie Sie es schaffen, so – im besten Sinne – ehrgeizige Dinge hinzulegen, – neben all Ihren anderen Arbeiten, ist mir schier unerfindlich.
Und da wären wir glücklich oder unglücklich beim K.M.-Essayband[8]: ich halte mich überzeugt, daß Sie sehr viel Mühe haben werden mit dieser Sache. Wo Klaus betroffen ist, lege ich auf »Einnahmen« relativ wenig Wert. Auch sagt mir mein gut entwickelter Gerechtigkeitssinn, daß der, der die Arbeit hat, an den Erträgen gebührend beteiligt sein muß. Und so bitte ich Sie denn herzlich – für den ersten Band jedenfalls – 50 Prozent der Tantiemen für sich behalten zu wollen. So gehört es sich. Keine Widerrede.
Seien Sie bedankt und freundschaftlich gegrüßt von Ihrer

1 »Thomas Mann im Lichte unserer Erfahrung«; in: *Neue Deutsche Hefte,* Jg. 15 (1968), H. 2, S. 53–71. **2** 1926; Thomas Mann, GW X, S. 643–656. **3** Bertolt Brecht (1898–1956). **4** Verwechslung: es handelt sich um den Nördlichen Friedhof. **5** Hans Christian Andersen (1805–75), dänischer Märchendichter. **6** Edgar Allan Poe (1809–49). **7** E(rnst) T(heodor) A(madeus) Hoffmann (1776–1822). **8** »Prüfungen. Schriften zur Literatur«, hrsg. von Martin Gregor-Dellin, München (Nymphenburger Verlagshandlung) 1968.

AN HANS HABE Kilchberg, 11.12.1967

»Listen, Hans!«, –
dies – Du weißt es – der Titel der gesammelten Ansprachen von Dorothy Thompson[1] an ihre geliebten Feinde, die Deutschen, während des Krieges.
Nun, ein »geliebter Feind« bist auch Du mir mittlerweile geworden. Kaum je noch lese ich etwas von Dir (mit Ausnahme, allenfalls, Deiner »Ansprache in Budapest«), das mich nicht mit großem Kummer und erheblichem Unmut erfüllte. Daß wir »einander nicht täuschen«, mag gut sein. Anders aber, – bei Deiner großen Publizität und meiner (wie Deiner) unaufhalt-

samen Ehrlichkeit wäre ja die ganze Beziehung nicht vorzustellen.
Ich begreife Dich nicht, kann dich nicht begreifen und sage nicht etwa: will Dich nicht begreifen. Denn während – für andere – vorstellbar wäre, daß Du, der Du Dich von der Bunzrepublik[2] »abgesetzt« hast, nun alles Interesse daran haben *könntest,* Dich mit dem »Establishment« Deiner wahren »Heimat«, den USA, gut zu stellen, denke ich höher von Dir. Unwahrscheinlich, wie dies sei, glaube ich an Deine zutiefst reaktionäre Grundhaltung, die dazu führt, daß Du zwar Johnson's Krieg[3] aus humanitären Gründen tragisch und beklagenswert, aus politischen (und also gleichfalls humanitären, weil »freiheitlichen«) Gründen bejahenswert findest. Damit läßt sich weder rechten, noch unrechten. Auch reden läßt sich darüber nicht. Und wo immer Rede und Gegenrede ihren Sinn und Zweck verlieren, erübrigt sich jeder Umgang. Dies »for the time being«[4]. Nach dem Weltuntergang sehen wir uns wieder. Auch, falls Du oder Johnson vom Konzept abgegangen bist oder ist, – falls Johnson nicht kandidiert hat oder nicht gewählt worden ist, – kurz, falls die Weltkonstellation, und damit Du, sich geändert hat oder hast, werden Gespräche wieder möglich geworden sein. Für den Augenblick wolle bitte das Wort »geliebt« stärker akzentuieren als das Wort »Feind« (auch Dorothy liebte ihre Deutschen immer weit mehr, als sie die Geliebten als Feinde empfand – zweimal »als«, – daran erkennst Du meine Emotioniertheit!). Um es auf den knappsten und gewiß einen simplifizierten Nenner zu bringen: Du bist jetzt ganz einfach für Joe McCarthy[5], während ich für Gene[6] bin. Du bist für Joe insofern, als Du Dich nicht entblödest von »communard« zu sprechen, und das ist *genau* »Joe's« Linie. Ich bin für Gene, obwohl oder gerade weil er »politisch« Selbstmord beging.
Über die Besprechung des »Christoph«[7] in den N.Y. Times freue ich mich aufrichtig; dabei finde ich nicht einmal, daß Dir volle Gerechtigkeit widerfährt. In den (seltenen!) Fällen, in denen Deine »characters (fail to) transcend their abstract functions«, ist dies wohlfundierte Absicht – wie etwa im Falle von »Ferdinand« – und keineswegs erzählerische Ohnmacht. Wäh-

rend ich mich also ergötze am Lob, stimme ich nicht überein mit der »Kritik«. Dein »Christoph« ist und bleibt – auf seine Art – ein großartiges Buch. Was nicht heißen will, daß ich mich nicht redlich fürchte vor Deinem Deutschland-Gespinst. Es müßte mit einem vortrefflichen Teufel[8] (und ich meine nicht Fritz) zugehen, wenn da nicht wieder Dein *ererbtes* Temperament mit Dir durchgegangen sein sollte. Möge doch auch das meine »ererbt« sein. Immerhin denkbar, daß ich da irgendwie »luckier« gewesen wäre.
Ich bleibe Dir, sehr lieber R.H.[9], immer freundschaftlich gesinnt – oder gesonnen.

PS. Davon, daß Du allen Ernstes »Das Schweigen« der Franzosen zu ihrem »Charles«[10] in Verbindung bringst mit dem deutschen »Schweigen« (waren es nicht Heil-Rufe?) zu ihrem Adi[11], rede ich gleich gar nicht. Ist ja inbegriffen!

1 1894–1961, amerikanische Journalistin. 1924–34 Auslandskorrespondentin in Berlin (sie wurde ihrer nazifeindlichen Berichte wegen ausgewiesen); Autorin des Bestsellers »I saw Hitler« (1934). Politische Kommentatorin der »New York Herald Tribune« und Rundfunkkommentatorin. Zusammen mit ihrem Mann, dem Schriftsteller Sinclair Lewis (1885–1951; Nobelpreis 1930), unterstützte sie deutsche Emigranten in den USA. – März – Sep. 1942 wurden Rundfunksendungen von ihr nach Deutschland übertragen; sie erschienen unter dem Titel »Listen, Hans!« (Hör zu, Hans!) 1942 mit einem Vorwort über Deutschland und das NS-Regime. **2** Anspielung auf Konrad Adenauers Aussprache des Wortes »Bundesrepublik«. Von EM gerne benutzte Schreibart. **3** Der (unerklärte) Vietnamkrieg. **4** Engl.: Dies gilt für den Augenblick. **5** Vgl. S. 182, Anm. 3. **6** (Eu)gene McCarthy (geb. 1916), amerikanischer Politiker, Demokrat; er setzte sich für die Beendigung des Vietnam-Konflikts ein. **7** Hans Habe, »Christoph und sein Vater«, München (Kurt Desch) 1966. **8** Fritz Teufel hatte sich als Mitglied der Berliner »Kommune 1« und exponierter Vertreter der Apo einen gewissen Namen gemacht. **9** Ritter Hans. **10** Charles de Gaulle (1890–1970), 1959–69 französischer Staatspräsident. **11** Adolf Hitler.

VON HANS HABE Ascona/Ti, 12.12.1967

Meine liebste Erika:
Die Sorge um unsere Freundschaft, die so leichtfertig über Bord zu werfen ich durchaus nicht gewillt bin, zwingt mich zu diesen prompten Betrachtungen über die zwar ungerechten, aber von mir zum Glück nicht mißverstandenen Betrachtungen einer Unpolitischen.
Hoping against hope[1] möchte ich mit dem Sachlichen beginnen, mit dem fatalen Mißverständnis nämlich, das zwischen uns herrscht und mich zum Nachdenken, zur Analyse Deiner Geisteshaltung vor allem, anregt. Mag die Deutung auch nicht richtig sein und wird sie von Dir auch zweifellos nicht anerkannt werden, so zeugt sie doch von meiner aufrichtigen Beschäftigung mit dem Rätsel EM.
Siehst Du mich als einen erzreaktionären Gesellen, so sehe ich Dich vor allem als eine edle Pazifistin. Diese banale Feststellung entspringt der Deduktion: da Du keine Kommunistin bist, da überdies Deine hohe und höchste Intelligenz nicht erwähnt zu werden braucht, kann Dein mangelnder Sinn für Politik – und damit Dein beharrliches Unverständnis meiner Haltung – nur mit den nobelsten Motiven erklärt werden.
Das ist beileibe nicht ironisch gemeint – wie Du aus dem Folgenden ersehen wirst. Du verwechselst unentwegt eine antikommunistische Gesinnung – die bei mir, zugegebenermaßen, anti-kommunistischer gar nicht sein könnte – mit der Dullesschen »Befreiungs-Psychose«[2], die mir vollkommen fremd ist. Du zitterst um den Frieden – da aber zitterst Du mit mir im gleichen Rhythmus. Worin besteht Dein Irrtum? Auf beiden Seiten gibt es Leute, die meinen, man sollte oder müßte in den Krieg ziehen to make the world safe for democracy oder communism[3]. Das sind auf der einen Seite die hawks[4] von Vietnam, auf der anderen die Waffenlieferanten[5] der Araber. Daß ich zu den letzteren nicht gehöre, ist selbstverständlich, ich gehöre aber auch nicht zu den ersteren. Irgendwo und irgendwann hat sich in Deinem sonst so prächtig funktionierenden Gehirn die hanebüchene Vorstellung festgesetzt, daß jeder Anti-Kommunist die kommunistische Welt mit Krieg zu über-

ziehen und damit die Welt in Brand zu stecken wünscht. Das ist ein Kurzschlußgedanke. Wie nicht alle Kommunisten Kriegshetzer sind, so sind nicht alle Anti-Kommunisten Freunde des Krieges. Ich, für meinen Teil, halte den Kommunismus zwar für einen abscheulichen Gedanken, wahrscheinlich den abscheulichsten unserer Zeit – der noch abscheulichere Nationalsozialismus war überhaupt kein Gedanke –, doch lehne ich es ab, kommunistisch regierte Völker mit kriegerischen Mitteln zu befreien. Ich gehe darin so weit, die amerikanische Entwicklungshilfe als politisches Mittel abzulehnen, und das aus umgekehrt marxistischem Grunde: Der Kommunismus ist, wie Kennedy[6] sagte, unter anderem auch noch »an old hat«[7], und wer ihn aufsetzt, der wird schon sehen, daß seine Haare naß werden. Weit davon entfernt, irgendwo und irgendwann für einen Krieg zu plädieren, bin ich sogar gegen die künstliche Beschleunigung eines natürlichen Prozesses. Du aber, als ein hochgebildeter humanitarian, jedoch als ein höchst unpolitischer Mensch – wobei auch ich mit einiger Taktlosigkeit das Wort »ererbt« unterstreichen könnte, was zu tun ich jedoch unterlasse –, Du aber fürchtest, mehr unterbewußt als bewußt, daß jeder Anti-Kommunismus in kriegerische Absichten ausarten könnte oder gar müßte, und so schüttest Du das gesunde Kind des Anti-Kommunismus mit dem Bad, beziehungsweise dem Blutbad aus: Zwar hast Du im Prinzip nichts gegen Anti-Kommunisten, meinst aber, man könnte sie im Moment absolut nicht brauchen. Wenn Du gewillt wärest, die Ereignisse sachlich zu sehen – was Du, Deiner »Emotioniertheit« halber, nicht bist –, dann wüßtest Du, daß es sich in unserer Beziehung um eine Vertrauenskrise handelt – jedoch nicht um eine Krise des Vertrauens zwischen EM und RH[8], sondern um eine ganz andere. Obschon Du die ungeheuere Gemeinheit der Regierenden in Moskau und Paris nicht übersehen kannst, schenkst Du ihnen, was ihre Opposition gegen den Dritten Weltkrieg betrifft, Dein volles Vertrauen – ich, meinerseits, übersehe ebenso wenig die ungeheuere Gemeinheit des Lyndon B. Johnson, schenke ihm aber, by the same token[9], was die Opposition gegen den Dritten Weltkrieg betrifft, mein volles Vertrauen.
Daraus folgt, einerseits, daß wir in der Tat das begonnene Ge-

spräch nicht fortsetzen können – zumindest bis zu dem Zeitpunkt, da einer von uns beiden erkennt, wie Unrecht er hatte: sollte ich es sein, dem solche Erkenntnis dämmert, werde ich mich gebührend zur Beichte melden. Mein Vertrauen zu Dir ist so groß, daß ich gewiß bin, Du würdest im umgekehrten Fall das Gleiche tun.

Jetzt nur noch ein paar Worte zu den Verbalinjurien, zu denen Dich Deine »Emotioniertheit« verleitet, die ich aber keineswegs überschätze. Der Scherz mit den beiden McCarthys ist Deiner nicht würdig. Ich habe zu lange und mit zu großen Opfern gegen Joe gekämpft als daß mir eine so leichtsinnige Verdächtigung etwas anhaben könnte. Im übrigen bin ich für Gene und gegen Lyndon, ohne allerdings zu verstehen, daß Du für Gene bist: dieser wünscht zwar den Frieden in Vietnam, doch keineswegs die Kapitulation der Amerikaner. I agree completely.[10]

Wobei ich bei der schwerer wiegenden Anklage bin, die Du allerdings in höflicher Form aussprichst. Gegen den Vorwurf des Opportunismus bin ich gefeit: wenn man ein Leben lang das Inopportune tat, ist es unwahrscheinlich, daß man im hohen Alter zum Opportunisten werde. Die Wahrheit ist, daß ich wieder einmal gegen den Strom schwimme, da mir ja weder diese noch irgendeine andere Regierung der Vereinigten Staaten auch nur das geringste zu bieten vermag, während ich als Schriftsteller, sowohl in Europa wie in Amerika, von den Intellektuellen abhänge: diese aber stehen hier und dort im Lager EM's. Wenn man nicht gerade im Solde der Vereinigten Staaten steht – und daß ich, weder direkt noch indirekt, in deren Sold stehe, brauche ich nicht zu betonen – ist es schlechterdings lebensgefährlich, dem allgemeinen trend zu opponieren. Meine Verleger, meine Leser und meine Kritiker – von meinen Freunden nicht zu sprechen – stehen in Deinem, nicht in meinem Lager: wenn ich Dir etwas übel nehme, dann höchstens, daß Du, als meine liebste Freundin, versäumt hast, mir zu sagen, wie anders ich aus Opportunismus handeln müßte. Nicht daß es etwas genützt hätte ... Und was meine »Absatzbewegung« von Deutschland betrifft, so weißt Du am besten, daß sie gute und fast ausschließlich literarische Gründe hat. Ich bin – soll auch von Po-

litik die Rede sein – nicht »pro-amerikanisch«, weil ich »anti-deutsch« bin, sondern ich bin, allerdings nur unter anderem, »anti-deutsch«, weil mir der nazistischen Ressentiments entspringende Anti-Amerikanismus der Deutschen Übelkeit bereitet. Du kannst so anti-amerikanisch sein wie Du willst – die Deutschen können es nicht. Für die nächsten hundert Jahre bin ich nicht gewillt, das »gleiche Recht« der Deutschen anzuerkennen: hier, wenn Du es wünschst, kannst Du von meinem »Temperament« sprechen.
Im übrigen beweist Dein Brief, zumindest in seinem zweiten Passus, daß Du zwar den Stab über mich gebrochen, mit mir aber nicht gebrochen hast: so wollen wir es, bis auf Widerruf, halten. Es wird Dich also interessieren, daß ich mein Deutschland-Buch[11] bei Seite gelegt habe und mich in der Arbeit an meinem neuen Roman[12] befinde. Ich habe die Arbeit von anderthalb Jahren nicht vernichtet, doch in die Tiefen meiner Schreibtischlade versinken lassen. Die Gründe darzulegen wäre zu umständlich: auch dürften sie Dich heute nicht interessieren. Es genügt zu sagen, daß ich seit Juni, der arabisch-sowjetischen Aggression nämlich, nicht mehr mit der gebührenden Konzentration zu arbeiten vermochte: das Werk lief ab wie eine Uhr in der vierundzwanzigsten Stunde. Das Buch war für das Paradies der Narren geschrieben, in dem wir bis Vietnam und Israel lebten.
Ich bleibe Dein alter Freund Hans

PS. Die Kritiken von »Christoph« in Amerika übertreffen alles bisher Gelesene und stellen die »New York Times« weit in den Schatten.
Dein H.

1 Engl.: Auch wenn kaum Hoffnung besteht. **2** Gemeint ist die Politik des amerikanischen Republikaners John Forster Dulles (1888–1959), 1953–59 Außenminister unter Eisenhower, dem Kommunismus durch eine Reihe von Sicherheitspakten massiv und gegebenenfalls durch militärischen Einsatz entgegenzutreten. **3** Engl.: Um die Welt für die Demokratie oder den Kommunismus vorzubereiten. **4** Engl.: Falken. Gemeint sind die Befürworter eines amerikanischen militärischen Engagements. **5** Die Russen. **6** John F. Kennedy (1917–63; ermordet),

1961–63 Präsident der USA. **7** Engl.: Ein alter Hut. **8** Ritter Hans = Hans Habe. **9** Ebenfalls. **10** Engl.: Ich stimme dir völlig zu. **11** Die Arbeit wurde nicht fortgesetzt. **12** Vermutlich »Das Netz«, Olten (Walter) 1969.

AN HEINZ WETZEL[1] 27.1.1968

Sehr geehrter Herr Wetzel, –
entschuldigen Sie bitte. Ihre so freundlichen und ermutigenden Zeilen kamen schon Mitte Dezember, und erst heute finde ich die Zeit, Ihnen sehr herzlich zu danken. Der Anforderungen an mich sind viele.
Wenn ich sage, »ermutigend«, so meine ich damit die Haltung, die aus Ihrem Briefe spricht, – Ihre Wachsamkeit und Entschlossenheit. Natürlich haben Sie recht, und die Verhältnisse in Deutschland geben – schon wieder oder noch immer – Anlaß zu großer Sorge. Doch rührt sich dort heut in der Jugend weit mehr, als dies in den frühen dreißiger Jahren der Fall war, und Menschen wie Sie haben immerhin die Chance, einen wirksamen Kampf zu führen »gegen Barbarei und politischen Wahnsinn«. Lassen Sie nicht nach!
Gern schicke ich Ihnen das gewünschte Bild und etwas Geschriebenes von Klaus. Im Herbst soll ein Essayband[2] von ihm herauskommen, der vielleicht geeignet ist, Sie zusätzlich zu encouragieren.
Mit allen guten Wünschen für Ihre Arbeit und Ihr persönliches Wohlergehen und herzlichen Grüßen
Ihre

PS. Gegen wen der kurze Text[3] von Klaus sich richtete, kann ich nicht mehr ermitteln. Obwohl aber heute »die überwältigende Mehrheit aller Amerikaner« keineswegs solche Empörung teilt, empfände Klaus sie gewiß auch angesichts von L.B. Johnson.

1 Ein in Nürnberg lebender Briefpartner EMs; nicht zu ermitteln. **2** Vgl. S. 196, Anm. 8. **3** Gemeint ist wohl das unveröffentlichte Manuskript »The last Decision«, das Klaus Mann beim Eingehen seiner Zeitschrift »Decision« im Februar 1942 verfaßte.

AN THERESE GIEHSE März 1968[1]

Neulich einmal brauchte ich für ein Amt einen Bürgen. Es war ein sehr feines, sehr anspruchsvolles Amt, und der Bürge mußte danach sein. Besonders aber mußte er mich und meine Schliche kennen, beinah von eh und je – und dennoch für mich geradestehen mit Haut und Haar. Wer – bei allem, was da sonst noch »gefragt« war – wer allein bestand? Die »Giehse, Therese, Schauspielerin zu München«. Stolz und verwundert füllte ich aus: »kennt den/die Antragsteller/in seit Jahren: *40.*«

Ja. Theres, so steht's, seit – in Buchstaben – vierzig Jährchen sind wir nun freundschaftlich verbunden, auch wenn die Geographie uns jetzt nicht mehr so hold ist wie zu der Zeit, da wir überall lebten und nirgends, und unsere Pässe aus den Nähten platzten vor lauter Stempeln, und freundliche Beamte in fremden Ländern klebten uns verbotene Zusatzseiten hinein, damit wir weiterreisen konnten, immer weiter, bis nach Amerika, zuletzt. Aber da waren wir beide schon Untertaninnen Seiner Britischen Majestät[2].

Weißt Du noch, Theres? Vor mir liegt ein blaues Schulheft, das Du »treulich geführt« – eines von vielen. In ihm steht vermerkt, wann wir wo gewesen sind, in welcher Stadt, welchem Nest, mit welchen Nummern aus unserer »Pfeffermühle«. Die Buchführung war wichtig. Denn wiederholen durften wir uns nie, so oft wir auch wieder*kamen* – »heim«, nach Mährisch-Ostrau und Neu-Titschein, nach Olten und Herzogenbuchsee, nach Gronigen, Breda und Zwolle, Esch-sur-Alzette und Dietkirch – freilich auch nach Prag, Zürich, Brüssel, Amsterdam, Luxembourg und New York City – Greenwich Village inbegriffen. Ja, damals war sie groß, »die Geographie«, doch sie meinte es gut mit uns. Vereint durften wir sie bestehen – meist in meinem Rumpel-Ford – Du und ich vorn, und hinten, im Offenen, die gesamten Bühnenbilder, während »die Truppe« per Eisenbahn unterwegs war.

Was treibe ich denn aber? Ein Artikel will seine Ordnung haben – und gar einer der Dich feiern soll aus solchem Anlaß:

unglaubwürdiger Übertritt ins biblische Alter. Ich feiere Dich, Theres, aus ganzem Herzen, und werde um Zucht und Ordnung bemüht sein, von dieser Zeile an. Mein Thema lautet: »Therese Giehse im Exil«.

Sie ist Münchnerin, die Giehse, und könnte hienieden nichts anderes sein. »Urchiger« – bei aller klugen Differenziertheit – geht's nimmer. Nicht zufällig hat Scheusal Adolf sie verehrt: heißen Blutes wurzelte sie im Boden, und ihre Rasse war vom reinsten. Soviel merkte das Untier. Sonst nichts – und dann war sie weg.

Am 1. Januar 1933 – 29 Tage vor dem Antritt des neuen Kanzlers – eröffneten wir in der Münchner »Bonbonnière«[3] »Das literarische Cabaret, die Pfeffermühle«. Gründer: Klaus und ich, die Giehse und Magnus Henning, unser Musikus. Was wollten wir? Die Nazis bekämpfen. Deshalb nannten wir uns »literarisch«. Aus Berechnung und – *obwohl* wir auch das waren – unvermeidlich, quasi heillos, von Hause aus.

Regie: Giehse; Star: Giehse; Co-Direktion: Giehse.

Nebenbei spielte sie nebenan, in den Kammerspielen. Doch das Theater – heute würde man sagen, im »Establishment« – interessierte sie schon nicht mehr. Sartres Wort vom »engagierten Künstler« war noch ungeprägt. Sie aber war »engagiert«, so hochgradig, daß sie herüberlief, zwischen zwei Auftritten drüben, um sich umzuziehen – und zu schminken für die »Mühle«. Und kaum, daß drüben der Schlußvorhang gefallen war, stand sie wieder auf unserem Brettl. »Engagiert« war sie, so hochkarätig, daß sie bei uns Kopf und Kragen riskierte und ihr München verlassen mußte, sehr lang »vor der Zeit«, will sagen, vor den »Nürnberger Gesetzen«[4], und will sagen: sofort. Ihre Verhaftung – der »Pfeffermühle« wegen – stand bevor. Sie hatte Freunde. Die hatten Nazifreunde und warnten sie. Sie floh – während einer Probe – über Österreich in die Schweiz. An der Grenze holten wir sie ab, der Rumpel-Ford und ich. Wo gehörten wir nun hin, von nun an, auf wer weiß wie lang? Wir wußten es: ins Exil. Und wo immer wir waren, würden wir daheim sein: im Exil.

Die Giehse zwar hätte es leichter und besser – sie hätte es seßhaft und ungefährdet haben können. Der großen Schauspiele-

rin standen alle Türen offen – die Pforten besonders des gastlichen (und aus seiner Gastlichkeit den erfreulichsten Nutzen ziehenden) Schauspielhauses in Zürich. Die Hochkaratige wählte die Wanderschaft, das Risiko, die Gefahr.
Letztere war schon in München nicht ganz gering gewesen. Mit sehr eklatanten Programmen spielten wir Abend für Abend vor ausverkauftem Häuschen. Und als – Rücken an Rücken mit uns – im Hofbräuhaus der H. seine Antrittsrede[5] hielt, saß der Dr. Frick[6] uns zu Füßen, eifrig kritzelnd. Auch am Abend des Reichstagsbrandes spielten wir.

Jetzt freilich war alles grundlegend anders und sehr viel prekärer. Wir waren Fremde überall – nur zur Not geduldet von Behörden, die sich gehalten sahen, uns jede direkte politische Betätigung zu untersagen. Zu nah und mächtig war rundum das Nazireich. Die Machthaber zu reizen, sie gar von flüchtigen deutschen Aufwieglern reizen zu lassen, das verbot sich durchaus. »Immer indirekt!« hieß also unsere Losung. Kein Name – auch nicht der unseres verdorbenen Landes – ist je bei uns gefallen.
Wir wirkten in der Parabel, im Gleichnis und Märchen – unmißverständlich, doch unschuldig –, dem Buchstaben nach. Trotzdem hagelte es Proteste von seiten der NS-Botschafter und Gesandten. Auch gab es – unter deutschem Oberkommando – in der CSR die Henlein-Leute[7], in Holland die Banden des Mijnheer Mussert[8], in Belgien diejenigen des M. Degrelle[9] und in der Schweiz die »Frontisten«[10]. Anno 1934 gingen letztere bekanntlich zum Angriff über, die Saalschlacht tobte, es wurde scharf geschossen – einen Monat lang zog allabendlich die motorisierte Polizei von Zürich Schutzringe um unser Lokal, doch ohne die gefährlichsten Krawalle verhindern zu können.

Wer immer die Giehse wirken sah, wird sie so leicht nicht vergessen. Wer aber Zeuge ihrer Darbietungen war in jener Zeit, dem läuft es – dies ist dutzendfach erwiesen – noch heute kalt und heiß den Rücken hinunter. Er erinnert sich: Grauen war es *und* Gelächter – beides gleichzeitig –, was sie hervorrief, Zorn *und* Erbarmen.

In wallendem Babykleid (rosa) und flachsiger Perücke (schulterlang) stand die Giehse auf rundem Postament (denkmalgleich) und kündete gereimt von sich und ihrer Allmacht; sie prahlte, schäkerte und drohte. Dann wieder erschrak sie jählings, vor sich selbst, erstarrte zur Bildsäule und zum Prosa-Refrain: »Ja – um *Gotteswillen* bin ich dumm!«[11]

Bei allen Fährnissen und der ganzen Angespanntheit unserer Existenz waren wir glücklich, weil jung. Wahrhaftig glaubten wir an *»das Gute«*. »Das Prinzip Hoffnung«[12] – Sie entschuldigen schon, Ernst Bloch – stand uns sehr hoch. Unsere Anklagen, Warnungen und Aufrufe – nie erschöpften sie sich in der Negation. Sie appellierten an die Vernunft, den Anstand, die Menschlichkeit. So jung waren wir. Und so närrisch. Und eben deshalb mochte man uns.

Wir setzten alles auf die bedenklichste Karte (konnten nicht anders) und wurden damit zum einzigen international erfolgreichen theatralisch-politischen Unternehmen der deutschen Emigration. Wir waren neun oder zehn (die beiden Pianisten inbegriffen), genau aufeinander abgestimmt, wirksam und attraktiv jeder Einzelne. Streit gab es nie, Gage täglich – je nach Abendkasse.

Noch war das Flüchtlingselend nicht allgemein, und wo wir es antrafen, da halfen wir.

Auch uns selber, wenn wir müde waren und abgekämpft, wußten wir zu helfen. Ermunternd wirkten vor allem die »Garderobelieder«, Privatgesänge vom Albernsten, die wir zu erfinden hatten, während wir draußen standen, vorm Publikum. Dabei galt es, die Klavier-Intermezzi zu nutzen und nach jeder Nummer aufzuwarten mit mindestens zwei neuen Verszeilen. Ich bin in der beneidenswerten Lage, die gesammelten Werke der Giehse hier – erstmalig! – vorzulegen. Soweit erhalten, füge ich hastig hinzu, denn ein ganzer Vers ist unwiederbringlich verloren. Dies krasse Mißgeschick ging besonders meinem Vater sehr nahe. Doch T.M. (Finder, übrigens, des Namens »Pfeffermühle«) schätzte das Gesamtwerk aufs höchste, und oft hat sie's ihm vorsingen müssen. Es lautet:

Ich bin die Sultanine Garzia
Der Sultan war ein ganz ein Schwarza.
Gar sehr, gar sehr mußten wir zittern,
Wir Bajaderen hinter Gittern.

(hier fehlt der Vers)

Zurecht gewiesen vom Eunuchen,
Mußt ich mir neue Stellung suchen.
So kam ich früh ans Cabaret –
Statt Lieblingsfrau in Ninive.

Begreift man nun T.M.'s Enthusiasmus? Allein die Kühnheit der Konstruktion am Schluß mußte es dem Sprachschöpfer ja antun.

Überhaupt liebte er die Giehse und hat Graus-Tränen über sie gelacht.

Unser Sketch »Die Prophetin« hätte uns leicht zum Verhängnis werden können. Denn wiewohl traulich als Hausmeisterin verkleidet, *wandelte* in dieser Nummer die Theres sich zum Leibhaftigen – pardon, zum leibhaftigen Hitler. Mit dem Telephon ihrer Herrin wurde die geistig Minderbemittelte nicht fertig. Das undeutsche Ding war ihr zu kompliziert – eine ganz zersetzende Einrichtung. »Frau Motzknödel« richtete nichts als Verwirrung damit an. Milde getadelt, entwickelte sie schwerste Komplexe. An allem, was ihr schlecht und fluchwürdig schien auf Erden und was es ergo auszurotten galt, trugen allein das Telephon und dessen ruchlose Nutznießer die Schuld. Davon mußte sie überzeugen: die Herrin, die Mitangestellten, die Nachbarn, die Stadt, das Land, die Welt. Die Paranoia griff um sich. Im »Drahtlosen Haus« hielt »Die Prophetin« ihre große Radioansprache ans Volk. Schaum vor dem Mund, blind der irre Blick, rätselhaft ordinär die Nase, tobte, brüllte, bellte sie, ward plötzlich leise, doch desto fürchterlicher.

Will man mir glauben, daß es *unheimlich* war? Radio Hilversum hat die Rede aufgenommen, und wo irgend möglich wirkte sie rein akustisch noch abenteuerlicher. Das *war* er; der schrecklichste der Schrecken, *war* dieser Unglückmensch in seinem Wahn[13].

Wie ist mir denn aber? »Zucht und Ordnung« wollte ich halten – und jetzt? Mein Gegenstand riß mich fort. Verzeih, Theres. Verzeih insbesondere, daß ich der Jahre nach 1937 nur im Weggehen noch gedenken kann, wohl wissend, wie glanzvoll Du sie bestandest.

Über dem Ozean vermochte – nach 1034 Vorstellungen »daheim« – die »Mühle« sich nicht durchzusetzen. Dieser H. war eine innerdeutsche Affäre, reichlich ekelhaft, gewiß. So what? Nach kurzem Gastspiel gingst Du zurück, in die liebe Schweiz. Was Du dort geleistet, wie Du in Zürich die »Mutter Courage« aus der Taufe hobst[14] und schon mit diesem ersten Wurf zur Brecht-Interpretin par excellence wurdest – all dies und vieles mehr ist Theatergeschichte, und würdigere Federn werden sich rühren zu Deinem Preise.

Ich will nur danken. »La réalité«, sagt Proust, »ne se forme que dans la mémoire.«

Mögen die vorstehenden Bilder, meinem Gedächtnis entstiegen, ein wenig beitragen können zum genaueren Verständnis der prachtvollen Wirklichkeit, die Du bist. Bleib! Bleib noch sehr lange!

Ganz die Deine *Erika Mann*

1 Zum 70. Geburtstag der Giehse am 6. März unter dem Titel »Ein Brief an Therese Giehse. Zuhause im Exil«; in: *Süddeutsche Zeitung,* München, 2./3.3.1968, und in: *Die Weltwoche,* Zürich, 8.3.1968. **2** Vgl. Bd. I, S. 69. **3** Vgl. Bd. I, S. 30. **4** Verkündet am 15.9.1935 (antijüdische Rasse-Gesetze). **5** Rede vor 2000 alten Pg's. **6** Wilhelm Frick (1877–1946; hingerichtet) nationalsozialistischer Reichsleiter; 1933–43 Reichsinnenminister. **7** Konrad Henlein (1898–1945; Selbstmord). 1933 Führer der »Sudetendeutschen Heimatfront«, 1938 Gauleiter der NSDAP, 1939 Reichsstatthalter im Sudetenland. **8** Vgl. S. 114, Anm. 6. **9** Léon Degrelle (geb. 1906) führte 1935–37 die flämischen »Rexisten« zu politischem Erfolg, die zunehmend faschistische Ziele verfolgten. **10** Faschistische Bewegung der Schweiz (»Nationale Front«); vgl. Bd. I, S. 48. **11** Vgl. Bd. I, S. 65. **12** Ein Hauptwerk Ernst Blochs, in 3 Bänden 1954, 1955 u. 1959 erschienen. **13** Zitat aus F. Schillers »Lied von der Glocke« (1799): »Jedoch der schrecklichste der Schrecken,/Das ist der Mensch in seinem Wahn.« **14** 1941 im Schauspielhaus Zürich uraufgeführt unter Leopold Lindtberg.

VON BERTHOLD SPANGENBERG München, 4.3.1968

Liebe und verehrte gnädige Frau,
Sie sind also nun in Klosters! Schönsten Dank für Ihren lieben Brief. Das mit der S. Fischer-Auslieferung wird in Ordnung gehen. Ich glaube auch, daß es nur ein Versehen war. Beiliegend die Ankündigung einer Einstunden-Sendung des WDR[1] über Klaus Mann.
Morgen fahre ich also nach Stuttgart, hole Dr. Arras[2] ab, um mit ihm nach Karlsruhe zu fahren. Der Gegenanwalt ist offenbar wieder gesund.
Ganz besondere Anerkennung aber für Ihren Artikel über die Giehse. Das ist ein Stück lebendigster Zeit- und Emigrationsgeschichte geworden, mir ganz nach dem Herzen geschrieben. Würden Sie sich doch entschließen, so Ihre Erinnerungen weiterzuschreiben und sie – es ist immer noch meine geheime Hoffnung! – eines Tages bei mir veröffentlichen. Es ist soviel persönliches Temperament darin, daß man einen Bombenerfolg voraussagen kann. (Hier würde ich eine weit höhere Wette[3] eingehen als bei den unsicheren Americana!)
Herzlichst grüßend
Ihr Berthold Spangenberg

1 Heinz-Ludwig Schneider, »Beruf: Zeitgenosse. Über den Ruhm Klaus Manns«, *WDR*, 12.3.1968. 2 Vgl. S. 162, Anm. 5. 3 EM hatte mit ihm um DM 100,– gewettet, daß bei den amerikanischen Präsidentschaftswahlen 1968 der demokratische Kandidat H. Humphrey unterliegen werde; sie behielt recht, Richard M. Nixon wurde 37. Präsident der USA (1969–74).

AN BERTHOLD SPANGENBERG Klosters, 30.3.1968

Lieber Herr Spangenberg, –
Ihre »Stellungnahme«[1] in der FAZ (Vielen Dank!) ist sehr gut, sehr würdig, sehr traurig. Freilich versperrt sie gewissermaßen den Weg zu einem von uns entfernt ins Auge gefaßten Vorwort[2]. Ein solches könnte und sollte nun – wenn über-

haupt – wohl von mir gezeichnet sein. Und nach wie vor bin ich bereit, – sobald Urteil und Urteilsbegründung uns schriftlich vorliegen, – den Versuch zu machen. Die Grenzlösung zu finden zwischen dem, was den Richtern [...] akzeptabel wäre, und dem, was wir dem Leser bieten möchten, wird oder würde allerdings ungewöhnlich prekär und schwierig sein. On verra. Gerührt war ich darüber, daß Sie in unserem Trauer-Telephonat auf meine Erinnerungen in spe die Rede brachten. Nun, zwei Dinge kann ich Ihnen versprechen: 1. Die Sache mit Fritz Raddatz und Rowohlt[3] mache ich *nicht*. Aus verschiedenen Gründen. 2. Sollte ich überhaupt je ein solches »Vorhaben« realisieren, so würde ich es Ihnen anbieten, – vorausgesetzt, Lust und Liebe am Verlegerberuf in der Bunzreplik sei Ihnen bis dahin nicht vergangen. Ernsthaft: hätte ich Zeit, – es wäre nicht undenkbar, daß ich zu der eigenen Erheiterung, deren ich so dringend bedürfte, sowas einmal »anginge«. Aber laufend häufen sich vor mir die Nachlaß-Verpflichtungen.

In diesem Zusammenhang: sehr gut gefallen mir Ihre Voranzeigen der Essaybände[4]. Das nimmt sich doch alles recht verlockend aus, und im Grunde sehe ich nicht ein, warum durchaus ein Verlustgeschäft daraus werden muß.

Ihre »Stellungnahme« war bisher das einzige, was ich bezüglich des Prozesses bekam. [...] Gewiß aber ist doch mancherorts etwas erschienen. [...] Seien Sie doch also bitte so freundlich, mir *alles* ehetunlichst zukommen zu lassen. Wo bleiben auch die Päpste Pius Mayer[5] und Gregorius Reich-Ranicki[6]? Nicht nur interessieren mich die »Stimmen«, wie mies immer sie auch sein mögen, – im Hinblick auf ein »etwaiges« Vorwort sollte ich sie auch vollzählig kennen.

Wie immer herzlichst die Ihre: Erika Mann

1 Berthold Spangenberg, »Stellungnahme zum Verbot des ›Mephisto‹-Romans«, in: *Frankfurter Allgemeine Zeitung* v. 27.3.1968. **2** Zu Klaus Manns »Mephisto«. **3** Auch der Rowohlt Verlag war an EMs Erinnerungen interessiert und hatte ihr einen Verlagsvertrag angeboten. **4** Klaus Manns »Prüfungen« (1968; vgl. S. 196, Anm. 8) folgte 1969: »Heute und Morgen. Schriften zur Zeit«, hrsg. v. Martin Gregor-Dellin, München (Nymphenburger Verlagshandlung). **5** Gemeint ist Professor Dr. Hans Mayer (geb. 1908), Literaturhistoriker und Kritiker. Exilweg: Frankreich, Schweiz, 1945 Dozent in Frankfurt, 1948 in Leipzig; seit 1963 wieder in der Bundesrepublik, 1965–73 Professor für Deutsche Literatur und Sprache an der TU Hannover; seit 1975 Honorarprofessor an der Universität Tübingen; schrieb über Werk und Entwicklung Thomas Manns. **6** Marcel Reich-Ranicki (geb. 1920), 1960–1973 Literaturkritiker der Wochenzeitung »Die Zeit«; seit 1974 Leiter des Literaturteils der »Frankfurter Allgemeinen Zeitung«; 1968–75 ständiger Gastprofessor an ausländischen Universitäten, 1974 Honorarprofessor in Tübingen.

AN WOLF-EBERHARD HEINZEL[1] Kilchberg, 20.6.1968

Sehr verehrter Herr Heinzel, –
ich antworte sogleich, weil meine Auskunft kurz sein darf und muß.
Darüber, daß Sie »Klaus Manns Alexander-Roman« als schriftliche Hausarbeit gewählt haben, freue ich mich sehr.
Was nun die Widmung[2] angeht, so steht das, wie folgt:
Ein Mitschüler (nicht eigentlich ein Freund) von K.M. in der Odenwaldschule sah ganz aus wie jener Engel. Der rührend schöne Junge war totkrank (irgendeine Sepsis), seine beiden Hände waren dick verbunden, und Klaus hat dies Bild nie vergessen. Ich kenne den Namen des Mitschülers, – da aber schon Klaus in jener Widmung ihn nicht genannt hat, sehe auch ich von der Nennung ab. »Autobiographisch« versäumen Sie nichts, wenn Sie über diese, meine Erklärung nicht hinausgehen.
Mit allen guten Wünschen und freundlichem Gruß
Ihre sehr ergebene

1 Nicht ermittelt. **2** »Dem Andenken von H.S. dem Engel mit den verbundenen Händen«. Die Widmung ist nur in der Erstausgabe (Berlin 1930) enthalten. H.S. war der 1929 achtzehnjährig verstorbene Hermann Schäfer, ein Mitschüler Klaus Manns in der Odenwaldschule (s. Klaus-Mann-Schriftenreihe (hrsg. v. Fredric Kroll), Band II: Fredric Kroll/Klaus Täubert: Unordnung und früher Ruhm (1906–1927), S. 58; Band III: Fredric Kroll: Vor der Sintflut (1927–1933), S. 57, Wiesbaden (Edition Klaus Blahak), seit 1976.

AN HANS-OTTO MAYER[1] Kilchberg, 3.7.1968

Lieber Dr. Mayer, –
[...] Was nun das Defregger-Haus[2] angeht, so verwirrt uns Ihr Brief. Keineswegs nämlich haben wir je in einem vierzimmrigen Blockhaus gewohnt, vielmehr in einer sehr hübschen und geräumigen Villa, – die Herren Eltern in getrennten Schlafzimmern, fünf Kinder, ein Kinderfräulein, zwei Mädchen und der Bauschan[3]. Das Ding hieß »Defreggerhaus«. Es lag erhöht, hatte einen großen, zum Ringsee abfallenden und verwilderten Garten, ein Bootshaus nebst Steg und ist uns allen in bester und genauester Erinnerung. An ein benachbartes Blockhaus dagegen erinnern wir uns nicht. Auch war Defregger ja äußerst wohlhabend, und so vermöchte ich mir nur vorzustellen, die unter Denkmalschutz stehende Hütte habe ihm vielleicht als ganz jungem Menschen mal gedient – oder dergleichen. Golo sagt, die *»unserem* Defreggerhaus« benachbarte Villa sei damals in der Tat von irgendwelchen Arnoldis bewohnt gewesen. Mag sein, Arnoldis zogen von einem Haus ins andere. Doch fehlt mir jede Möglichkeit, da irgendwas zu ermitteln oder nachzuprüfen. Needless to say[4], in »unserem« Haus befand sich auch ein vortreffliches Arbeitszimmer für T.M. und überhaupt: es fehlte an gar nichts.
Next question please[5].
Weiter frohe Ferien und wie immer die freundlichsten Wünsche und Grüße
Ihrer

PS. Zu erwähnen bleibt nicht nur, daß T.M. alles kriegte (er und das Baby[6]), was etwa an Eßbarem aufzutreiben war, sondern daß wir Kinder uns stolz von selbst gesuchten Schnecken und selbstgefischten Rotaugen ernährten. Am anderen Ende des Sees lebte Furtwängler, den ich als Dirigenten nie nach Gebühr zu schätzen vermochte, weil er damals meiner Mutter einredete, wir vier Kinder müßten stets je an einem Ruder sitzen, während sie nichts tat als steuern. Naturgemäß wurde dem scheußlichen Vorschlag nicht auf die Dauer stattgegeben. Die eine Woche jedoch genügte vollauf.

1 Hans-Otto Mayer (1908 – 1983); Buchhändler in Düsseldorf und Besitzer der damals größten privaten Thomas Mann-Sammlung, die sich heute bei der Universität Düsseldorf befindet. Zusammen mit Hans Bürgin (vgl. S. 158, Anm. 1) gab er heraus: »Thomas Mann. Eine Chronik seines Lebens«, Frankfurt/M. (S. Fischer) 1965, sowie: »Die Briefe Thomas Manns. Regesten und Register«, Bd. I–III, Frankfurt/M. 1976–82 (Bd. IV erscheint 1985). **2** Die Villa Defregger in Abwinkl am Tegernsee, wo Thomas Mann mit seiner Familie den Sommer 1918 verbrachte. Sie gehörte dem Sohn des österreichischen Malers Franz von Defregger (1835–1921). **3** Thomas Manns Hund, von ihm in »Herr und Hund. Ein Idyll« (1919; GW VIII, S. 526–617) geschildert. **4** Engl.: (Es ist) überflüssig zu erwähnen. **5** Engl.: Die nächste Frage bitte. Anspielung auf ihre vielen bisherigen Auskünfte und ihre Bereitschaft, weitere zu geben. **6** Elisabeth Mann, geb. am 24.4.1918.

7. DER REICHTUM EINER FAMILIE

Erika Manns letzte Energien galten dem Werk ihres Bruders Klaus, das sie nicht nur in Deutschland, sondern in der ganzen Welt den Lesern wieder zugänglich machen wollte. In Zusammenarbeit mit Martin Gregor-Dellin sicherte sie sein essayistisches Werk in zwei Bänden: »Prüfungen. Schriften zur Literatur« und »Heute und Morgen. Schriften zur Zeit«.[1] Erika kam dabei die Rolle der Beraterin zu und sie besorgte auch die Übersetzung aus dem Englischen. Gleichzeitig begann sie die in Amerika und Europa verstreute Korrespondenz ihres Bruders für die vom Verlag gewünschte Briefausgabe zu sammeln.

Bei der Vorbereitung der Verfassungsbeschwerde der Nymphenburger Verlagshandlung und ihres Verlegers gegen das Urteil des Bundesgerichtshofs in Sachen »Mephisto« unterstützte sie den Anwalt, Dr. Gerth Arras, mit Rat und Material. Trotz ihres Mißtrauens der deutschen Justiz gegenüber hegte Erika Mann zum ersten Mal Hoffnung auf einen positiven Ausgang des Rechtsstreits. Ihr Vertrauen begründete sie mit der »politischen Integrität« des damaligen Bundesjustizministers Gustav Heinemann[2].

Erika Mann durfte auch noch erleben, wie sich aus der Werkausgabe und der öffentlichen Teilnahme am Mephistoprozeß das Interesse von Kritik und Publikum am Werk ihres Bruders ausweitete. Zeitlich lief die Kenntnisnahme der so lange verdrängten Exilliteratur und der Beginn ihrer wissenschaftlichen Erforschung fast parallel mit der studentischen Protestbewegung der 60er Jahre. Sie war für Erika ein Zeichen der Erneuerung und eines Bewußtseinswandels, der Teile der gesellschaftlichen Struktur verändern konnte.

Nicht mehr zu erleben brauchte Erika Mann die Ablehnung der Mephisto-Beschwerde durch das Bundesverfassungsgericht[3]. Der Tod ereilte sie am 27.8.1969 nach der Operation eines Gehirntumors, dessen erste Anzeichen ein halbes Jahr zuvor aufgetreten waren.

Und nicht mehr erleben konnte Erika den Erfolg einer Taschenbuchausgabe des »Mephisto« im Dezember 1980[4]. Seitdem findet Klaus Manns »künstlerisches Vermächtnis« ein vielfältiges Echo, vor allem in einer breiten Schicht kritischer junger Menschen. Diese Wiedergutmachung am Werk von Klaus Mann wird immer mit ihrem Namen verbunden bleiben. Sie hat sichtbar den Reichtum vermehrt, den die deutsche Literatur einer einzigen Familie verdankt.

1 Vgl. S. 196, Anm. 8 u. S. 211, Anm. 4. **2** Gustav W. Heinemann (1899–1976), Politiker; bis 1952 CDU-, seit 1957 SPD-Mitglied. 1949/50 Bundesinnenminister, Mitbegründer der Gesamtdeutschen Volkspartei. 1966–69 Bundesjustizminister; 1969–74 Bundespräsident. **3** Nach dem Verbot von Mephisto hatte sich EM am 30.11.1968 an den damaligen Justizminister Gustav W. Heinemann brieflich gewandt und dafür plädiert, daß das »Recht auf Meinungsfreiheit« in der Bundesrepublik stärker herangezogen werde, auch »wo es um einen Autor geht, dessen kämpferischer Ernst und dessen unbestechliches Verantwortungsgefühl außer Frage stehen«. (S. Eberhard Spangenberg, »Karriere eines Romans«, S. 182 ff.) **4** Berthold Spangenberg, der in der Neuausgabe als Einleitung die Geschichte des Romans und des Prozesses festhält, hatte damit eine Zusammenarbeit mit dem damaligen Leiter des Rowohlt Taschenbuchverlags, Dr. Matthias Wegner, begonnen. Seitdem erscheinen auch die Taschenbuchausgaben des gesamten erzählerischen Werks von Klaus Mann in der Reihe rororo des Rowohlt Verlags.

AN BERTHOLD SPANGENBERG Kilchberg, 1.9.1968

Lieber Herr Spangenberg, –
mein einziger Trost in diesen finsteren Tagen ist »unser« Essayband[1] und ist – vor allem – die wunderschöne Echo-Musik, die ihm mit Schallgeschwindigkeit folgte. War schon die FAZ-Besprechung[2] *ungemein* erfreulich und, – allein dem Umfang nach, – erstaunlich, so schießt Frau Brock-Sulzer[3] in der »Weltwoche« einen Vogel von seltenster Pracht ab. Diese immer sehr gescheite, doch gelegentlich mit Scheuklappen bewaffnete und verschmockte Schreiberin hat da etwas geliefert, womit sie für lange mein ganzes Herz gewann. Schöner, klarer und überzeugter – ergo überzeugender – konnte man es nicht sagen. Und ich glaube, mein Eindruck sei berechtigt, daß mit diesen beiden Kritiken ein Fonds gelegt und ein Tenor angege-

ben ist, der sich so leicht nicht mehr ins Gegenteil verwandeln läßt.
Wie froh und erleichtert bin ich doch auch Ihnen gegenüber und gegenüber unserem Gregor[4]. Sie haben gewagt und, wie mich deucht, gewonnen. Und Gregor hat sich eine enorme Arbeit gemacht, wurde von mir in derselben auch noch behindert, da ich, dem Autor und seinen Werken allzu nahe stehend, zu einem gewissen Kleinmut neigte. Ich fürchtete, nur das *Aller*beste würde standhalten, während sich nun herausstellt, daß auch das Beste und das »nur« Gute gut genug sind. Mit Vertrauen dürfen wir der Publikation von Band II[5] entgegenblicken. [...]
Absichtlich habe ich in Kreuthlingen[6] das Thema »Symphonie Pathétique«[7] und »Bücher der Neunzehn«[8] unberührt gelassen. Ich wollte »Püfungen«[9] (ein wie glänzender Titel das ist, erhellt – wie manches andere – aus der Brock-Sulzer-Besprechung!) abwarten, wie auch die Reaktion auf den Band. Nun scheint leidlich sicher, daß die 3000 Exemplare bald weg sein werden, und daß überhaupt Klaus »sich lohnt«. Sehr dankbar wollte ich also sein, wenn Sie jetzt doch – sagen wir, im Laufe des September – in Sachen des »Tschaikowsky« zu einem Entschluß kommen könnten, damit ich den ersehnten Schlußstrich zu ziehen vermöchte unter das Kapitel Blanvalet.
Neues vom Kriegsschauplatz »Mephisto«? Aber das wüßte ich gewiß.
Immer und sehr herzlich die Ihre: E.M.

1 Klaus Mann, »Prüfungen. Schriften zur Literatur«; vgl. S. 196, Anm. 8. **2** Karl-Heinz Bohrer, »Der späte Abenteurer«, in: *Frankfurter Allgemeine Zeitung* v. 24.8.1968. **3** Elisabeth Brock-Sulzer, »Klaus Mann und seine Zeit«, in: *Die Weltwoche,* Zürich, 30.8.1968. **4** Martin Gregor-Dellin. **5** Vgl. S. 211, Anm. 4. **6** Berthold Spangenberg hatte EM während eines Aufenthalts in Kreuth besucht. **7** »Ein Tschaikowsky-Roman« (Untertitel) von Klaus Mann, Amsterdam (Querido) 1935. Neuausgabe: Berlin (Blanvalet) 1952; vgl. auch S. 28. **8** Zusammenschluß von 19 literarischen Verlagen (darunter die Nymphenburger Verlagshandlung) zu einer Werbegemeinschaft (1954–76); unter dem Namen und Signet »Die Bücher der Neunzehn« erschien monatlich eine preiswerte, einmalige Sonderausgabe. Als Bd. 189 dieser Reihe wurde 1970 Klaus Manns »Symphonie Pathétique« veröffentlicht. **9** B. Spangenberg hatte den Titel für den Essayband vorgeschlagen.

VON MARTIN GREGOR-DELLIN München, 17.9.1968

Liebe Frau Erika Mann,
was mir die Sprache verschlagen hat, können Sie sich denken. Die zweite Hälfte meines Urlaubs verbrachte ich am Auto-Radio, anstatt am Strand. Aus Italien zurückgekehrt, war es schwer, überhaupt wieder auf die Arbeit sich zu konzentrieren. Jetzt habe ich Kreislaufstörungen, der Arzt schüttelt den Kopf – natürlich habe ich nichts. In ein paar Wochen hätte ich in Prag[1] sein sollen. Wenig, wenig Erfreuliches in dieser Welt.
Da ist mir der publizistische Erfolg unseres Klaus-Mann-Bandes[2] denn doch eine rechte Wohltat. Er erschien in meiner Abwesenheit, ich konnte Ihnen nicht ein paar Zeilen dazu schreiben, aber jetzt las ich Ihren schönen Brief im Verlag und freue mich mit Ihnen – was immer auch [...] womöglich wird zu meckern haben, es kann uns nicht mehr beirren, der Weg war richtig, und ich bin froh darüber. Auch andere Kritiker sind sehr begeistert, Lattmann[3] zum Beispiel, der in einem Heft[4] der Bücher der Neunzehn den Expressionismus-Essay[5] als Vorwort abdrucken will. Horst Bienek[6] will sich im dtv[7] stark machen für eine Lizenzausgabe[8], vielleicht aus Band I und II. Ja, natürlich, vor allem bin ich nun für Band II ordentlich bestärkt worden, das erleichtert vieles. Ich bin glücklich, glücklich für Sie, für Klaus Mann, überhaupt für all diese Anstrengungen, die einmal *richtig* waren – und wie selten ist das zu sagen.
Jetzt habe ich noch eine endgültige Fassung meines Klaus-Mann-Essays für einen Essay-Band[9] fertiggestellt, der nächstes Jahr erscheinen soll – eine Zusammenfassung dessen, was ich bisher notiert und z.T. für Funk und Nachwort verwendet hatte.
Zur Messe zu fahren erspare ich mir, arbeite stattdessen an meinem Roman[10] wieder. Und am Donnerstag höre ich *Sie*[11], über Thomas Mann!
Herzliche Grüße Ihres Gregor

1 Am 21.8.1968 waren russische Panzer in Prag eingerückt; Truppen des Warschauer Pakts beteiligten sich an der Aktion gegen die CSSR, die den

»Prager Frühling« und die Ära Dubček beendete. **2** »Prüfungen«; vgl. vorhergehenden Brief. **3** Dieter Lattmann (geb. 1926), Schriftsteller; 1972–80 Mitglied des Deutschen Bundestags (SPD). Mitbegründer, 1969/74 Vorsitzender des Verbands deutscher Schriftsteller (VS). **4** Halbjährlich erscheinendes Werbeheft »Die Neunzehn« (s.a. S. 217, Anm. 8). **5** Klaus Mann, »1919 – Der literarische Expressionismus« (1934); in: »Prüfungen«, S. 192–209. **6** Horst Bienek (geb. 1930), Schriftsteller, Kritiker und Filmemacher; seit 1961 auch Verlagslektor und Herausgeber für den Deutschen Taschenbuch Verlag. **7** Deutscher Taschenbuch Verlag, München. **8** Erschien erst 1973 im dtv unter dem Titel Klaus Mann, »Die Heimsuchung des europäischen Geistes. Aufsätze«, hrsg. M. Gregor-Dellin. – Neuauflage unter dem Titel: »Jugend und Radikalismus«, 1981 (dtv 1703). **9** »Klaus Mann – Zeitgenosse zwischen den Fronten«, erst 1979 in dem Band »Im Zeitalter Kafkas. Essays.«, München (Piper). **10** »Die Nonnentrompete«. Der Roman ist unvollendet. **11** Wahrscheinlich eine Wiederholung der Sendung »Mein Vater Thomas Mann«, Gespräch mit Roswitha Schmalenbach, 2. Programm des Senders Beromünster, Studio Basel, v. 29.4.1968.

AN BERTHOLD SPANGENBERG Kilchberg, 10.10.1968

Lieber Herr Spangenberg, –
nous voilà. Im Leben nicht bringt dieser Blanvalet das Buch[1] fristgemäß heraus, geschweige denn, daß er fristgemäß antworten könnte. Hat der gar nicht in sich. Und ich bin jedenfalls froh, mit ihm fertig zu sein. Wann schließlich »wir« den Roman neu auflegen, wird unsere Sache sein, und wir besprechen es noch.

Vielen Dank auch für Photostat des Schreibens von H.A. Natan[2]. Das »H.« steht zweifellos für den Namen Heinz, unter welchem Natan mir genau bekannt gewesen ist. Der Brief[3] ist nicht ungut. Vor allem scheint es mir einschlägig und triftig, daß Natan das Kommunistentum des Gründgens so klar herausstellt. Wie von mir wiederholt schon angemerkt, gab unser Gustaf sich hundertprozentig als Kommunist, eine Haltung, die mich persönlich kaum gestört hätte (obwohl sie der meinen diametral entgegenstand), die ich aber als unaufrichtig, versnobt, quasi-opportunistisch ablehnte, und die nicht unerheblich zu meinem Wunsche nach Scheidung beitrug. Daß Gründgens »gesinnungsgemäß« kein Nazi war, wird niemand

bestreiten. Daß er aber immer *gesinnungslos* gewesen ist – und zwar so, daß er »trug«, was gerade chic und *nützlich* war, das ist wichtig. Auch sonst enthält der Natanbrief einiges Brauchbare. [...]
Mit Gregor, der im November herkommt, beratschlage ich noch über gewisse denkbare Zusätze für »Heute und Morgen«[4]. Es gilt, zu erwägen, ob ich aus »Stars and Stripes« und anderen amerikanischen Publikationen noch einiges Wenige übersetzen sollte. Grundsätzlich bleibt natürlich der Band wie geplant.
Schluß für heute.
Immer sehr herzlich die Ihre: Erika Mann

1 Klaus Mann, »Symphonie Pathétique«; vgl. S. 217, Anm. 7. **2** Alex Natan (geb. 1906), Schriftsteller, Neffe des Kunsthändlers Alfred Flechtheim, in Berlin mit Klaus Mann und Gustaf Gründgens befreundet, Sportjournalist, 1933 nach England emigriert, Theaterkritiker, Mitglied des P.E.N. Clubs. **3** Unveröffentlichter Brief von Alex Natan an B. Spangenberg vom 27.9.1968; er berichtet darin u.a. über Gründgens kurzzeitiges »Exil« in Paris im Jahre 1933 (s. Eberhard Spangenberg, »Karriere eines Romans«, S. 53). **4** In Klaus Manns »Heute und Morgen. Schriften zur Zeit« (vgl. S. 211, Anm. 4) wurden zwei von EM übersetzte Beiträge aufgenommen: »Thomas Masaryk – Held der Geduld und der Ausdauer« (1941; S. 273–283) und »Die Heimsuchung des europäischen Geistes« (1949; S. 317–338).

AN LALA PRINGSHEIM[1] Kilchberg, 15.11.1968

Gute Tante, –
sei aufs herzlichste bedankt für Deine lieben Zeilen und den köstlichen Marzipan, der eben erst eintraf. Anderenfalls hätte ich längst schon geschrieben. Doch wollt' ich den Tag nicht vor dem Abend loben, obwohl ich Grund genug gehabt hätte, Dich und die Gabe zu preisen, selbst ehe letztere ankam. Nun ist sie da und mundet vorzüglich.
»Mein berühmter Golo«, auf den ich natürlich sehr stolz bin, ist schon wieder verreist. Der Junge ist Dir ja so begehrt. Verständlicher Weise. Andererseits freut es mich aber auch, daß der neue Essayband von Klaus, »Prüfungen«, ein großer Er-

folg ist. Was für ein Jammer, daß Kläuschen all die Erfolge, die seine Bücher jetzt haben, nicht abwarten konnte. Freilich: wenn er lebte, – wer weiß, ob die Menschen ihm dann so wohlwollen würden.
Und nun ade für heut, – sei nochmals bedankt und aufs schönste gegrüßt
von immer Deiner

1 Klara Pringsheim, geb. Koszler, gen. Lala, Frau des Musikers Klaus Pringsheim (1883–1972), des Zwillingsbruders von Katia Mann.

AN MANFRED SALLER Kilchberg, 28.11.1968

Sehr geehrter Herr Dr. Saller, –
haben Sie vielen Dank für Ihren freundlichen und interessanten Brief vom 20. November[2].
Doch, ich bin gern bereit, die ehrenvolle Aufgabe zu übernehmen, für die Sie mich vorgeschlagen haben. Mir scheint, Ihre Einladung geht, wie die des Herrn Oberbürgermeisters Dr. Vogel[3] zurück auf eine Anregung meines Bruders, Professor Golo Mann. Wie ich freilich fürchte, hat mein Bruder vergessen, zu erwähnen, daß ich schwer gehbehindert bin und mich nur auf zwei Krücken fortbewegen kann. Im allgemeinen nehme ich also ausschließlich Funk- und Fernseh-Angebote an, trete aber nicht in Sälen auf. Sollte meine Behinderung Sie nicht stören, so müßte ich jedenfalls um Tisch und Stuhl bitten, da ich länger als fünf Minuten nicht stehen kann – und auch dann schlecht[4].
Trotz allem bin ich ganz munter und gewiß würde mir für Eure zehn- bis zwölfjährigen Jungen und Mädchen etwas einfallen – über den Schüler Thomas Mann und über die Zeit, da seine Kinder die Schulen Münchens unsicher machten.
Auch meine Mutter dankt herzlich für Ihren Brief. Wenn, wie wir hoffen, ihre Gesundheit es erlaubt, wird sie am 24. April kommenden Jahres der feierlichen Namensverleihung beiwohnen.
Eine Frage: gesetzt, Sie nehmen an meinen Krücken keinen An-

stoß, – wie lang sollte die Festansprache sein? Nicht zu lang, meine ich, bitte aber jedenfalls um Auskunft.

»Apollo und Hyazinth«[5] habe ich in der Tat ins Deutsche übersetzt. Unter der Stabführung von Karl Schleifer[6] haben wir das reizende Operchen damals im Cherubim-Saal (ich glaube, er hieß so) der Vier Jahreszeiten sehr erfolgreich aufgeführt. Das süße alte Stadttheater in Bayreuth[7] brachte unsere Bearbeitung gleichfalls heraus, und im Dritten Reich hat – natürlich ohne Nennung der Bearbeiterin – der Bayerische Rundfunk die Oper gesendet. Es sollte mich außerordentlich freuen, wenn Schüler Ihrer Schule im April zur Tat schritten. Ein Exemplar meines Textes – in der Bundesrepublik meines Wissens nie gedruckt – lege ich bei. Ich bin auch im Besitz des ausgezeichneten Klavierauszugs von Karl Schleifer. Da Schleifer längst gestorben ist, fühle ich mich befugt, Ihnen auch den Klavierauszug zur Verfügung zu stellen, müßte ihn freilich unbedingt und unversehrt zurück haben. Vielleicht wollen Sie ihn photokopieren lassen?

In der Hoffnung, bald von Ihnen zu hören, und mit den freundlichsten Grüßen

Ihre sehr ergebene

1 Manfred Saller (geb. 1929), seit 1967 Direktor des Gymnasiums in München-Fürstenried, das am 24.4.1969 nach Thomas Mann benannt wurde. **2** Nicht erhalten. **3** Hans-Jochen Vogel (geb. 1926), SPD-Politiker; 1960–72 Oberbürgermeister in München. **4** Wegen ihrer letzten schweren Erkrankung im Frühjahr 1969 konnte EM an der Feier nicht teilnehmen; an ihrer Stelle sprach Golo Mann. Noch am 24.3.1969 schrieb sie an Dr. Saller wieder: »Eine kleine Sorge bereitet mir noch immer mein Auftritt – auf Krücken. Mir scheint, es wäre klug, wenn ich – etwa am 23. – in die Schule käme, um alles mit Ihnen zu beraten und festzulegen. Zu ungern möchte ich die Schülerschaft bedrücken oder herabstimmen ...« (Unveröffentlichter Brief im Erika Mann-Archiv). **5** W.A. Mozart, »Apoll und Hyazinth«, Oper in drei Bildern (1767; K.V. 38); nach dem Autograph bearb. v. Karl Schleifer; Nachdichtung des Textes aus dem Lateinischen: Erika Mann, Halle (Mitteldeutscher Verlag) 1953. Die Uraufführung fand im März 1932 statt. **6** Karl Schleifer (geb. 1906), Musikologe aus Glonn/Oberbayern; Dirigent beim Bayerischen Rundfunk. **7** Das Markgräfliche Opernhaus.

AN HANS HABE Kilchberg, 29.12.1968

Lieber Hans, –
Du bist sehr reizend, und Dein Bildchen[1] und Deine Weihnachtssternchen[1] sind wunderhübsch. Tausendundeinen Dank. Wohl kann ich mir vorstellen, daß es Dir gar nicht so leicht fällt, mein so freundlich und aktiv zu gedenken, da Du doch der Überzeugung lebst, ich verscherzte leichtfertig Freundschaften, die dies keineswegs verdienten. Wie Du aber weißt, fühle ich mich willens und imstande, an solchen Freundschaften festzuhalten, selbst wo »Dialoge« sich im Augenblick als untunlich erweisen. In meinem Grundgefühl für Dich hat sich nichts – oder doch nur wenig – geändert.
Wo nur bleibt Dein Buch[2]? Ist es noch nirgends gesetzt? Auch im Amerikanischen nicht? Du magst Dir vorstellen, wie neugierig ich bin. Vor Zeiten meintest Du, ich würde »durchlachen«. Nichts täte ich lieber, zu einer Zeit, da das »Durchweinen« und »Durchtoben« an der Tages- und Nachtordnung ist. Obsendest Du bald einmal? Bittschön.
»Mein Buch«, – will sagen, die »T.M.-Auslese«[3], die ich für den Ueberreuter Verlag, Wien, (größtes Jugendbuchhaus Österreichs) zusammen gebastelt, ist »inetwa« fertig. *Mir* gefällt es nicht eben schlecht, – da aber *alles,* was ich bisher leidlich gemacht, mir *sehr* schlecht gefiel, dürfte dies Machwerk miserabel sein. On verra.
On verra überhaupt. 1969 verspricht nichts als das Allerbeste. Plus Mond.
Alles Freundliche und Herzliche für Euch beide
von immer Eurer

1 Nicht erhalten. **2** Vgl. S. 203, Anm. 12. **3** Vgl. S. 170, Anm. 3.

AN HANS-ALBERT WALTER Kilchberg, 14.1.1969

Lieber Hans-Albert Walter, –
LÄNGST schulde ich Ihnen einen Brief. Ihr letztes Schreiben – mein Gott! – stammt vom 19. Juli 68. Damals war ich im Begriff, nach Wildbad Kreuth zu verreisen, und dort tue ich gar nichts. Dann wußte ich, Sie würden die »Prüfungen« für »Die Zeit« besprechen, freute mich und wartete. Erst im Laufe des Dezembers dann bekam ich die Kritik[1] zu sehen und freue mich nun darüber. Das haben Sie wieder auffallend schön gemacht. Und diesmal wenigstens sind Sie nicht so vereinsamt. Der Band hat im ganzen eine erstaunlich gute Presse gehabt, – zweifellos, weil – im Gegensatz zu Ihnen – die Rezensenten in der Bunzreplik keine Ahnung gehabt hatten von den Qualitäten des Essayisten K.M. Schon aus dem »Wendepunkt« hätten die Herren Einiges ersehen können. Doch taten sie es nicht.
In Sachen »Mephisto« gehen die Nymphenburger jetzt in die Verfassungsbeschwerde, und – eigentlich erstmalig – hege ich ein bißchen Hoffnung. Allzu offenbar ist das Urteil des Bundesgerichtshofs verfassungswidrig, und während niemand in Deutschland seines (politischen) Lebens sicher sein kann, scheint mir immerhin sehr denkbar, daß wir vor dem Verfassungsgericht bestehen werden.
Nur zu richtig charakterisieren Sie die Zu- und Umstände in Ihrem Lande. Wer paßt dort noch hin? Zu fragen wäre freilich: wer paßt irgendwo noch hin? Ich – par exemple – passe nach Hanoi fast so wenig wie in die USA, und in die Schweiz nur etwas besser als in die DDR. Auch nicht wahr, in der DDR könnte ich schlechterdings nicht leben, während es hier schlechter Dinge geht.
Was treiben Sie? Sollten Sie sich nicht einmal an ein Buch wagen? Die Begabung hätten Sie doch. Und Verleger findet man auch. Tout le monde sucht, – nicht zuletzt die braven Nymphenburger suchen, und wie gern machte ich mich zu Ihrem Anwalt!
Schreiben Sie bitte jedenfalls ein Wort. Den Februar über bin ich wieder in Klosters, bis dahin aber wese ich an.
Eh ich's vergesse: die Auflagenhöhe von DECISION[2] ist mir

nie bekannt gewesen. Unmöglich erscheint die Eruierung mir nicht, da Klaus, auf der Suche nach Kapital, immer wieder Rechnung legen mußte. Doch sind die betreffenden Korrespondenzen augenblicklich völlig verkramt, und so kann ich Ihnen jetzt nicht Rede stehen. Sehr hoch ist die Auflage nie gewesen. Die Zeitschrift verstarb, ehe sich die Abonnenten gebührend mehren konnten. Das Ansehen aber der Monatsschrift war hoch.
Ihnen wie immer alle guten Wünsche und die herzlichsten Grüße
Ihrer

1 Hans-Albert Walter, »Höllisch genau achtgeben«; in: *Die Zeit,* Hamburg, 29.11.1968. **2** »A Review of free Culture« (Untertitel), ed. Klaus Mann, New York, Jan. 1941–Feb. 1942.

AN GISELA BERGLUND[1] Kilchberg, 17.1.1969

Sehr geehrte Frau Berglund, –
bitte entschuldigen Sie diese späte Antwort auf Ihren freundlichen Brief vom 4. Oktober 1968. Aber nicht nur bin ich laufend sehr überbürdet, – Ihren Fragen ist auch schwer Genüge zu tun.
Was die »Quellen« angeht, die Klaus Mann für seinen Roman »Der Vulkan« etwa verwendet hat, so gibt es da keine schlüssige Auskunft. Selbstverständlich hat mein Bruder sich auf »wirkliche Geschehnisse«, »Berichte von Flüchtlingen«, »Zeitungsartikel« und dergleichen gestützt. Doch trifft bereits die Vermutung nicht zu, ich hätte ihm als »Vorbild« für die Figur der »Marion von Kammer« gedient. Wie so häufig in Romanen, fließen hier die Züge verschiedener Vorbilder ineinander. Das gleiche gilt für die Figur des Professors Abel. Wenn man will, hat Klaus Mann hier Fritz Strich[2] mit Martin Gumpert[3] vermählt, – aber selbstverständlich aus eigenen Beständen hinzugefügt. Von der Gestalt des »Martin Corella« wäre zu sagen, daß sie ungemein an den verstorbenen Wolfgang Hellmert[4] erinnert. Aber auch hier: Klaus Mann ist gleichfalls enthalten.

»Marcel Poiret«, – das ist – gewissermaßen – René Crevel[5] – mit Zutaten und Weglassungen. Und so weiter und so fort. Nichts »stimmt«, und alles ist stimmig. Persönlich kann ich historisch keinen besonderen Sinn darin sehen, Romanfiguren mit »wirklichen« Gestalten zusammenreimen zu wollen. Der Erzähler lebt aus der Wirklichkeit *und* aus dem, was »der Geist« ihm eingibt. Schreibt er die Wahrheit (und tut dies begabt), so ist er gut. Erfindet er nur, so mag er begabt sein, wird aber die Wirklichkeit kaum »treffen«.
Mit den besten Wünschen für Ihre Arbeit und Ihr persönliches Wohlergehen
Ihre sehr ergebene

1 Gisela Berglund, schwedische Germanistin, Verfasserin der Studie: »Deutsche Opposition in Presse und Roman des Exils. Eine Darstellung und ein Vergleich mit der historischen Wirklichkeit«, Stockholm (Almquist & Wiksell) 1972. **2** Fritz Strich (1882–1963), Literaturhistoriker; 1915 außerordentlicher Professor für Literatur in München und seitdem mit der Familie Mann befreundet. 1929–53 Ordinarius in Bern; seit 1941 Schweizer Staatsbürger. **3** Martin Gumpert (1897–1955), Arzt und Schriftsteller; 1936 in die USA emigriert. Er war seit 1937 jahrelang mit EM liiert, ohne daß sie sich entschließen konnte, ihn zu heiraten. **4** Vgl. S. 139, Anm. 3. **5** René Crevel (1900–35), französischer Schriftsteller; mit Klaus Mann eng befreundet (vgl. Klaus Mann, »Prüfungen«, S. 27–41). Er beging Selbstmord.

AN RAMON NECKELMANN[1] 17.1.1969

Lieber, guter Ramon, –
Dein Weihnachtsgeschenk und Dein Gruß haben mich *sehr* gefreut. Denn warum? Das Blatt ist wunderhübsch, Deine Zeilen sind lieb, und überhaupt bist Du einer der ganz wenigen aus der Frühzeit, die noch leben und mir hold sind. Lotte Walter (Brunos überlebende Tochter) und Pamela[2] gehören zu diesem Grüppchen, – auch »Edith«[3] zählt, wohnt in London, und Du kennst sie nicht. Alle anderen sind dahin oder total verschollen.
Wer heute Traum und Wirklichkeit nicht mehr recht voneinander trennen kann, soll sich glücklich preisen. Die Wirklichkeit

ist größtenteils gar zu ekelhaft, und die Träume leiden unter der Widrigkeit. »Was dürfen wir hoffen?« Nun, ich weiß es nicht. Aber an eine Lösung durch irgendein »System« vermag auch ich durchaus nicht zu glauben. Eher meine ich schon, die Menschheit werde ihren kleinen Stern – selbst ohne Atomkrieg – in absehbarer Zeit zerstören. Du und ich aber erleben das kaum.

Mir geht es leidlich, wenngleich die Krücken dazu neigen, mir immer weniger Freude zu machen. Meinen Aufgaben aber, die allzu zahlreich sind, widme ich mich mit einiger Verbissenheit, gehe demnächst in das mir verschriebene Gebirge (Klosters, Graubünden) und gedenke Deiner immer aufs herzlichste.

Très bien à toi[4]: Erika Mann

1 Ramon Neckelmann, Maler, Jugendfreund von Erika und Klaus Mann. Lebte damals in Hamburg. **2** Annapamela Wedekind-Regnier (1906–1986), Schauspielerin, Tochter des Dichters Frank Wedekind. Seit ihrer Kindheit mit Erika und Klaus Mann eng befreundet. Vgl. Bd. I, S. 12. **3** Edith Loewenberg, geb. Littmann; eine langjährige Freundin EMs; sie lebt in London. **4** Franz.: Sehr die Deine.

VON MARTIN GREGOR-DELLIN München, 14.3.1969

Liebe Frau Erika Mann,

fast ist man versucht zu sagen: die besten Manuskripte Klaus Manns seien diejenigen, die Erika Mann übersetzt hat ... was natürlich ungerecht ist gegenüber Ihrem Bruder, aber Sie leisten in der Tat Unglaubliches! Masaryk[1] ist hinreißend, Sie haben da eine Essay-Diktion, die an die besten Stunden Ihres Onkels Heinrich erinnert, wenn man Vergleiche sucht. So jedenfalls wirkt dieser Masaryk, den ich ungekürzt akzeptiere. Vorbemerkung[2] kommt in die Anmerkungen, Titel bleibt, Beneš ist für meine Begriffe richtig, ich korrigiere es in zwei anderen Aufsätzen[3] nach.

Nun bin ich mit der großen Einteilung fertig und das Redigieren ist noch abzuschließen. Ich mußte aus Umfanggründen (strenge Anweisung des Verlags) doch auf manches Nebensächliche verzichten. Ich war um 100 Seiten übers Ziel geschossen,

und so mußten auch einige große Stücke fallen: wie der nicht einzuordnende Ludwig II.[4] (zum Teil ist er ja auch überholt) und die Studie »Bildnis des Vaters«[5], gegen die Sie mit Recht schon früher einiges einzuwenden hatten (zu privat, nicht unbedingt neu, usw.). Ich glaube aber, man kann das vielleicht einmal später als Sonderdruck bringen. Ich lasse noch einmal das endgültige Inhaltsverzeichnis abkopieren und schicke es Ihnen demnächst mit ein paar Bleistift-Erläuterungen, wo die Titel Ihnen zu wenig sagen.
Der Band wird dann also wieder etwa 380 Seiten haben, wie der erste. – Bis Anfang Juni bin ich mit diesen und andren Dingen so mit Arbeit eingedeckt, daß ich wohl kaum eher in die lieblich-herbe Schweiz reisen kann, zum etwas schwierigen Schibler[6] nach Zürich und ins wesentlich anheimelndere Kilchberg. Aber ich hoffe Sie doch noch im ersten Halbjahr hier oder dort zu sehen, bevor ich mich in den Haus-Umzug stürze (schweigen wir davon, es wird Nerven kosten). Mein Roman[7] geht langsam dem Ende zu, aber nicht vor Sommer, so daß er im Herbst noch nicht wird erscheinen können. Das Ding wird, für meine Verhältnisse, so irrsinnig lang und hat es in sich. Man muß mit sich selbst Geduld haben.
Sie warten sicherlich immer noch, was ich zum Briefwechsel Heinrich-Thomas Mann[8] sage mit dem Nachwort des Zürcher Kenners. Leider habe ich ihn noch nicht gelesen, ich rechnete immer noch, daß ich das Buch zur Besprechung bekäme, aber die bewußte Redaktion hat sich nicht wieder gemeldet, und so werde ich noch ein wenig warten und mir das Buch dann kaufen.
Die Nymphenburger K.M.-Ausgabe hat ja inzwischen[9] große Fortschritte gemacht! Auch den letzten Schriftsatz fand ich – besser. Nun will ich sehen, daß man auch vom zweiten Band[10] einiges zum Vorabdruck geben kann.
Vielen, vielen Dank für alles, auch wenn es nur aus EINEM Strich besteht – und für die Übersetzung – und Ihren lieben Brief!
Immer herzlichst Ihr Gregor

1 In: »Heute und Morgen«; vgl. S. 220, Anm. 4. **2** Der Masaryk-Artikel erschien zuerst unter dem Titel »Genius of Patience: Hero of Endurance« in: *Town and Country,* Nov. 1941. Die Redaktion schrieb einleitend: »Die Tschechen revoltieren wieder. Und so erzählt ein Flüchtling von heute uns die Geschichte Th. Masaryks, eines Flüchtlings von damals ...« (»Heute und Morgen«, S. 361). **3** Klaus Mann, »Eine Stunde mit Beneš« (1937; a.a.O., S. 183–195) und »Die Tragödie Jan Masaryk« (1948; a.a.O. S. 293–300). **4** Klaus Manns Aufsatz »Ludwig II. – König der Bayern« (1937). In: *Die Weltwoche,* Zürich, 5 (1937) 188, 18.6.1937. **5** Klaus Mann, »Bildnis des Vaters« (1938); wurde später aufgenommen in Klaus Mann, »Woher wir kommen und wohin wir müssen. Frühe und nachgelassene Schriften«, hrsg. Martin Gregor-Dellin, München (Ellermann) 1980, S. 210–239. **6** Armin Schibler (geb. 1920), Schweizer Komponist. Im Auftrag des Stadttheaters Zürich sollte er ein Ballett nach Thomas Manns Novelle »Die vertauschten Köpfe« komponieren; M. Gregor-Dellin sollte das Ballett-Szenarium schreiben. **7** Vgl. S. 219, Anm. 10. **8** Vgl. S. 194, Anm. 5. Erweiterte Neuausgabe, Frankfurt/M. (S. Fischer) 1984. **9** M. Gregor-Dellin war inzwischen als Verlagslektor ausgeschieden, betreute aber die K.M.-Werkausgabe weiter. **10** Essay-Band (»Heute und Morgen«).

AN GABRIELE SEITZ[1] Kilchberg, 20.3.1969

Liebes Fräulein Seitz, –
wer nicht gleich erwidert, tut's nie, und so antworte ich postwendend.
Tja, – der »Doktor Faustus«. Wie Sie wahrscheinlich wissen, waren die Reaktionen sehr ungleich. In den angelsächsischen Ländern gab es begeisterte und miese, – wobei allerdings zu bedenken ist, daß *kein* Buch von T.M. in irgendeiner Übersetzung dem Original gleich – oder auch nur nahekommen kann, und der »Faustus« wohl zuletzt. In der Schweiz gab es glänzende – und sehr verständnisvolle – Reaktionen, während naturgemäß in Deutschland »die unbewältigte«[2] im Wege stand. Welches Volk möchte gern zur Hölle gefahren sein, weil es seine Seele dem Teufel verkauft hatte? Übrigens hat der übertriebene Akzent, den vielfach die Presse auf die Gleichung Adrian = Deutschland gelegt hat, den Autor entschieden verdrossen, *obwohl* er selbst ja nicht unschuldig daran war. Doch so ist der Mensch: er glaubt, irgendetwas nur eben angedeutet zu haben,

und wenn dann die Andeutung nicht nur prompt verstanden, sondern die pars fürs toto genommen wird, dann verbittert ihn dies.

Ich übrigens habe damals die deutsche Presse nicht studiert. Daß sie aber töricht gewesen ist, – gewesen sein muß – kann mich nicht wundern.

Nebenbei: in meinen Briefbänden[3] (II und III) finden sie gar manches von T.M. zur Aufnahme des Buches. Ihnen ist deutlich, wie heftig mein Vater an dem Schmerzenswerk hing, und wie sehr ihn ergo alles interessierte, was darüber erschien.

Ade für heut, – alle guten Wünsche für Ihre Arbeit und überhaupt.

Immer herzlich Ihre

1 Gabriele Seitz (geb. 1946), Germanistin; Tochter des Filmproduzenten F. Seitz. Presse- und Produktionsarbeit in der Franz-Seitz-Filmproduktion. **2** Zu ergänzen: »Vergangenheit«. **3** Die von EM herausgegebenen Thomas Mann-Briefe; vgl. S. 72, Anm. 5.

AN NODAR KAKABADSE[1] Kilchberg, 21.3.1969

Sehr verehrter Herr Kakabadse, –

seien Sie herzlich bedankt. Schade nur, daß ich nach wie vor nicht russisch lese. *Längst* sollte man das gelernt haben, – in Unkenntnis dieser Sprache entgeht einem zuviel. Oder ist »Morgenröte« auf georgisch verfaßt?

In jedem Falle stifte ich das Heft dem hiesigen T.M.-Archiv. Aber gerade »Vergleich und Gegenüberstellung« der künstlerischen Methoden von Thomas Mann und Franz Kafka – aus Ihrer Feder – wäre mir hochinteressant gewesen. Obwohl übrigens T.M. sehr früh schon eine starke Vorliebe für Kafka hatte, sehe ich da wenig Verwandtschaft. Kafka war ein Albträumer, während T.M., von Klaus »der disziplinierte Träumer« genannt, doch ein ungemein ausgeruhter Planer gewesen ist. Seine Bewunderung für Kafka basierte denn auch eher auf Gegensätzlichkeit. Wobei T.M. freilich Kafkas stilistischen Glanz und die Gewissenhaftigkeit seines Schaffens besonders zu wür-

digen wußte. Auch seine Komik, von der man selten weiß, ob sie voll beabsichtigt war.
Schicken Sie Ihre Arbeiten (vor allem die essayistischen) eigentlich nie auf deutschsprachiges Gebiet? Müßte man nicht – mindestens! – in der DDR gierig danach greifen? Aber auch (wer weiß?) in der Bundesrepublik? Ich ahne nicht, ob Ihr T.M.-Kafka-Artikel etwas für die Neue Rundschau sein könnte. Ahne gleichfalls nicht, wie viel Mühe es Ihnen machen würde, derlei ins Deutsche zu übertragen. Aber daß man sich in unseren Breiten für ein bißchen georgische Literatur über Thomas und Franz interessieren sollte, leuchtet ein. Und falls die Rundschau nicht anbisse, blieben immer noch die »Blätter der T.M.-Gesellschaft« (hiesig). Ich meine ja bloß.
Die Welt wird schöner mit jenem Tag, – und so sollte man wenigstens dafür sorgen, daß die paar Leute, die etwas taugen, möglichst vielfältig im Druck erscheinen.
Ihnen wie immer alles Gute und Freundliche
von Ihrer

1 Nodar (Mefobieviĉ) Kakabadse; Verfasser der Studie: »Vergleich und Gegenüberstellung der künstlerischen Methoden von Thomas Mann und Franz Kafka« (georgisch); in: *Tbilissi,* 1969, Bd. 140, Nr. 1, S. 109–114.

VON BERTHOLD SPANGENBERG München, 3.4.1969

Liebe und verehrte gnädige Frau,
ich möchte Ihnen doch wenigstens einen Ostergruß zusenden, nachdem Ihr Schreiben vom 8. März wegen einer längeren Auslandsreise noch unbeantwortet vor mir liegt.
Zum Prozeß: Den Brief von Dr. Arras zum Schriftwechsel Natan/Gorski haben Sie in der Zwischenzeit wohl erhalten.
Wie familiär-ansprechend war Ihr gemeinschaftliches Werk[1] zu Golo Manns 60. Geburtstag! Der Aufsatz wird wohl nicht Bestandteil Ihrer Memoiren werden können, aber vielversprechend im Hinblick auf dieses Werk, auf das ich so sehr hoffe, ist er wiederum doch.
In diesem Zusammenhang: Wollen wir nicht die 19er-Ausgabe[2]

des »Wendepunkt« dadurch noch interessanter machen, daß Sie ein Kapitel beifügen, das behandeln soll, wie es bis zum Tode von K.M. weitergegangen ist? Dieses Kapitel wäre dann mit Sicherheit eines, was dann später in die Memoiren aufzunehmen wäre.

Wenn Sie am 24. April in München das Thomas-Mann-Gymnasium[3] einweihen, werde ich voraussichtlich mit meiner Frau noch auf der Kinderbuchmesse in Bologna sein. Wie lange bleiben Sie in München? Ihre Anwesenheit wäre Grund, rasch aus Italien zurückzukehren. Im Verlag werde ich erst am 28. April sein, aber vielleicht doch schon über das Wochenende 26./27. zu Hause. Sind Sie dann noch da, und könnten Sie uns besuchen?

Darüber ein kurzes Zeichen erwartend (wir reisen bereits am 12. ab), grüßt Sie

Ihr stets ergebener B. Spangenberg

1 »Der kleine Bruder und der große. Zum 60. Geburtstag Golo Manns am 27. März« von Erika und Michael Mann, in: *Süddeutsche Zeitung*, München, 22./23.3.1969. **2** Klaus Manns Lebensbericht erschien 1969 nicht in der Reihe »Die Bücher der Neunzehn«, sondern innerhalb der Werkausgabe der Nymphenburger Verlagshandlung; EM konnte kein ergänzendes Kapitel mehr schreiben. **3** Vgl. S. 221.

VON MARTIN GREGOR-DELLIN München, 13.6.1969

Liebe Frau Erika!

Ich denke ständig an Sie. Es ist immer so, als säße ich bei Ihnen im Zimmer, vor Ihrem Bett, wie so oft in den letzten Jahren, und führe mit Ihnen unser »schönes Gespräch«, das nie aufhört und aufhören kann, da wir uns ja unausgesetzt so viel zu sagen haben! So spreche ich jetzt wieder zu Ihnen: heute halte ich in Salzburg das Buch über Lotte Lehmann in der Hand, mit Ihrem Beitrag[1]. Und erst kürzlich habe ich die Briefsammlung der Lasker-Schüler[2] besprochen, mit den Briefen an Sie und an Klaus. Da kann es doch nicht fehlen, daß wir immer miteinander Gedanken austauschen!

Die Arbeit am zweiten Essayband von Klaus geht gut voran. Übrigens sehe ich jetzt auch viel im Theater und im Fernsehen Ihre gute Freundin – Therese Giehse. Wenn sie bayrisch spricht, so höre ich immer Sie beide sprechen! Auch der Roman »Babylon« von René Crevel[3] ist wieder erschienen, mit dem Nachwort von Klaus Mann[4], aus unserm ersten Band. Und wie gespannt bin ich auf Ihre T.M.-Auswahl[5], ich höre, daß es viele interessante Bilder darin gibt – Sie machen mich wirklich neugierig.
Meine besten, herzlichsten Wünsche gehen wieder zu Ihnen!
Seien Sie freundschaftlichst gegrüßt
von Ihrem stets gegenwärtigen Gregor

1 »Lotte Lehmann ... mehr als eine Sängerin«, hrsg. Bernd W. Wessling, Salzburg (Residenz) 1969, mit einem Beitrag v. Erika Mann, S. 18–27. **2** Else Lasker-Schüler, »Lieber gestreifter Tiger«, Bd. I, hrsg. Margarete Kupper, München (Kösel) 1969. **3** Olten/Freiburg (Walter) 1969. **4** Klaus Mann, »In Memoriam René Crevel« (1935); in: »Prüfungen«, S. 36–41. **5** Thomas Mann, »Auslese«; vgl. S. 170, Anm. 2. EMs letzte Bemühung um das Werk ihres Vaters.

Anhang

MARTIN GREGOR-DELLIN:

GEDENKREDE AUF ERIKA MANN*

Es gibt eine Leidens- und Abschiedserfahrung, die stumm macht. Beinah vermessen, von diesem Sterben zu sprechen. Ein langsames Fortgehen, wie in den Kindertotenliedern, und die andern bleiben sprachlos zurück. Dabei war das ein Leben im Wort, und soviel ist aufzuzählen und zu rühmen, was alles in der kurzen Spanne zwischen Geburt und Tod, in dreiundsechzig hastigen Jahren dieses von Krisen gespannten, eilig vorbeijagenden Jahrhunderts möglich war an Tat und Überwindung: das Leben, ein rätselvolles Geschenk. Schwer in Worte zu fassen, was mit ihr, was mit Erika Mann dahinging: ihre Kraft, ihre Leidenschaftlichkeit, ihre Treue, ihr wundervolles Auge. Diese Augen, in denen sich die Glut einer ganzen Geschlechterfolge noch einmal zu versammeln schien: ist nicht der Ausdruck Sternenaugen erlaubt und angebracht für die Intensität, für das Leuchten, mit dem ihr Blick alle bezwang und in ihre leidenschaftliche Teilnahme am Leben und am Geist einbezog? Wie muß dieses Auge dem Vater geleuchtet haben! Sie war sein »kühnes und herrliches Kind«, wie er sie in einem Brief genannt hat; kühn und herrlich in einem erheiternden und stärkenden Sinn, und wer immer mit ihr leben durfte, wer sie kannte und liebte, wer ihr begegnete, hat so empfunden, hat sie kühn und herrlich gekannt. Durchheiterung und Stärkung, das gab sie allen: den Älteren und Eltern, den Gleichaltrigen, die Jahrzehnte ihre Freunde und Freundinnen sein durften, aber auch den Jüngeren noch, denen sie ihre Erfahrungen weiterreichen wollte und die sie beflügelte durch eine der Skepsis abgerungene Tatkraft, durch den Mut zur Aufrichtigkeit, durch die selten gewordene Tugend der Begeisterung.

* Anläßlich der Trauerfeier für Erika Mann am 30.8.1969 in der Kirche in Kilchberg. Eine weitere Ansprache hielt Albrecht Goes. Gesungen wurden die ›Kindertotenlieder‹ von Gustav Mahler.

Etwas von der Begeisterung und dem Abenteuer ihrer Kindheit, vom Abenteuerlichen des Lebens selbst blieb ihrem Sein und Wesen erhalten bis ins letzte Jahr, obwohl doch Ernst und Bewährung ihr so früh schon abverlangt waren. Kaum siebenundzwanzig Jahre alt, stand sie in der Emigration unter der doppelten Belastung, ihre eigene Existenz als Schriftstellerin, Journalistin, Schauspielerin zu behaupten und in den entscheidenden Augenblicken an der Seite ihres Vaters zu sein. Der tiefe Einblick in seine Welt verbindet sie seinem Werk und Leben für immer.

Was ist an Arbeit und Werk von ihr selbst und mit dem Anschein des Nebenbei geleistet und der Zeit abgetrotzt worden: Schriften, Szenarien, Libretti, Drehbücher, Reise- und Kinderbücher, Vorworte, Editionen und »Das letzte Jahr«, das Tagebuch eines in Weltruhmesglanz zu Ende gehenden Lebens, das ihr das nobelste Zeugnis ausstellt. Noch um ihr Krankenbett im oberen Zimmer des Kilchberger Hauses waren die Projekte und Materialien zu Stößen gehäuft. Nie gebrochen ihre streitbare, wache Intelligenz, die sie zu immer Neuem antrieb, das Zupackende und Entschiedene ihres Denkens und Agierens. Ich lasse verzweifelt ab, das Gefühl der Leere zu beschreiben, das sie nun nah und fern hinterläßt, sie, die doch mit ihrer Mutter untrennbar zu denken war als Zentrum und Lebensmittelpunkt eines weltumspannenden Freundeskreises, sie, die alle in Gang brachte, die müde zu werden drohten.

Sie sah Trübsal nicht gern, sie wurde unwillig dabei, und sie würde uns nicht gern trübselig sehen. Wer könnte sie sich auch anders vorstellen als jugendlich elastisch, von unverdüstertem Geist, ironisch schrill, hell und behende, vielseitig und unermüdbar, wie wir sie für immer in Erinnerung behalten werden. Nicht zu zählen die Gelegenheiten, da sie anregte und beschämte durch ihre Beweglichkeit. Und doch, es muß der Anstrengung gedacht werden, die sie das alles kostete, des Kampfes mit dem Leiden, das ihr das Gehen, Sitzen, Stehen schwer machte, der Widerstandskraft ihres Geistes und Willens, mit der sie das Übel und den Schmerz besiegte – kühn und herrlich blieb sie, wurde sie erst ganz in diesem Triumph ihres Geistes über die Natur.

Sie ließ nicht nach, sie gab nicht auf. Voller Energie und von einem Charme unter Qualen ließ sie vergessen, was sie am Reisen und Arbeiten behinderte – was der Krankheit nie völlig gelang –, und sie gewann Gewalt und Herrschaft über sich selbst in einem höheren Sinn, sogar über ihren Körper, sie besiegte das Leiden, saß noch einmal am Steuer des Mustang, fuhr nach Bayern, in das Land ihrer Kindheit, nach München, wo sie zuletzt sich durch die Ludwigs-Ausstellung[1] geleiten ließ und abends den »Fliegenden Holländer« besuchte, dessen herrisch-wilder Balladenton wie für sie gemacht war.
Den bleichen Mann, sah sie ihn wohl? Sie hatte wenig Vertrauen zur Länge ihres Erdendaseins, und wer gern bestimmte Fragen nach Dingen, die nur sie wußte und die, wie sie, wohl niemand mehr wird beantworten können – wer bestimmte Fragen aufschob oder für später anstehen ließ, weil andre Arbeit drängte, dem pflegte sie zu antworten: Beeilen Sie sich! Soviel Zeit haben wir nicht mehr miteinander!
So bleibt einiges ungefragt. Wer kann denn glauben, wie kurz die Zeit wirklich ist, die wir miteinander haben? Schien der Triumph über das Leiden, der ihr beschieden war, denn nicht von Dauer und größerem Bestand? Fehlte nur, daß man von der Rache der Natur spräche, die ihr diesen Sieg zu verübeln schien und sie, die Ungeschlagene, Tapfere, aus dem Hinterhalt und an ganz andrer Stelle anfiel. Aber sie nahm es nicht mehr ganz wahr, glitt sanft und allmählich vom Helleren ins Dunkel. Hatte ihr Vater nicht beschworen, als er Shakespeares »Sturm« zitierte – vom dunklen Engel sprechend, der die Hände löst, wenn die Schatten sich senken –, es möge dann dem Sprachlosen jemand sein, der ihm sagt, es sei nichts umsonst gewesen? Möge diese Zuversicht, diese Gewißheit auch im Schlimmsten ihr noch zuteil geworden sein, möge der Trost sie erreicht haben, den alle ihr zu geben versuchten, die Zeichen und Grüße der Nächsten, die Worte und Stimmen von fern, die ihr die Helferin dolmetschte, die Blumen und Briefe, die zuletzt nur noch sagen wollten: Laß gut sein, du hast alles getan, was du konntest, aber auch alles.
Stimmen waren darunter, die noch einmal erinnerten an ihre Theaterzeit, Revue zu Vieren und die Pfeffermühle, die große

Zeit ihres Talents, ihrer Lust am mimischen Spiel, am Artismus, der bei ihr aus dem Antrieb menschlichen Mitfühlens kam. Stimmen, die von ihrer Treue zum väterlichen Werk wußten. Stimmen, die dankten und sagten: Es ist alles bestellt. Und auch die Stimme des über alles geliebten Bruders, fern in Cannes, spricht noch einmal: Du hast auch für mich gekämpft, spricht er, der ich weniger geduldig war und früh heimgesucht. Du hast zwanzig Jahre den Schmerz der Trennung betäubt und hast gutgemacht, was an mir gutzumachen war, hast die Nachwelt dazu angehalten, ihre Schuldigkeit zu tun. Du hast für mich gestritten und für alles, was wir hochhielten seit unsrer wilden und schönen Kindheit und dann in den Jahren, da wir kämpfen mußten: hochgehalten die Verpflichtung unsres Namens und unsrer Ideale, die Freiheit, die Weltbürgerlichkeit, hochgehalten eine Gerechtigkeit, die auch entschieden sein kann und streitbar, nicht nur wägend. Wer der schöpferischen Unruhe die Treue hält – so würde er sagen mit den auf André Gide gemünzten Worten seines letzten Buches –, der wird am Schluß auch die Hoffnung finden.

Sie hat, sagt die Stimme, sich die Unruhe des Herzens bewahrt, samt der Hoffnung. Sie hat viel genossen, viel gekämpft, geliebt, wohl auch viel gelitten. Indem sie ihr eigenes Schicksal erfüllte, diente sie auch dem Ganzen. Sie kannte die Labyrinthe, und sie liebte das Licht. Sie durfte sagen: J'ai vécu. Sie hat, sagt der Bruder auch, die Wahrheit ihres Lebens nicht in einem Augenblick verraten.

Wenn – wie es in Thomas Manns »Lob der Vergänglichkeit« heißt – dem Menschen gegeben ist, »die Zeit zu heiligen, einen Acker, zu treulichster Bestellung auffordernd, in ihr zu sehen, sie als Raum der Tätigkeit, des rastlosen Strebens der Selbstvervollkommnung, des Fortschreitens zu seinen höchsten Möglichkeiten zu begreifen«, so hat sie es getan. Kühnes und herrliches Kind, hätte er gesagt, der hier begraben liegt und sie zu sich zurücknimmt: Habe Dank und ruhe aus.

1 König Ludwig II. und die Kunst. Ausstellung in der Münchner Residenz v. 20.6.–15.10.1968.

GOLO MANN

MEINE SCHWESTER ERIKA

(Geschrieben zu ihrem 60. Geburtstag am 9. November 1965)

Eine Erinnerung aus der Vorzeit. Mein kleiner Bruder, neun- oder zehnjährig, kam zu sehr unrechter Zeit nach Hause und entschuldigte sich nach Jungenart: Das Spielen auf dem »Hirschanger« hatte länger gedauert als sonst, dann brach sein Rad zusammen, dann gab es auch noch Störung bei der Linie 30 und so weiter und so weiter. Erika, die dreiviertel erwachsene Schwester, hörte ihn mit an und erklärte dann ruhig: Das und das stimmt, das und das und das stimmt nicht. – Michael, völlig verdutzt: Ja, woher *weißt* du denn das? – Nun, wissen tat sie's nicht. Sie erriet es.

Ein paar Jahre später. Wir, Erika, Hofschauspieler NN und ich, hatten eine kleine Bergwanderung in der Nähe von Kufstein gemacht. Während der Rückfahrt, auf einer engen Dorfstraße, kollidierte unser Wagen um ein Haar mit einem entgegenkommenden, der falsch manövriert hatte. Beide kamen zum Stehen. Erika, am Steuer, rief dem Fahrer ein kräftig Wörtlein zu. Dieser entstieg seinem Gehäuse mit gesammelter Würde. »Liebe«, dekretierte er, »du wartest hier; die gnädige Frau hat mich beleidigt; ich führe die gnädige Frau zur Polizei.« Der Hofschauspieler und ich waren unangenehm verdutzt; wer hört das Wort »Polizei« gerne? Erika, elegant und strahlend aussehend nach der Wanderung, sprang unter Lachen aus dem Wagen. »Aber gewiß doch, sehr gern; kommt ihr mit? Der Herr ist so liebenswürdig, uns zur Polizei zu begleiten.« Es war die Reaktion, die der arme Mann am wenigsten erwartet hatte. »Also«, retirierte er, »also bei gebildeten Leuten sollte man doch nicht erwarten, daß sie solch ein Wort...« Noch sehe ich ihn, samt seiner Niederlage, zur Dame seines Herzens zurücktöffeln, der er hatte imponieren wollen.

Eine dritte Erinnerung, aus noch grauerer Vorzeit, dem Ersten Krieg. Die Familie, minus Erika, saß ratlos um den Mittagstisch; es gab ein kostbares Gericht, eine Pilzsuppe, aber sie schmeckte so sonderbar, und die kummervolle Inklination war, sie lieber wegzuschütten. Erika, verspätet aus der »höheren Töchterschule« eintreffend, wurde über die Lage informiert, kostete und entschied: »Da fehlt Salz.« Es stimmte; ein paar Löffel Salz ließen die Suppe schmecken, wie Pilzsuppen zu schmecken haben. – Der Vorfall wurde später sprichwörtlich. Wie oft habe ich meinen Vater sagen hören: »Die Erika muß die Suppe salzen.«

Sie tat es, mit der Kompromißlosigkeit und Treffsicherheit, die zum Wesen ihres Urteils und ihres Charakters gehören. So im Frühjahr 1933. Schreiber dieser Zeilen, kompromißbereiter, tragischen Entscheidungen abhold, geneigt, krumm gerad sein zu lassen, wünschte damals, seine Eltern, die sich rein zufällig in der Schweiz befanden, sollten nach Deutschland zurückkehren. Es war die deutsche Durchschnittsansicht: man äße nicht so heiß, wie man kochte, die Dinge würden sich schon beruhigen etc. etc. Erika urteilte anders. Sie wußte vom ersten Tag an, daß hier kein Heil und für meinen Vater kein Boden mehr war; sie half ihm, in langwierigem Kampf, die Entscheidung zur Emigration reifen zu lassen, die ihm so furchtbar schwerfiel. Sie tat sehr gut daran; als Bürger des Dritten Reiches wäre Thomas Mann so oder so erstickt und zugrunde gegangen, wenn man auch nicht mit Sicherheit sagen kann, wie. – Selber ist sie übrigens in aller Heimlichkeit noch einmal nach München gefahren, zu einer Zeit, als dort schon das schadenfrohe Gerücht umging, sie säße in Dachau. Es geschah, um das unfertige Manuskript des »Joseph«-Romans aus unserem Haus zu retten und nach der Schweiz zu bringen. Man darf das eine Tat von literarhistorischer Bedeutung nennen, denn ohne sie hätte das große Werk nie vollendet werden können. – Unser Chauffeur, ein ungetreuer, heimlich längst der SA angehörender Mensch, fragte danach mich wütend: warum man ihm diesen Kurzbesuch nicht anvertraut hätte? Es war ihm ein hübscher Fang entgangen.

In ähnlichem Sinn hat meine Schwester noch zweimal »die Suppe gesalzen«; 1939, als sie meine Eltern zur Übersiedelung nach Amerika bewegte, 1952, als sie ihre Rückkehr nach Europa betrieb. Beide Male war es gut. Während des Hitlerkrieges wäre für meinen Vater in Europa kein Platz zum Atmen und Arbeiten gewesen, und verglichen mit seinen schöpferischen Aufgaben war alles andere für ihn nur von blassem Interesse. Auch hat die amerikanische Erfahrung sein Leben bereichert und ist, trotz späterer Enttäuschungen, aus ihm nicht wegzudenken. Ebenso recht und gut war es, daß er zum Schluß noch die europäische Heimat wiedersah, dort die letzten Erfüllungen erlebte, dort begraben liegt. – Wenigstens drei Eingriffe in der Biographie des Dichters also, gewagte, schwierige und geglückte, die vor allem der ältesten Tochter zu danken sind.

Wer sie gut kennt, weiß, daß sie eigentlich die »bodenständigste« von uns war, wobei ihre Anhänglichkeit nicht so sehr dem Abstraktum »Deutschland« wie der bayerischen Urheimat galt. Sie war die einzige von uns, die mit Gusto münchnerisch sprach. Als Skiläuferin, Hockeyspielerin, Laienschauspielerin war sie Mitglied eines jugendlichen Kreises von entschieden bajuwarischem Charakter; Bier, nicht Wein, war ihr Getränk, und nie ließ sie in der guten alten Zeit sich das Oktoberfest entgehen. Noch heute, wenn ihre arg angeschlagene Gesundheit es ihr erlaubt, trifft sie sich gern mit Freundinnen aus dem Luisengymnasium, aus Fräulein Möhls Turnstunde, vom »Mimik-Bund«. Dann weiß niemand so gut wie sie, die alten Lehrer nachzuahmen – Oberstudienrat Jobst pflegte sie hämisch zu fragen: »Na, Mann, was ist jetzt mit der Republikkk?« Sie war ihnen ein Ärgernis gewesen und auch das Gegenteil davon. Nach der Konvention mußte man sie leider faul und frech nennen; »die machts mit der Leistung«, sagte sie verächtlich von einer Mitschülerin. Gleichzeitig konnten die strengsten Erzieher sich dem Charme ihrer Intelligenz nicht entziehen. Wo sie war, da war etwas los; im Klassenzimmer wie später bei Geselligkeiten.

Dies Talent wurde ernsthaft, vermählte sich mit Vorgefühl und Zorn und Haß, als sie ihr Cabaret »Die Pfeffermühle« eröffnete; zuerst noch in München – Januar 1933! Noch erinnere ich mich der begeisterten Kritik, die damals Wilhelm Hausenstein für die *Neuesten* schrieb. Er war stolz darauf, daß Bayerns Hauptstadt da nun etwas hätte, was es sonst nur in Paris gab.

Ende Februar war dann allerdings Zeit, Schluß zu machen. Die Wiedereröffnung in der Schweiz ging nicht ohne die Überwindung der zähesten Schwierigkeiten. Aber Erika war immer eine Praktikerin, jemand »who gets things done«. Der Kampf mit der Bürokratie machte ihr Spaß, und sie verstand es, mißtrauische Polizeidirektoren in Freunde zu verwandeln. Ich denke, die Jahre der »Pfeffermühle« waren ungefähr ihre glücklichsten; der wachsende Erfolg trotz immer engerer, gefährlicherer Bedingungen, die Reisen durch die Schweiz, durch Holland, durch Böhmen. Es war die ihr genuine Art, gegen jenen zu kämpfen, dessen Namen einen Geburtstagsartikel nicht beflecken darf. Ein ewiger Jammer, daß viele ihrer Manuskripte verloren gingen. Einige der Gedichte waren für den Zweck wahrhaft vollkommen; zum Beispiel das Lied von Frau X., der deutschen Ladeninhaberin. Es scheint mir besser, ist mir jedenfalls lieber als die politischen Gedichte zum Beispiel von Brecht. Besser, weil ohne jede Manier, warmherziger. Wer Therese Giehse es singen hörte, der vergißt es nicht. – In Zürich war der Erfolg der »Pfeffermühle« ein politisch hart umstrittener – es gab da etwas, was sich wie »Nationale Front« nannte – aber beim Publikum ungeheuer. Da geschah, mit Grazie, wonach die Menschen sich sehnten und was doch auch im noch freien Europa so selten geschah. Die Wirtin zum »Hirschen«, die geschäftlich beteiligt war, begriff ihr Glück nicht. »Was machet ihr denn bloß ... *Geist*?« – Verloren sind auch die unzähligen gereimten Festspielchen, die eine Art von fernen Vorläufern der »Pfeffermühle« waren; zu silbernen und goldenen Hochzeiten, zum Nobelpreis, zu fünfzigsten, sechzigsten, siebzigsten Geburtstagen. Das zu meines Vaters fünfzigstem, 1925, enthielt eine heitere Rache für »Unordnung und frühes Leid«. Später ist Erika weniger literarischen Kämpfen nahe gewesen; dem Spanischen Bürgerkrieg, als Korrespondentin, dem London «Blitz«, den sie erleben *wollte*; denn sie flog von Amerika nach England, als er gerade begonnen hatte. »Die kameradschaftliche und aufheiternde Gegenwart Erika Manns«, so ähnlich schrieb damals ein englischer Publizist, »hat vielen von uns wohlgetan«. Auch diese dramatischen Wochen dürften eher glückliche für sie gewesen sein; aus Gefahren hat sie sich nie etwas gemacht und mit dabeizusein, wo auf die Kriegsmacht des nicht zu Nennenden nicht bloß mit Worten sondern mit Kanonen geschossen wurde, war wie die Erfüllung eines Traumes. – Da sind wir früh, was wir sind; als kleines Mädchen war sie im ganzen Herzogspark als Raufbold gefürchtet, der den pazifistischeren Brüdern oft zur willkommenen oder unwillkommenen Hilfe kam.

Übrigens brachte sie mitten im Krieg einen Roman für Kinder zuwege; wie vorher, wie nachher. Unter den Büchern, die sie schrieb, haben ihre Kindererzählungen ihr wohl den erfreulichsten Erfolg gebracht. Sie verstand die Kindersprache, wie sie es verstand, zum Publikum der »Pfeffermühle« zu sprechen; dank der gleichen Grundgabe. Keine falschen Manieren, kein Vonobenherab oder sich zu den Kindern Herablassen, sie unterhalten und amüsieren, natürlich, als ob man sich mit seinesgleichen unterhielte. Die Freude am Fabulieren kam dazu.

Ja, und dann wird man älter; es kommen die Schicksalsschläge. Die Photographien der Toten ringsumher werden mehr, viel mehr, als die der Lebenden. Das mannigfaltige, mancherorts versuchte und verwirklichte Talent zieht sich auf eine einzige Aufgabe zurück. Für Erika war es die Betreuung von des Vaters Werk; noch zu seinen Lebzeiten die Kürzungen seiner gar zu ungefügen Aufsätze und Vorträge (auch des »Doktor Faustus«); dann der schöne Bericht über »Das letzte Jahr«; die Filme, die Briefe. Sagen habe ich hören, die Herren von den Filmgesellschaften seien anfangs bei dem Gedanken, eine »Aufpasserin« aus der Familie bei der Arbeit zu haben, nicht gerade begeistert gewesen. Das änderte sich. Erika lernte die Kunst des Drehbuchschreibens so rasch, wie sie, wenn das Schicksal es gewollt hätte, andere Künste, etwa die des Anwalts, erlernt hätte. Nichts gegen die letzten Thomas-Mann-Filme, bei deren Herstellung sie ihrer Gesundheit halber nicht mehr mitwirken konnte. Aber: einen Unterschied macht es doch, ob sie dabei war, mitgestaltete, anregte, notfalls ihr Veto einlegte, oder nicht. Auch an die dreibändige Briefausgabe ging sie ungelehrt; ein paar Philologen, die es besser wissen, haben sich über ihr System der Anmerkungen lustig gemacht. Was sie gern übersahen, war die wahre Leistung: aus der unendlichen Masse von Briefen eine vergleichsweise enge Auswahl zu treffen, die doch das Ganze widerspiegelt, aus der doch ein langes, bewegtes Leben sich aufbaut von der Kindheit bis zum vorletzten Tag. Zum Gelingen dieses Mosaiks gehörte mehr Liebe, mehr Geduld, mehr Takt und viel, viel mehr Arbeit, als die Kritiker sich das vorstellen. Mich wundert's, ob sie es hingebracht hätten.

Einer dieser philologischen Kritiker, nachdem er mit ihr ins Gericht gegangen, hat sie gleichwohl »verehrungswürdig« genannt. Das Wort liegt ihr nicht. Sie hat sich selber nie so ganz ernst genommen; andere viel ernster. Die bedeutenden Freunde ihrer Jugend, Hofmannsthal und Max Reinhardt und Karl Kraus und wie sie hießen; die unbedeutenden jüngeren auch. Einem, den Liebeskummer zu zerstören drohte, hat sie einmal die Frau, die er heiraten wollte, geradewegs aus den Fesseln einer fernen amerikanischen Kleinstadt befreit, ihm zugeführt und die Hochzeit besorgt. Und das waren die Streiche, die ihr am besten gefielen. Einen Platz in der Literaturgeschichte wird sie haben (würde ihn erst recht haben, wenn sie sich entschlösse, die gültige Biographie ihres Vaters zu schreiben); aber so sieht sie es nicht. Auch, daß nun die Zeitungen ihres sechzigsten Geburtstags gedenken, wird sie eher verwundern. Es hilft ihr nichts; sie muß unsere Glückwünsche hinnehmen.

NACHWORT UND EDITORISCHER BERICHT

Der zweite Briefband beginnt mit Erika Manns Ankündigung der Rückkehr aus Amerika und umfaßt die letzten beiden Jahrzehnte ihres Lebens. Er zeigt die Zäsur durch die veränderte politische Konstellation Anfang der fünfziger Jahre.

Die Familienkorrespondenz verliert jetzt an Bedeutung und tritt, vor allem nach dem Tod des Vaters, zurück hinter dem Meinungsaustausch mit Schriftstellern, Verlegern, Literaturwissenschaftlern und Kritikern oder mit dem größer werdenden Kreis von Fachleuten, der sich mit dem literarischen Nachlaß von Thomas und Klaus Mann beschäftigt. Auch der weitere Briefwechsel mit Politikern, Künstlern und Persönlichkeiten des öffentlichen Lebens zeigt, wie stark Erika Manns Teilnahme am Zeitgeschehen ist und daß sie auch weiterhin darauf einwirken will. Überschattet ist diese Zeit von 1958 an durch Krankheiten, die ihre Bewegungsfähigkeit stark einschränken, gegen die sie aber mit aller Energie angeht. Ihre Leidensfähigkeit ist groß, ihre Haltung bewundernswert.

Wieder wie im ersten Band ist die Auswahl der Briefe so getroffen, daß sich in ihnen ihr vielseitiges Lebensbild spiegelt, der Kreis bedeutender Zeitgenossen, mit denen sie verbunden war, sich abzeichnet, die Eigenschaften ihrer Persönlichkeit manifestiert und ihre Wirkung auf Mitmenschen erklärt. Daß bei solcher Auswahl ihr Verhältnis zum Vater und zum Bruder Klaus, ihre Teilnahme am kulturellen Geschehen zu Hauptthemen werden, die höchstens noch von den Zeugnissen ihres politischen Engagements an Zahl und Intensität übertroffen werden, liegt auf der Hand. Gleiches zeigt sich auch in den leider nicht sehr zahlreich erhaltenen Antwortbriefen. Für beide Bände wurden etwa 5000 Briefe gelesen und in mehreren Arbeitsgängen, an denen auch der Verleger beteiligt war, 209 Briefe von Erika Mann ausgewählt. Antwortbriefe sind uns etwa 1300 zur Kenntnis gekommen. Davon wurden 48 abgedruckt.

Die Quellenlage ist – zumindest bis zu Erika Manns Abkehr von Amerika – eine Folge der Zeitläufte, die bis dahin mit Un-

ruhe, Wanderschaft, Emigration, Krieg, Nachkrieg und schließlich mit der Rückkehr nach Europa gekennzeichnet sind.
Speziell in diesem Band mußte verstärkt mit Durchschriften von verlorengegangenen oder nicht auffindbaren Originalbriefen gearbeitet werden; wo Originalbriefe als Vorlagen dienten wurde das im Verzeichnis gekennzeichnet. Auszuschließen ist nicht, daß die Originale hin und wieder Zusätze trugen. Davon abgesehen ist die Authentizität der Durchschläge die aus dem Nachlaß stammen, der im Erika Mann-Archiv bewahrt wird, durch Zeugnis der langjährigen Sekretärin von Erika Mann, Frau Anita Naef, gesichert. Sie hatte sie fast ausnahmslos nach dem Diktat von Erika Mann geschrieben. Es sei ihr hier an erster Stelle für die vielen Auskünfte und Ratschläge gedankt.
Für andere mir geleistete Hilfe bei der Beschaffung der Briefe und ihrer Kommentierung habe ich bereits im ersten Band gedankt. Für Band II kommen hinzu: Bei der Monacensia-Abteilung der Städtischen Bibliotheken München Frau Ursula Reisse, das Spanische Kulturinstitut München, das Lukács-Archiv des Philosophischen Instituts der Ungarischen Akademie der Wissenschaften, Budapest, das Feuchtwanger Institute for Exile Studies, Los Angeles, Kalifornien, Frau Annemarie Rheiner-Basler, Frau Margot Ulrich, Frau Christine Todsen und Prof. Dr. med. Waldemar Wahren.
Mein besonderer Dank gilt wieder Herrn Prof. Golo Mann für Unterstützung und wichtige Mitteilungen.
Der Verleger Berthold Spangenberg hat mit Anteilnahme, Rat und Mitarbeit, besonders in der Phase der Schlußredaktion auch diesen Band gefördert. Frau Dr. Rosemarie Wildermuth hat auch für Band II das Manuskript überprüft, Hinweise gegeben und Ergänzungen vorgeschlagen, für die ich gleichfalls dankbar bin.

München, März 1985 Anna Zanco Prestel

LEBENSDATEN

1905	Am 9. November wird Erika Julia Hedwig Mann in München, Franz Joseph-Straße 2, geboren.
1906	Geburt des Bruders Klaus.
1909	Geburt des Bruders Golo.
1910	Geburt der Schwester Monika.
	1. Oktober Umzug nach Bogenhausen/Herzogpark, Mauerkircherstraße 13.
1912	Besuch der Privatschule Institut Fräulein Ebermayer mit dem Bruder Klaus.
1914	Umzug in das neue Haus, Poschingerstraße 1, im Herzogpark.
1918	Geburt der Schwester Elisabeth.
1919	Geburt des Bruders Michael.
1922	April–Juli. Besuch des Landerziehungsheims Bergschule Hochwaldhausen mit dem Bruder Klaus.
1922–24	Besuch des »Luisen-Gymnasiums« in München. Abitur im März 1924.
1924	Schauspielstudium in Berlin.
	1. September. Engagement an den Reinhardt-Bühnen in Berlin.
1925	Engagement am Bremer Schauspielhaus.
	20. Oktober. Uraufführung von Klaus Manns Stück »Anja und Esther« in den Hamburger Kammerspielen mit Klaus und Erika Mann, Pamela Wedekind und Gustaf Gründgens, der auch Regie führt.
1926	Uraufführung von Klaus Manns Stück »Revue zu Vieren« am 21. April im Leipziger Schauspielhaus mit Klaus und Erika Mann, Pamela Wedekind und Gustaf Gründgens, auch als Regisseur. Anschließend Tournee durch Deutschland.
	24. Juli. Heirat mit Gustaf Gründgens, Oberregisseur an den Hamburger Kammerspielen, in München.
1926–30	Verpflichtet an den Kammerspielen, am Staatstheater und am Volkstheater in München. Engagements auch in Berlin, Frankfurt und Hamburg.
1927	7. Oktober. Beginn der Weltreise mit Klaus Mann.
1929	»Rundherum. Das Abenteuer einer Weltreise«, in Zusammenarbeit mit Klaus Mann. Scheidung von Gustaf Gründgens am 9. Januar. Erste schriftstellerische Versuche als Journalistin für das Berliner Unterhaltungsmagazin »Tempo«.
1931	Veröffentlichung von »Plagiat. Komödie«. Uraufführung von »Jans Wunderhündchen« am 14. Dezember im Hessischen Landestheater in Darmstadt. »Das Buch von der Riviera. Was nicht im ›Baedeker‹ steht«, in Zusammenarbeit mit Klaus Mann.
1932	»Stoffel fliegt übers Meer«.

1933	1. Januar–28. Februar. Eröffnung des Cabarets »Die Pfeffermühle« in München.
	13. März. Emigration in die Schweiz.
	April. Heimliche Rückkehr in das Münchner Haus und Rettung wichtiger Manuskripte Thomas Manns, u.a. der Handschrift des Joseph-Romans.
	1. Oktober. Wiedereröffnung der »Pfeffermühle« in Zürich.
1933–36	1034 Vorstellungen in der Schweiz, CSR, Holland, Belgien, Luxemburg.
1934	»Muck, der Zauberonkel.«
1935	Juni. Aberkennung der deutschen Staatsangehörigkeit.
	15. Juni. Heirat mit dem englischen Dichter Wystan H. Auden. Britische Staatsbürgerin.
1936	Oktober. Überfahrt nach Amerika.
1937	5. Januar. Eröffnungsvorstellung der »Peppermill« in New York.
	Bald darauf Abbruch der amerikanischen Tournee. Auflösung des »Pfeffermühlen«-Ensembles.
	März. Auftritt auf einer Massenveranstaltung des »American Jewish Congress« im New Yorker Madison Square Garden. Anfang einer erfolgreichen Lecturer-Laufbahn.
	Juni. Europareise.
	Juli. Offizielle Einwanderung in die USA.
1938	Vortragsreisen durch die USA.
	Mai–Oktober. Europaaufenthalt.
	Juni. Mit Klaus Mann als Presseberichterstatterin in Spanien: Madrid, Barcelona, Valencia.
	Veröffentlichung von »Zehn Millionen Kinder« (»School for Barbarians«).
1938/39	Vortragsreisen durch die USA.
1939	Veröffentlichung von »Escape to Life« in Zusammenarbeit mit Klaus Mann.
	Juni–September. Europareise.
1939/40	Vortragsreisen durch die USA.
1940	Veröffentlichung von »The Other Germany« (in Zusammenarbeit mit Klaus Mann), »The Lights Go Down« und »Don't make the same mistakes«.
	August – Oktober. Aufenthalt in London: Mitwirkung an den Deutschland-Sendungen der BBC.
1940/41	Vortragsreisen durch die USA.
1941	Juni – Oktober. Zweiter Londoner Aufenthalt als Mitarbeiterin der BBC.
1941/42	Vortragsreisen durch die USA.
1942	Ab Januar im Amt des »Coordinator of Information« in New York tätig.
	Veröffentlichung von »A Gang of Ten«.

1942/43	Vortragsreisen durch die USA.
1943–44	Als Kriegsberichterstatterin mit der »Ninth US-Army« in Ägypten, Persien, Palästina, Frankreich, Belgien, Deutschland.
1944	Dezember. Rückkehr nach New York.
1945–46	Als Kriegsberichterstatterin in Europa. Auch bei den Nürnberger Kriegsverbrecherprozessen anwesend.
1947	Beginn der Zusammenarbeit mit Thomas Mann.
1947/48	Vortragsreisen durch die USA.
1949	Europareise. 21. Mai. Selbstmord des Bruders Klaus in Cannes.
1951	Europareise.
1952	Übersiedlung in die Schweiz mit Thomas und Katia Mann. »Unser Zauberonkel Muck«.
1953	Beginn der Mitarbeit an den Verfilmungen der Romane Thomas Manns: Königliche Hoheit (1953), Felix Krull (1957), Buddenbrooks (1959). »Christoph fliegt nach Amerika«.
1954	Einzug der Familie Mann in das Haus in Kilchberg. Alte Landstraße 39.
1955	Besuch beider deutschen Staaten als Begleiterin Thomas Manns. 12. August. Tod von Thomas Mann.
1953–55	»Zugvögel«-Kinderbuchserie.
1956	»Das letzte Jahr. Bericht über meinen Vater«.
1958	Erster Unfall in Kilchberg.
1960	Zweite Knochenverletzung in Kilchberg; mehrere Krankenhaus- und Kuraufenthalte. Daraus resultierende Gehbehinderung.
1961–65	Dreibändige Ausgabe der Briefe von Thomas Mann. Intensive Beschäftigung mit dem Nachlaß von Thomas und Klaus Mann.
1969	Im März erstes Anzeichen einer neuen, schweren Erkrankung. Am 27. August im Kantonsspital, Zürich, gestorben.

QUELLENNACHWEIS

Verlag und Herausgeberin danken den Archiven, Verlagen, Briefschreibern und Briefempfängern sowie den Erben und Rechtsnachfolgern für die Bereitschaft, die Briefe zur Verfügung zu stellen und Abdruckgenehmigungen zu erteilen. Die Namen (soweit in Band I noch nicht genannt):

Gottfried Bermann Fischer, Camaiore/Italien
Albrecht Goes, Stuttgart
Hermann Kesten, Basel
Manfred Saller, München
Nachlaßverwaltung W. Adorno und Suhrkamp Verlag, Frankf./M. (W. Adorno)
Erben Ernst Bloch und Suhrkamp Verlag, Frankf./M. (Ernst Bloch)
Edouard Dermit, Milly La Forêt/Frankreich (Jean Cocteau)
Heinz Rieder, Wien (F.T. Csokor)
Licci Habe, Ascona (Hans Habe)
Lukács-Archiv des Philosophischen Instituts der Ungarischen Akademie der Wissenschaften, Budapest (Georg Lukács)
Gret Mann, Orinda/California (Michael Mann)
Harold v. Hofe, Beverly Hills/California (Ludwig Marcuse)
Bruno Walter Memorial Foundation, New York (Bruno Walter)

LITERATURVERZEICHNIS

I. Erika Mann

Bücher:

Zehn Millionen Kinder. Die Erziehung der Jugend im Dritten Reich. Mit einem Geleitwort von Thomas Mann, Amsterdam (Querido Verlag) 1938, 215 S. – Engl. Ausgabe: School for Barbarians. Education under the Nazis. Introduction by Thomas Mann, New York (Modern Age Books) 1938

The Lights Go Down. Translation by Maurice Samuel, New York/Toronto (Farrar & Rinehart) 1940, 282 S.

Das letzte Jahr. Bericht über meinen Vater, Frankfurt/M. (S. Fischer Verlag) 1956, 74 S.

Zusammen mit Klaus Mann:

Rundherum. Das Abenteuer einer Weltreise, Berlin (S. Fischer Verlag) 1929, 165 S.

Das Buch von der Riviera. Was nicht im »Baedeker« steht, München (R. Piper Verlag) 1931, 185 S.

Escape to Life, Boston (Houghton & Mifflin) 1939

The Other Germany. Translation by Heinz Norden, New York (Modern Age Books) 1940, 318 S.

Kinderbücher:

Stoffel fliegt übers Meer, Stuttgart (Levy & Müller Verlag) 1932, 110 S.

Muck, der Zauberonkel, Basel (Philographischer Verlag) 1934, 112 S.

A Gang of Ten, New York (L.B. Fischer) 1942, 303 S.

Unser Zauberonkel Muck, Augsburg (Franz Schneider Verlag) 1952, 95 S.

Christoph fliegt nach Amerika, München (Franz Schneider Verlag) 1953, 118 S.

Wenn ich ein Zugvogel wär; Till bei den Zugvögeln; Die Zugvögel auf Europa-Fahrt; Die Zugvögel singen in Paris und Rom, München (Franz Schneider Verlag) 1953–55, 69 S.; 96 S.; 86 S.; 87 S.

Bühnenstücke:

Plagiat. Komödie, Berlin (Oesterheld & Co.) 1931

Jans Wunderhündchen, Berlin (Oesterheld & Co.) 1931

Beitrag zu einem Sammelband:

Don't make the same mistakes; in: Zero Hour. A Summons to the Free, New York (Farrar & Rinehart) 1940, S. 13–76

Von Erika Mann herausgegeben:

Klaus Mann zum Gedächtnis. Mit einem Vorwort von Thomas Mann, Amsterdam (Querido) 1950 [EM wird auf dem Titelblatt nicht genannt]

Thomas Mann, Briefe 1889–1936, Frankfurt/M. (S. Fischer Verlag) 1961
Thomas Mann, Briefe 1937–1947, Frankfurt/M. (S. Fischer Verlag) 1963
Thomas Mann, Briefe 1948–1955 und Nachlese, Frankfurt/M. (S. Fischer Verlag) 1965
Thomas Mann, Wagner und unsere Zeit. Aufsätze, Betrachtungen, Briefe, Frankfurt/M. (S. Fischer Verlag) 1963
Thomas Mann, Autobiographisches, Frankfurt/M. (S. Fischer Verlag) 1968
Thomas Mann – Eine Auslese, Wien (Ueberreuter Verlag) 1969

II. Benützte Literatur

Thomas Mann, Gesammelte Werke in dreizehn Bänden, Frankfurt/M. (S. Fischer Verlag) 1974 – abgekürzt: GW
Thomas Mann, Briefwechsel mit seinem Verleger Gottfried Bermann Fischer 1932–1955, hrsg. Peter de Mendelssohn, Frankfurt/M. (S. Fischer Verlag) 1973
Thomas Mann, Tagebücher 1918–1921, hrsg. Peter de Mendelssohn, Frankfurt/M. (S. Fischer Verlag) 1979
Thomas Mann, Tagebücher 1933–1934, hrsg. Peter de Mendelssohn, Frankfurt/M. (S. Fischer Verlag) 1977
Thomas Mann, Tagebücher 1935–1936, hrsg. Peter de Mendelssohn, Frankfurt/M. (S. Fischer Verlag) 1978
Thomas Mann, Tagebücher 1937–1939, hrsg. Peter de Mendelssohn, Frankfurt/M. (S. Fischer Verlag) 1980
Thomas Mann, Tagebücher 1940–1943, hrsg. Peter de Mendelssohn, Frankfurt/M. (S. Fischer Verlag) 1982
Klaus Mann, Heute und Morgen. Schriften zur Zeit, hrsg. Martin Gregor-Dellin, München (Nymphenburger Verlagshandlung) 1969
Klaus Mann, Briefe und Antworten, Bd. I und II, hrsg. Martin Gregor-Dellin, München (edition spangenberg im Ellermann Verlag) 1975
Klaus-Mann-Schriftenreihe (hrsg. Fredric Kroll). Bd. I: Kroll: Bibliographie; Bd. II: Kroll und K. Täubert: Unordnung und früher Ruhm (1906–1927); Bd. III: Vor der Sintflut (1927–1933), Wiesbaden (Edition Klaus Blahak) 1976–79.
Peter de Mendelssohn, Der Zauberer. Das Leben des deutschen Schriftstellers Thomas Mann. Erster Teil 1875–1918, Frankfurt/M. (S. Fischer Verlag) 1975
Eberhard Spangenberg, Karriere eines Romans. Mephisto, Klaus Mann und Gustaf Gründgens, München (edition spangenberg im Ellermann Verlag) 1982
Michel Grunewald, Klaus Mann 1906–1949. Eine Bibliographie, München (edition spangenberg im Ellermann Verlag) 1984
Hans-Albert Walter, Deutsche Exilliteratur 1933–1950, Darmstadt u. Neuwied (Luchterhand) 1972

VERZEICHNIS DER KORRESPONDENZ

I. Von Erika Mann

Die Wiedergabe der Briefe erfolgt nach den Schreibmaschinendurchschriften mit Ausnahme der mit * versehenen Briefe, denen das Original zugrunde liegt.

Adorno, Theodor W.	31.10.58	28. 3.63
	15.12.61	11. 4.63
	5. 4.62	
Baden, Hans Jürgen	1. 3.64	
Basler, Otto	4. 7.56	
Becher, Johannes R.	17.12.56	
Ben Zur, Shmue	8. 6.67	
Berglund, Gisela	17. 1.69	
Bermann Fischer, Gottfried	2. 4.56	3. 4.63
Bloch, Ernst	6.11.67	
Bois, Curt	17. 3.53	1.11.66
Budzinski, Klaus	7. 5.62	
Bürgin, Hans	24. 1.66	
Bukofzer, Werner	18. 8.57	
Bußmann, Kurt	15. 2.66	
Castonier, Elisabeth	20. 2.67	
Cocteau, Jean	26. 4.58	6. 4.63
Csokor, Franz Th.	3. 1.67	25. 2.67
Dernburg, Ilse	22. 8.55	
Dolegowski, Andrzej	24. 9.64	
Ehrentreich, Swantje	3. 1.62	
Everth, Lutz	31.12.61	
Fassmann, Kurt	29. 8.58	
Flinker, Martin	26. 6.55	
Frau Gamst	8. 2.60	
Giehse, Therese	3.68*	
Goes, Albrecht	25.11.65	
Gregor-Dellin, Martin	6. 2.64	6.12.67
	18. 1.65	
Habe, Hans	23.12.66	11.12.67*
	29.12.68*	
Heinzel, Wolf-Eberhard	20. 6.68	
Herrmann, Eva	12.10.61*	
Herz, Arno	11. 5.58	
Hesse, Hermann	26. 4.51*	1.12.55*
	20. 3.52*	14.12.61*
Heuss, Theodor	2. 8.57	
Hirsch, Rudolf	10. 4.54	

Information, Kopenhagen	31.10.58	
Kakabadse, Nodar	21. 3.69	
Karlstadt, Liesl	25. 9.58	
Kesten, Hermann	11. 4.64	
Kreutzer, Leo	13.10.67	
Kurella, Alfred	5. 5.65	16. 6.65
Lehmann, Lotte	3. 5.66	
Lukács, Georg	18.12.61	
Mann, Golo	22.11.58	
Mann, Michael	23. 9.58	25. 9.64
Mann, Thomas	31. 1.54*	4. 6.54*
	10. 2.54*	23. 6.54*
Marcuse, Ludwig	17.12.53*	27.10.63*
	10. 2.55*	30. 5.66
Massary, Fritzi	6.11.55	
Mayer, Hans-Otto	3. 7.68	
Meiners, Adeline	16. 2.60	
Mittelsten Scheid, Bernd	16. 5.67	
Mösslang, Hugo	24.11.65	
Neckelmann, Ramon	17. 1.69	
Ottosson, R.A.	7.10.62	
Paczensky, Gerd von	17. 1.67	
Pearson, L.B.	16. 4.66	
Picasso, Pablo	16. 6.67	
Pringsheim, Lala	15.11.68	
Rodenberg, Hans	4.10.59	
Roeder, Otto	18. 1.56	
Rosenberg, Käthe	22. 8.55	
Rosenwald, George C.	17. 2.66	
Rubinstein, Artur	22. 6.67	
Saller, Manfred	28.11.68	
Sauer, Günther	29. 5.66	
Schmitt-Breuninger, Friederike	14.11.67	
Schröter, Klaus	7. 4.63	
Schwerin, Christoph Graf	24. 2.55	
Seitz, Gabriele	20. 3.69	
Sontheimer, Kurt	4. 5.58*	12. 2.66
Spangenberg, Berthold	30. 3.68*	10.10.68*
	1. 9.68*	
Stiller, Rudolf	21. 8.58	
Süskind, W.E.	19.11.55	
Tergit, Gabriele	31. 1.58	
Times, London	5.11.55*	
Viertel, Salka	9. 2.66	
Visconti, Luchino	3.56	
Wahren, Waldemar	27. 4.66	

Walter, Bruno	20. 5.57	
Walter, Bruno u. Lotte	17.10.55	
Walter, Hans-Albert	12.11.66	14. 1.69
Weber, Werner	4. 1.63	
Wenzel, Uwe	20. 3.60	
Wetzel, Heinz	27. 1.68	
Wysling, Hans	22. 9.67	

II. An Erika Mann

Adorno, Theodor W.	19. 4.62	12. 3.63
Bermann Fischer, Gottfried	29. 3.56	27.11.61
Bloch, Ernst	19.11.67	
Cocteau, Jean	17. 3.63	
Csokor, Franz Th.	8. 1.67	
Feuchtwanger, Lion	3.10.55	26. 6.56
Goes, Albrecht	7.11.65	16.12.65
Gregor-Dellin, Martin	6. 3.63	14. 3.69
	17. 9.68	13. 6.69
Habe, Hans	12.12.67	
Hesse, Hermann	5.51	12.55
	7. 2.52	12.61
Kesten, Hermann	1. 4.64	
Lukács, Georg	17.10.61	
Mann, Michael	5.10.64	
Marcuse, Ludwig	14. 4.63	
Sontheimer, Kurt	7. 5.58	
Spangenberg, Berthold	4. 3.68	3. 4.69
Walter, Bruno	14. 8.55	

PERSONENREGISTER FÜR DIE BÄNDE I UND II

Die Seitenzahlen nach I stehend beziehen sich auf Band I 1922–1950, die nach II auf Band II 1951–1969. *Kursive* Seitenzahlen verweisen auf Anmerkungen.

Klaus Mann

BRIEFE UND ANTWORTEN

1922–1949

Neuausgabe in einem Band. Herausgegeben von Martin Gregor-Dellin. Mit einem Essay von Golo Mann: Erinnerungen an meinen Bruder Klaus. Anmerkungsteil und Register 1987 neu von J. Heimannsberg. 824 Seiten.
362 Briefe Klaus Manns und 99 Gegenbriefe sind in dieser Sammlung abgedruckt. Herausragende Zeitgenossen als Briefpartner sind: Lion Feuchtwanger, Hermann Hesse, Hugo von Hofmannsthal, Hermann Kesten, Else Lasker-Schüler, Rainer Maria Rilke, Upton Sinclair, Ludwig Marcuse, Bruno Walter, Arnold Zweig, Stefan Zweig u.a.

Das Buch

»Erika Mann war eine außergewöhnliche Frau, und man weiß nicht recht, was man mehr bewundern soll – die erstaunliche Vielseitigkeit ihrer Begabung oder die unvergleichbare Intensität ihrer schon früh in die Öffentlichkeit drängenden Persönlichkeit«, schreibt Marcel Reich-Ranicki über die Tochter Thomas Manns, deren Leben in vielfacher Hinsicht von Bedeutung war: als Mitarbeiterin ihres Vaters, als Schriftstellerin, Schauspielerin, Gründerin und Prinzipalin des Kabaretts »Die Pfeffermühle«, als Schwester von Klaus Mann, mit dem zusammen sie Bücher verfaßte, als Emigrantin und unerbittliche, streitbare politische Kämpferin. Dieser erste Band ihrer Korrespondenz enthält 124 chronologisch angeordnete Briefe aus den Jahren 1922–1950, umfaßt also die Zeit ihrer beginnenden Theaterlaufbahn bei Max Reinhardt, die kurze Ehe mit Gustaf Gründgens, die Jahre im Exil bis hin zum Verzicht auf die amerikanische Staatsbürgerschaft und zur Rückkehr nach Europa. Adressaten (und Absender) der Briefe sind neben den Eltern und den Brüdern Alfred Döblin, Albert Einstein, Oskar Maria Graf, Hermann Hesse, Ludwig Marcuse, Pamela Wedekind und viele andere mehr. »Ein zeit- und literaturgeschichtliches Dokument von hohem Range, in höchstem Maße authentisch und dazu von erfreulicher Lesbarkeit.« (Die Presse, Wien)

Die Autorin

Erika Mann, Tochter von Thomas und Katia Mann, wurde am 9. November 1905 in München geboren, gründete das antinationalsozialistische Kabarett »Die Pfeffermühle« und arbeitete u.a. als Schriftstellerin, Schauspielerin und engagierte politische Kämpferin. In erster Ehe war sie mit Gustaf Gründgens verheiratet. Während der Nazizeit emigrierte sie zunächst in die Schweiz, 1936 in die USA. Die Ära McCarthy ließ sie schließlich wieder in die Schweiz zurückkehren. Sie starb am 27. August 1969 in Kilchberg bei Zürich.

Erika Mann:
Briefe und Antworten
Band 1: 1922–1950

Herausgegeben von
Anna Zanco Prestel

Deutscher
Taschenbuch
Verlag

dtv

Ungekürzte Ausgabe
März 1988
Deutscher Taschenbuch Verlag GmbH & Co. KG,
München

ISBN 3-7707-0208-5
Umschlaggestaltung: Celestino Piatti unter Verwendung eines
Fotos von Erika Mann (Bilderdienst Süddeutscher Verlag)
Gesamtherstellung: C. H. Beck'sche Buchdruckerei,
Nördlingen
Printed in Germany · ISBN 3-423-10864-9

Inhalt

Ein Namenregister für beide Bände befindet sich am Ende des zweiten Bandes.

1. KINDHEIT

Anfang November 1905 kündigte Thomas Mann in Briefen an mehrere Empfänger die Geburt eines »wohlgebildeten Mädchens« an, das dann den Namen Erika Julia Hedwig erhielt. Schon ein knappes Jahr danach sollte der »Zwillingsbruder« Klaus zur Welt kommen und damit die zunächst enttäuschte Hoffnung des Vaters auf einen Sohn erfüllen.

Glücklich verlief die Kindheit des »Pärchens« Erika und Klaus in einer kulturgesättigten Atmosphäre, die nur den Schein gutbürgerlicher Konventionen trug. »Zentrum des Ganzen« war das Arbeitszimmer eines außergewöhnlichen Vaters, der auch die dominierende Gestalt im Familienleben war. Das änderte sich nicht, als im Lauf von 14 Jahren noch zwei weitere Kinder-»Pärchen« hinzukamen, Golo (1909) und Monika (1910), dann Elisabeth (1918) und Michael (1919). – Erika schreibt:

»Er war anders als andere Väter. Dies wußten wir früh, denn wir waren nicht dumm und konnten vergleichen. Andere Väter frühstückten mit der Familie, gingen ins Geschäft, ins Büro, in die Fabrik. Den unseren sahen wir erst beim Mittagessen. Inzwischen war er nirgends hingegangen – höchstens spazieren. Er arbeitete im Arbeitszimmer. Er war Schriftsteller und als solcher berühmt. Das Arbeitszimmer war heilig, – ein Raum, den man nur betrat, wenn man eingeladen wurde, und das wurde man nur, wenn ›Der Zauberer‹ [dies unser Name für ihn] vorlesen wollte, und das wollte er nur, wenn er Zeit für uns hatte, – manchmal, ›nach dem Tee‹. Er las herrlich, – Märchen von Andersen, Hauff, den Brüdern Grimm. Später las er dann Sachen, die er selbst geschriftstellert hatte, und jetzt wußten wir wenigstens, was er so trieb. Es gefiel uns sehr. Auch, daß er so fleißig war, machte uns Eindruck. Niemand zwang ihn dazu, er hatte keinen Vorgesetzten, auffallender Weise wollte er fleißig sein; er mußte, offenbar und von innen heraus, immerzu schreiben oder – mindestens – nachdenken. Deshalb war er oft zerstreut und konnte sich um uns nicht viel kümmern. Wenn er schrieb oder nachdachte, brauchte er Ruhe, und wir hatten leise zu sein. Wenn wir das vergaßen, wurde er fuchsteufelswild. Sonst nie. Schlechte Noten störten ihn nicht.

Waren wir faul oder ungezogen oder lügenhaft gewesen, dann merkte er's erst, falls unsere Mutter uns verpetzt hatte. Und das wieder tat sie erst, wenn es nötig geworden war, daß er persönlich uns schimpfte. Also selten. Denn er schimpfte höchst ungern, und noch ungerner veranlaßte unsere Mutter ihn zu etwas, das er ungern tat.«
»Hort und Schutz« war das Haus an der Münchner Isar, in der Poschingerstraße 1 im Herzogpark, wo die älteren Mann-Kinder, jetzt halbwüchsig, in den Schwestern Gretel und Lotte Walter, den Töchtern des Dirigenten Bruno Walter, und in Ricki Hallgarten[1]*, einem Nachbarssohn, die »Hauptmitverschworenen« ihrer turbulenten Spiele fanden.*
»Wir waren eine böse und einfallsreiche Horde damals, die Kinder unserer Kolonie[2]*, alle bis aufs Blut befreundet miteinander, alle ein bißchen verwahrlost, wie die Zeit es mit sich brachte, alle begeistert für diese Zeit, in der es täglich Neues und Gefährliches zu bestehen gab. Wir mystifizierten, logen, täuschten mit Glanz und mit einer Leichtigkeit, die beneidenswert war, wir waren eingespielt aufeinander, ein tolldreistes Ensemble, nie klaffte ein Riß in unseren Netzen, unsere Scherze hatten hochpolitischen Charakter, wir meldeten Maximilian Harden*[3] *beim Rektor der Universität zum Tee an und entschuldigten ihn bald darauf mit einem von der Trambahn überfahrenen Arm; um alles auszuhecken, trafen wir uns, aus Gründen der Keßheit, in den Hall's der großen Hotels. Komisch ausgeschaut muß es haben: Viele Kinder in wilden Lodenmänteln, so intensiv diskutierend, in so erwachseneleganter Umgebung.«*
Mitten im Krieg entdeckten Erika und Klaus ihre »theatralische Sendung« und riefen am 1. Januar 1919 gemeinsam mit Ricki Hallgarten den »Laienbund deutscher Mimiker« ins Leben:
»Wir waren Gründer, Vorstand und Ensemble, Direktor gab es keinen: wir planten alles recht kommunistisch... Wir lebten für den Mimikbund, was unsern Eltern unlieb war. Ricki malte Programme, Klaus dichtete... Die Einnahmen flossen irgendwelchen ›notleidenden Tonkünstlern‹ zu. So kommunistisch waren wir.«
Der kühne Versuch hatte Erfolg, »alle Herzogsparkkinder[A] *ris-*

sen« sich um sie, »Gretel und Lotte Walter wurden engagiert, W.E. Süskind, der Dichter, machte mit, Grete Marcks[5] sollte Regie führen, ihr Vater, der Bismarck-Professor, versprach, mit Josef Ponten[6] gemeinsam kritisch« für sie zu sein.
Und während sie die Rolle der Viola in »Was ihr wollt« spielte, »erfand« Erika für sich »das Theater als Beruf«. Ihre endgültige – wenn auch nicht lebenslange – Hinwendung zur Schauspielkunst datiert einige Jahre später. Sie brachte ihr die enge Freundschaft mit Pamela, der begabten Tochter des berühmten Frank Wedekind, und führte zur Ehe mit dem damals noch wenig bekannten Gustaf Gründgens.

1 eigentl. Richard Hallgarten (1905–1932), Maler; Sohn des Münchener Privatgelehrten und Germanisten Dr. Robert Hallgarten (1870–1924) und der Frauenrechtlerin Constance Hallgarten (1881–1969). **2** Herzogpark, s.u. **3** eigentl. M. Witkowski (1861–1927), politischer Schriftsteller und Polemiker. **4** Herzogpark, Stadtteil an der Isar, auch »unteres« Bogenhausen genannt. **5** Tochter des Historikers und Bismarckbiographen Erich Marcks (1861–1938). **6** 1883–1940, Schriftsteller.

AN THOMAS MANN

Bergschule Hochwaldhausen
[Poststempel: 6.6.1922]

Lieber Zauberer[1]!
Meinen allerschönsten Glückwunsch[2] zum Geburtstag. Wundre Dich nicht, wenn der Briefchen klein und häßlich wird: ich schreibe auf der Bahnfahrt nach Frankfurt. Denn wir sind mit einigen »Bergkindern«[3] nach dorthin über Pfingsten abgereist. Die allgemeine Tour ist doch abgesagt worden und jetzt hat Steche[4] uns erlaubt das zu machen. Wir werden 2 Tage dort bleiben und bei der Großmutter vom dicken Wandervogel wohnen. Vielleicht lassen wir uns hinreißen und besuchen kurzer Hand Liefmanns[5], von wegen irgend einer Mahlzeit oder so. Kann ma sagen, daß es frech ist? – Ja von hier wäre in so fern Gutes zu melden, als K[6] und ich neulich eine umfassende Aussprache mit Steche hatten und wir uns recht gut mit ihm verstanden. Außerdem war heute Schlußschulgemeinde (ja, wir

sind tatsächlich schon sechs Wochen hier!) und auch die hat recht erfreuliche Erfolge für uns gezeitigt.
So sind wir zum Beispiel im Latein Mahrs Lichtblick in seiner ganzen Lehrtätigkeit und ich nicht minder der von Ackermann in Mathematik. Nicht verschweigen kann ich nun zwar, daß der Gent den Klaus im Laufe der Unterhaltung von neulich einmal »übertünchten Greis« genannt hat. Sähr drohlig! – Es ist *so* schade, daß wir zu Deinem Wiegenfeste nicht in München sind. Hier haben fast alle ihre Elterlein in Frankfurt und die Angesehenen, zu denen wir uns doch wohl rechnen dürfen, erhalten ab und zu Erlaubnis zu Geburtstagen u. dgl. nach Haus zu fahren. Wir Armen! – Ob der Ofei[7] Dir wohl Wein geschenkt hat? *Bitte sei* nicht pikabel, wenn ich jetzt aufhöre, aber es schottert fast so »gottsjämmerlich«, wie das Leichlein aussieht.
Viele Grüße Erika

Bitte sage dem Mielein[8] folgendes: Der Alex Leroi, der mich, Gott strafe England, abgöttisch liebt, möchte gern im Sommer eine 8tägige Tour mit uns und noch einem machen und zwar auf seinem kleinen Motorboot auf irgend einem stillen Fluß. Nun möchte ich das aber *keinesfalls,* eben wegen Alex. Ich kenne das schon von Karl Geffcken[9] her und, kurzum es *paßt* mir nicht. Nun bitte ich das Mielein sehr, daß sie aus irgend einem triftigen Grund (gefährlich wäre es leider *gar* nicht) die Sache verbietet. Und so, daß ich es ihm vorlesen kann.
Nochmals herzlichst E.

1 Thomas Mann (1875–1955). **2** Zum 47. Geburtstag von Thomas Mann am 6. Juni. **3** Von Ostern bis Juli 1922 besuchte EM zusammen mit ihrem Bruder Klaus die Bergschule Hochwaldhausen am Vogelsberg (Röhn). S. auch Brief von Klaus an Thomas Mann v. 6.6.1922 in: Klaus Mann, »Briefe und Antworten I«, S. 9. **4** Professor Steche, Leiter der Bergschule Hochwaldhausen. **5** Emil Liefmann (1878–1955), Arzt in Frankfurt/Main; 1940 nach New York emigriert. Häufig Gast bei Manns. Vgl. Thomas Mann, »Briefe 1889–1936«, S. 203. **6** Klaus Heinrich Thomas Mann, gen. Eissi, Eißi oder Aissi (1906–1949); ältester Sohn von Thomas Mann, Schriftsteller und Publizist. **7** EMs Großvater, Prof. Alfred Pringsheim, gen. Ofei (1850–1941) mit Hedwig Pringsheim geb. Dohm, gen. Offi (1855-1942), verheiratet. Sie blieben, obwohl verfolgt, in

München, konnten aber 1939 noch nach Zürich emigrieren. **8** Katia Mann geb. Pringsheim, gen. Mielein (1883–1980), seit 1905 mit Thomas Mann verheiratet. **9** Freund von EM in München; vermutlich ein Sohn des Kunstmalers Prof. Walter Geffcken (1872–1955), der 1922 in der Possartstraße in Bogenhausen wohnte.

AN PAMELA WEDEKIND[1] Hiddensee, 23.7.1924

Liebes Leben! Du *kannst* es nicht ahnen, wie schön das Meer ist, – zum Weinen schön. Heute regnet es ja allerdings Schusterbuben und merkwürdige kleine Nebelwölkchen flattern herum und Nebeltüten haben noch mal [unleserlich].
Aber das Haus[2] und das Essen sind sauschlecht und mein Zimmer [...] ist so klein, so klein – all meine tausend Kinderkleidchen liegen auf dem Boden herum und sehen so zerdrückt aus, daß ich nur klagend die Hände ringen muß. Und jeden Morgen um 4 Uhr krähen 12 Hähne auf dem Misthaufen *vor meinem Fenster!* Das ist schmerzlich. Am Strand büßte ich auch heute einige Preziosen ein, so mein kleines Goldkettchen und mein wertvolles [unleserlich] – ich vergaß es schlichthin und verkatert wie ich nun einmal war. In der Nacht war das *komischste* Fest gewesen, das ich in meinem langen, langen Leben mitmachte; – bei Hauptmanns[3]. Erst waren viele Wandervögel zum Dichter gepilgert, hatten gesungen und gesprungen und er hatte dümmlich geredet und Magda Bauer tanzte und schon all das war Scherz genug. Aber dann ging man in die werte Privatwohnung und dort gab es so toll und voll Bowle, daß alle aber auch alle (mit Ausnahme des Zauberers, versteht sich) recht sehr betrunken waren. Schillings[4], der Kapellmeister und Hülsen[5] und Maler Kruse[6] und auch Tante Katia[7] und auch Hauptmann und auch die Mann[8] (die aber für den Laien kaum merklich). All die Würdenträger und so heiter! Unausdenkbar! Ich fuhr Hauptmann durchs schön weiße Häärle und er küßte mich und ich müßte doch fühlen, wie sehr ich seinem gefallenen Neffen[9] ähnlich sähe. So weit wars gekommen! – Übrigens ist er, der Gerhart, unbeschreiblich *üsis*[10] und ganz anders als man denkt. Er ist ein Lichtalbe im

andern Sinn des Wortes und hat dabei etwas so uneitel Melancholisches; – ich mag ihn schon sehr gern. Seine Frau ist ein Rindvieh und eine *Person,* pudert sich so schlecht und ist so unliebenswürdig wie ich es selten antraf. – *Goldener* Abgott; – kannst Du es lesen? Gib Dir Mühe! – Ob wir hier bleiben oder noch wo anders hingehen, steht dahin, – ich schreibe es dann gleich! – Es wäre so tausendschön, wenn Du noch kämest! Fritz Kunhel [?]! *Schreibe mir alsbald! Liebe mich!* Grüße andrerseits Tilly[11] und Sybilfeindin[12] und Beneckendorff[13], wenn er nicht auf mich schimpft. –
1000 fach E.

Du konntest doch, hoffen wir, ungestraft abreisen? Hat unser Theo[14] genug gesandt? Wie war das Telefonat mit ihm? – Jetzt stürmt es toll und ich gehe baden. *Komm* doch, es ist so schön und die Wellen sind lebensgefährlich. –
Ich *kann* es selbst nicht verstehen, wie ich *so sauhäßlich* schreiben konnte. –

1 Annapamela Wedekind-Regnier (1906–1986), Tochter von Frank Wedekind (1864–1918), Schauspielerin; seit ihrer Kindheit mit Erika und Klaus Mann eng befreundet. **2** Im Juli 1924 hielt sich Thomas Mann mit Familie im »Haus am Meer« des Dichters Gerhart Hauptmann (1862–1946) in Kloster auf Hiddensee auf. **3** Gerhart Hauptmann und seine zweite Frau Margarete geb. Marschalk (1875–1957). **4** Max von Schillings (1868-1933), Komponist, Opernintendant; seit 1.10.1932 Präsident der Preußischen Akademie der Künste. **5** Hans von Hülsen (1890–1968), Schriftsteller. **6** Max (Carl M.) Kruse (1854–1942), Bildhauer, Maler und Graphiker; lebte seit 1914 meistens auf der Insel Hiddensee. **7** Katia Mann. **8** Erika Mann. **9** Peter Hauptmann, der von dem Dichter besonders geliebte Sohn des Bruders Georg, war 1917 gefallen. **10** von Klaus Mann erfundenes Kinderwort, kann als »gut, sympathisch, drollig« gedeutet werden. **11** Tilly Wedekind geb. Newes (1886–1970), Ehefrau von Frank Wedekind. **12** Sybil Vane-Grüder, Vortragskünstlerin, damals Hausdame bei Tilly Wedekind. **13** Wolf von Beneckendorff, Schauspieler. **14** Theodor Lücke, »junger Bankmensch«, der in den Inflationsjahren »die Eskapaden« der Geschwister Mann und deren Freundeskreises »finanzierte«. S. Klaus Mann, »Der Wendepunkt«, S. 151ff.

AN PAMELA WEDEKIND Friedrichs[hafen], Juli 1926

Viele, viele Grüße, meine (geliebte Göttin) von der Ehefrau[1]. Und, noch einmal, den schönsten Dank für das Sphären-Instrument, über das ich halb toll vor Freude bin. – Ja, Pamela, es war *schon* ein großer Schreck! Wie so der Herr auf dem Standesamt[2] noch ganz freundlich »Fräulein Mann« zu mir sagte, als er uns ermahnte doch lieber richtig herum den Tatort zu betreten – G.G.[3] links und ich rechts (wir hatten es natürlich falsch gemacht!) und dann plötzlich herrschte er mich an »jetzt unterschreiben Sie, Frau Gründgens!« Ein *großer* Schreck war es schon! Aber dann gings ja alles ganz gut. In Feldafing[4] aß sichs zu Mittag und das Abendfest war sogar recht lieb. Eine fein-rührende Rede hielt der Zauberer – (sprach sogar von Deinem Astralleibe, den er neben Kläuschen[5] sitzen sähe!), Kläuschen Pringsheim[6] flirtete mit Gustaf, als welcher den Vernünftigen in sich den Anwesenden zeigte und Tilly war ein süßer Gast (schenkte mir auch Deines Vaters Werke, – zu meiner hellen Freude!). – Und jetzt sind wir einfach im Kurgartenhotel, wo groß und klein uns frivol behandeln muß, da niemand und der Klügste nicht, den Ehestand uns glauben *kann.* Aber daß wir (Du und ich!) in der Kurliste des vorigen Monats stehen – ich als Schauspielerin und Du als Herr Wedekind aus München, ist mir lieb. – Meine Pamela, *bitte, bitte* komm bald. So schrecklich gern möchte ich es, weil ich Dich eben doch über die Maßen liebe. Schau, das Kläuschen kommt wohl am Sonntag oder Montag. Willst Du nicht mit ihm reisen? – G.G. sprach ich schon davon und auch er sähe Dich gern und würde das Beisammensein begrüßen.
Alles Zärtliche E.

1 Erika Mann heiratete am 24.7.1926 in München den Schauspieler und späteren Generalintendanten der Preußischen Staatstheater Gustaf Gründgens. Die Ehe wurde am 9.1.1929 geschieden. **2** Die Eheschließung Mann-Gründgens wurde beim Standesamt München I unter der Nummer 969/26 beurkundet. **3** Gustaf Gründgens, eigentl. Gustav G. (1899–1963); seit 1923 schrieb er seinen Namen mit f. **4** Im Hotel »Kaiserin Elisabeth« in

Feldafing am Starnberger See. **5** Klaus Mann, damals mit Pamela Wedekind verlobt. **6** Katia Manns Zwillingsbruder Klaus (1883–1972), Musiker, Schüler von Gustav Mahler; musikalischer Leiter der Berliner Reinhardt-Bühnen, seit 1931 Dirigent am Kaiserlichen Konservatorium in Tokio.

2. RUNDHERUM

»Mann's Twin Children Arrive for American Tour«, meldete am 21. Oktober 1927 eine New Yorker Zeitung.

Klaus Mann, so las man in dem Artikel, beabsichtige, der amerikanischen Jugend Vorträge zu halten; Erika wolle sie in Lesungen mit deutscher Literatur vertraut machen und sich gleichzeitig als Filmschauspielerin in Hollywood versuchen.

Die Abenteuerreise der Geschwister war eine Flucht aus Verflechtungen beruflicher und privater Art: Klaus floh vor einigen »häßlichen Kritiken« und aus seiner Verlobung mit Pamela Wedekind, Erika aus der Ehekrise mit Gustaf Gründgens. Die Reise sollte sie sehr weit führen, weiter gewiß als die besorgten Eltern voraussehen konnten.

Der »Bummel« durch drei Kontinente – die Vereinigten Staaten, dann Japan, China und Sowjetrußland – erweiterte den Horizont der beiden Globetrotter und zeigte ihnen, daß »Europa nicht die Welt« sei, nur »ein Kulturzentrum unter anderen«.

Schon als Zwanzigjährige war Erika – für das Berliner Unterhaltungsmagazin »Tempo« – als Journalistin tätig, um ihre Gagen aufzubessern. Jetzt ergab sich die Gelegenheit, zusammen mit Klaus ein Buch zu veröffentlichen: »Rundherum. Das Abenteuer einer Weltreise«.

»Als, anläßlich einer Weltreise, die Finanzen völlig zerrüttet waren, beteiligte ich mich erstmalig an einem Buch... Nun war mein Schicksal besiegelt. Denn nicht nur war das Buch ein Erfolg, – ich konnte mir überdies nicht länger verhehlen, daß ich mit einer gewissen diebischen Freude an der Arbeit gewesen war. Zwar fuhr ich fort, das Verschiedenste zu treiben, – Theater zu spielen, Rennen zu fahren, Cabarets zu gründen, zu heiraten und herumzureisen – ich brachte dennoch ein Buch nach dem anderen heraus. Auf dringendes Anraten meiner kleinen Geschwister entstand anno 32 mein erstes Kinderbuch. Später waren es dann meine Neffen und Nichten, die mir die Herstellung von Jugendbüchern nicht ohne Strenge zur Pflicht machten...«

Der großen Weltreise folgten in den kommenden Jahren kleinere, immer häufigere »Eskapaden« ins Unbekannte, von

»Petsamo, am Nordende Finnlands«, bis nach Cadiz und Marokko. Doch bei jeder Rückkehr erlag Erika wieder der Faszination der bayerischen Landschaft, die beruhigend auf ihr Gemüt wirkte. In einer »Liebeserklärung an Bayern«[1] *heißt es: »Heute weiß ich nichts Hübscheres, als, von der Reise kommend, irgendwoher, wo es kahl und großartig war, allmählich bayerische Landschaft auftauchen zu sehen, – das Weite, Hügelhafte, Großzügige, Liebliche, Anspruchslose; die Farben dieser Sumpfwiesen, die Wälder, hinter denen man die Berge weiß, das bebaute Feld und die Dörfer, von denen man schon wieder vergessen hatte, wie bezaubernd sie waren. Hatte man nicht geglaubt, man habe Einzigartiges gesehen, unterwegs, Unübertreffliches? Aber dies hier kann es aufnehmen damit, so viel ist sicher. Und wo gab es die Harmonie der Landschaft mit Bauten, Menschen, Trachten in einem so reinen Grade? Wo war sie so unverwüstlich? Es ist sonderbar: aber Bayern scheint einen Schutzgeist zu haben, irgendeinen guten Engel. Nicht Amerikaner, nicht Radio-Apparate, nicht der eigene Spaß am Gewinn können dieses Land verderben. Oberammergau bleibt schön, – Tegernsee ist nicht umzubringen.«*

1 Untertitel: »Nach einer afrikanischen Reise gemacht«; in: *Die Heimat. Unterhaltungs-Beilage der Münchner Neuesten Nachrichten*, 3. Jg. Nr. 26, 23. Juli 1930.

THOMAS MANN
AN KLAUS UND ERIKA MANN München, 19.10.1927[1]

Liebe Kinder!

Euere gutgelaunte Kabelung[2], gestern, hat recht erheiternd und beruhigend gewirkt, denn etwas besorgt waren wir doch gewesen, sowohl unter dem Eindruck von Nachrichten, die von Stürmen auf dem Atlantic meldeten und zwar keine ernsten Besorgnisse, aber doch Vorstellungen mesquiner Qual erweckten, – wie auch in Betreff Eurer Landung und ersten Eindrücke. Nun, es scheint ja, daß alles sich freundlich angelassen hat,

und ich denke jetzt, ihr habt eine amüsante Überfahrt gehabt, Bekanntschaften gemacht, vielleicht gar einen »Abend« gegeben und seid mit Auszeichnung behandelt worden. Ich fände das in der Ordnung, denn junge Leute sind überhaupt reizend, und ihr seid es, bei vielen und schweren Fehlern, noch besonders, und über Frau Bassermann[3] (Albert) habe ich mich neulich geärgert. Wir saßen in Theater zusammen (»Zinsen« von Shaw[4]), und sie sagte wohl drei oder viermal: »Ja, die Kinder, Pamela, Klaus, Erika, sie sündigen auf die Namen ihrer Väter! Ich sage immer zu meinem Mann: Da sündigen sie nun unausgesetzt –«. Ich versuchte naheliegende Einwendungen, wie, daß es damit allein vielleicht ein Weilchen hätte gehen können, aber heute doch wohl schon nicht mehr gehen würde; aber sie blieb hartnäckig dabei, mir Complimente zu sagen und wiederholte: »Ja, ja, so ist es, auf die Namen der Väter sündigen sie!« Es war nichts zu machen. Der große Albert[5] war rührend, mit seinen einzigartigen Augen von einem pupillenlosen, metallischen Dunkelblau, wie es sonst bloß bei Hunden vorkommt. »Eine himmlische Aufführung!« sagte er ein übers andere Mal. »Dieser Dohm[6] hat mich ganz überwältigt!« Als ich ihn bewundernswert dankbar nannte, verbat er sich das. »Ich bin nicht dankbar! Es ist eine himmlische Aufführung.« –
Diesen Brief verdankt ihr, abgesehen von der Sentimentalität erregenden Weitläufigkeit eurer Abenteuer, zwei Umständen. Erstens habe ich meinen großen Amphitryon-Aufsatz[7] abgeschlossen und kann ihn morgen Abend nach Berlin tragen, um ihn nutzbringend zu verhandeln (nicht an die Rundschau; da soll im Dezember die Einleitung zum Joseph[8] erscheinen, von der Kayser[9] begeistert ist); und zweitens habe ich gestern so ausführlich an Kläuschen Heuser[10] geschrieben, der nun schon wieder seit acht Tagen von hier fort ist, daß ein schlechtes väterliches Gewissen unausbleiblich wäre, wenn ihr leer ausginget. »Dieser Klaus«, wie er sich zum Unterschied von »jenem Klaus«, also Eißi, zu nennen pflegt, ist als Angelegenheit gewiß zu überschätzen. Ich nenne ihn Du und habe ihn beim Abschied mit seiner ausdrücklichen Zustimmung an mein Herz gedrückt. Eißi ist aufgefordert, freiwillig zurückzutreten und meine Kreise nicht zu stören. Ich bin schon alt und berühmt,

und warum solltet ihr allein darauf sündigen? Ich habe es schriftlich von ihm, daß diese zwei Wochen zu den schönsten Zeiten seines Lebens gehören und daß er »sehr schwer zurückgekehrt« ist. Das will ich glauben, und die Sprödigkeit seines Ausdrucks ist dabei in Anrechnung zu bringen, denn er ist hier mit Amüsement und Besserem überschüttet worden, und ein kleiner Höhepunkt war es, als ich im Schauspielhaus, bei der Kleistfeier, in seiner Gegenwart aus der Amphitryon-Analyse Stellen zum besten gab, auf die »er«, wenn man so sagen kann, nicht ohne Einfluß gewesen ist. Die geheimen und fast lautlosen Abenteuer des Lebens sind die größten. Aber ich möchte natürlich nach Amerika gehen.

Möge dort alles recht glücklich und ohne Enttäuschung für euch verlaufen! Aber daß ihr Weihnachten zurückwäret, wünschte ich doch. Wir fahren nun also morgen nach Berlin, auf 8 Tage nur, aber eben darum wird es wohl hoch hergehen, und zwischendurch muß ich noch nach Stettin und Frankfurt a/Oder zu Vorlesungen, da sie hoch bezahlt werden. Mit auffallender Hartnäckigkeit erhält sich dies Jahr, von der schwedischen Presse ausgegangen, das Gerücht, daß ich den Nobelpreis[11] bekommen soll. Ich glaube es nicht und Mielein auch nicht, und wenn ich mir ein Abenteuer wünsche, zu schallend eigentlich für meinen Geschmack, so nur, weil man denen, die man liebt, nie Grund genug wünschen kann, stolz darauf zu sein.

Euer Z.

1 Gekürzt veröffentlicht in: Thomas Mann, »Briefe 1889—1936«, S. 275 f. **2** Nicht erhalten. Erika und Klaus Mann waren am 6. Oktober 1927 nach Amerika abgereist und hielten sich zunächst in New York auf. **3** Else B. geb. Schiff, Frau von Albert Bassermann. **4** George Bernard Shaw (1856–1950), anglo-irischer Dramatiker; 1925 Nobelpreis für Literatur. – »Zinsen« ist ein Alternativtitel für »Die Häuser des Herrn Sartorius«; das Stück wurde am 8.10.1927 unter der Regie von Richard Rèvy in den Münchner Kammerspielen aufgeführt. **5** A. Bassermann (1867–1952), bedeutender klassischer Schauspieler, u.a. auch an Max Reinhardts »Deutschem Theater« in Berlin engagiert. 1933 in die Schweiz und anschließend in die USA emigriert; 1946 Rückkehr nach Deutschland. **6** Will Dohm (1898–1948), Schauspieler und Charakterdarsteller. **7** Am 10.10.1927 hatte Thomas Mann anläßlich der Kleist-Feier am Münchener Schauspielhaus den Vortrag »Die große Szene in Kleists Amphitryon« gehalten. Abdruck in: *Vossische Zeitung*, Berlin, 16.10.1927, Nr. 490; später erweitert zu dem Essay »Amphitryon. Eine Wiederbegegnung«, in: *Neue Rundschau*, Berlin, 39. Jg. H.6. (Juni) 1928, S. 574–608. **8** Thomas Mann, »Höllenfahrt«, in: *Neue Rundschau*, Berlin, 38. Jg. H. 12 (Dezember) 1927, S. 561–597. **9** Dr. Rudolf Kayser (1889–1964), Redakteur der Neuen Rundschau, 1933 nach Holland und später in die USA emigriert. **10** Klaus Heuser (geb. 1910), Sohn des Direktors der Düsseldorfer Kunstakademie Prof. Werner Heuser. – Über Thomas Manns Zuneigung zum jungen Klaus Heuser, den er 1927 bei sich in München zu Gast hatte und anschließend mehrmals in Düsseldorf besuchte, geben die seit 1977 erscheinenden Tagebücher Thomas Manns erstmals Auskunft. Die Tagebücher von 1927 sowie ein Briefwechsel mit K.H. sind nicht erhalten. – S. dazu: Thomas Mann, »Tagebücher 1933–34«, S. 185, 296, 411 ff; »Tagebücher 1935–36«, S. 177, 340; »Tagebücher 1937–39«, S. 43 und »Tagebücher 1940–43«, S. 395 ff. **11** Er bekam den Nobelpreis für Literatur erst 1929.

VON HUGO VON HOFMANNSTHAL[1] Rodaun, 3.4.1929

Liebe Erika,
Sie haben mir mit dem Buch[2] ein großes Vergnügen gemacht, ich danke Ihnen beiden sehr. Es ist ein lustiges angenehmes, eigentümliches Buch und hat mir über zwei etwas fiebrige Grippe-Nachmittage in der angenehmsten Weise weggeholfen. Neugierde in einer so reinen, starken Form, wie die, welche Sie beide rund um die Welt getrieben hat, ist eine besondere Gabe; so wie es eine besondere Gabe, und nur sehr wenigen verliehen ist, wirklich stark zu wünschen. An der Darstellung war mir zweierlei wirklich wohltuend: daß Sie beide sich vom Übertreiben ganz fern gehalten haben (und das Übertreiben, in tausend Formen, ist wirklich die Pest in der deutschen Schriftstellerei) und daß Sie in einer so anständigen Art immer dem Weitschweifigen und Beschreibenden ausgewichen sind. In diesem Punkt haben mich die wenigen (übrigens sehr guten) Zeilen über den Grand Cañon geradezu gerührt.
Ich grüße Sie beide herzlich als Ihr alter und aufrichtiger Freund
Hofmannsthal

1 1874–1929, österreichischer Dramatiker, Lyriker, Essayist und Erzähler; Librettist von Richard Strauss. **2** Erika und Klaus Mann, »Rundherum. Das Abenteuer einer Weltreise«. Erstausgabe: Berlin (S. Fischer) 1929.

Eine Antwort EMs auf diesen Brief ist nicht auffindbar, nur eine Stellungnahme ihres Vaters: »... Daß aber Erika Ihre gütige Äußerung erhalten hat, weiß ich und ich weiß auch, daß sie vorhatte, Ihnen noch dafür Dank zu sagen. Wenn das nicht geschah, liegt es sicher daran, daß sie in den letzten Wochen durch die anstrengenden Proben zu ihrer nun zurückliegenden Don-Carlo [sic!]-Première im Prinzregententheater sehr in Atem gehalten wurde. Zu unserer Freude hat sie recht gut gefallen als Königin.« (Brief an H.v.Hofmannsthal v. 3.4.1929, abgedruckt im »Fischer Almanach« 1968.)

3. DIE SCHAUSPIELERIN

Nach kurzem Aufenthalt in der Bergschule Hochwaldhausen besuchte Erika Mann bis zum März 1924 das Luisen-Gymnasium in München.
»Aus purer Liebe zu meiner Mutter habe ich das Abitur gebaut und mit einem Zeugnis bestanden, das in der Welt einzig sein dürfte: es ist so miserabel, daß ich es mir eingerahmt habe, und jeder, der mich besucht, kann es in der Diele lesen.«
Um jene Zeit hatte sie ihre Laufbahn als Schauspielerin schon begonnen. Die Achtzehnjährige wurde in Berlin von Max Reinhardt[1] *engagiert. Sie spielte »zunächst kleine und kleinste, dann auch größere Rollen«, zum Beispiel die »erste Schauspielerin« in Pirandellos »Sechs Personen suchen einen Autor«. 1924 trat sie am Bremer Schauspielhaus auf, unter anderem als kleine Hattang in Klabunds »Kreidekreis«, und 1925 bei der Uraufführung von Klaus Manns »Anja und Esther« in den Hamburger Kammerspielen, zusammen mit dem Autor, Pamela Wedekind und Gustaf Gründgens.*
»Presse äußerst sensationell, wenngleich keineswegs vorwiegend positiv. Publikumserfolg: leidenschaftlich und anhaltend. Wir spielten das Stück monatelang en suite.«
1926 war sie an den Münchner Kammerspielen und am Staatstheater für größere Rollen verpflichtet, in Berlin in Shaws »Heilige Johanna« sowie in »Androklus und der Löwe« als Christin Lavinia. »Erika war recht wunderbar«, berichtete Bruder Klaus nach der Vorstellung, »im großen Faltenwurf und dem Antlitz der Duse[2]*. Sie hatte auch ein paar tolle Kritiken...«*
Weniger günstig verlief 1927 die Tournee mit Klaus Manns zweitem Stück »Revue zu Vieren«, die durch die deutschen Großstädte führte. Klaus beobachtete eine wachsende Feindseligkeit der Kritiker gegen sich. Stärkeren Anklang fand Erika zwei Jahre später in Frankfurt in Bruckners »Krankheit der Jugend« und anläßlich der Münchner Festspiele 1930 und 1931. »Besonders während der Sommerfestwochen immer wieder Gastspiele mit Albert Bassermann, dem wohl größten Charakter- und Menschendarsteller der deutschen Bühne in je-

nen Jahren. Mit Bassermann als Partner spielte ich die Königin (›Don Carlos‹ von Schiller) – Bassermann verkörperte den Philipp. Wir spielten EINSAMER WEG von Schnitzler, WETTERLEUCHTEN von Strindberg, RAUB DER SABINERINNEN von Schönthan etc. …«

Auch einen riesigen »Theaterskandal« gab es, der sie aber »nicht dazu vermochte, abzubrechen«. Es war die Erstaufführung von Klaus Manns Stück »Geschwister« (nach Jean Cocteaus »Les Enfants Terribles«) im Studio der Münchner Kammerspiele am 22.9.1930:

»Am Schluß krasse Unterschiede zwischen den Bejahern und Verneinern des Stückes. Letztere, bereits hochgradig ›vernazit‹, überwogen.«

Für Erika und Klaus war das ein Signal, eine erste, aber ernstzunehmende Warnung, daß die politische Atmosphäre in der jungen Republik sich rapid verschlechterte. Auf der Bühne konnte sich Erika, wenn auch nur in Nebenrollen, in Bruno Franks »Sturm im Wasserglas« (1930) und in Molières »Schule der Frauen« (1932) noch eine Weile zeigen. Als Dialogschreiberin und Filmschauspielerin wirkte sie in »Mädchen in Uniform« (1931) und in der Bruno Frank-Version von »Peter Voß, der Millionendieb« mit.

»Ich gab eine uniformierte englische Fremdenführerin in Marseille, und obwohl ich gar nicht Englisch konnte, soll ich dies Idiom gesprochen haben wie der Erzbischof von Canterbury. Ein Vertragsangebot der betreffenden Firma (der Münchner Emelka) folgte, aber Hitler folgte auch. Und noch ehe er da war, hatte ich keinerlei Lust mehr am bloßen Theaterspielen, sondern wünschte, mich gegen ihn zu betätigen.«

Mitte 1932 war es soweit. Wegen ihrer aktiven Teilnahme an einer von der Internationalen Frauenliga für Frieden und Freiheit einberufenen Frauenversammlung im Münchner Hotel »Union« griffen die Nazis Erika öffentlich an. In Karikaturen und Zeitungsinvektiven wurde sie als »Zuhälterin des jüdischen Sklavenhalters« und als »pazifistische Friedenshyäne« bezeichnet. Und man boykottierte sie auch als Schauspielerin. Im Juni 1932 wurde ihr Auftreten bei den Weißenburger Festspielen »durch glatte Ankündigung von Gewalttaten« verhindert.

Erika Mann verklagte das vertragsbrüchig gewordene Bergwaldtheater und erreichte, zusammen mit der Vorsitzenden der Münchner Ortsgruppe der Liga, Frau Constance Hallgarten, daß die verantwortlichen Redakteure der »Front« und des »Illustrierten Beobachters« wegen persönlicher Beleidigung zu je 1500 Mark Geldstrafe verurteilt wurden. Sie konnte aber nicht verhindern, daß das gemeinsam mit Ricki Hallgarten geschriebene Kinderspiel »Jans Wunderhündchen«[3] *nach seiner Darmstädter Uraufführung am 14. Dezember 1931 in der Versenkung verschwand.*

1 eigentl. M. Goldmann (1873–1943), Schauspieler und Regisseur von Weltruf; 1905–32 Direktor des »Deutschen Theaters« in Berlin und seit 1924 auch des Theaters in der Josefstadt in Wien; Begründer der »Salzburger Festspiele« zusammen mit Hugo von Hofmannsthal; 1933 nach Österreich und 1938 nach Hollywood emigriert, wo er u.a. eine Theaterschule gründete. **2** Eleonora Duse (1859–1924), italienische Schauspielerin. **3** Weihnachtsmärchen, 1931 im Berliner Oesterheld Verlag erschienen.

AN JOSEPH BREWER[1] München, 23.5.1929[2]

Liebster Joseph, – wie schön, Dich in England zu wissen! Klaus war während der letzten Wochen in Paris, aber jetzt erwarten wir ihn zurück. Natürlich werden wir alle beide da sein, um Dich am nächsten Wochenende in München zu genießen. *Bitte* komm!

Obwohl mein Englisch [unleserlich] von Brief zu Brief drolliger wird.

Ich spiele hier »Don Carlos« in dem fürchterlichsten »Wagner Festspielhaus«, das Du Dir vorstellen kannst. Aber Königin Elisabeth ist genau die Art Rolle, für die ich schwärme, und Du hast zu befürchten, daß ich Dich dorthin mitnehme. Ich möchte zu gern sehen, wie Du leidest!

Sind Deine Geschäfte in London gut gelaufen? – Ich freue mich, daß »Rundherum« Dir nicht allzusehr mißfallen hat.

Niemand kann es dümmer finden, als wir; Du mußt wissen, wir haben das Geld dafür in Tokio gekriegt!
Au revoir!
Stets Deine Erika

Bitte schreibe oder telegrafiere, bevor Du kommst. Wir könnten irgendwo auf dem Lande sein, und daher ist es besser, wenn wir ein paar Tage vorher Bescheid wissen.

1 amerikanischer Verleger; Erika und Klaus Mann lernten ihn 1927 in New York kennen. Brewer befand sich gerade in London und hatte seinen Besuch in München für Ende Mai/Anfang Juni brieflich angekündigt. 2 Original in englischer Sprache.

AN THOMAS MANN Venedig, 28.5.1932
Hotel Des Bains

Lieber Zauberer, –
Es ist nicht Unart, daß ich Dir mit dem Bleistift danke, – sondern ich kann nun einmal mit Tinte nicht schreiben, besudele mich gräßlich und bringe nur Unleserliches zustande. – Ich sitze sehr erfreut da mit Deinem schönen Brief[1], der uns in seinen Venedig-Teilen ergötzt und belehrt hat. Wir gehen viel zu Fuß in der Stadt herum über die vielen Brückchen und an den kleinen Kanälen entlang, so daß uns manches Unverdorbene zuteil wird. Bellini-Madonnen haben wir, scheint mir, noch keine gesehen. Wo mögen sie sich aufhalten? –
Ach, was den Ricki und seine tödliche Ungezogenheit[2] angeht, ist es natürlich etwas tröstlich und ziemlich richtig zu lesen, was Du sagst. Aber eben doch nicht ganz. Denn erstens war mir *für den Augenblick* eine Kenntnis seiner und ein Scharfblick in Bezug auf ihn versagt, den ich sonst, als es noch nicht so entscheidend war, doch immer hatte, – und zweitens hat, auf die längere Sicht, meine Kraft, die ich doch *gar selten* voll zur Verfügung stellen mag, – eben doch einfach nicht hingereicht und das ist traurig. – Hier übrigens hätte es dem Ricki ungemein gefallen müssen. – Ach, eine von den tausend Freuden, deren

er sich beraubte. Vielfaches und Zärtliches für Mielein... Ich schreibe ihr wohl nun nicht mehr, denn heute ist Donnerstag und wir bleiben nicht mehr lang, – am 3.ten abends möchte ich spätestens in München sein. Zudem hat Babs[3] Euch wohl inzwischen über alles Sachliche informiert. Grüß auch den Kecke[4].
Und mach', *bitte*, Ernst mit der herzzerreißend ekelhaften Litzsau[5]. Sie hat es längst verdient und dies, daß sie den herrlichen Pape[6] dergestalt tötete, ründet alles, und es ist voll. Ob sie es mittels des Staatsrats Korn geschafft hat? Wahrscheinlich doch. –
Ich arbeite viel am Oberon, – auch an der Thekla aus dem Wallenstein, die mich angenehmer fesselt, als ich es von ihr erwartet hatte. Daß aber der zweite Aktschluß »Sturm im Wasserglas« so rasend aus dem »Wallenstein« gestohlen ist, ist wohl noch niemandem (außer Brunon[7] selber) so recht ins Bewußtsein gerückt.
Adieu und sei bedankt von E.

Wie aufregend: Schwarzschilds Plan[8] (?)!

1 Vom 25.5.1932 an Erika und Klaus Mann (s. Thomas Mann, »Briefe 1889–1936«, S. 317ff). **2** Richard Hallgarten hatte am Vorabend einer gemeinsam geplanten Reise nach Persien in seinem Haus in Utting am Ammersee Selbstmord begangen. Der Verlust Rickis – Klaus Mann bezeichnet ihn als »der beste Freund, den Erika und ich hatten« – war für beide sehr schmerzhaft; die Reise nach Venedig am 17.5.1932 war ein Versuch, darüber hinwegzukommen. **3** Der Schauspieler Bert Fischel, der Erika, Klaus und Annemarie Schwarzenbach nach Venedig begleitete. **4** Von Elisabeth und Michael Mann erfundener Kosename für Käthe Rosenberg, eine Cousine von Katia Mann. **5** Die Literaturhistorikerin Grete Litzmann geb. Herzberg, verh. mit Prof. der Literaturgeschichte Berthold L. (1857–1926); das Paar wohnte im Herzogpark und war mit Thomas Mann befreundet. **6** Alfons Pape; 1924–32 Schauspieldirektor an den Münchner Staatlichen Bühnen (heute Nationaltheater). Er wurde 1932 wegen eines »moralischen Fehltrittes« entlassen. Frau Litzmann war in die Angelegenheit verwickelt. **7** Bruno Frank (1887–1945), Schriftsteller und Dramatiker, Verfasser des Bühnenstücks »Sturm im Wasserglas« (1930). Mit Thomas Mann eng befreundet und bis 1933 dessen Nachbar im Herzogpark. Zwischen 1933 und 1936 lebte er mit seiner Frau Liesl (1903–1979), einer Tochter der Operettendiva Fritzi Massary, abwechselnd in Aigen b. Salzburg und London; 1937 emigrierte das Paar endgültig nach Hollywood. **8** Der Publizist Leopold Schwarzschild (1899–1950) plante, aus politischen Gründen, seine Zeitschrift »Das Tagebuch« nach München zu verpflanzen; das zerschlug sich.

AN EVA HERRMANN[1] Skagen (Dänemark), 27.8.[1932]
Tath's Hotel

Eva lieb und weitentfernt, –
Deinen Brief habe ich erst heut und hier bekommen. Wir waren die ganze Zeit über adressenlos am Eismeer, in Finnland und Lappland[2] mit dem Ford. Daran liegt es auch, daß *wir Dir* nicht schrieben. Wir wußten von Dir keine Anschrift und konnten durch keine Nachricht erreicht werden.
Ja, das ist schon so, wie Du schreibst. Man ist ruhiger und trauriger geworden, – freilich spielt das Traurige eine viel wesentlichere Rolle und die Ruhe ist so wenig erholsam. Er[3] *fehlt* grenzenlos, – ganz abgesehen von den 1000 Gedanken und späten Sorgen, die er vervierfacht. Es ist sonderbar, *wie* groß der Unterschied wäre, – wenn man ihn nun, unwiederbringbar, in irgendeinem australischen Busch wüßte, oder auf dem Mond; – die Unwiederbringbarkeit *dieser* Abwesenheit ist niemals zu Ende zu denken.
Es ist gut, daß Du eine friedliche Bretagne gefunden hast und zudem soll jeder froh sein, der *allein* arbeiten kann und nicht auf Zuschauer angewiesen ist, wie der Theaterverhexte. Ich weiß noch gar nicht, wie der Winter aussehen wird. Natürlich ist es *grauenhaft* in Deutschland, uns graut vor der Rückkehr in dieses Wahnsinnsland, in dem man *uns* zum Überfluß täglich Bomben und Gummiknüppel androht in sämtlichen Hitler-Blättern, die doch bald allein die Öffentlichkeit darstellen werden. –
Wolfram[4] ist tot, – Du wußtest es nicht? Er war doch krank, an Rickis letztem Tag. Eine trügerische Besserung hat nicht lang angehalten, – noch ehe wir nach Venedig fuhren, gab ich ihn in Pension zum besten Arzt, den ich wußte. Der hat ihn wochenlang sehr üsis und aufopferungsvoll gepflegt, bis die *Nervenschwäche* in absoluten *Irrsinn* überging und man den *Süßen* töten mußte. Ich habe ihn gar nicht mehr gesehen, aber ich war

von Anfang an der traurigen Überzeugung, daß er sterben würde. Er war zu unzertrennlich von Ricki und es wäre widersinnig gewesen, wenn wir ihn hätten behalten dürfen. –
Die Theres[5] will ich grüßen. Ich war hier mit ihr verabredet, aber was der Binder[6] recht ist, ist ihr unbillig, – die beiden spielen unentwegt zusammen in München.
Feist[7] ist hier, – flog nach Oslo, da er unsere Anwesenheit dort eruierte. Nun wirft er mir die Tennisbälle zu und verbrennt in der Sonne zu einem Haufen krebsroter Asche. Franks[8] und Süskind[9]? Egalemente in München. Annemarie[10] in Zürich, nachdem sie uns erst nach Stockholm und Finnland geleitet hatte.
Klaus' Buch[11] wird als Ganzes wohl nicht erscheinen, – es ist nicht durchzusetzen und vor allem die *Reproduktionen* machen unüberwindbare Schwierigkeiten. Da es aber (das Buch) wirklich schön geworden ist und auch die Leute »hernimmt«, die nie mit Ricki zu tun hatten, wird doch ein großes Stück daraus[12] in »Kunst und Künstler« erscheinen, – mit zwei Bildern, glaube ich. Ungewiß noch, was wir mit dem Rest machen.
Hündchen[13] benahm sich noch unter allen Kanonen, gegen die sie so eifrig agiert, – aber wir haben sie nie gesehen. –
Alles Liebe, Eva, – hoffentlich kannst Du das lesen; aber ich bin unfähig, mit Tinte zu schreiben und Maschine ist doch zu garstig.
Photos von Ricki habe ich keine mehr bekommen. Die dummen Emelkasäue[14] haben mir keine geschickt. Ich hoffe aber, sie mir in München gleich zu verschaffen. Die Hundegeschichte[15] erscheint, da winterlich gestimmt, erst im Winter.
Ob ich jetzt alle Fragen leidlich beantwortete? Hanna[16] und Speyers[17] sollen sich nachhause geigen lassen. Ich finde es wirklich recht dumm und häßlich, wie sie sich aufführen. Aber Hanna *dichtet* so viel, daß sie wohl auch gar nicht die Muße hätte, sich mit Dir auseinanderzusetzen. –
Leb wohl, – wir sehen uns doch *jedenfalls* ehe Du nach New York fährst!? Kommst Du, wenn die Bretagne aus, über München? Hast Du eigentlich den »Stoffel« (das Kinderbuch)[18]?
Sei umarmt E.

Wir bleiben hier bis zum zweiten (2.IX.), dann München.
[Nachschrift von Klaus Mann:]
Ich schreibe Dir auch gleich noch liebe EVA. Oder sehen wir uns sehr bald? Kommst Du nach Deutschland? – Ab Ende Oktober will ich für etwas länger in Paris sein. – Grüße doch auch unsere alte Billux[19] so von Mann zu Mann. Gruß Dein K.

1 1901–1978, Zeichnerin und Karikaturistin, stammte aus München, lebte aber seit 1919 in New York. Dort besuchten Erika und Klaus Mann sie im Jahr 1927 und machten sie mit Ricki Hallgarten bekannt. Mit ihm war Eva Herrmann eng befreundet. Erika und Klaus blieb sie zeitlebens verbunden; zuletzt lebte sie in Santa Barbara/Kalifornien und beschäftigte sich vorwiegend mit parapsychologischen Studien. **2** Im Juli 1932 reisten Erika und Klaus mit dem Auto nach Finnland; nach Aufenthalten in Stockholm und Pekkala fuhren sie bis zum Nordkap, anschließend über Norwegen und Dänemark zurück nach Hamburg, von dort in den Westerwald, wo sie mit Therese Giehse zusammentrafen. **3** Ricki Hallgarten; vgl. S. 25, Anm. 2. **4** Ricki Hallgartens Hund. **5** Therese Giehse (1898 bis 1975), in München geborene Schauspielerin jüdischer Abstammung; vielbewunderte Brecht- und Dürrenmatt-Interpretin. Sie war Mitbegründerin der »Pfeffermühle«, übernahm die Regie, die Co-Direktion und war der eigentliche »Star« von EMs Cabaret. 1933 emigrierte sie über Österreich in die Schweiz. 1949–52 spielte sie im »Berliner Ensemble« und seit 1954 wieder in München. **6** Sybille Binder (1898–1962), Schauspielerin; sie emigrierte nach London und lebte nach dem Krieg in Düsseldorf. **7** Dr. Hans Feist, gen. Nebel (1887–1952), Arzt und namhafter Übersetzer, seit den 20er Jahren mit Klaus und Erika eng befreundet. 1939 emigrierte er in die Schweiz. **8** Bruno und Liesl Frank. **9** Wilhelm Emanuel Süskind (1901–1970), Schriftsteller; 1933–42 Hrsg. der Zeitschrift »Die Literatur«. Vgl. Bd. 2, EMs Brief an ihn v. 9.11.1955. **10** Annemarie Schwarzenbach-Clarac, gen. Miro (1908–1942), Schriftstellerin; mit Erika und Klaus Mann zeitlebens eng befreundet. Sie stammte aus einer reichen Schweizer Industriellenfamilie und trug zur Finanzierung von Klaus Manns Exilzeitschrift »Die Sammlung« bei. **11** Zum Andenken an Richard Hallgarten verfaßte Klaus Mann eine Gedächtnisschrift, die erst 1968 unter dem Titel »Ricki Hallgarten –Radikalismus des Herzens« in dem Essayband »Prüfungen. Schriften zur Literatur«, S. 337–360, vollständig veröffentlicht wurde (vgl. Bd. 2, EMs Brief an Martin Gregor-Dellin v. 6.12.1967). **12** Eine gekürzte Fassung war in der Berliner Zeitschrift *Kunst und Künstler*, Jg. 1932, Nr. 31, erschienen. S. auch K. Manns Brief an Eva Herrmann v. 5.9.1932, in: Klaus Mann, »Briefe und Antworten I«, S. 80. **13** Constance Hallgarten. **14** vgl. S. 22. **15** Kurzerzählung (Zeitungsausschnitt o. D., Erika Mann-Archiv, München). **16** Hanna Kiel, Schriftstellerin und Kunsthistorikerin, Mitarbeiterin von Prof. Bernard Berenson; mit Erika und Klaus Mann befreundet. **17** Wilhelm Speyer (1887–1952), Schriftsteller und Dramatiker; 1933 über Frankreich in die USA emigriert, kehrte 1949 nach Deutschland zurück. **18** »Stoffel fliegt übers Meer« v. EM, Bilder und Ausstattung v. Richard Hallgarten, Stuttgart (Levy & Müller) 1932. **19** Die Schriftstellerin Sybille von Schönebeck-Bedford, gen. Billux; Biographin Aldous Huxleys, mit Erika und Klaus Mann befreundet.

AN JOSEPH BREWER München, 2.10.1932[1]

Joeph, lieb und langentbehrt ...
Immer habe ich gehofft, Du würdest einmal hierher kommen, – doch Du scheinst die Wunder und geheimen Schönheiten unseres Landes vergessen zu haben, und sogar die meines ehrbaren Vaterhauses. Ist es so? Ich dagegen vergaß bloß mein Englisch, und das könnte ich am Ende wieder lernen.
Hier schicke ich Dir mein Kinderbuch vom Stoffel[2], das soeben erschienen ist. Bitte lies es doch einmal und denke darüber nach, ob man nicht die kleinen Amerikaner damit vertraut machen sollte. Ich würde mich sehrsehrsehr freuen, und am Ende ist es eine sehr rührende und belehrsame Geschichte mit gutem Ende, – wie sie jedem einleuchten muß.
Ich liebe Rickis[3] Bildchen und Zeichnungen, – am meisten das Innentitelbild vom Dampfer Luitpold. Sie sind gerade noch fertig geworden, – man sieht ihrer Lebendigkeit und lustigen Anmut nicht an, in welcher Seelenverfassung sie gemacht worden sind. Aber so war das überhaupt bei ihm: das Lustige und Bejahende wohnte unmittelbar neben dem Schwarzen.
Tausend Grüße. Und, ernsthaft: Du kommst nicht her? Ich bleibe zunächst in München und freue mich auf einen Brief von Dir. Siehst Du Gallantière[4]? Wie ist seine Adresse? Ich schulde ihm einen Brief, – seit 5 Jahren, – vielleicht schreibe ich ihn zu Weihnachten. Klaus läßt Dich herzen und umarmen. Ich bin
Deine Erika

1 Erster Absatz im Original englisch. **2** Vgl. S. 29, Anm.18. **3** Richard Hallgarten. **4** Französischer Sänger und Chansonnier. Erika und Klaus Mann waren ihm 1927 während ihrer Weltreise in New York begegnet.

4. DIE PFEFFERMÜHLE IN MÜNCHEN

Als die Zeichen für eine bevorstehende Machtübernahme durch die Nazis in Deutschland immer erkennbarer wurden, entschloß sich Erika, anders als die Mehrzahl ihrer schon gelähmten Zeitgenossen unter den Intellektuellen, zum Gegenangriff. Sie gründete am 1.1.1933 gemeinsam mit dem Musiker Magnus Henning, Therese Giehse und ihrem Bruder Klaus das Literarische Cabaret »Die Pfeffermühle«. »Schwanengesang der deutschen Republik« nannte der stolze Vater rückblickend das Theaterunternehmen.

»Der Name, den wir uns gaben, stammte von Thomas Mann. Es war ein kühnes Unterfangen. Denn von Anfang an war die ›Mühle‹ militant antinazistisch. Während Hitler brüllte, schwiegen wir nicht. Wir schwiegen auch nicht an jenem Februarabend, da im Hofbräuhaus, Rücken an Rücken mit unserer ›Bonbonnière‹[1], der ›Führer‹ seine Antrittsrede als Reichskanzler hielt. In unserem, wie immer überfüllten Saal befand sich Herr Frick[2], – eifrig kritzelnd. Er stellte seine schwarze Liste her. Wir spielten, während der Reichstag brannte…«

Im Januar und Februar hatte die »Pfeffermühle« fast täglich ihre stark besuchten Vorstellungen gegeben. Da auch nach dem 30. Januar die couragierten Anspielungen auf die Ereignisse in Berlin sowie in Mittel- und Norddeutschland scharf und eindeutig blieben, war der Publikumserfolg so durchschlagend, daß das Ensemble schon nach kurzer Zeit sich nach einem größeren Aufführungsraum umsehen mußte.

»Den März über sollten wir pausieren. Da unser Sälchen uns zu klein geworden war, hatten wir mit dem ehrwürdigen ›Serenissimus‹ in Schwabing abgeschlossen, der für uns umgebaut wurde. Am 1. April wollten wir dort neu eröffnen. Nach dem Reichstagsbrand aber hatten die ersten Massenverhaftungen stattgefunden. Von unseren Freunden saßen bereits viele im KZ. Ein Wunder, daß wir noch frei waren. Ich ging zum Besitzer des ›Serenissimus‹, um unseren Vertrag zu lösen. Der Mann war außer sich. Politik hin oder her, – er sei alter Pg, und niemals würden seine Parteigenossen zulassen, daß er geschäftlich dermaßen geschädigt würde. Einen SA-Saalschutz würde er

uns stellen, und wir sollten gefälligst nicht vertragsbrüchig werden, sonst würde er dafür sorgen, daß wir eingelocht würden... Ich versprach alles –, und wir reisten ab.«
Nach einer dramatischen telefonischen Warnung an die ahnungslosen Eltern – sie hielten sich gerade in Arosa auf –, keinesfalls die Rückkehr in das soeben gleichgeschaltete Bayern[3] *zu riskieren, verließen Erika und Klaus Mann das Münchner Haus am 13.3.1933 in Richtung Schweiz.*
Aber »Erika war, einige Wochen später, noch einmal in München – unter recht abenteuerlichen Umständen. Sie reiste in einem seltsamen Kleid und einer großen blauen Brille auf der Nase. In München versteckte sie sich bei Freunden und betrat unser Haus nur nachts und heimlich: Der eigentliche Sinn ihrer gefährlichen Reise war das große, handgeschriebene Manuskript des › Joseph ‹ zu retten – des Romans, an dem unser Vater seit so vielen Jahren arbeitete. Es gelang ihr: Sie fand das Manuskript, wurde ihrerseits von unserem SA-Chauffeur Hans[4] *– der noch in unsrem Haus wohnte – nicht entdeckt, und brachte die kostbaren Papiere über die Grenze.«*[5]
Zwischen März und Oktober 1933 befanden sich Klaus und Erika wie viele der deutschen Intellektuellen, auf einer »gehetzten Wanderschaft« durch zahlreiche europäische Städte, belastet von Gefühlen beängstigender Ungewißheit und persönlicher Ohnmacht.

1 Das Münchner Lokal, in dem die »Pfeffermühle« gastierte, befand sich in unmittelbarer Nähe des »Hofbräuhauses«. **2** Wilhelm Frick (1877–1946), nationalsozialistischer Reichsleiter; 1933–43 Reichsinnenminister, 1946 hingerichtet. **3** Am 9.3.1933 war die bayerische Regierung unter Ministerpräsident Held abgesetzt und durch den Reichskommissar General Ritter Franz von Epp, einen der frühesten Anhänger Hitlers, abgelöst worden. **4** Hans Holzner, der Chauffeur der Familie Mann, war, wie später bekannt wurde, ein Spitzel des Braunen Hauses. **5** Aus: Klaus Mann, »A family against a dictatorship«; unveröffentlichtes Typoskr. im Klaus Mann-Archiv der Stadtbibliothek München (S. 13).

VON WALTER MEHRING[1] [Berlin, 7.1.1933]

Liebwerte Künstlerin,
Verzeihen Sie mir, daß ich nicht von mir hören ließ, aber die Arbeit an »Weltbühne«[2] und »Völkischem«[3] – denn so einfach, wie Sie sich das vorstellen, ist es nicht, zweimal pro Woche die Gesinnung zu wechseln – der Satz geht weiter ließ mich nicht zum Schangsonmachen kommen. Weißdergoebbels[4]: es fällt mir in letzter Zeit nichts Chansonartiges ein; was ich anpacke, wird Prosa. Aber vielleicht wissen Sie ein Sujetchen – und dann will ich versuchen, die Reime hinten heranzumachen. Schade, daß Ihre Schenke[5] so weit liegt; wäre sonst schon längst ein mal auf einen Sprung vorbeigekommen. Werden Sie nicht – wie es doch Großunternehmer zu tun pflegen – wieder in der Landeshauptstadt[6] auftauchen, um einigen Zuwachs für Ihr p.p.[7] Etablissement zu erwerben? Es ist schön und edel auf jeden Fall, daß Sie meiner noch gedenken.
Mit pruzzischem[8]: Hie Zollern allewege Ihr W. Mehring

Heute ist ich glaube der siebente Januar 33

1 1896–1981, Dichter, Dadaist, Kabarettist; 1933 zuerst nach Wien, später in die Schweiz, nach Frankreich und 1940 in die USA emigriert. Verfasser von Chansons für das Berliner Cabaret »Schall und Rauch« und für die »Pfeffermühle«; Mitarbeiter an Ossietzkys »Weltbühne« und im Exil am »Neuen Tagebuch-Buch« (vgl. S. 74, Anm. 2). Seit 1951 lebte er meist in Zürich. **2** Mehring flüchtete am 27.2.1933 (Reichstagsbrand) aus Berlin. Am 7.3.1933 erschien sein letzter Beitrag in der letzten Nummer der »Weltbühne«. **3** »Völkischer Beobachter«, Zentralorgan der NSDAP (1920–45); daß Mehring dieses Naziblatt hier neben die »Weltbühne« stellt, ist wohl purer Sarkasmus. **4** Der Nazipolitiker Joseph Goebbels (1897–1945) forcierte die Gleichschaltung von Presse, Funk und Film; seit März 1933 Reichsminister für Volksaufklärung und Propaganda. **5** Die »Bonbonnière« in München. **6** Berlin. **7** Alte Höflichkeitsfloskel (Abkürzung für: praemissis praemittendis = nach Vorausschickung des Vorauszuschickenden); Ersatz für Anrede und Titel. **8** Alte Sprachform für »preußischem«.

AN KATIA MANN [München, Februar 1933]

Frau Obersüß[1], – nur spät in der Nacht noch, aus meinem Betrieb[2] heimkehrend, einen müden Gruß durch Medikam[3] übermitteln zu lassen, kann ich mir nicht verwehren. (Versagen müßte das heißen, aber so ist das Wesen der Müdigkeit: uferlos und unprägnant.) Das schöne Fest hat bis halb acht gedauert, – aber ich bin schon viel früher untauglich gewesen, mittels mäßigem Sekt, den die Mühle in großen Massen stiften zu müssen glaubte. So ging ich denn gegen 4 zu Bett zu meinem Riesenzorn. Denn schließlich wenn man und man hat einmal einen Mühlenball[4]...
Es scheint recht schön gewesen zu sein und vor allen Dingen hatten wir alles so herrlich dekoriert, wie Medi es schwerlich wird beschreiben können. Allein das Plakat des Wagnerkundigen Kring, zwischen die Plüschvorhänge der Salon-Arbeitszimmertür gerafft, machte immensen Effekt. Von Berts[5] Figuren, Magnusses[6] Masken, meinen Schriften und unser aller Silberbuchstaben vollends zu schweigen. Der ganze Salon war in ein Meistersingerstübel grauenhaftester Art verwandelt, es hätte Euch immens gefallen.
Das Picknick funktionierte *ganz* groß, – außer Häringssalat und Brötchen brauchten Manns nichts zu liefern. Und dabei hatten wir alle noch die ganze Nacht die Hoffnung, schon am nächsten Morgen als Untertanen von Knecht Rupprecht[7] zu erwachen und wirklich sieht es immer noch verdammt danach aus. Vor den M.N.N.[8] stehen Tag und Nacht Horden von Menschen, um die Nachricht, sobald sie angeschlagen, lesen zu dürfen, und was Herr Lorant[9], der Chef der Münchener Illustrierten ist, den wir auch zu uns gebeten hatten, der schwört Stein und Bein und nimmt hohe Wetten entgegen, daß wir spätestens vor den Wahlen unsern König abhaben. So kasperltheaterhaft und widrig es ja wäre, so gern hätte ich es doch im Augenblick, – denn schließlich Übergangsgestalten sind das alles und Ruppi netter und würdiger als Adi[10], dessen Todesbiß es zweifellos wäre.
Dem Haus gehts gut. Mirrchen[11] machte einige Tage eine ganz angenehme Figur und reist morgen, wie er bitter konstatiert,

ungefähr mit Medi zusammen. Offidarling war sehr traurig und ratlos, weil sie so lange nichts von Dir hat hören dürfen, aber heut kam ja der gute lange. Sie ist immer noch matt und hinfällig, dafür strahlt der Ofei in Gesundheit.
In der Post soll so ein herrlicher Aufsatz über den Vater gestanden haben, dessen Berliner Zuspruch[12] auch sonst (Voss[13] und B.T.[14]) groß begrüßt wurde. Doch, nach Bayern kommt Ihr bestimmt wieder herein, – da man doch den preußischen Reichskommissar an der bayerischen Grenze würde verhaften lassen (das hat Schäffer[15] in öffentlicher Rede gestern gesagt). Aber zunächst seid Ihr ja noch ein Weilchen die Beneidenswerten in Arosa. Ich weiß noch gar nichts. Meine Verhandlungen mit Pepi Scheuerl[16] sowohl, als auch mit dem Serenissimus sind noch zu keinem Abschluß gekommen und lieber bliebe ich den ganzen März über im Schnee und schriebe ein Kinderbuch. Aber ein heroischer Lebenslauf (dieses Deutsche ist wundervoll) schwebt mir verpflichtend vor, in Gestalt der Kleinkunstbühne genannt Mühle. Adieu, der Briefchen ist *viel* zu lang (Wesen der Müdigkeit). Sei geherzt und mit Vatin gemeinsam umhalst und erholt euch sehrsehrsehr.
Ich bin die E.

1 Von EM – in der Anrede wiederholt – benutzter Kosename für ihre Mutter. **2** Die »Pfeffermühle«. **3** Elisabeth Mann, gen. Medi (geb. 1918), jüngste Tochter Thomas Manns; Schriftstellerin vorwiegend in englischer Sprache. Seit 1939 mit dem italo-amerikanischen Literaturhistoriker Giuseppe Antonio Borgese (1882–1952) verheiratet und Mutter zweier Töchter; lebt in Kanada. **4** »Pfeffermühle-Ball«, auf dem Höhepunkt des Münchner Faschings im Hause Mann veranstaltet. **5** Bert Fischel, mit Klaus und Erika Mann befreundeter Schauspieler. **6** Magnus Henning (geb. 1904 in Lettland); Mitbegründer, musikalischer Leiter, erster Pianist und Hauskomponist der »Pfeffermühle«. Nach der amerikanischen Tournee des Cabarets musikalischer Leiter des »Simpl« in München, während des Krieges »Wehrmachtsbetreuung« in Norwegen, der Ukraine, Berlin und Paris, nach 1945 Barpianist in der Schweiz. Lebt in Imst/Tirol. **7** Nach dem 30. Januar 1933 wurde der Gedanke an eine Restauration der Monarchie in Bayern unter Kronprinz Rupprecht (1869–1955) akut; man diskutierte auch seine Ernennung zum »Generalstaatskommissar«. **8** Die »Münchner Neuesten Nachrichten«, in deren Haus die »Münchner Illustrierte Presse« erschien. **9** Stefan Lorant (geb. 1901), Chefredakteur der »Münchner Ill. Presse«. **10** Adolf Hitler. **11** Michael Mann, gen. Bibi (1919–1977), jüngster Sohn Thomas Manns. Zunächst Violinist und Bratschensolist, seit 1961 Prof. für Deutsche Literatur an der University of California in Berkeley; Publizist und Schriftsteller. **12** Am 19.2.1933 hatte der preußische Kultusminister Adolf Grimme Thomas Manns »Bekenntnis zum Sozialismus« in der Berliner Krolloper verlesen. **13** Max Osborn, »Die gutmütige Republik«; in: *Vossische Zeitung* v. 21.2.1933. – Die liberale Berliner Tageszeitung stellte am 31.3.1934 ihr Erscheinen ein. **14** Berliner Tageblatt. Eine Besprechung war nicht zu ermitteln. **15** Fritz Schäffer (1888–1967); 1929–33 Vorsitzender der Bayerischen Volkspartei, 1944–45 im KZ. 1945 Mitbegründer der CSU und bayerischer Ministerpräsident, 1949–57 Bundesfinanzminister, 1957–61 Bundesjustizminister. **16** Pächter des »Serenissimus«; vgl. S. 30.

AN EVA HERRMANN Les Roches Fleuries
Aiguebelle. Pres Lelavandou
Var, France, 18.4.1933

Eva, – es ist gut, Deine Adresse zu haben, wir hatten sie verloren und brachten in all dem Wirrwarr den Elan nicht auf, nach ihr zu forschen. Längst, längst, längst hätten wir schreiben müssen, davon haben wir viel gesprochen, auch sonst von Dir und ob Du bald einmal wiederkämst, denn das wäre nett. Du hast uns einmal so einen großen Brief geschickt. Wir Unholde. Vorweg: wir leben samt und sonders und sind nicht einmal im Gefängnis, das will viel heißen. Meine greisen Eltern sitzen flüchtig, unglücklich, ratlos in Lugano, Klaus ist in Paris, – ich erwarte ihn morgen hier; hier ist auch die Theres[1], deren armer und unschuldiger Bruder – jener Max, den Ricki und ich gewaltsam kennen zu lernen solange geplant haben – seit Wochen im Konzentrationslager sitzt, weil er Direktor eines Warenhauses ist; viele viele Freunde brummen, nur Herr Toller[2], Gott sei Dank, trägt in Zürich sein dummes, idealistisches Lockenhaupt zur Schau, dem kein Haar gekrümmt worden ist. Zürich! Lachen würdest Du. Im Café Odeon verkauft ein Mann *Stadtpläne*. Ein Drittel (höchstens) sind dort Schweizer, ein Drittel Flüchtlinge, ein Drittel Spitzel für das Reich. Ich habe die Vorstellung, ich müßte gräßlich viel und wirr durcheinandererzählen. Du weißt doch rein gar nichts, dummes Ding.

Ich hatte ein so schönes Cabaret in München, zum Beispiel, zwei Monate lang, alles selbst gemacht, Texte von mir, Musik von Magnus Henning, dargestellt von lauter Freunden. Trotzdem war es gut und ging wie heiße Semmeln. Wir haben direkt Geld verdient und Ruhm geerntet und waren dreist und frech, bis Herr Epp kam, (der General, na, soviel wirst Du doch wissen) und die bayerischen Irr-Wahlen. Dann mußten wir davonhuschen, wollten in Zürich neueröffnen, alles stand prächtig, da kam das Geiselsystem in Deutschland und die Methode, Angehörige von Leuten, die sich draußen mißliebig machten, drinnen halbtotzuschlagen und ins Lager zu verbringen. Das wollten wir Max und Golo[3] und Medi, die damals noch in der Poschinger war, nicht antun. Hier ist stilles Landleben. Ich schreibe ein neues Kinderbuch[4]. Wer wird es illustrieren?
Deine Münchner Leute berichten Dir gewiß manches, – sind sie draußen? Es ist schlechthin märchenhaft und mir scheint, es gehört zu den Dingen, die, wie etwa die deutsche Hungersnot während Krieg und Inflation, niemand ganz begreifen kann, der nicht dabei gewesen ist. Die Einzelheiten, das Kleine, das Große, das Ungeheuerliche Ganze! – (Wenn das nicht Greuelpropaganda ist!) Bring den Brief nicht nach Deutschland mit und zeig ihn nicht dem deutschen Konsul in Elberton, – ich würde, wie die Rotters, daran zugrunde gehn.
Viele Grüße und manch eine Zärtlichkeit.
Hanna[5], um noch etwas Wirres hinzuzufügen, war den ganzen Winter in Lenzerheide (ich habe sie einmal acht Tage lang besucht). Jetzt weiß ich nichts mehr von ihr, wahrscheinlich hat sie wieder all ihr Geld nicht gekriegt. Annemarie ist in Berlin und lieb, während Frau Schwarzenbach[6], derzuliebe die Prügelstrafe für Schweizerdamen eingeführt werden müßte, stramme Nationalsozialistin wurde und ich, als »kommunistisches Flüchtlingsgesindel« ihr Haus nicht mehr betreten darf. In die Fresse!
Ade, – schreib bald einen richtigen Brief und nimm mir die Schreibmaschine ebensowenig übel, wie das lange Schweigen. Beides mußte sein.
Die Deine: Erika.

1 Therese Giehse. **2** Ernst Toller (1893–1939), expressionistischer Dramatiker und Lyriker. 1919 Mitglied der Münchner Räteregierung, anschließend zu fünf Jahren Festungshaft verurteilt, 1933 Emigration in die Schweiz, 1936 in die USA; mit Klaus und Erika Mann befreundet. Er nahm sich 1939 in New York das Leben. **3** Angelus Gottfried Mann, gen. Golo (geb. 1909), Historiker, zweitältester Sohn von Thomas Mann; studierte Philosophie und Geschichte, promovierte 1932 in Heidelberg bei Karl Jaspers, emigrierte im Frühsommer 1933 nach Frankreich, wo er Lehrämter in St. Cloud und Rennes erhielt. Nachfolger Ferdinand Lions als Redakteur von »Maß und Wert« in Zürich. 1940 ging er als Kriegsfreiwilliger nach Frankreich, wurde interniert, floh über die Pyrenäen in die USA. Professor an den Colleges von Olivet/Michigan und Claremont/Kalifornien; 1960–64 Prof. für Politische Wissenschaften an der TU Stuttgart. Lebt jetzt als freier Schriftsteller in Kilchberg am Zürichsee. **4** »Muck, der Zauberonkel«, Basel (Philosophischer Verlag) 1934, illustriert v. Fritz Wolf. **5** Hanna Kiel. **6** Renée Schwarzenbach geb. Wille, Mutter von Annemarie Schwarzenbach-Clarac.

5. DIE SAMMLUNG

Die Gründung der Zeitschrift »Die Sammlung« durch Klaus Mann in Amsterdam 1933 war für die deutschsprachige Schriftsteller-Emigration nicht nur Sammlung, wie sie der Titel verhieß, sondern auch eine Zerreißprobe. Sie zwang nämlich einige ihrer namhaftesten Vertreter, etwa Hermann Hesse[1] oder Alfred Döblin[2], zu einer politischen Entscheidung: entweder ihre Schriften innerhalb Deutschlands weiterhin verbreiten zu lassen, oder durch Mitarbeit an der »Sammlung« den Bruch mit den Machthabern öffentlich zu machen und sich dadurch dem Verlust der deutschen Leserschaft auszusetzen.
Vom Zwist war die Familie Mann selbst betroffen. Es kam zu einer Art Kraftprobe zwischen dem Vater und den ältesten Kindern. Thomas Mann zögerte teils aus Rücksicht auf seinen Verlag in Berlin, teils aus einer ihm eigenen, von den äußeren Umständen noch begünstigten Unentschlossenheit, sich von Deutschland und damit der Mehrzahl seiner Leser endgültig loszusagen; dagegen drängten ihn Erika und Klaus zum Übertritt in die Reihen der eindeutig oppositionellen Emigration. Sie wollten das väterliche Werk nicht mehr länger in dem noch innerhalb des Reichs arbeitenden, nach ihrer Meinung schon »gleichgeschalteten« S. Fischer Verlag sehen. Vielmehr empfahlen sie den holländischen Verlag Querido, wo Fritz H. Landshoff die deutsche Abteilung leitete und zu einem führenden Exilverlag ausbaute. Er stand in einem engen Freundschafts- und Beratungsverhältnis zu Klaus Mann.

1 Hermann Hesse (1877–1962), Schriftsteller; er lebte seit 1914 in der Schweiz, war seit 1923 Schweizer Staatsbürger und stand in enger geistiger Verbindung mit Thomas Mann. Wie dieser und Annette Kolb konnte er sich nicht vom S. Fischer Verlag trennen, und wie sie ließ auch er 1933 seinen Namen aus der Mitarbeiterliste der »Sammlung« streichen. **2** Alfred Döblin (1878–1957), Berliner Arzt und Schriftsteller; 1933 in die Schweiz, anschließend nach Frankreich und 1940 über Portugal in die USA emigriert. 1945 kehrte er als französischer Besatzungsoffizier nach Deutschland zurück.

AN THOMAS MANN Paris, 4.6.1933

Zaubererlieb, – da kann man wohl nur Glück wünschen und das gesamte Element der Süßigkeit auf Dich herab und eine neue Weltordnung und ein angenehmes Innenleben, ganz abgesehen von den Wohltaten, von denen ich immer noch viel zu wenig höre, so daß ich anfange zu fürchten, sie haben noch nicht im rechten Maße eingesetzt. Was tut Ihr am Geburtstag[1]? Gibt es Asti und wird der Heiner[2] eine Ansprache halten? Herr Münzenberg[3] und Herr Katz[4] sind, was Dich angeht, ja völlig unbesorgt, sie wissen, daß man Dir nur ein wenig Zeit lassen muß und schon bist Du der Gorki[5] des deutschen Kommunismus. Die dumme Anpflaumung[6] neulich ist ja ganz ohne ihr Wissen und Zutun erfolgt, – mein Gott, ein Zeitungsleiter kann nicht immer all seine Leitartikel so genau im Kopf haben.

Hier ist es ja schrecklich heiß nachgerade. Das ist eine Stadt, die in ihren engen Straßen die Hitze die ganze Nacht durch aufbewahrt, so daß sie am nächsten Morgen, summiert mit der neuen Sonnenhitze ganz erklecklich gewachsen, weitermacht. *Und* die vielen Deutschen! Jetzt geht es ihnen ja noch soweit ganz ärmlich, – aber was sie alle machen, wenn ihre 190 Mark zu Ende sind? Es wird noch ganz schrecklich werden. Die Schweiz, da habt Ihr recht, wird toller von Tag zu Tag. Eben hat Annemarie[7] von ihrem Papa[8] einen Brief bekommen, in welchem er schreibt, keiner dürfe so kleinlich sein, über den unbedeutenden und gewiß überflüssigen Exzessen, die die Hitlerbewegung mit sich bringe, das Große, Reinigende, Aufbauende, Notwendige der prächtigen Sache zu vergessen. Sie solle (sie, Annemarie) doch umgehend nach Deutschland fahren und am Aufbau dieses neuen geistigen Deutschlands mithelfen, und nicht etwa eine Zeitschrift[9] machen, die »farblos internationalistisch« wie sie sei, glatt weggespült werden *müßte* von den Kräften, die erfreulicherweise am Werk seien, um ihm, wie er meint, der Depp, seine Fabriken zu erhalten. Und diese Rinder sehen immer noch nicht, was mit ihren Deutschnationalen passiert ist, – solange, bis sie selber daran glauben müssen, die vor Interessenbefangenheit blindtauben Kapitalistenratzen.

Die neuen Dramatiker, lernt man aus der Weltbühne[10], heißen Griese[11] und Ziese[12]. Die Giehse leugnet standhaft, mit ihnen identisch zu sein.
Unsere Pläne gehen, vaguement, dahin, (ich spreche nicht von K.'s[13], der selbst berichten mag), daß wir im Herbst hier was aufmachen[14], nachts in einem sehr reizenden und gutplacierten Kino, und bis dahin, seis in Wien, seis doch vorübergehend in Kotz-Zürich, gastieren, teils; teils Besuche machen, etwa bei Euch in Eurem Sanary, wo wir ja dann, ganz weihnachtlich, alle sechs einmal wären, was ganz der Festlichkeit aller Umstände entspräche. Mein Carnet ist in Ordnung. Der Deutsche Touring-Club hat meinem und dem Drängen des französischen Schwester-Clubs nachgegeben und es verlängert. Er hätte tatsächlich den Zoll zahlen müssen und damals wußte er noch nicht, daß unser Münchener Sach gewiß zu solch gutem Zweck von den Braunen zur Verfügung gestellt worden wäre.
Verwirrung herrscht betreffs der spärlichen Reste[15]. Laß mich hoffen, daß sie gelöst und geklärt sein wird, ehe Du den Brief hast. Pierre[16] behauptet, Gölchen hätte alles machen können, mit Tutt und einer Mittelsperson, solange er in B.[17] gewesen. Er, Pierre, dagegen könne gar nichts tun, sintemalen Tutt[18] und der Mittler von B.[19] abwesend, und kurz das Ding sei noch nicht mal dort, wo es hingehöre, um rauszukommen. *Ich* kann mich da nicht auskennen. Wäre ja *ungeheuer* widerwärtig, wenn da neuerdings was verpatzt würde. Schreibt doch gleich noch einmal hierher und erzählt etwas, wir sind sicher noch bis gegen Ende der Woche da.
Levy und Müller[20] kann und mag sich unter gar keinen Umständen von mir trennen. Lieber zahlt er jetzt drei Auflagen voraus, unter der Gefahr selbst, es nachher, wenn er mich verboten kriegt, zu verlieren, als daß ich woanders hingehe mit meinem kleinen Muck[21]. Mir solls recht sein und ich will nur hoffen, Annemarie hat genug Schulden im neuen geistigen Deutschland, – damit er sie bezahlen und ich das Sümmchen von ihrem albernen Vater einziehen könne. Adieu, ich weiß von meiner Mutter, daß Du Briefe nie zu Ende liesest. Wie ärgerlich, wenn ich mir nun mit diesem so viel Mühe gebe, um ihn zumindest ausführlich zu gestalten. Grüße meine Geschwister,

Deine Frau namens Katulein[22], meinen Ohm[23] und Dich selber sehr. Tust Du denn arbeiten, das freut einen dann doch wieder. K.[24] wird Dir von Landshoff[25] berichtet haben, der, im Auftrag seines Amsterdamers, schon in der Bahn *sitzt, sobald* er die leiseste Möglichkeit riecht an T.M. seinen Seppl[26] ranzukommen. Ich schreibe es aber noch einmal, weil ich allzugerne möchte, daß Du Dich der Fischerschen Gleichschaltung nun bald entzögest und zwischen Hohenzollerngruft und Hitlers Sprachgewalt nichts aber rein gar nichts mehr zu suchen hättest, – ja, der Suhrkamp[27] ist ein Tausendsassa.

Ich *muß* jetzt Mittagessen, die Hitze wird mich *schlagen,* wenn ich aus dem Hause trete, – gewiß weht bei Euch wenigstens ein giftiger Wind.

Daß der nächste Geburtstag in der Poschinger statthätte! Oder auf einem netten englischen Landsitz, oder in einem schönen holländischen Häuschen, – holländisch erinnert doch so an lübeckisch, – aber vielleicht so sehr, daß es auch schon an nationalsozialistisch erinnert, – was kann man denn wissen.

Unsinn, – die Schreibmaschine verleitet, wenn man so sehr Meister auf ihr ist, gern zum Uferlosen.

Glückwunsch, Gruß, große Anhänglichkeit von E.

1 58. Geburtstag von Thomas Mann am 6.6.1933. **2** Heinrich Mann (1871–1950), älterer Bruder Thomas Manns, Schriftsteller, Essayist. 1933 nach Frankreich, 1940 in die USA emigriert, wo er kurz vor seiner geplanten Rückkehr nach Ostberlin starb. **3** Willi Münzenberg (1889–1940), Zeitungsverleger, Publizist und Politiker; 1933 nach Paris emigriert, bis 1937 KPD-Mitglied und Organisator der Volksfront. 1940 bei Grenoble tot aufgefunden. **4** Otto Katz (1893–1952), Schriftsteller und politischer Journalist. 1936 in Spanien, 1939 in Mexico, 1945 Rückkehr nach Prag; hingerichtet als ehemaliger Mitarbeiter von Münzenberg und Slansky. **5** Maxim Gorki (1868–1936), russischer Schriftsteller; nach 1917 Nationaldichter der Sowjetunion. **6** Anspielung auf einen Thomas Mann-Bezug in der Emigrantenpresse. **7** Annemarie Schwarzenbach. **8** Alfred Schwarzenbach. **9** »Die Sammlung«, die von A. Schwarzenbach finanziell unterstützt wurde. **10** Die Prager Exilzeitschrift »Die Neue Weltbühne«; sie wurde 1933–37 von Willi Schlamm und Hermann Budzilawki herausgegeben und galt als Weiterführung der linksgerichteten Berliner Zeitschrift »Die Weltbühne«. **11** Friedrich Griese (1890–1975), »Blut- und Boden«-Dichter; schrieb ein Drama »Mensch aus Erde gemacht«. **12** Maxim Ziese schrieb ein Drama »Der erschlagene

Schatten«. **13** Klaus Mann. **14** EM hatte die Absicht, »Die Pfeffermühle« in Paris wieder zu eröffnen; dazu kam es aber nicht. **15** Anspielung auf die Veräußerung von Thomas Manns Besitz durch die Nazis. **16** Pierre Bertaux (geb. 1907), französischer Germanist, Hölderlinforscher; mit Golo Mann befreundet, dem er bei der Transaktion eines Teils des väterlichen Bankguthabens durch die französische Botschaft in Berlin nach Paris behilflich war. **17** Berlin. **18** Brigitte Fischer, gen. Tutti (geb. 1905), älteste Tochter des Verlegers Samuel Fischer; seit 1926 mit dem Chirurgen Dr. Gottfried Bermann, dem späteren Nachfolger Samuel Fischers als Verleger, verheiratet. **19** Dr. Gottfried Bermann Fischer (geb. 1897), seit 1928 Geschäftsführer des S. Fischer Verlages, dessen Namen er seinem hinzufügte. Er emigrierte 1936 nach Wien, wo er die Bermann-Fischer GmbH gründete. Dort konnten die Werke von Thomas Mann weiter erscheinen. 1938 mit Hilfe des Bonnier Verlags Neueröffnung des Bermann-Fischer-Verlags in Stockholm. 1940 mit F.H. Landshoff Gründung der L. B. Fischer Corporation in New York. Nach dem Krieg Rückkehr nach Schweden und dann nach Deutschland. 1950 Wiedereröffnung des S. Fischer Verlags in Frankfurt/M. und Teilung in S. Fischer Verlag unter Leitung des Ehepaars Bermann Fischer und Suhrkamp Verlag unter Leitung von Peter Suhrkamp. Das Ehepaar Bermann Fischer lebt in Camaiore/Italien. **20** Verleger ihres Kinderbuchs »Stoffel fliegt übers Meer« (vgl. S. 29, Anm. 18). **21** Vgl. S. 37, Anm. 4. **22** Katia Mann. **23** Heinrich Mann. **24** Klaus Mann. **25** Dr. Fritz Helmut Landshoff (geb. 1901), bis 1933 Leiter des Berliner Gustav Kiepenheuer Verlags; gründete 1933 zusammen mit dem holländischen Verleger Querido (vgl. S. 52, Anm. 1) die ›Deutsche Abteilung‹ des Querido Verlags. 1940 Flucht in die USA, Mitbegründer der L.B. Fischer Corporation in New York. Nach dem Krieg Rückkehr nach Amsterdam, wo er den Querido Verlag bis zu dessen Zusammenschluß mit dem neugegründeten S. Fischer Verlag leitete. Heute ist Dr. Landshoff Executive Vice Director des Harry N. Abrams Verlags, New York. – Als enger Freund von Klaus und Erika Mann setzte er sich für die Zeitschrift »Die Sammlung« leidenschaftlich ein, als Verehrer des Werks von Thomas Mann versuchte er nach 1933 die Rechte an dessen »Joseph«-Roman für den Querido Verlag zu gewinnen. **26** »Die Geschichten Jaakobs«, erster Band von Thomas Manns Tetralogie »Joseph und seine Brüder«, im Herbst 1933 im S. Fischer Verlag, Berlin, erschienen. **27** Peter Suhrkamp (1891–1959); Redakteur im Ullstein Zeitschriften Verlag, seit 1932 Redakteur der »Neuen Rundschau« des S. Fischer Verlags. Nach der Auswanderung von G. Bermann Fischer übernahm er 1936 die Leitung des in Deutschland verbliebenen S. Fischer Verlags.

AN KATIA MANN Zürich, 11.9.1933

Schnellschnell, meine Lieben, dem untröstlichen Telegramm den entsprechenden Luftbrief nachwerfen. O, wie bin ich doch betrübt und ärgerlich. Plötzlich, aus heiterm Himmel, meldeten sich so kapriziöse wie schwerreiche Holländerinnen, welche das Idealhäuschen[1] gleich kaufen und noch obendrein für teuerstes Geld von der architektlichen Besitzerin eine teure Reitbahn auf dem Grundstück wollen herbauen lassen, – da konnte sie nicht widerstehn, so wohltätig wiederum konnte sie nicht sein. Nun ist sie wohltätig genug, das andere Haus[2] (in das sie ziehn wollte, für den Fall, daß Ihr das ihre nähmt), welches etwas größer ist als ihrs, für 600 Franken monatlich herzugeben (auch mit Garage, versteht sich). Die 50 Franken Unterschied nun wären es gewiß nicht, die die Sache in nicht ganz so strahlendem Licht erscheinen ließen, wie das Architektinnenhäuschen. Der eigentliche Unterschied liegt vielmehr darin, daß dies andere Haus wohl auch möbliert (sehr schön, neu und geschmackvoll), nicht aber in der vollständigen und herrlich kompletten Art wirklich *eingerichtet* ist, wie das gemütlich bewohnte erste. Wäsche und Silber also fehlen. Nun weiß ich ja nicht, wieviel Zeugs eigentlich in unsern hiesigen Kisten ist, – ich denke, man würde schon ziemlich weit kommen damit. Aber Küchenwäsche und so Lastsachen? Ich weiß nicht. Jedenfalls wäre der Einzug nicht gleich am ersten Tag so gemütlich und gar manches müßte wohl doch angeschafft werden, an Töpflichem und Tüchlichem. Im übrigen ist das Haus aber *bildschön*, in, ich drahtete es schon, feiner Lage überm See, 10 km von Zürich bei Küsnacht. Autobus- und Bahnverbindung führt in die Stadt und jeder Gast hat Platz in Stuben und vier Badezimmern. Daß es, außerdem, von laufenden Wassern wimmelt, brauche ich nicht zu erwähnen, – ebensowenig all die eingebauten Schränke, Bücherregale und den wenn auch ungepflegten, so doch freundlichen Garten. Ich fahre ja nur so hin und her zwischen Küsnacht und hier, – daß ichs gesteh, ich bin schon ganz mitgenommen. Denn

ich muß eine neue Zeile anfangen, um von all dem überlebensgroßen Ärger zu berichten, der mittlerweile über mir zusammenschlug. Nun stand doch alles zum besten: die Züricher Geschäfts-, Rundfunk- und Cabaret-Welt hatte eingesehn, daß sie in mir ein freundliches und brauchbares Ding gefunden. Da regen sich die Neider. Allzugroße Inserate meines Warenhauses Globi, die mich in fetten Lettern und allen Gazetten als den Regisseur und Star der Modenschau[3] priesen, brachten die Intriganten zur Weißglut (ich kenne sie, der schlimmste ist ein völlig halt- und talentloser schweizerischer Klavierspieler, – il se pique und kennt sich nicht wieder vor göringscher Bosheit), – kurz man denunziert mich und die kleinen Meinen[4] bei Fremdenpolizei und Arbeitsamt, – verbreitet, wir wollten uns einnisten und den (nicht vorhandenen) Schweizer Künstlern das Brot wegessen (sie sind wirklich nicht vorhanden, nur so erklärt sich ja die Bereitwilligkeit, mit der die Unternehmer uns aufnahmen), und die Arbeitsbewilligung, die schon so gut wie erteilt war, ist aufs härteste in Frage gestellt. Denn gegen Denunziation ist auch hier kein Kraut gewachsen, und was ein Schweizer lügt ist immer noch besser, als das was ich Wahres sage. Nun muß ich immer arbeiten und probieren, – diese drei anstrengenden Sachen durcheinander und muß dabei fast annehmen, daß nichts davon je wird stattfinden können. Meine schweizerischen Freundchen sind alle sehr üsis empört und hilfsbereit, aber ob sie was durchsetzen ist fraglich, und solche Bursche[n], wie etwa der Korrodi[5], möchten natürlich keinen Finger rühren.

Das wäre dies. Und, im Anschluß daran, möchte ich – wie Ihr erkennt, nicht etwa aus augenblicklicher Trauer über dies Ländchen, sondern eher aus Erwägungen, denen ich früher schon Ausdruck gegeben – nocheinmal fragen: Ist es nicht doch *noch* klüger, Ihr bleibt in Nizza? Verzeiht, wenn der Entschluß feststeht; und dann möchte ich den mühsam errungenen nicht wankend machen (und an der Hausfrage braucht er nicht zu straucheln, – die ist, immer noch, sehr gut gelöst, wenn auch nicht ganz so überirdisch, wie es zuerst schien). Aber man kennzeichnet das, was etwa nachteilig hier ist, und was die Schweiz in Gegensatz zu allen andern Ländern stellt, am besten damit, daß es hier im allgemeinen – etwas degradierend und entwertend ist, in Deutschland nicht mehr leben zu können

oder auch nur zu wollen. Selbstverständlich genießt der liebe Z. hier eines hohen und unbeschädigten Ruhmes. Und ihm würde das nichts anhaben. Aber die allgemeine und von der Zürcher Zeitung (die sich immer völliger auf M.N.N.[6] hinauswächst) angegebene Stimmung ist *gegen* »Emigranten«, und nicht etwa, weil es deren zu viele gäbe, sondern mit einem andern Akzent, den sie sonst nirgend hat, und der einfach den Unfrieden mit der Naziregierung meint. Mit einer *Regierung* ist man nicht in Unfrieden, – da könnte man ja ebensogut das Mütterliche angreifen.
Und die Franzosen sind so nett.
Ich bin müde, wie Affa[7] nach gewonnenem Prozeß und muß jetzt in die Betten, – auf den Federball; in unserm neuen Engmatthof ist es recht schön und neu mit Duschräumchen und Modernität. Kilchberg wurde zu weit auf die Dauer.
Lebt wohl. Ich bin neugierig, was Ihr nun tut. Wenn ich hier endgültig alles verboten kriege, kann ich natürlich nicht mehr lang hier bleiben, der Ärger möchte mich umbringen. Wenn aber nicht, fürchte ich um den 24. so viel zu tun zu haben, daß ich mich den Vorbereitungen nicht in dem Maße würde widmen können, wie ich es wohl wollte (den Vorbereitungen bei Euch in Küsnacht, wohlverstanden), und für diesen Fall, ich weiß nicht, aber irgendwer müßte wohl doch vorausfahren, um ein bißchen nach dem Rechten zu sehn, vorher, – damit das Tüchliche und Töpfliche bereitet ist beim Einzug.
Adieu, – alle lassen grüßen
ich bin die Eure E.

Laßt Euch nicht von mir diktieren, und freilich tut Ihr ohnedies, was Ihr wollt, gebe gleich Bescheid, – alles hat Vor- und Nachteile und Einstein[8] seinerseits kreuzt ja nun auf den Meeren.

1 In einem vorausgegangenen Brief an die Mutter hatte EM ihren Eltern mitgeteilt, ein für sie geeignetes Haus in Küsnacht, Schiedhaldenstraße, bereits gefunden zu haben. **2** In ihm lebte die Familie Mann dann von Ende September 1933 bis zur Übersiedlung in die USA im Jahr 1938. **3** Eine große Modeschau im Zürcher Warenhaus Globus, deren »künstlerische Oberleitung« EM im September 1933 übernommen hatte

4 Das Pfeffermühle-Ensemble. **5** Vgl. S. 71, Anm. 2. **6** Die bereits gleichgeschalteten »Münchner Neuesten Nachrichten«. **7** Langjährige Haushälterin im Hause Mann; des Diebstahls bezichtigt und entlassen, gewann sie einen Aufsehen erregenden Prozeß gegen die Familie Mann. Klaus Mann beschreibt die Episode in: »Der Wendepunkt«, 2. Kap. **8** Albert Einstein (1879–1955), Physiker; 1921 Nobelpreis für Physik; in die USA emigriert, Nachbar von Thomas Mann in Princeton.

6. DIE PFEFFERMÜHLE IM EXIL

In die Emigration ging Erika Mann nicht allein: ihr folgte fast die gesamte Truppe ihrer »Pfeffermühle«. Das Cabaret konnte am 1. Oktober 1933 in der Züricher Innenstadt wieder eröffnet werden, in dem schönen, alten Lokal »Zum Hirschen«; hier begann seine vielversprechende »europäische Laufbahn«, und wie nur wenige Monate zuvor in der Münchener »Bonbonnière«, war der Erfolg ebenfalls gleich »überwältigend«.

»In der selben Woche, in der in der schweizerischen Wochenschrift ›Sie und Er‹ ... zwei volle, illustrierte Seiten unserem Gastspiel gewidmet sind, tritt Nazideutschland aus dem Völkerbund aus, und das Blatt widmet dem Ereignis ein halbes Seitchen. In Basel wird der deutsche Journalist Berthold Jacob[1] von Naziagenten entführt. Wir spielen. In Marienbad wird der Emigrant Professor Lessing[2] durchs Fenster seines Arbeitszimmers von Naziagenten erschossen. Wir spielen...«

In fünf verschiedenen Ländern gastierte das Theaterensemble vor meist ausverkauften Sälen, so in der Schweiz, Holland, Luxemburg, Belgien und der Tschechoslowakei.

Vom Publikum umjubelt, von der Presse fast ausnahmslos gelobt, von der Fremdenpolizei der jeweiligen Staaten immer mit Beunruhigung und Angst vor Repressalien durch den mächtigen deutschen Nachbarn empfangen, gab die »Pfeffermühle« innerhalb von drei knappen Jahren 1034 Vorstellungen.

Wagemutig war das Unternehmen der engagierten Tochter Thomas Manns, das sich »literarisch« nannte und in Wirklichkeit ein politisches Ziel verfolgte: Die Aufklärung und Warnung des Auslands vor der Hitler-Gefahr.

Schon bald mußte sich die »Pfeffermühle« auch im neuen Umkreis an Bedrohungen gewöhnen. Es wurden ihr Auflagen gemacht. Direkte Kritik an den imperialistischen und expansionistischen Bestrebungen des Führers hatte sie zu vermeiden, aber auch alle Andeutungen auf die zahlreichen nazifreundlichen Bewegungen in ihren Gastländern zu unterlassen.

Trotz Vorsicht und Mäßigung in der Zusammenstellung der Programme wurde die Lage des Cabarets im Lauf der Zeit immer problematischer. Im Kanton Zürich kam es nach einer Rei-

he gewalttätiger Protestaktionen durch Schweizer »Frontisten« zur Verabschiedung einer »Lex Pfeffermühle«, eines Gesetzes, das »ausländischen Cabarets mit politischer Tendenz« das Auftreten untersagte. Für Gastspiele in Österreich erhielt das Cabaret aufgrund einer Denunziation keine Arbeitsbewilligung, und schließlich griff auch Holland zu Zensurmaßnahmen.
»Im Herbst 1936 endlich war es soweit: Unser vielleicht bestes, ertragreichstes Jagdrevier, Holland (wo wir, außer in den Hauptstädten, in Dutzenden von kleinen Orten auftraten), beugte sich den deutschen Drohungen. Durchaus, so ließ die Niederländische Regierung mich wissen, wünsche sie, daß wir fortführen, im Lande zu gastieren. Noch sei man eine freie Nation und lasse sich nichts vorschreiben. Leider nur müßten wir von nun an auf jede, selbst die indirekteste politische Wirkung verzichten. Unser Erfolg – und damit der finanzielle Erfolg zahlloser holländischer Unternehmer – sei so groß, daß wir der leidigen Politik gewiß entraten könnten. Auch als reines Amüsiertheater könnten wir ohne weiteres… Wir lehnten dankend ab, und damit war unseres Bleibens in Europa nicht länger.«
Eine letzte, geschlossene Veranstaltung inszenierte die »Pfeffermühle« am 4.8.1936 auf persönliche Einladung des »alten Lehrmeisters« und »väterlichen Freundes« Erika Manns, Max Reinhardt, im Salzburger Schloß Leopoldskron.
»Dort sollten wir vor einem geladenen Publikum, welches – und dies diente unseren Zwecken – zu guten Teilen aus einflußreichen amerikanischen Interessenten bestand, Proben unserer Kunst ablegen, – im Hinblick auf ein Gastspiel in New York…«*

1 1898–1944, Ps. Berthold Salomon; Redakteur und militärpolitischer Mitarbeiter der »Weltbühne«. Er emigrierte 1932 nach Straßburg, wurde von dem NS-Agenten Wesemann in die Schweiz gelockt, nach Deutschland entführt und auf Schweizer Intervention hin wieder in die Schweiz zurückgebracht. Über Madrid flüchtete er nach Lissabon; dort fiel er 1944 erneut Gestapo-Agenten in die Hände. Er starb 1944 im Gefängnis in Berlin.
2 Theodor Lessing (1872–1933), Arzt und Kulturphilosoph, Verfasser sehr kritischer Schriften gegen den Nationalsozialismus und Hindenburg; er flüchtete in die CSR und wurde dort am 31.8.1933 ermordet. * [Anm. v. EM:] 16 Gäste, darunter Marlene Dietrich.

AN KATIA MANN Amsterdam, 4.5.1934

Liebwerteste Mötzlich, –
alles geht leidlich[1], – die Presse, von welcher ich einige Proben nachschicke, wenn ich ihrer habhaft bin, war glanzvoll (auch die Rechtspresse), der Besuch läßt ein wenig zu wünschen übrig, wohl vermöge der unbeschreiblichen Un- und Miß-Reklame der Herren Kaiser[2], Drössler und des hiesigen Agenten. Ich nehme es jetzt selbst ins Händchen und denke, es wird besser werden, umsomehr, als diejenigen, die abends zuhören, immer sehr begeistert und, wie ich höre, für holländische Verhältnisse ungewöhnlich enthusiasmiert sind. Viel zu tun, viel zu tun, – Einladungen versenden, Plakate in Läden hängen, Prospektchen und Traktätchen entwerfen und verteilen. (Aber Kaiser und Drössler leben von uns.) Große Hitze und Schwülheit herrscht, die Stadt ist trotzdem angenehm und die Holländer, bei einiger Ähnlichkeit mit den Schweizern, lange nicht so geisteskrank. Klausheinrichthomas[3] hat sein Buch[4] fertig, ich habe mein Auto anbezahlt. Es kommt erst in 14 Tagen aus Amerika. Augenblicklich fahre ich mit dem 1ten ohne Stempel ganz eifrig in den Grachten umher. Die Reise war sehrsehr lästig. Nichts ermüdender, als solch Luxus-Pullman, Du kannst Dich weder rühren noch legen, noch auch weißt Du, wo auf die Dauer die Beine hinsollen. Gleich nach der nächtlichen Ankunft waren Interviews, – das war was für Erimaus[5]. [...]
Adieu. Gehts gut? Wie verlief der Basler Vortrag[6]?
Wie steht es um die amerikanischen Abendtoiletten[7]? Ortmayer[8], von der Goslar[9] überanstrengt, wird täglich wahnsinniger.
Jetzt muß ich etwas anderes tun.
Vollkommen à vous E.

1 Die »Pfeffermühle« gastierte im Mai 1934 vier Wochen lang in Amsterdam; anschließend auch in Den Haag, Utrecht und Rotterdam. **2** Hans Kaiser, Wiener Impresario (Pro Arte), verpflichtete die »Pfeffermühle« in der Schweiz und machte ein »gewaltiges Geschäft mit dem Unternehmen«. **3** Klaus Mann. **4** »Flucht in den Norden«, Amsterdam (Querido) 1934, der erste Exilroman Klaus Manns. **5** Erika Mann. **6** Am 30.4.1934 hatte Thomas Mann im Basler Münstersaal den Vortrag »Goethes Laufbahn als Schriftsteller« gehalten. **7** Am 17.5.1934 wollten Thomas und Katia Mann ihre erste USA-Reise antreten. **8** Heinrich Ortmayer, österreichischer Kabarettist; Mitglied des »Pfeffermühle«-Ensembles. **9** Lotte Goslar, Grotesktänzerin; ebenfalls Mitglied des »Pfeffermühle«-Ensembles.

AN THOMAS MANN Ascona, San Materno, 16.8.1934

Sehr lieber Z., –
der Landshoff schreibt mir, daß er nun nicht länger Ruhe hat, und daß Querido[1] *gar* nicht länger Ruhe hat, und daß er Dir ein »Angebot« machen will und muß, – für den Essayband und für den dritten Joseph, und für alles, was etwa vorher herauskommen sollte. Er bemerkt dazu, daß die Bücher von Döblin, Roth, Wassermann, auch in Deutschland, sehr ordentlich gegangen seien, und daß er sich auf seinem Krankenlager, nach den Erfahrungen dieses Jahres, gar nicht auszudenken vermöge, was Dich etwa davon abhalten könnte, einmal frei von Fischer, zu Querido zu gehen, der eindeutig der größte, best eingeführte und vertretene deutsche Verlag im Ausland sei. Seine, Landshoffs, persönliche und ungemein leidenschaftliche Beziehung zu Deinem Werk, so meint er, könne und dürfe er dabei nicht geltend machen und sie gehe Dich ja auch nichts an. Tatsächlich kann er das meiste von Dir auswendig hersagen, hat sich zeitlebens nichts dringlicher gewünscht, als Dir verlegerisch dienlich zu sein und wäre bestimmt der beste Vertreter, der *beteiligtste*, den Du je gehabt hast.
Dies alles schreibe ich hin, weil es sachliche kleine Wahrheiten sind. Den eigentlichen Grund, aus dem ich *überhaupt* schreibe, errätst Du.
Ich halte nämlich für möglich, daß Du nicht daran denkst, – und Dir (aus Geschäftsfernheit) nicht klar machst, wie wichtig es für einen Verlag heute ist, ob das erste Buch von Dir, das nicht mehr in Deutschland erscheint, bei ihm herauskommt, ob nicht, – und daß es dabei ziemlich gleichgültig bleibt, ob es sich um einen Essayband handelt, oder um was immer. Die Wichtigkeit aber, die eine an sich schon wichtige Verlagsangelegenheit im Kopfe eines Verlegers annehmen kann, ist *im-*

mens. Ich weiß, und Landshoff schreibt es mir, daß Querido eben einfach *alles* daran gelegen ist.
»Die Sammlung«[2] dagegen, wie Du weißt, geht mäßig (besser nebenbei, als etwa die »Deutschen Blätter«[3], die eingehen werden, und nicht schlechter, als zu erwarten ist für eine literarische Zeitschrift heutzutage, – aber mäßig immerhin). Klausens Existenz bei Querido ist an sich nicht die Unbedrohteste. Ich glaube und Landshoff bestätigt mir das, – wenn Du heute dem Querido verloren und etwa zu Rascher[4] gehst,–wird das alles ins Schlimme und Negative wenden und entscheiden. Das wäre nicht schön.
Dieser Brief, lieber Z., – ist mir peinlich, – ich fürchte auch, er ist nicht, was man »gut« nennt, – ich bin schrecklich müde von der Reise. Nun braucht er ja aber nicht »gut« zu sein, – er muß nicht versuchen, Dich zu *überreden*. Was ich mit ihm möchte, ist bloß, diese Sache, deren relative Unwichtigkeit für Dich ich kenne, in ihrer Wichtigkeit für den K.[5] beleuchten und auch für den freundlichen Landshoff, dessen Verehrung für Dich (zweimal »für«, Du siehst, wie müde ich bin) grenzenlos ist.
Was aber Raschern angeht und die halben Versprechungen, die Du ihm gemacht hast, so sollte ich denken, eine loyale halbe Stunde, in der zu sagen wäre, Dein lieber Sohn K. sei in der Zwischenzeit dem Querido-Verlag so stark liiert, daß es eine bedeutende Unfreundlichkeit und ein schädliches Mißtrauen darstellte, gingest Du anderswohin, müßte alles erklären. Das Versprechen liegt ein Weilchen zurück und die Umstände haben sich geändert. Darauf, daß Medi, düster-freundlich, gelegentlich dort speist, ist er stolz, mit und ohne Essayband, und er wird Deine Gründe verstehn.
Ade, – unsere Korrespondenz hat einen spaßigen Charakter in der letzten Zeit, – bitte, erinnere Dich aber: ich habe Dich nie zu etwas »überreden« wollen, – auch in politicis nicht, – ich bin nicht dreist und nicht einmischerisch und nichts dergleichen. Ich bitte Dich auch nicht um diesen Entschluß. Nur, wie wichtig er für uns wäre, und wie wenig er Dir bedeuten kann, bei allem, was sachlich *für* ihn spricht, – das habe ich schreiben wollen.

Mein Engelberg-Abend[6] war überfüllt und wohlgeraten, trotz übergroßer Komik des amtierenden Sängers. Die Fahrt hierher über den Gotthard herrlich, aber staubig. Hier sind wir, in *San Materno*, anmutig untergebracht und haben gleich alle Hände voll zu tun.

Küsse für alle, – ich bleibe die Deine E.

1 Emanuel Querido (1871–1943), holländischer Verleger jüdisch-portugiesischer Abstammung. Kurz nach Hitlers Machtergreifung beauftragte er Fritz H. Landshoff (vgl. S. 42, Anm. 25) mit der Gründung einer »Deutschen Abteilung« seines Verlags, die in Deutschland unerwünschte Kiepenheuer-Autoren hätte übernehmen sollen. Neben dem befreundeten Verlag Allert de Lange entwickelte sich sein Unternehmen zum wichtigsten deutschsprachigen Exilverlag in Europa. Querido wurde mit seiner Frau bei dem deutschen Überfall auf Holland verhaftet und starb im KZ. **2** Das von Klaus Mann 1933–35 in Amsterdam herausgegebene literarische Exilblatt. **3** Die von Wieland Herzfelde (geb. 1896) 1933–35 herausgegebene literarisch-politische Exilzeitschrift marxistischer Prägung »Neue Deutsche Blätter«; sie ging wie »Die Sammlung« wegen wirtschaftlicher Schwierigkeiten ein. **4** Der Züricher Verlag Rascher & Cie bemühte sich 1933 um die Rechte eines Essaybandes Thomas Manns. G. Bermann Fischer weigerte sich, ihm die Rechte abzutreten, obwohl Thomas Mann sich für eine Veröffentlichung seines Werks außerhalb Deutschlands eingesetzt hatte. (S. Thomas Mann, »Briefwechsel mit seinem Verleger Gottfried Bermann Fischer 1932–55«, Frankfurt 1973, Brief v. 26.4.34). **5** Klaus Mann. **6** Eine Vorstellung der »Pfeffermühle« in Engelberg/Schweiz.

VON WALTER MEHRING [o.O.] 25.8.1934

Teuerste E.M. Ausrufungszeichen

Aus Ihren werten Mustern hab ich mir das tapfere Schneiderlein[1] ausgesucht und sende ich Ihnen selbes gleich zur Anprobe.

Mit dem Schneiderlein ist natürlich ...... gemeint, was ich energisch ableugne, weil es ganz unpolitisch ist.

Ich habs meiner (sehr häßlichen) Nervenverfassung direkt abgeboxt. Würden Sie mir das Eintreffen des tapferen, leicht monomanen Schneiderleins melden?

Und herrlich wärs, Sie dächten mal an mich aus den Geleisen Geratenen. Hier ist nämlich natürlich garnichts mehr zu wollen.

Wissen Sie nicht was in Zürich?
Und schönste Grüße an Ihren ganzen Thespiskarren
von Ihrem WM.

Und nun gehen Sie bitte mal raus und schicken Sie mir die Frau Derektern rein!

Geehrte Dame,
erlaube mir anbei eine Figur nach Maß nebst quittierter Rechnung zu senden:

Eine Figur	0,75 Rappen
19 Reime à 50 Francs	950 Francs
Stundenlohn (Stunde 1 Franc)	7 Francs 80 Rappen
Zugaben	1 Franc 15 Rappen
	959 Francs 70 Rappen

Selbige Summe (Ausnahmepreis) bitte ich, mir höflichst anläßlich meiner baldigen Geschäftsreise nach der Schweiz auf mein Schweizer Bankkonto überweisen zu wollen!
Hochachtungsvoll Mehring & Co.

So Sie dürfen wieder eintreten! Ich hab bloß Ihrer Prinzipalin die Rechnung präsentiert; ne, ganz bescheiden, weils doch für Sie ist! Sind doch ’ne alte Kundin von mir! Schärfen Sie ihr doch bitte noch mal ein, daß sie mir die paar Pfennige in der Schweiz auszahle, wohinnen ich komme! Derselbigte

Kleine Gebrauchsanweisung: man kann selbiges Chanson leicht und einfach szenisch gestalten, indem daß man die übliche Schneiderpuppe aufstellt, sich außerdem einer großen Schere und einer Nadel bedient, auch eines Lappens, um nach den Fliegen zu schlagen.
Man trage das Chanson unpathetisch vor und etwas keifend, dergestalt, daß der Diktatorfimmel des Schneiderleins lächerlich wirke.
In der ersten Strophe wird genäht – Refrain Anfang parlando; der Schluß wieder gesungen.
Zweite Strophe wird anprobiert – Spiel mit der Schneiderbüste und dem daran hängenden Rock – bei: Oh es kneift Sie im

Schritt wird das Schneiderlein wieder ängstlich und devot...
(Sieben Fliegen) wütend gesummt...
Es waren ihrer sieben – das war nicht übertrieben: zum Publikum als Einwand auf jeglichen Protest...
In der dritten Strophe hantiert das Schneiderlein zuschneidend wild mit der Schere ... Refrain: erste beide Zeilen ganz parlando, sehr einfach konstatierend gesprochen (bloß nich pathetisch!).
Zu den letzten zwei Zeilen: die Schere mit der Rechten aus der linken Hand ziehen wie ein Schwert aus der Scheide und die Schere dann zum Schluß hochhalten wie ein Schwert!

1 Für die »Pfeffermühle« schrieb W. Mehring das Chanson »Die Vogelscheuche«. In Basel trat der Dichter im März 1934 in EMs Cabaret an Stelle der erkrankten Therese Giehse auf und trug seinen »Emigrantenchoral« vor. EM hatte ihn, der »ohne einen Rappen in der Tasche« war, auf der Straße getroffen und kurzfristig engagiert.

AN KATIA MANN Ascona, 27.8.1934

O, Frau Süßengut, – hab Dank. [...] Heute kam von K. ein Brief[1], er scheint viel interessante Festlichkeiten mitzumachen, auch bei Gorki eine, und Miro[2] mußte auf einen Sowjetminister einen Toast ausbringen. Ich laß es einrücken, für Muttimaus. Beide aber (K. und A.[3]) schreiben immer und hauptsächlich über meinen armen und unersetzbaren Tröschi[4], dem es denn doch so fürchterlich schlecht gehen soll, – und so entsetzlich soll er aussehn, – sie hätten ihn von sich aus gar nicht erkannt, schreiben sie. Der Arzt, den sie sprachen, meint, er *könne* durchkommen, – aber wie es dann wird mit ihm, steht doch sehr dahin. Ich versuche, ihm seine Braut zu schicken, man muß sammeln, damit sie die Reise schafft, – es ist doch traurig: so ein idealistischer Kleiner.
Friedrich[5], weil wir bei den Kranken sind, schreibt heute auch völlig verzweifelt. Snapper, der endlich hinzugezogene erste Spezialist, hat ihm Monate des *absoluten* Still-Liegens aufgebrummt, – auch lesen soll er nicht (»höchstens mal ein Witz-

blatt«), – das ist finster. Mir gehts ja gut, aber wenn es allen andern so schlecht geht?!
Heute ist unsere zweite Première. Bisher war alles in, wie man uns staunend versichert, für hier völlig unwahrscheinlicher Weise ausverkauft. Keiner will etwas derart je in Ascona erlebt haben. Und bei dem Vortrag im Rahmen der »Eranos-Tagungen«, dem ich beiwohnte (erst Zimmer[6], recht klug, sehr blumig, ungeheuer eitel), – dann Buber[7], viel sympathischer, schön leidenschaftlich und logisch, – ausnahmsweise entschied ich mich in meinem Herzen für den Juden), – bei Frau Froebe[8] also (sie sagte, da ich sie eben kennen lernte, – ihr gerieten bei Vorträgen, in die das Indische hineinspielte, immer gleich alle Atome durcheinander), – dort, in der anspruchsvollen Spinn-Villa, sprach man sich in der Pause so allgemein und stürmisch über unsere alte Mühle aus, daß die amtierenden Professoren ganz beleidigt und benachteiligt waren. Nur Holitscher[9] hat es nicht gefallen, – sowas verwestes an einem Säugling.
Dem Vater Dank für seinen Brief. Ist denn der an die Times nicht weg? Oder wieso ist der Bruch mit Fischer wieder so ins Nebelhafte gerückt? –
Ich bin, innerhalb des San-Materno-Betriebes, in ein anderes Haus gezogen, – hier ist es freier und schöner, mit Badezimmer und Küchlein, sodaß ich viel Phantasei-gepansche koche. Gestern traf Jungfer Merita[10] ein, – dafür verläßt Irma[11] uns mit nächstem.
Morgen fangen die Proben fürs neue Programm an, es steht aber immer noch nicht fest, ob es in Basel oder in Zürich zuerst exekutiert werden soll. Adieu, – Sklenkiherzchen[12] hat den Vertrag geschickt, – dafür wird Ortmayer auch immer blödsinniger. Pahlen[13] hat Krach mit Theres[14], – dös ist gsund.
Die Deine E.
»Schönheitskönigin«[15] ist, mit neuem »Stammbaum«-Verschen versehen, wieder sehr modern. Auch »Harlekin[15]« wurde umgedichtet.

1 Klaus Mann nahm mit anderen deutschen Exilschriftstellern im Sommer 1934 als Gast am Ersten Allunionskongreß der Sowjetschriftsteller in Moskau teil. **2** Annemarie Schwarzenbach, die Klaus Mann in die SU begleitet hatte. **3** Annemarie Schwarzenbach. **4** Der Schweizer Kabarettist Robert Trösch, der ungefähr ein halbes Jahr lang zum »Pfeffermühle«-Ensemble gehörte. Anschließend ging er auf Einladung von Gustav von Wangenheim für kurze Zeit in die SU; lebt heute in Ost-Berlin. **5** Fritz H. Landshoff. **6** Prof. Heinrich Zimmer (1890 bis 1943), Indologe; verheiratet mit Christiane von Hofmannsthal. **7** Prof. Martin Buber (1878–1965), Religionsphilosoph. **8** Olga Froebe-Kapteyn hat 1933 in Ascona die »Eranos-Tagungen« gegründet, auf denen religionsphilosophische und psychologische Fragen behandelt werden. **9** Arthur Holitscher (1869–1941), Schriftsteller und Publizist; 1896 Redakteur des »Simplizissimus«, seitdem mit Thomas Mann befreundet. Radikaler Pazifist, starb im Genfer Exil. **10** Henning geb. Abecanis, Frau von Magnus Henning. **11** Irma Gift, Schwester von Therese Giehse; vgl. S. 151, Anm. 1. **12** Hans Sklenka (gest. 1983), österreichischer Schauspieler; wirkte eine Zeitlang bei der »Pfeffermühle« mit. **13** Igor Pahlen, Kabarettist, Mitglied des »Pfeffermühle«-Ensembles. **14** Therese Giehse. **15** »Chanson« und »Gedicht« der »Pfeffermühle« (Typoskr. im Erika Mann-Archiv der Stadtbibliothek München).

AN MANFRED GEORG[1] Küsnacht/Zürich, 14.11.1934

Lieber M.G.

Wollen Sie uns beim Direktor des »Ambassador« empfehlen? Als etwas ungeheuer Exquisites, Feines, Literarisches, Unpolitisches? Als etwas das geeignet wäre, dem Hotel und der Stadt die größte Ehre zu machen? Als etwas ungeheuerlich Zugkräftiges, – aber das weiß er ohnedies, und deshalb eben möchte er uns ja auch haben. Nur: Die Erlaubnis für ausländische Gastspiele ist schwer zu kriegen und überhaupt nur dann, wenn die hohe kulturelle Bedeutung des Gastspiels außer Frage steht. Und eben darüber weiß der Ambassadorwirt noch nicht so recht eindeutig Bescheid. Gehen Sie doch, Ihre Zeit erlaubt es vielleicht für ein Viertelstündchen, bald einmal dort vorbei und sagen Sie, daß es eine Schande wäre, wenn die Tschechei[2] das nicht durchsetzte, – nachdem die Schweiz, Holland und die skandinavischen Länder[3], für die wir eben abgeschlossen haben, sich alle fünf Finger zu lecken pflegen. Bitte.

Ich habe einen von den großen Bronchialkatarrhen mit Fieber und allem Zubehör. Deswegen kann ich auch nicht lange schreiben, sondern muß lieber wieder ins Bett gehn.

Ich hoffe sehr, man sieht sich bald. (Für Mitte Jänner ist jenes Gastspiel geplant.)
Die Schweiz wird auch immer unangenehmer. Wann endlich wird der Mond urbar. Aber es ist wohl nicht gestattet, diese Zeit woanders zuzubringen, als eben hier unten und die Frage ist bloß, wird man das alles überleben. Wenn ja, ist es gut, und wird nicht zu teuer bezahlt sein.
Alles Freundschaftliche
von Ihrer: E.M.

1 1893–1965; er nannte sich seit 1940 M. George. Journalist, Schriftsteller; bis 1933 Chefredakteur der Berliner Mittagszeitung »Tempo«. 1933 nach Prag, 1938 in die USA emigriert. 1938 Gründer und Chefredakteur der deutschsprachigen jüdischen Wochenzeitschrift »Aufbau«, New York. **2** Die »Pfeffermühle« gastierte vom 8.1.–20.2.1935 in der CSR. **3** Die geplante Tournee der »Pfeffermühle« nach Kopenhagen, Stockholm und Oslo wurde im Juli 1935 kurzfristig abgesagt.

AN VERSCHIEDENE REDAKTIONEN IN DER SCHWEIZ

Küsnacht/Zürich, 22.11.1934

Sehr geehrte Redaktion,
Ich gestatte mir, Ihnen untenstehend eine Erklärung abzugeben mit der höflichen Bitte, sie in einer Ihrer nächsten Nummern gefl. erscheinen zu lassen. Für Ihr liebenswürdiges Entgegenkommen danke ich Ihnen zum voraus allerbestens.
Für eine Belegnummer Ihrer Zeitung wäre ich Ihnen sehr verbunden.
Mit vorzüglicher Hochachtung, Erika Mann

Anläßlich der Begebenheiten[1] in meiner »Pfeffermühle« ist soviel geschrieben worden, daß ich nun auch ein paar Worte dazu sagen möchte. Worte, die nicht die Begebenheiten betreffen sollen, sondern nur die »Pfeffermühle«.
Sie erinnern sich: Wir sind vor etwa einem Jahr zum ersten Mal in die Schweiz gekommen, in der Absicht, ein Gastspiel von 14 Tagen, höchstens 4 Wochen zu geben. Wir fingen an zu spielen, der »Hirschen« Saal in Zürich war täglich ausverkauft, das In-

teresse, die freundliche Bereitwilligkeit unsere Dinge zu hören, war so groß in Zürich, daß wir blieben und wiederkamen. Wir haben in vielen Schweizerstädten und Städtchen gespielt, – in Basel und Bern, in Olten und Chur, in Schaffhausen und Biel, in Thun und in Liestal, in Ascona und in Luzern. Es war schön für uns zu wissen: Eine wirkliche Verbundenheit bestand zwischen uns und unserem Publikum, – einem Publikum übrigens, das aus allen Schichten der Bevölkerung zu uns kam. Tippmädchen und Bauern sind in der »Pfeffermühle« gewesen, Arbeiter und die Gäste in Packards[2]. »Reklame« haben wir nie viel für uns gemacht. Wir waren von Anfang an getragen von sehr viel Freundlichkeit und interessierter Zuneigung. Auch jetzt, da eine Gruppe von jungen Leuten sich so leidenschaftlich gegen uns bemüht, fehlt es uns nicht an ermutigenden Zurufen aus allen Kreisen des Landes. Es kommen viele Briefe von Leuten, die uns herzlich, ja dankbar gesinnt sind und die bitten, den »Radau« nicht symptomatisch zu nehmen, – er sei es nicht, versichert man mich täglich. Andere Briefe beschimpfen mich in den derbsten Ausdrücken, – ich brauche kaum zu erwähnen, daß die Schreiber *dieser* Briefe ohne Ausnahme anonym bleiben. Ich aber möchte antworten. Darf ich es in großer Kürze hier versuchen?

Was wirft man uns vor? Ohne auch nur einen Beweis anhand eines unserer Gedichte zu liefern, ruft man, wir seien eine »Hetzbühne«, die alle »Ideale« »in den Schmutz ziehe«. Wir mißbrauchten aufs Unerhörteste das »Gastrecht«, indem wir unseren »Privatdreck« über die reinen Wiesen der Schweizerlandschaft ergössen. »Besten Gruß Anonymus«. Wäre ein Krieg, der kommen könnte, unser Privatdreck? Ist die Not, sind die Irrtümer und die Verbrechen, die auf der Welt geschehen, unser Privatdreck? Welche »Ideale« werden in den Schmutz gezogen, welches »Gastrecht« wird mißbraucht, wendet sich einer gegen Unterdrückung und Gewalt?

Die »Pfeffermühle« ist ein kleines Unternehmen, ein Kabarett, das unterhalten soll, das mit Musik- und Tanzeinlagen, mit Liedern und Szenchen den Gästen die Zeit vertreibt, während sie bei ihrem Wein sitzen. Ich weiß, daß solch eine »Kleinkunstbühne« fast nichts bedeuten kann innerhalb des großen Welttheaters. Aber ebenso sehr weiß ich, daß jede künstlerische Arbeit ihre »Gesinnung«, ihre innere Haltung haben muß und daß es wertlos wäre, auch nur »Kabarett« zu machen und Liedchen zu schreiben, wenn nichts dahinter stünde, keine Meinung, kein Glaube und keine Hoffnung.

Die »Pfeffermühle« ist keine »Hetzbühne«, sie ist keine »Parteibühne« und kein »Emigranten-Theater«. Sie ist eine Vereinigung von jungen Leuten der verschiedensten Nationalität (Schweizer, Deutsche, Russe, Österreicher), die sich Mühe gibt, auf anständigem Niveau unterhaltend zu sein und auf unterhaltende Art nachdenklich. »Die Pfeffermühle gibt zu bedenken...«, – könnte über unseren Programmen und Einladungen stehen. Wir versuchen, in der leichten Form, die wir uns gewählt haben, die schweren Dinge zu sagen, die heute gesagt werden müssen, – und wir hätten allen Grund, uns zu schämen, wollten wir jemals damit aufhören.

Die kleine Gruppe wohlhabender und sorgloser junger Herren aber, die uns mit Gewalt davon abhalten will, sollte einmal einen Abend lang unvoreingenommen zuhören, eh sie ihre unwissenden Kameraden auf der Straße in den Kampf gegen uns hetzt. Nicht einer von den Schreiern im Kursaal, des bin ich sicher, weiß genau, warum er schreit, es sei denn, er schriee wissend für Krieg, Unterdrückung und Gewalt.

1 Im November 1934 kam es im Züricher »Kursaal«, wo die »Pfeffermühle« auftrat, zu gewalttätigen Auseinandersetzungen mit Schweizer »Frontisten«. EM erklärte sich bereit, das Gastspiel abzubrechen, die Polizei übernahm aber die Verantwortung; das Ensemble durfte, wenn auch vor halbleerem Saal, weiterspielen. Da EM keine Unterkunft in Zürich finden konnte, mußte sie jeden Abend mit dem Bus nach Küsnacht fahren; ein Dorfpolizist holte sie an der Haltestelle ab und begleitete sie nach Hause. Seit der Verabschiedung der »Lex Pfeffermühle« (1934) im Kanton Zürich durfte die »Pfeffermühle« in der Schweiz nur in anderen Kantonen gastieren. **2** »Packard« von General Motors, damals eine der teuersten US-Automobilmarken.

AN KLAUS MANN [Poststempel: 1.12.1934]

Heiner[1], sieh mal, ich *kann* es doch nicht machen, – ich finde doch mit Lupe und Zwicker die Zeit nicht dazu. Hier ist der Waserin ihr Famoses[2], – sehr was Liebes. Ich bat sie darum, aber nun will sie es nicht wahr haben und möchte es ganz von selbst gewesen sein, – dabei wollen wir es denn auch lassen. Die Zitig[3] sträubte sich *drei Tage* lang, ehe sie es *aufnahm*. Wie sie überhaupt weit weit ekliger ist, denn die Fronten[4]. Dafür heimst sie auch überall den Schimpf, den sie verdient, nach Hause. Resümee für Erimaus[5]: wir haben gesiegt, – aber es wird nichts nützen. Das heißt, jeder erklärt sich nachgerade für uns (die gesamte Presse bis auf jene), die gesamte Regierig und der Mann auf der Straße. Trotzdem sind wir im Aargau bereits verboten, auch aus St. Moritz soll nichts werden, – und ob aus Zürich das nächstemal, das ist offen wie eine Wunde. Nach Prag sollen wir auch nicht, denn dort waren doch die großen antideutschen Kundgebungen bei der deutschen Universität, – man verwechselt wieder mal Hitler und mich, – aber es tut ja nichts zur Sache, ich werde nächstens hinfahren und schaun was sich tun läßt, – und ob es überhaupt was ist. Ich wußte, daß er verzwazzelt werden würde und verdümt verdamt[6] aus vollen Himmels Pforten, – der letzte Europäische[7].

Ja, A.[8] schreibt, daß sie den jungen Legationsrat heiratet. Sie muß aber erst zuhause fragen, ob sie einen »französischen Katholiken« nehmen darf, – schreibt sie wörtlich. Gut so. Mir wäre Frontenführer Henne[9] lieber gewesen für sie. Denn er äußerte zu einer Dame, die es mir selber erzählte, daß er zur Front *nur* gegangen sei, aus Dégout und eines Korbes wegen, den A. ihm gab. Zu schweigen vom Feldzug gegen uns, den er natürlich nur aus diesem Grunde leitete.

Er aber ist der sogenannte Führer und die Schweiz wäre gerettet, nähme Prinzeßchen ihn in ihre Arme.

Schluß. Ich muß auf Ämter, packen, abreisen. 2 Tage Frieden[10], dann St. Gallen[11]. Gestern habe ich Dir ja eins hinbrieftelegraphiert. Telephonieren wird wohl doch zu TEUER kommen.

Ich sollte entführt werden, die Polizei wußte es eines Tages.

Seither durfte ich abends nimmer heimfahren, übernachtete täglich woanders, – verdrießlich, verdrießlich. Sahst Du meine Erklärung[12], – sie erschien fast überall (bis auf Züri-Marie[13], versteht sich, der Z.[14] sie persönlich schickte). Da ist sie denn auch. Ganz würdevoll und geschmerzt.
Geküßt, geherzt. Sklenksli[15] ist sehr ängstlich, daß wir ihm was schaden in seinem Ruf. Sonst ganz niedlich.
Kruse[16] *hat gekündigt*, geht zum Cornichon[17], der Edelmann. Ja, Lesch-Lenz[18] waren edel, – eine Mischung aus Schlauheit und Feurige-Kohlen-sammeln, sowie aus sich auf Seiten aller Besseren wissen, wenn man sowas tut.
Hier ein Brief des Simon zur Belustigung.
Auf Bald, – sei aufrecht, – Uempf

Frau Doktor Schwarzwald[19] hier gewesen, bei »Wien« geweint, mich 7x geküßt.

1 Klaus Mann. **2** Nach den Tumulten der »Frontisten« in Zürich richtete die Schweizer Schriftstellerin Maria Waser (1878–1939) einen »Offenen Brief« an die Redaktion der »Neuen Zürcher Zeitung«, mit dem sie für EMs Cabaret Partei ergriff. **3** Die »Neue Zürcher Zeitung«, die in der Angelegenheit eine offensichtlich feindliche Haltung der »Pfeffermühle« gegenüber eingenommen hatte, veröffentlichte trotz starker Bedenken den Brief von Maria Waser am 24.11.1934. **4** Vermutlich: die »Frontisten«. **5** EM. **6** Vermutlich ist gemeint: verdummt verdammt. **7** Gemeint ist der letzte europäische Winter, d.h. die letzte Wintertournee der »Pfeffermühle« in Europa. **8** Annemarie Schwarzenbach, die wenig später den Diplomaten Clarac heiratete. **9** Dr. Rolf Henne, Landesführer der Schweizer »Nationalen Front«. **10** Der erkrankte Fritz H. Landshoff, den EM in Davos besuchen wollte. **11** Dort gastierte die »Pfeffermühle« vom 3.–6.12.1934. **12** Vom 22.11.1934; vgl. S. 57–59. **13** Die »Neue Zürcher Zeitung«. **14** Thomas Mann hatte dem Feuilletonredakteur der »Neuen Zürcher Zeitung«, Eduard Korrodi, einen Brief geschrieben, der aber nicht veröffentlicht wurde. **15** Hans Sklenka. **16** Werner Kruse, Schweizer Musiker und Pianist; er wirkte zeitweilig bei der »Pfeffermühle« mit. **17** Das literarisch-politische Cabaret »Cornichon« (1934–51); in der Nachfolge der »Pfeffermühle« in Zürich von dem Schweizer Autor, Dramaturg und Regisseur Walter Lesch gegründet. **18** Walter Lesch und Max Werner Lenz, Textdichter des »Cornichons«. **19** Dr. Eugenie Schwarzwald (1872–1940), österreichische Frauenrechtlerin, Sozialreformerin und Pädagogin. Eine Freundin von Erika und Klaus Mann, 1938 in die Schweiz emigriert.

AN MINISTER SCHMID Küsnacht/Zürich, 2.1.1935
ÖSTERREICHISCHER GESANDTER IN BERN

Herr Minister, –
ich beziehe mich auf ein Gespräch des »Politischen Departement« Bern mit Herrn Hans Kaiser Bern, dem geschäftlichen Leiter des Cabarets »Die Pfeffermühle«, dessen künstlerische Leiterin ich bin. Herrn Kaiser wurde mitgeteilt, das Österreichische Außenministerium sei beim Politischen Departement Bern vorstellig geworden und habe über einzelne Darbietungen des Cabarets die »Pfeffermühle«, die man in Österreich als kränkend empfunden habe, Beschwerde geführt.
Es ist mir, Herr Minister, ein Bedürfnis, mich Ihnen gegenüber hiezu zu äußern.
1.) »Die Pfeffermühle« beschäftigt bei nur sieben auftretenden Mitgliedern zwei österreichische Schauspieler in ersten Stellungen.
2.) »Die Pfeffermühle« ist ein literarisches (kein politisches) Cabaret. Die Krawalle in Zürich (die übrigens völlig vereinzelt blieben und sich an keinem der vielen Orte, die das Cabaret seither besuchte, wiederholten) richteten sich wohl gegen die Tatsache ausländischer Gastspiele überhaupt und nicht eigentlich gegen die Darbietungen selbst, denen von sämtlichen städtischen und kantonalen Behörden keinerlei Unkorrektheit oder unerlaubte Tendenz nachgewiesen wurde.
3.) Soweit einem literarischen Cabaret politische Gesinnung oder Tendenz eignen kann und darf, ist diese Gesinnung und Tendenz durchaus und dezidiert *für* Österreich. »Die Pfeffermühle« hat in ihrem letzten Programm zweimal auf Österreich angespielt. Einmal in einem harmlosen Scherz, der augenblicklich kursiert und den (in der Schweiz) beispielsweise das Wochenwitzblatt »Der Nebelspalter« ebenfalls gebracht hat.
Das zweite Mal in einem Sketsch »Stimmungsbild«[1], der in Grinzing spielt und von Krise und Not handelt, die, hinter allen Grinzinger Melodien und hinter aller Heurigen-Lustbarkeit, ihre Fratze zeigen. Soweit in diesem »Stimmungsbild« jemand getroffen werden soll, sind es die Cook-Reisenden und Operettenkonstrukteure, die sich mit Sensationslust, Bobby-Scherzen

und Schnadahüpferln über diese Not hinwegsetzen. Es wäre mir kaum vorstellbar, wie jemand dieser kleinen Szene, die in großer Liebe zu Österreich geschrieben worden ist, Gehässigkeit gegen Österreich nachsagen könnte.
Mir sind die Pressemeldungen bekannt, die zunächst und irrtümlich durch die Schweizer, später auch durch Teile der österreichischen Presse gegangen sind. Bei zwei Zeitungen (den »Innsbrucker Nachrichten« und dem »Wiener Neuigkeits-Welt-Blatt«) habe ich durch meinen Anwalt auf Berichtigung dringen lassen, – ich darf annehmen, daß seinem Antrag in den nächsten Tagen stattgegeben werden wird.
Herr Minister, – mir liegt viel daran, das Mißverständnis aufgeklärt zu wissen. »Die Pfeffermühle«, die zwei jungen Österreichern Arbeit und Brot gibt, beabsichtigt im Laufe dieses Winters ein Gastspiel in Wien zu veranstalten und möchte nicht, daß Mißhelligkeiten, oder gar ein amtliches Verbot[2], diese Absicht durchkreuzten. Ich wäre Ihnen, Herr Minister, zu größtem Dank verpflichtet, wenn Sie vermittelnd eingriffen und dem Österreichischen Außenministerium in diesem Sinne berichteten.
In jedem Falle erkläre ich Ihnen hiemit, daß es niemals in meiner Absicht, oder in der Absicht des Literarischen Cabarets »Die Pfeffermühle« gelegen war, liegt und liegen wird, Dinge zur Aufführung zu bringen, die in Österreich kränkend empfunden werden könnten, und daß ich es bedauere, wenn einzelne unserer Darbietungen in dieser Richtung haben mißverstanden werden können.
Mit dem Ausdruck meiner besonderen Hochachtung
Das literarische Cabaret
DIE PFEFFERMÜHLE
Erika Mann

1 Das Stück enthält offene Anspielungen auf die politische Situation in Österreich; Typoskr. im Erika Mann-Archiv der Stadtbibliothek München. **2** Die Arbeitsbewilligung wurde, nach EMs Angabe, »im letzten Augenblick verweigert«. – In Österreich gastierte die Pfeffermühle« nur einmal privat am 4.8.1936 im Salzburger Schloß Leopoldskron; vgl. S. 48.

AN DR. EDUARD F. KNUCHEL[1] Prag, 31.1.1935
Hotel Esplanade

Lieber Herr Dr. Knuchel!
Beste Grüße von mir aus Prag. Beiliegende Notiz (ich wäre Ihnen wieder einmal für die Veröffentlichung sehr dankbar) enthält eine Erzählung über das augenblickliche Schicksal unserer Pfeffermühle.
Ich brauche Ihnen also sonst, außer von meinen herzlichen Empfehlungen, nichts zu erzählen.
Immer sehr die Ihre Erika Mann

P.S. Der Völkische Beobachter hat sich vor kurzem, anläßlich einer »Besprechung«[2] der »Pfeffermühle«, für die er gleichzeitig den Titel »Jauchengrube« vorschlägt, folgendes aus den Fingern gesogen: Die Pfeffermühle sei in ihrem Programm nicht gut auf die Schweiz zu sprechen, denn sie schimpfe darin auf die »Chaiben Schwyzer Kühe«[3]. Ich muß Ihnen wohl nicht sagen, daß hievon kein Wort wahr ist, (wir spielen die beiden Ihnen bekannten Programme »Kaltes Grauen«[4] und »Lauter Märchen«[5]). Für den Fall, daß die Schweizer Faschisten von dieser Lüge publizistischen Gebrauch machen sollten, darf ich Sie herzlichst bitten, eine Mitteilung als Dementi schnellstmöglichst herauszubringen. d.O.

1 1891–1966, Feuilletonchef der »Basler Nachrichten«. **2** Nicht ermittelt. **3** Anspielungen auf die Schweizer Verhältnisse in dem Stück »Der Reisende«. **4** Conférence. Enthält die Stücke: 1) Sozusagen; 2) Urwirsch; 3) Die Jodlerin; 4) Kitschpostkarte; 5) Vamp; 6) Kinderlied; 7) Frau X. (Typoskr. im Erika Mann-Archiv der Stadtbibliothek München). **5** Revue (Typoskr. im Erika Mann-Archiv der Stadtbibliothek München).

VON JIRI VOSKOVEC[1] Prag, 9.2.1935[2]

Liebe Erika Mann und liebe Pfeffermühle,
ich komme ungefähr einmal im Jahr ins Theater, weil ich jeden Abend spiele: 1935 habe ich das Glück gehabt, der schönsten Aufführung beizuwohnen, die ich je gesehen habe, auf der kleinsten Bühne, die ich je zu sehen bekam.
Ich möchte Ihnen sagen, wie sehr ich Ihre Glut, Ihr Herz, Ihren Stil und Ihren Mut bewundere. Es ist eine recht kleine Insel, eine winzige Oase inmitten eines verfaulten Europas, aber wie schön ist diese Insel und welch einen Trost stellt sie dar!
Sie werden nie den Erfolg ernten können, den Sie verdienen; seien Sie aber zumindest durch eine Gewißheit gestärkt, die von Dauer ist: Sie machen das einzige Theater, das sich als das wahre bezeichnen kann, ein Theater, in dem weder Tricks noch Manien zählen, sondern allein das Herz und das Bedürfnis, etwas auszudrücken.
Auf Wiedersehen und Dank an alle Jiri Voskovec

1 Tschechischer Kabarettist und Textautor; gründete 1925 zusammen mit Jan Werich das »Befreite Theater« in Prag. 1938 aus der CSR emigriert. **2** Original in französischer Sprache.

VON JAN WERICH[1] [9.2.1935][2]

Liebe Erika Mann,
ich habe noch nie an jemanden geschrieben, den ich eben auf der Bühne gesehen habe, aber nachdem ich ein so schönes und mutiges Theater, mit einem Wort: Ihr Theater, sah, muß ich Ihnen sagen, daß ich mich Ihnen sofort anschließen würde, um einen gemeinsamen Kampf gegen die »Dummheit«[3] zu führen!
Jan Werich auf Wiedersehen in besseren Zeiten

1 Tschechischer Kabarettist und Textautor. **2** Original in französischer Sprache. **3** Titel eines der erfolgreichsten Stücke der »Pfeffermühle«, von Therese Giehse vorgetragen. Das Original ist verlorengegangen, erhalten ist nur eine Rekonstruktion von EM.

VON JOSEPH ROTH[1] Amsterdam, Frühjahr 1935[2]

Sehr verehrte gnädige Frau,
ich danke Ihnen für den schönen Abend in Ihrem Theater. Ich habe die Empfindung, daß ich Ihnen sagen muß: Sie machen zehn Mal mehr gegen die Barbarei, als wir alle Schriftsteller zusammen. Ich bin ein wenig beschämt, aber dafür auch sehr stark ermuntert. Ich danke Ihnen und küsse Ihre Hand.
Ihr ergebener Joseph Roth

1 1894–1939, österreichischer Erzähler; 1933 nach Paris emigriert. **2** Veröffentlicht in: J. Roth, »Briefe 1911–1939«, hrsg. Hermann Kesten, Berlin (Kiepenheuer) 1959. – EM stellte dem Hrsg. den Brief zur Verfügung: »Das Briefchen an mich hatte ich lieb und wert und kaum brauche ich zu sagen, daß Roth in Amsterdam eine Vorstellung der ›Pfeffermühle‹ gesehen hatte.« (Unveröffentlichter Brief an H. Kesten v. 29.4.1964; Typoskr. im Erika Mann-Archiv der Stadtbibliothek München.)

AN THOMAS MANN Den Haag, 20.4.1935

Lieber Z., – über »Leiden und Größe«[1] habe ich mich, nun da es da ist, doch sehr gefreut, – des gehaßten Firmenschildes[2] ungeachtet, – freilich hat das Widmungsverslein besonders aufputzend wirken müssen und ich danke aufrichtig. Wahr ist auch, daß, nicht bloß für die Leserin, mancher Spaß darin ist, – sondern *wirklich* unglaublich viel Späße für die bei uns daheim und daß es *wirklich* das Mirakel streift, wie dergleichen erscheinen darf. An Stelle des jungen Wolf Frank[3] hätte ich die Antwort auf den Olden[4] mehr noch auf diese Dinge gestellt, – denn, wenn es glückt, wirkliche Pillen ins Land zu rollen, – so ist das am Ende tatsächlich der Mühe (im übrigen zu schweigen) beinahe wert. Zum Überfluß ist es einfach ein ganz besonders schönes Buch, – sicher seit »Rede und Antwort«[5] (das ja doch aber ein viel größeres Sammelsurium aus viel längerer Zeit darstellt) das schönste*, – und *jeder* Aufsatz ein Riesenspaß. Ich kenne sie ja nun alle besonders intim, – vom ausführlichen Streichen her, – und trotzdem, oder eben deshalb haben sie mir wieder große Lust gegeben, – am meisten viel-

leicht der kleine Platen, – der mir besonders kühn und reizend vorkommt.
Natürlich liege ich, halb-bis-zweidrittelskrank, im Bett, – sonst würde ich auch nicht so daher schreiben. Ich war doch in Luxemburg[6], zwischendrin, – es war ganz und gar, aber auch gleich über und über, – gräulich [sic!]. Wir spielten in einem Bräuhaus, das, normaler Weise, gegen 1000 Leute faßte; es waren aber gegen 1500 drin (wobei noch gegen 300 weggeschickt werden mußten). Glücklicherweise hatten wir feste Gage ausgemacht, sodaß wir dann doch bloß 220 Franken bekamen von all dem. Die Kritik aber fängt ganz unverblümt an »Kinder, – dat warn Jeschäft!« So geht es immer. Erkältet war ich schon vorher, dann mußte ich noch schrecklich schreien, – (nutzlos!), – dann war die Bühne heiß, die Garderobe eisig, dann kam der zugige Zug, – kurzum: unnatürlich wäre, ich wäre gesund geblieben. Jetzt ist die Stimme weg, ich huste wie ein Spittelweib, die Temperatur ist nicht völlig o.k., – und dabei finden doch nun in drei Tagen 5 Vorstellungen statt, – zu viel, zu viel! Dafür denke ich aber jetzt auch daran, die Saison am 5. oder 6. Mai zu beschließen. Die nordische Sache[7] ist doch wieder eine Riesenanstrengung, – dazu kommt, daß sie finanziell riskant ist, – mindestens die Reisen müssen von mir riskiert werden, – und ich werde die lieben kleinen Kröten dringend brauchen, um die nächste Spielzeit zu starten, – kurzum, – es mag sein, daß ich es ganz einfach lasse, – umsomehr, als die tschechische Saison doch Mitte Juli schon beginnen soll. In diesem Fall käme ich gegen den 7. Mai für ein Kurzes nach Küsnacht (aber da seid Ihr ja wohl in Nizza?), führe anschließend auf ein ähnliches nach Wien (neue Leute anschaun) und wäre Mitte Ende Mai wieder in Küs[8]. Das wird alles noch detailliert bestätigt und mitgeteilt. Küsse für die Mutter**. Heut schickt ich noch eine Osterbotschaft, denn, warum, es gehört sich so.
Treulichst: E.

1 Der Essayband Thomas Manns »Leiden und Größe der Meister. Neue Aufsätze«, Berlin (S. Fischer Verlag) 1935. **2** EM mißbilligte, daß der Band in Deutschland erschienen war; sie hatte den Querido Verlag empfohlen (vgl. S. 50f.). **3** 1902–1937, Publizist und Mitarbeiter der »Sammlung«; veröffentlichte 1935 in Paris einen »Führer durch die deutsche Emigration«. **4** Rudolf Olden (1885–1940), Schriftsteller, Publizist und politisch engagierter Rechtsanwalt; 1933 über Prag und Paris nach England emigriert, Mitbegründer des deutschen »PEN-Clubs« im Exil. Ertrank bei der Torpedierung der »City of Benares« durch ein deutsches U-Boot. Im Frühjahr 1935 war im Verlag des Europäischen Merkur in Paris sein Buch »Hindenburg oder der Geist der preußischen Armee« erschienen. **5** Berlin (S. Fischer) 1922. * [Anm. v. EM:] Essay-Buch, natürlich. **6** Dort gastierte die »Pfeffermühle« in der ersten März-Hälfte, anschließend trat sie vom 16.-31.3.1935 in Holland auf. **7** Vgl. S. 57, Anm. 3. **8** Küsnacht. ** [Anm. v. EM:] und Dank für den lieben Langen!

7. »UNTERTANIN SEINER BRITISCHEN MAJESTÄT«

Im Juni 1935 drohte Erika Mann die Gefahr, staatenlos zu werden; ihr Name war in der zweiten Ausbürgerungsliste des NS-Regimes enthalten.

Keinen gültigen Reisepaß zu haben, war für jeden Exilierten eine erschreckende Perspektive; in ihrem Fall hätte dieser Mangel den vorzeitigen Abbruch der Tourneen der »Pfeffermühle« auf dem europäischen Kontinent bedeutet. Erika Mann heiratete – gerade zum richtigen Zeitpunkt und vermittelt durch ihren Bruder Klaus und die Freunde Fritz H. Landshoff und Christopher Isherwood[1] *– am 15.6.1935 den englischen Dichter Wystan H. Auden*[2]*. So wurde sie, wie auch ihre nächste Mitarbeiterin Therese Giehse, die ein Jahr später den englischen Schriftsteller Simpson*[3] *ehelichte, »Untertanin Seiner Britischen Majestät«.*

1 geb. 1904, englischer Dramatiker und Erzähler. **2** 1907–1973, englischer Dichter, seit 1946 amerikanischer Staatsbürger; heiratete EM im District of Ledburry, County of Hereford. – »Seinen Namen«, schreibt Golo Mann, »hörte ich zuerst 1935, als er meine Schwester heiratete, ohne sie vor der Trauung je gesehen zu haben. Ein generöser Akt von seiner Seite, um der Emigrantin zu einem englischen Paß zu verhelfen; Audens bejahendes Telegramm enthielt nur ein Wort »delighted«. Einige Monate später erschien er plötzlich bei meinen Eltern in Küsnacht am Zürichsee, ein Zeichen dafür, daß er die Beziehung ernst nehmen wollte, tatsächlich wurde etwas wie Freundschaft aus ihr« (»... Und unabhängig zum Erstaunen. Erinnerungen an den Dichter W.H. Auden«, Süddeutsche Zeitung v. 6./7.10.1973). **3** John Frederick Norman Hampson Simpson; er heiratete die Giehse am 20.5.1936.

AN DR. EDUARD F. KNUCHEL

Sils Baselgia,
Oberengadin, 24.6.1935
Haus Salis

Lieber Herr Doktor Knuchel, –
ich möchte Ihnen erzählen, daß ich mich verheiratet habe. Mein Mann heißt Wystan Auden, ist ein junger englischer Schriftsteller und recht bekannt und geschätzt in seinem Land.

Er schreibt Gedichte (hat zwei Bände herausgegeben*), arbeitet nebenbei für Schulen, – hat mehrere Anthologien zusammengestellt, die dort in den Schulen Verwendung finden, und hat eben gerade (mit Christopher Isherwood zusammen) ein Stück beendet**, das bereits best seller war, – ich bin ordentlich stolz, wie Sie sehen.
Komisch ist, daß wir (seit geraumer Zeit ganz still verlobt) gerade in den Tagen heirateten, in denen meine Ausbürgerung von den Nazis beschlossen worden sein muß (wie können Deutsche eine Engländerin ausbürgern, das Kunststück bringt nur Hitler fertig!). Ich erfuhr von ihr erst nach meiner Rückkehr aus England, – wo ich nun artiges »subjekt«[1] bin.
Schönste Grüße. Wann man sich einmal wieder sieht?
Immer die Ihre: Erika Mann-Auden

P.S. Wenn Sie eine Notiz bringen wollen, – obenstehende Angaben sind zur Verfügung.

* [Anm. v. EM:] »The Orators« [1932] »The Dance of Death« [1933].
** [Anm. v. EM:] »The Dog beneath the Skin« [1933 für das »Group Theatre« geschrieben]. 1 Engl.: Untertan, Staatsangehöriger.

8. THOMAS MANN ENTSCHEIDET SICH

Drei Jahre lang ließ das offizielle Bekenntnis Thomas Manns zum antinationalsozialistischen geistigen Widerstand im Ausland auf sich warten. Das innere Verhältnis zu seinen deutschen Lesern, die Unfähigkeit, sich neuen Lebensbedingungen außerhalb der heimatlichen Umwelt und einer anderen Sprache anzupassen, nicht zuletzt die Hoffnung auf ein baldiges Ende der Hitler-Diktatur, machten ihm die Entscheidung besonders schwer.
Erst ein Artikel[1] in der »Neuen Zürcher Zeitung« vom 26.1.36 brachte die Wende. Darin hatte der Feuilletonleiter Eduard Korrodi[2] die literarischen Emigranten, Thomas Mann ausgenommen, als jüdisch bezeichnet. Klaus Mann und der Verleger Fritz H. Landshoff forderten Thomas Mann im Namen aller Gesinnungsemigranten noch am selben Tag telegraphisch auf, eindeutig zu erwidern.
Erika ging noch weiter. Sie hatte sich schon vorher nicht gescheut, wiederholt dem Vater brieflich sein falsches Verhalten vorzuwerfen; sie kritisierte ihn, wie es kein anderes Familienmitglied je gewagt haben würde. Sie traf ihn tief.
Schließlich schlug sich, wie aus seinen Tagebüchern hervorgeht, die jüngste Tochter, Elisabeth, auf Erikas Seite, und Frau Katia Mann verfaßte einen Entwurf zu jenem berühmt gewordenen »Offenen Brief an Eduard Korrodi«, der für Thomas Mann die endgültige Abkehr vom »Alptraum-Deutschland« bedeuten sollte. Der Brief erschien am 3.2.1936 in der »Neuen Zürcher Zeitung«.

1 »Deutsche Literatur im Emigrantenspiegel«. 2 1885–1955, Schweizer Publizist und Kritiker; 1914–50 Feuilletonchef der »Neuen Zürcher Zeitung«. Er war mehrfach gegen deutsche Emigranten hervorgetreten, unterhielt aber bis 1936 gute Beziehungen zu Thomas Mann.

AN THOMAS MANN Biel, 19.1.1936

Lieber Z., –
daß Dein »Protest« in der N.Z.Z.[1] mir traurig und schrecklich vorkommen mußte, hast Du natürlich gewußt, – falls Du einen Gedanken in dieser Richtung gedacht haben solltest. Ich meinerseits weiß immer, daß ich kein Recht habe, Dir »Vorhaltungen zu machen« und mich sonstwie »einzumischen«. Immerhin möchte ich Dir erklären, warum Deine Handlungsweise mir dermaßen traurig und schrecklich vorkommt, daß es mir schwierig scheint, Dir in näherer Zukunft überhaupt unter die Augen zu treten.
Zur Sache: Die Tagebuchglosse gegen Bermann[2] mag zu »scharf« gewesen sein, – Schwarzschild mag sich vor allem ins Unrecht gesetzt haben, – man soll einen Juden, der nun also emigrieren will, wohl draußen nicht »denunzieren« [...]. Was für Bassessen[3] und Versprechungen der Bermann dem Goebbels gemacht hat während all der Zeit und heute, das wissen wir nicht und Du bist der letzte, dem er es unter die Nase reiben wird (Hesse und Annette sind die vorletzten). Sicher ist, daß Bermann feste Zusagen gegeben haben muß, nichts Emigrantenfreundliches draußen zu unternehmen. Mir genügt das, um einem Vorkämpfer dieser Emigration das Recht einzuräumen, Unkundige vor dem »falschen Emigranten« zu warnen. Gleichviel. Dir genügt es nicht, Du hattest im Gegenteil den Wunsch, für Bermann einzutreten, – mit der Kolb[4] und Hermann Hesse gemeinsam einzutreten, – öffentlich einzutreten, – in der N.Z.Z. einzutreten und Du weißt, daß dieser Satz drei Steigerungen enthält. Du hast Dir Deinen Wunsch in vollem Maße erfüllt, obwohl die Tatsache des Erscheinens Deiner Bücher im Bermann-Verlag ohnedies verraten haben würde, daß Du seinem Inhaber nichts Arges zutrauen magst. (Ebenso, wie etwa Deine Abwesenheit von Deutschland genügen muß, um der Öffentlichkeit Deine Abneigung gegen die Nazis zu demonstrieren, ohne daß Du ihr, der Abneigung, noch eigens Ausdruck zu verleihen brauchst.)
Doktor Bermann ist, soviel ich weiß, die erste Persönlichkeit, der, seit Ausbruch des dritten Reiches, Deiner Auffassung

nach, Unrecht geschieht, zu deren Gunsten Du Dich öffentlich äußerst. Für niemanden sonst hast Du es bisher getan. Dein Appell für Ossietzky[5] durfte nicht veröffentlicht werden, – Du schwiegst, als Hamsun[6] denselben Ossietzky öffentlich anpöbelte, und als der kleine Kesser[7] den »Henry Quatre« erledigte[8], schriebst Du einen (wunderbaren) Privatbrief[9]. Besonders empörend nanntest Du übrigens gesprächsweise die Tatsache, daß der Kesser den Verriß in der N.Z.Z. placiert hatte. Jedes andere Blatt schien Dir für unsereinen geeigneter, um Angriffe gegen einen verdienten Emigranten anzubringen. Schwarzschild nun ist ganz zweifellos, auch in Deinen Augen, ein hochverdienter Emigrant, – er ist einer der ganz wenigen, der etwas wirkt und sachlich zuwege bringt. Du selbst hast dieser Einsicht (privat!) oft genug Ausdruck gegeben. Auf der andern Seite war klar, daß weder Hesse, noch Annette, – beide Mitarbeiter an deutschen Tageszeitungen, – es sich würden leisten mögen und können, den Detail-Angriff gegen Schwarzschild durch die General-Verbeugung vor seiner Arbeit zu mildern, die bei dieser Gelegenheit wohl fällig gewesen wäre. Wolltest Du also mit diesen beiden »protestieren«, so mußte es vorbehaltslos gegen Schwarzschild gehn.
Als Resümee bleibt: das erste Wort »für« aus Deinem Munde fällt für Doktor Bermann, – das erste Wort »gegen«, – Dein erster offizieller »Protest« seit Beginn des dritten Reiches richtet sich gegen Schwarzschild und das »Tagebuch« (in der N.Z.Z.!!!).
Meine persönliche Freundschaft für Schwarzschild ist gleich Null. Meine Feindschaft für Bermann ist nicht persönlich. Ich habe für ihn den Haß, der nach meinem Dafürhalten der Rolle gebührt, die er spielt. Er selbst ist unbedeutend bis zum Rührenden. Sein Einfluß allein ist bedeutend […].
Er bringt es nun zum zweiten Male fertig (das erste Mal anläßlich des »Eröffnungsheftes« der »Sammlung«), daß Du der gesamten Emigration und ihren Bemühungen in den Rücken fällst, – ich kanns nicht anders sagen.
Du wirst mir diesen Brief wahrscheinlich sehr übel nehmen, – ich bin darauf gefaßt und weiß, was ich tue. Diese freundliche Zeit ist so sehr geeignet, Menschen auseinanderzubringen – in

wievielen Fällen hat sie es schon getan. Deine Beziehung zu Doktor Bermann und seinem Haus ist unverwüstlich, – Du scheinst bereit, ihr alle Opfer zu bringen. Falls es ein Opfer für Dich bedeutet, daß ich Dir, mählich, aber sicher, abhanden komme, – : leg es zu dem übrigen. Für mich ist es traurig und schrecklich.

Ich bin Dein Kind E.

1 Unter dem Titel »Ein Protest« erschien am 18.1.1936 in der »Neuen Zürcher Zeitung« eine Gegenerklärung von Thomas Mann, Annette Kolb und Hermann Hesse zu den Angriffen Leopold Schwarzschilds auf Gottfried Bermann Fischer; sie wurden als »durchaus ungerechtfertigt« abgewehrt. **2** Der Publizist Leopold Schwarzschild (1899–1950) hatte in seiner Pariser Exilzeitschrift »Das Neue Tage-Buch« am 11.1.1936 G. Bermann Fischer einen »Schutzjuden« des Propagandaministers Goebbels genannt und ihn verdächtigt, einen »getarnten Exilverlag« mit Thomas Mann als Aushängeschild in Wien gründen zu wollen, welcher von »deutschen Amtstellen gewünscht und favorisiert« werde. **3** Gemeinheiten (von franz. bas = niedrig, niederträchtig). **4** Annette Kolb (1870–1967), Erzählerin und Essayistin, mütterlicherseits französischer Abstammung. 1933 in die Schweiz, anschließend nach Paris und 1941 in die USA emigriert; nach dem Krieg kehrte sie nach Europa zurück und lebte seit 1961 in München. **5** Am 13.10.1935 hatte Thomas Mann in einem Brief an das Friedenspreis-Komitee in Oslo Carl von Ossietzky für den Nobelpreis vorgeschlagen; der Preis wurde diesem 1935 zugesprochen. Der Brief erschien am 11.7.1936 in »Göteborgs Handels- och Sjöfarts-Tidning« (s. Thomas Mann, GW XII, S. 779–783). **6** Der norwegische Dichter Knut Hamsun (1859–1952), der seit 1933 mit dem Nationalsozialismus offen sympathisierte, hatte mit einem leidenschaftlichen Artikel in der norwegischen Presse gegen die vorgeschlagene Verleihung des Friedensnobelpreises an Ossietzky protestiert. Heinrich Mann reagierte darauf am 5.12.1935 mit seiner »Antwort an Knut Hamsun« im »Pariser Tageblatt«. **7** Armin Kesser (geb. 1906), Journalist, Sohn des Dramatikers Hermann Kesser; 1933 in die Schweiz emigriert. **8** Eine »persönlich herabwürdigende« (EM) Kritik an Heinrich Manns Roman »Die Jugend des Henry Quatre« (1935) in der N.Z.Z. **9** An Eduard Korrodi v. 29.11.1935; in: Thomas Mann, »Briefe 1889–1936«, S. 403ff.

VON KATIA MANN Arosa, 21.1.1936

Liebe Frau Schatz:
Von Ärger ist natürlich gar keine Rede, auch von Kränkung nicht, aber ich bedaure es freilich sehr, daß Du es nicht unterlassen konntest, so zu schreiben. Daß der Zauberer wußte, was er tat und mit der unvermeidlichen Konsequenz rechnete, ist natürlich ganz und gar nicht der Fall: Mit *dieser* Konsequenz hat er im geringsten nicht gerechnet, und ich muß sagen, daß auch ich wohl eine schwere Verstimmung Deinerseits, aber nicht mehr erwartet hatte. Daß ich gegen diese Erklärung[1] war, brauche ich nicht zu sagen, und zwar hauptsächlich aus zwei Gründen: Wegen der bisher geübten völligen Zurückhaltung und wegen der Mitunterzeichner, aber ich konnte sie, wie so manches andere nicht verhindern. Daß Du die Dinge ganz richtig siehst, finde ich trotzdem nicht, vor allem stehe ich ja auf dem Standpunkt, daß man einem Menschen, den man hochschätzt, Dinge, die man mißbilligt, nachsehen muß, so lange es sich nicht um eine Niedertracht handelt, und niederträchtig war auch diese Erklärung schließlich nicht. Da war schon eher der Angriff im Tagebuch etwas niederträchtig: Er ging ganz bewußt darauf aus, dem Bermann die Niederlassung in der Schweiz oder Österreich unmöglich zu machen und benutzte dazu jedes wirksam scheinende Mittel, in dem vollen Bewußtsein, daß eine Widerlegung von Seiten des Angegriffenen unmöglich ist. Schon der immer wieder gemachte Gebrauch der nun mehr als zwei Jahre alten Göring-Widmung[2], die B.[3] doch damals, wie die Dinge lagen, nicht verhindern *konnte*, ist hochgradig unfair, und daß man immer wieder auf diese Sache zurückkommt, erinnert wirklich an die mageren Korruptions-Fälle während des Systems[4], er hat sich offenbar in diesen drei Jahren wirklich weiter nichts zu schulden kommen lassen. Daß der Verlag besonders begünstigt wird, ist auch nicht wahr, die anderen jüdischen Verlage: Bruno Cassirer[5], Rütten & Loening[6], Peters[7] (sie haben beide jüdische Inhaber, Bermann nannte sie uns) arbeiten genauso ungestört und gerade in der letzten Zeit hat man ihm ja verschiedene Autoren (Schickele[8], Harry Kessler[9]) verboten. Daß er ungeschoren mit Sack und Pack

herauskommt, steht in keiner Weise fest, die Devisengenehmigung, von der im Tagebuch die Rede ist, hat er keineswegs. Die Abwicklung scheint überhaupt außerordentlich schwierig und das neue Geschäft soll nur mit dem Kapital, was er draußen hat, und fremdem Auslandskapital finanziert werden.
Ich habe wirklich für Bermann nichts übrig, aber daß man ihm mit der Andeutung, er käme als Goebbels-Emissär, draußen den Boden unter den Füßen entziehen wollte, war reichlich perfid. Nun rief Klöti[10] Z. an, das sei ja schrecklich, er habe sich so für den Fischer-Verlag eingesetzt und nun höre man, er komme im Auftrag des Propagandaministeriums, ob das denn wirklich der Fall sei? Und da Z. ihm seine Ansicht über den Fall auseinandersetzte, meinte er, ja dann müsse er aber überhaupt gegen den Tagebuch-Artikel protestieren, denn sonst könne er nichts machen. Dann rief, kaum waren wir hier angekommen, der Betroffene[11] von London ganz verzweifelt an, dieser unerhörte und ungerechte Angriff mache alle seine Pläne zunichte und Z. möchte doch um Gottes Willen etwas dagegen tun, (und zwar schlug er die von den drei Verlagsautoren zu unterzeichnende Erklärung vor). Ich war, wie gesagt, unbedingt dagegen, daß Z. sich nun vor Bermann stelle, aber er war nicht davon abzubringen. Du kannst doch aber nicht sagen, daß er damit der Emigration in den Rücken gefallen sei. Der aggressive Teil war doch zunächst Schwarzschild, der dem Verleger und damit, wenn Du willst, auch Z., dessen Verbundenheit mit dem Verlage ja bekannt ist, in nach meiner Ansicht sehr unschöner Weise in den Rücken fiel. Die Erklärung richtet sich ja nicht *gegen* das Tagebuch, die eine politisch hochangesehene Zeitschrift ist und der ein Protest in einem so nebensächlichen Punkt bestimmt nicht das geringste schadet, sondern sie wollten Bermann schützen vor den Folgen eines Angriffs, der nach Ansicht billig Denkender wirklich über das Ziel schoß und offenbar für ihn die katastrophale Wirkung hatte, die beabsichtigt war. – Nun habe ich in aller Ausführlichkeit den Fall dargelegt; ich weiß, daß ich eine duldsamere Natur bin, als Du, man kann es natürlich auch Schwäche nennen. Aber wäre es für Dich nicht möglich, einen solchen Fall etwas nachsichtiger zu betrachten? Eben schickt Aissi einen Artikel von Georg Bern-

hard[12], der doch Z.s Verhalten ganz anders beurteilt als Du. (Zum Teil natürlich aus taktischen Gründen, aber seine Haltung ist doch tatsächlich viel eindeutiger als Du es in Deinem Brief wahrhaben willst.) Du bist, außer mir und Medi, der einzige Mensch, an dem Z.s Herz ganz wirklich hängt, und Dein Brief hat ihn sehr gekränkt und geschmerzt. Daß er viel Ärger und Unannehmlichkeiten von diesem Schritt haben werde, habe ich ihm vorausgesagt; es mag auch immer sein, daß Franks[13] deswegen mit ihm brechen, aber das wird er schließlich zu tragen wissen. Daß aber Deine mir selbstverständliche Mißbilligung so weit gehen würde, quasi mit ihm zu brechen, hätte ich wirklich nicht erwartet. Und für mich, die ich doch nun einmal sein Zubehör bin, ist es auch recht hart. Dein Brief ist ja natürlich kein Abschiedsbrief für immer, und ich nehme an, daß sich in absehbarer Zeit ein Weg finden wird. Jetzt nach Olten kommen, kann ich nicht gut. Wir hatten bestimmt vor, am 27. nach Zürich zu fahren. Um diese Zeit wirst Du, wie mir scheint, ja auch dort sein. Es wäre natürlich sehr traurig, wenn Du nicht zu Hause wohnen wolltest, aber ich könnte Dich ja jedenfalls dann sehen. Adieu, meine Schätzin; es ist natürlich nicht gut, alles herunterzuschlucken, und ich sehe vollkommen ein, daß man es bei Menschen, an denen einem gelegen ist, nicht immer tun kann und darf. Aber vielleicht hättest Du es doch noch einmal probieren sollen?

Es segnet und umarmt Dich Dein Mielein

1 Vgl. S. 74, Anm. 2. **2** Der junge Fischer-Autor Heinrich Hauser (1901–55) hatte sein Buch »Ein Mann lernt fliegen« (1933) Hermann Göring gewidmet. Der Verlag trennte sich von ihm wenig später; 1938 emigrierte Hauser in die USA. (S. G. Bermann Fischer, »Bedroht – Bewahrt. Weg eines Verlegers«, Frankfurt (S. Fischer) 1967, S. 97f.). **3** Gottfried Bermann Fischer. **4** Weimarer Republik. **5** Der Verlag Bruno Cassirer verblieb unter der Leitung von Max Tau bis 1938 in Berlin. – 1937 existierten noch 27 jüdische Verlage im deutschen Reichsgebiet; Mitte Dezember 1938 wurden sie aufgefordert, ihre Betriebe »sofort zu schließen«. **6** Leipziger Verlag, der u.a. die Werke von Rudolf G. Binding veröffentlichte. **7** Musikverlag Edition Peters, Leipzig. **8** René Schickele (1883–1940), elsässischer Schriftsteller, übersiedelte 1932 von Badenweiler nach Sanary. **9** Harry Graf Kessler (1868–1937), Diplomat und Schriftsteller, 1933 nach Mallorca und später nach Frankreich emigriert. **10** Dr. Emil Klöti (1877–1963), 1928–43 erster sozialdemokratischer Stadtpräsident von Zürich. **11** G. Bermann Fischer verhandelte mit dem Londoner Verlag William Heinemann Ltd. wegen der Gründung eines Exilverlags, der aber nicht zustande kam. Anschließend reiste er nach Zürich, um eine Niederlassungsgenehmigung für seinen Verlag bei den Schweizer Behörden zu beantragen; sie wurde ihm verweigert. (S. Thomas Mann, »Briefwechsel mit seinem Verleger G. Bermann Fischer«, S. 117ff.). **12** Georg Bernhard (1875–1944), Berliner Journalist, 1920–30 Chefredakteur der »Vossischen Zeitung«, Reichstagsabgeordneter; 1933 nach Paris emigriert, Gründer und Leiter der Emigranten-Tageszeitung »Pariser Tageblatt« (später »Pariser Tageszeitung«); übersiedelte 1941 nach New York. – Er hatte in seinem Blatt ebenfalls gegen Bermann Fischer, Thomas Mann, Hermann Hesse und Annette Kolb Stellung genommen. **13** Bruno und Liesl Frank.

AN KATIA MANN Solothurn, 23.1.1936

Danke sehr für Deinen Ausführlichen, liebste Süsi. Ich bin noch immer sehr niedergeschlagen über Z.'s Protest und kann meinen Brief auch nicht als uneinsichtig bereuen.

Ich glaube ganz gut zu verstehen, wie das zustande gekommen ist (sicher beinah so gut wie der Georg Bernhard), – trotzdem scheint Z. mir jetzt genau den Schritt getan zu haben, der zu weit führt. Er wird auch merken, daß man diesen »Protest« allgemein als ein Sich-Abwenden von uns allen, – als ein Sich-nun-endlich-Entscheiden ansehen wird. Man hatte es ihm »verziehen«, daß er, um in Deutschland gelesen werden zu können, seine Bücher drinnen ließ. Man fand diesen Standpunkt, ohne ihn zu teilen, menschenmöglich. Jetzt ist es Schluß mit Fischers inländischer Herrlichkeit. Ich frage Dich: hat Bermann eine andere Wahl, als »emigrantenfreundlich«, »echt-emigrantisch«, will sagen, fürder in Deutschland unmöglich zu sein, – oder aber einen »falschen Emigrantenverlag«, einen drinnen möglichen, einen Unleidlichen, aufzumachen? Hat er diese Wahl überhaupt, da doch Hedwig[1] mit Suhrkamp drinnen hockt? Und wenn er sie hätte, will Z. also seine ganze Haltung, all sein Tun und Lassen davon abhängig machen, wofür Doktor Bermann sich zu entscheiden gedenkt? Will er also die Maske fallen lassen, wenn der Verlag emigrantisch ist, – und tarnen helfen, wenn er das Gegenteil ist? Nein, er *weiß* im Grunde, daß er weit eher das Gegenteil sein wird, – er muß es wissen, und schon hilft er tarnen, in der N.Z.Z., – und gegen Schwarzschild (was heißt da eigentlich »Infamie«? Niemand von uns kann wollen, daß dieser Verlag zustande kommt, – Schwarzschild *muß* versuchen, es zu verhindern, auf die Gefahr hin, Hesse und Annette in ihren Verlagsplänen zu stören, – denn daß Z. mitmachen würde, stand doch keineswegs fest).

Es ist gewiß auch Bescheidenheit, daß Z. die Wichtigkeit unterschätzt, die jedem seiner Worte in der Öffentlichkeit zukommt. Natürlich wird sein Angriff »in einem so nebensächlichen Punkt« das Tagebuch nicht vernichten. Aber nur der Punkt Bermann-persönlich ist nebensächlich (und niemand ist ihm besondere Rücksicht schuldig). Der Punkt: Welchen Verlag vertritt Th. M., mit wem zusammen, an welcher Stelle und in Front gegen wen, – ist alles andere als nebensächlich. Er enthält die Entscheidung, – Fluch über sie.

Hesse und Annette, zwei ausgehaltene Spinnurscheln am Rande einer versinkenden Welt, sollen sich ruhig mit Kugelspiel und Hofmemoiren die Zeit vertreiben, – Bodmer[2] zahlt ja und auch Annettli wird als mal wieder eingeladen. Aber Z. fühlt sich wohl in ihrer Gesellschaft, – wohler als etwa in der von Emil Ludwig[3], oder Feuchtwanger[4], die doch wenigstens Arbeiter von Format und Verantwortungsbewußtsein sind, – nein, – es ist sehr viel Hochmut in seiner Bescheidenheit, – er will nicht zu uns gehören, so wenig, wie zu jenen in Deutschland; (gewiß, »wir« sind nichts besonderes, – aber er vergißt, daß wir gleich viel besser wirkten, wäre er nur wirklich bei uns!), – er will über den Wassern schweben und das kann nicht erlaubt sein, auf die Dauer, weder »höheren Ortes« noch unten bei uns.

Ich spiele am 27. und 28. in Olten, – am 29. fahre ich durch Zürich direkt nach Prag, – ich benachrichtige Dich noch, wann genau.

Sei umhalst [Unterschrift fehlt]

P.S. Der arme Klöti natürlich ist hereingefallen. Er vertritt da etwas, was er, unbeeinflußten Blickes, nicht vertreten könnte.

Sehr verständlich, daß er bei dem Schutz sucht, der ihm, selber unklaren Auges, das seine trübte.
Zeig dem Z. diesen Brief nicht. Ich möchte ihn nicht weiterkränken. Zu hoffen bleibt nur, daß die Angriffe, denen er sich nun ausgesetzt hat, ihn nicht völlig wegtreiben in eine trotzige und feindliche Ferne.

1 Hedwig Fischer geb. Landshoff (1871–1952), Frau von Samuel Fischer und nach dessen Tod Alleinerbin des S. Fischer Verlags. Sie entschied sich erst 1939 zur Emigration nach Schweden. **2** Dr. med. Hans Bodmer (1891–1956), Musiker; Schweizer Freund und Verehrer H. Hesses. 1923 ließ er für den Dichter ein Haus in Montagnola nach dessen Vorstellungen bauen und stellte es ihm auf Lebenszeit zur Verfügung. **3** Emil Ludwig (1881–1948), Schriftsteller und Verfasser zahlreicher Biographien. Seit 1932 Schweizer Staatsbürger; 1940 in die USA emigriert. **4** Lion Feuchtwanger (1884–1958), Schriftsteller und Dramatiker; 1933 nach Südfrankreich emigriert, 1940 in die USA.

VON THOMAS MANN Arosa, 23.1.1936

Liebe Eri,
Dein Brief hat mir natürlich weh getan und das sollte er ja als Revanche für den Schmerz, den ich Dir zugefügt – nicht gern und nicht recht wissentlich; denn ich bilde mir immer wieder ein, daß Du mein Verhalten, das seinen persönlich bestimmten Anfang und seine Konsequenzen hat, neben dem Deinen gelten läßt. Du tust es arg kindlicher Weise zwischendurch; aber wenn dies Verhalten wieder einmal in einer Einzelheit akut wird, wie jetzt, geht die Leidenschaft mit Dir durch. Leidenschaft ist schön; blinder Haß, vorsätzliche Ungerechtigkeit sind es nicht. *Ich* habe Entschuldigungen auch für diese. Schön ist das Ganze nicht, und so ist es kein Wunder, daß heftig Unschönes mit unterläuft in der Reaktion darauf. Eines der Hauptmerkmale für die idiotische Roheit des gegenwärtigen Deutschtums war für mich von Anfang an, schon vor seiner »Machtergreifung«, sein Verhältnis – nicht zu mir, sondern zu meinen Kindern, zu Dir und Klaus. Du bist nicht die Erste, der ich das sage.
Zum Tage-Buch verhalte ich mich weniger zärtlich. Sein Artikel gegen Bermann war eine Gemeinheit. Es ist einfach nazihaft,

mit solchen Methoden über Einen herzufallen, der sich nicht wehren, nicht antworten kann. (Antworten konnten ja auch die drei Protestierenden nicht, sondern nur allgemein abwehren.) Daß es ein Unglück war, daß Bermann sich nicht entschließen konnte, sofort nach Ausbruch des Irrsinns das Land zu verlassen, darüber ist kein Streit. Er hat es nicht fertig gebracht. Infamien hat er nicht begangen; keine einzige ist nachweisbar. Die Widmung an Goering, oder wie das Schwein sich schreibt, war ein vereinzelter Unglücksfall, entstanden durch die einseitige Bindung an einen Verlagsautor (Hauser), der sich seinerseits dann sofort lossagte. Mit Leuten wie er hat der Verlag seitdem nichts mehr zu schaffen gehabt. Dagegen hat er, entgegen ständig verschärfter Gesetzgebung, bis in die jüngste Zeit Bücher von Juden herausgebracht, Broch[1], Gumpert[2], hat meinen in jedem Satz herausfordernden Essayband[3] gebracht und bar sonst unvermeidlicher Blässe seiner Produktion in ständigem Kampf mit der nach Unterwerfung brüllenden Gewalt dem Verlag leidliche geistige Würde zu wahren versucht. Er ist *nicht* protegiert worden, hat *nicht* die Bevorzugung genossen, aus denen das Tage-Buch seine Verdächtigungen ableitet. Er war kein Sonderfall. Firmen mit jüdischen Inhabern, Cassirer, Ruetten u. Loening, Peters und manche andere arbeiten bis heute in Deutschland genau wie er es getan hat. Warum, das lassen wir die elende Sache der Machthaber sein. Genug, es ist so, nur daß gerade Bermann sich deshalb dem Göbbels verschworen haben möchte und nun als sein Spitzel und als Agent des Dritten Reiches ins Ausland geschickt wurde, ist aufgeregter und aufgelegter Unsinn. Woher weiß Schwarzschild, daß Bermann die Devisen bewilligt worden sind? Er weiß es falsch; sie sind ihm – bisher wenigstens – *nicht* bewilligt worden; alles ist bis heute unentschieden, und ob er überhaupt loskommt und wenn, mit einem wie blauen Auge, weiß niemand. Es sind leichtfertige Haßphantasien, was das Tage-Buch darüber schreibt.

Daß Bermann hinauswill – wie sollte ich es nicht begrüßen? Es ist nicht sein Verdienst, daß er nun innerlich so weit ist; aber er ist so weit, und durchaus Gutes und Günstiges kann daraus entstehen. Du darfst das Folgende *niemandem* weiter sagen,

ich selbst dürfte es nicht weitersagen, B. will die in Berlin damit überraschen, wenn er draußen ist. Er hat sich für den Fall seines Loskommens mit W. Heinemann, London, verbunden als selbständiger Leiter der deutschen Abteilung einer neuen Firma, die »Fischer-W. Heinemann Verlag, London-Zürich (Wien)« heißen soll – mit großem Kapital, englisch-amerikanisch-schweizerisch, politisch dadurch sehr gesichert und literarisch ein freies Welt-Unternehmen, in dem meine Bücher an ihrem Platze sein werden wie sonst nirgends. Läßt Deutschland sie auch ferner zu, trotz dem, was ich den Machthabern zu schlucken gebe, – desto besser. Schließt es sie aus, soll es mir auch recht sein. Auf jeden Fall würde das Zustandekommen dieses Unternehmens für mich einen großen und wichtigen Schritt vorwärts bedeuten.
Und da soll ich mich nicht zur Wehr setzen, wenn Schwarzschild in dieser Weise dazwischenfunkt? Er weiß nicht, was er tut. Ich habe ihm geschrieben: Wenn Sie wüßten, in welchem Zeichen die Widerstände stehen, denen B. in Zürich begegnet, so würden Sie sich besinnen, den Gegnern seiner Niederlassung in die Hände zu arbeiten. Diese argumentieren durchaus nicht damit, daß er es zu sehr mit den Nazis gehalten habe, sondern damit: es werde, wenn man ihn zulasse, in der Schweiz ein »Aufflammen des Antisemitismus« geben wie in Deutschland, wo auch die »kulturelle Vorherrschaft der Juden« dazu geführt habe. So stand es in dem Gutachten der Schweizer Verleger, das ich gelesen habe, einem hanebüchenen Machwerk. Wer sich für die Arbeitsbewilligung an B. einsetzt, das sind natürlich die liberalen, kulturfreundlichen Elemente, die anti-frontistischen, von den Verlegern etwa Oprecht[4] und Niehans[5], von städtischer Seite namentlich der Stadtpräsident; und sie werden von dem Tage-Buch-Artikel verwirrt, gelähmt und bloßgestellt. Klöti rief mich sofort ganz bestürzt an und fragte, was das denn sei und ob da nicht etwas geschehen könne, – zu schweigen von Bermann, der außer sich aus London telephonierte und um Hilfe bat. Schwarzschild ist eben kein zartes Blümchen, das man schonen muß, und dem man nicht »in den Rücken fallen« darf, sondern (was ich auch wohl noch zu spüren bekommen werde) ein ganz gefährlicher Gegner und ein

Publizist, der zwar sein Blatt etwas weniger emigrantencliquenhaft und weltoffener gestalten könnte, der aber großen Einfluß hat, eifrig gelesen wird und mit drei Worten eine Sache hintertreiben kann, an der mir gelegen ist. Ich bin, weiß Gott, nicht ausfallend gegen ihn geworden, sondern habe nur von unserem »besseren Wissen« gesprochen, das eine Tatsache ist. Das ist dieser Fall. Es ist nur ein Teilstück und nur die Manifestation eines größeren Ganzen, das weiß ich; Dein Kummer über mein Gesamtverhalten dazu, der immer latent ist, ist anläßlich ihrer wieder einmal zum Ausbruch gekommen und hat mir Deinen Brief eingetragen mit seinen dunklen Drohungen, Du werdest mir noch Deine Liebe entziehen. Ich bin deswegen ziemlich getrost. Zum Sich-überwerfen gehören gewissermaßen Zwei, und mir scheint, mein Gefühl für Dich läßt dergleichen garnicht zu. Wenn ich denke, wie Du manchmal gelacht und Tränen in den Augen gehabt hast, wenn ich euch vorlas, so scheint mir Deine Ankündigung auch wieder unwahrscheinlich. Du bist viel zu sehr mein Kind Eri, auch noch in Deinem Zorn auf mich, als daß sie sich so recht erfüllen könnte. Meine Ergriffenheit bei Deiner Pfeffermühlen-Produktion beruht immer zum guten Teil auf dem väterlichen Gefühl, daß das Alles eine kindliche Verlängerung meines eigenen Wesens ist, – ich bin es nicht gerade selbst, es ist nicht meine Sache, das zu machen, aber es kommt von mir her. Es kommt im Grunde auch Dein Zorn auf mich kindlich von mir her; er ist sozusagen die Objektivierung meiner eigenen Skrupel und Zweifel.

G. Bernhardt[6] hat ja neulich von dem Komplex recht loyal und schonend gehandelt und gezeigt, was – vielleicht – anders hätte sein können, wenn ich anders gewesen wäre. Ich bin nicht ganz seiner Meinung. Hätte ich es von Anfang an wie Heinrich, Schwarzschild, Feuchtwanger gemacht, so wäre meine »Stimme« viel mehr im allgemein Emigrantischen untergegangen, meine Möglichkeiten moralischer Einflußnahme wären heute schon abgenutzt. So, wie ich es gehalten habe, bilde ich eine Reserve, die eines Tages noch nützlich werden kann. Auch glaube ich an die natürliche Notwendigkeit einer gewissen Rollenverteilung: Heinrichs Sache war niemals genau auch meine, und warum sollte ich heute, was er unübertrefflich tut, dane-

ben weniger gut noch einmal tun? Hier spielt das Bruderproblem in die Angelegenheit hinein, von dessen mühsam geordneter Schwierigkeit Du Dir kaum eine Vorstellung machst.
Eines ist ganz gewiß falsch in dem Artikel des Pariser Tageblatts: die Vermutung, irgend jemand in der Welt könne glauben, ich hielte es mit den Nazis, ist absurd. Die ganze Welt weiß, daß ich in zurückhaltendem, aber radikalem Protest gegen das Dritte Reich, zu Hause beraubt, beschimpft und verpönten Namens, im Auslande lebe. Genützt hat das den Berliner Schurken nicht. Was ich, teils durch Mielein, teils direkt, dem amerikanischen Präsidenten über sie gesagt habe, hat Ihnen auch nicht genützt. Überhaupt bringe ich es ja garnicht fertig, ganz inaktiv zu bleiben. Den Brief nach Oslo[7] habe ich für das Werbe-Zirkular freigegeben. Die für Nizza bestimmte Rede[8] erscheint nächstens französisch in den Mitteilungen der Coopération. Der Wassermann-Vortrag[9] ist da. Und davon, daß ich (statt ihnen »in den Rücken zu fallen«) alle Augenblicke für die Emigranten Vorlesungen halte, obgleich ich das Geld selber brauchen könnte, sollte ich wohl schweigen.
Hilft alles nichts, die Gewissensmahnung, die in Dir zum Zorn wird, bleibt, und beständig habe ich das heiter-großartige Spiel, das ich in Gestalt des »Joseph« treibe, und das an und für sich schwierig genug ist, dagegen durchzusetzen. Monate lang habe ich es schon einmal unterbrochen, um Entwürfe zu einer Kampf- und Zeit-Schrift von der Art der »Betrachtungen« aufzuhäufen. Aber merkwürdig – während vorher das Dichten mir müßig erschienen war, kam nun das Reden mir so quälend müßig vor, daß ich abließ und zum Roman zurückkehrte. Es ging nicht, es sollte nicht sein – vielleicht *noch* nicht. Man muß Geduld mit mir haben, ich selbst muß sie haben, meine eigentliche moralische Leistung bestand immer in ihr. Der Tag mag kommen, möge kommen, wo ich, ungehemmt von Vollständigkeitswahn, die Welt und die Deutschen selbst aufsuche und sage: Es ist genug, macht Schluß, fort mit dem Gesindel. Vielleicht durfte das nicht zu früh geschehen – vor allem der Deutschen wegen nicht, die erst durch Erfahrung reif dafür gemacht sein und von sich aus danach *verlangen* müssen. Es nützt wenig, die Welt gegen den Greuel aufzurufen,

solange die Deutschen selbst nicht innerlich und gründlich mit ihm fertig sind – und wenn nicht alles täuscht, sind sie nicht mehr weit davon.
Ich bin froh, daß ich zum Frühjahr den dritten Josephband abschließe und herausgebe; denn zu dem, was ich um meines Gewissens und Deines Zornes willen wohl werde tun müssen, gehört bei mir eine große, fast tödliche *Bereitschaft*.
Ich stecke bis zum Hals in Korrekturen und schreibe dabei am siebten und letzten »Hauptstück« des Bandes – bei 1800 m etwas viel und kaum der »Erholung« dienlich. Aber ich fand immer, daß nur die Leute sich immerfort »erholen«, bei denen garnichts daran gelegen ist. Darin bist Du auch mein Kind, daß Du Dich auf Erholung nicht sehr verstehst.
Herzlich Z.

1 Hermann Broch, »Die unbekannte Größe«, Berlin 1933. Vgl. auch S. 126, Anm. 2. **2** Martin Gumpert, »Hahnemann. Die abenteuerlichen Schicksale eines ärztlichen Rebellen und seiner Lehre der Homöopathie«, Berlin 1934. Vgl. auch S. 101, Anm. 6. **3** »Leiden und Größe der Meister«; vgl. S. 67, Anm. 1. **4** Dr. Emil Oprecht (1895–1952), Züricher Verleger und Buchhändler, mit Thomas Mann befreundet; Gründer und Leiter der antifaschistischen Verlage »Dr. Oprecht & Helbling« und »Europa Verlag«. **5** Max Niehans (1890–1966), seit 1934 Verleger in Zürich. **6** Richtig: Bernhard; vgl. S. 78, Anm. 12. **7** Vgl. S. 74, Anm. 5. Thomas Mann hatte dem französischen Büro der Liga für Menschenrechte in Paris gestattet, im Rahmen einer Werbekampagne für die Verleihung des Friedensnobelpreises an Ossietzky seinen Brief nach Oslo vom 13.10.1935 zu verwenden (s. Thomas Mann, »Tagebücher 1935–36«, S. 223; 557). **8** Referat »La Formation de l'Homme moderne« für die Tagung der Völkerbundkommission für geistige Zusammenarbeit in Nizza (1.–3.4.1935); in französischer Sprache erschienen in dem vom Institut International de Coopération Intellectuelle, Paris, hrsg. Sammelband der Tagungsreferate. Deutsch unter dem Titel »Achtung, Europa!« zunächst in: »Wiener Journal«, 15. u. 22.2.1936 (s. Thomas Mann, »Tagebücher 1935–36«, S. 55; 462); GW XII, S. 766–779. **9** Geleitwort zu: Marta Wassermann-Karlweis, »Jakob Wassermann. Bild, Kampf und Werk«, Amsterdam (Querido) 1935 (s. Thomas Mann, »Tagebücher 1935–36«, S. 188–191; 234; 558).

AN THOMAS MANN St. Gallen, 26.1.1936

Lieber Z. – Dein Brief hat mich sehr aufgeregt und er ist mir sehr nahe gegangen. Aber das, was Du meinen »Zorn« nennst und das, was ihn heraufbeschworen hat, siehst Du, – verzeih mir, nicht richtig. Wenn ich es, (sogar Dir gegenüber) so hinstelle, als glaubte ich, daß Du aus purer Gutmütigkeit gegen Bermann, aus reiner Anhänglichkeit, in der N.Z.Z. den Ritter gemacht hättest, so ging *mein* »besseres« Wissen, schon vor Lektüre Deines Briefes, durchaus dahin, daß Dir aus Gründen, die Du für gut und egoistisch hältst, an dem Zustandekommen des Bermannverlages, wo auch immer er sich etabliere, gelegen sei und daß Du Dir von keinem Schwarzschild, oder durch wen vertreten die »Emigrantenschaft« sich sonst zum Worte melde, etwas dreinpfuschen lassen wolltest. (Das Wort »Emigrantenschaft« stammt von Dir, Du hast es in einem Brief an Rudolf Olden[1] benutzt, der mir ob der Geringschätzung, die es ausdrückt, betrübt, in London davon sprach.) Nein, Deine Beziehungen zum Tagebuch und seiner weiteren Umgebung sind nicht »zärtlich«, – da sind die zu Annettli und Hessi schon viel zärtlicher und der Gedanke, (wie Stefan Zweig[2], nur viel großstiliger) einen feinen, exquisiten Extraverlag zu haben, statt mit Ludwig[3] und Pleti in einem eindeutigen Emigrantenverlag aufzutreten, ist Dir durchaus genehm. Ich verkenne nicht das kotelettbrötchenhafte Deiner Einstellung, nur daß ich, – a, – nicht sehe, welch höheren Nutzen Du Dir von der Konstellation, sogar mit Heinemann, versprichst, – und, – b, – nicht glaube, daß Du Dir über die große *Häßlichkeit*, die große Gefährlichkeit und die große Tragweite Deines Entschlusses ganz im klaren sein magst. Was den höheren Nutzen angeht: soweit Deine Bücher in deutscher Sprache erscheinen, – in einer »deutschen Abteilung« also doch eines im übrigen noch so weltoffenen Verlages, verfügen sie über einen bestimmten begrenzten Markt. Kardinalfrage bleibt immer: rechnet Deutschland zu diesem Markt. Bei Bermann (ob mit oder ohne Heinemann) scheint das wohl gesichert, und, neben der geplanten Exquisitheit des Verlages, – *vor* ihr, ist das sein Haupt-Plus für Dich. Wo aber der prinzipielle Unterschied liegt zwischen einem Verlag, der in Deutschland genehm (und also von drinnen abhängig) sein will und einem, der dort geradezu angenehm wäre (wie Schwarzschild meint, daß er sein müßte), das sehe ich nicht, – einen graduellen Unterschied zugegeben. Es ist weder »blinder Haß«, noch »vorsetzliche Ungerechtigkeit«, wenn ich Dir sage, daß mir Deine Bücher bei der »Insel« lieber wären, als im »Heinemann-Fischer-Verlag London-Zürich-Wien«. Wenn Du denn an Deinem Wunsch und Vorsatz festhalten willst, in Deutschland gelesen zu werden, warum erscheinst Du nicht dort und vermeidest es, das Zwei-Stühle-System, das für Dich und Deine Person vermöge verschiedener Eigenschaften und Möglichkeiten, die ihr innewohnen, vielleicht vertretbar erscheint, auf ein großes Geschäftswesen mit vielen Autoren und ganz andern Eigenschaften und Möglichkeiten zu übertragen? Denn nicht um das »Durchschlüpfen« allein Deiner Bücher handelt es sich doch, sondern um das durchschlüpfende Wesen, oder Unwesen eines ganzen neuen Verlages! – Daß ein »großes Kapital«, wie Du es dem neuen Verlage zutraust, Dich entscheidend zu locken vermag, glaube ich nicht, – und in allen Fremdsprachen ist Dein Werk ohnedies erstklassig placiert, – wo also könnte, außerhalb Deutschlands, der höhere Nutzen liegen?

Was aber die Häßlichkeit und die Gefährlichkeit angeht, so liegt sie in der schrecklichen Spaltung der Emigration, die Du heraufbeschwörst, indem sie nun also unter Deiner Schirmherrschaft in eine echte, ganze und in eine unechte, halbe (der Du angehören willst) geteilt werden soll.

Ach, mein Brief (der letzte) sollte keine »Revanche« darstellen, – wie könnte ich Dir wehtun wollen? Nur für möglich hatte ich gehalten, daß Du Dich meinen Vorstellungen ein wenig zugängig würdest erweisen mögen. Nicht um Schwarzschilds Heil ging es mir, den persönlich auch ich nicht für »zart« halte, – sondern um Deines und um das unsere. Denn *wir sind* »zart«, – die gesamte Emigration, Du und Schwarzschild inbegriffen, – unsere Lage macht uns zart, – wir können es uns nicht leisten, auf Dich zu verzichten und Du darfst es Dir nicht leisten, uns zu verraten.

»Eines der Hauptmerkmale für die idiotische Roheit des gegen-

wärtigen Deutschtums« sei von Anfang an sein Verhältnis zu uns gewesen, – zu Klaus und zu mir, – Du berufst Dich darauf. Für mich, – darauf darf ich mich berufen, – ist es von Anfang an höchstens schmerzlich gewesen, – nie hat es meinen »Zorn« erregt, wenn die freundlich-interessierte Anerkennung, die Du Deinerseits manchen unserer Bemühungen zolltest, so sehr privat blieb, – wenn Du, wie etwa im Falle »Pfeffermühle-N.Z.Z.«[4] nicht einen Finger rührtest, um das Blatt, das mir und meiner Sache in der infamsten Weise ans Leben wollte, wenigstens als Privatmann »abzubestellen«, – von der Aufrechterhaltung Deiner offiziellen Freundschaft für Korrodi, der, ohne die kleine Mühle überhaupt zu kennen, als von etwas schlechtem und dreckigem von ihr spricht, – ganz zu schweigen. Daß Du dem Klaus und der »Sammlung« in den Rücken gefallen bist (oder wie sonst willst Du, daß ich es nenne?) und ihm mehr damit verdorben hast, als je ein Nazi in »idiotischer Roheit« es konnte, – ich bin darüber hinweggekommen, – ich hätte mich geschämt, »pro domo« »zornig« zu sein (obgleich ich mir darüber hätte klar sein dürfen, oder sollen, daß Du ja nicht nur dem engeren Haus, sondern dem weiteren, schweren Schaden zugefügt hattest!)
Die Emigration ist nicht Bermann [...]. Es hatte denn auch niemand von Dir gefordert, Du solltest auf den Markt gehn und tun, was Heinrich tut. Und wenn das Reden Dir quälend müßig vorkommt, so hat das sicher seinen guten Grund, – niemand will Dir die Worte abringen, die Dir so schwer fallen. Was aber man, – nicht verlangen, – wohl aber wünschen, hoffen und ersehnen durfte, das war, daß Deine Gestalt (Du selber also *und* Deine Bücher) an ihrem Platze wären, – draußen, fern vom Schmutz, – und daß nicht Du in Küsnacht säßest, Dir nichts Genaues zu wissen machend, und Deine Bücher im Beinahe-Schmutz eines halbgleichgeschalteten Pseudo-Emigrantenverlages.
Dieser Brief ist zu lang, es ist drei in der Nacht und ich fürchte, die Töne nicht gefunden zu haben, die zu Dir dringen. Laß mich noch einmal bitten: Überlege es Dir. Vernichte nicht den unzarten Schwarzschild mit einer fürchterlichen Erwiderung in der N.Z.Z., – denk an die Verantwortung, die Dich trifft,

wenn Du, nach dreijähriger Zurückhaltung, als erstes Aktivum die Zertrümmerung der Emigration und ihrer bescheidenen Einheit auf Dein Konto buchst, – und an das Schauspiel, das wir »drinnen« bieten. Ich bitte Dich sehr, –
Recht sehr: E.

Du hast recht: dies alles tut meiner Zugehörigkeit zu Dir im Grunde keinen Abbruch, das aber eben macht das Ganze nur unleidlicher.

1 Es handelt sich offenbar um den nur in Auszügen veröffentlichten Brief Thomas Manns an Rudolf Olden v. 14.5.1934 (s. Matthias Wegner, »Exil und Literatur«, Frankfurt (Athenäum Verlag) 1968, S. 114f). **2** Stefan Zweig (1881–1942), österreichischer Schriftsteller; 1938 nach England, 1940 in die USA, 1941 nach Brasilien emigriert. Am 23.2.1942 nahm er sich zusammen mit seiner schwerkranken zweiten Frau Charlotte in Petropolis/Brasilien das Leben. – Er hatte sich 1934 vom Insel Verlag getrennt und veröffentlichte bis 1938 im Reichner Verlag, Wien. **3** Seit 1934 veröffentlichte Emil Ludwig im Querido Verlag, Amsterdam. **4** Nach dem Krawall im Züricher Kursaal vom 16.11.1934 (vgl. S. 59, Anm. 1) brachte die »Neue Zürcher Zeitung« am 19.11.1934 eine Zuschrift von James Schwarzenbach, in der er EM als Mitglied der KPD denunziert. EM erwiderte, ebenfalls in der N.Z.Z., sie habe nie einer politischen Partei angehört.

AN THOMAS MANN

29.1.1936
Im Zug

Lieber Z.
hältst Du mich jetzt für fanatisiert und lieblos? Aber ich bin es nicht, – weder das eine, noch gar das andere. Im Dahinfahren kommt mir, im Gegenteil, alles ganz sinnlos und verkehrt vor. Wie kann ich Dir gegenüber sitzen und jedem Wort von Dir so leidenschaftlich widersprechen? Lohnt sich das überhaupt? Sollte man Dich nicht ruhig »machen lassen« und gar nicht daran denken, daß Unholde wie Bermann das ja eben auch nicht tun?
Aber *was soll* mir am Herzen liegen, wenn nicht die Würde und Unbescholtenheit dessen, was Emigration heißt und Deine Würde und Unbescholtenheit in ihr?

Verzeih, wenn ich Dich gekränkt habe, – ich wollte das gewiß nicht, – auch nicht mit meinen »Vorwürfen« in unsern persönlichen Dingen. Ich freue mich immer, wenn ich merke, daß Du, außer an mir, sogar auch an der Mühle etwas hängst, – und wenn ich auf Korrodi und die N.Z.Z. hingewiesen habe, im Zusammenhang damit, und auf Deine Beziehungen zu diesen beiden elenden Institutionen, – so doch nur, um Dir zu sagen, daß ich Dir diese Beziehungen *nicht* verdacht habe. Nur nicht gerade dort und an der Stelle, die Dir schon durch ihr Verhalten zu mir ein wenig hätte verleidet sein können, (zu schweigen von andern und wichtigeren Bedenken) hätte der »Protest« erscheinen müssen.
Schluß. Ich bete zu all unsern Göttern, daß Deine »Antwort«[1] schön wird. Willst Du auf Schwarzschild nicht an *einer andern Stelle* »eingehn«? (In der *National-Zeitung*!!?)
Und vergiß die alte Lasker-Schüler[2] nicht, die, obgleich Ghettojüdin, sogar von der Korrodischen geschätzt wird, – und sicher eine »Dichterin« ist, – keinesfalls der schmutzigen Roman-Industrie[3] zugehörig.
Ich bin die Deine: E.

1 Am 28.1.1936 und in den darauffolgenden Tagen arbeitete Thomas Mann an einem »Offenen Brief« an Eduard Korrodi, der am 3.2.1936 in der N.Z.Z. erschien. Darin solidarisierte er sich offiziell mit dem »Anderen Deutschland«. – Am 5.12.1936 wurde ihm die deutsche Staatsangehörigkeit aberkannt (s. Thomas Mann, »Tagebücher 1935–36«, S. 245 ff). **2** Else Lasker-Schüler (1869–1945), Dichterin und Dramatikerin; 1933 nach Zürich, 1937 nach Palästina emigriert. **3** Anspielung auf eine Stelle des Artikels »Deutsche Literatur im Emigrantenspiegel« von Eduard Korrodi (vgl. S. 71): »Was ist denn ins Ausland transferiert worden? ... Wir wüßten nicht *einen* Dichter zu nennen. Ausgewandert ist doch vor allem die Romanindustrie ...«

TELEGRAMM AN THOMAS MANN Prag, 6.2.1936

Dank, Glückwunsch, Segenswunsch
Kind E.

AN KATIA MANN

Prag, 11.2.1936
Hotel Esplanade

Frau Süsi, – Frau Oberlieb, – ich mag es selber kaum glauben, daß dies der erste Brief ist, den ich aus der Fremde an Dich schreibe und nun ist auch die Maschine noch defekt. Ich bin doch aber wieder ein so überbeschäftigt Gehetztes, – die lausige Tschechentournee[1] zu arrangieren macht mehr Mühe als Einnahme, – auch gibt es (ich sehe zu meinem Entsetzen, daß es gar nicht geht mit der Maschine, muß also malen), – auch gibt es so sehr viel *Leute* in dieser Stadt, von Mimis[2] zeitraubender Figur ganz zu schweigen. Nun soll ich in einem ungeheuer ehrenvollen tschechischen Club übermorgen auch noch einen *Vortrag*[3] halten (über Tolstoi natürlich), was ich doch überhaupt nicht kann!! Die peinigende Erkältung ist auch schon wieder los, – es ist, um *gehässig* zu werden, daß die kleinste Überanstrengung oder Müdigkeit sich einfach in Erkältung *verwandelt* (wie geht es der Deinen, – o?)
Kurz, – man muß Spaß verstehen! Im übrigen aber steht alles zum Besten. Wir haben ein großes und nettes Publikum, eine hervorragende Presse (die scheußliche Zwergin[4] hatte einen Spezial-Erfolg, worüber Goslarmäuschen[5] immerhin zerspringen möchte) und *sehen* auch täglich unser *Geld*! Stroh läßt grüßen.
Hab doch Dank für die liebe liebe Post. Ich muß nicht sagen, wie sehr ich mich über Zauberers *Großartiges*[6] gefreut habe, – nun hat er alles gut gemacht und steht klar und richtig da. Ich hoffe sehr, es geht ihm gut und er hat sich von der Aufregung erholt. Jetzt, während der Olympiade, wird man in D.[7] wahrscheinlich nicht reagieren, und wenn man es später dann tut, – einmal hat es doch sein müssen und der Augenblick war ritterlich und ehrenvoll gewählt.
Ich hoffe gegen den 26. in Z.[8] (will sagen K.[9] zu sein), um, nach kurzer Rast, für eine Woche nach Sils zu fahren. Die Erkältung will das so.
Ja, – D. wird eingekreist, aber die Olympiade verläuft königlich und wird schon ein wenig nützen.
Wie steht man in Deinen Kreisen zu Davidle Frankfurter[10]?

War doch eine rechte Idiotie, – wenngleich die ausländische Presse ja ganz verständig reagiert hat.
Adieu, Jungfer Goldeswert, Frau Unbezahlbar, – auf Wiedersehn,
ich bin Deine liebe liebe E.

vernünftig + im Bett!

Z.'s Äußerung hat hier allgemein große Freude erregt, wurde auch mehrfach in extenso abgedruckt.
Arbeitet er jetzt wieder am schönen und hübschen[11]?

1 Vom 1.–25.2.1936 gastierte die »Pfeffermühle« in der CSR. **2** Maria Mann geb. Kanova, gen. Mimi (1886–1946); urspr. Schauspielerin, 1914–30 erste Frau Heinrich Manns, kehrte nach ihrer Scheidung in ihre Geburtsstadt Prag zurück. Sie mußte zusammen mit ihrer Tochter Carla Maria Henriette Leonie Askenazi geb. Mann, gen. Goschi (geb. 1916), fünf Jahre im KZ Theresienstadt zubringen. **3** Am 10.2.1936 hielt EM im »Pritonmost«-Club in Prag den Vortrag »Unterwegs mit der Pfeffermühle. Über Herkunft und Hoffnung des kleinen Zeittheaters« (Typoskr. im Erika Mann-Archiv der Stadtbibliothek München). **4** Anspielung auf Therese Giehse. **5** Die Tänzerin Lotte Goslar. **6** Thomas Manns »Offener Brief an Eduard Korrodi«; vgl. S. 71. **7** Deutschland. **8** Zürich. **9** Küsnacht. **10** David Frankfurter, ein jugoslawischer Medizinstudent; er hatte am 4.2.1936 den Landesgruppenleiter der NSDAP in der Schweiz, Wilhelm Gustloff, in dessen Wohnung in Davos ermordet. **11** »Joseph in Ägypten«.

AN KATIA MANN

London, 18.5.1936
Mayfair Court,
Stratton Street, W.1.

Frau Süsi, Frau Biene, Frau Biene was machen Sie denn? Mein Telegramm aus Luxembourg erhalten habend denke ich mir Euch in Küsnacht, wohl mehr oder weniger zu Recht, – so sehr Ihr immer unter die Voyageure[1] gegangen sein mögt. War es gut und recht anstrengend? Ich führe ein *elendes* Leben, – immer zwischen Birmingham und London, – auch zwischen Salisbury und London hin und herfahrend, das muß sein. Mein Mann[2] ist ein Tyrann und da er nun unsere Gissky[3] unter die

Haube bringt, habe ich ihm völlig zu Willen zu sein, er bestellt mich bald hier, bald dorthin. Dabei bin ich doch bloß hier, um den Kommer[4] zu treffen, wegen Amerika. Heute habe ich (in der Frühe, bald nach sieben, von Salisbury hierhergefahren) immerhin ein feines Lunch mit ihm gehabt, im Ritz und mit Lady Cunard, sowie Henry Bernstein zusammen und mein *kleines* Englisch mit der guten echten Aussprache (welches durchaus an die Abfahrten in vorbildlicher Haltung erinnert) spielen lassen dürfen. Ich hoffe, letztlich wird es klappen mit drüben, obwohl im Augenblick alles noch ein wenig vague scheint, – aber das wird es bleiben, bis ich drüben bin, so ist das nun einmal. Mirolieb[5] kam gut an, – ich muß an die Uren schreiben, daß alles in Ordnung ging, – es ist ein Spaß. Ach, ich müßte viel schreiben und womit nun wieder beginnen? Die Tournee[6] endete gut und recht, – alles in allem war sie diesmal ungewöhnlich hübsch, großer Erfolg, friedlich-anständige Truppe und auch Geld die relative Hülle und Fülle. Mein Mann ist ja äußerst eigensinnig und hartköpfig und es macht ihm große Freude, to introduce his wife, – Ehe ist Ehe, was kann man da machen, obwohl ich ja bekanntlich keine Kinder will. Jetzt gehe ich aber mit Speyer ins Theater, und eben hat mir der Brunonarr aus seinem neuen Romane[7] vorgelesen, der entschieden gut zu werden verspricht, – die Geschichte eines kleinen deutschen Prinzen, – etwa des *schönen* Hessenprinzen, den der Emil[8] immer so gern hatte, – in Nazideutschland, – sehr leidenschaftlich erzählt, dabei aber übersetzt, – nicht so machwerkhaft wie die »Oppenheimer«[9] oder der Tagger gar, – ganz aufregend, und erfreulich. Mit Dir möchte er Wochen und Wochen irgendwo in den Bergen verbringen, sagt er, – im übrigen aber ist gestern und im Haus jener Lady Cunard, mit der auch ich heute speiste, ganz einfach der dritte Akt von Sturm im Wasserglas dem König vorgespielt worden (der, wegen seiner Trauer, nicht ins Theater darf), – es muß ganz groß gewesen sein, auch Churchill war da, Liesl[10] durfte einen Hofknix machen und (nur zu vierzehnt war man alles in allem) mit dem König speisen, – es muß doch immerhin ein rechter Spaß gewesen sein und wird gewiß den Goebbels ärgern und den Hitler auch.

Ich muß mich ja anziehen, dies ist ein *schlampiger* dummer Brief, voller Fehler. Morgen muß ich wieder nach Birmingham (häßlichste Stadt!), meine Schwiegereltern erwarten mich. Montag will ich noch dem Kommer was vortragen und am Dienstag hoffe ich nach Amsterdam zu fliegen, wo der Frieder[11] meiner harrt. Wir fahren mit dem Ford nach Paris, dort treffen wir Annemarie, gemeinsam finden wir im Süden (etwa in Bordeaux) den Menschen Klaus Heinrich Thomas[12], mir scheint, dann fahren wir nach Spanien. All dies soll aber nicht so sehr lange dauern, für mich zumindest, weil es nicht die Erholung darstellen wird, die ich, schon im Anschluß auf die Saison, gewiß nun aber im Anschluß auf diese teuflische englische Woche nötig habe. Ich komme, Anfang-Mitte Juni in die Schweiz, wo ich Euch, die Ihr aus Budapest zurückkehrend, hoffentlich dann in Küsnacht sitzt, aber auch unbedingt treffen möchte.

Was ist in Österreich?

Wie geht es dem lieben Zauberer? Lady Cunard liebt den Zauberberg über alles, sie liest ihn wieder und immer wieder und Henry Bernstein empfiehlt sich aufs angelegentlichste, – ich schließe mich dem an, – hier ist es heiß und, in den Parks, ziemlich hübsch. Adieu, bitte, schreib ein Wort nach Paris, Hotel Paris Dinard, Rue Cassetre 29, – ich bin dort am Mittwoch, Du…

[Schluß fehlt]

1 Vom 5.–15.5.1936 befanden sich Thomas und Katia Mann auf Vortragsreise in Wien, Brünn und Prag. **2** Wystan H. Auden. **3** Therese Giehse; vgl. S. 69. **4** Rudolf K. Kommer, ein Theater-Agent, mit dem EM über eine amerikanische Tournee der »Pfeffermühle« verhandeln wollte. **5** Annemarie Schwarzenbach. **6** Die letzte Tournee der »Pfeffermühle« durch Holland und Luxemburg. **7** Bruno Frank, »Der Reisepaß«, Amsterdam (Querido) 1936. **8** Emil Ludwig. **9** »Die Geschwister Oppenheim«, Roman von Lion Feuchtwanger, Amsterdam (Querido) 1933. **10** Liesl Frank. **11** Fritz H. Landshoff. **12** Klaus Mann.

AN THOMAS MANN Spanien, 2.6.1936

Viellieber Z., –
Gruß und Kuß und Glückwunsch, denn Du wirst einundsechzig[1]. Wo sind die Zeiten, da Du sechzig wurdest und wir die hübschen Kerzentörtchen hielten, wobei die düstere Gollette[2], aus nackter Angst vor dem Feuer, das ganze Gedicht versaute? Dahin sind sie, und scheinen sorglos und idyllisch, verglichen mit den augenblicklichen, man hatte es nicht gemeint, damals, als sie an der Reihe waren. Habt Ihr jemanden eingeladen? Herzchen[3], oder doch Brentano[4]? Welch ein großer Jammer, daß Wien nun immer undenkbarer wird, – wieviel netter könntet Ihr dort leben und mit wieviel netteren Leuten am Geburtstag. Aber das geht doch wohl endgültig schief, – und schon, ob Salzburg diesen Festspielsommer unangefochten überstehen wird, steht dahin.

Hier[5] ist es sehr schön, bis wunderbar. Man könnte eben so gut sagen, daß es ganz herrlich ist, – denn man hat alles, Sand, Felsen, Bucht, offenes Meer und ein schönes weites Hinterland mit Getreidefeldern, sowohl als mit Ölbäumen. Es ist gut warm, ohne daß es heiß werden könnte, da ja ständig ein leichter Wind geht, die Gäste im Hotel sind farblos und englisch, bis auf jenen bayrischen Grafen Treuberg[6], mit dem gemeinsam ich häufig donaumonarchistischen Träumereien nachhänge und der ähnlich verwöhnt spricht wie der Hergesell, was ihn mir natürlich lieb macht. »Eine kleine, – eine ganz kleine Revolution nur in Bayern sollte man machen«, sagt er, – alles andere käme dann schon von selbst. Und wenn wir vom Pariser Tageblatt reden, klagt er darüber, daß dort immer soviel Ratschläge erteilt werden, wie man am besten nach Zion kommen kann. – »Aber wir *wollen* nicht nach Zion, – wir wollen eher nach *München*!« ruft er und Du kannst Dir denken, wie sehr er mir aus dem Herzen ruft.

Leb wohl und hab Dank. Ich denke, daß wir am 11. oder 12. in Küsnacht eintreffen. Seid Ihr dort? Seid Ihr zurück? Wenn Ihr nicht da seid und in diesen Tagen, sagen wir, vor dem 14. oder 15. auch nicht *kommt*, dann telegraphiert es doch bitte nach Nizza, an des Heiners[7] Adresse. Dann nämlich führe ich

erst und direkt nach Sils und besuchte Euch nach Eurer Rückkehr von dort aus. Gellja?!
Auf Wiedersehen und sei es ein sanftes Jahr, welches bevorsteht, eines, das den Joseph zu Ende bringt und zugleich den Anfang einer hübschen, mühelos zu schreibenden kleinen Novelle, – über Zwergerln, oder sonst ein erheiterndes Thema (wobei der Gatte der Giehse[8] gut als Modell herhalten könnte!), – ich schwätze, – Schluß mit mir, – Küsse für Mielein, – Kind E.

P.S. Die Fahrt, hierher, war doch sehr weit, – und auch etwas abenteuerlich, besonders, solang sie über die wilden, verschneiten und ganz ungeschützten Pyrenäenpässe ging, die obendrein im Nebel lagen. Für mich freilich wird alles leicht und kurzweilig, durch mein liebes Radio. Es spielt aus allen Ländern an mein Ohr beim Fahren und voller Melodien und Neuigkeiten komme ich abends im Gasthaus an. Zuhause hat man doch immer andere Dinge zu tun, als Radio zu spielen, auch geht man leicht mal ins Konzert, oder spielt Grammophon. Während einsamer Autofahrten ist es aber wirklich ganz prächtig, – und das Wunder des Fahrens wird durch das Wunder des Aus-der-Ferne-Musizierens noch erhöht, – ich habe sehr viel Spaß, auch hier, wenn ich abends in den Park gehe, um die Schubertlieder vom Reichssender Stuttgart und das Tristanvorspiel aus Paris zu hören, während ich den Motor anspringen lasse, damit er nicht einrostet. Ihr solltet auch ein Radio im Auto haben, – eigentlich ist es der einzige Ort, wo ein Radio so recht von Herzen hingehört.

1 Am 6. Juni. **2** Golo Mann. **3** Ida Herz (1894–1984), Nürnberger Buchhändlerin; seit 1925 mit Thomas Mann bekannt, der mit ihr in regelmäßigem Briefwechsel stand. 1933 rettete sie einen Teil seiner Bibliothek aus dem schon beschlagnahmten Münchner Haus. **4** Bernard von Brentano (1901–1964), Schriftsteller, ein Urgroßneffe Clemens von Brentanos; 1933 in die Schweiz emigriert. 1949 nach Deutschland zurückgekehrt. Er besuchte Thomas Mann regelmäßig in Zürich. **5** EM hielt sich mit Klaus Mann und Annemarie Schwarzenbach Ende Mai/Anfang Juni 1936 in einem spanischen Urlaubsort auf. **6** Friedrich Franz Graf Treuberg. **7** Heinrich Mann. **8** Vgl. S. 69.

9. DIE PFEFFERMÜHLE IN AMERIKA

Ende 1936 war die Luft für die »Pfeffermühle« in Europa zu stickig geworden. Einen knappen Monat nach der Abschiedsvorstellung im Salzburger Schloß Leopoldskron fuhren Erika und Klaus Mann im September 1936 in die USA, um ein Gastspiel ihres Cabarets in New York vorzubereiten. Das Ensemble kam erst im Dezember nach, und am 5.1.1937 fand im New Yorker »Chanin-Auditorium« die erste amerikanische Vorstellung statt.
Aus Zürich schrieb Thomas Mann für das erste Programmheft eine bewegende, das Unternehmen der Tochter empfehlende Einführung. Der Anklang beim Publikum war jedoch – zum ersten Mal seit Gründung der »Pfeffermühle« – nicht besonders groß. Die Übersetzung mancher Texte ließ zu wünschen übrig, vor allem aber waren die »Ausdrucksformen«, wie Klaus Mann prompt in einem Zeitungsartikel meldete, »zu leise, um auf den durchschnittlichen Besucher einer amerikanischen › Show ‹ Eindruck zu machen«.
Der Mißerfolg brachte die Truppe in wirtschaftliche Schwierigkeiten; sie löste sich rasch auf. Rückblickend schrieb Erika Mann:
»Amerika – zutiefst verstrickt in innenpolitische Probleme (New Deal, Roosevelts kühne Experimente, die bedrohlich zunehmende Macht der Gewerkschaften, etc.) – hatte von Hitler noch keine Notiz genommen, man verstand nicht gleich, was wir wollten, und als man begonnen hatte, es zu begreifen, war es zu spät.«
Therese Giehse beschloß, nach Europa zurückzukehren; schon Anfang Februar war sie wieder in Zürich. Für Erika und Klaus Mann begann mit der gescheiterten »Pfeffermühlen«-Tournee ihre Emigrationszeit in den Vereinigten Staaten.

AN KATIA MANN [o.O.] 19.9.1936

Frau Süßi, Frau Süßi, –
Dies sind Abschiedsgrüßi, – aus dem Zug nach Southampton, wo ich das Schiff, den K.[1] und meine Koffer treffen soll. Wysti[2] läßt schön grüßen, – ich war nur einen Tag in seinen Armen, da er soeben erst aus Island heimgekehrt. An England kennt ich mich nicht gewehnen, – hoffentlich an Amerika. Seid umarmt und zwar tüchtig von E.

1 Klaus Mann. **2** Wystan H. Auden.

AN KATIA MANN New York, 24.10.1936
The Bedford

Frau Obersüßlich, – es wird ja doch einfach die *allerhöchste* Zeit und ich muß mein bleiches Farbband nun wirklich für Dich zu Ende strapazieren. Meine Abneigung, kleine Nachrichten über den Ozean zu jagen, die bei ihrer Ankunft völlig überholt und sinnlos geworden sein müssen, – ist, bei aller Berechtigung, die sie haben mag, – *krankhaft*. Ich habe ja noch nicht *einen* Brief geschrieben, schäm Dich, Erimaus. An Niemanden. Pfui, Erili. Nun freilich, ist ja dies Leben so unerhört gehetzt (jeder Wochentag hat seine 8 bis 9 wichtigen Verabredungen, teils auf parties und receptions, teils in offices und businesshäusern, – und am Sonntag wird man dann meistens noch aufs Land gesprengt, daß es eine Un-Art hat). Mir scheint, alles steht so gut es eben kann (das Private, freilich nur, – denn das andere und Politische ist wohl, immer mal wieder, so schlimm, wie es nie vorher gewesen ist, und der Krieg kommt ja nun doch bald. Es gibt hier ein äußerst seltsames Gefühl in der Magengegend, an Euch zu denken, im Zusammenhang mit dem Hexenkessel in welchem Ihr sitzet, – und fahrt doch um Gotteswillen rechtzeitig nach Arosa, – wenn schon nicht hierher!!)
Ich habe jetzt: einen Herrn[1], der sich sehr lebhaft interessiert und von dem es auch so aussieht, als ob er gerne etwas Geld

nicht nur ausgeben, sondern auch wirklich einbüßen möchte. Fernerhin habe ich einige Häuschen zur Wahl, die recht geeignet erscheinen, – fernerhin habe ich auch noch einen großen Agenten (den größten hier!), der, gemeinsam etwa mit dem spleenigen Herrn, die Mühle[2] übernehmen könnte. Perfekt freilich ist dies alles noch nicht, und im Grunde hätte ich mit Abfassung dieses Schreibens auch noch ein wenig warten können, – nur, – einmal wollte doch etwas mitgeteilt werden, – und so ist es denn dies Dreiviertelperfekte. Die Truppe, denk ich, wird am 4. reisen. Ob sie denn Visa haben? Und ob sie denn, – o, o und o, – englisch können, – die Giessky[3] zumindest müßte so nötig. Immer deutlicher wird, daß wir uns zu allergrößten Teilen werden in englisch fassen müssen, – es geht nicht anders und dies ist der Punkt, der mir den Boden ein wenig schwankend erscheinen läßt, auf welchem ich mich produzieren soll. Man kann es doch alles ganz einfach nicht *beurteilen*. (All die kleinen Witze, Betonungen und Narreteien, an die man in der Muttersprache gewöhnt ist, – wo soll man sie hernehmen, – wohin soll man mit ihnen?) Wysti[4] hat »Warum ist es so kalt?« auf englisch geschickt, der Gute, und recht poetisch übertragen. Aber sonst ist noch nicht sehr viel zu sehn vom Programm, das ängstigt einen ja dann auch wieder, – ich hatte zu viel zu tun, – »organisatorisch«, um mich darum kümmern zu können.
Der liebe Zauberer aber hatte ganz recht: ich bin sehr gerne hier. Es gibt hier, zum ersten Mal, seit vielen Jahren (denn wie war schon das Deutschland vor Hitler? Doch auch nichts als mulmig und hoffnungslos!?), ein Gefühl von Sinn, Verstand und 1000 Möglichkeiten. Auch sind die Leute *freundlich* (nicht verängstigt, – nicht mißgünstig) und geradezu darauf aus, daß man immer hierbleibe (während doch in den europäischen Gebieten 14 Tage, verbracht an einem Ort, schon den finstersten Verdacht erregen, – ob man sich nicht *einnisten* wolle). – Es ist, natürlich, freilich, selbstverständlich, recht fremd an allen Ecken und Enden (aber die scheußliche Vertrautheit mit der schweizerischen Volksseele hat noch niemandem große Lust gegeben, – und was meine Lieblinge, die Holländer angeht, so haben sie uns soeben wieder einmal so ausführlich und hochpo-

litisch und vielbesprochen verboten, – auch diesem Lande kann man nicht mehr trauen und die rechte Gemütlichkeit, noch in diesem Frühjahr so dankbar von mir genossen, ist dorten nun wohl auch für immer dahin). New York ist, auf seine Art, *urgemütlich*. Sehr teuer leider zur gleichen Zeit (wirklich *sehr*, – alles kostet doch in *Dollars*, was es dort in *Gulden* hat kosten wollen), und wir, die wir in der hiesigen Währung noch kaum verdienen, sind so übel dran, wie die Leute im Wochenlied (Papier zu Ende!) sonst nur am Dienstag. Aber man ist mittendrin, – wie die Leute sonst eben doch nur am Mittwoch (was für ein dummes Spiel, ganz unter meiner Würde!), und sogar wenn ich mit der Mühle, dem Englisch, in dem ich mich aber fleißig komplettiere, irgend nicht reüssieren soll*te*, kann ich mir immer noch dies und jenes einfallen lassen, was die Karre dann wieder aus dem Dreck zu kutschieren geeignet sein könnte.

Unser Hotel[5], geleitet, wie Ihr sehr wohl wißt, von Manager Nägel, einem, den man zu gut kennt, und der immer aufs privateste gegen einen verstimmt ist, wenn das Zimmer schmutzig, das Mädchen bummlig, die Telefonistin schlumpig genannt werden muß, – Hotel Bedford schließlich und Joseph endlich trägt zur Gemütlichkeit bei, indem die Zimmer gemütlich sind und indem viele (allzuviele) deutsche Juden von gemütlichen Qualitäten dort hausen. So läßt denn auch Doktor Gumpert[6] herzlich grüßen (der Annemarie[7] verarztet, wobei sie ihm und uns durch die höhere Unvernunft viel Ärger bereitet, – welch störrischer Unglücksengel!), und wenn Journalist Riess[8], Filmfritze Wilder[9] und Journalist Nürnberg[10] dies nicht tun, so nur, weil sie Eure persönliche Bekanntschaft missen, – an mangelnder Intimität mit *uns* liegt es gewiß nicht. Daß wir mit Van Loons[11] ganz einfach *nicht zu Rande kamen*, hat K.[12] gewiß schon einfließen lassen. Es mag eine unglückliche Konstellation zugrunde gelegen sein (ist das richtig? ich meine ist es deutsch?), Herr Hendrik war ja, – aber das wußten wir nicht, so fürchterlich verstimmt, weil Speyer und nicht Ihr geschrieben hatte(t), – mir scheint aber, der Mann ist, nach meinem Geschmack, ganz einfach nicht sehr angenehm, – eitel bis zur Fettbildung und gar nicht mein Fall. Er hat sich auch, obwohl

Euer Brief doch nun eingetroffen sein muß, und obwohl wir in wohlgesetzten Zeilen um gefälligen Anruf baten, gar nicht mehr gemeldet, und der Verdacht wächst in mir, daß wir völlig ohne Van Loon hier werden gedeihen müssen [...].
Was für ein läppisch langer Brief, enthält er denn auch das Wesentliche (wesentielle, – sagt Morgenstern). Seid, bitte, herzlich geherzt, – lieber Zauberer, was arbeitest Du denn? Novelettchen[13]? Schon ausstudiert, schon beim richtigen Schreiben? Der dritte Joseph wird hier mit größter Ungeduld erwartet und ich gebe überall der Meinung Ausdruck, daß er der schönste ist. Wie hast Du, Frau Süsi, die Besuche überstanden? Und sind denn, liebe Eltern, die Reste der Krankheit zur Gänze verschwunden? Ach, man erfährt natürlich nichts, so über Land und Meer, – es ist im Grunde kein Zustand, – und wenn der Krieg nun nicht gleich kommt, – vielleicht entschließt Ihr Euch doch urplötzlich, nächstes Jahr hierherzuverziehen, ehe Europa deutsch wird, – einen aktiven Naziminister[14] als Botschafter habt Ihr ja nun schon in Bern hocken.
Küsse, – bitte schreibt bald einmal, – Euer zutiefst anhängliches Kind E.

P.S. K. hat schon 2 Vorträge hinter sich, – vor Juden, es ging ganz gut, auch mit dem accent.

1 Der Bankier Maurice Wertheim, der die »Pfeffermühle« in New York finanziell unterstützte, und auch die Schulden der amerikanischen Tournee übernahm. Seinen Heiratsantrag schlug EM aus (s. Thomas Mann, »Tagebücher 1937–39«, S. 12, 54, 544). **2** »Die Pfeffermühle«. **3** Therese Giehse. **4** Wystan H. Auden. **5** The Bedford in New York, geführt von dem deutsch-amerikanischen Ehepaar Nägel; zahlreiche deutsche Emigranten wohnten dort. **6** Martin Gumpert (1897–1955), Berliner Arzt und Schriftsteller; 1936 in die USA ausgewandert. Er war seit 1937 jahrelang mit EM liiert, ohne daß sie sich entschließen konnte, ihn zu heiraten. **7** Annemarie Schwarzenbach, die bei EMs Ankunft in New York mit einer Blutvergiftung im Sterben lag. **8** Curt Riess (geb. 1902), Journalist; 1933 nach Paris, später in die USA emigriert. Nach dem Krieg kehrte er nach Deutschland zurück. **9** Billy Wilder (geb. 1906), Regisseur; 1933 nach Frankreich, 1934 in die USA emigriert. Damals war er noch als Drehbuchautor tätig. **10** Rolf Nürnberg (1903–1949), Berliner Sport- und Rundfunkredakteur; 1936 in die USA emigriert, Freund von Curt Riess. Er nannte sich später Ralph Nunberg. **11** Hendrik

Willem van Loon (1882–1944); der englisch schreibende holländische Schriftsteller und Zeichner lebte in Amerika und unterstützte zahlreiche deutsche Emigranten. **12** Klaus Mann. **13** »Lotte in Weimar«. **14** Ernst Freiherr von Weizsäcker (1882–1951), Diplomat; 1933–37 deutscher Gesandter in der Schweiz, 1938–43 Staatssekretär des Auswärtigen Amts, 1943–45 Botschafter beim Vatikan. 1948 in Nürnberg zu 7 Jahren Haft verurteilt, 1950 entlassen.

AN KATIA MANN

New York, 27.11.1936
The Bedford

Frau von und zu Obersüßlich, – was für schöne, auch kostbare Überraschungen (»Verrasingen« heißt das auf holländisch) Du mir doch durch Frau Närrin Therese[1] hast zukommen lassen. Herzlichsten Tausenddank, – es sind lauter sehr gute Ausdachte, – das gute teure Parfüm ist doch hier gar nicht zu haben (Phantasiezoll) und die Schmuckgegenstände haben mich sehr gerührt, – wie magst Du Dich nur so früh schon von ihnen trennen, – hätte doch Zeit gehabt bis zu Deinem einundachtzigsten.

Im übrigen beginne ich all Dein Fühlen zu begreifen, – im Hinblick nämlich auf unsere Ankünfte im Schoße der Familie, und lange ehe die Truppe eintraf[2] wußte ich, daß all mein Glück nun definitiv dahin gehn würde. Die Fahrt war lang und unkomfortabel (nicht schwankend, denn das gute Boot hatte schwer Zement geladen und scheint weniger geschaukelt zu haben, trotz dem Sturm, als etwa unsere Statendam in leichter Brise es getan hat), – man war wohl schon ein wenig entnervt bei der Einschiffung, – versagte, als die Fragen des Immigrationofficers anhoben, gab ungenaue und verdächtige Auskünfte und wurde nach Ellis Eiland verbracht*, – von wo aus man nur gegen Hinterlegung von 1000 Dollars, die ich innerhalb weniger Stunden aufbrachte, an Land durfte. Magnus[3], natürlich, der einzig Verständige weit und breit, kam ungehindert zu uns ins Bedford, nur die irren, wirren Weiber wurden geklappt. Nun ist jedermann hier eingemietet, – und der trouble, – Geschäfte, wildwütige Geselligkeit, vermehrt durch all die Komplikationen mit Giesskys[4] Psychele, – ist weder von Pappe, noch auch ginge er auf etwelche Kuhhaut. Es herrscht: größte Nervosität wegen der englischen Sprache, – beunruhigteste Eifersucht wegen der vielen und undurchschaubaren Beziehungen und Freundschaften, die in der Zwischenzeit sich angesponnen, – und ein Lunch wie das heutige, – wir waren ganz einfach zu vierzehnt bei Tisch (in unserm Speisesaal) wie nichts, – ist natürlich verwirrend und anstrengend für alle Beteiligten.

Auch sonst ist manches noch verwirrend. So konnte ich mich noch nicht entschließen, für das Theaterchen, welches ich nun also zu ganz akzeptablen Bedingungen haben könnte, fest abzuschließen, – weil mir ein Idealplatz in Kopf und Wunsch lebt, – einer mit Tischen, – an welchem wir etwas länger verbleiben und eine Institution werden könnten, anstatt ein Gastspiel zu absolvieren, das doch eben wieder nur seine von Anfang an sehr begrenzte Dauer haben würde (kaum länger als vier Wochen). Dieser Idealplatz nun würde ein viel größeres Unternehmen darstellen (Küche, Restaurant-Lizenz, – etc.) und eben einfach *Geld* kosten. Kurz, – dahinter also bin ich her und muß zittern, daß die kleine Theatersache (deren Chancen aber, auch von der Vertragslänge abgesehn, sehr viel geringer wären, – weil die Amerikanerleute unsere Art von Cabaret an Tischen gar nicht kennen und sie, – neuigkeitslüstern, – gewiß begrüßen würden, – während es »intimate shows« schon viele gab), daß die kleine Theatersache mir also mittlerweile durch die Lappen, vor die Hunde und in die Binsen geht.

Verstehst?

Aber sonst geht es gut. Es ist nach wie vor, – trotz dem trouble, – ganz erfrischend hierzulande. Emil Ludwig läßt schön grüßen, er hat uns auf der gestrigen Nachtparty eine Stunde lang den alten Gerhart[5] nachgeäfft, – kennt Ihr das, – er macht es sehr komisch und sieht ihm lächerlich ähnlich dabei. Des Präsidenten Sieg[6] war ein großer Spaß, – wenngleich hier viel geunkt wird, er werde den sich stetig steigernden Schwierigkeiten seiner zweiten Regierungsperiode nicht gewachsen sein und das dicke Ende all seiner Vorkehrungen käme nun eben nach. Mir scheint er eine der wenigen positiven Figuren darzustellen, und sein Sieg, gemeinsam mit Ossietzkys Nobel-

preis[7] (der Hitli gewiß um wesentliches geschädigt hat, – innerlich, meine ich) und mit dem Widerstand von Madrid[8] bringt nun doch ein wenig Sonne in unsere Stuben. Dergestalt, daß die Emigrationszeitschrift, die ich zu gründen und ganz einfach »Bad News« zu nennen dachte, – vielleicht noch ein wenig ruhen mag. Sogar Eden[9] hat ja eine ganz resche Rede gehalten und Ribbi[10] steht blamiert da, – all dies aber ist gewiß schon wieder gegenteilig, wenn das Briefchen in der Schiedhalde eintrifft, und so beende ich die Abendemissionen.
Annemarie[11] geht es besser, da aber ihr Unverstand keinerlei Grenzen kennt, wird sie in Bälde alles wieder verdorben haben. Tonio[12] ist ja nach Bayern gereist, einen Brief an die Urgreise in der Tasche. Da wir aber Herrn Drey[13] getroffen haben, wissen wir jetzt bereits, daß man in die Widenmayer zieht (Frau Drey tut ja dasselbe), und wer weiß, vielleicht lebt man sich auch dort wieder ganz erträglich ein.
Ich gehe mit dem Gedanken um, zu telegraphieren, sobald ich nun endgültig abgeschlossen und den Anfangstermin (um den ersten Januar herum) bestimmt habe. Frau Süsi, Frau Süsi, wie sehr sehr lange werden wir uns nicht gesehen haben, wenn ich schließlich komme, – bitte haltet den Krieg auf, – ich möchte nicht, daß er uns für Jahre trennt.
Dem lieben Zauberer schreibe ich einen Extradankeszettel wegen freundlicher Übersendung des Josephsbuches. Seid gehalst, – alles Zutunliche für die Dulala[14], der ich schreiben sollte, – alles Gutgemeinte für Mönndele[15], – gute Besserung Dir für den jüngsten Sohn[16], – und feinste Herzlichkeit der Angèle[17], falls er mal da ist.
Treulichst E.

Ich habe einen sehr begabten Buben[18], welcher meine Liedchen schier adäquat übersetzt.
Was aber den Enkelsohn angeht, so bin ich mir noch nicht völlig klar darüber, ob ich nicht *stattdessen* einen *unermeßlich* reichen älteren Herrn[19] heiraten soll.

1 Therese Giehse. 2 Das »Pfeffermühle«-Ensemble hatte sich am 10.11.1936 in Rotterdam nach New York eingeschifft und war dort am 25.11. eingetroffen. * [Anm. v. EM:] Dies niemandem erzählen, bitte! 3 Magnus Henning. 4 Therese Giehse. 5 Gerhart Hauptmann. 6 Franklin Delano Roosevelt (1882–1945) schlug bei den Präsidentschaftswahlen am 3.11.1936 den republikanischen Kandidaten A.M. London. 7 Vgl. S. 74, Anm. 5. 8 Im Juli 1936 hatte der spanische Bürgerkrieg begonnen. Deutschland und Italien erkannten die Rebellen-Regierung General Francos an, während die Sowjetunion ab Oktober 1936 die Volksfrontregierung unter Largo Caballero unterstützte. Madrid leistete bis zum März 1939 heftigen Widerstand gegen die frankistischen Eroberer. 9 Sir Anthony Eden (1897–1977), konservativer britischer Politiker; 1935–38 Außenminister unter Chamberlain, 1940–45 Kriegs- und Außenminister im Kriegskabinett Churchills, 1955–57 Premierminister. 10 Joachim von Ribbentrop (1893–1946), seit August 1936 deutscher Botschafter in London, 1938–45 Reichsaußenminister. Im Nürnberger Hauptkriegsverbrecherprozeß zum Tode verurteilt. 11 Vgl. S. 101, Anm. 7. 12 Tonio Selwart (geb. 1896), Schauspieler; ein Münchner Jugendfreund von Erika und Klaus Mann. Er lebt heute in New York. 13 Geheimrat Siegfried Drey, Kunsthändler in München; er hatte damals eine Niederlassung in New York. Wie Thomas Mann Gründungsmitglied des Rotary-Club München. 14 Elisabeth Mann. 15 Monika Mann, gen. »Moni«, »Mönchen« oder »Möndchen« (geb. 1910); zweitälteste Tochter von Thomas Mann, seit 1939 verheiratet mit dem ungarischen Kunsthistoriker und Donatello-Forscher Jenö Lanyi (1902–1940), der bei der Torpedierung der »City of Benares« während der Überfahrt von England nach New York ertrank. Sie lebt als freie Schriftstellerin auf Capri. 16 Michael Mann. 17 Golo Mann. 18 Wahrscheinlich der junge amerikanische Dichter John Latouche, der die meisten Texte der »Pfeffermühle« ins Englische übertrug und auch auftrat. 19 Maurice Wertheim.

AN THOMAS MANN [New York, Ende November 1936]

Liebster Z., – nun habe ich ein so Langes[1] an Frau Mieleinlieb hingeschrieben, daß mir zu tun fast nichts mehr übrigbleibt. Nur für den *ungewöhnlich guten Band*[2] möchte ich gedankt wissen, – ich studiere zwischen all den Besprechungen, Qualen und Torturen immer wieder drin herum und es scheint sich zu bestätigen, daß er schöner ist als alles bisher Dagewesene. Schreibst Du schon[3]? Oder liest Du noch? Wie lange soll es werden und welche Anekdote ist es denn überhaupt? Bin doch neugierig, wann man sich wiedersieht, und das dritte Weihnachtsfest meines Lebens außerhalb des Kinderhauses wird mir spaßig vorkommen. Seit der Weltreise[4] (vor acht Jahren) hat es das nimmer gegeben. Thomas Wolfe[5] (»Look Homeward, Angel«), ein sehr irrer und betrunkener Riese hat uns eingeladen, den Abend mit ihm zu verbringen. Das möchte mir aber zu fremdartig scheinen und ich denke, wir werden uns schon selber irgend einen Besen schmücken und im dunklen Badezimmer ein wenig zu singen wissen, damit es leidlich in Ordnung geht. Bist Du denn ganz gesund? Kein Rest der Krankheiten mehr zu spüren? Du wirst viel verehrt in diesem Lande und vielleicht solltet Ihr einmal auf ein Längeres herkommen, – ein, zwei Monate wenigstens, um auszuprobieren, ob es sich nicht doch hier leben ließe. O, über die verstunkene Schweiz! Nun haben sie wieder diese Frankfurter Broschüre ihres eigenen Landeskindes verboten. Spaßig: aber in Europen habe ich nie versehentlich von Deutschland gesprochen, – etwa München gesagt, wenn ich Zürich meinte. Hier aber bringe ich dies alles durcheinander, – sage meistens Deutschland, wenn ich Europa sagen möchte, *immer* München statt Zürich, *immer* Poschinger[6] statt Schiedhaldi[7]. Alles schiebt sich beunruhigend zusammen von hier aus und stellt sich dem erschreckten Blick als ein einziger Sauhaufen dar, – der ja vorübergehend ebensogut Deutschland heißen könnte, – wenn es erst schief gegangen sein wird.

An Mielein schrieb ich optimistisch, scheint mir, – was mag mir inzwischen über die Leber gelaufen sein?

Sei, bitte, sehr artig geherzt, – ich denke Eurer häufig und liebevollst, – wann denn erscheint Dein neuer Aufsatz[8] in der Weltpresse und was ist unter Weltpresse zu verstehn? Ein bestimmter Vertrieb? Oder wie, oder he? Wie kann man des Papieres habhaft werden? Würdest Du es mir, etwa gar, schicken?

Ganz und gar: Kind E.

1 Brief an Katia Mann v. 27.11.1936. **2** »Joseph in Ägypten«, Wien (Bermann Fischer) 1936; der Band war bereits Mitte Oktober erschienen. **3** Im Oktober 1936 hatte Thomas Mann mit Vorarbeiten zu »Lotte in Weimar« und Mitte November mit der Niederschrift begonnen; das als

Novelle geplante Werk wuchs sich zum Roman aus und wurde am 26.10.1939 in Princeton vollendet. **4** Erika und Klaus Manns Weltreise im Jahr 1927. **5** 1900–1938, amerikanischer Erzähler; »Look Homeward, Angel« (1929) war der erste seiner autobiographischen Romane. **6** 1914–33 wohnte die Familie Mann in der Poschingerstraße 1 in München. **7** In der Schiedhaldenstraße 33 in Küsnacht bei Zürich hatte sich Thomas Mann am 27.9.1933 niedergelassen. **8** »Von geistiger Ehre«, nicht erschienen (s. Thomas Mann, »Tagebücher 1935–36«, S. 206; 545).

AN THOMAS MANN

New York, 1.2.1937
Hotel Astor

Viellieber Z., – ach, auch Dich muß ich zunächst um Verzeihung, Vergebung und Nachsicht angehn, – es ist ja ganz beispiellos, wie ich mich betrug und daß ich nicht einmal für das *reizende* Geschenk, das so liebevolle Mühlen-Aufsätzchen[1] gedankt habe, macht mich zur Selbstverächterin (so wie Herr Mollier[2] einst zum Selbstbeneider wurde, – Mielein erinnert sich daran gewiß). Sei, noch heute, sehrsehrsehr bedankt. Es hat uns manch gute Dienste geleistet und mich zudem persönlich aufs innigste erfreut. Erscheinen tat es in Auszügen an mehreren Stellen und, in extenso, im »Daily Worker«, – sowie in einem von uns zu tausenden versandten Prospektchen und es hat sehr dazu beigetragen, unsere letzten drei Galavorstellungen so triumphal zu gestalten, wie sie in der Tat verliefen. Du reste[3] muß ich auf meine Nachrichten an Frau Mieleinlieb hinweisen, in denen ich mich ausgab. Warum aber habe ich denn all Deine schönen Publikationen nicht bekommen (warum wohl, – ich habe es nicht um sie verdient, – ich weiß schon, – aber das Stümpfchen tut bekanntermaßen auch weh!), – in der Nationalzeitung soll doch so was Feines gestanden haben, »Achtung Europa«[4], oder so, und nun wieder der Briefwechsel mit Bonn[5], – der hoffentlich in unserer »Nation«[6] (sie, zum Beispiel, *gehört* meinem unermeßlichen Reichen, – ach, es ist ein Jammer, daß man einen gewissen Grad von Reichtum nicht mit ansehn kann, – ohne vom Gewissen und von der Unruhe geplagt zu werden), – in der »Nation« also erscheinen soll.

Und wie die Goethenovelle[7] gedeiht, – Serkins[8] wußten sehr animiert und entzückt davon zu erzählen, – und wie es in Arosa gewesen ist? Und ob Ihr herkommt[9]? Ach, es wäre sehr reizend und das New-School-Auditorium[10] (in welchem auch wir unsere Triümphchen feierten, – sie waren wirklich sehr nett, ganz wie in Bern und wie im Haag!) kann ich nur empfehlen, – wenngleich 6 neue englische speaches kein Spaß sind und ich von leichtem Nesselfieber ergriffen werde, denke ich nur an ihre Ausarbeitung. Wie ist die Schiedhalde mit nur Medidulala[11]? Wie mag Michael[12] sich im Frack und in Paris ausnehmen? Aus der sturen Schwyz bin ich nun seit schon fast einem halben Jahr emigriert, – es ist erstaunlich und wird zudem an der Zeit, daß man sich wiedersieht.

Sei sehr geherzt, – ich denke Deiner häufig und zärtlich, – auch lese ich immer wieder im dritten Joseph, den ich von Herzen liebhabe; – neulich, im »Eternal Road«[13], dem Werfel-Stück, das nicht zu Unrecht »das jüdische Oberammergau« genannt wird, – habe ich sehr weinen müssen, da Joseph die Brüder in Ägypten empfängt und sich ihnen schließlich zu erkennen gibt, – *nur* weil ich daran dachte, wie rührend und großartig die Szene bei Dir aussehn wird (beim Werfel *war* sie es *gar nicht*, sondern vielmehr eher dumm und opernhaft!).

Leb wohl, – kommt doch, – trotz der englischen speaches, – und hoffentlich bin dann ich noch hier, ich meine aber schon.

Dein altes und liebes Kind E.

1 Thomas Mann, »Die Pfeffermühle. Einführung der Pfeffermühle in Amerika«, 1936; GW XI, S. 456ff. **2** Prof. Siegfried Mollier, der einmal der Familie Mann sein Haus am Chiemsee zeigte und bemerkte, er beneide sich selber darum. [Mitteilung von Prof. Golo Mann.] **3** Frz.: übrigens. **4** Vgl. S. 85, Anm. 8; der Vortrag erschien zum ersten Mal in deutscher Sprache 1936 im »Neuen Wiener Journal« und nicht in der Basler »Nationalzeitung«. **5** »Ein Briefwechsel«, *Neue Zürcher Zeitung* Nr. 133, 24.1.1937. Buchausgabe: »Ein Briefwechsel«, Zürich (Oprecht) 1937; GW XII, S. 785–793. – Seit 1953 unter dem Titel: »Briefwechsel mit Bonn«. **6** Die liberale New Yorker Wochenschrift »The Nation«, die nach Angabe EMs dem Bankier Maurice Wertheim gehörte. **7** »Lotte in Weimar«. **8** Rudolf Serkin (geb. 1903), Basler Pianist, ständiger Partner des Violinisten Adolf Busch (1891–1952) und mit dessen Tochter Irene verheiratet; seit 1935 lebten sie in den USA. **9** Thomas Mann hatte eine Vortragsreise durch die USA für das kommende Frühjahr geplant; diese dritte USA-Reise fand v. 6.–29.4.1937 statt. **10** Saal in der New School of Social Research, New York, in dem die »Peppermill« v. 22.–24.1.1937 auftrat. **11** Elisabeth Mann. **12** Michael Mann setzte 1937 sein Musikstudium in Paris fort, wo er bis zu seinem Aufbruch in die USA 1938 blieb. **13** Franz Werfels (1890–1945) Drama »Der Weg der Verheißung« (1935) wurde unter dem Titel »Die ewige Straße« 1937 von Kurt Weill (1900–1950) vertont.

AN KATIA MANN New York, 1.2.1937

Frau Süsi, ach, Frau Süsiwert, – es ist ja eine solche, aber auch gleich eine solch*ene* Schande, – und ich weiß sehr wohl, daß ich, *seit dem 29. November*, kein Zeilchen mehr von mir gab, es sei denn drahtlos immerdar. Entschuldigen kann man es nicht und nicht verzeihen, – es sei denn, man begriffe es erst, und auch das ist im Grunde niemandem zuzumuten, also probiere ich es erst gar nicht. Anzudeuten sei mir gestattet, daß da *erst* a hell of a time war, ehe denn die Première[1] stattfand, – daß da *dann* a hell of a time war, *nachdem* sie glücklichlich stattgefunden *hatte*, und daß da *schließlich* a hell of a time war, nachdem wir *aufgehört* hatten zu spielen. Unterdes aber hat ja wohl des Klausheinrich eingeweihtes Bruderherz vieles zu berichten gewußt, und mein, dämlicher- und unverständlicherweise Rot-geschriebenes[2], kommt zu allem Überfluß auch noch völlig post festum. Wie dem auch sei: es war sehr wirr und hat mich arg hergenommen. Denn warum?: Erst war doch schon alles so sehr schwierig mit unserer bockbeinigen Spinnurschel[3], die denn doch so sehr von allem Verstand und jedwedem Einsehen verlassen wurde (angesichts all meiner neuen connaissancen), daß, freilich, natürlich, selbstverständlich, auch ihre Künstlerschaft darunter litt. Es steht dahin, ob ich es feiner und unmerklicher hätte machen können, – wie auch immer ich es gemacht hätte (Du, Frau Oberklüglich, wußtest es ja, seit Du mich aus Küsnacht mit dem Frieder[4] telephonieren sahst und Bockbeines Gesicht dabei im Auge behieltest), wie auch immer also ich es gemacht hätte, *sänftlich* wär es nimmer ausgegangen. Gleichviel, – es war schon dies alles dazu angetan, einem das Briefeschreiben zu verleiden. Dann endlich kam

die Première des Weges, die von einem Teil der Presse eher unfreundlich aufgenommen wurde; Cabaret ist dem amerikanischen Menschen nicht bekannt, – man war etwas betreten, daß da keine rechten girls mitwirkten, – Erimaus persönlich zwar ward allgemein gelobt, im ganzen aber waren die Kritiken nicht eben dazu angetan, den Besuch so richtig hinaufzusteigern. Daß wir uns dann freilich auch mit unserm widerwärtigen Producer, einem Manne aus Köln, der sein Deutsch vergaß, veruneinigten, setzte dem Faß die Krone mitten ins Gesicht.
Wir schlossen vorübergehend, unter Hinterlassung eines ansehnlichen Defizits, und unter Hinterlassung einer Situation, die alle Ingredienzien der finanziellen Katastrophe reichlich in sich hatte. Nun war es an dem, daß der unermeßlich Reiche in Erscheinung trat[5], und so geschah es denn auch. Alles wurde bereinigt und aufs beste applanieret, nur daß, natürlich, dann wieder meine Freundschaft mit ihm darunter ein wenig zu leiden hatte, von der freilich ohnedies niemand sagen könnte, wie weit sie zu treiben gewesen wäre, – ist doch der unermeßlich Reiche einfach eine Schattierung *zu* reich, – man kann es irgendwie nicht aushalten, – es ist eine Sache mit Extrazügen und Kammerdienern, – es kommt einem ja blasphemisch vor, – zynisch und unadäquat. Wie dem auch sei, – ich bin auch ständig umgezogen, – erst vom Bedford in ein Etablissement namens Elysee (sehr teuer und schön), – dann von dort (da zu teuer und schön, mehr in der Richtung der Extrazüge) ins heimatliche Astor. Ob freilich ich hier bleibe, steht wiederum dahin, – ebenso wie meines Bleibens allgemeine Dauer. Ich will solange hier sein, wie es sich eben machen läßt, – meine persönlichen Chancen sind gut, – ich verhandele über verschiedene kleine Film- und Show-Tätigkeiten, und da die »Peppermill« in drei Sondervorstellungen in einem großen und ausverkauften Saal dann plötzlich reißende Erfolge hatte, bemüht so der wie jener sich um meine Mitarbeit. Therese, die arme beese, möchte ums Sterben nicht abreisen, was sie doch müßte, – ach, es sind der Sorgen viele. Magnus[6] wird wohl mit nächstem retournieren, [...] Gosmaus[7] macht sich noch ein wenig wichtig und treibt um, ehe denn sie nach Prag und heimkehrt. So also ist es. Ob denn Ihr nun kommt? Und ob denn ich dann noch

hiesig? Meine Aufenthaltserlaubnis endigt mit dem 31. März, – es ist *nicht* gesagt, daß man sie mir verlängert, sie sind hier oft so verdammt drollig. Ach, für wieviel habe ich zu danken. Für die milde Weihnachtsstiftung zunächst (danke tausendfach!), für so manche liebe, *liebe* Post zudem und für viel freundliche Gedanken gewiß (aber die habe ich auch gedacht und soweit wären wir quitt).
Ich erhielt auch neulich durch Generalkonsul Schwarz eine sehr nüdliche und übersichtliche Schilderung Eurer Einbürgerung in Prosec[8] aus der Prager Presse. Es muß doch sehr stimmungsvoll gewesen sein, – so mit Postmeister und allem Zubehör. Und auf Euren Aufenthalt im Prager Esplanade[9] (von wannen Dein, Liebsüsis, letztes Briefpapier stammte), war ich recht neidisch. Ach, man wird nie zur Ruhe kommen, und bei allem Gefühl für die Possibilitäten und Zukunftsmöglichkeiten dieses wilden Landes bleibt das Gefühl der Zugehörigkeit zum europäischen Misthäufchen doch so recht lebhaft bestehen, und jeder Hahn, der von dorten kräht, kräht heimatlich. So tat Hitler gestern. Und heute bereits hat der *gute* Prinz Löwenstein[10] ihn in der Carnegie-Hall widerlegt. Krieg aber, soviel steht doch wohl fest, gibt es zunächst keinen, und so darf ich denn halbwegs getrost sein, Euch im Laufe dieses Frühjahrs oder Sommers noch zu sehn. Wie viel, wieviel gäbe es zu berichten. Von all den Zusammenseins mit lieben Menschen, wie Blanche[11], Tonio[12], Serkins und anderen, und von all den Sorgen, Schicksalswendungen und Geschehnissen. Man kann nicht, – und das Wasser ist zu tief. Von Klausheinrichthomas[13], das haben wir festgestellt, war ich so weit noch nie entfernt, seit wir uns in der Franzjoseph[14] kennenlernten, – und so war es denn auch ein rechter Schreck, als er plötzlich abfuhr, mich in all den Wirrnissen zurücklassend. Annemarie hat sich all die Zeit aufgeführt, wie ein gymnasialer Feist, so kindisch, verklatscht und insistent.
Adieu, Frau Oberlieblich. Bitte zürne mir nicht nachhaltig ob der *garstigen* Schweigerei, – sie war voll der anhänglichsten Gedanken, und nun habe ich doch immerhin einiges hingeschwätzt in meiner zusammenhangslosen Art. Dem *lieben* Z. will ich noch einige Eigenzeilen widmen (in D. sagt man, statt

»Ihr ganz Spezielles«, beim Trinken jetzt allen Ernstes: »Gestatten, – Sonderwohl!«, und es ist ja auch gut so).
Ganz à toi E.

1 Der »Peppermill« am 5.1.1937 in New York. **2** Dieser Brief ist mit roter Tinte geschrieben. **3** Therese Giehse. **4** Fritz H. Landshoff. **5** Vgl. S. 101, Anm. 1. **6** Magnus Henning. **7** Lotte Goslar. **8** Thomas und Katia Mann hatten am 7.1.1937 die kleine tschechische Arbeiterstadt Proseĉ in Mittelböhmen besucht, die auf Betreiben des Kaufmanns und Gemeindevertreters Rudolf Fleischmann der Familie Mann im November 1936 das Bürgerrecht gewährt hatte. Golo Mann begleitete sie. **9** Prager Hotel, in dem EM 1936 gewohnt hatte; vgl. S. 91. Vom 7.–15.1.1937 befanden sich Thomas und Katia Mann auf Vortragsreise in Prag, Budapest und Wien. **10** Hubertus Prinz zu Löwenstein (1906–1984), politischer Publizist; 1935 in die USA emigriert, gründete 1936 die Hilfsorganisation »American Guild for German Cultural Freedom«. 1953–57 Bundestagsabgeordneter (FDP, dann DP). **11** Blanche Knopf (1894–1966); Ehefrau von Alfred A. Knopf (1892–1984), seit 1924 Thomas Manns amerikanischer Verleger und mit ihm befreundet. **12** Tonio Selwart. **13** Klaus Mann, der Mitte September Erika nach Amerika begleitet hatte, war Mitte Januar 1937 nach Europa zurückgekehrt. **14** Erste Wohnung des Ehepaars Mann in der Münchner Franz-Joseph-Straße 2, wo Erika und Klaus geboren wurden.

10. EXIL IN DEN USA

»Es war ja eine der merkwürdigen Erfahrungen der Emigration, daß man – älter wie man wurde – immerzu aufs Neue vor der Berufswahl stand... und nun wollte ich... ›Lecturer‹ werden«, erzählte Erika Mann 1965. »Es hat mir die Sache wieder sehr erleichtert, daß ich als Schauspielerin und besonders mit so vielen Kabaretterfahrungen auf dem Buckel einen direkten Kontakt zu einem ausländischen Publikum leicht fand. Die Sprache war für mich eine sehr schwere Hürde, natürlich eine hohe Hürde, denn ich sprach ein bißchen Schulenglisch, damals auf der ›Reise rundherum‹ konnten wir gar nichts, und ich mußte das ja auch sehr lernen. Und ich fing an, umsonst in Kirchen – die Amerikaner geben ja ihre Kirchen zu vielen guten Zwecken her, man kann ja da von der Kanzel predigen, was man will, wenn man von der Kirche eingeladen ist. Also ich habe angefangen – unbezahlt natürlich – in Kirchen ein bißchen Aufklärung zu verbreiten, versuchsweise über die Zustände, besonders über die Erziehung der Kinder...«
Rasch konnte Erika Mann ihre Englischkenntnisse verbessern, und schon 1938 begann ihre Karriere als »Lecturer«, was sie »zwei großen Erfolgen« zu verdanken hatte:
»Zunächst sprach ich auf einer Massenversammlung[1] in Madison Square Garden, zusammen mit Mayor La Guardia[2], General Johnson[3], John L. Lewis (dem damals mächtigsten Gewerkschaftsführer) etc. Es war die Massendemonstration gegen das Nazitum, eine Veranstaltung, die im ganzen Land größte Beachtung fand. Zusammengerufen vom ›American Jewish Congress‹, wurde sie geleitet von Chairman Rabbi Stephen Wise[4]. Aus wiederum unwägbaren Gründen fiel ich besonders auf, mein Bild erschien in Time Magazine, und schon war ich als › lecturer ‹ gemacht. Wenig später erschien mein erstes englisches Buch › School for Barbarians ‹[5], ein genauer Dokumentarbericht über Erziehung im Hitlerstaat. Der Band, ein Bestseller, führte mich weiterhin ein.«
Günstig war die Resonanz, die zwei gemeinsam mit Klaus Mann verfaßte Bücher fanden: »Escape to Life« (1939) – eine Art »Who is Who in Exile« mit zahlreichen kritischen Aufsät-

zen über prominente »Refugees« wie Brüning und Schönberg, Toller und Einstein – und »The Other Germany« (1940), das ähnliche Ziele verfolgte.

»Die grundsätzliche Freundlichkeit der amerikanischen Zuhörerschaft aller Schichten tat ein Übriges«, um aus Erika Mann den »buchstäblich jahrelang… erfolgreichste[n] weibliche[n] ›lecturer‹ from coast to coast und von Süd nach Nord« zu machen. Von Colston Leigh, einem der wichtigsten Agenten der USA engagiert, war Erika Mann jährlich fast ein halbes Jahr auf Vortragsreisen, wobei sie vier bis fünf Mal wöchentlich in Schulen, Colleges, Universitäten, Clubs und sogenannten »Forums« auftrat.

Im Sommer 1938 fuhren Erika und Klaus Mann als Beobachter an den spanischen Kriegsschauplatz und schrieben u.a. gemeinsam eine Reportage über den Bürgerkrieg, die in der »Pariser Zeitung« und der Moskauer Zeitschrift »Das Wort« erschien: »Die Reise, von der wir zurückkehren, hat in unsern Herzen ihre Spuren hinterlassen. Es war keine erheiternde Reise – wir haben ein Grauen kennengelernt, das uns noch fremd war – dem Elend und der Verwüstung sind wir begegnet. Trotzdem, und dies ist die Wahrheit: zum erstenmal seit dem Tage unserer Emigration haben wir gefühlt, daß wir siegen können. Dies Erlebnis, das spanische Volk im Kampf zu sehen gegen die Feinde seiner Freiheit, die die unseren sind, – dies Erlebnis ist unaustilgbar und es ist das schönste, was uns in der Verbannung begegnet ist.«[6]

In der Zeit zwischen dem Anschluß Österreichs und dem Angriff auf Pearl Harbour wurde die Lage der antifaschistischen Widerstandsbewegung in Europa immer prekärer. Erika Mann verfolgte jetzt zwei Hauptziele: zum einen, die Flucht und Aufnahme von Schriftstellern und Gesinnungsemigranten in die USA zu organisieren, zum andern, die amerikanische Öffentlichkeit über die Hitlergefahr aufzuklären und sie – nach Kriegsbeginn – für eine Intervention zu gewinnen. Es kam zur Gründung mehrerer Hilfsorganisationen und Komitees, deren Aktivitäten sie zusammen mit ihrem einflußreichen Vater unterstützte.

Im August 1940 flog Erika Mann auf Einladung des britischen

Informationsministers Duff Cooper[7] *nach London, um bei der Zusammenstellung der deutschsprachigen Sendungen der BBC mitzuarbeiten.*
»Wie bekannt, war damals England tödlich bedroht. Die deutsche Invasion wurde täglich erwartet, die Bombardements der industriellen ›Midlands‹ waren in vollem Gange, und ›der große Blitz‹ auf London stand bevor. Er begann am 7. September. Als ich in der zweiten Oktoberhälfte England wieder verließ, um meinen lange im voraus bestimmten Verpflichtungen in den USA nachzukommen, war die ›Battle of Britain‹ bereits zugunsten Englands entschieden und die Bombardements waren im Abflauen. Ich darf hinzufügen, daß man sich in England über mein freiwilliges Eintreffen zu jener Stunde allgemein verwunderte. Im Falle einer Invasion wäre ich in ganz anderem Sinne gefährdet gewesen, als die Engländer dies waren.«
Erika Mann führte Vorbesprechungen mit der BBC über Radiosendungen Thomas Manns unter dem Titel »Deutsche Hörer!«, die er ab Oktober 1940 monatlich nach London kabelte.

1 Sie fand am 17.3.1937 statt; EM verlas in deutscher und englischer Sprache ein Telegramm ihres Vaters vom 9.3.1937: »Zu Deinem Auftreten vor American Jewish Congress beglückwünsche ich Dich herzlich stop Du sprichst dort als selbständige Persönlichkeit zugleich aber tust Du es gewissermaßen an meiner Statt als meine Tochter und als meines Geistes Kind stop es ist eine schöne Gelegenheit für das Gute und Rechte für Wahrheit und Menschenwürde zu zeugen gegen Gewalt und Lüge die heute vielfach so siegreich scheinen und viele verführen stop Du sprichst zu Amerikanern und magst ihnen sagen daß die ganze Welt auf das große Amerika das Land Lincolns Whitmans und Franklin Roosevelts blickt und an seine Sendung glaubt der Menschheit auf dem Wege des Friedens und der sozialen Gerechtigkeit voranzugehen in eine Zukunft deren sie sich nicht zu schämen hat stop liebevollen Gruß« (Thomas Mann, »Briefe 1937–1947«, S. 17f.). **2** Fiorello La Guardia (1882–1947), demokratischer Politiker; 1933–45 New Yorker Bürgermeister, Verfechter zahlreicher sozialen Reformen. **3** Hugh S. Johnson (1882–1942), Journalist und Rundfunkkommentator; einer der frühen Mitarbeiter von F.D. Roosevelt. **4** 1874–1949, Rabbi der Freien Synagoge in New York; Gründer und damaliger Präsident der Zionistischen Organisation Amerikas sowie Präsident des »American Jewish Congress«. **5** »School for Barbarians«, New York (Modern Age Books) 1938; deutsch: »Zehn Millionen Kinder. Die Erziehung der Jugend im Dritten Reich«, Amsterdam (Querido) 1938. **6** Aus: Erika und Klaus Mann: »Zurück aus Spanien«; in: *Das Wort III*, H. 10 (Okt. 1938),

Moskau. 7 Duff Cooper (1890–1954), Viscount of Norwich, Schriftsteller und Politiker; 1940–41 Informationsminister in der Kriegsregierung Churchill.

AN KATIA MANN

New York, 14.2.1937
The Bedford

Liebste Süsi, – – dies nun ist überhaupt kein Brief, weder ein kurzer, noch ein langer, es ist nur eine schöne Kunstfigur[1] für die lieben Urgreise[2], deren Adresse ich nicht weiß. Vielleicht versiehst Du aber auch die dicke Bannbulle mit einem neutralen Couvert, damit es nicht aus New York über die Schweiz gegangen und damit verdächtig erscheine.
Eben kam Dein Eilig-Liebwertes. Ist denn der Fuß wieder ganz gut? Und kommt der liebe Z. endgültig nicht[3]? Gar nicht zu beschreiben der Jammer, den es auslösen möchte, – (ich schweige vom Prinzen[4], der ein leichtfertiger Dämelack ist) – aber auch ernste Männer brechen unter der Vorstellung völlig zusammen, und ich werde von früh bis spät teils behelligt, teils belästigt. Auch beschworen werde ich, als ob ich irgendetwas zur Sache tun könnte, oder auch nur wollte; verstehe ich es doch wirklich, wenn Herr Acker[5] nicht will; ausschließlich die Frage, ob er am Ende ein wenig sorglos zusagte, könnte offen bleiben, – aber schließlich, – er ist ein Genius und da soll man nicht am Zeuge flicken. Der Briefwechsel[6] ist fertig, in 20.000 Exemplaren, – keineswegs der unermeßlich Reiche[7] hat es finanziert, ich sehe ihn nicht, zur Zeit, da er versuchen möchte, über mich hinwegzukommen und sich von all den nervösen Krankheiten zu erholen, die ich ihm zugefügt, – sondern vielmehr habe ich mit großen Mühen die Sümmchen zusammengebracht und es kostet mich viel Arbeit und ich habe *sso* viel Last! (Meine aber, daß die Wichtigkeit groß und die Last infolgedessen bezahlt ist!) Am Sonntag spreche ich ja in Madison-Square-Garden, – es sind 22 000 Leute da und alles wird über das ganze Land gefunkt, das regt mich auf. »Die Frau im Dritten Reich«, – ich werde es ihr geben. La Guardia ist ein Goldbürschel, und mit welcher Sicherheit man bei uns jedesmal wie-

der den Porzellanladen zertöppert, wenn schon gefürchtet werden konnte, daß ihnen eine Chance erwachsen möchte, – das ist wirklich ein Spaß. (Ach, über unsere kleinen Späße und wie dankbaren Sinnes wir sie genießen, – wie die Bettler die uuuuralten Würstchen, die von des reichen Mannes Tische fallen.)
Nun ist es doch so eine Art Brief. Ich bringe ihn selber auf die Queen Mary[8], wohin ich Serkins zu geleiten denke. Er hat wieder ganz königlich gespielt, – ohne so recht eigentlich sachverständig zu sein, scheint mir bei ihm die höchsterreichbare Synthese aus Brillanz und Seele erreicht, – ich habe die Crème sehr genossen. Und was für ein lieber Mensch! Ob Dulala[9] meine Papiere absandte? Ich muß so viel kleine Reisen tun, daß ich mir ein Auto leihen sollte. War auch in Philadelphia, fahre übermorgen nach Boston, – und, gleich nach dem »Frau-im-3.-Reich«-Vortrag, schon wieder in diese Richtung, um einen Vortrag in Heddas Schülchen[10] abzuhalten. Seid umhalst.
Das Bluff-Exemplar[11] geht in 5000 Copies nach D., – wie Ihr vermuten könnt, das andere ist für die Verbreitung hierzulande. Ich höre *nichts* von Blanche[12], – sie *ist* ja doch eine allzuangespannte Hungerleiderin, und er ist ein greller Barbar mit sehr schlechten Manieren und ohne den Charme des Originals. Hübsch'es[13] sind viel lieber.
Nichts höre ich auch von der Giessky[14], dafür aber auch nichts von Klausheinrichthomas[15] und Friederich[16]. Nur Annemarie schreibt unermüdlich trockene Briefchen. [...]
Schluß, – ich hatte eben ein wenig Zeit, weil nebenan ein Mädel meine Rede übersetzt und ich daheimbleiben muß, um sie zu beraten. Daher die elende Geschwätzigkeit.
Ganz umhalst; ich lese immer wieder im Joseph, – habe über Mont-Kaws Tod in Philadelphia so geweint, daß ich nicht zum Frühstück erscheinen konnte, – und finde, – auch höre immer wieder, daß dieser dritte Band (auf dessen englisches Erscheinen hier dringlich gewartet wird) der schönste weit und breit ist. Wie nun soll da erst der vierte, fünfte und sechste werden.
Auf Lotten bin ich aus ganzer Seele neugierig.
Unwiderruflich letzte Zeile. Herzens-E.

1 Zitat aus Clemens Brentanos Märchen »Gockel Hinkel Gakeleja«: »Keine Puppe, es ist nur/Eine schöne Kunstfigur.« **2** Katia Manns Eltern. **3** Vgl. S. 108, Anm. 9. **4** Hubertus Prinz zu Löwenstein. **5** Ein Familienwitz; Herr Acker war der Hausmeister von Katia Manns Eltern. **6** Vgl. S. 108, Anm. 5. **7** Bankier M. Wertheim. **8** Englisches Linienschiff. **9** Elisabeth Mann. **10** Hedda Korsch geb. Gagliardi (1890–1982), eine Cousine Katia Manns. **11** »Erika sandte von ihr veranstaltete amerikanische Nachdrucke des › Briefwechsels ‹, teils caschiert« (s. Thomas Mann, »Tagebücher 1937–39«, S. 41; Eintragung v. 17.3.1937). **12** Frau des Verlegers Alfred A. Knopf, in dessen Verlag der »Briefwechsel« erschienen war. **13** Das Verleger-Ehepaar B.W. Huebsch (Viking Press) brachte deutsche Exilliteratur in englischer Übersetzung heraus. **14** Therese Giehse. **15** Klaus Mann. **16** Fritz H. Landshoff.

AN KATIA MANN

Norton/Mass., 19.3.1937
Wheaton College

Frau General-Süsi, – Frau Ober-Annehmlichkeit, –
dies wird nun wirklich ein Kurzgehetzter, denn schon soll ich das College besichtigen, in welchem ich gestern durch Cousinchen Heddas freundliche Vermittlung einen Vortrag hinhalten durfte. (Deutsch, o Wonne-feeling, – und die Mädels waren musterhaft artig, ganz als verstünden sie es.) Davon dann aber nur noch mündlich. Bloß von der Massenkistchen[1] vorgestern will erzählt sein, – denn es war das glanzvollste, was ich je gegen die Säue habe abhalten sehn und ich war ganz entzückt, dabei zu sein. Überfüllt der Riesenplatz, – *23000* in der Tat (mehr als Platz haben), und Tausende mußten weggewiesen werden. Keineswegs vorwiegend jüdisch, – geschickter Weise sprach nur ein Jud[2] überhaupt, – im übrigen, wie man ja auch bei Euchzuschweize gelesen haben wird, ein sehr konservativer General[3] und der Arbeiterführer Lewis *und* klein Erimaus, – das waren die Hauptsprecher. Als des lieben Z. Name zum erstenmal laut ward, jubelte das ganze Haus, – es war sehr rührend und hübsch, – die Botschaft[4], – von mir auf deutsch und englisch zum besten gegeben, hatte größte Wirkung, – und selbst mein Eigenquätschlein fand regsten Widerhall (Frau im dritten Reich und ich übersetzte auch einiges aus den Nürnber-

ger Gesetzen, die, vermittels der *rauchenden* Geisteskrankheit, so hinter ihnen steht, sich besonders eignen). Kurz, – es war *ganz* groß, – und die Gegenversammlung, von den Nazis einberufen, am selben Abend, von *drei* verschiednen Organisationen, vermochte ganze 68 (achtundsechzig) Hunde hinterm Ofen hervorzulocken, – wegen des nassen Wetters, – sagte der Herr Vorredner, – als ob es in der Madison-Square-Garden-Gegend weniger gegossen hätte. So war das. Ich muß ja gehn.
[...]
Wie REIZEND, daß Ihr kommt, – und daß der Z. nicht englisch zu sprechen braucht, nimmt mir einen Stein von der Seele, – es hätte ihn fürchterlich angestrengt und ich selber hätte Blut und Wasser schwitzen müssen, – ich *leide* so schrecklich unter sowas und wäre schon bei Kläuschens erstem englischen Vortrag beinahe gestorben.
Ich selber muß nun (vor allem seit meinem Erfolg im Massentreffen) fast ohne jede Unterbrechung speaches abhalten, – für Jud und Christ, – es macht nichts und wovon sollte ich schließlich sonst leben.
Auf Wiedersehn, – größte Freude Deines E liebs.
Z. soll *bitte* Lotten[5] mitbringen!!!
Ihr werdet doch, um Gott, hier wohnen? Das Hotel[6] ist letzten Endes sehr nett, – der Manager befleißigt sich eines soweit ganz üsisen Benehmens, – und überhaupt wäre es doch von noch nie dagewesener Lästigkeit, wenn Ihr dann anderswo logiertet, – etwa im D'Orset beim unangenehmen Herrn Knopf.
O über die spanischen Siege! Aber es *kann* ja nicht anhalten, – und wir werden unsere freudige Erregung wieder bitter zu bezahlen haben. Auch der rote Sender in D. ist sehr drollig und Rabbi Prinz, soeben von drüben kommend, und sehr intelligent, sagt, man könne sich vom Wechsel der Stimmung während des letzten Jahres, ins Verzweifelte, gar keinen Begriff machen. Küsse. e.

1 Massenversammlung im »Madison Square Garden«. **2** Stephen Wise; vgl. S. 115, Anm. 4. **3** Hugh S. Johnson; vgl. S. 115, Anm. 3. **4** Thomas Manns Telegramm an EM; vgl. S. 115, Anm. 1. **5** »Lotte in Weimar«. **6** Das Bedford Hotel in New York.

AN KATIA MANN New York, 1.5.1937

Frau Süsi, Frau Süsi, – mir scheint, gestern müßt Ihr eingelaufen sein[1], und auch ich bin es, aus Ohio. War es erholsam auf dem Dampfer und wie hat Herrpapale[2], retrospektiv gesehn, Amerika überstanden? Hat das Schönste auf der Welt sich noch zu verschönern vermocht, wenn man nun den Schlußeffekt betrachtet, und wie fühlt Ihr Euch in der alten Schiedhaldi?
Ich bin heute gleich zum Doktor getöffelt, – der alles in bester Ordnung fand, – wie er sagt, kann er es nun mit 100-prozentiger Sicherheit sagen. Da müssen irgend andere Gründe vorliegen, – Überanstrengung, unregelmäßiges Leben, – es komme auch vor, sagt er, daß einem das Klima hier, à la longue, nicht läge, – wie dem auch sei, Schritte sollen unternommen werden, alles soll von nun ab äußerst lästig gestaltet werden, mit Einspritzungen, und bitterer Medizin, – aber jenes, jedenfalles, ist es nicht und das ist doch immerhin ergötzlich. Meine Theaterverhandlungen, welche ich, im Hinblick auf die herrschende Unsicherheit, hatte einschlafen lassen, will ich nun, in der Hauptsache aus Pflichtbewußtsein, am Montag wieder aufnehmen, – und dann entscheiden. *Gern* käme ich[3], etwa Ende des Monats, hinüber, – denn erstens habt Ihr mir doch wieder *sehr gefallen*, sodaß ich ganz einfach den größten Wert darauf legen möchte, ein wenig *Zeit* mit Euch hinzubringen (nicht in Frau Neumanns Sinne, hoffentlich!), zweitens muß man, eines Tages, ja dann auch wieder an Eissi ham. Drittens fühle ich mich erholungsbedürftig, – und, wenn ich die Plomben mitrechne, ergeben sich gewiß an die 47 Gründe.
Unsere arme liebe Off-maus[4] hat ja geschrieben, und ich habe den Brief hoffentlich lesen dürfen. Hier ist er. Sie schreibt immer noch erstaunlich rüstig, ich meine rein graphologisch, – aber die Jubelfeier des Neunzigjährigen[5] muß ja macabre gewesen sein.
In Cleveland sprach ich 5 Mal in drei Tagen, was, da ich bekanntlich weder so jung, noch so widerstandsfähig bin wie der liebe Z., mich an den Rand des Zusammenbruchs brachte. Besonders, da ein *improvisierter* (auf englisch!!!) völlig »freier«

speech »about my father« dabei war, der mich, allein wegen seiner Torheit, leicht um die Ecke hätte bringen können. Im übrigen aber war der Aufenthalt eher triumphal, und meine Erfolge als public speaker number 1 – häufen sich. Meine etwas kindische Art, Geschichtchen zu erzählen, und, nur an Hand ihrer, Schlüsse zu ziehn, die ungeheuer allgemeinverständlich sind, nimmt die schlichten Amerikaner für sich ein, – und wenn es mich nicht ein wenig zu sehr *langweilen* möchte, in diesen öden Städten umherzufahren, allein, – und als tapfere kleine Frau, – ich könnte gewiß davon leben und dürfte wohl auch das Gefühl haben, es nicht völlig nutzlos zu tun.
Habt Ihr die Times bekommen? Der, für meine Begrifflein, äußerst *törichte* Aufsatz hat hierzulande sehr gefallen, – besonders aber die glänzende Anspielung auf »Sei glöcklich, du gutes Kend«[6], – wurde viel beachtet und, als Z.'s *Weltanschauung*, überall zitiert. *Was* soll man da sagen, und im Grunde könnten sie sich alle auch ständig auf unsere Betten übergeben, wenn sie doch schon so *gar* nicht verstehen können, worum es sich handelt.
Frau Süsi, Frau Süsi, ich muß ja schließen. Eigentlich sollte dies so eine Art Chateau-Brief werden, – in welchem auszudrücken gewesen wäre, wie reizend Euere Anwesenheit hie von mir empfunden wurde, trotz der vielen *Störungen* durch die wilden Amerikaner, – und daß ich alles, – auch die freundliche Handhabung des Finanziellen, sehr wohl zu würdigen gewußt. Nägel[7] strahlt noch immer, – Riess[8] verzog aufs Land, kommt aber Montag herein, um mit mir in die Oper zu gehn (»Faust«) eine hoch*originelle* Idee. Sonst weiß ich nichts, da ich ja ununterbrochen in Cleveland war. Es ist heiß und man kann im Bedford auf dem Dachgarten sitzen. Alfred[9] beorderte mich, sehr dringlich, zu sich, – am Tag Eurer Abreise noch, – denn er will die Essays in rasender Eile herausbringen und gab sie nun doch Madame Reil zum Bearbeiten, die schon ganz üsig und eifrig damit beschäftigt ist. Des Freud[10] werde ich mich in den nächsten Tagen annehmen.
Jedermann hat Euch noch in der feinsten Erinnerung, und das Widerwarts-meeting im Mekkatempel[11] füllt noch immer die Spalten der Volkszeitung (sozialdemokratisch, etwas vereins-,

aber ganz ehrenhaft, – Seger[12]) und des Volksecho (kommunistisch, korrupt, »getarnt«, antipathisch) mit Stunk. *Alle* sind außer sich, aber der liebe Z. wird überall nur mit Ehrfurcht genannt. Sitzt er schon wieder über Lotten*? Ich freue mich sehr auf den Rest und werde auch gewiß nie wieder dabei bechen [sic!] lassen.
Umarmt und herzlich geherzt E.

1 Am 30.4.1937 waren Thomas und Katia Mann wieder in Europa eingetroffen und, nach kurzem Aufenthalt in Paris, nach Küsnacht zurückgekehrt. **2** Thomas Mann; von seinen beiden jüngsten Kindern so genannt. **3** EM traf zum 62. Geburtstag Thomas Manns im Juni 1937 in Küsnacht ein. **4** Katia Manns Mutter, gen. Offi. **5** Katia Manns Vater, Prof. Pringsheim. **6** Zitat aus Thomas Manns Roman »Buddenbrooks« (1901); ständige Redewendung der Mamsell Weichbrodt. **7** Manager des Hotels Bedford. **8** Curt Riess. **9** Alfred Knopf. **10** Thomas Manns Essay »Freud und die Zukunft« (1936). **11** Am 21.4.1937 hatte Thomas Mann auf einer »Gedenkfeier für die Opfer des Faschismus« im New Yorker »Mecca Temple« eine Rede gehalten (»Bekenntnis zum Kampf für die Freiheit«, in: *Das Wort*, Moskau, Juli 1937; wiederabgedruckt in: »Tagebücher 1937–39«, S. 860–864). **12** Gerhart Seger (1896–1967), sozialdemokratischer Reichstagsabgeordneter; 1933 nach dem Reichstagsbrand ins KZ Sachsenhausen bei Oranienburg verbracht. Er konnte fliehen und emigrierte 1934 in die USA. 1936–49 Chefredakteur der deutschsprachigen »Neuen Volkszeitung«. * [Anm. v. EM:] versehentlich unanständig!

AN KATIA MANN

New York, 3.8.1937
The Bedford

Süsilieb, – schnellschnell der Normandie[1] noch eins aufzubrummen und hinzukritzeln fühle ich mich gedrängt. Gleich kommt eine Dame, die auch ein Buch schreibt und mich daher dringend sprechen muß, – dann muß ich gehn, mit meinen Show-Leuten intrigieren und so geht das Leben hin. Es ist *sehr* heiß, wenngleich nicht unerträglich. Das Beisammensein im alten Bedford ganz urgemütlich soweit, – und könnte in Hitzing auch nicht anders sein. Die Show[2] eröffnet auf dem Lande am dreißigsten, ich verziehe zu den Proben am 15. dorthin. Adresse demnächst. Wird sie gut, solls mich freuen, wird sie schlecht, solls mich nicht verdrießen und schließlich riskiere ich nicht viel. Die Menschen sind recht willig und, dichtete ich besser englisch, ließen sie mich gewiß alles ganz erleine [sic!] machen. Damm it. Wegen meines Büchelins[3] hatte ich ein Luncheon heute, – dies wird noch viel Arbeit und leidiges Materialgestöbere geben, – und morgen muß ich irgendwie dreihundert Dollars raisen[4], – ich bin schon ganz angeregt und munter. Die Presse hat mich ergreifend gefeiert bei meinem Eintreffen, – in allen Blättern große Aufsätze mit Bildern, – die »Post« geleitete mich sogar zum Naturalisation-Office, um mich, während ich um meine »First Papers« schriftlich einkam, abzuphotographieren. Daß Daughter of[5] nun wirklich einwanderte, schmeichelt den lieben amerikanischen Menschen, und so steht denn alles ganz emsig. Brauchst Du etwa Geld? Mußt es nur sagen, mein Herzchen (in netter Form), und ich will gewiß nicht so sein. Ein Checkbuch zwar habe ich noch nicht geholt, will es aber, vor meiner Wahl zum Sensior (zu dumm, – vor meiner Abreise aufs Land also), gewiß noch tun. Der Vizepräsident der Bank hat mich bereits sehr ehrerbietig im Briefe begrüßt. [...]

Schreitet Lotte fort?

Wie geht es denn? Hat man die Injektionen ausprobiert? Geht man noch nach Italien? Wie sind die Pläne, Ideen und Stimmungen? Hast *Du Dir* Gelegenheit geboten, Dich ein *wenig doch* zu erholen? O, Unverstand! Ich wollte, ich sähe Euch bald, – ich bin Euch doch von ganzem Herzen gut, – als: E.

Bitte meine Ausschnitte *zurück*!
(Sehr sehr eiliger, schlechter, dummer Brief!)

1 Das Linienschiff, auf dem EM aus Europa zurück nach New York gefahren war, sollte den Brief mitnehmen. **2** EM sollte bei »New Faces«, einer großen amerikanischen Show, mitwirken. **3** »School for Barbarians«. **4** Aufbringen. **5** D.h. die Tochter Thomas Manns.

AN THOMAS MANN [New York, November 1937]

Allerliebster Z. *Willst* Du gütig sein und eine kleine Message[1] spenden? Es handelt sich um die Künstler, deren einen Du sahst, als wir in seinem Atelier das Anti-Nazi-Modellchen anschauten. Ein paar Sätze genügen und es sind brave Menschen. Ich bin froh zu hören, daß es Dir besser geht, – es muß ja abscheulich gewesen sein und wir wollten schon telegraphieren, um Beileid auszudrücken, ein Plänchen, das dann an übergroßer *Armut* zu Grunde ging.
Den Rest schrieb ich an Fraumamale[2]. Leb wohl und sei für die Geburtstagszeilen sehr bedankt. Den Wagnervortrag[3] hörte ich gern, – auch sonst wünschte ich manchmal, ich wäre in der Schiedhaldi, wenn freilich *dies* Land immer noch das *einzige* ist, dessen Presse und Öffentlichkeit halbwegs adäquat auf die deutschen und englischen Scheußlichkeiten[4] reagiert, – und gründlich überlegt, mir wäre lieber, Ihr wäret hier.
Treulich: Kind E.

Fränkels[5] haben mich an meinem Geburtstag reizend gefeiert und waren sehr üsis. So überreichten sie mir einen schönen Siegelring, den Clemens Brentano am Finger getragen, taten Strümpfe, Duftgewässer, Wodka und dies und das dazu und somit will ich ihnen verzeihen, daß sie so übermäßig geschickt sind. *Gumpert*[6] wurde *40*!

1 Thomas Mann schickte ihr am 4.12.1937 (s. »Briefe 1937–1947«, S. 34) eine kurze »Botschaft an die amerikanischen Künstler zu ihrem antifaschistischen Kongreß in New York«, die EM im Dezember 1937 verlas. (Abdruck in: Thomas Mann, »Tagebücher 1937–39«, S. 867ff.) **2** Unveröffentlichter Brief an Katia Mann v. 16.11.1937. **3** Thomas Mann, »Richard Wagner und der Ring des Nibelungen«, gehalten am 16.11.1937 anläßlich einer Ring-Aufführung im Zürcher Stadttheater; GW IX, S. 502–527. **4** Vermutlich ist der Besuch gemeint, den Lord Halifax (1881–1959; Mitglied des britischen Kabinetts, 1938–40 Außenminister) am 17.11.1937 Hitler abgestattet hatte, um die Möglichkeiten einer deutsch-englischen Politik zu sondieren. **5** Bruno und Liesl Frank. **6** Martin Gumpert, am 13.11.1937.

AN THOMAS MANN

New York, 4.2.1938
The Bedford

Allerliebster Z. – habe soeben ein nur zu Langes an Mieleinle[1] hingetippt; so bleibt mir nur, Dir für Deinen Wunderbarschönen[2] zu danken, schriftlich, denn drahtlos habe ich es bereits getan und mündlich hoffe ich es beinahe gleich zu bekräftigen. Ich habe ja *sehr* gelacht, und wie Du alles so frisch aus dem Ärmel schütteltest, war ungemein glaubwürdig und überzeugend, sodaß auch keiner auf die Idee verfallen ist, mich der garstigen Intrige zu bezichtigen, deren ich de facto schuldig bin. Ob ich nun general Secretary[3] *werde,* liegt, teils, an mir. Wir müssen das besprechen. Heute möchte ich folgendes fragen: wäre es Dir, im Prinzip, recht, oder unrecht, wenn ich Euch, gelegentlich (etwa nach Washington, Chicago und California) begleitete, um für die Guild, der unter meiner Führung zu neuem Glanz verholfen werden müßte, ein wenig zu sammeln? In Washington möchte Mrs. Meyer[4] mich dabei unterstützen, in Hollywood die guten Fränkels[5], und für Chicago und San Francisco habe ich andere brave Menschen, die sich bereit finden. Ich glaube, daß man sehr wohl einiges ausrichten könnte, und wenn Du Dich selber nicht darum zu kümmern brauchst, macht es Dir am Ende nichts, – besonders, wenn alles schon fein vorbereitet und von mir mit elegantestem Herzenstakt durchgeführt würde. Wie meinst Du? Willst Du mir telegraphieren, wenn Du dezidiert *nichts* dergleichen haben willst? (Wohlgemerkt, es handelt sich *nicht* um zusätzliche Unternehmungen, die man Dir aufzubürden wünschte, sondern bloß darum, bei ein paar Dinners, die *ohnedies* abgesessen werden müssen, Erimaus mit dem Teller herumzuschicken?!)
Ach, mein Gott, der Brief *muß* ja weg, laß Dir von Fraumamale sagen, wie sehr ich mich auf Euch freue, und nimm die ganze zärtlich-treue Anhänglichkeit
des Kindes E.

1 Unveröffentlichter Brief an Katia Mann v. 4.2.1938. 2 Brief nicht erhalten. 3 Thomas Mann hatte sich gewünscht, daß EM Generalsekretärin der »American Guild For German Cultural Freedom« werde. Dazu kam es aber nicht (s. Thomas Mann, »Tagebücher 1937–39«, S. 160;

664). **4** Agnes Eugene Meyer geb. Ernst (1887–1970), deutschstämmige amerikanische Journalistin; Frau des Bankiers Eugene Meyer (Besitzer und Herausgeber der »Washington Post«). Sie gründete die Eugene & Agnes E. Meyer Foundation, die sich in erster Linie sozialen Aufgaben widmete, und war seit 1937 mit Thomas Mann befreundet; von der umfangreichen Korrespondenz konnte nur ein Teil in die Thomas Mann-Briefbände aufgenommen werden. **5** Bruno und Liesl Frank.

AN RUTH NORDEN[1]

New York, 14.5.1938
The Bedford

Liebes Fräulein Norden, –
ich freue mich Ihnen mitteilen zu können, daß Hermann Broch[2] von meinem Vater, Thomas Mann, als Träger der Scholarship der »American Guild For German Cultural Freedom« vorgeschlagen worden ist. Mein Vater ist, wie Sie vielleicht wissen, Präsident der europäischen Sektion der »Guild« und seine Vorschläge werden in erster Linie berücksichtigt. Ich selbst, als Chairman der »Scholarship«-Abteilung, habe meines Vaters Antrag aufs dringlichste unterstützt, und so besteht kaum ein Zweifel, daß Broch, zunächst für drei Monate, – wahrscheinlich aber, auf dem Verlängerungswege, auf sechs Monate mit der Ehrengabe der »Guild« (die sich, wie Ihnen bekannt ist, auf 30 Dollars pro Monat beläuft) rechnen kann. Die formale Abstimmung findet anfangs nächster Woche statt; da ich aber weiß, wie dringlich dieser Fall ist, wollte ich Ihnen schon heute vertraulich Mitteilung machen.
Mit den besten Grüßen und in der Hoffnung, daß es möglich sein wird, Broch auf schnellstem Wege aus Österreich herauszuhelfen, – bin ich
die Ihre: Erika Mann

1 Übersetzerin, Schwester des Übersetzers Heinz Norden. Sie hatte im Mai 1938 EM um eine »Scholarship« für Hermann Broch gebeten. **2** 1896 bis 1951, österreichischer Erzähler und Essayist; er war im März 1938 für kurze Zeit verhaftet worden. Thomas und Erika Mann bemühten sich mit Erfolg um seine Auswanderung; durch ihre Vermittlung erhielt er eine finanzielle Unterstützung durch die Guggenheim Foundation für seine massenpsychologischen Studien an der Universität Princeton.

AN LEOPOLD SCHWARZSCHILD Paris, 28.5.1938

Lieber Herr Schwarzschild,
Ich komme heute aus Amerika hier an und höre als erstes, daß man in manchen Kreisen (und nicht nur bei den Nazis) meinem Vater »Untreue gegen Europa« oder gar »Verrat an der Tschechoslowakei« zum Vorwurf macht. Dies erstens, weil er, angeblich, die *tschechoslowakische Staatsbürgerschaft aufgeben* wolle. Zweitens, weil er überhaupt nach *Amerika übergesiedelt* ist. Auch ein Gedicht von A. Wolfenstein[1], das Sie im »Neuen Tage-Buch« zum Abdruck brachten, enthält, adressiert an die »Europa-Flüchtigen«, anscheinend Vorwürfe dieser Art.
Was den ersten Vorwurf angeht, so ist er einfach substanzlos. Mein Vater ist in Amerika eingewandert, er wird dort leben, und die Amerikaner haben ihn mit der ergreifendsten Herzlichkeit aufgenommen. Niemals aber würden sie, die einen besonders starken und natürlichen Sinn für Fairness und Loyalität haben, es ihm verzeihen,wenn er, in einem Augenblick, in dem es gilt, die Idee der Tschechischen Republik hochzuhalten, der CSR »die Treue brechen« wollte. Mein Vater ist *nicht* »Amerikaner geworden«; er hat *jede Geste* vermieden, die von Allzueifrigen als »Treubruch« ausgelegt werden könnte; er hat sich also nicht einmal das Options-Recht auf die amerikanische Staatsbürgerschaft (das er durch Beantragung der sogenannten »First Papers« hätte erlangen können) gesichert.
Zu der Übersiedlung selbst – wenn es denn schon nötig sein soll, sie zu erläutern – wäre das Folgende zu sagen:
1.) Mein Vater besucht Amerika seit vier Jahren. Seit vier Jahren ist es sein Wunsch, den Kontakt mit diesem Lande und vor allem mit der Jugend dieses Landes, die seinen Arbeiten das förderndste Interesse entgegenbringt, zu vertiefen.
2.) In diesem Jahre sind zum erstenmal Einladungen von mehreren großen amerikanischen Universitäten an ihn ergangen, sich dort niederzulassen und regelmäßig Vorträge dort zu halten.
3.) Mein Vater lebte seit fünf Jahren in der Schweiz. Er war nicht Schweizer Bürger, der Bundesstaat hat ihm niemals eine Möglichkeit gezeigt, es zu werden. Ich weiß, daß er die Schweiz

schätzt und achtet, und daß er sich ihrer Gastfreundschaft immer dankbar erinnern wird. Er spürt aber, daß für seinesgleichen seit der Untat an Österreich[2] Lebensraum und Wirkungsmöglichkeit im deutschsprachigen Europa mehr und mehr schwinden. Von der Tschechoslowakei, die er regelmäßig zu besuchen pflegte, und wo, wie in Österreich, ein großer Kreis von Gleichgesinnten und Freunden ihm offenstand, weiß er sich physisch so gut wie abgeschnitten.

4.) Mein Vater ist tschechoslowakischer Staatsbürger[3]. Das Wohl und Wehe der Tschechoslowakei liegt ihm also nicht nur von allgemein-menschlichen, demokratischen, europäischen Gesichtspunkten her, sondern besonders und persönlich am Herzen. Er bewundert und liebt die tapfere und entschlossene kleine Republik, er bewundert und liebt ihren Präsidenten, den Doktor Eduard Benesch[4]. Nichts läge ihm ferner, als in einem Augenblick wie diesem von der CSR »abzurücken«.

5.) Mein Vater hat in siebzehn Städten Amerikas Vorträge gehalten, die von mehr als 70 000 Amerikanern gehört wurden. Diese Vorträge waren politischer Natur, sie beschäftigten sich mit dem »zukünftigen Sieg der Demokratie«, – sprachen von seinem Glauben an ihn und von den Bedingungen, an welche dieser Sieg gebunden sein würde. Sie beschäftigten sich mit *Europa*. Und denjenigen, die meinem Vater »Untreue gegen Europa« zum Vorwurf machen möchten, sei gesagt, daß der Zweiundsechzigjährige auf dieser ungeheuer strapaziösen und angreifenden Reise (auf der ich ihn begleitet habe) Europa keinen so schlechten Dienst geleistet hat. Er hat das Glück, die Aufmerksamkeit des amerikanischen Publikums zu besitzen, genutzt, um dem bedeutenden Lande unsere Sorgen und Nöte nahezubringen. Was aber im besonderen die Tschechoslowakei angeht, so hat er keine Gelegenheit vergehen lassen, ohne von seiner tiefen Verbundenheit mit diesem Lande, von seiner dankbaren Liebe zu ihm öffentlich Zeugnis abzulegen. In seiner großen Rede in der New Yorker »Carnegie-Hall« kam es zu einem massendemonstrativen Sonder-Applaus des Publikums für die CSR im Anschluß an seine Worte.

Summa summarum: mein Vater glaubt, seinen persönlich-künstlerischen Angelegenheiten, den demokratischen und so-

gar denjenigen der CSR im großen und freien Amerika am besten dienen zu können. An Europa weiß er sich mit tausend Fäden der Geburt und Überlieferung gebunden. Er wird, solange die Umstände es irgend erlauben, immer einen Teil des Jahres hier verbringen und nichts wäre ihm schmerzlicher, nichts enttäuschender, als zu erfahren, wie falsch hier mancherorts sein Tun bewertet wird. Möge die schöne Behendigkeit, mit der in diesen überreizten Zeiten Menschen als »treulos« und »verräterisch« verurteilt werden, sich bewähren, wenn ein Augenblick sie fordert. Der gegenwärtige, soweit er den »Fall Thomas Mann« betrifft, fordert Einsicht und jenes Gefühl für die Freiheit des Individuums und für sein Recht, zu tun, was er für das Gute hält, das im Deutschland von heute abhanden gekommen ist und dessen wir uns draußen so gern erfreuten.
Ich schreibe Ihnen all dies, lieber Herr Schwarzschild, am ersten Tage meiner Anwesenheit in unserm Erdteil. Mein Vater, der auf dem Lande in Amerika an seinem Goethe-Roman[5] arbeitet, während er gleichzeitig der Zürcher Zeitschrift »Maß und Wert« ein guter Mit-Herausgeber zu sein versucht, weiß nichts – oder beinahe nichts – von dem Rumoren um seine Entschlüsse, und natürlich nichts von meiner Antwort auf dies Rumoren. Ich bin aber überzeugt und sicher, daß ich in seinem Sinne spreche und möchte Sie daher bitten, diesen Brief[6] im NTB abdrucken zu lassen.
Mit den besten Grüßen und in aufrichtiger Freundschaft für Sie und Ihre Arbeit
immer Ihre Erika Mann

1 Alfred Wolfenstein (1883–1945), Lyriker, Essayist, 1935 nach Prag und 1938 nach Paris emigriert. **2** Vom 11.–13.3.1938 hatte Hitler Österreich besetzt (»Anschluß«). **3** Während seiner vierten Reise durch die USA im Frühjahr 1938 hatte Thomas Mann unter dem Eindruck der Annexion Österreichs beschlossen, seinen Wohnsitz nach dort zu verlegen. Am 5.5.1938 wanderte er über Kanada offiziell in die USA ein. Vor Ausbruch des Zweiten Weltkriegs besuchte er Juni–September 1939 noch einmal Europa. Auf die tschechische Staatsangehörigkeit verzichtete er erst 1944; am 23.6.1944 erwarb er die amerikanische. **4** 1884–1948, tschechischer Staatsmann; 1935–38 Staatspräsident, 1940 Präsident der Exilregierung in London, 1945 wieder Staatspräsident (Rücktritt Mai 1948). **5** »Lotte in Weimar«. **6** Er erschien unter dem Titel »Gerüchte um Thomas Mann« in: *Das Neue Tage-Buch*, Jg. 6 (1938), H. 23, S. 547f.

AN OSKAR MARIA GRAF[1]

German American Writers Association New York, 28.11.1938
The Bedford

Lieber Oscar Maria Graf, – ich habe vergebens versucht, Sie zu erreichen, und zwar wollte ich Sie bitten, eilends einem kleinen »Committee«[2] beizutreten, dessen Sekretärin ich bin. Mein Vater ist Chairman, – Tillich[3], Wittfogel[4] und ein paar andere sind Mitglieder. Es handelt sich um die deutschen und österreichischen Spanienkämpfer in Frankreich, die sich in schrecklicher Not befinden und für die ein wenig Geld aufzubringen wir uns bemühen. Da ich durchaus sicher war, daß Sie nichts einzuwenden haben würden, habe ich nun Ihren Namen (finanzielle Verpflichtungen für die »Sponsors« sind nicht im Spiele), ohne Ihre ausdrückliche Zustimmung zu haben, auf das Papier gesetzt und hoffe sehr, in Ihrem Sinne gehandelt zu haben. Bitte zürnen Sie mir nicht, – aber die Eile trieb mich, – die Briefe müssen hinaus, – und ich muß in den wilden Westen. Ich hoffe sehr, Sie, nach meiner Rückkehr, bald zu sehen.
Immer die Ihre: Erika Mann

1 1894–1967, Schriftsteller, seit 1938 in New York ansässig; 1938–40 Präsident der GAWA (German American Writers Association), einer Schriftsteller-Vereinigung deutschsprachiger Emigranten, die unmittelbar nach Kriegseintritt der USA aufgelöst wurde. **2** »Aid Committee for Former German and Austrian Volunteers in the Spanish Government Army«. **3** Prof. Paul Tillich (1886–1965), Theologe und Religionsphilosoph; 1933 in die USA emigriert. **4** Prof. Karl August Wittfogel (geb. 1896), Sozialforscher und Sinologe; 1934 emigriert.

VON WYSTAN H. AUDEN Southborough/Mass.
[Ende Mai 1939][1]

Liebe Erika!
Tut mir schrecklich leid, Dich neulich am Wochenende verpaßt zu haben. Ich hatte keine Ahnung, daß Du in der Stadt warst. Gibt's irgendeine Möglichkeit, Dich nächstes Wochenende zu sehen? Wann reist Du nach Europa?

Wie ich höre, hast Du eine schlimme Zeit wegen Toller[2] gehabt. Mich hat die Nachricht entsetzt. Ich habe ein Gedicht[3] zu seinem Gedenken geschrieben und hoffe, daß der New Yorker es abdrucken wird.
Mir scheint, wir haben uns in den letzten drei Monaten viel zu selten gesehen. Aber glaube mir, Liebes, ich kann Dir gar nicht sagen, wie sehr ich Dich schätze und bewundere. Und Du weißt hoffentlich, daß Du Dich an mich wenden mußt, wenn oder wann immer ich Dir in irgendeiner Weise helfen kann.
Tu nicht zuviel, und – hier spricht der Onkel oder der freche kleine Bruder – hasse nicht zuviel.
Herzliche Grüße Wystan

1 Original in englischer Sprache. **2** Ernst Toller hatte sich am 22.5. 1939 in New York das Leben genommen. **3** »In Memoriam: Ernst Toller«; in: *The New Yorker XV*, No. 18 (17.6.1939), S. 92.

AN BRUNO FRANK Noordwijk, 26.6.1939

Bruno, Liebster,
Plötzlich sitzt man in Noordwijk[1] und weiß auch *gar*nicht, warum. Die lieben Eltern sollen hier bleiben, bis sie in die Schweiz dürfen, wohin sie sich wiederum erst dann trauen können, wenn die Urgreise entschlüpft sind[2]. Ich will schnell nach Paris und auch nach Zürich[3]. Annemarie ist in Afghanistan, – damit verglichen erscheinen meine eigenen Reisen mir unwahrscheinlich sinnvoll. Landshoff erholt sich langsam, – er war wirklich ziemlich krank und gibt Anlaß zu einer der tausend Sorgen. Ob Klaus schon der Eure ist[4]? Bitte herzt und küßt ihn ein wenig, denn das wird er nötig haben. Denkst Du an unser Broschürchen[5]? und denkst Du auch daran, daß unsere analphabetischen Landsleute recht schlicht angesprochen werden sollen? will sagen, ich glaube: je direkter man sie adressiert und je direkter man auf ihr tägliches Leben eingeht bei allem, was man sagt, desto besser wird man sie rühren. Wobei es ja selbstverständlich ist, daß, und wenn Du Dich auf den Kopf stellst, allein das Allgemein-Niveau Deines Selbstgemachten

rührend für sie sein wird, von Ponten[6] und Kolbenheyer[7] verseucht, wie sie sind. Wir werden da eine sehr säuberliche Kollektion zusammenkriegen, von der ich mir vorstellen könnte, daß sie sich übers Jahr in amerikanischer Buchform attraktiv ausnehmen könnte. Neben der Wirkung, die wir uns zu Hause versprechen, sollte das Ganze auch die Ausländer davon überzeugen, daß Kontakt besteht zwischen uns und drinnen, was wiederum, da man uns ja nicht ungern hat, tröstlich sein müßte.
Was meinst Du denn? und was wird denn passieren? Ich möchte so schrecklich ungern, daß wir auf der ganzen Welt verstreut sind, wenn der Skandal losgeht, und hätte Euch gern in Paris, damit Ihr mit mir sturbet. Wo ist denn eigentlich der Speyer? Schreib mir doch, bitterechtherzlich, gleich via Querido[8], – überhaupt und auch wegen der Aufträge, die Du andeutetest. Umarme Lisulum[9] und sei selbst von oben bis unten gegrüßt. Ich will den lieben Zauberer anhalten, noch einiges hinzukritzeln[10]. Ich glaube und hoffe, daß er sich hier ganz gut erholt, weil es ja doch so langweilig ist, während gleichzeitig die Japaner für fun sorgen.
Immerdar die Eure: E.

PS. Schickst Du das Pamphletchen[11] (16–24 bis, falls mehr als 24, 32 Schreibmaschinenseiten lang) an den Zauberer zu Oprecht? Ich freue mich sehr darauf.

1 Thomas, Katia und Erika Mann hielten sich v. 16.6.–5.8.1939 im Kurhaus Huis ter Duin in Noordwijk aan Zee auf. Sie waren am 13.6. aus New York in Le Havre eingetroffen; vgl. auch S. 138, Anm. 22. **2** Die Eltern von Katia Mann, die noch in München lebten, waren im Begriff, eine Auswanderungsgenehmigung für die Schweiz zu erhalten. Sie fürchteten, die Anwesenheit von Thomas und Katia Mann in der Schweiz könnte in letzter Minute zu einer Ausreiseverweigerung führen. Aus diesem Grund fuhren Thomas und Katia Mann nicht, wie ursprünglich geplant, gleich nach Zürich (s. Thomas Mann, »Tagebücher 1937–39«, S. 807). **3** Am 11.7.1939. **4** Liesl und Bruno Frank lebten seit Oktober 1937 in Hollywood, wo er als Drehbuchautor bei der Metro-Goldwin-Mayer tätig war. Klaus Mann beabsichtigte, von New York aus in Kürze nach Kalifornien und Hollywood zu fahren. **5** Auf Anregung EMs bemühte sich Thomas Mann im Mai 1939 um die Gründung eines Komitees, das unter der

Leitung von Frank Kingdon ein Projekt zur Herstellung geistiger Kontakte zwischen Emigranten und Innerdeutschen hätte finanzieren sollen. Es ging darum, innerhalb von 12 Monaten 24 Broschüren nach Deutschland einzuschleusen, »geschrieben von Repräsentanten des deutschen Geistes *für die Deutschen*«; mit einem Rundschreiben wandte sich Thomas Mann an 24 Persönlichkeiten mit der Bitte um Zusammenarbeit (s. Thomas Mann, »Briefe 1937–1947«, S. 95f). Das Projekt konnte nicht realisiert werden. **6** Josef Ponten (1883–1940), Schriftsteller. **7** Erwin Guido Kolbenheyer (1878–1962), Schriftsteller; er war, wie auch Ponten, Mitglied der »Deutschen Akademie für Dichtung«, die sich im Juni 1933 als Nachfolgerin der Sektion für Dichtkunst an der Preußischen Akademie der Künste konstituiert hatte. **8** Über den Amsterdamer Querido Verlag. **9** Liesl Frank. **10** Auf die Rückseite des Briefes schrieb Thomas Mann einen »ganzseitigen Vermerk« (s. Thomas Mann, »Tagebücher 1937–39«, S. 426; 813). **11** Bruno Franks Beitrag zu der für Deutschland bestimmten Broschüren-Serie »Botschaft an Deutschland«.

AN THOMAS MANN — Zürich, 17.7.1939

Liebster Z., – danke für Briefchen[1] wie Fränkchen[2], – letzteres ist schön saftig, wenngleich vom »Bruder«[3] in gar keiner, aber auch in *gar* keiner Weise unbeeinflußt. Wie der Mensch Dir immer alles fein säuberlich einträgt und einen Pennbruder heißt, was andere Leute einen Dauerasylisten[4] nennen. Soit. Es wird gute Wirkung tun. Anbei ein Gelungenes von meinem Martin[5]. Sehr glänzend dokumentiert, – ein wenig lang, – ich werde es, vor Drucklegung, noch um ein geringes umredigieren. Schickst es halt zurück? Aber lies es auch, – man muß wissen, *wie weit* die Verlotterung geht. Falls wir bis Frühling den lieben Krieg noch nicht haben, an den ich mit soviel Zärtlichkeit denke, wie an einen fernen Retter, – sollte man wirklich einen Band machen aus den Sachen, – er könnte stattlich sein und Aufsehen erregen. Hier ist auch etwas von unserm *Renn*[6], das ich ganz einfach für *unbrauchbar* halte, – so leid es mir tut für den kindlichen Idealisten. Alles, was recht ist: aber sich vorzustellen, daß Leute ihr Leben riskieren sollen, um eine dermaßen törichte Abhandlung zu lesen, in welcher gar keine Neuigkeiten stecken und auch sonst nichts Auffallendes, außer dem schlechten Stil, – das geht nicht. Ich setze ein Schreiben für Dich auf, das ihn (»man spricht vergebens viel...«) auf jeden Fall verletzen muß. Immerhin schreibt er vielleicht was Besseres und, wenn nein, kriegt er ein bißchen Güldenklee, – o, daß wir ihn erst hätten! Von Kingdon[7] traf ein Herzliches ein, – die Vorbereitungen, meint er, gehen gut und er hofft, daß ich *all* meine Zeit nunmehr dieser Sache zur Verfügung stelle, – da sie zu einem unserer wichtigsten Instrumente und strategischen Stützpunkte zu werden geeignet sei. Und meiner 1,5 Bücher? Mir schwindelt. Dein Reisi[8]. Willert[9] traf mit heutigem auf der »Normandie« in Europlingen[10] ein, – ich hoffe sehr, ihn irgendwo zu sehen, – auch, um ihn (den, wie Du weißt, »Treasurer« der Broschüren-gistchens) in manchem zu befragen und umzustimmen. Ich hatte dieserhalb eine Aussprache mit Rauschningerl[11], der die folgende Richtigkeit äußerte: den Gegensatz zwischen der bisherigen, illegalen, namenlosen Literatur und diesem neuen Unterfangen könne man gar nicht deutlich genug machen. So solle man, par exemple, von »Tarnungen« nach Möglichkeit absehen, alles mit offenem Visier kundtun, – die *Post* nach Kräften benutzen, – und, – dies sagte nicht unser Führer, sondern ich sage es mir selbst, – wenn irgendtunlich, – nicht einmal den Vertriebs-Apparat der Roten benutzen. Es wird dies nicht ganz leicht sein, – denn sie haben, die Unholde, – nun mal den besten, – außerdem ist Willert darauf aus, ihnen einträgliche Jobs zuzuschanzen. Ich will aber nicht, daß Leute, wie Schrödinger[12], oder Rauschning, oder wer auch immer, die mit Dir zusammengehn wollen, – nie und nimmer aber mit jenen, – sich von jenen vertrieben finden; – zu schweigen von dem fürchterlichen Stunk und Klatsch, den es wieder anrichten müßte.

Vielleicht schreibst Du mir ein paar Zeilen in diesem Sinne (äußerst vorsichtig und respektvoll gegen die K.'s[13], – und unser Wille zur Zusammenarbeit mit ihnen sei ja durch die Wahl Renns ins repräsentative Komitee[14] mehr als dokumentiert!!), aber doch so, daß ich es verwenden kann, im Streite. Daß Du aber dem Teufel Münzenberg[15] geschrieben hast, Du seiest ganz *froh* über den Angriff in der »Runa«, weil Du Deinen Antikommunismus an Hand seiner »unter Beweis stellen« könntest, war vertauensselig. Er treibt unbeschreiblich viel Ungedeih damit. K.[16] meldet, in den Staaten herrsche bei Links größte Beunruhigung (auch bei den Writern, deren Ehrenpräsident Du bist), weil Du irgendetwas sollst unterschrieben haben, was schlimmer und anti-linkser sei als selbst Dorothy[17], – es könne doch gar nicht stimmen und müsse, in diesem Falle, schnellschnell dementiert werden, meint der Bruder. Er drückt sich unklar aus, was genau es ist: irgendeine Erklärung, oder ein Manifest, oder wasweiß ich, – zur Erhaltung von »American Democracy« und zu ihrer destruction, de facto. Kannst Du Dich besinnen?

Vier Tage Pause, – Arosa, Hotel Hohenfels, am 20. Juli.
Verzeih, verzeih, daß ich dies liegen ließ, – es kam irgendwie nicht zur Absendung. Inzwischen wurde hergefahren, – mit Giehsky[18] und Altford, – sag Mielein, daß letzterer mich *650* Schweizerfranken gekostet hat und daß ich mir für dies Geld ebensogut den Spaß hätte leisten können, eine Anwältin nach München zu schicken. Ist ja ganz fürchterlich. Sag ihr, außerdem, daß *Frau Göldel gestorben* ist, nähend und nachts. Hier ist es hübsch und entgegenkommend (12,50 mit Pension und Balkon), Aroslingen[19] zwar beileibe nicht so schön wie Sils, aber doch auch sehr gebirgig. Ich mag weiter nicht in beschreibende Details gehen, um Euch nicht neidisch zu machen. Auf der andern Seite hat es mich sehr lustig gestimmt zu hören, daß es gut bei Euch geht, – das Karenina-Vorwörtchen[20] beendet ist und Lotte[21] sich mit frischen Stiften bearbeitet findet. Wenn alles weiter freundlich bleibt, wäre am Ende, bei noch gefährdeten Greisen, das Verbleiben nicht töricht[22], um so mehr, als die *politische Lage* doch *eher* wieder zur Zuspitzung neigt. Polen scheint den feinen echten Pilsudsky-Geist[23] noch nicht ganz verhaucht zu haben, und jedenfalls hat der Marschall ein sehr grobes Interview gegeben, – allen Versuchsballons der kriminellen »Times« zum Tort. Benesch[24] hat *nie* gesagt, daß *gekämpft* werden würde, – auch ganz ohne Verbündete. Und daß der Abhub[25] einfach auf Danzlingen[26] Verzicht leistet, ist doch auch wieder nicht anzunehmen. Ach, über das Gerate und Gerede.
Aber *beruhigt*, so viel ist zu sagen, hat sich nichts. Eher umgekehrt, – will sagen, im Gegenteil. Heute traf Frau Mieleins Be-

sorgtes (der Urgreise halber) ein. Ich will gleich mit den Opi's[27] telephonieren und den [sic!] Briefchen nicht eher abschicken, als daß ich sie gesprochen hab. Ist bekannt, daß niemand Geringerer als Winifred Wagner[28] sich ihretwegen viel bemüht hat und daß auch das Bleibendürfen der Mädchen[29] auf sie zurückzuführen ist? Man meint in Zürich, daß die Alten, sind sie erst dort, besser in einer Wohnung (mit Mariechen[30] etwa), als im Hotel aufgehoben wären und daß sie also gut daran täten, ihr Mobiliar nicht restlos zu veräußern. Mag viel Schlaues dran sein. Will auch dieses gleich nochmal bereden und den Versuch machen, Valeska Hirsch[31] hineinzuschicken (von der Bartschen[32] hält man bei Oprechts nicht viel, – weiß nicht, warum). Ich telephoniere nunmehr.

Zu Gysing[33] geschickt habend, bin ich nunmehr in der Lage, das Folgende zu melden: Frau Opi sagt, daß Herr Opi sagt (letzterer war nicht daheim), daß morgen ohnedies ein intelligenter Schweizer (wußte nicht, welcher) nach München fährt. Ich diktierte für ihn die folgenden drei Punkte: 1.) wegfahren, sofort nach Paß-Erhalt (wird, so leicht, nicht möglich sein, da Giehses *Irma*[34], welche heute eintraf, mitteilt, daß nach neuester Bestimmung der Auswanderer noch *nach* Empfang des Passes *wiederum* zu Finanzamte muß, um dort einen letzten Stempel[35] zu erlangen). 2.) Sich auf Schluß-Erpressung gefaßt machen und ihr, womöglich schleunig begegnen, statt sich vom Schlage rühren zu lassen. 3.) womöglich eruieren, wie lange, *nach* der »Versteigerung«, das Ding sich hinziehen kann. Opmaus[36] wird dem Intelligenten dies alles einschärfen und, falls er es nicht klug genug aufnimmt, die Marie schicken. Mariechen, nochmals befragt, teilt mit: Winifred hat von sich aus geschrieben, ob sie irgendwie behilflich sein könne. Da haben denn die Alten geantwortet, ihr einziger Herzenswunsch sei die schleunige Reise-Erlaubnis. Die zu besorgen habe Wini sich verpflichtet. Ist hoffentlich wahr. Morgen abend soll ich Nachricht darüber kriegen, *wer gefahren* ist. Ich drahte hierauf sogleich. Im übrigen scheint mir, daß, nach all der holländischen Presse-Propaganda, Eurer stillen Herreise nicht viel im Wege stehen möchte, um so mehr, als die Greise schließlich gar nichts

davon zu wissen brauchten, und die Briefe weiterhin ins Huis ter Duin gehn könnten, das sie nachsenden würde, während Mieleins Schreiben via Friederich[37] reisen möchten. Bei den Verängstigten[38] dieserhalb *anzufragen*, schien mir nicht weise. Sie haben nun mal die Antipathie und würden nur unter Martern zustimmen, ohne überzeugt zu sein. Seid außerordentlich geherzt. Hier sehnt man sich nach Winter und Vergangenheit, – besonders, Frau Süsi, nach einem Damenaufenthalt von so erlesener Güte, wie der vor der Rheinlandbesetzung es war. Giehsky unterläßt es vorläufig, das Bockbein zu stellen und ist soweit ganz guter Dinge. Von Lanyi's[39] weiß sie, leiderleider, nur das Freundlichste zu berichten.
Der Friederich[40] ist vollends verstummt, – etwas Gutes kann das nicht bedeuten. Da aber auch von Klausheinrich[41] nichts kommt, muß ich mich wohl als vereinsamt betrachten. Selbst Gumpi[42] schreibt selten.
Nun heißt es noch, den Absagebrief an Renn hinlegen.
Adieu und lebt wohl. E.

1 Laut Tagebucheintragungen schrieb Thomas Mann an EM am 13.7.1939. Der Brief ist offenbar nicht erhalten. **2** Bruno Franks Beitrag zur Broschüren-Serie »Botschaft an Deutschland«; vgl. S. 132f., Anm. 5 und 11. **3** Thomas Manns ironische Skizze »Der Bruder«, erstmals unter dem Titel »Bruder Hitler« in: *Das Neue Tage-Buch*, Jg. 7, H. 13, Paris 1939. **4** Einen »zu keiner Arbeit fähigen Dauer-Asylisten« nennt Thomas Mann Hitler in seinem »Bruder Hitler«. **5** Gumperts Novelle »Der Eingriff«; in: *Maß und Wert* H. 1, Nov./Dez. 1939. **6** Ludwig Renn, eigentl. Arnold Vieth v. Golßenau (1889–1979), kommunistischer Schriftsteller; nach dem Reichstagsbrand verhaftet, 1935 in die Schweiz emigriert; aktive Teilnahme am Spanischen Bürgerkrieg, lebte anschl. in Mexiko. Präsident der »Bewegung Freies Deutschland«. Renn kehrte 1947 nach Dresden zurück. Sein Beitrag zur geplanten Broschüren-Serie (vgl. S. 132, Anm. 5) ist nicht bekannt. **7** Frank Kingdon (geb. 1894), Engländer, naturalisierter Amerikaner; ursprünglich Geistlicher, später Universitätsprofessor und Rundfunkkommentator. Vorsitzender des »Committee to Defend America by Aiding the Allies«, des »Fight for Freedom Committee« und Mitgründer des »Emergency Rescue Committee«. Vgl. S. 132, Anm. 5. **8** Hans Reisiger (1884–1968), Schriftsteller und Übersetzer aus dem Englischen. Der enge Freund von Thomas Mann war oft in Geldnot und sprach gern darüber. »Reisi« (Reisibuch, Reisifilm) waren im Familienjargon Dinge, die man des erhofften Geldes wegen tat. **9** Paul Willert, Verleger; Direktor der Oxford University Press, New York. **10** Europa; auf S. 144 =

Schweiz. **11** Hermann Rauschning (1887–1982), ehemaliger NS-Politiker, 1933 Präsident des Senats der Freien Stadt Danzig; 1934 Amtsniederlegung wegen Meinungsverschiedenheiten mit der NS-Führung, 1936 Flucht in die Schweiz; 1938 ging er nach Frankreich und England, 1941 in die USA. Engagierter Antifaschist und Autor wichtiger Anklagewerke gegen den Nationalsozialismus. Mitarbeiter von »Maß und Wert«. **12** Erwin Schrödinger (1887–1961), österreichischer Physiker (Nobelpreis 1933); 1939 nach Dublin emigriert. **13** Kommunisten. **14** Thomas Mann hatte sein Rundschreiben vom Mai 1939 (vgl. S. 132, Anm. 5) auch an L. Renn geschickt. **15** Laut Tagebucheintragungen hatte Thomas Mann in einem Brief an Willi Münzenberg zu einem in der Zürcher »Rundschau-Nachrichten-Agentur« (RUNA) erschienenen Artikel Stellung genommen, in dem er ein »reaktionärer Ignorant« genannt wurde. Der Artikel stützte sich auf einen Bericht der »New York Times« über eine Thomas Mann-Rede im »Hobart College«, Geneva, in der er behauptet habe, der Nationalsozialismus sei »nichts weiter als ein Stück Bolschewismus«. Dieser Bericht, den Thomas Mann als »Fälschung« bezeichnete (s. »Tagebücher 1937–39«, S. 428), erregte großes Aufsehen im Emigrantenlager, vor allem in linksgerichteten Kreisen. **16** Klaus Mann. **17** Dorothy Thompson (1894–1961), amerikanische Journalistin, einflußreiche Auslandskorrespondentin; 1924–34 in Berlin (sie wurde ihrer nazifeindlichen Berichte wegen ausgewiesen), Autorin des Bestsellers »I saw Hitler« (1934). Politische Kommentatorin der »New York Times« und Rundfunkkommentatorin. Zusammen mit ihrem Mann, dem Schriftsteller Sinclair Lewis (1885–1951; Nobelpreis 1930), unterstützte sie die deutschen Flüchtlinge in den USA. Sie verfaßte mehrere Schriften und Artikel über Thomas Mann. **18** Therese Giehse. **19** Arosa/Schweiz. **20** Thomas Manns Vorwort für die amerikanische Ausgabe von Leo N. Tolstois »Anna Karenina«, New York (Random House) 1939. Deutscher Originaltext in: *Maß und Wert* H. 4., Mai/Juni/Juli 1940; GW IX, S. 622–639. **21** Thomas Mann arbeitete am 7. Kapitel der »Lotte in Weimar«. **22** Während Katia Manns Eltern noch auf ihre Ausreiseerlaubnis aus Deutschland warteten (vgl. S. 132, Anm. 2), blieben Thomas und Katia Mann bis Anfang August in Nordwijk; von dort reisten sie über Zürich, wo sie den Küsnachter Haushalt endgültig auflösten, nach London weiter. Nach einem Zwischenbesuch in Stockholm, schifften sie sich am 9.9.1939 in Southampton nach USA ein. **23** Józef Pilsudski (1867–1935), polnischer Marschall und Staatsmann, ursprüngl. Sozialist; 1918–22 Staatschef, 1926–28 und 1930–31 Ministerpräsident mit diktatorischer Vollmacht. **24** Vgl. S. 129, Anm. 4. **25** Hitler. **26** Danzig. Die Invasion in Polen begann am 1.9.1939. **27** Das Verlegerpaar Emil und Emmie Oprecht. **28** Winifred Wagner geb. Williams (1897–1980), Richard Wagners Schwiegertochter. Prof. A. Pringsheim war einer der ersten Förderer der Bayreuther Festspiele. **29** Jüdische Familien durften sonst keine Hausangestellten beschäftigen. **30** Köchin oder Zimmermädchen (beide hießen Marie) der Familie Mann in München und dann in Zürich. **31** Pianistin, Frau des Regisseurs Leopold Lindtberg (1902–1984); sie gehörte zum Ensemble der »Pfeffermühle« und war mit EM befreundet. **32** Dora Barth, Frau von Dr. Hans Barth, 1929–46 Feuilletonredakteur der N.Z.Z, Bekannter von Thomas Mann in Zürich. **33** Therese Giehse. **34** Irma Gift, Therese Giehses Schwester; vgl. S. 151, Anm. 1. **35** Für die Auswanderung. **36** Emil Oprecht. **37** Fritz H. Landshoff. **38** Katia Manns Eltern. **39** Monika Mann und ihr Mann Jenö Lanyi; das jungvermählte Paar wohnte in London. **40** Fritz H. Landshoff. **41** Klaus Mann **42** Martin Gumpert.

AN KLAUS MANN [Saltsjöbaden, 3.9.1939]

3. September, – Philipson[1], – die Kriegserklärung[2] ist da, – und wer hätte geglaubt, daß alles sich so abspielen würde, wie eh und je, – kein Blitzüberfall der Tiere, – sondern, in guter Konvention, Ultimatum und »Mr. Henderson[3] asking for his passports«. Um 11 Uhr heute war das Ultimatum abgelaufen, um 12 der Krieg erklärt, um 1 wußte noch niemand in Deutschland, daß der Krieg auch nur drohe. Nichts, als Berichte über die Siege gegen die jubelnden, weil befreiten, Polen. Um drei Uhr endlich *lasen* die *Ansager* die Proklamation ihres Führers vor. Nicht *eines* der verwesenden Viecher hat seit gestern persönlich den Mund aufgetan, oder sich vorm Volk blicken lassen. Noch nie habe ich des Tarnkäppchens so dringlich bedurft, wie jetzt. Es muß ein Donnerschlag von nie gehörter Wucht gewesen sein, als die *idiotischen* Seelen daheim erfuhren, daß das Ding ausgebrochen ist und daß sie *allein* sind, – keine Achse, keine Sau da, um ihnen beizustehen. Denn ob sie das irrwitzige Gelüge vom Überfall der Polen, erst, dann der Juden und Westmächte, glauben, oder nicht: daß sie allein sind, wird ihnen auffallen und wer, wie ich, weiß, was für *Elends*szenen sich bereits abgespielt haben, als die Arbeiter zum Westwall verschickt wurden, um zu schaufeln, der kann *halbwegs* ermessen, was sich tut. In der message des Kranken[4] war denn auch vordringlich von den Saboteuren die Rede, die sterben müssen. Man soll sich von den Gottverlassenen gewiß nichts Gutes oder auch nur Selbsterhaltendes erträumen, – aber sie *können* es nicht lange dermachen, – sie können es ganz einfach nicht. Schluß des schwedischen

Nachrichtendienstes. Knopf[5] ist doch noch weggekommen, – völlig ohne sich bei uns auch nur gemeldet zu haben. Dies ist, nach Reisi's[6], das schlechteste Betragen, was mir je vor Augen gerückt; in solchen Tagen, – und da er »heim« fährt, fragt er nicht, ob er etwas für uns tun, ausrichten, bestellen könne. Nichts, was gleichgültiger wäre, als des Zirkusdirektors[5] Verhalten. Aber es steht einzig da.
Von Bibi[7] hört man, dieu merci, er sei auf dem Lande. Angèle[8], in der Eidgenossenschaft, ist vorläufig ungefährdet. Morrniga[9] freilich wird in London hocken. Frieder[10], glaube ich, ist gleichfalls nicht in der allerärgsten Lage. Sobald die Nazis sich rühren, wird England das Niederland besetzen, und daß die Exiles interniert werden, ist wenig likely.
Willert[11], dagegen, wird verloren gehn. Ohnedies ist er zu verwirrt, um weiterzuleben. Unsern Otkat[12] dürfte man eingesperrt haben, während niemand größer dasteht, als Schwarzschilds Leo[13]. Die russischen Sendungen sind *unerträglich*. In allen Sprachen hetzen sie gegen die Demokratien und zwar dergestalt, daß ihr Eingreifen nicht unwahrscheinlich, nicht undenkbar ist. Alle Polen im Hotel weinen, – auch ein französischer Vater (drei Söhne) weint.
Ob Paris noch steht? Was für ein Weltuntergang.
Seid, nochmals, gehalst, –
es ist doch gut, glaube ich, daß ich hier bin[14]. Es hätte ein bißchen viel für die Elterlein zu sein brauchen, ganz ohne »Kind« den Graus zu watchen.
Lebt wohl, – E.

1 Klaus Mann. – Möglicherweise Wortspiel: Viel-lieb-Sohn. **2** Nach dem Einmarsch deutscher Truppen in Polen am 1.9.1939 stellten Frankreich und England Ultimaten, die am 3.9. abliefen; damit war der Kriegszustand eingetreten. **3** Sir Neville Meyrick Henderson (1882–1942), 1937–39 britischer Botschafter in Berlin. **4** Hitlers Rede vor dem Reichstag am 1.9.1939. **5** Der amerikanische Verleger Alfred A. Knopf. **6** Anspielung auf Hans Reisiger; vgl. S. 137, Anm. 8. **7** Michael Mann befand sich in England. **8** Golo Mann. **9** Monika Mann. **10** Fritz H. Landshoff. **11** Der Verleger Paul Willert, vgl. S. 137, Anm. 9. **12** Nicht ermittelt. **13** Leopold Schwarzschild, damals noch in Paris. **14** EM hatte ihre Eltern nach Schweden begleitet.

AN ERWIN PISCATOR[1] Beverly Hills, 4.11.1939

Lieber Herr Piscator, – Ihre Briefe haben mich erst jetzt erreicht; (ich bin »auf Tour« gewesen, – inzwischen). Für unser meeting wären sie ja aber ohnehin zu spät gekommen. Erfreulicher Weise sind wir trotzdem erfolgreich gewesen und haben etwa 2000 Dollars zusammengebracht (abgesehen von weiteren 2500 Dollars, die Dorothy Thompson unserer Sache zur Verfügung gestellt hat). Beide Beträge sind auf schnellstem Wege nach Holland überwiesen worden, von wo aus sie durch die beiden Emigranten-Verlage Querido und De Lange an die Internierten[2] und ihre Frauen verteilt werden. Genaue Abrechnungen werden uns zugehen und wir werden die »einschlägigen« New Yorker »Committees« auf dem Laufenden halten, – damit niemand »doppelt« unterstützt wird, – während andere leer ausgehen.
Haben Sie besten Dank für die gute Absicht zur Mitarbeit.
Immer Ihre Erika Mann

1 1893–1966, Regisseur in Berlin; 1933 in die Schweiz, 1938 nach New York emigriert. Seit 1951 wieder in Deutschland. **2** Bei Kriegsausbruch waren im September 1939 alle männlichen deutschen Emigranten von den französischen Behörden interniert worden.

AN LOTTE WALTER[1] Beverly Hills, 7.11.1939

Lotte, meine Liebe, – ob Du dies wirst lesen können? Aber, sieh mal, ich bin im Bett und viel zu müde, um aufzustehen und mir eins hinzutippen, – zu schweigen von dem Lärm, der die Nachbarn wecken müßte, – denn es ist eins in der Nacht.
Zu meiner Freude habe ich in meinem Auditorium heut abend schon für Dezember, oder so, den Kuzi[2] angezeigt gesehen und also kommt Ihr bald und wir werden uns sehen und ich muß nichts schreiben, als daß ich mich darauf *wirklich freue*. Dein Brief nach Schweden hat mich, auf 1000 Irrwegen, neulich in Seattle erreicht. Er war sehrsehr lieb und hat mich gerührt und – bestürzt, was Du von Gretels Sachen[3] schreibst.

Es ist ein so schöner und herzlicher Gedanke, – aber ich möchte Euch doch, wo immer es sich einrichten läßt und wo immer Ihr nichts dagegen habt, *sehen*. Und, – das begreifst Du, – die Vorstellung, Euch in Gretels Sachen zu begegnen, ist ganz schrecklich. Hab vielen Dank! Ich weiß, wie ergreifend freundschaftlich das gemeint war, – aber ich bin froh mit dem kleinen Ührchen, das Du mir geschenkt hast und mit dem Gedanken daran, daß Du mir mehr geben wolltest.
Ich habe Gretels Kinderbriefe gefunden, wollte sie aber nicht übers Meer schicken und verloren gehen lassen. Sobald Ihr da seid, gebe ich sie Euch. Die Bildchen, – ich hatte so viele, – sind bei den Nazis. Ob Pinza das Portrait gerettet hat?
Wir haben eine ziemlich jähe und gefährdete Reise getan, – per Avion von Schweden nach Holland, – weiter, nach England, – von dort auf einem amerikanischen Kahn (Onkel Thomas mit 60 Herren in der Lobby, Frau Mielein und ich mit 150 Damen im Tee-Salon schlafend) nach New York. Jetzt ist, seit Wochen schon, wieder die Lecture-Tour und der Teufel los und Du hast recht: wie soll man es nur alles darstellen, ohne völlig vom Fleische zu fallen? So arg wie damals sehe ich aber, scheint mir, nicht mehr aus. Was für ein *entsetzlicher* Tag ist das gewesen!
Adieu, meine Liebe und auf bald. –

Politisch, scheint uns, stehen die Dinge nicht zum schlechtesten. Der hiesige Embargo-Repeal ist von schlagender Bedeutung, – ebenso schlagend der türkische Pakt und die Haltung des guten käuflichen Duce. Sicher ist freilich, daß unsere lahmen Alliierten sich nun demnächst in *einige* Unkosten werden stürzen *müssen*. *Nur* mit Leaflets[4] geht es nicht, und »wir« dürfen den Tieren nicht zu viel Zeit lassen, ihre Geschäfte mit Väterchen Stalin zu setteln, Eisenbahnen zu bauen und sich als festgefugter Barbaren-Block zu installieren. Im Frühjahr, spätestens, muß etwas geschehen, – und wird wohl auch.
Ach, wieviel gibt es zu bereden. *Vor allem* wie es Euch geht und ergangen ist, muß ich wissen. *Bitte laß hören* (c/o Feakins, 500 Vth Avenue, New York City). Viel, sehr viel denke ich an Euch, – grüße die Eltern, – ich wollte vom ganzen Herzen, es wäre

erträglich geworden für sie, – aber ich weiß, daß es im Grunde unerträglich und unakzeptabel ist.
Sei umarmt von Deiner E.

1 1903–1970, älteste Tochter Bruno Walters; 1949 heiratete sie ihren Jugendfreund, den Schauspieler Karl Ludwig Lindt. Enge Freundschaft mit EM. **2** Der Dirigent Bruno Walter (1876–1962); 1913–22 Generalmusikdirektor in München. Lebenslange Freundschaft mit Thomas Mann, seinem Nachbarn im Herzogpark. 1933 nach Österreich emigriert, wo er Leiter der Wiener Staatsoper wurde; seit 1940 in Beverly Hills, USA. **3** Am 21.8.1939 war Bruno Walters jüngste Tochter Gretel (geb. 1906) von ihrem Ehemann, dem Filmproduzenten Robert Neppach, in Zürich erschossen worden. EM war zur Bestattung ihrer Jugendfreundin nach Zürich gefahren. Walters beabsichtigten, ihr die Kleider Gretels zu schenken. **4** Im September 1939 hatten englische Flieger über Berlin Millionen Flugblätter abgeworfen.

AN KATIA MANN New Orleans, 17.11.1939

Frau Süsifrausüsi, – hab Dir für mindestens zwei Rrrreizende zu danken und sollte nun wohl in Bausch und Bogen gleich *alles* erzählen; doch fehlen mir die Kräfte. Meine verzweigte Korrespondenz mit Prinzessin Dulala[1] *allein* verzehrt so viele von ihnen und nun hat auch Klausheinrich[2] noch Geburtstag. Im übrigen aber habe ich ja den Gumpert abgerichtet, daß er nach P.[3] fährt und so recht anschaulich berichtet.
Es regnet so sehr in New Orleans, daß ich die alten Teile gar nicht recht erkennen kann, und nur daß alle Radio-Ansagen mit einem sehr drollig gefärbten »On-parle-français« abgeschlossen werden, macht mir deutlich, daß ich *nicht* in Cincinnati bin. Meine Ansprachen bleiben erfolgreich, – ekeln mich aber ein wenig. Und das »Weiter-Weiter«, – die Idee des »Abhaspelns« um jeden Preis ängstet mir zuweilen das Herz. Wie denn auch?: ich haspele und haspele und werde ausgehaspelt und mich zeitlebens mit drittklassigen Leuten und Dingen herumgeschlagen haben, – *is'nt* it a shame *and, also*, – a *disgrace*? Auch *sehe* ich Euch alle bei weitem zu wenig, auf diese Manier! Heut abend muß ich weiter, nach Montgomery, Alabama. Von dort hat schon das Negermädel geschrieben, das frü-

her mal bei Fränkels diente, und es wird sich melden, anhänglicherweise. Hier hat es dafür Frau Hansel Bernstein zum Nachtisch gegeben. Eine echte Münchner Jüdin, – muffig, bayrisch, – nicht *völlig* ohne Charme, – und ein wenig an Merita-Magnus'-wife erinnernd, – aber was sagt Dir das? Sie singt, für Schulkinder, aus dem Hals, wie sie mir zumuffelte. Heute drahte ich mal an die Urgreislein[4] eins hin. Habe schrecklich über Ofei unterm Zug lachen müssen. Aber, wiewohl es freilich tragisch zu nennen ist, daß sie in *dem* Augenblick eintrafen in Europlingen[5], da dieses für uns unpraktikabel geworden war, so ist es doch ein Segen, daß sie entwischten. Was weiß man denn, was die Tiere[6] noch brüten, wenn alles erst anfängt, so recht von Herzen schief zu gehen. Lest doch, ich bitt, das Buch »Britain's Defense« von Captain Liddell Hart[7] (Random House). *Denn,* warum?: der Mann ist *der* große Beeinflusser und Ratgeber und actually runs the show in England. Sehrsehr gescheut und aufschlußreich. Wenngleich die Idee, daß *gar* nicht und *definitiv* nicht gekämpft werden soll, etwas sehr Abstoßendes hat und außerdem, von wegen der Möglichkeit, daß in aller Ruhe das Geschäft mit Rußland gesettelt werden könnte (auch Eisenbahnen erbaut werden möchten und wirklich Öl wie Weizen eintreffen sollten), nicht unbedenklich scheint. [...] Umhalse Herrn Z. Was tut er denn? Josepht er schon? Man wartet im ganzen Land ungeduldig auf den Ernährer[8], – das höre ich allenthalben. Ich freue mich herzlich auf *Weihnachten*, – gedenke *keine* Rede zu halten, am Heiligen Abend. Vorher freilich werde ich noch eine große und neue über »Deutschland und Rußland« ausarbeiten, – da laßt mich mal ran, – und die kommunistische Hitler-Friedenspropaganda ist *bei weitem* zu *ekelhaft* und, zumindest, was Frankreichen angeht, *bei weitem* zu *gefährlich*, als daß ich ihr nicht das volle Gewicht meiner ausschlaggebenden Persönlichkeit entgegenschleudern sollte. Und wenn mein Bruder zehnmal ein Sowjet-Agent[9] ist, – ich bin mit dem Kapital, sowie mit der Reaktion im Bunde und will, daß Hitler fein säuberlich *besiegt* werde, *ohne* daß deshalb in ganz Europa der National-Bolschewismus ausbricht. Dixi. Seid allesamt geherzt. Ach, ich hab ja *ssoviel* Mühe! Jetzt muß ich in größter Hatz das Buch[10] zu Ende schreiben! Habe zu

diesem Zweck einen *Drawingroom* gemietet, zwischen Montgomery und Chikaglingen[11], – und wenn der ganze Schnee verbrennt, – ein ganzes Kapitel muß her, in diesen 24 Stunden. Was hört man von Bib[12]?
Sehrsehrsehr E.

1 Elisabeth Mann Borgese. **2** Klaus Mann; er wurde am 18. November 33 Jahre alt. **3** Princeton, wo sich Thomas Mann im September 1938 niedergelassen hatte. **4** Die Großeltern Pringsheim. **5** In die Schweiz. **6** Die Nazis. **7** Basil Henry Liddell Hart (1895–1970), englischer Militärschriftsteller; sein im Juli erschienenes Buch über die Verteidigung Englands löste eine Flut von Kommentaren und Erörterungen aus. **8** »Joseph, der Ernährer«; der letzte Band der Tetralogie »Joseph und seine Brüder« erschien 1943 in Stockholm. **9** Klaus Mann war in einem anonymen Artikel des »Neuen Tage-Buchs« v. 28.10.1939 als »Sowjet-Agent« denunziert worden; vgl. S. 163, Anm. 3 u. 5. **10** »The Lights Go Down«, New York (Farrar & Rinehart) und London (Secker & Warburg) 1940. – Zehn »Wahre Geschichten aus dem Dritten Reich« (Untertitel) sollten die amerikanische Öffentlichkeit über die Lebensverhältnisse in Deutschland und die Auswirkungen der Nazi-Diktatur aufklären. **11** Chicago. **12** Michael Mann.

AN BERTHOLD VIERTEL[1]

22.11.1939
Im Zug

Liebster Berthold, – Ihr langer, freundschaftlicher und (gewiß zu Recht) beunruhigter Brief[2] hat mich gestern nacht in Chicago erreicht. Wo mag er sich herumgetrieben haben? Vieles wäre zu antworten und ich fürchte, meine gejagte Lebensweise (und das Geschüttel dieser Eisenbahn) wird eine recht inadäquate »Erwiderung« hervorbringen. [...]
Meine »fürchterlichen« Äußerungen[3] über den Krieg, der nicht notwendiger Weise die »Zivilisation« zerstören wird, – während die faschistische Weltherrschaft dies ganz zweifellos tun würde: Glauben Sie mir: ich »husche und gleite« nicht über die »Toten« hinweg, – sondern ich *trauere* über die *Millionen* von Toten, die der »Pazifismus« dieser Jahre in China, Abessinien, Spanien, Deutschland, Österreich, der Tschechoslowakei *uns* gekostet hat. Es wäre *fürchterlich*, wenn dieser Krieg (sehr vorübergehend!!!!) aufhörte, bevor Nazi-Deutschland er-

ledigt ist. Und wiewohl ich fest davon überzeugt bin, daß die Russen *keineswegs wollen*, daß er aufhört*, – so hat doch ihre Propaganda (und manche ihrer Taten) zum Zweck, die »Demokratien«, die stärker sind als der Hitler, zu schwächen und könnte dazu führen, daß diese wirklich eines Tages die Waffen hinlegen, – was wiederum nur zwei Folgen (zur gefälligen Auswahl) haben könnte: entweder Hitler wird Herrscher über die Welt, ohne weiteren Krieg, – oder aber er bedarf eines neuen Krieges, den er *gewinnen* wird, – und dies zweite ist wahrscheinlicher. Wenig tut es zur Sache, daß die »nationalsozialistische« Weltdiktatur sich ins national (russisch-deutsch-national)-bolschewistische färben möchte. Keiner von uns, – auch unsere, – *Ihre*, – Kinder nicht, – könnten leben in solcher Luft, – ebensowenig wie wir, schon heute, in Deutschland, oder Rußland leben könnten. Und daß das »Leben« »der Güter höchstes«[4] nicht ist, – daß es, als »zweithöchstes« Gut, – für das höchste, – die Freiheit, – eingesetzt werden soll[5], – das sind alte Schillersche Weisheiten, mit denen auch die Russen so schnell nicht aufräumen werden. Lieber Berthold: ich begreife all Ihre Einwände und Bedenken. *Ihnen glaube* ich auch Ihren Pazifismus à tout prix, – aber unsern Stalinisten glaube ich ihn *nicht einen Augenblick* lang. Man *kann* nicht 6 Jahre lang so *herzlich* für den Anti-Hitlerkrieg gewesen sein, man kann nicht so viele Jahre lang »daheim« das Menschenleben so zynisch gering eingeschätzt haben, – um dann plötzlich, wenn die »Taktik« es zu erfordern scheint, den Krieg zu hassen. Besonders dann kann man das nicht, wenn man, während man ihn vor allem wegen seiner »imperialistischen« Züge attackiert, selber auf allen Meeren fischen geht, und zwar zum Nachteil wehrloser Menschen.

Sie sagen, »nicht Hitler« sei das Übel, – auch seine »Bewegung« nicht, – das Ganze sei eine Weltpest, – und wie recht haben Sie damit! *Da* es eine Weltpest ist, muß die Welt *fertig* werden mit ihr, – und da friedliche Mittel definitiv nicht verfangen, muß gekämpft werden, – da hilft kein Gott und kein Stalin. Was aber die »Volksverderber« in Frankreich und England angeht – so *hasse* ich sie, so wahr ich hier reise. Nur soll auch hier wieder nicht vergessen sein, daß der Zar aller Reußen die-

sem Daladier[6] die Möglichkeit erst *gegeben* hat, die »Partei« zu unterdrücken. Eine französische Arbeiterschaft, die einig und entschlossen gewesen wäre, den Feind von außen zu vernichten, wäre stärker gewesen als die verfaulten Onkels vom Quai d'Orsay. Es waren die Arbeiter-Appelle zum *Hitler-Frieden*, die diesen die Waffen in die Hand gaben, – und *Stalin* hatte diese Appelle von den französischen Arbeitern *verlangt*. Genug. Ich bin dagegen, allzu »philosophisch«, allzu »gelassen«, allzu sternenfern zu denken und zu handeln, – wenn es doch schließlich ums Leben geht, – darum, nämlich, ob dieses noch einen Sinn haben soll. Es wird unsere Aufgabe sein, einen menschenwürdigen Frieden nach diesem Krieg zu erzwingen; der Krieg aber muß geführt werden, – niemals sonst ist ein Friede, wie wir ihn wollen, denkbar. Hier, – »in this country« spreche ich nicht »für den Krieg«, – will sagen, ich will *gewiß* nicht, daß Amerika »joint«[7]. Halten Sie mich nicht für blutrünstig, – ich bin es nicht, wiewohl ich »keine Kinder« habe (und auch *daran* ist, immer mal wieder, Hitler schuld!). Aber ich bin gewiß: dieser Krieg hätte vermieden werden können, wenn man sich *früher* ein Herz zu ihm gefaßt hätte. Wird er aber jetzt »vermieden«, – wird er jetzt »abgebrochen« und auf russische Veranlassung sabotiert, – dann steht uns ein Tod bevor, der schlimmer ist, als der physische.
Verzeihen Sie das Getippe, – *natürlich* ist es ungenügend. Aber ich wollte Ihnen doch Rede stehn, – wie wenig komplett auch immer.
Grüßen Sie die Menschen. Ich hoffe sehr, Sie bald im Osten zu sehn.
Freundschaftlich die Ihre: Erika Mann

1 1890–1953, Wiener Theater- und Filmregisseur; er lebte seit 1928 in Hollywood. **2** Nicht erhalten. **3** Nicht ermittelt. ***** [Anm. v. EM:] weil sie ja, inmitten der halbverbluteten Welt, »on top« herauskommen wollen! Welche *Unlogik* auch, unsrer Stalin-Freunde, es dem »boss« so hoch anzurechnen, daß *er* den feinen Krieg einerseits ins Rollen gebracht, (und das *hat* er!) und nun andererseits so human »dagegen« ist. What a mess! **4** Friedrich Schillers Trauerspiel »Die Braut von Messina« endet: »Das Leben ist der Güter höchstes nicht, / Der Übel größtes aber ist die Schuld«. **5** »Und setzet ihr nicht das Leben ein, / Nie wird euch das

Leben gewonnen sein« singen die Soldaten in Schillers Vorspiel »Wallensteins Lager«. **6** Edouard Daladier (1884–1970), seit 1938 französischer Ministerpräsident; sein Kabinett wurde am 20.3.1940 gestürzt, er übernimmt das Verteidigungsministerium. **7** In den Krieg eintritt.

AN LOTTE WALTER Omaha, 7.1.1940

Lotte, lieb und, – schon wieder, so weit entfernt:
Wie schwarz mein Gewissen ist! Nicht, weil ich Eurer nicht vielviel gedacht hätte, – sondern weil ich nicht geschrieben habe, wiewohl mir so häufig danach zumute gewesen ist. Aber das Hundeleben, das ich führe, läßt mir nur so wenige und verstreute Minuten zwischen den Zügen, und die habe ich, bis auf den heutigen Tag, damit hingebracht, mein Buch fertig zu machen (»The Lights Go Down«[1], – Farrar and Rinehart), zu welchem Behufe ich immerzu einen großen Koffer voll von Nazi-Zeitungen aus- und einpacken mußte und aus welchem Grunde die Korrespondenz *verkam*. Besonders ist *die* verkommen, die ein *bißchen Muße* erfordert hätte, und nur an ganz fremde Herrn und Damen wurden gelegentlich grobe Postkarten geschrieben.
Dabei hatte ich solange schon Gretels Kinderbriefe für Euch gefunden und bereit gelegt. Dann kam mir wieder vor, als ob die Lektüre die Eltern aufregen und verstören könnte und nun überlasse ich es Deiner Einsicht, ob Du die Briefe herzeigen willst, oder nicht, – es ist nur eine Auswahl, ohnedies, – ich hätte mich ungern von allen getrennt. Liebe, – bei meinem kurzen Aufenthalt in Princeton habe ich die »Sachen«[2] vorgefunden, und jetzt tut es mir leid, daß ich damals geschrieben habe, daß sie mich zu sehr bestürzen müßten. Ich nehme es als Fügung hin, daß mein Brief nicht zur Zeit eintraf und danke Euch nochmals aus ganzem Herzen für den rührend schönen Einfall, – dabei glaube und hoffe ich, daß Gretel es freundlich gutheißen würde, daß die »Sachen« bei mir sind.
Wann, *wann* und WANN sehen wir uns denn nun aber?
Ihr kommt doch in den Osten? Wann wird das sein? Ich werde von Anfang bis Mitte Februar in New York teils kleine Ansprachen halten, teils von denselben ausruhen. Es müßte doch mit

dem Hitler zugehen, wenn dabei kein Treffen zustande käme!!!
Franks haben erzählt, wie *herrlich* der Kuzi[3] musiziert hat in Hollywood, – schöner als je, – haben sie gesagt, und darüber freue ich mich selbst hier, in Omaha, – wo freilich im übrigen für Freude wenig Anlaß ist. Denn auch meine Abreise, heut abend, nach Minneapolis, erzeugt nicht die wahre Vorfreude in mir. Laß hoffen, daß ich, dort angelangt, darauf brennen werde, nach Iowa-City weiterzufahren, – de facto, ich glaube, ich *werde* darauf brennen. Hübsch traurig, so allein den Missionar zu machen für die freundlichen Mittel-Westler. 22 Städte sind es, im Januar allein, – und etwa ebensoviele Nächte im lower berth[4].
Nun hat der verruchte Ziegenbock von einem Chamberlain[5] auch noch den Kriegsminister[6] verjagt. Will er mit Stanley[7] nach München flattern, or what's the big idea? Too bad, daß wir unsern Alliierten mit so viel Mißtrauen begegnen müssen! Trotzdem *glaube* ich ja an ihren definitiven Entschluß, aufzuräumen. Auch von Nazi-Landes definitiver Unfähigkeit, länger als ein Jahr »durchzuhalten«, bin ich überzeugt. Aber daß man so gar nicht weiß, welche Teufeleien backstage[8] gespielt werden, ist entnervend. Und die Belisha-Affäre ein neuer Beweis für die Ruchlosigkeit der Nevil-Leute[9].
Leb wohl, meine Liebe, und sei umarmt. Wie sehr nett wäre es doch, wenn Du mir schriebest: c/o Feakins, 500 Fifth Avenue, New York City, N.Y.
Welche verschwenderische Laune heißt mich denn wohl, einen neuen Bogen anzutippen, da dieser Brief so offensichtlich zu Ende ist? Bibi[10] findet sich auf den Wassern (an Board eines englischen Schiffes). Es soll ganz »sicher« sein, so weit, wie man hört, da Convoys mitsegeln. Ich bin aber leider der Ansicht, daß es, im Falle von kriegsführenden Schiffen, ganz einfach eine Frage des »Siegens«, oder »Nichtsiegens« ist. Wird schon siegen, Bibis Kahn, – und im übrigen müßte er ja wohl dieser Tage eintreffen.
Da hast Du auch ein Bild von mir und damit gehab Dich wohl. (Tu dies letztere wirklich, – und vergiß nicht, daß Du bei Kräften und in freundlicher Seelenlage sein mußt, wenn Du die El-

tern erfolgreich betreuen willst. Zu diesem Ende mußt Du *ab und an*, wenigstens, some kind of fun haben, – viele Sachen essen und trinken, – Leute sehn und nicht *allzu* zurückgezogen sein. Oder?)
Deine liebe Erika

1 Vgl. S. 145, Anm. 10. **2** Vgl. S. 143, Anm. 3. **3** Bruno Walter. **4** Im unteren Schlafwagenbett. **5** Arthur Neville Chamberlain (1869–1940), konservativer Politiker, 1937–40 englischer Premier; Verfechter einer »Appeasement«-Politik, die 1938 zum Münchner Abkommen führte. Erst seit Frühjahr 1939 trat er Hitler entschlossen entgegen; im Mai 1940 wurde er durch Winston Churchill abgelöst. **6** Leslie Hore Belisha (1893–1957), liberaler Politiker, seit 1937 Kriegsminister; er wurde am 5.1.1940 entlassen. **7** Oliver Stanley (1896–1950), konservativer Politiker; 1940 Kriegsminister, 1942–45 Kolonialminister. **8** Hinter den Kulissen. **9** Anhänger Chamberlains. **10** Michael Mann; er war seit März 1939 mit einer Schweizerin, Gret Moser (geb. 1916), verheiratet, im August mit ihr aus Paris über Belgien nach England geflohen und hatte sich dort im Dezember 1939 nach den USA eingeschifft.

TELEGRAMM AN THOMAS MANN 24.1.1940

Keine Folter sondern nur
Eine schöne Lecturetour[1]
Ach es liegt mir stets im Sinn
Daß ich fern und treulos bin

Tausend Grüße und Wünsche von Missionar zu Missionar
E.

1 Die Verse klingen an Cl. Brentano an; vgl. S. 118, Anm. 1.

AN EVA HERRMANN New York, 9.5.1940
The Bedford

Mädel, – verzeih! (die Maulfaulheit, – das garstige, undankbare, unzuverlässige, – auch einfach *beunruhigende* Stillschweigen. Denn wer sagt Dir denn, ob all Deine freundlichen Botschaften ihr mieses Ziel erreicht haben, – oder nicht viel-

mehr in den Abgrund vorangerollt sind, der uns gähnt?) Heute ist nun das gesamte Päckchen an den Irmenvogel[1] abgegangen. Ja, – so lustig das auch immer klingen mag: aber es ist wahr, daß alles in bestürzender Eile zur Katastrophe treibt und daß niemand abzusehen vermag, *wann* denn nun *endlich* in England *einmarschiert*[2] wird, – so daß Dein Schützling, unter Umständen und unter Vermeidung der gottgeschlagenen Inseln, plötzlich hier stehen und auf Dich *zurückgreifen* möchte! (*Nie* wird das geschehen, – ich sage *dies* nur aus Sadismus, – während der Rest ernst gemeint ist!) Überdies: die Dinge stehen schlimmer, als man *weiß*. Insofern, nämlich, als die Vereinigten Staaten von Nordamerika sich in einem Rüstungszustand befinden, mit dem verglichen der englische vom Herbst 1938 *waffenstarrend* genannt werden muß. Es ist nicht nur *an sich lästig*, – es ist ganz einfach *albern*, – wenn sie immerzu fragen, ob sie denn nun wirklich ihre »boys« hinüberschicken sollen, damit diese sich für England schlagen! Sie *haben gar* keine Boys (im Ernst: *keine* ausgebildeten, equippten!), – auch sonst *haben* sie *nichts*! Die tiefschürfenden Studien, die ich seit jüngstem angestellt, belehren mich des Schlecht*est*en! Und wenn Du jetzt nicht *sofort* Deine *gesamte* Maschinenfabrikation auf Flugzeug-Herstellung umstellst, dann sind wir verloren!
Sei umhalst. Es scheint, ich komme bald, – will sagen: Mitte Juni. Denn hinüberfahren[3] erscheint sinnlos, – umsomehr, – als man die siegenstrunkenen[4] Tiere in D. gar nicht *anreden* soll, – solange man sie nicht gleichzeitig bombardiert. (Was wieder nur geht, wenn Du die Industrie umstellst!)
Wie lebts sichs im Haus?
Hier lebt sichs faul und emsig zu gleicher Zeit, – herabstimmende Mischig!
A toi: E.
[...]

1 Irma Gift, Therese Giehses Schwester. Eva Herrmann hatte ihr ein Affidavit ausgestellt, um der in der Schweiz lebenden Emigrantin die Einwanderung in die USA zu ermöglichen. **2** Am folgenden Tag (10.5.1940) begann Hitlers Westfeldzug. **3** Vgl. S. 152f. **4** Am 9.4.1940 waren deutsche Truppen in Dänemark und Norwegen einmarschiert. Dänemark ergab sich fast kampflos, Norwegen kapitulierte Ende April 1940.

AN DUFF COOPER[1] New York, 16.5.1940[2]
The Bedford

Sehr geehrter Mr. Duff Cooper,
es gibt zwei Gründe, warum ich Ende Juli oder Anfang August gern nach England kommen möchte:
1.) Wie ich Ihnen in Chicago sagte, glaube ich, daß ich für die deutschsprachigen Rundfunksendungen aus London nützliche Dienste leisten könnte. Denn obgleich mir bewußt ist, daß »Reden« Ihnen möglicherweise gar nicht mehr wichtig erscheint, meine ich noch immer, daß *gewisse* Resultate erhofft werden können, falls und wenn die richtigen Leute diese kranke Nation in der richtigen Weise ansprechen. Natürlich weiß ich nicht, wen Sie inzwischen mit dieser Rundfunkarbeit betraut haben mögen, und ob er (oder sie) ebensogut geeignet wäre wie ich oder sogar noch besser. Auf jeden Fall möchte ich Sie wissen lassen, daß ich mich Ihnen gern zur Verfügung stellen würde.
2.) Während des Sommers kann ich hier nicht sehr viel tun, doch im November werde ich eine ausgedehnte Vortragsreise antreten. Ich weiß, daß ich meine Zuhörer viel stärker beeindrucken würde, wenn ich den Sommer teilweise in Europa verbracht hätte und mit der Glaubwürdigkeit sprechen könnte, die allein Erfahrung verleiht. Hier ist alles schnell in Bewegung gekommen; dennoch wird noch recht viel getan werden müssen. Und wenn es Ihnen möglich sein sollte, mir hin und wieder eine halbe Stunde Ihrer Zeit zu opfern und mich über die Dinge zu informieren, die Ihrer Meinung nach überall in den USA nachdrücklich betont werden sollten, so wäre dies ungeheuer wertvoll für mich persönlich und, vielleicht, auch ein ganz klein wenig für unsere gemeinsame Sache.
Würden Sie mir bitte sobald wie möglich Bescheid geben, damit ich die nötigen Vorbereitungen treffen kann? Da ich britische Staatsbürgerin bin und mir zugleich meine amerikanischen First Papers[3] besorgt habe, werde ich hinsichtlich der Ausreise und Wiedereinreise keinerlei juristische Schwierigkeiten haben. Jedoch möchte ich diese Reise nur unternehmen, wenn Sie nach wie vor der Meinung sind – wie in Chicago –, daß ich in England irgendwie von Nutzen sein könnte. Ich

brauche nicht zu sagen, wie gänzlich ich mit Ihrer Rede »Wir müssen gegen das deutsche *Volk* kämpfen« übereinstimmte, schon am gleichen Tage, – inzwischen hat sie sogar für amerikanische »Beschwichtigungspolitiker« eine schreckliche Rechtfertigung[4] erfahren. Und nun, meine ich, sollte ich keinen weiteren Augenblick Ihrer Zeit mehr verschwenden. Glauben Sie mir, ich bin stolz und glücklich, Sie zu kennen, und ich könnte mir nichts Wünschenswerteres denken, als für Sie und unter Ihrer – wenn auch noch so indirekten – Leitung zu arbeiten.
Darf ich Sie bitten, Lady Dianah meine herzlichsten Grüße zu übermitteln?
Ihre sehr ergebene Erika Mann

1 Vgl. S. 116, Anm. 7. **2** Original in englischer Sprache. **3** In den USA die ersten Dokumente, die zur Einbürgerung einzureichen sind. **4** Im April 1940 hatten deutsche Truppen Dänemark und Norwegen besetzt; am 10.5. brachen sie die Neutralität von Belgien und den Niederlanden, am 13.5. überquerten sie die Maas.

VON ERWIN PISCATOR [o.O.] 28.5.1940

Liebe Erica Mann:
Es handelt sich um Bert Brecht[1]. Ich habe mich schon an Ihren Bruder gewandt und hoffe auf seine wie Ihre Unterstützung. Brecht telegrafierte aus Stockholm. Die New School hat ihn eingeladen, Vorlesungen am Dramatic Workshop zu halten. Wir müssen hier die Summe von $ 1500.- sicherstellen. Wie könnten Sie von Ihrer Seite helfen und was schlagen Sie vor, zu tun?
Ich habe mich schon sehr bemüht, aber leider bis jetzt nicht erfolgreich, aber ich versuche weiter.
Ich hoffe, ich sehe Sie bald.
Mit herzlichen Grüßen Ihr Erwin Piscator

1 Bertolt Brecht (1898–1956), Schriftsteller und Dramatiker; emigrierte 1933 über Prag, Wien und die Schweiz nach Dänemark, 1939 nach Schweden, 1940 nach Finnland, 1941 über Moskau in die USA. 1947 kehrte er in die Schweiz zurück, 1948 ging er nach Ost-Berlin, wo er das »Berliner Ensemble« gründete.

AN EVA HERRMANN New York, 5.6.1940
The Bedford

Evaliebling, –
Wie sich das doch alles wieder so ungünstig gefügt und getroffen hat! Als Du anriefst, saß ich schon im Reisehut und bin, via Swarthmore und Washington, erst gestern Nacht spät ins Bedford heimgekehrt. Da Deine Sache[1] eilig war, hat Klaus sich mittlerweile schon um sie bemüht. Auch wird er Dir wohl berichtet haben, daß nicht alles zum Hoffnungsvollsten steht. Raoul[2], teils im Bett, teils ungeheuer »fed up« mit unseren Sorgen und besonders unwillig, linke Elemente zu stützen, kann, nach Riessens[3] unbeugbarer Ansicht, garnicht erst involviert werden. Hingegen wollte dieser *nochmals* den Gesandten behelligen, der weniger feinnervig, weniger beschäftigt, auch einfach unwissender zu sein scheint. Da man aber in Frankreich (dies die Ansicht des Gesandten bei früheren Gesprächen über den Fall) wiederholt an F.[4] herangetreten war und ihn gebeten hatte, sich doch irgendwie im Sinne des Landes zu betätigen, er dies aber immer aus Rücksicht auf dear little old father[5] abgelehnt hat, scheint nun wirklich kein rechtes Wohlwollen mehr für ihn zu bestehen, und das Komitee von sieben aktiven Generälen, das er in jedem Fall aufbringen müßte, um zu seinem Exitpermit zu gelangen, wird, zur Stunde der großen Offensive, *nicht wollen*.
Natürlich hast Du Recht und natürlich wäre ich, bei aller Rigorosität, aufs Äußerste dafür, zu retten was zu retten ist. Nur scheint eben wirklich (dies bestätigt auch Billux[6]) der F'sche Fall verfahrener als irgend einer, und sogar wenn der Gesandte kabeln sollte, sehe ich wenig Aussicht auf Erfolg.
Sei umhalst und glaube meinem guten Willen. Billux, die sehr fein, englisch und damenhaft wirkt, habe ich erst einmal flüchtig gesehen. Freundin und Hund kenne ich noch garnicht, sollen aber beide ganz niedlich sein.
Auf bald! E.

1 Es ging um die Freilassung Lion Feuchtwangers aus dem französischen Internierungslager Les Milles. Ein im Juni 1940 nach Frankreichs Kapitulation gegründetes Emergency Rescue Committee verhalf 1940–42 über 2000 in Frankreich mit Auslieferung an Deutschland bedrohten Emigranten zur Flucht in die USA, darunter Heinrich und Golo Mann sowie Lion Feuchtwanger. **2** Raoul Auernheimer (1876–1948), österreichischer Schriftsteller und Dramatiker. **3** Curt Riess, damals Sekretär der GAWA; vgl. S. 130, Anm. 1. **4** Lion Feuchtwanger. **5** Stalin. Feuchtwanger, der 1937 einen begeisterten Reisebericht über die Sowjetunion geschrieben hatte, galt damals als Moskau-Sympathisant und überzeugter Befürworter des deutsch-sowjetrussischen Nichtangriffspakts. **6** Sybille von Schönebeck-Bedford.

AN THOMAS MANN New York, 19.8.1940

Allerliebster Z. –
nun heißt es also, Abschiedsbriefchen[1] kritzeln und der an Dich ist, – on a way, – der ärgste, weil mein Gewissen in Bezug auf Dich am dunkelsten ist. Du wirfst nicht gern noch ein Kind[2] in den Abgrund, hast Du gesagt, als zum ersten Mal von dieser Reise die Rede war, und ich habe es mir auch gewiß gesagt sein lassen. As a matter of fact, ich wäre ganz außer mir, wenn mir etwas zustoßen sollte, weil ich weiß, daß ich Dich im Grunde durch *nichts* wirklich kränken und verletzen könnte, als eben durch mein Ausbleiben.
Alle Eulen der Welt waren mir seit Kindertagen gestattet und ich habe mich ausführlich gefragt, ob ich nun gerade die eine haben muß, die großen Jammer anstiften könnte. Mir scheint aber, ich muß sie haben. Man kann nicht sieben Jahre lang den Soldaten spielen, der, wie der Bürstenbinder in Tölz, auf den geheimen Marschbefehl wartet, um zu desertieren, wenn, schließlich, die Trompete bläst. Und überdies: die Eule wird so bösartig nicht sein. Daß ich fliege, statt zu segeln, ist ein Schritt ins Ungefährlichere; – ich bin, a), ziemlich lucky, b), ziemlich clever, – und, c), eisern entschlossen, mir nichts zustoßen zu *lassen*. All dies sollte helfen und im November sieht man sich wieder. –
Hier ist jedermann hilfreich und barmherzig gewesen, – es ist nett, bei Anlässen wie diesem zu entdecken, wieviel Freunde man hat. Ich habe 100 nützliche Briefe für Engelland, – mein Verleger[3] vor allem (hingerissen von meinen ur-mäßigen Machwerkchen[4]) hat mich ausstaffiert, – ein junger englischer

Lord, – Geheimpropagandist von Duff Cooper over here, – hat mir zahllose verständige Ratschläge erteilt und mir übrigens, durch unerschütterlichen, dabei intelligenten Optimismus das Herz gestärkt, – sodaß es mir an garnichts fehlen kann. Am Donnerstag bin ich schon in Lissabon, – wo ich den amerikanischen Konsul besuchen und Erkundigungen über Heinrich und Golo[5] einziehen will. Und am Sonntag hoffe ich, in London zu sein. Leb wohl, – ich tu es ungern und vor allem ungern Deinetwegen.

Sehrsehrsehr! Kind E.

1 Sie war auf dem Weg nach England; vgl. S. 152f. **2** Golo Mann hatte sich im Mai 1940 als Kriegsfreiwilliger in Frankreich gemeldet, wurde dort aber interniert und flüchtete im September 1940 mit Onkel Heinrich und Franz Werfel über die Pyrenäen nach Lissabon. Am 13.10.1940 trafen sie in New York ein. **3** Wahrscheinlich der amerikanische Verleger John Farrar. **4** »The Lights Go Down«; vgl. S. 145, Anm. 10. **5** Über ihr Schicksal herrschte noch Ungewißheit (s. Thomas Mann, »Tagebücher 1940–43«, S. 134ff). Auch Monika Lanyi-Mann wartete mit ihrem Mann in London noch auf eine Reisemöglichkeit in die USA (vgl. S. 105, Anm. 16).

AN LOTTE WALTER

New York, 16.8.1940
The Bedford

Lotte, – meine Liebe, –
besteh den Tag, – ich denk sehr an Dich und wollte, er wäre erst vorüber.

Ich bin fort, wie Du siehst und werde (wenn nicht alles zusammenstürzt) bald noch viel forter sein. Der Clipper fährt (or so I think) am Mittwoch, – am Freitag ist er schon in Lissabon und von dort gibt es ein »shuttle-service«, – per Luft, – nach England. Meine Freunde hier, – politisch gesinnt, wie sie nun einmal sein müssen, als meine Freunde, billigen es durchaus, daß ich gehe und besänftigen auf wohltuende Art mein Gewissen. Denn natürlich habe ich eins und es macht mir zu schaffen; die lieben Elterlein werden sich grämen und ich werde, – ein paar Monate lang, – nichts sein können, für sie und andere over here, als ein Quell der Beunruhigung: – das ist nicht viel

und nichts besonders Hübsches. Auf der andern Seite: Hunderttausende riskieren täglich ihr Leben mit weniger Aussicht auf *some* kind of »achievement«, however small, – und ich wäre mir selber *zu sehr* zur Last, wenn ich diese Chance, doch *irgendetwas* zu *tun*, in den Wind schlüge, der mich nach England tragen soll.
Sei sehr gegrüßt, – ich habe an Muzi[1] geschrieben, wie mir zumute ist; sag auch dem Kuzi[2] adieu für mich und man sieht sich gewißlich im November.
In Lieb und Treu E.

1 Elsa Walter, Ehefrau von Bruno Walter. **2** Bruno Walter.

AN LOTTE WALTER

London, 1.9.1940
Hotel May Fair

Lottelieb, –
was für einen friedlichen Sonntag dieser erste September heuer abgibt! Erst einen einzigen »Alarm« haben wir gehabt, bis mittags um 12, – und am allzuklaren Himmel ist nichts zu sehen, als unsere schönen, braven und silbernen Sperrballons. Das Wetter macht einen unverwüstlichen Eindruck und wird wohl bei dem Glück, das wir haben, bis Ende des Monats so bleiben. Aber auch wir werden so bleiben, – des bin ich ziemlich gewiß – trotz den fürchterlichen Kriegsgeburtstagsfeierlichkeiten, die das Tier uns für die kommende Woche verheißt. Die Gelassenheit ist groß, hierzuinsel, – und wird sich, – wenn nicht alles trügt und foppt, in *Zorn* und *nicht* in Panik verwandeln, wenn die Stunde naht. Auch ist unsere R.A.F.[1] den Göringwespen wirklich *ungeheuer* überlegen und unsere Angaben *stimmen*, – das ist gut, zu wissen. (Selbst ich war in den Staaten geneigt, die Wahrheit zwischen den deutschen und den englischen zu suchen, – nahe bei den englischen, die aber die Wahrheit *sind*.) Zu essen gibt es reichlich*st*, – zu arbeiten auch; nur dauert das Organisieren der Arbeit zu lang, – für meinen eiligen Geschmack. Gar keine Zeit dürfte man mir lassen, Briefe zu schreiben und in den Himmel zu schaun, – aber ich (und

die andern!) haben, noch immer, zu viel Zeit. Ich will demnächst nach Dover fahren und in die Midlands, – auch die Truppen des wackeren de Gaulle[2] besuchen und der Wilhelmina[3] meine Aufwartung machen. Das gibt dann Erzählungen, bei deren Lektüre den Urscheln, »Daheim« in U.S.A., die törichten Herzen schlagen werden (schlagen sollen, – zu schlagen haben, – basta).
Wer Dich grüßen läßt, das ist der Karlweis[4], – mit dem ich aufs allertraumhafteste in den Straßen von Lissabon spazierengefahren bin, – ein paar Tage ist das her. [...] Der Karlweis ist nicht unguter Dinge, hat ein Auto, – ein Mädchen (Nichte von Herriot[5]), ein amerikanisches Visum (ihm von Kaiser Otto zugeschanzt), einen bescheidenen Geldgeber und ein fröhliches Gemüt. Andern in Lissabon, – dem Döblin, etwa, – geht es ärger, und bei seinen Erzählungen aus Frankreich (Döblin's) bleibt einem der Verstand stehn und tut einem das Herz weh. Ärger als Schurkerei ist Dummheit, – und ärger als Dummheit ist Phantasielosigkeit, will mir scheinen, und sie ist es denn auch, die, vereint freilich mit Schurkerei und Dummheit, uns so herrlich weit gebracht hat. In Belgien scheint man allmählich einzusehen, woran man ist, und die Sabotage dort fängt an, die Nazis wirklich zu verbittern. Bei den Franzosen wird es wohl noch ein Weilchen dauern, – aber in Holland geht es schon ganz munter her, – und, – en somme: *lots of troubles* wird das Monstrum haben, wenn der Winter in sein Europa einzieht. Im Frühling ziehen *wir* dann ein, – will sagen: wir werden attackieren, im Frühling, – das halten wir hier, in aller Gelassenheit, für sehr wahrscheinlich. (Aus meinem Taschenmaschinchen[6] kommt die »Moldau«, – wohl zum Dank dafür, daß die Tschechen gestern sechs Nazi-Bomber abgeschossen haben. Mir ist aber dunkel, als hätte ich das schon einmal schöner gespielt gehört!) Sei umhalst und grüße die lieben Eltern. Falls sie freundlich genug gewesen sein sollten, sich um mich zu sorgen, so mögen sie dies nun, bitte, auf der Stelle sein lassen. *Denn, warum?*: es besteht ganz einfach kein Anlaß!
In Lieb und Treu: E.

P.S.: Da ist wieder Alarm und ich kriege kein Mittagessen.

1 Royal Air Force. **2** Charles de Gaulle (1890–1970), französischer General und Politiker; organisierte 1940 nach dem Zusammenbruch Frankreichs von London aus den Widerstand gegen die Deutschen und die Kollaborationsregierung. **3** 1880–1962, Königin der Niederlande; lebte 1940–45 in England im Exil. **4** Oskar Karlweis (1894–1956), Wiener Film- und Theaterschauspieler, Schwager von Jakob Wassermann; emigrierte in die USA. **5** Edouart Heriot (1872–1957), französischer Politiker. **6** Radioapparat.

AN LOTTE WALTER [o.O.] 9.11.1940

Lotte, meine Liebwerte, – da gratuliere ich Dir denn auch schon zu meinem Geburtstag[1] und wünsche von Herzen alles Nette. Mich betreffend, so hätte etwas Netteres, als die Wiederwahl unseres Franklin Delano[2] auf Gottes Erdenrund und in diesem unserm verschimpfierten Jahrhundert ja ohnedies nicht passieren können. Es *läßt* sich nicht sagen, wie sehr ich rejoice[3]; das wird alles entscheiden, – den Krieg, wie den Nachkrieg, – und hochwahrscheinlich zum Guten. Die Kehle schnürt sich mir zusammen, vor Mitleid, wenn ich meines Führers gedenke; staunend sieht er seine Werke und bewundernd untergehn[4], – wenn noch nicht gleich, so doch (wenig) später. Und Beni[5] wird der erdrückenden Übermacht der Griechen ja auch auf die Dauer kaum gewachsen sein.

Von England zu erzählen, überlasse ich all den persönlichen Begegnigen (grammatikalisch falsch: Begegnigen *können* ja gar nicht von England erzählen, – höchstens *ich* könnte, – *anläßlich* ihrer!). Wie dem sei, – das will besprochen sein. Nur daß es dort aufs Großartigste und Allereindrucksvollste hergeht, sei Dir zugetippt, – keine zweite Stadt hat dergleichen jemals ausgehalten und keine zweite wird dergleichen jemals mit der schier unbegreiflichen, trotzig-hochmütigen Seelenruhe hinnehmen, die dem Inselvolk eignet. Ich war gerne dort, – bin ungern weggefahren und muß mich nun wieder dem leidigen lecturen[6] in die geilen Arme werfen. Die schöne Ruhe- und Erholungszeit (Spaß in Unmengen beiseite: es *ist* erholend, sich in einem erfolgreich gegen H.'n belligerent[7] Lande aufzuhalten!) ist nun vorüber. Wieviel ich dort »geleistet« habe, weiß ich nicht. Neun

Dinger an die Säue habe ich hingelegt und der Deutschlandsender sowohl als der »V.B.«[8] und Lord Haw Haw[9] haben protestiert. Das freut und ehrt einen ja denn auch wieder und will doch wohl beweisen, daß manch einer hingehört hat, als ich plapperte.

Wann kommt Ihr denn her?

Wie ist es denn dort?

Was tust Du denn? Machst Du Verbände? Daß Du mir aber das Rote Kreuz verhinderst, Eßwaren nach Europlingen[10] zu senden; wenn es dies dennoch tut, – bin ich Dir nimmer gut. [...]

Umhalse, bitte, auf respektvolle und doch nicht unzutunliche Art die lieben Eltern. Es ist schön, zu hören, daß das gemütliche, aber bisserl provinzielle kleine New York nun endlich mal erfahren soll, was eine Harke ist und was eine Oper sein kann.

Wann gehts denn, bitte, los mit der Stabführung hier?

Klaus berichtet, Muzi-lieb[11] sei nicht wohl gewesen, – das bekümmert mich, – und ist es denn wenigstens nun vorbei?

Ich, für meinen Teil, bin mit dem heutigen Tage als *alt* zu bezeichnen, – als beileibe zu alt, in jedem Fall, um die schwindenden Kräfte an Briefe zu vergeuden, die ohne Antwort bleiben.

Gehab Dich wohl und nimm die freundlichsten Küsse von

Deiner lieben Erika

P.S. Eben lese ich, daß man unserm Süßen sein Bierkellerchen zerschmissen[12] hat. Es macht mich dies *ungemein* SINNLICH!

1 Am 9.11.1940 feierte EM ihren 35. Geburtstag. **2** Präsident Roosevelts Wiederwahl am 6.11.1940. **3** Mich freue. **4** Ungenaues Zitat aus Schillers »Lied von der Glocke«. **5** Benito Mussolini (1883–1945); am 28.10.1940 waren italienische Truppen von Albanien aus in Griechenland eingefallen. Sie wurden zurückgeschlagen, ein Drittel von Albanien ging verloren. **6** Vorträge halten. **7** Gegen Hitler kriegführenden. **8** »Völkischer Beobachter«. **9** William Joyce (1906–1946), gebürtiger Amerikaner, Mitglied britischer Faschistenorganisationen; seit 1940 naturalisierter Deutscher. Er lebte in Berlin und arbeitete als englischer Sprecher für das Propaganda-Ministerium. 1946 in England wegen Hochverrats hingerichtet. – Die Stimme aus Deutschland wurde im Volksmund »Lord Haw Haw« genannt. **10** Europa. **11** Elsa Walter. **12** In der Nacht 8./.9.11.1940 wurde München von britischen Fliegern bombardiert; der Schaden in der Innenstadt hielt sich in Grenzen. Der »Bürgerbräukeller« war schon am 8.11.1939 durch das Attentat auf Hitler stark in Mitleidenschaft gezogen worden.

AN LEOPOLD SCHWARZSCHILD New York, 7.12.1940
The Bedford

Lieber Schwarzschild, –
ich freue mich, daß Sie geschrieben haben, – so kann man wenigstens reden.
Ich habe in Lissabon und zu Fräulein Freund[1] das folgende gesagt:
»Es ist ein Jammer, ein Gram und eine SCHANDE (die Maschine ist neu, die alte zerbombt und ›Schande‹ versehentlich groß geschrieben!), – eine Schande, also, mit Sch.[2]. In Lissabon hatte ich den Eindruck, er wäre in sich gegangen (in jenem einen Zusammenhang, in dem ein In-sich-Gehen vielleicht angezeigt schien), – und nun höre ich, daß er, kaum in New York angekommen, seine Redereien fortsetzt. Er will es nicht wahrhaben, daß Klaus in seinem Leben kein Sowjet-Agent[3] gewesen ist. Und er will es nicht wahrhaben, daß man sich ein ziemliches Stück ruchloser Niedertracht leistet, wenn man als angesehener und zuverlässiger Publizist einen Menschen, der auf Grund eines Visitor-Visums die Gastfreundschaft Amerikas genießt, eben dort, im Lande des Dies-Committees[4], als Sowjet-Agenten denunziert, der keiner ist und nie einer war.« (Die Frage bliebe zu erörtern, ob das Denunzieren von *Kommunisten* erlaubt, pflichtgemäß, oder doch auch niederträchtig zu nennen ist. Ich habe mich entschlossen, es niederträchtig zu nennen. Ich spreche mit keinem mehr, meide jede »Plattform«, wo einer spricht, – habe völlig und, ich glaube, for good, mit den comrades gebrochen. Denunzieren, freilich, würde ich keinen. Gleichviel.)
Sie haben sich, lieber Schwarzschild, wirklich und einfach *geirrt*, wenn Sie geglaubt haben, Klaus wäre ein Sowjet-Agent. Und Sie sind ein bei weitem zu guter Stilist, kennen viel zu genau das Gewicht von Worten, um nicht zu wissen, daß ein Abgrund liegt zwischen einem »Sympathisierenden« (während der Volksfront- und Spanien-Zeit) und einem »Agenten« (nach Ausbruch des Paktes).
Ihr Angriff[5] erschien ja wohl Ende Oktober und basiert war er ausschließlich auf Klausens Antwortbrief an die Volkszei-

tung[6], darin er Stalin unverständlich und rätselhaft nannte und erklärte: »im übrigen no comment«. Sie konnten diese Antwort mißbilligen (auch ich habe sie mißbilligt). Keineswegs aber konnten Sie ihren Verfasser für einen Sowjet-Agenten halten, nur weil er ihr Verfasser war; und gar keinesfalls durften Sie ihn der Öffentlichkeit als Sowjetagenten anzeigen.

Ich verstehe, daß Sie aufs äußerste erbittert und aufgebracht gewesen sein müssen gegen die linke Fifth Column[7] in Frankreich und daß Sie glaubten, gegen entsprechende Kreise und Individuen hier drüben rechtzeitig vorgehen zu sollen. In der Hitze des Gefechtes haben Sie Halbrichtige und Falsche erwischt, und Klaus war ein *Irrtum*. Mir ist nicht einmal völlig begreiflich, wie gerade Ihnen gerade dieser Irrtum unterlaufen konnte. Sie kennen uns seit so sehr vielen Jahren, – Sie wußten, daß wir uns selbst zur Zeit der schönsten Volksfront-Blüte nie und nimmer mit den Genossen hätten identifizieren lassen; wie oft haben wir (Sie und wir) das alles diskutiert, – wie deutlich haben wir Ihnen gesagt, daß uns Entscheidendes von jenen trennt; wenn wir trotzdem Ihre leidenschaftlich antikommunistische Haltung nicht immer gutheißen konnten, haben wir Sie deshalb nicht einen Nazi-Agenten genannt.

Ich weiß heute, lieber Schwarzschild, daß ich mich in manchem getäuscht habe. Es war ein Irrtum, zu glauben, man könne zusammenarbeiten mit den Stalinisten, – ein Irrtum, den begangen zu haben ich bereue; – er war bona fide begangen und manches schien damals dafür zu sprechen, daß er keiner war (kann man das sagen?). Wie dem auch sei: ich denke nicht daran, heute, – im Gespräch mit Freunden, oder in Briefen an Nicht-Freunde, »die alten Geschichten« ruhen lassen zu wollen und halt »froh zu sein« (den Freunden gegenüber), daß wir ja jetzt alle einer Ansicht sind. Ich gebe zu, daß ich mich geirrt habe and that's that. Sie sollten das auch tun. Schreiben Sie einen Brief an Klaus[8], – geben Sie zu, daß Sie sich geirrt haben und daß es Ihnen leid tut, ihn, der nie in seinem Leben ein Sowjet-Agent gewesen ist, öffentlich als solchen beschimpft zu haben. Das ist alles, was nötig wäre. Schön wäre freilich, wenn Sie hinzufügen könnten, daß nicht auf Grund Ihrer Denunziationen[9] Leute in die Pariser Lager geworfen und, eventuell,

den Nazis ausgeliefert worden sind. Es wäre sehr beruhigend und erfrischend, wenn Sie das hinzufügen könnten.
Verstehen Sie mich recht:
ich stelle Sie nicht zur Rede und habe gar kein Recht, Fragen an Sie zu richten. Nur: ich kann nicht mit jemandem sprechen, der daran festhält, daß Klaus ein Sowjet-Agent gewesen ist. Und es wäre schwer für mich, mit einem zu sprechen, auf dessen Veranlassung irgendwelche Menschen, die nicht Nazis sind (wie geringfügig der Unterschied zwischen ihnen und den Nazis sein möge), den Nazis in die Hände gefallen sind.
Sie wissen (or do not know) wie gern ich Sie immer gehabt habe und wie sehr ich also wünschen muß, daß man wieder miteinander sprechen könne.
Bestens die Ihre: E.M.

(Grüße für die Dame)
P.S. Ich muß nach Chicago und Yale, – hoffe Mittwoch zurück zu sein.

1 Die Sekretärin von Leopold Schwarzschild. **2** L. Schwarzschild. **3** Im Oktober 1939 war Klaus Mann in Schwarzschilds »Neuem Tage-Buch« als »Sowjet-Agent« bezeichnet worden. Die Kontroverse mit dem ursprünglich linksliberalen L. Schwarzschild, der sich unter dem Eindruck der Moskauer Schauprozesse und des Hitler-Stalin-Nichtangriffspaktes zum militanten Antikommunisten entwickelt hatte, zog sich bis ins Jahr 1941 hin. Vgl. Klaus Mann, »Briefe und Antworten II«, S. 91–98; 387f. **4** Martin Dies Committee zur Abwehr kommunistischer Infiltration. **5** Der Artikel »Affäre des deutschen ›Schutzverbandes‹« (*Das Neue Tage-Buch* VII, H. 44, 28.10.1939, Paris/Amsterdam, S. 1027–1031) stammte von L.S. selbst. **6** Nicht ermittelt. – Rückschlüsse erlaubt Klaus Manns »Erklärung« vom 18.11.1939 (in: »Heute und Morgen. Schriften zur Zeit«, München 1969, S. 268–273): »Am 13. September [...] forderte mich ein Mitarbeiter der New Yorker ›Volkszeitung‹ auf, zu dem Abkommen zwischen Berlin und Moskau Stellung zu nehmen, und zwar mit einem ›Ja‹ oder ›Nein‹. (In einem anderen Absatz sollte die Begründung dieser lakonischen Stellungnahme folgen.) Es schien mir, und scheint mir auch heute noch, unmöglich, meine Ansicht zu einem so komplexen und bedeutungsvollen Thema zu einem ›Ja oder Nein‹ zu reduzieren.« Folglich mußte er »die klare Antwort [...] am 13. September der ›New Yorker Volkszeitung‹ verweigern«. **7** Fünfte Kolonne; Ausdruck aus der Zeit des Spanischen Bürgerkriegs für Untergrundorganisationen, die mit Kräften außerhalb ihres Landes zusammenarbeiten. **8** Mit einem Brief v. 29.12.

1940 entschuldigte sich Schwarzschild bei Klaus Mann, der in seiner Erwiderung v. 2.1.1941 den Willen bekundete, den Streit beizulegen. Vgl. Klaus Mann, »Briefe und Antworten II«, S. 399. (Der gesamte Briefwechsel Erika Mann-Leopold Schwarzschild befindet sich im Leo Baeck Institut, New York.) **9** Nach Unterzeichnung des deutsch-sowjetischen Nichtangriffspaktes hatte L. Schwarzschild sämtliche kommunistische Emigranten aufgefordert, ihre »Überzeugungen« öffentlich zu »widerrufen« und wenig später sogar die »französischen Maßnahmen gegen kommunistische oder kommunistisch beeinflußte Organisationen des Exils« begrüßt (s. Hans-Albert Walter, »Deutsche Exilliteratur 1933–1950«, Bd. 7, Exilpresse I, Darmstadt u. Neuwied 1974, S. 152ff).

VON LEOPOLD SCHWARZSCHILD [o.O.] 10.12.1940

Liebe Erika,
Sie fragen mich, ob es wahr sei, daß »auf Grund meiner Denunziationen Leute in die Pariser Lager geworfen und, eventually, den Nazis ausgeliefert worden sind«. Ich wundere mich über nichts, was gegen mich in Umlauf gesetzt wird. Ich wundere mich, daß Sie es für denkbar halten.
The answer is in the negative, und zwar gleich aus zwei Gründen.
Erstens: mit Denunziationen hatte und habe ich immer nur als Objekt zu tun. Nicht nur habe ich niemanden im Zusammenhang mit der Schweinerei der Kriegs-Internierungen[1] denunziert. Sondern so lange ich in Frankreich lebte habe ich niemals bei irgend einer französischen Behörde als Auskunftsperson über irgendwen fungiert. Vom ersten bis zum letzten Tag habe ich keiner französischen Behörde und keiner französischen Amtsperson jemals meine politische Meinung über irgend einen Emigranten mündlich oder schriftlich bekannt gegeben. Ich bin nämlich ein Schriftsteller. Höher habe ich nie hinaus wollen; nicht einmal die Rolle eines Polizei-Konfidenten hat mich gelockt.
Zweitens aber, und zum Überfluß, ist überhaupt kein deutscher Emigrant auf Grund irgendwelcher Denunziation in ein französisches Lager gekommen. Sämtliche »ressortissants allemands«, en gros, ohne Unterschied, wurden durch Mauer-Anschlag am zweiten oder dritten Kriegs-Tag befohlen, sich in

ein Sammellager zu begeben. Man kam nicht durch die negative Anormalität von Denunziationen ins Lager: sondern das Lager war die rigorose Norm, und nur durch die positive Anormalität ganz besonderer Empfehlungen kam man in Glücksfällen wieder aus dem Lager heraus. Ebenso wurde bei der zweiten Aktion im Mai 1940 verfahren. Alle Männer und Frauen, en gros, ohne Unterschied, wurden durch Mauer-Anschlag ins Lager zitiert, und diesmal gab es sogar keine Entlassungen mehr. Daß ich irgend etwas mit irgendwelcher französischer Internierung zu tun gehabt hätte, kann daher nur dort erzählt werden, wo man – ganz abgesehen von mir – die französischen Vorgänge nicht kennt.

So viel zu dieser separaten Geschichte.

Was Ihren Bruder Klaus anbelangt, muß ich eines vorausschicken. Die Sache an sich mag stehen wie sie will, den Begriff »Denunziation« hineinzumengen ist jedenfalls unmöglich. Sie sagen, meine Zeitschrift hätte »einen Menschen, der auf Grund eines Visitor-Visums die Gastfreundschaft Amerikas genießt, eben dort, im Lande des Dies-Committee, denunziert«. Wenn überhaupt in Amerika denunziert worden ist, so ist das nicht von mir in Paris, sondern von der Neuen Volkszeitung in New York[2] getan worden. Es ist ein Faktum, daß in Paris nur eine New Yorker Veröffentlichung wiedergegeben und paraphrasiert wurde. Wie hätte von der sekundären Pariser Veröffentlichung eine Wirkung in Amerika ausgelöst werden können, die nicht schon von der primären New Yorker Veröffentlichung ausgelöst sein müßte?

Im übrigen, glaube ich, gibt es zwischen uns gar keine wirkliche Differenz über den Fall Klaus Mann. Ich sehe ein, daß wir in Europa das Wort Sowjet-Agent oder Nazi-Agent in einem unpräziseren Sinn anzuwenden pflegten als man es in Amerika tut. Vielleicht gerade weil es ein Dies-Committee gibt, scheint das Wort Agent hier unentrinnbar die zwei Merkmale effektives Dienstverhältnis und Besoldung zu enthalten. Wir haben in Europa während der letzten Jahre den Begriff in einem viel weniger technischen Sinne verwandt. Wenn wir bestimmte Politiker Hitler-Agenten nannten, so meinten wir fast nie, daß sie angestellt oder besoldet seien, sondern fast immer nur, daß sie aus Gesinnungs-Identität ständig in der Linie der Hitler-Politik agierten. So sollte auch über Klaus nicht gesagt werden, daß er in einem Moskauer Dienstverhältnis stand, sondern nur, daß er in den großen Fragen stubbornly[3] die Linie der Stalin-Politik verfolgte. Ich denke, daß eine solche Erklärung die volle damalige Wahrheit sowohl über meine wie über seine Seite enthalten würde. Ich bin zu dieser oder irgend einer äquivalenten Erklärung bereit. Ich wiederhole, was ich ein halbes Dutzend mal sagte und schrieb: daß ich jede Unterhaltung, Aussprache, Bereinigung mit Ihrem Bruder begrüßen würde. Und Ihnen gegenüber füge ich hinzu, daß ich in dieser Geschichte uns alle, mich selbst sicher eingeschlossen, ein bißchen unzeitgemäß und exageriert finde.

Übrigens kann ich Ihnen sagen, – und werde es Ihnen, wenn wir einander sprechen werden, näher erläutern, – daß diese unsre Episode nicht nur zwischen uns schwebt, sondern daß sie auch eine Rolle in einer Anzettelung spielt, die seit meiner Ankunft in Amerika von den Most Honorable kommunistischen Strategen gegen mich betrieben wird. Ich denke, daß es Sie gar nicht freuen wird, unwissentlich in eine Ihnen so fremde Unternehmung verwoben zu sein, und daß es ein Grund mehr ist, das Kapitel zu schließen.

Jedenfalls bin ich froh, daß wir uns überhaupt gegenseitig hören konnten, und ich grüße Sie bestens,

Ihr Leopold Schwarzschild

1 Vgl. S. 141, Anm. 2 u. S. 154, Anm. 1. **2** Vgl. S. 163, Anm. 6. – Nach Hans-Albert Walter (s. S. 164, Anm. 9) »schloß sich eine Denunziationskampagne gegen den Schutzverband Deutscher Schriftsteller in den USA an, bei der das NTB die Argumente der dem rechten SPD-Flügel zuzurechnenden New Yorker ›Neue Volkszeitung‹ übernahm. Der Schutzverband wurde als kommunistische Tarnorganisation bezeichnet und von Manfred George, Oskar Maria Graf und Klaus Mann war im NTB zu lesen, sie seien kommunistische Agenten. Beweise wurden nicht geliefert. Es gab auch keine.« **3** Halsstarrig, unerbittlich.

AN LOTTE WALTER Washington, 13.1.1941
The White House

Liebes Mädchen, –
an hochgelegenen Aussichtspunkten, wie diesem hier, zückt der gute Deutsche, gewohnheitsgemäß, seinen besten Füllfederhalter und sendet Grüße. Hier sind sie. Es ist hier urgemütlich, – wir hatten Frühstück mit der Dame des Hauses[1], – der Herr kommt morgen. Ich übermorgen (nach New Yorklingen).
Sei geherzt E.

1 Am 13./14.1.1941 waren Thomas, Katia und Erika Mann Gäste von Präsidenten Franklin D. Roosevelt und dessen Frau Eleanor (1884–1962) im Weißen Haus.

AN THOMAS MANN New York, 13.4.1941
The Bedford

Ostersonntag

Viellieber Z., –
vorhin habe ich dem Gumpert[1] sein weiches Frühstücksei so recht heimtückisch versteckt, als er gerade nicht hinschaute; das ist aber auch die einzige Feierhandlung, die ich anläßlich des Osterfestes begehen werde. Noch sind die Griechen[2] ja nicht geschlagen, die Engländer weder gefangen, noch *abgereist*[3], und so ist am Ende zum Verzagen noch immer kein Anlaß. Dill[4] und Eden[5] müssen sich in Ankara haben anschwindeln lassen, denn ohne die türkische Zusage *konnten* sie das Ganze doch wohl niemals anzetteln. In Washington, so höre ich, rechnet man, ganz bluntly, mit dem Fall von Suez, – hält aber auch dann die Sache für *gar keineswegs* verloren. Mein Gott, es ist ja wahr: wenn wir nur *überhaupt weitermachen* können, mag das Monstrum so lange auf-und-ab-und-einmarschieren wie es ihm und uns behagt. Dann wird der Gar ihm ausgemacht. Denn wir *werden* weitermachen, – davon bin ich denn doch aus Herzensgrund überzeugt.
Anlaß dieses Zettuls ist freilich der Aissiklaus[6] und die erheb-

liche Sorge, in der ich mich seinetwegen weiß. Gibt es für ihn doch nur zwei Möglichkeiten und ist die eine wirklich ziemlich katastrophal von Charakter, während die andere zu nahe der Unmöglichkeit ist, um so recht ermutigend zu sein. Wenn er jetzt von einem Tag auf den andern die Bude zumachen muß, hätte das, im Psychischen wie im Finanziellen ganz *abscheuliche* Folgen für ihn. Die Jahres-Abonnenten hätten ihr Geld verloren (was unser aller Ruf nicht zuträglich wäre), – er hätte *überdies* nicht unerhebliche Schulden zu begleichen und hätte mit einer *an sich erfolgreichen* Unternehmung, in der sehr viel Arbeit, Hoffnung, Herzblut und »sso viel Müh'« investiert ist, einen vernichtenden Schiffbruch erlitten. Bei all dem Pech, das vorausging, wäre das wirklich kaum tragbar für den Bemühten. Die Summe, die er braucht, um weiterzumachen, ist zwar sehr viel erheblicher als die, die er benötigte, um »möglichst bald Schluß« zu machen. Immerhin dürfte es leichter (wenn auch immer noch tausendschwer) sein, für »Decision« viel Geld aufzutreiben, als für die Beerdigung von »Decision« wenig. Wie dem sei: den Herrn Strelsin[7] mit *größtem Eifer* zu bedienen, möchte ich flehentlich anraten. Bei allem Eifer kann aber sehr wohl sein, daß er beinah gar nichts tut, – denn seine fixe Idee ist Deine Editor-in-Chief-schaft, und wenn er die nicht erfüllt kriegt, weiß man nicht, was er unternimmt. Ob man sich sonst in aller Eile etwas ausdenken kann? Dorothy[8], so höre ich, verfügt seit kurzem über einen Fond ($ 25 000), der Ausdrücklich nicht für die leidige Wohltätigkeit, sondern für »antifaschistische Zwecke und Aktivitäten« verwandt werden soll. Vielleicht, daß ein leidenschaftlicher Brief von Dir da etwas ausrichten könnte? Ich will es noch mit K'n[9] besprechen, ehe ich Dich bitte, einen solchen abzufassen. Was sonst, denn, könnte man tun? Wenn Du *persönlich* mit Lubitsch[10] sprächest, – oder mit Walter Wanger[11] (Hut bürstetest und hingingest?) würde das zweifellos Großes zeitigen können. Das sind freilich harte und *abstoßende* Zumutungen, oder Anregungen. Ich weiß mir nur wirklich keinen rechten Rat ohne Deine sehr aktive Hilfe und glaube nicht, daß wir hier das nötige in der nötigen Eile *possibly* zusammenkriegen können.
Wahr bleibt, daß es allzu-optimistisch und in seiner Art, wie

Onkel Richters Abschneideweg, ein Stück aus der Tollkiste gewesen ist, daß der Bursch[12] das Ganze angefangen und nicht genug Geld gehabt hat, um es ein Jährlein am Leben zu halten. Auch muß er schlecht und allzu-optimistisch beraten worden sein von seinen Geschäftspartnern, die gerne mitspielen wollten. Ihm jetzt Vorwürfe zu machen, ist aber natürlich, bei der sehr verdüsterten Seelenlage, in der er sich zu Recht befindet, gänzlich unratsam und kann nur dazu führen, daß er die Nerven verliert.

Laß mich, *bitte*, hoffen, daß, was Deine Zähne angeht, das Schlimmste wenigstens hinter Dir liegt. Falls Du auch noch Zahnschmerzen hast, wäre es ja wirklich *unverantwortlich*, Dir den Strelsin und andere Ferkeleien zuzumuten.

Ich trete morgen, im Waldorf, als *Brasilianerin* auf, um, als Omamas Enkelin, drei südamerikanische Roman-Preisträger zu begrüßen. Ist ja komisch.

Tausend Grüße, – ich denke doch, ich komme bald.

Annemarie[13] hat Deine Message (die deutsche nach London) in Switzerland gehört und es soll sehr klar, aufregend und schön gewesen sein. Nun fährt sie nach dem Kongo, weil die Mamma ihr Geld nur gibt, wenn sie ganz weit weg fährt, – sagt sie.

Immerdar Kind E.

[...]

1 Martin Gumpert. **2** Am 6.4.1941 hatte Hitlers Feldzug gegen Jugoslawien und Griechenland begonnen; am 21.4.1941 kapitulierte die griechische Armee. **3** Britische Truppen, aus Ägypten übergesetzt, unterstützten die Griechen; am 24.4.1941 zogen sie sich nach Kreta zurück. **4** Sir John Dill (1881–1944), britischer Feldmarschall, seit 1941 »representative of the british chiefs of staff« in Washington. **5** Vgl. S. 105, Anm. 9. **6** Klaus Mann hatte mit seiner Anfang 1941 in New York gegründeten zweiten Exilzeitschrift »Decision« erhebliche wirtschaftliche Schwierigkeiten. **7** Alfred Strelsin, ein amerikanischer Geschäftsmann, hatte eine Finanzierung der Zeitschrift in Aussicht gestellt unter der Bedingung, daß Thomas Mann als Chefredakteur verantwortlich zeichne. Vgl. Klaus Mann, »Briefe und Antworten II«, S. 135–146. **8** Die Journalistin Dorothy Thompson. **9** Klaus Mann. **10** Ernst Lubitsch (1892–1947), Filmregisseur, lebte seit 1923 in Hollywood. **11** Filmproduzent. **12** Klaus Mann. **13** Annemarie Schwarzenbach.

AN LOTTE WALTER

New York, 1.5.1941
The Bedford

Sehr liebe und geliebte Maus, –
(*meine* Maschine *springt*! Die Deine, – zu meinem neidischen Leidwesen, scheint irgendwie *zur Ruhe* gekommen zu sein!?)
Über Deinen Brief *freue* ich mich, unsinniger Weise, weil er so sehr freundlich zum Herzen spricht; und außer den Vorwürfen, die ich mir mache, weil ich nun auch noch Deine Sorge heraufbeschworen, *mache* ich mir etwas *daraus, daß* Du Dich sorgst und der lieben Elterlein (der meinen) auf so zugetane Art gedenkst.
Natürlich hast Du, – gewissermaßen, – ganz recht; dann wieder hast Du, – gewissermaßen, – *nicht ganz* so recht. *Weil* Du recht hast, habe ich die Reise[1] schon lange sabotiert, schier nichts getan, um sie zuwege zu bringen; – und, als alles sich von selber machen zu wollen schien, habe ich sie nicht nur verschoben (innerlich), – sondern praktisch wahrscheinlich unmöglich gemacht, indem ich mich weder nach meinem Re-Entry-Permit, noch auch nach meinem Clipper-Ticket bisher *umgeschaut* habe. (Ein Skandal, dies Underwood-*Böckchen*!)
»P.M.« und »Liberty« wollen Beiträge von mir aus Britain, – »P.M.« will mich als Special Correspondent »featuren« und mein »Toronto Star« will dies dito. Nun ist es doch aber ganz einfach mein *Beruf*, dergleichen *anzunehmen* und, – von allem andern (der Arbeit unter Duff Cooper, – meinem Wunsch, in England zu arbeiten, wo allein ich das Gefühl habe, am richtigen Platz und ganz »okay« zu sein), – von allem andern denn also nun einmal abgesehn: im Winter muß ich schwatzen und im Sommer muß ich reisen (und zwar *genau dorthin* reisen, wo es *gefährlich* ist, – denn anderswohin reisen auch die andern), *um* im Winter wieder *schwatzen* zu können. So ists bestimmt in Gottes Rat und, – wiederum abgesehen vom Nutzen oder Un-Nutzen des Schwätzens und des Reisens, – wovon, Du liebe Güte, soll ich denn *leben*? Der professionelle Gesichtspunkt spielt in diesem Jahr eine größere Rolle als neulich, im Jahre 1940. Denn, a) wird es immer schwieriger, sich sein sauer Butterbrötchen zu verdienen und, b) habe ich eben diesmal, im Ge-

gensatz zu damals, jene sehr erstklassigen Anträge, die, sowohl politisch, als finanziell, Sinnvolles verheißen. Und President Roosevelt selber hat mich gebeten, so bald als möglich mal was in »Liberty« erscheinen zu lassen – im Ernst!
Wie dem sei und trotz alledem: ich befinde mich in Tausenden und Abertausenden von Zweifeln. Denn, daß »alles ganz anders« aussehen wird, im Juni, daß man »klarer sehn« und »leicht entscheiden« wird können, dann – ist eine so alte, wie irrige Vorstellung. Suez wird dann verloren sein, Amerika nicht im Kriege, vielleicht auch Gibraltar weg und die Ernte wird beinah reif sein, in der Ukraine. England wird nicht invadiert[2] sein, – die Blitznächte[3] werden abscheulich sein und die Berichte werden sich fürchterlich lesen. Meine Kunden werden auf Zeichnung der Verträge bestehen, Duff Cooper wird anfragen, wo ich bleibe, Vice-President Smith von Pan American Air-Lines wird mir ein Ticket verschaffen, nur so, um mir gefällig zu sein, und ich werde überhaupt, aber gleich *überhaupt* nicht wissen, was ich tun soll. Benvenuto Hauptmann[4], – *jedesmal*, wenn er sich verlobt hatte und dann auch heiraten sollte, legte sich mit Gelbsucht zu Bett. Dies Verfahren scheint mir auch für mich das einzig Empfehlenswerte.
Sei mir aber wirklich und aus Herzensgrund bedankt für Lieb und Treu und glaube mir, daß auch ich durch und durch voll Anhänglichkeit stecke.
Kuzimuzi[5] habe ich noch ein paarmal gesehn, nach Deinem Hingang. Sie waren allemal sehr reizend und ich freue mich aufs trauliche Familienleben mit Dir, den Deinen, den meinen und (aber nicht so sehr) den *guten* Vogerln[6].
A bientôt! Und à toi: E.

1 Schon seit Ende April 1941 traf EM Vorkehrungen für eine zweite England-Reise. **2** Im Sommer 1940 hatte Hitler eine Eroberung Englands geplant, das Unternehmen dann aber abgesagt. **3** Bombennächte. **4** Sohn des Dichters Gerhart Hauptmann. **5** Bruno und Elsa Walter. **6** Scherzhafter Ausdruck für Emigranten.

AN THOMAS MANN [o.O.] 8.6.1941

Liebster Z., –
nach feiner, echter Gumpert-Art schreibe ich[1], wo ich geradeso gut (oder schlecht) reden könnte. Mit Frausüsi[2], – wie Du wohl weißt, – *habe* ich geredet, wiederholt und resultatlos; aber Du bist, wo er auftauchte, immer hinweggegangen über den leidigen Gegenstand, und mir kommt vor, als ob Du ihn ungern mit mir diskutiertest. Mit Recht sagst Du Dir wohl, daß ich selber wissen muß, was ich tue und daß man nicht »beraten« werden kann, in solchen Stücken. However, – ich möchte *doch* eine *Art* Rat und muß Dir die Lage schildern, damit Du ihn erteilen kannst. Sie ist so:
1.) Ich ginge (gehe?) *ungern* nach *Britain*. Von »Abenteuerlust« und »Vergnügungssucht« kann im entferntesten nicht die Rede sein, diesmal. Es ist *scheußlich* dort, – ich bin allein, – schon die Reise, allein, ist scheußlich, Lissabon ist scheußlich und am scheußlichsten ist die Einsicht in die Beunruhigung und den Kummer, den ich Euch zufügte (zufüge?). Ganz als ob die »Zeiten« nicht genug Beunruhigung und Kummer lieferten und als ob man nicht gut daran täte, sich gegenseitig *äußerst* freundlich und pfleglich zu begegnen.
2.) Da ich *wußte*, daß ich ungern nach Britain ginge, habe ich den ganzen Winter über keinerlei Schritt getan in Richtung auf die Reise. Seit meinem Wegflug von dort habe ich nie wieder von mir hören lassen. Ich habe die »reports« nicht geschickt, die ich versprochen hatte, ich habe keinen Brief geschrieben, – ich habe den ganzen guten Kontakt verloren gehen lassen. Schließlich, im März, kam mir mein Betragen doch gar zu bettelhaft vor; – man hatte mich unter Segnungen entlassen, im Oktober, und nicht nur hatte man mich aufgefordert, im Frühling wiederzukommen, man hatte mir zudem bessere und wichtigere jobs verheißen, und nun sollte ich einfach verstummen, – oder sollte absagen, – unter welchem Vorwand? Ich beschloß, dem Cooper goldene Brücken zu bauen, sodaß *er* verstummen, oder absagen konnte, – und zwar konnte letzteres auf die freundlichste, einleuchtendste, ja, schmeichelhafteste Manier geschehn. Ich schickte das folgende Telegramm: »Vast

lecturetour and series of articles for Toronto star completed by end of March should be glad to continue work London if desirable otherwise happy to go on with missionary job here«. Nichts wäre leichter gewesen, für ihn, als mir für mein »fine work« hier zu danken, mich zu ermutigen, nur so weiterzumachen und, auf die Transport-Schwierigkeiten zwischen Lissabon und England hinweisend, von der Fahrt abzuraten, – oder aber eben gar nicht zu antworten. Der Bursche antwortete: »Delighted to have you London again convinced you will do useful work«. Das war dumm, – ich gab aber die Hoffnung, alles möchte sich zerschlagen, noch lange nicht auf. Im Gegenteil zog ich aus Duff's Nicht-Erwähnung der Reisespesen den (sicher falschen) Schluß, er wollte nicht bezahlen und sagte mir, daß ich ja gar nicht fahren *könnte*, wenn nicht viele und gut honorierte Zeitungsaufträge hier das Geld brächten.
Um solche Aufträge *nicht* zu erhalten, wandte ich mich an den landfremden Horch[3], der kaum je etwas zuwege bringt, gar keine amerikanischen Konnektionen hat und wenig angesehen ist (während ich weiß Gott gute, große und bodenständige Agenten in rauhen Mengen kenne). Als dann die Aufträge *eintrafen* (Liberty! P.M.! Permaneder! Grünlich![4]) begann ich, etwas verwirrt zu sein. Immerhin baute ich auf die Aussichtslosigkeit, im Clipper unterzukommen. Vice-President Smith[5] hat das Unmögliche möglich gemacht und mir für den 26. Juni einen Platz reserviert. Dem Cooper habe ich nicht geschrieben, – mein Re-entry-permit habe ich nicht beantragt, mein portugiesisches Visum auch nicht. Und noch heute weiß ich nicht, ob ich fahren soll, oder bleiben, – ob es *richtig* (recht) ist, zu fahren, oder zu bleiben. *Wichtig* und *wirklich* nützlich kann ich nicht sein, weder dort noch hier, sodaß ich mir kaum zu überlegen brauche, wo ich mehr ausrichten könnte, dort, oder hier. Wahr ist aber, daß ich im Sommer hier so gut wie *nichts* ausrichte, und im Winter auch dann nur *irgend*was, wenn ich im Sommer Neues und Erzählenswertes mitgemacht. Es ist mein *Beruf*, im Winter zu schwatzen und im Sommer das zu Beschwatzende für die zu Beschwatzenden mitanzusehen. Und, überdies: da die Dinge sich nun einmal so gefügt haben, daß ich fahren soll, *schickt* es sich, Geschichten zu machen, krank

zu werden, oder nach England mitzuteilen, ich hielte mich zur Zeit für in Washington ganz einfach unentbehrlich? Es geht mir, – sehr natürlich, – *ungemein gegen den Strich*, das bißchen, was ich tun kann und was zu tun man mir erlaubt, *nicht* zu tun, weil es mir zu gefährlich ist.
Auf der andern Seite und on the other hand: da seid Ihr und seid die lieben Elterlein und nicht nur eben irgendwelche Herrn Eltern. Schon, Euch monatelang zu ängstigen, erscheint mir falsch und unerlaubt, und gar Euch wirklichen Schaden zuzufügen durch something irreparable beyond my control, ist wahrscheinlich verboten. Da man mit Bomben nicht reden kann, wie mit dem Vorstand der Speisekammern, wäre es am Ende unverzeihlich, wollte ich mich im Lande der Entrücktheit wiederum in die Grube bringen.
Was soll ich aber tun? Möchtest Du mir nicht, bitte, einen *Rat* erteilen und mir sagen, was Du *richtig* findest? Fränkchens[6] und der Rest machen es sich zu leicht mit ihrem glatten Abraten und Schimpfen. So einfach ist es doch wirklich nicht, sondern vielmehr über und über kompliziert, – ein *Konflikt*, ein *Dilemma*, ein *Problem*, eine *Bredouille* und ein *Jammer*.
Für den Fall, daß ich fahre, ist noch zu sagen, was im vorigen Jahr schon gesagt wurde: daß ich nämlich *alles andere* bin als ein *Pechvogel*, daß die Chance, heil davonzukommen, für jedermann beträchtlich und für mich recht sehr beträchtlich ist, daß ich nicht die *Absicht* habe, mir etwas zustoßen zu lassen, daß auf der *Reise* noch *nie* einem ein Haar gekrümmt worden ist, und daß ich, sogar im Falle der »Invasion«, *gewiß* Mittel und Wege finden würde, zu entkommen.
Genug. Zu dem Ärger darüber, daß ich, – vielleicht zum ersten Mal hinieden, *nicht weiß*, was ich tun soll und was zu tun sich *ziemt*, – gesellt sich der andere darüber, daß ich genötigt bin, innerlich und äußerlich so viel Unwesens von meinen kleinen Entscheidungen zu machen; – ganz, als […] kennte [ich] nichts Wichtigeres und Interessanteres als mich selber. O weh. (So betrinken hätte ich mich auch nicht sollen, – aber »schlecht in die Kurve gefahren« bin ich gewiß nicht, – will sagen, – nicht technisch schlecht und nicht gefährlich, – nur zu schnell, halt, für den nicht-betrunkenen Passagier. Schlimm genug.)

Zum Schluß und weil ich nun schon einmal im närrischen Zuge bin: Mielein sagt, Du ärgerst Dich über die herabstimmenden Reden, die ich gelegentlich führe. Das tut mir aufrichtig leid und ich werde mir keine mehr entwischen lassen. Sie waren aber (die herabstimmenden) nie bös, will sagen, defätistisch gemeint. Im Grunde baue und rechne ich felsenfest auf unsern Sieg, der umso gründlicher und richtigstellender sein wird, je länger der Krieg dauert. Aber, wiewohl man sicher die Seinen nicht verstimmen und bei der Arbeit stören soll durch zu viel beunruhigte Kritik an augenblicklich Unabänderlichem, glaube ich doch, daß sehr viel beunruhigte Kritik gestattet, ja, daß sie nötig ist. Gestattet, freilich, ist sie nur solchen, die, trotz allem und Allen, des Sieges gewiß sind.

Zu ihnen rechne, bitterechtseh [sic!], Dein allezeit getreues
Kind E.
(reimt sich versehentlich!)

1 Am 8.6.1941 notiert Thomas Mann: »Brief von Erika, nach Tisch eingehändigt, das anhängige schwere Problem ihrer neuen England-Reise betreffend. Vor und nach dem Abendessen ernste, schmerzliche und abwägende Gespräche mit ihr« (s. »Tagebücher 1940–43«, S. 278). Trotz seines Widerstandes und ungeachtet der Gefährlichkeit der Lage, fuhr EM am 17.6. 1941 nach Europa. Sie kehrte im Oktober 1941 wieder in die USA zurück. **2** Katia Mann. **3** Franz Horch (1901–1951), Kritiker und Dramaturg; seit 1938 literarischer Agent in New York. **4** Namen der beiden geschiedenen, wenig renommierten Ehemänner der Tony Buddenbrook, die sie, »wenn sie gereizt ward, wie ... kleine Trompetenstöße des Abscheus ... in die Luft hinein verlauten ließ« (Thomas Mann, »Buddenbrooks«, 7. Teil). **5** Der Pan-American-Lines in New York. **6** Bruno und Liesl Frank.

AN LOTTE WALTER [o.O.] 25.6.1941

Allerliebstes Ding, – Du kannst, – nein, Du KANNST Dir von der Hitz und der Hatz keinerlei auch nur annähernd klares Bildchen machen, in der ich lebe und leiden muß. Die Portugiesen! Das Reentry-Permit (*noch* nicht da!), das GELD (in *ungenügenden* Mengen vorrätig, – sodaß ich pennyless in Lissabon herumsitzen und auf die Gnade der dortigen angewiesen sein werde, – und all dies nur, weil die *Canader*, was sie mir *schulden*, mangels rechtzeitig eingetroffener Ausfuhrerlaubnis, nicht senden konnten!) Kurz und schlecht: wie hätte ich da wohl früher schreiben sollen? Als Himmelsgeschenk ist mir wenigstens die Verschiebung des Fluges um einen Tag in den verwirrten Schoß gefallen, sodaß ich morgen auf die money-raise gehn kann, – geraisder[1] Haare und munteren Sinnes. Denn mein Sinn ist, trotz allem, nicht unmunter. Die russische Sache[2] ist und bleibt ein *günstiges* Vorkommnis, – eines, übrigens, das meine Fahrt teils (zumindest für den Augenblick) ungefährlicher, teils nützlicher gestaltet. Denn jetzt sollte man in D. doch ganz neugierig und beunruhigt sein und sollte zuhören, wenn Erimaus spricht. Sei mir sehr umarmt. Den lieben Eltern werde ich morgen noch ein Abschieds-wire[3] hinjagen, – Dir schreibe ich lieber, damit Du doch siehst, wie ich die Corona meistere. Ich denke an Dich, in Lieb und Treu und sehe Dich vor mir, wie Du, von oben bis unten uniformiert, angehetzt kamst, auf die rührendste Manier. Sorge Dich nicht um mich, – all will be well und meine Schutzengel[4], die beiden wackeren Burschen, werden schon acht auf mich geben.

[...] Kläuschen und Decision machen mir die aller-, aber auch gleich die allerquälendsten Sorgen und ich sehe weder, wie er weitermachen, noch auch, wie er aufhören soll. Dabei hat die Zeitschrift *Erfolg*! Well ...

Gehst Du mit Moni in den Lichtspielhäusern aus und ein? Schreibst Du mir? (Gerade auf *Inseln*, wie wohl schon früher bemerkt, ist man äußerst *keen* auf Post!) Meine Adresse erfährst Du früh genug von den Meinen am Amalfi Drive. Ach, die *lieben* Meinen! Ob sie mir *gram* sind, der Sorgen wegen, die ich bereite? Ein *schmerzlicher* Gedanke, das.

Ade, – ich muß davon. Nimm alles Liebe und die freundlichsten Umarmungen von Deiner E.

[...]

1 To raise = erheben; also mit gesträubtem Haar. **2** Am 22.6.1941 waren deutsche Truppen ohne Kriegserklärung in die Sowjetunion einmarschiert. **3** Telegramm. **4** Nicht ermittelt.

AN MR. STINGY[1] [Sommer 1941][2]

Sehr geehrter Mr. Stingy:
Als erstes möchten wir Sie darauf hinweisen, daß dieser Brief vertraulich ist. Wir senden ihn nur an ganz wenige Empfänger, von denen wir glauben, daß sie für unser Anliegen Interesse aufbringen.
Sicherlich ist Ihnen bewußt, daß die Lage vieler europäischer Schriftsteller von hohem Niveau und sogar von erheblicher Berühmtheit, die sich jetzt in diesem Lande aufhalten, seit ihrer Ankunft in den Vereinigten Staaten stets prekär gewesen ist. Die Hollywood-Filmindustrie hat große Hilfsbereitschaft gezeigt, indem sie mit einer Anzahl geflüchteter Autoren sogenannte »Notverträge«[3] abgeschlossen hat, die ihren Lebensunterhalt für die Dauer eines Jahres garantierten. Darüber hinaus ist einigen Schriftstellern von denjenigen ihrer europäischen Kollegen, die dazu in der Lage waren, Hilfe geleistet worden. Leider ist das Jahr nun vorbei, die Verträge sind abgelaufen, und selbst die wohlhabenderen unter den europäischen Künstlern sind nicht mehr wohlhabend genug, um noch Unterstützungen gewähren zu können.
Bei einem kürzlich stattgefundenen Treffen im Hause Lion Feuchtwangers haben wir beschlossen, uns an Sie sowie an einige wenige Ihrer prominenten Kollegen zu wenden und Sie um Hilfe zu ersuchen. Glücklicherweise sind es nur sechs herausragende antifaschistische Autoren aus Deutschland und Österreich, für die wir Ihre Mitwirkung in Anspruch nehmen möchten. Es sind, in alphabetischer Reihenfolge:

1. Bert Brecht
2. Alfred Döblin
3. Leonhard Frank[4]
4. Ludwig Marcuse[5]
5. Alfred Polgar[6]
6. Wilhelm Speyer.

Mit Ausnahme von Wilhelm Speyer sind alle verheiratet, und fünf von ihnen haben Kinder zu ernähren.
Was jetzt benötigt wird, um ihnen ein bescheidenes Auskom-

men zu sichern, sind 700.00 [Dollar] monatlich, wovon 200.00 bereits von uns selbst aufgebracht worden sind. 500.00 fehlen noch.

Diese 500.00 pro Monat hoffen wir nun der Großmut und Kameradschaftlichkeit derjenigen unserer amerikanischen Kollegen verdanken zu können, von denen wir glauben, daß sie zur Hilfe sowohl die Mittel haben als auch genügend Mitgefühl.

Vielleicht sind nicht alle der sechs aufgeführten Namen Ihnen vertraut, doch wir möchten Ihnen versichern, daß jeder einzelne dieser sechs notleidenden Autoren als würdiger Vertreter unseres Berufsstandes unsere Unterstützung verdient. Überdies haben Sie wahrscheinlich schon das eine oder andere Werk von dem einen oder andern dieser Schriftsteller gelesen und Gefallen daran gefunden. In diesem Fall wären wir gern damit einverstanden, daß Sie Ihre monatliche Zuwendung für den Mann Ihrer Wahl bestimmen, der dann an erster Stelle unterstützt würde.

Dürfen wir kurz zusammenfassen: der benötigte Betrag ist klein, nicht nur im Vergleich zu den meisten anderen Summen, die man heutzutage für fast alles benötigt, sondern auch objektiv gesehen. Dies werden Sie daran erkennen können, daß selbst ein Beitrag von monatlich 25.00 für die Dauer eines halben Jahres eine große Hilfe für uns wäre, für die wir Ihnen aufrichtig dankbar wären. Unnötig zu sagen, daß Sie unsere Arbeit sehr erleichtern würden, wenn Sie uns eine etwas größere monatliche Zuwendung bewilligen könnten.

Falls Sie uns Ihre Spende lieber als Pauschalsumme zukommen lassen möchten, so würde uns dies natürlich auch angenehm sein.

Ihr Beitrag wäre steuerfrei, da uns der Europäische Filmfonds seine Mitwirkung zugesichert hat, der als steuerfreie Wohlfahrts-Einrichtung eingetragen ist; er wird Ihren Scheck für uns entgegennehmen.

Wir sind überzeugt, daß wir weder die Dringlichkeit dieser Sache noch die Notwendigkeit schnellen Handelns betonen müssen. Unsere Kollegen sind tatsächlich mittellos. Auch versteht es sich von selbst, daß sie selbst nichts von diesem Brief wissen und niemals etwas davon erfahren sollten. Die Anonymität des

Europäischen Filmfonds ist in diesem Zusammenhang ein Vorteil für uns.
Wir bitten Sie, uns zu glauben, daß wir uns nicht ohne Zögern zu diesem Schreiben an Sie entschlossen haben, was durch die Tatsache bewiesen werden möge, daß wir erst jetzt an Sie herantreten. Die amerikanischen Schriftsteller haben ihre Solidarität mit ihren bedrängten Kameraden im Ausland in so vielen Fällen gezeigt, daß wir uns berechtigt fühlen, auch jetzt unser Vertrauen in sie zu setzen.
Bitte glauben Sie mir, sehr geehrter Mr. Stingy.
Ihre sehr skeptische Erika Mann

1 Nicht ermittelt. **2** Original in englischer Sprache. **3** 1940 hatten einige Studios in Hollywood »Emergency contracts« mit deutschsprachigen Emigranten abgeschlossen, um sie aus dem besetzten Frankreich zu retten. **4** 1882–1961, Schriftsteller und Pazifist; 1914 und 1933 emigriert (Schweiz, Frankreich, USA), kehrte 1950 nach München zurück. **5** 1894–1971, Schriftsteller, Philosoph; 1933 nach Frankreich, 1938 nach Los Angeles emigriert. **6** 1875–1955, österreichischer Schriftsteller; 1938 in die Schweiz emigriert, dann nach Frankreich, Spanien, USA. Lebte seit 1949 in Zürich.

11. MITTEN IM KRIEG

Nach dem Kriegseintritt der Vereinigten Staaten Mitte Dezember 1941 begannen dort in Emigrantenkreisen heftige Debatten über die Gestaltung des politischen Lebens und die moralische Erneuerung Deutschlands nach dem Sieg der Alliierten.
Erika Mann war skeptisch gegenüber den meist von linksgerichteten Flüchtlingen (u.a. Heinrich Mann, Feuchtwanger, Brecht, Piscator), aber auch von dem von Paul Tillich gegründeten »Council for a Democratic Germany« gehegten Hoffnungen auf eine spontane Erhebung des deutschen Volks. Es erschien ihr dringender, den Kampf gegen den »Unmenschen« jetzt und unmittelbar zu führen.
Seit 1941 war sie in der »Coordination of Information« unter Bob Sherwood tätig und seit dem Frühjahr 1943 als Kriegsberichterstatterin für die amerikanischen Zeitschriften »Liberty« und »Toronto Star« bei der 9. US-Armee am Persischen Golf akkreditiert.
Im Juni 1944 kam sie als eine der ersten alliierten »women correspondents« mit der »First, Third und Ninth Army« nach Frankreich, Belgien, Holland und schließlich auch nach Deutschland.
Von amerikanischer Seite wußte man ihren Mut zu schätzen, worüber ein amtliches Zeugnis vorliegt:
»Das Kriegsministerium spricht seine Anerkennung patriotischer Verdienste ERIKA MANN aus für ihren hervorragenden Einsatz als akkreditierte Kriegsberichterstatterin bei unseren Streitkräften an überseeischen Kriegsschauplätzen.
Washington, D.C. 21. April 1947
Gezeichnet: Robert P. Patterson, Secretary of war.«

AN THOMAS MANN

New York, 15.2.1942
The Bedford

Liebster Z., –
wie ein garstig*st*es Rabenkind komme ich mir vor! Euch in die Neu-Poschi[1] einziehen zu lassen und weder nach dem Rechten zu sehn, noch auch nur Glückwünsche zu kritzeln oder zu drahten, das geht denn doch über Hutschnur, wie Schellenkönig! Dabei habe ich mehr denn je, oder doch gewiß häufiger denn je, das Gefühl, man sollte mehr *beisammen* sein und die törichten Anstrengungen, Leuten den Krieg gewinnen zu helfen, die ihn, vorläufig, gar nicht gewinnen *wollen*, seien Mühe wie Trennung nicht wert. Man hat ja sssso viel Müh! Du, als Consultant der Library[2], kriegst zwar (kriegst Du?) etwas *Geld*, hast aber sonst mit dem Humbug wenig zu schaffen. *Ich* kriege *nichts* (*soll* erst kriegen, wenn ich duly investigiert bin, und das wird *dauern* bis Pfingsten übers Jahr!), habe *viel* zu schaffen und schaffe doch beinah nichts. Wäre ich nicht, wie Toni, eine erfahrene Frau, die das Leben kennt[3], ich hätte das Gewehr längst ins Getreide geschleudert. Wie alles steht, will ich mir und der U.S. Propaganda noch ein wenig Zeit geben und lasse mich geduldig dazu mißbrauchen, dem Coordinator[4] täglich einige »women's items« zu liefern, die allenfalls ins »Blatt der Hausfrau«, nicht aber vors kriegführende Mikrophon gehören. Never mind.
Eine Belohnung, immerhin, ist mir kürzlich zuteile geworden und hätte auch Dir gewiß Spaß gemacht. Wagners Enkeltöchterchen[5], die kleine Friedelind, ein braves und zum Äußersten entschlossenes Ding, hat sich dazu hergegeben, an Großvatis 59. Todestag für uns tätig zu sein. Die Dreiundzwanzigjährige sieht Dir genau, aber *heruntergerissen*, aus wie der Alte; des ungeachtet hat sie D., kaum war sie mündig, hinterrücks verlassen und ist nach England entflohen, wo man sie ein Jahr lang interniert hielt, genialisch wie man ist. Monstre[6] hat sie auf den Knien gewiegt, all ihr Kinderleben lang und sie, die Wagnerverklärung und Teilengländerin, *vergöttert*, wiewohl sie nie anders als störrisch gewesen. Nun ist sie entwischt und steckt *voller* Neuigkeiten und Melodien. Mutter Winifred nebst

zahllosen Nazikindchen gelten ihr wenig, die herzlichste Hatz gegen die Unwesen[7] alles. In der Metropolitan gab man den Tannhäuser, zu Ehren des Sterbetages, mit Kipnis[8], Jannssen[9] und Melchior[10], als welche sämtlich aus Bayreuth entsprungen. So habe ich denn ein wonnig Stückchen[11] hingelegt, für Friedelind, die, unter schwellenden Tannhäuserklängen, ein äußerst angenehmes Stimmchen hören ließ. Wie Alberich-Hitler Großvatis Andenken schändete, da er ihn zu seinem Liebling erkor, wie kein Nazistiefel die Landschaft[en] je betreten, in denen des Meisters fein-fein-christlicher Erlöserkomplex daheim und wie dem Raub der Macht durch Lug und List die Götterdämmerung noch allemal gefolgt. Die Darbietung, wiewohl unwahrhaftig, war *übscher als Shakespeare*, da wahrhaftig gemacht, von Seiten des lieben Wagnerblutes (das seinen Shawl, ein buntes Tuch aus Triebschen und bestem Material, um den Hals trug), und dürfte den Tieren zu *gehörigem* Verdruß gereicht haben. I was very pleased.
Im übrigen aber (und *wie vieles* ist übrig!), oh mei! So Britain, wie God's own country, erscheinen zuweilen gedoomed[12]. Pearl Harbor! Die Normandie! Singapore! Die Schiffchen Gneisenau, Scharnhorst und Prinz Eugen! Vichy und Lybien; Rommel und unsere Sendungen an denselben! Changheicheck(?)[13], Ghandi nicht gesehen habend, da Britain Konzessionen nur machen will, wo sie fehl am Platze! Ja, um *Gottes* Willen und Du *liebe* Güte! Wenn die Russen nicht wären, wir könnten einander gute Nacht wünschen und nicht kriegen.
Kläuschen[14] hofft noch immer, – irgendwie, – ist aber im übrigen reizbar und unleicht zu haben. Martin[15] ist in stillere Wasser eingefahren, Friederich und Bermaus[16] sind äußerst emsig und vielleicht nicht ohne solide Chancen. Ich, wie vermerkt, muß mich plagen und ärgern, für die Katz und das Propaganda-Amt, das alles will, nur keine Propaganda machen und nur, um Gottes Willen, keinen Nutzen ziehn aus den Lehren, die dem *einzigen eigentlichen* Feinde, dem B.B.C., mählich zuteil geworden. Je nun.
Sei, mit Frau Süsi'n, zärtlichst umarmt. Wie sie nur alles überstanden haben mag? Und ob man Euch wenigstens unbehelligt lassen wird auf dem Hügel? Enemy Aliens[17], immerhin, seid

Ihr ja nun nicht mehr. Ich aber werde es demnächst werden (wennauch mehr innerlich).
Irrevocably: E.

1 Anfang Februar 1942 bezog die Familie Mann ihr neues Haus in Pacific Palisades, 1150 San Remo Drive. **2** Auf Empfehlung von Agnes E. Meyer war Thomas Mann am 1.12.1941 durch den Direktor der »Library of Congress« in Washington, Archibald MacLeish (1892–1982), zum »Consultant in Germanic Literature to the Library of Congress« ernannt worden. Er erhielt 1941–44 eine jährliche Rente von 4.800 Dollar. **3** Ständige Redewendung der Tony Grünlich-Permaneder in Thomas Manns »Buddenbrooks«. **4** Robert Sherwood (1896–1955), amerikanischer Dramatiker. EM arbeitete damals im Amt des »Coordinator of Informations« im »Office of War Information« (OWI). **5** Friedelinde Wagner (geb. 1918), Schriftstellerin, 1939 nach England, anschließend in die USA emigriert. **6** Hitler. **7** Die Nazis. **8** Alexander Kipnis (1891–1978), bedeutender Wagner-Interpret; bis 1935 an der Staatsoper Berlin, danach Wien, 1939–46 an der Metropolitan Opera. **9** Herbert Janssen (1895–1965), Bariton. **10** Lauritz Melchior (1890–1973), Heldentenor; 1924–39 regelmäßig in Bayreuth, 1926–50 an der Metropolitan Opera. **11** Radiointerview mit Friedelinde Wagner. Zum 59. Todestag von Richard Wagner, New York, 13.2.1942 (Typoskr. im Erika Mann-Archiv der Stadtbibliothek München). **12** Doom = Schicksal, Verhängnis. Mit Pearl Harbor (7.12.1941; japanischer Angriff auf die US-Kriegsflotte) beginnend, zählt EM die britischen und amerikanischen Niederlagen und Fehler auf. **13** Tschiang Kai-schek (1887–1975), chinesischer General und Staatsmann. **14** Klaus Mann rang noch um die Existenz seiner Zeitschrift »Decision«. **15** Gumpert. **16** Der von Fritz H. Landshoff und G. Bermann Fischer im Sommer 1941 gegründete englischsprachige Verlag L.B. Fischer Inc.; die ersten Bücher erschienen im März 1942. **17** Nach der Kriegserklärung Deutschlands und Italiens an die USA am 11.12.1941 wurden alle Deutschen, Österreicher und Italiener automatisch zu »feindlichen Ausländern« erklärt. Auf Anordnung von Justizminister Francis Biddle erkannte man den antifaschistischen Flüchtlingen einen besonderen Status zu.

VON THOMAS MANN Pacific Palisades, 24.2.1942[1]

Teures Erikind,
mußte gerade das Monatliche für B.B.C. (über die geblähten Hungerleichen in Polen) und außerdem 1500 Worte für Deinen Coordinator[2] machen (die übrigens noch nicht fertig sind),

sonst hätte ich Dir stehenden Fußes für Dein liebes langes Getipp vom 15. gedankt, das mir und uns allen nicht wenig Spaß gemacht und uns erfrischt hat in unserer Beklommenheit, die aus dem inneren Widerspruch zwischen der an sich schon enervierenden Tätigkeit des Sich-Installierens und den Zeit-Umständen unausbleiblich erwächst. Es geht sehr langsam vorwärts mit der Komplettierung unseres letzten Nestes, das wir doch wohl anders gemacht hätten, wenn das alles so vorauszusehen gewesen wäre. Denn wozu eigentlich der weite living-room (der noch eine Wüste ist) und die vielen Kinderzimmer? Die Geselligkeit wird zurückgehen, Kinder kommen nicht, müssen ihr eigenes Leben führen, und wenn Golo einen Job bekommt, was man ihm herzlich wünschen muß, werden wir ganz allein mit dem armen Möndchen[3] in der mühsam hergestellten Pracht vergreisen und verseufzen. Bisher in der Emigration haben wir uns ja eigentlich immer in gemachte Betten gelegt und eben nur unsere Wanderhabe ausgepackt. Gerade jetzt, mit schlechtem Gewissen und minderen Handwerkern, die einen beständig sitzen lassen, haben wir die zähe Plage des eigenen Settlements, bei dem es unter den gegebenen Umständen zu keiner rechten Freudigkeit kommen kann. Mielein ist auch schon recht überreizt und zu akuter Verzweiflung geneigt, hält sich aber trotzdem natürlich höchst wacker, obgleich das deutsch-jüdische Couple, das wir in der Eile nahmen, ein Alpdruck von dummer Halbbildung und grundsätzlichem Beleidigtsein ist – nicht damit zu leben und nichts wie Rückkehr zum freundlichen Negerstamme, sage ich, und so wird es zum 15ten denn wohl auch geschehen.
Bei all dem ist gar nicht zu leugnen, daß es hier bildhübsch sein wird, so Garten wie Haus, wenn einmal alles fertig sein wird. Am fertigsten ist mein Arbeitszimmer, wohl das schönste, das ich je hatte. Die Bibliothek nimmt sich unvergleichlich besser darin aus, als in Princeton, und bei der strahlenden Doppel-Aussicht durch die Venetian-blinds, sollte der Joseph mir eigentlich von der Hand gehen, aber man ist halt bedrückt und zerstreut, und was man schreibt, ist »von ungleichem Wert«, wie schon Munker[4] sagte. Immerhin, durch die Thamar-Novelle[5] ist der Band einigermaßen aufgestutzt. Du solltest die

zweite Hälfte hören, sie ist vielleicht das Sonderbarste und Besterzählte, was ich gemacht habe.
Der Bericht über Dein Wagnerkind[6] hat mich sehr angezogen. Schon die zweite oppositionelle Blüte, die Wahnfried getrieben, nach Jungele, oppositionell nicht gegen Wagner, aber gegen Wahnfried, was aber bei dem Kind schließlich wohl auf einige Kritik am Opapa selbst hinauslaufen wird. Hat sie den Ring-Aufsatz in Decision gelesen? Meyerin[7] lobte ihn sehr, aber ich stehe doch auf gespanntem Fuße mit ihr wegen eines exaltierten Briefes, mit dem sie auf ein paar sorgenvoll-skeptische Bemerkungen von mir über unseren guten Willen zum Siege reagierte, und der von amerikanischem Patriotismus, Härte gegen die Emigranten und Verachtung Englands strotzte. Ich fürchte, meine Antwort[8] ist etwas poignant ausgefallen. Immer bin ich in Versuchung, gegen diese königliche Gouvernante, die mich pädagogisch tyrannisiert, ausfällig zu werden. Und doch ist das ganz unschicklich, da wir ohne Archie's[9] genialen Einfall fast übel daran wären zur Zeit.
Ja, und der Zweig Stefan[10]? Aus Gram kann er sich nicht getötet haben, auch nicht aus Not. Sein hinterlassener Brief ist ganz unzulänglich. Was heißt in seinem Fall reconstruction of life, die ihm zu schwer gefallen sei? Es muß wohl das liebe Geschlecht dahinterstecken, irgendein Skandal gedroht haben. Große Erschütterung kann man nicht empfinden, aber es ist doch wieder ein Untergang, der nach dem Triumph jener unwiderstehlichen Geschichtsmächte aussieht.
Klaus Heinrich schrieb drollig-melancholisch und gescheit. Tu' das auch wieder, wenn Du Zeit hast.
Liebevoll Z.

1 Teilweise veröffentlicht in: Thomas Mann, »Briefe 1937–1947«, S. 241f. **2** Vgl. S. 183, Anm. 4. **3** Monika Mann. **4** Franz Muncker (1855–1926), Literaturhistoriker und Prof. der Germanistik in München. Zum 50. Geburtstag Thomas Manns hielt er im alten Münchner Rathaus eine Rede, die auch nach Jahren noch im Familienkreis erheiternd wirkte. **5** Das 5. Hauptstück in »Joseph, der Ernährer« trägt den Titel »Thamar«. **6** Vgl. S. 181. **7** Agnes E. Meyer; vgl. S. 126, Anm. 4. **8** Brief v. 21.2.1942; in: Thomas Mann, »Briefe 1937–1947«, S. 240f. **9.** Vgl. S. 183, Anm. 2. **10** Vgl. S. 89, Anm. 3.

AN LOTTE WALTER San Francisco, *Freitag* den *13*!
[13.11.1942]

Es war *charmant* von Dir, Kleinchen, und very *thoughtful*, mir Nord-Afrika[1] zu kredenzen, zu meinem Jubeltag[2] und ich jubele *ever since*!
In der Tat ist dies Ganze schier unfaßlich hübsch und erhellt noch die dunkelsten Minuten meiner einsam-gejagten Existenz[3]. Während der 12 Tage, die zu überleben ich eben jetzt bemüht bin, sind es 17 (siebenzehn) Lectures, welche gehalten sein wollen, in 17 weithin verstreuten Örtlichkeiten! Wo aber eine Villa ist, ist auch ein Weg, und wo keine Eisenbahn fährt, fährt auch ein Bus. Daß es sich gut *stünde* in den Dingern, will ich Dir gar nicht erst vorlügen; auch, daß ich *gerne* so *sehr* viele ältere Philippino-Damen *stundenlang* auf dem Schoß sitzen habe, ist *nicht wahr*! Wahr ist vielmehr, daß mir trotzdem FEIN zumute ist, – in diesem Sinne *fein* zum ersten Mal seit Unmenschengedenken. Und wie *neuartig* ist es, zu siegen[4], – [eine] gänzlich *frische* unverbrauchte Sensation!
Gestern hat *Friedolin*[5] meinem Vortrag beigewohnt, und den ersten Applaus seines Lebens geheimst. Nachdem er, *mäuschenstill* und faszinierten Engelgesichtchens, eine volle Stunde gelauscht, habe ich ihn der Masse präsentiert, bemerkend, die Nazis bemächtigten sich der Kleinen, wenn sie drei sind, *ich* finge früher an, – »meet Fridolin Mann, aged two«.
And did he steal the show! Im übrigen ist sie, – die show, – oder sind sie, – die shows, – (denn es sind ihrer 4 verschiedene!) so *läppisch* erfolgreich, diesmal, daß ich mich nur so wundern muß. Selbst die Lehmanns[6] und die Holdin[7], mit welchen Neffen ich einen guten Tag hatte, waren nicht abgestoßen von der kindlichen Darbietung. Nur: *fett* werde ich irgendwie nicht dabei, sondern bin, im Gegenteil, sehr *leicht*. [...]
Leb wohl und sei umhalst. Ich muß nach Lewiston, Idaho, – *sweet Jesus why?*
Danke doch, bitte, den Deinen für den freundlichen Drahtspruch zum neunten. Wenn Du aber dem Wölfi[8] schreibst, so mußt Du ihn George nennen; denn, warum? So schimpft er sich jetzt, Soldat in Texas, der er ist! Ich weiß es von seiner

Frau und so magst Du denn sicher sein, daß es *stimmt*, – gellja?
Ich schimpfe mich, – und oft *heftig*: E.

1 Am 8.11.1942 waren englisch-amerikanische Truppen unter General Eisenhower in Marokko und Algerien gelandet. **2** EMs 36. Geburtstag am 9.11.1942. **3** Vortragstournee durch 50 Städte der USA. **4** Am 11./12.11.1942 hatten englische Truppen Bougie, Philippeville und Bona erobert; sie standen nun 40 km vor Tunis. **5** Michael Manns ältester Sohn Frido (geb. 1940); vgl. S. 237, Anm. 1. **6** Lotte Lehmann (1888–1976), Opernsängerin; sie lebte seit 1938 in Kalifornien und hatte in Santa Barbara eine Musikakademie gegründet. **7** Frances Holden, eine Freundin Lotte Lehmanns. **8** Wolfgang Hallgarten, später George W. Hallgarten (1901–1975), Politologe; älterer Bruder Ricki Hallgartens. 1933 mit der Mutter Constance H. nach Frankreich, 1937 in die USA emigriert.

AN LOTTE WALTER

London, 6.6.1943
Zauberers Wiegenfest
Savoy Hotel

Pures Gold, –
daß ich Dir zunächst einmal zur Verlobung gratuliere, gehört sich. Ich bin über Deine Wahl von Herzen erfreut und, – da ich Deinen in spe[1] so sehr viel länger kenne, als Du, darfst Du mir glauben, der Mensch ist Dir *sehr* was Liebes! Wir müssen das in schöner Ausführlichkeit bereden, wenn ich erst wieder im Sichern sitze. [...]
Es ist *abscheulich*, daß man mein Flugzeug abgeschossen hat und, wie alles, dümmst gelogen, daß es als Passagier-Vehicle nicht kenntlich war. Ganz *genau* war es *kennt*lich (nur »genau« wollte ich unterstreichen!), und nun ist mit dem unersetzlichen Leslie Howard[2] auch noch Wilfried Israel[3], – Landshoffs bester Freund und auch mir erheblich befreundet, – dahin. *Wie* die Reihen sich lichten! Und daß es immer die Braven und Lieben sind, die es ereilt! Nur gut, daß ich so brav und lieb nicht bin und also wohl eine Chance habe bei den Un-Mächten.
Diese haben mir vorläufig ihr Wohlwollen bewiesen, indem sie den Flugverkehr nach dem Norden abbrachen, der allzu hellen und kurzen Sommernächte wegen. Mag sein, daß er im August

wieder aufgenommen wird; aber wer weiß denn, was inzwischen meine Aufmerksamkeit auf sich lenken möchte? Zunächst einmal reise ich auf hiesigen Inseln hin und wieder, broadcaste ein wenig, schreibe ein wenig (mehr für hier, als für dort, da der Frühlingsfriede rings umher kein rechtes Thema abgibt für »Liberty«) und versuche mir ein Bild zu machen. In Bezug auf das Savoy Hotel *hab* ich es mir gemacht und *ziehe* also *aus. Wer* kann sich denn *heutzutage* den Luxus von tausend Spritzbrunnen leisten? Ja, – *niemand*! Der Gasthof ist *mörderisch* teuer, – *alles* ist mörderisch teuer und überfüllt obendrein. [...] Neben den Staub-Omeletten sind es die Gespräche, die mich nähren und von denen es viele und interessante gibt. Sie wiederzugeben erscheint schwierig und bleibe meiner Gegenwart in der Zukunft überlassen. Daß meine innige Hoffnung, dies Volk möchte es mit seinem russischen Bündnis ernstest meinen, sich überall bestätigt findet, sei immerhin erwähnt. Auch daß die hiesige »Emigration« (die deutsch-österreichische) noch um vieles streitsüchtiger, gottverlassener und geisterhafter ist als die dortige, mag angemerkt sein. [...] Sei mir umarmt! Und, – bitte, – leg mich den Deinen zu Füßen, oder wohin immer sie mich haben wollen. Von den Meinen höre ich *nichts*. Nur, daß K. zunächst nicht verschifft ist, kabelte der F.
Laß Deinerseits hören und zwar *aller*spätestens sofort!
Durch und durch und so gut es eben geht: E.

1 Der Schauspieler Karl Ludwig Lindt. **2** Leslie Howard (1893–1943), englischer Bühnen- und Filmschauspieler; auf dem Rückflug von einer Propagandatournee in Portugal nach London unter ungeklärten Umständen abgestürzt. **3** Inhaber des Warenhauses Israel, nach London emigriert; Philanthrop.

VON WALTER MEHRING New York, 20.4.1944
Hotel Park Plaza

Verehrte Erika Mann:
gestatten Sie mir, Ihnen auf Ihre »Ablehnung«[1] folgende Entgegnungen zu senden:
1) Sie sind nicht objektiv genug...
2) Haben Sie vergessen, daß auch Hans Sachs, die Marlitt und der Struwelpeter Deutsche waren?
3) Die Deutschen sind im Grunde nie Nazis geworden, ihre Zahl ist sehr gering und arbeitet in der überwiegenden Majorität heimlich für die Untergrundbahnbewegung...
4) Das Volk ist irrtümlich verführt worden und hat die Polen, Tschechoslowaken und Juden bloß deswegen ausgerottet, weil es sich so sehr über den Versailjer Schandfrieden und den Oberbürgermeister Böss gekränkt hat.
5) Man muß das deutsche Volk, das im Gegensatz zu andern Völkern unter Hitler so gelitten hat, durch Güte erziehen, damit es wieder ein gleichberechtigtes Mitglied der Aufrüstung wird. Dann können die andern noch was von ihm lernen.
6) Es gibt nicht nur Hitler-Deutschland – es gibt auch ein »anderes Deutschland«. Für uns kann es garnicht genug Deutschlands geben ...
7) Sie sind nicht objektiv ...
Dies wünscht Ihnen
Ihr herzlichst ergebener Walter Mehring

1 »Eine Ablehnung«, Artikel von EM in: *Aufbau*, Jg. 10, H. 16, New York 21.4.1944, S. 7:
Sie bitten mich, im »Aufbau« zum Problem des »anderen«, des »guten« Deutschland Stellung zu nehmen und meine – ablehnende – Haltung seinen Aposteln gegenüber für Ihre Leser zu begründen.
Gut denn: das Gebaren der »Freien Deutschen« in diesem Lande mißbillige ich zutiefst, weil dem A und O ihrer Umtriebe, – ihrer These von der Verschiedenartigkeit der Nazis und der Deutschen – täglich von den Tatsachen aufs blutigste widersprochen wird. Bis zum Tage des Kriegsausbruches mochte man an ein »anderes« Deutschland glauben, mochte sich einreden, daß eine Majorität »guter«, wenngleich verblüffend inaktiver Deutscher von den Nazis niedergehalten sei. Mir selbst waren derlei Vorstellungen nicht fremd, wiewohl an ihnen festzuhalten von Jahr zu Jahr schwieriger

wurde. Als aber ein bis zu den Zähnen bewaffnetes Reich, weit davon entfernt, seine Waffen gegen seine »Versklaver« zu erheben, über Europa hergefallen war, zerstob der Wunschtraum. In der Gegenwart, soviel war deutlich geworden, zählte dies »andere« Deutschland nicht. Deutlich geworden, – wem? Nicht den exilierten deutschen Politikern, die selbst heute noch der von Deutschland zerrütteten Welt von der Unschuld des deutschen Volkes schwätzen. Schuld ist Hitler! Die Gestapo ist schuld! Was, angesichts dieser Deutschen, sollten die Deutschen tun? Nur, was, trotz der Gestapo, die Völker Europas – machtlose, entwaffnete, hungernde, unterworfene Völker – seit langem tun: ihr Äußerstes und Bestes, um dem Unsäglichen ein Ende zu machen. Stattdessen tun sie – noch immer und bis zum Ende – ihr Äußerstes und Bestes für Hitler und seinen Krieg. Wie die Löwen kämpfen sie an allen Fronten. In grauenvoller Einhelligkeit betreuen sie daheim die Kriegsmaschine des »Führers« und, während in den besetzten Gebieten die Sabotage-Akte der Patrioten sich häufen, wissen selbst unsere exilierten Politiker von den Taten der deutschen Antifaschisten kein Lied zu singen. Ihr Lied beschimpft die Welt, die es schließlich müde geworden ist, dem feinen Unterschied zwischen Nazis und Deutschen nachzuträumen, – müde, im Kampf gegen Deutschland.
Die deutsche Niederlage, der sie gespalteten Gefühls entgegensehen, trachten sie schon heute in eine reinigende, alles sühnende Revolution umzufälschen, – als ob der totale Zusammenbruch eines fürchterlich geschlagenen Volkes mit Revolution auch nur etwas zu tun hätte. Und schon heute vertreten sie, die Bankrotteure der deutschen Republik, die Machtinteressen des »geläuterten« Reiches. Mitten im Kriege und in Ländern, die ihnen Gastfreundschaft gewähren, gründen sie ihre Vereine, verfassen sie ihre Proklamationen und scheuen sich nicht, die Menschheit mit dem dritten deutschen Weltkrieg zu bedrohen, für den Fall nämlich, daß ihre Ratschläge refusiert werden sollten. Das deutsche Verbrechen, das sie ein Nazi-Verbrechen nennen, hätte die Welt verhüten können und müssen. Sie aber tun, als tilge das Versagen der Polizei die Schuld des Verbrechers, gegen den sich in Zukunft zu sichern, ja, dem auch nur eine Bewährungsfrist zu setzen, sie verbrecherisch schelten. Der Krieg, den sie so hitzig führen, ist nicht unser Krieg.
Es ist, ich muß es aussprechen, ein Jammer und eine Schande und denkbar ungeeignet, Zeugnis abzulegen für ein besseres Deutschland. Die Welt wäre glücklich, es geboren und sich bewähren zu sehn. Die Welt kämpft und wartet.

CARL ZUCKMAYER[1] [12.5.1944][2]
OFFENER BRIEF AN ERIKA MANN

Liebe Erika, ich habe Deinen Artikel ›Eine Ablehnung‹[3] mit Bedauern gelesen. Wenn ich mich gedrängt fühle, Dir zu antworten, so vor allem deshalb, weil ich selbst keiner Gruppe, keinem Ausschuß oder Komitee der deutschen oder österreichischen Emigranten angehöre, weil ich mich nach gründlicher Überlegung entschlossen habe, nicht an Proklamationen teilzunehmen und kein Manifest zu unterzeichnen.
Dieser Entschluß aber hat mit Deiner Art von Ablehnung nichts zu tun, die einem freien Deutschland, mindestens für unsere Tage, von vornherein die bona fides abspricht, und das deutsche Volk en bloc verurteilt.
Er resultiert aus ganz anderen Erwägungen, – die mich bezweifeln lassen, ob eine politische Aktivität der Emigrationskreise heute möglich und nützlich ist, oder ob sie eher dazu geeignet ist, verwirrende Diskussionen zu stiften und eine an sich gute Bestrebung vorzeitig auf ein totes Gleis zu schieben. Er resultiert ferner aus persönlicher Abneigung gegen theoretische und doktrinäre Fixierungen, und aus einer ebenso persönlichen Auffassung von der außerparteilichen und unabhängigen Stellung künstlerischen Schaffens. Er hat aber nichts gemein mit einer generellen Diskriminierung des deutschen Volkes, die mir ebenso absurd, zelotisch, kurzsichtig – , wirklichkeitsfremd und wahrheitsfern erscheint, wie jedes moralische Gesamturteil über ein Volk oder eine ›Rasse‹.
Völker sind aus Menschen zusammen gesetzt, und Menschen sind Geschöpfe, die beide Wesenspole, den des Guten, den des Bösen, in sich tragen. Eine prinzipielle Einteilung in ›gute‹ und ›böse‹ Völker, oder auch in die ›Guten‹ und die ›Bösen‹ innerhalb der Völker, ist sinnlos. Der Kampf, der heute überall auf der Erde tobt, geht nur darum, welche Grund-Tendenz die zukünftigen Geschicke und das Zusammenleben des Menschengeschlechtes bestimmen wird: der Geist gegenseitiger Hilfe und Achtung, der Respekt vor freier, produktiver Gesinnung, oder der der Gewalt, der Unterdrückung, der eigensüchtigen Sterilität. Man mag das auch Kampf gegen den Faschismus nennen,

und hier allein liegt der Schlüssel zur Verhütung eines dritten Weltkrieges. Du weißt das ebenso gut wie ich, und Du weißt auch, daß Faschismus etwas ist, was sich nicht auf einzelne Völker oder Nationen beschränkt, wenn er auch bei einigen, und vor allem leider beim deutschen, zur schlimmsten Entfaltung und Herrschaft gekommen ist. Aber wozu, um Himmels willen, würde dieser Krieg geführt, mit all seinen furchtbaren Opfern und seinen unausdenklichen Leiden, wenn nicht zur Ausrottung des Faschismus in allen Völkern? Macht man aber aus dem deutschen den alleinigen Sündenbock, so verfälscht man die Wahrheit und gefährdet das Endziel dieses Krieges, das über den militärischen Sieg hinausgeht. Wir haben keinen Grund, anzunehmen, daß nicht gerade dort, wo Terror und Gewalttat ihr schändlichstes Gesicht gezeigt haben, eine tiefgehende und ehrliche Katharsis möglich ist. Die Reinigung Deutschlands muß tiefgehend und gründlich sein, aber sie kann der Welt nichts nützen, wenn sie nur eine Zwangsmaßnahme ist, wenn sie nicht von Innen kommt, und wenn ihr die Hilfe und das Vertrauen versagt bleibt, wie uns im Jahre 1918. Wie kann man ›warten, daß etwas geboren wird‹, und gleichzeitig die Geburtshilfe ablehnen? Ich bin mir, weiß Gott, über die Schwächen und Fehler unserer verschollenen Republik im klaren, und ich wünsche nichts weniger als daß ihr Ebenbild wiederkehrt. Wenn aber jemand sagt, daß die deutsche Demokratie, der Wunsch und die Hoffnung weitester Volkskreise nach dem letzten Krieg, nur ein Trick oder ein Täuschungsmanöver war, so täuscht er sich selbst oder spricht die Unwahrheit.

Kein vernünftiger Mensch wird Lidice, die Geiselmorde, die Quälerei wehrloser Menschen, damit entschuldigen, daß Chamberlain seinerzeit nach Berchtesgaden flog. Kein vernünftiger Mensch wird das englische Volk verantwortlich machen für die Schwächen und Fehler seiner früheren Regierungen, für die sechs Jahre zweideutigen Packelns mit Hitler, die ihm seine Machtentfaltung und die Anzettelung dieses Krieges ermöglichten. Aber die Völker in Polizei- und Verbrechernationen einzuteilen, ist ein ebenso oberflächlicher wie hypokritischer Standpunkt. Andererseits wird kein anständiger Deutscher sich der Mitverantwortung für die Schuld entziehen wollen, in die sich Deutschland verstrickt hat, ganz gleich ob er Deutschland verlassen mußte oder nicht. Denn wir haben alle, auch Ihr, nicht genug gegen das Übel getan, als Deutschland noch unser freier Kampfplatz war.

Ich sehe nichts Gutes darin, weder für Deutschland noch für die Welt, wenn als krasser Pendelausschlag gegen den Wahnwitz des Pangermanismus nun ein ebenso krasser Antigermanismus geschaffen wird, der den kleinherzigen und abergläubischen Zügen des Antisemitismus bedauerlich ähnelt. Es wird heute, manchmal von berufener, häufig von unberufener Seite sehr viel über die Deutschen geredet und geschrieben, wobei man ihre Schuld oder Unschuld historisch, psychologisch oder gottweißwie zu belegen sucht. Ich möchte nicht um die Welt in diesen Chorus einstimmen. Eins aber muß ich sagen: je mehr mir Amerika Heimat geworden ist (und ich lebe in diesem Land nicht in einer Fremdenkolonie), je mehr ich es als etwas Lebendiges, mit seinem Hell und Dunkel, lieben lernte, – desto stärker empfand ich die unzerstörbare Verbundenheit mit dem Volk, von dem ich herkomme, und den Wunsch, ihm auch in seiner schwärzesten Stunde gerecht zu werden. Niemand versteht und respektiert diese Empfindung so sehr, wie meine amerikanischen Freunde, von denen manche selbst, oder deren Brüder und Söhne gegen das deutsche Heer kämpfen.

Ich glaube, daß Du im Grund das gleiche meinst und willst, was ich meine – aber die Art Deines Ausdrucks führt zwangsläufig zu etwas anderem: nämlich zur Schaffung neuer, ungesunder Vorurteile, statt gesunder und rechtschaffender Urteile. Ich schreibe Dir nicht als ein ›politischer Gegner‹ oder von einem anderen ›politischen Lager‹, das ich nicht zu beziehen gedenke, – sondern als ein alter Freund, weil mir der Ton Deiner ›Ablehnung‹ zutiefst mißfällt. Es ist kein guter Ton. Er weckt traurige Assoziationen.

Ich hoffe, auf dieses Schreiben keine Antwort zu bekommen, es hat nicht den Zweck, eine Diskussion zu beginnen, die zu nichts führen kann, sondern es möchte nur Dich und andere, die sich in der gleichen apodiktischen Weise äußern, für einen Augenblick vielleicht zum Anhalten des Atems bringen. Ich selbst werde diese Korrespondenz bestimmt nicht fortsetzen,

denn ich bin keines Besseren zu belehren, als daß die Welt, weit über die Erde hinaus, ein Ganzes ist, jedes Volk und jeder Einzelne ein Teil vom Ganzen, und daß auch Deutschland – noch in der Nacht – zu jener Menschenwelt gehört, die einem neuen Glauben und einer neuen Gestaltung entgegen lebt.
Ich beschließe diesen Brief mit einer Bitte: bleibt auch in den leidenschaftlichen Auseinandersetzungen dieser kämpferischen Tage auf jener Plattform, zu der Euch Abstammung, Erziehung, menschliches Niveau verpflichtet.

1 1896–1977, Schriftsteller und Dramatiker; 1933 nach Österreich, 1938 nach England und in die USA emigriert. Nach 1945 lebte er in Saas Fee, Schweiz. **2** Abgedruckt in: *Aufbau*, Jg. 10, H. 19, New York 12.5. 1944. **3** Vgl. S. 189, Anm. 1.

OFFENE ANTWORT AN CARL ZUCKMAYER [12.5.1944][1]

Lieber Zuckmayer. – Besten Dank für Deinen Brief. Du möchtest, sagst Du, keine Antwort. Von hoher Warte hast Du das letzte Wort gesprochen und wünschst nun, daß wir den Atem anhalten – ich und andere. Hättest Du mir den Brief ins Hotel geschickt, wie gern gewährte ich Deinen Wunsch. Wer aber im »Aufbau« Deinen dichterischen Kommentar liest, ohne meine knappe – keineswegs an Dich gerichtete »Ablehnung« gelesen zu haben, der wüßte nie und nimmer, woran er mit mir wäre und ich kann also kaum umhin, nochmals Stellung zu beziehen.
Wogegen wende ich mich? Gegen die Deutschen – alle Deutschen, die ich als ein »böses« Volk am liebsten dem Untergang geweiht sähe? Gegen die *Hoffnung* auf ein besseres Deutschland? Gegen diejenigen, die solche Hoffnung hegen? Oder gar gegen jene, die dem anti-faschistischen Charakter dieses Krieges nicht immer genüge getan finden, im Lager der Alliierten? Gewiß nicht! Ich müßte allem, was ich in diesen elf Jahren gesagt und geschrieben habe, schwachsinnig widersprechen, wollte ich protestieren gegen diese.

Ein prominentes Mitglied des neuen »Council for a Democratic Germany«[2] hat mich gleichfalls adressiert.
»Ich trete«, sagt es, »für das Recht des vom Immigranten unterschiedenen politischen Refugees ein, Politik mit dem Gesicht zu seinem Heimatlande zu treiben.« Dagegen – siehst Du – genau dagegen wende ich mich, gegen diese Begriffsverwirrung, diesen Mangel an Rechtssinn, diese Frechheit. Jetzt und hier und in aller Öffentlichkeit Politik mit dem Gesicht zu Deutschland zu treiben, nennt der Mann sein Recht und fühlt sich berufen, – er und seine Kriegskameraden – den Verein zu gründen, dem beizutreten Du Dich wohlweislich geweigert hast und in dessen Mitgliederliste die repräsentativsten Namen der Emigranten (Einstein, Werfel, Bruno Walter, mein Vater[3] – um nur vier zu nennen) nicht zufällig fehlen.
Das Manifest, das der »Council« kürzlich unter die Leute gebracht hat, ist eine mit anti-faschistischen und sozialistischen Schlagworten kärglich verbrämte Liste von deutschen Forderungen. »Das gute Deutschland« meldet seine Ansprüche an, denn Ansprüche hat es und sie sind, wie ausdrücklich vermerkt wird, nicht geringer als die irgendeines anderen Landes in Europa. Daß, vorläufig, keinerlei »gutes Deutschland« den bescheidensten Existenzbeweis erbracht hat, daß all unsere Hoffnungen auf deutsche Um- und Einkehr unerfüllt geblieben sind und daß wir einem unbesiegten, in seinem Machtdünkel ungebrochenen, fürchterlichen Koloß gegenüberstehen, den zu überwältigen namenlose Opfer fordern wird, stört die »Freien« nicht. »Mit dem Gesicht zur Heimat« treiben sie Politik.
Nirgends – in keinem Satze ihres Aufrufs – findet sich das geringste Gefühl für das Unsägliche, das Deutschland über die Menschheit gebracht hat, nirgends die Einsicht, daß unsere Sorge zunächst den Opfern gebührt und erst in der Folge den Tätern. Deutsche Forderungen – in diesem Augenblick und präsentiert von deutschen Emigranten! Das ist, was ich in meiner »Ablehnung« einen Jammer und eine Schande genannt habe. Ich kann es nicht anders nennen, auch angesichts Deiner Ausführungen nicht.
Du wirfst mir vor, ich sei politisch nicht artikuliert genug gewesen, ehe Hitler zur Macht kam, und hast Recht mit diesem Vor-

wurf. Deinerseits, freilich, gefällst Du Dir selbst heute in Deiner »persönlichen Auffassung von der außerparteilichen und unabhängigen Stellung künstlerischen Schaffens« und in tiefen, wenngleich politisch wenig fruchtbaren Erkenntnissen wie der, daß die Welt ein Ganzes sei und jedes Volk zur Menschenwelt gehöre. Wie recht Du hast auch wenn Du sagst, es gehe nun jedenfalls darum, welche Grundtendenz die zukünftigen Geschicke und das Zusammenleben des Menschengeschlechtes bestimmen werde: Der Geist gegenseitiger Hilfe und Achtung, der Respekt vor freier, produktiver Gesinnung, oder der der Gewalt, der Unterdrückung, der eigensüchtigen Sterilität – der Geist, den Du in Kürze »Faschismus« nennst und von dem Du allerdings einräumst, daß er »vor allem leider beim deutschen (Volk) zu schlimmster Entfaltung und Herrschaft gekommen ist«.

Aber dort, an der Herrschaft in Deutschland, ist er noch heute und wird er sein bis zum Tage des deutschen Zusammenbruchs. Was ihm folgen wird, und ob dieses Volk, nach über einem Jahrzehnt geistiger und moralischer Umnachtung, heimfinden wird in ein besseres Selbst, entzieht sich der Voraussage. Was aber die »Freien Deutschen« und ihr Programm betrifft, so geht es da um Dinge, die mit Heilung und Läuterung ganz und gar nichts zu tun haben. Es geht um Macht. Um die deutsche Schwerindustrie geht es, zum Beispiel, von der verhindert werden soll, daß sie auch nur vorübergehend unter alliierte Kontrolle gerate. Um die Integrität deutschen »Hoheitsgebietes« geht es und gegen die territorialen Ersatz-Ansprüche der verwüsteten Länder. Mag sein – ich glaube es, – daß unter den Signatoren viele sich vieler Implikationen ihres Programms nicht versehen. Daß es sich aber da um den Versuch handelt, ein Deutschland aus der Katastrophe zu retten, das imstande – ich sage nicht »willens« – wäre, die Welt aufs neue mit Krieg zu überziehen, kann selbst dem Verträumtesten unter ihnen nicht entgangen sein.

Und Dir? Ist es das, was Du willst und, was nicht zu wollen, Du absurd, zelotisch, oberflächlich, hypokritisch und kurzsichtig nennst?

Deutschland war schön. Du magst mir glauben, daß ich seiner

Landschaft und seinen Liedern, daß ich allem, was wir als gut und achtenswert dort kannten, nicht weniger innig verbunden bin als Du. Deutsche *Macht*, freilich, ist unserer Lebtage noch nicht benevolent gewesen. Anzunehmen, daß sie es von nun an sein werde und zu verlangen, daß die Welt diese Annahme teile und ihr gemäß handle, *scheint* mir unerlaubt.
Das, lieber Zuckmayer, war es, was ich sagen wollte und was ich in anderen Worten gesagt habe in meiner »Ablehnung«. Es auszusprechen, war ich durch Abstammung, Erziehung und menschliches Niveau verpflichtet.

1 Abgedruckt in: *Aufbau*, Jg. 10, H. 19, New York 12.5.1944. **2** Ein von Paul Tillich gegründetes Komitee, das die Bildung einer deutschen Exilregierung in den USA plante und sich mit der Problematik einer geistigen Erneuerung des deutschen Volkes nach Hitlers Sturz auseinandersetzte. **3** Thomas Mann lehnte es ab, dem Komitee beizutreten, äußerte sich jedoch nie offiziell dagegen. Dies vorwiegend, weil Heinrich Mann gemeinsam mit Brecht, Feuchtwanger, Piscator u.a. zu den Unterzeichnern des »Council-Manifests« zählte und weil er gewisse liberale amerikanische Kreise nicht verärgern wollte, die die Aktivitäten des »Councils« unterstützten. Nach der Konferenz von Jalta (4.–11.2.1945) wurde das Komitee aufgelöst.

VON EDUARD BENESCH[1] London, 8.6.1944[2]

Liebes Fräulein Mann,
mit diesen kurzen Zeilen möchte ich Ihnen sehr herzlich für Ihr liebenswürdiges Gedenken[3] anläßlich meines sechzigsten Geburtstages danken. Es freut mich, Sie jetzt wieder hier auf der anderen Seite des Atlantiks zu wissen, und dies gerade zum Zeitpunkt eines großen Ereignisses – der Invasion[4] auf dem Kontinent.
Mit den besten Wünschen für den Erfolg Ihrer Arbeit,
Ihr ergebener E. Benesch

1 Vgl. S. 129, Anm. 4. **2** Original in englischer Sprache. **3** Nicht ermittelt. **4** Landung der Alliierten in der Normandie am 6.6.1944 (»D-Day«).

AN KLAUS MANN Paris, 4.9.1944[1]

Mon chou, – ich bin jetzt seit einer Woche hier, und alles ist etwas traumhaft – auch ein bißchen alpdruckartig, was ich als triste Tatsache vermerken muß. Paris erweist sich als die bestgekleidete Stadt der Welt. Abgesehen von der großen Anzahl Fahrräder, die an Amsterdam erinnern, ist das Bild der Stadt völlig unverändert. Die Leute sehen gesund aus – im großen und ganzen nicht unterernährt –, und obwohl es schwerwiegende Mängel gibt, mußten nur die Allerärmsten hungern. Die meisten Einwohner haben auch nicht gelitten; fast alle kollaborierten, und da es unmöglich ist, jeden zu bestrafen, werden nur sehr wenige das bekommen, was ihnen gebührt. Es ist so, wie Bébé[2] es schon immer vorausgesagt hat: die allgemeine Korruption war zu tief, um innerhalb von vier knappen Jahren ausgerottet zu werden, um so mehr, als die Unterdrückung zu keiner Zeit hart genug war, um einen allgemeinen Heroismus hervorzubringen. Die Deutschen selbst wollten diese Stadt zu ihrem Lunapark machen, und die Pariser hatten nichts dagegen. Die FFI[3] ist machtlos, schlecht organisiert und praktisch ohne Waffen. Hätten nicht »wir« vor den Toren gestanden und die Deutschen es für ratsam gehalten, den Hauptteil ihrer Truppen zurückzuziehen, so hätten diese tapferen kleinen Strolche nicht die Spur einer Chance gehabt. Auch jetzt haben sie keine. Jeder fürchtet, daß der nationale Befreiungskampf in ein revolutionäres Großreinemachen umschlägt, das die gesamte Mittel- und Oberschicht in Mitleidenschaft zöge. Um die Sache noch schlimmer zu machen, wird der Mythos vom hungernden, heldenhaften Paris, das sich selbst befreite, zwangsläufig De Gaulles[4] hysterische nationale und persönliche Eitelkeit steigern – sofern das überhaupt möglich ist. Für diesmal sind »wir« großzügig gewesen, und was wir jetzt bekommen, ist ein Frankreich, dessen Herz und Kopf seine Lektion nicht gelernt hat. Das übrige Frankreich hat sie gelernt. Es besteht ein ungeheurer Unterschied zwischen den Menschen im zerstörten Valognes, Montebourg, St. Lo und sogar im geringfügig beschädigten Cherbourg, und denen im heiteren Paris, die, so fürchte ich, kaum würdig sind, die Hauptstadt eines besseren Europas

zu bevölkern. Daß all dies geradewegs in Deutschlands schmutzige Taschen arbeitet, versteht sich von selbst. SEHR traurig ... SEHR still.
Du reste habe ich eine aufregende und amüsante und anstrengende und bemerkenswerte Zeit gehabt. Hier bei mir ist eine junge Frau – eine Amerikanerin, die für den London Evening Standard arbeitet –, gentille comme tout, wenn auch überaus verrückt und gefährdet. Mein Tomsky[5], sozusagen. Wir sind durch reinen Zufall zusammen herübergekommen und haben seitdem Feldbetten, Jeeps und Autos geteilt. Ich habe einen Wagen gehabt – einen deutschen Ford, kürzlich von den Unsagbaren erbeutet, der ohnehin nur vier Zylinder hatte, aber darauf bestand, mit bloß zweien zu fahren. Der Lärm, den er hervorbrachte, ließ jeden glauben, daß wir unsere eigenen Heckenschützen mit uns führten. *Sehr* lustig. Er ist jetzt zusammengebrochen, und ich bin damit beschäftigt, ein anderes Vehikel herbeizuzaubern, um damit nach Deutschland weiterzufahren. Der Krieg müßte bis zum 10. Oktober vorbei sein. Wo sollen wir uns treffen? WAS WOLL'N WIR SPIELEN? *Schreib bald*. Ich habe *einen* Brief von Eurer Freundlichkeit erhalten und hoffe, daß meine Londoner Zeilen – vom 25. Juli, wenn ich nicht irre – Dich erreicht haben. Von zu Hause ist nie ein Wort angekommen; auch habe ich keinen Kontakt zu Darling Angèle[2]. Morgen werde ich Picasso[6], Eluard[7], Jean[8] und die übrigen aufsuchen. Jeder ist äußerst nachsichtig gegenüber jedem, vermutlich weil – quae supra diximus[9] – jeder ein etwas schlechtes Gewissen hat. Sogar Maurice Chevalier[10] scheint man vergeben zu haben – das höre ich jedenfalls von Pierre Blanchard[11], der eine Einrichtung leitet, die sich – ganz ernsthaft – »Komitee für die Befreiung des Kinos« nennt. Nur Sacha Guitry[12] ist im Gefängnis.
Bis jetzt habe ich noch kein Wort von hier aus geschrieben. Die Wahrheit zu sagen, tut weh und ist nicht ungefährlich. Lügen ist schlecht. Liberty[13] ist nicht allzu begeistert von meinen Leistungen, während die gute alte Toronto[14] sagt, sie sei es. Ich wohne hier an der – na ja, sehr nahe bei der – Oper und grübele staunend und abwägend über die Geheimnisse der Zeit, des Lebens und des Schicksals nach. Auch sehne ich mich nach Dir

und den Unseren. Der Unhold[15] ist praktisch vergessen, ebenso D.C.[16], obwohl er, nebenbei bemerkt, jeden Augenblick hier auftauchen könnte. Meine Zimmergenossin würde Dir gefallen; sie erinnert verblüffend an Mops[17] und Gert Frank[16] gleichermaßen, nur kommt sie mir attraktiver vor als diese beiden verlorenen Seelen. Ich habe versucht, Mops zu finden – bis jetzt ohne Erfolg. Wenn sie am Leben ist, müßte Eluard es wissen. Ich fürchte, sie ist es nicht.
Ozeane, Wolken und Gewitter von Zuneigung.
Innig Deine Uempf
7. September.
Ich habe tout le monde gesehen und Steusi[18] gefunden, die bestätigt, daß Mops verhaftet wurde – im Dezember – und ins KZ Fürstenfelde deportiert worden ist. An Hitlers Geburtstag durfte sie einen Brief schreiben. Seitdem – Juni, glaube ich – hat man nichts mehr gehört. Steusi scheint es ziemlich sorglos aufzunehmen; sie ist *völlig* übergeschnappt und äußerst lustig. Gide[19] ist im Begriff, zurückzukehren. Jean habe ich noch nicht getroffen; Eluard me dégoute – wie fast jeder andere auch. (Picasso nicht!) Wer nicht vollkommen zynisch ist, erweist sich als fanatisch und idiotisch nationalistisch, pathologisch empfindlich und einfach miserabel. Trotz ihrer beunruhigenden Eigenschaften – wie Torheit, Leichtsinn, Armut, Planlosigkeit und Unwissenheit – sind die FFL-Jungens die einzigen, die ich nicht deprimierend finde.
Bis bald, mein lieber Fritzi – ich *muß* jetzt endlich versuchen, einen Artikel zu schreiben. e.
[...]

1 Original in englischer Sprache. **2** Golo Mann. **3** Forces Françaises de l'Intérieur. **4** Charles De Gaulle, seit 1943 Chef der französischen Exilregierung, die er im Mai 1944 zur provisorischen Regierung der französischen Republik erklärte, nahm im Verbande der Alliierten mit französischen Truppen an der Befreiung Frankreichs teil. 1945–46 provisorisches Staatsoberhaupt Frankreichs; 1958–69 Präsident der 5. französischen Republik. **5** Anspielung auf den amerikanischen Theaterkritiker Thomas Quinn Curtiss, gen. Tomsky (geb. 1907); langjähriger enger Freund von Klaus Mann. Er lebt heute als Mitarbeiter der »Herald Tribune« in Paris. **6** Pablo Picasso (1881–1973), spanischer Maler und Bildhauer. **7** Paul Eluard, eigtl. Eugène Grindel (1895–1952), französischer Dichter. **8** Jean

Cocteau (1889–1963), französischer Dichter, Graphiker und Filmregisseur; ein Freund von Klaus und Erika Mann. **9** Was wir schon früher gesagt haben. **10** 1888–1972, französischer Chansonnier und Filmschauspieler. **11** Filmschauspieler. **12** 1885–1957, französischer Schriftsteller und Schauspieler. **13** Amerikanische Zeitschrift. **14** »Toronto Star«, amerikanische Zeitschrift. **15** Vermutlich Hitler. **16** Nicht ermittelt. **17** Thea Sternheim, gen. Mopsa, eine Tochter des Dramatikers Carl Sternheim; Jugendfreundin von Klaus und Erika Mann. Sie war als Mitglied der französischen Résistance 18 Monate lang im Frauenlager Ravensbrück interniert und überlebte. **18** Stoisy (eigtl. Thea) Sternheim, zweite Frau von Carl Sternheim; sie hatte, wie ihre Tochter Thea, als Emigrantin in Paris gelebt. **19** André Gide (1869–1951), französischer Schriftsteller; Nobelpreis für Literatur 1947. Er hatte im Mai 1942 Frankreich verlassen und blieb bis zur Befreiung in Algerien und Marokko.

AN THOMAS MANN Pacific Palisades, 8.6.1945[1]

Brief an meinen Vater

Lieber Zauberer –

Daß Du siebzig bist! Und hast mich doch eben noch gelehrt, das grüne Buch vom roten Buch zu unterscheiden, in der Münchener Franz Joseph-Straße[2]. Damals warst Du jünger, als ich es heute bin. Aber Dein Gesicht – die hellen, sinnend-aufmerksamen Augen unter den dunkeln, zackigen Brauen, deren eine Du nachdenklich oder erstaunt hochzuziehen liebst; die gerade und stark vorspringende Nase, Erbteil aller Deiner Söhne und Rettungsanker aller Deiner Karikaturisten; die lange Oberlippe mit dem korrekt gestutzten Bärtchen und das lange, ovale Kinn – hat sich mir kaum verändert. Mag es weich und jung und empfindlich gewesen sein, das Vatergesicht der frühesten Erinnerung, es ist eines mit dem strengeren, schmaleren, dessen ich jetzt beim Schreiben zärtlich gedenke. Und nun gar die Stimme! Sie ist so sehr dieselbe geblieben, daß sie mich oft genug zurückzaubert in die entlegenste Vergangenheit. Du brauchst nur vorzulesen mit ihr – im halbdunkeln Arbeitszimmer nahe dem Schreibtisch bei der Stehlampe sitzend, während wir andern es uns ringsum bequem gemacht haben (und wie eh und je sind Stühle und Sopha mit Büchern, Zeitschriften, Druckwaren aller

Art bedeckt gewesen und mußten gesäubert werden, ehe wir Platz fanden!) – Du brauchst nur vorzulesen, Lieber, und Ort und Zeit verschwimmen ins Träumerische. Nichts ist mehr bindend, was nur heute ist. Nur was immer war, hat Gültigkeit.

Da ist die Luft – dies von Leder, Druckerschwärze, Zigarrenrauch und herber Eau de Cologne bestimmte Aroma, von dem wir als Kinder gesagt haben, daß es »echt zaubererhaft« sei. Da ist Dein Kopf, der schmale, dunkle, mit dem weichen, sehr kurz gehaltenen Haar, beim Vorlesen, im Lichtkegel der Lampe, sehen wir ihn genauer als irgend sonst – anläßlich der kurzen Mahlzeiten, oder wenn es Konzert gibt nach dem Abendessen – »Fülle des Wohllauts« – und Du den Apparat betreust. Da sind Deine Hände – nicht sehr schmal, kräftig, aber schlankfingerig – und das Manuskript, das sie halten. Es sieht aus wie immer, Dein Manuskript – viele weiße Seiten, sehr säuberlich beschrieben, mit deutschen Buchstaben und Wörtern, deren jedes eine Neigung zeigt, unter die Zeile abzusinken, während doch ihr Gesamtbild streng im Horizontalen bleibt. Du liest noch nicht lange. Die Zigarre brennt noch. Wenn sie ausgeht – was sie bald genug tun wird – drückst Du sie aus, ohne Dich zu unterbrechen. Der Messingbecher, in dem sie verschwindet, ist türkischer Herkunft und weder gut noch böse, aber dazugehörig, wie die Empire-Leuchter auf Deinem Schreibtisch und wie das schwarz lackierte Zigarettenkästchen, das russische mit der gemalten Troika, das Du nützlich findest, ohne es doch jemals zu füllen.

Wer ist zugegen? Einige »Kinder« – je nach den Läuften, – vielleicht auch – nicht notwendiger Weise – der eine oder andere Gast. Vor allem, und unter allen Umständen ist »Mielein« da, an deren Seite, mit deren Hilfe und unter deren Schutz Du siebzig geworden und die es mitzufeiern gilt, heute und wann immer wir ein Fest begehen. Wie sie zuhört! Dabei ist es möglich, daß sie dies alles schon kennt, daß sie es Dich gar mehrmals schon hat lesen hören, vor im übrigen wechselndem Kreise. Ihrer Aufmerksamkeit, ihrem lebhaft teilnehmenden Mienenspiel, ihrem Lachen, wenn Du komisch bist – und Du kannst erschütternd komisch sein – ist davon nichts anzumerken. Sie ist Dein bestes und durchaus nicht Dein unkritischstes Publikum.

Was liest Du? Ist es Adrian[3], den Du sprechen läßt – der Musiker, der Deutsche? Aber er spricht mit Josephs Stimme; mit Hans Castorps; mit Aschenbachs; oder mit der von Tonio Kröger. Nicht als ob er, der erstaunliche Held Deines neuen und erstaunlichsten Buches, diesen anderen ähnlich wäre! Ohne ihnen irgend zu gleichen, ist er ihr Bruder, wie etwa Jakob, der geschichtenschwere, in aller Unvergleichbarkeit und über die Jahrtausende hinweg ein Bruder ist des Geschichtsprofessors Abel Cornelius und Tony Buddenbrook-Grünlich-Permaneder eine Schwester der Hofrätin Kestner, geborenen Buff. Was sie alle verbindet wird zum Greifen deutlich im Klang Deiner Stimme. Motive werden laut, die wir als Kinder gehört. Damals war wie von einem einzelnen, sehnsüchtigen Instrument impressionistisch hingewischt, was heute in voller Orchestrierung wiederkehrt – vertieft, erweitert, vom Melancholisch-Besonderen ins Repräsentativ-Menschheitliche erhoben, großartig abgewandelt, aber sich selbst zum Staunen treu.

Wenn Du eine Weile gelesen hast, hältst Du inne. »Na«, sagst Du, ohne abschließend die Stimme gesenkt zu haben, »genug!« Da wir widersprechen, blätterst Du, überschlägst ein paar Seiten und springst zum Schluß des Kapitels, einem vorläufigen Finale.

Wo sind wir? Im Arbeitszimmer! Aber in welchem? Im »Tölzhaus«[4], hinter dem der Tannenwald dunkelt und von dessen offener Veranda man den schönen Blick hat auf die Schneekuppen der Karwendelberge? Vielleicht. Nur, daß es doch eben abhanden gekommen ist, das Ferienparadies der Kindheit, verkauft und in ein wenig Kriegsanleihe verwandelt, als es anfing, schlimm zu stehen um Deutschland, im ersten Weltkrieg. In München, also, an der Isar[5]? Aber das Haus, in dem wir aufgewachsen und in dem Du alt zu werden meintest, ist nicht mehr. Es war uns versunken, lang ehe die Nachricht eintraf, die Schreckenskunde, der wir denn auch nichts als ein wehmütiges Gelächter entgegenzusetzen hatten. »Our house«, ließ sie wissen, »repeatedly bombed structure fairly intact, interior previously changed, now completely destroyed.« Sie war bitterlich drollig, die Mitteilung in ihrer bündigen Präzision. »Our house!« Aber es war das unsere gar nicht, von dem da die Rede ging, sondern ein Heim – irgendeines – für das, was dort drüben »Hitlerbräute« hieß, ein Geburtsplatz für uneheliche und dem »Führer« geweihte Kinder. »Previously changed!« Freilich doch! Den Nazi-Damen wäre nicht wohl gewesen, in Deinem Arbeitszimmer!

Uns ist wohl, wo wir sind. Und wo sind wir? Im »Niddenhaus«[6] auf der kurischen Nehrung? Der Gedanke läge nahe (wir sind offenbar daheim und es ist sommerliche Meerluft, die durchs offene Fenster hereinkommt!), gäbe es da nicht diesen deutschen Gefangenen und seinen Bericht. Auch unser Niddenhäuschen – versichert der Bursche – hat man unkenntlich gemacht. Es ist viel stattlicher jetzt, als früher, prächtig ausgebaut, umgeben von Stallungen, Dienerschaftsgebäuden und gepflasterten Promenaden. Trotzdem stand das Ganze meist leer. Der Herr – ein munterer Jägersmann und hinter unsern Elchen drein – war anderweitig beschäftigt. Er hätte Zeit, jetzt, wenn freilich nicht mehr viel. Sein Name? Hermann Göring.

Nein, es ist klar, wir sind, wo wir bleiben werden, zuhaus, in Pacific Palisades. Der Weg war lang. Als wir aufbrachen, stand das Unwetter, das über Deutschland niedergegangen war, schwarz und drohend am Himmel Europas. Hätte es sich früher entladen, es hätte den Sintflut-Charakter nicht anzunehmen brauchen, der ihm schließlich bestimmt war. Daß wir dies wußten – wir und wer immer von »dort« kam und kein Dummkopf war – und die Möglichkeit nicht hatten, unser Wissen nutzbar zu machen, war das eigentlich Schlimme. Wir haben – Du, Lieber, hast vor allem – das Mögliche zu tun versucht. Wir sind oft getrennt gewesen in diesen Jahren – zu oft. Da wir aber in der gleichen Richtung gingen, haben – mir sehr zum Trost – lange Strecken uns vereint gesehen. Wieviele Leben haben wir gemeinsam gekannt, seit es ein Ende hatte mit dem alten? Das Leben in Sanary[7], das in Küsnacht[8] und das auf den Lecture-Podien, in den Hotels und den Schnellzügen der Vereinigten Staaten; das in Princeton auch und schließlich das, was nur eben erst begonnen, das Leben im neuen Haus. Die Luft, die uns umgab und die bis zum Ausbruch des Krieges

unatembarer wurde mit jeder Stunde, ist sehr viel reiner geworden, seither. Und wenn sie gewiß noch das Verschiedenste zu wünschen übrig läßt, so ist es eben dies, was ich Dir wünsche: Eine Welt, in der es sich lohnt, achtzig zu werden.
Leb wohl und sei umarmt. Sehr die Deine: Erika

1 Erschienen in: *Aufbau*, New York 8.6.1945. Wieder abgedruckt in: Walther A. Berendsohn, »Thomas Mann und die Seinen«, Bern/München (Francke) 1973. **2** Erste Wohnung Thomas und Katia Manns in der Franz Joseph-Straße 2 (1905–10). **3** Adrian Leverkühn in Thomas Manns Roman »Doktor Faustus« (1944). **4** Sommerhaus der Familie Mann in Bad Tölz. **5** Haus in der Poschingerstraße 1, wo die Familie Mann 1914–33 wohnte. **6** Ferienhaus der Familie Mann in Nidden auf der Kurischen Nehrung. **7** Sanary-sur-mer in Südfrankreich (Juni-September 1933). **8** Küsnacht bei Zürich, Schiedhaldenstraße 33 (1933–38).

12. KORRESPONDENTIN IM ZERSTÖRTEN EUROPA

Nach einer Vortragsreise durch die USA – innerhalb von vier Monaten hatte sie 90 lectures über die amerikanische Außenpolitik gehalten – kehrte Erika Mann im Sommer 1945 nach Deutschland zurück. Sie war bei dem Internationalen Prozeß gegen die Kriegsverbrecher in Nürnberg als Berichterstatterin akkreditiert und betrat als einzige Frau das Mondorfer Hotel, in dem die Angeklagten des Prozesses gefangen saßen. Anschließend bereiste sie Polen, die Tschechoslowakei und Jugoslawien als Korrespondentin der »New York Herald Tribune«.

AN KATIA MANN [Aus Deutschland] 22.8.1945[1]

Süsest Süsi.
Mich *quält* der Gedanke, ich könnte von meinen Liebsten fallengelassen, verbannt und VERGESSEN worden sein. Zugegeben, seit dem 24. Juli ist kein Brief mehr von mir angekommen – aber andererseits ist mir nicht einmal der Empfang des hübschen weichen Wintermäntelchens (mit schönen Anlagen) bestätigt worden (soweit ich sehen kann), und *ein* Brief (der mit dem Bericht vom Tod des lieben Bruno[2]) ist alles, was diese Korrespondentin je erhalten hat. Ich gebe zu, daß meine eigene Schweigsamkeit schon leicht pathologisch ist; vielleicht sollte ich mein Psycherl mal psychoanalysieren lassen oder so. Tatsächlich aber reise und arbeite ich so viel und unter solch schwierigen Umständen, daß ich am Ende des Tages anscheinend einfach keine Energie zum Briefeschreiben mehr habe. (Ich *sollte* es, ich weiß – aber wer's nicht kann, der kann's eben nicht!)
Meine letzte Fahrt ging nach Bad Mondorf, wo ich den »Big 52« einen Besuch abstattete. Ein gespenstischeres Abenteuer ist nicht vorstellbar. Göring[3], Papen[4], Rosenberg[5], Streicher[6], Ley[7] – tout le horreur monde (einschließlich Keitel[8], Dönitz[9], Jodl[10] etc.) eingesperrt in einem ehemaligen Hotel, das zum

Gefängnis wurde und aus dem seine Insassen ein regelrechtes Irrenhaus gemacht haben. Da ich mit den Idioten nicht selbst sprechen durfte, schickte ich hinterher Vernehmungsbeamte zu ihnen und ließ sie wissen, wer ich (die erste und einzige Frau, die je den Ort betreten hat) war. Ley schrie: »Assez!« und schlug die Hände vors Gesicht; Rosenberg murmelte: »Pfui Deubel!« Und Streicher lamentierte: »Du *lieber* Gott, und diese Frau ist in meinem Zimmer gewesen!« Göring war am erregtesten. Hätte ich mich doch nur vorgestellt, sagte er, dann hätte er alles erklärt; und hätte *er* den Fall Mann bearbeitet, dann hätte er die Sache anders gehandhabt. Ein Deutscher von T.M.s Format hätte dem Dritten Reich sicherlich angepaßt werden können. Ich kabelte all dies und vieles mehr an den London Evening Standard[11], der es auf der Titelseite groß herausbrachte.

In Luxemburg habe ich *Bébé*[12] natürlich *verpaßt*. Ich versuchte, ihn in der Schweiz zu treffen, aber es dauert eine Ewigkeit, bis man von den stolz-pedantischen Schweizern ein Visum bekommt – und so mußte ich's aufgeben. Nun werde ich (endgültig) südwärts fahren, nach München, Wien und zurück in die Tschechoslowakei – denke ich jedenfalls. Mein kleines Auto ist völlig altersschwach, und Armee-Fahrzeuge bekommt man immer schwerer. Es *kann* sein, daß ich über den Nürnberger Prozeß berichte und danach heimreise. Wer mußte mir doch neulich über den Weg laufen – *nicht* die Belly[13], nein, *Moderngesichtchen*[13], in hübscher Uniform und keinen Tag älter als achtzig. Sie zeigte sich genauso verständig wie immer und weitaus interessierter am Tagesgeschehen als die überwältigende Mehrheit der US-Reporter. Anbei findest Du etwas Schmeichelhaftes über Dad.

Einen Sommer hat es im verfluchten alten Europa nicht gegeben, – nur Kälte und Regen am laufenden Band. Vergaß zu erwähnen, daß ich ein paar Tage in London war, um Kriegsverbrechen-Experten für einen neuen Liberty-Artikel zu interviewen, der voraussichtlich Ende September erscheinen wird. Tanten nicht besucht. (Keine Zeit, WIRKLICH nicht!) Von Herzen viele liebe enttäuschte Grüße. BITTE schreib! Wenn Du's schnell tust, müßte es mich via Third Army, Headquarters,

Presscamp erreichen. Der Reporter-Stab ist im Begriff, aufgelöst zu werden (wie praktisch alles andere auch), und ich habe einfach keine zuverlässige Adresse mehr.
Immer immer E.

1 Original in englischer Sprache. **2** Am 21.6.1945 war Bruno Frank, einer der engsten Freunde der Familie Mann, gestorben. **3** Hermann Göring (1893–1946), Fliegeroffizier im Ersten Weltkrieg, 1933 preußischer Ministerpräsident, 1935 Oberbefehlshaber der Luftwaffe, 1940 »Reichsmarschall« des Dritten Reichs. 1946 in Nürnberg zum Tode verurteilt; vor der Hinrichtung beging er mit Gift Selbstmord. **4** Franz von Papen (1879–1969), konservativer Politiker, 1932 deutscher Reichskanzler, nach Hitlers Machtantritt Vizekanzler in dessen Regierung, 1934 deutscher Gesandter in Wien, 1936–39 Botschafter in Wien und 1939–44 in der Türkei. 1946 in Nürnberg im Hauptkriegsverbrecherprozeß freigesprochen und im Spruchkammerverfahren zu acht Jahren Arbeitslager verurteilt. 1949 freigelassen. **5** Alfred Rosenberg (1893–1946), Theoretiker und Propagandist des Nationalsozialismus (»Der Mythus des 20. Jahrhunderts«); 1941 Reichsminister für die besetzten Ostgebiete. 1946 in Nürnberg zum Tode verurteilt und hingerichtet. **6** Julius Streicher (1885–1946), einer der frühesten Anhänger Hitlers; Herausgeber des antisemitischen Blattes »Der Stürmer«, Gauleiter von Franken. In Nürnberg zum Tode verurteilt und hingerichtet. **7** Dr. Robert Ley (1890–1945), nationalsozialistischer Politiker; Gründer der »Deutschen Arbeitsfront«. Er beging im Nürnberger Kriegsverbrecher-Gefängnis Selbstmord. **8** Wilhelm Keitel (1882–1946), 1938 Chef des Oberkommandos der Wehrmacht, 1938–40 Generaloberst, 1940 Generalfeldmarschall. Anhänger Hitlers, in Nürnberg zum Tode verurteilt und hingerichtet. **9** Karl Dönitz (1891–1980), Großadmiral; 1936 Befehlshaber der U-Boote, 1943 Oberbefehlshaber der deutschen Kriegsmarine. Als Nachfolger Hitlers bildete er am 2.5.1945 eine »Geschäftsführende Reichsregierung«. In Nürnberg zu 10 Jahren Haft verurteilt. 1956 aus Spandau entlassen. **10** Alfred Jodl (1890–1946), Chef des Wehrmachtführungsstabes, nach dem 20. Juli 1944 entlassen. In Nürnberg zum Tode verurteilt und hingerichtet. **11** EMs Bericht erschien dort am 11.8.1945. **12** Golo Mann. **13** Nicht ermittelt.

AN KATIA MANN München, 20.9.1945[1]

Süsi, gerade ist Dein überaus liebenswürdiger Brief angekommen, und ich beeile mich, wenigstens etwas von dem Schaden zu reparieren, den ich mir in Deinen Augen zugefügt habe. Was für einen häßlichen Satz mußte ich in einem Deiner Briefe an

Liebling Bébé[2] lesen. Er verfolgte mich eine ganze Weile in meinen *Träumen,* während ich in meinem schmutzigen Feldbett in einem Kriegsgefangenenlager in Stenay (Frankreich) fror. »Sie hat sogar zugegeben, daß sie keinerlei Anstrengungen unternommen hat, sich mit Dir in Verbindung zu setzen«, schreibst Du und meinst damit die arme kleine E.-Maus. Aber ich *habe* mich mit ihm in Verbindung gesetzt, sobald meine Arbeit es mir erlaubte (und was hätte es genützt, wenn ich mit Bébé »Kontakt aufgenommen« hätte, ohne zu ihm gelangen zu können?). Tatsächlich bin ich die ganze Strecke bis nach Luxemburg gefahren, nur um ihn zu sehen. Genauso wie ich morgen extra nach Berlin fliegen werde, nur um K.[3] zu sehen (und Du kannst Dir gar nicht vorstellen, wie schwierig es ist, die notwendigen Papiere zu bekommen). Daß ich schreibfaul bin, ist nur zu wahr. Aber Du mußt bedenken: ich reise ununterbrochen, habe keine Adresse und kann auch keine haben, und das *bloße Abschicken* von Briefen wird zum größeren Unternehmen, wenn ich an unbekannten Orten bin (oder vielmehr, in Orten mit unbekannten Poststellen. Dieser zum Beispiel wird zum *Güterbahnhof* in Pasing gebracht werden müssen; nach stundenlanger Nachforschung weiß ich, wovon ich rede).
Onkel Heinz[4], danke, geht es ganz gut. Es ist verwirrend, wie sehr er *allen anderen* gleicht, – Offi[5], Ofei[5], Achohm[6], Ohm Kläuschen[7], Du, ihr alle seid in seinem alten dünnen Gesichtchen. Er ist nie verhaftet worden und scheint im großen und ganzen eine erträgliche Zeit gehabt zu haben. Da weder K.[3] noch G.[2] ihn besucht hatten, war er furchtbar erregt und verunsichert wegen eventueller Mißverständnisse und daß sich daraus Feindschaften ergeben könnten. Ich tat alles, was ich konnte, um ihn zu beruhigen: ich fuhr hinaus nach Icking, beschenkte ihn und Tante Mara[8] mit einer Unmenge scheußlicher Süßigkeiten, besah mir Horsties Bilder und sein Tagebuch und versprach, nach meiner Rückkehr von Berlin wieder vorbeizuschauen. Vickof[9] andererseits hatte ich nicht zu besuchen beabsichtigt; doch während ich noch überlegte, wie ich an das Bilderbuch[10] gelangen könnte, erschien er plötzlich in meinem Zimmer. Auch er war äußerst, äußerst aufgeregt. Höchstwahrscheinlich wirst Du, Z., inzwischen seinen Brief erhalten haben

– einen langen, phrasenhaften Brief, in dem alles ordnungsgemäß erklärt wird. Eigentlich habe ich ihn ganz üsis befunden und neige zu der Annahme, daß er a) sich nicht allzu schlecht benommen hat, weil er b) seinem »Bruder Thomas« wirklich treu zugetan ist. Sogar Noelli[11] hat, wie ich höre, wegen K.s, G.s und meines eigenen Stillschweigens viele Tränen vergossen. Um ihm eine Chance zu geben, seine Loyalität auf nützliche Art zu beweisen, habe ich ihn gebeten und bevollmächtigt, mit Hilfe der Bayerischen Rechtsanwaltskammer Valentin[12] zu suchen. Wenn der Dieb auffindbar ist, wird er ihn vermutlich finden. Auch habe ich unser Eigentum (Poschi[13]) beim Wiedergutmachungsamt registrieren lassen, das ein »Off Limits«-Schild anbringen läßt (K.s Balkon wird wohl leider geräumt werden müssen) und es für uns in Verwahrung nimmt.
Bayern, oh je, ist *beunruhigend* lieblich. Sogar Bébé, der große Schweizer, mußte zugeben, daß nichts anderes den Vergleich damit aushält. Ich bin in letzter Zeit äußerst beschäftigt gewesen mit Fahren, Nachforschen, Schreiben und dem Versuch, mein Auto reparieren zu lassen. Niemöller[14], Ministerpräsident Schäffer[15], General Haushofer[16] und Herr Mörder Schosser[17] waren unter den Interviewten. Letzterer wurde zum Tod durch den Strang verurteilt. Seine beiden Komplizen jedoch wurden freigesprochen, sobald ich als Belastungszeugin erschienen war. Der Prozeß fand in Dachau statt. Es war ein ziemliches Ereignis.
Morgen, quae supra diximus, starte ich nach Berlin. Ein etwa einwöchiger Aufenthalt ist geplant. Dann: hierher zurück und das Auto abholen, das repariert wird (hoffe ich wenigstens); dann Prag, Wien, wenn möglich Budapest. Wenn Du schnell schreibst, *könntest* Du mich noch über die alte Adresse erreichen (Third Army Headquarters, Presscamp). Zumindest kennt man mich jetzt hier und würde vielleicht so weit gehen, mir Post nachzuschicken. Für einige Zeit werde ich jetzt keine neue Adresse angeben können. Nein, ich habe meine Wiedereinreise-Genehmigung noch nicht, werde sie aber bei Murphy in Berlin zur Sprache bringen. Vickof schwört übrigens, er habe Dir (Z.) das Bilderbuch zum Geschenk gemacht und es Dir lange vor Hitler ausgehändigt. Wenn das stimmt,

muß es irgendwo sein, zusammen mit unserer übrigen konfiszierten Habe. Heinzchen weiß, wo die Silbersammlung verblieben ist, die rechtmäßig jedoch Mara gehört und die sie möglicherweise bei dem speziellen Wiedergutmachungsamt, das für die Opfer der Nürnberger Gesetze errichtet worden ist, einfordern müssen. Es erscheint zweifelhaft, daß *wir* etwas von dem Schatz sehen werden.
Auch mich hat Werfels[18] Tod traurig gemacht und geschockt. Weiß net was' im Sinn haben, höheren Ortes.[19] Aber daß stets die Falschen abgeholt werden, unterliegt kaum einem Zweifel.[19]
Lebt wohl, meine sehr Lieben, und seid – darum bitte ich Euch – NICHT so brutal zum armen kleinen Aschenputtl[20]. Mag ihr Bestes auch schlecht sein, so tut sie es doch tapfer. Seid umarmt von E.
Bin *sehr* neugierig, liebster Z., Deine Antwort an den öligen Molo[21] zu sehen. Ich habe weder seinen noch Thiess' Brief[22] gelesen, höre aber, daß keiner von beiden viel Sinn ergibt. Und ich flehe Euch an: erwägt *auch nicht eine Minute lang*, in dieses verlorene Land zurückzukehren. Es ist einfach nicht menschenerkennbar[20]. Und damit meine ich nicht seinen physischen Zustand!!!

1 Original in englischer Sprache. **2** Golo Mann. **3** Klaus Mann. **4** Heinz Pringsheim (1882–1974), älterer Bruder Katia Manns; Musikologe und Musikkritiker. Er hatte während der Nazizeit Berufsverbot und lebte zurückgezogen in Oberbayern. **5** Katia Manns Eltern. **6** Katia Manns zweitältester Bruder Peter Pringsheim. **7** Katia Manns Zwillingsbruder Klaus Pringsheim. **8** Mara Pringsheim geb. Duvé, zweite Ehefrau von Heinz P. **9** Viktor Mann (1890–1949), Thomas Manns jüngster Bruder; landwirtschaftlicher Bankberater. Verfasser von »Wir waren fünf. Bildnis der Familie Mann«, Konstanz (Südverlag) 1949. **10** Ein von Thomas und Heinrich Mann während ihres Italienaufenthalts 1896–98 gemeinsam geschriebenes und illustriertes »Bilderbuch für artige Kinder«, das sie ihrer jüngeren Schwester Carla (1881–1910) zur Konfirmation schenkten. Das Buch befand sich zuletzt im Besitz von Viktor Mann und ist offenbar verlorengegangen. **11** Nelly Mann geb. Kilian (1895–1962), Viktor Manns Frau. **12** Dr. Valentin Heins (1894–1971), Münchener Rechtsanwalt, der in den ersten Exiljahren Thomas Manns dessen Interessen in Deutschland wahren sollte. **13** Poschingerstraße 1 in München, Wohnhaus der Familie Mann 1914–33.

14 Martin Niemöller (1892–1984), evangelischer Theologe; im Ersten Weltkrieg U-Boot-Kommandant; 1933 Begründer des »Pfarrernotbundes«, aus dem 1934 die Bekennende Kirche hervorging; 1937–45 im KZ. 1947–64 Kirchenpräsident von Hessen und Nassau, 1961–68 einer der 6 Präsidenten des Weltkirchenrates. **15** Vgl. S. 35, Anm. 15. **16** Karl Haushofer (1869–1946), General und Geograph, Begründer der Geopolitik in Deutschland; seine Ideen wirkten stark auf den Nationalsozialismus. Er beging Selbstmord. Sein Sohn Albrecht (1903–1945) wurde 1944 als Widerstandskämpfer verhaftet und erschossen. **17** Anton Schosser, der Kreisleiter von Erding, war von einem amerikanischen Militärgericht wegen der Ermordung des US-Fliegers Arthur W. Manosh (19.7.1944) zum Tode verurteilt worden. EM schrieb darüber einen Artikel für »Pro Evening Standard London« (im Erika Mann-Archiv der Stadtbibliothek München; o.D.). – Die Dachauer Prozesse wurden am 30.12.1947 beendet; von den 297 ausgesprochenen Todesurteilen wurde nur etwa ein Drittel vollstreckt. **18** Der Schriftsteller Franz Werfel war am 26.8.1945 in Beverly Hills gestorben. **19** Satz im Original deutsch. **20** Wort im Original deutsch. **21** Der Schriftsteller Walter von Molo (1880–1958) hatte Thomas Mann brieflich aufgefordert, unverzüglich nach Deutschland zurückzukehren. Thomas Manns Absage (v. 7.9.1945; in: *Aufbau*, Jg. 11, New York 1945, Nr. 39; GW XII, S. 953–962) rief eine Welle von Protesten von Vertretern der »Inneren Emigration« hervor. **22** Frank Thiess (1890–1977) hatte sich ebenfalls öffentlich mit Thomas Mann angelegt. Vgl. Klaus Schröter, »Thomas Mann im Urteil seiner Zeit. Dokumente 1891–1955«, Hamburg (Wegner) 1969, S. 334–343; F.G. Grosser, »Die große Kontroverse«, Hamburg 1963.

AN LT. GENERAL LUCIUS D. CLAY[1]

USFET Head Quarters Frankfurt — Nürnberg, 14.11.1945[2]

My dear General. Darf ich mir – nach einmonatiger Arbeit an einem »Liberty Magazine«-Bericht und mehreren Zeitungsartikeln[3] über die Original-Listen aller NSDAP-Mitglieder in der ganzen Welt – die Freiheit nehmen zu behaupten, daß Sie eine persönliche Überprüfung dieses größten Gewinns für die geschichtliche Dokumentation der Mühe wert finden würden? Bis jetzt hat kein Ranghöherer als Brigadekommandeur Muller[4] diese Unterlagen gesehen, und nur persönliche Durchsicht wird das Ausmaß ihrer internationalen politischen Bedeutung und der enormen Aufgabe, sie in eine verwendbare Ordnung zu bringen, offenbaren. Daß wir keinen schnellen Fortschritt der

Arbeit melden, hat etliche Deutsche bereits die Echtheit unseres Fundes bezweifeln lassen. Auch kam Gerede in Bayern auf, wir sträubten uns, unsere eigenen Nazi-Staatsbürger bloßzustellen. Lt. Col. Hensel[5], Kommandeur der Abteilung, die die Akten entdeckte, ist voll orientiert über die Bedeutung dieser Dokumente und bestrebt, sie zur bestmöglichen Verwendung zu bringen; er erhielt jedoch bis jetzt wenig oder keine Hilfe. Beispielsweise hat er größte Mühe, fünf Soldaten zurückzubehalten zur Bewachung der Unterlagen, die Millionen NSDAP-Mitglieder gern vernichten würden. Nach Kenntnisnahme dieser 24.000.000 Karten und vieler tausend damit zusammenhängender Dokumente wären gewiß auch Sie der Meinung, daß diese Unterlagen nur nach ordnungsgemäßer Katalogisierung verlagert werden sollten, und daß den Männern, die sie fanden und sich in fast dreimonatiger Arbeit viel Spezialwissen sowohl über den Inhalt als auch über die komplizierte Beschaffenheit des Materials erworben haben, rasch alle verfügbare Hilfe gewährt werden sollte. Erwähnen möchte ich, daß Col. Hensel, ein sehr gewissenhafter Offizier, dessen Interesse an dieser Sache völlig unpersönlich ist, in keiner Weise verantwortlich ist für diese Mitteilung. Ich sende sie, weil Sie mir freundlicherweise erlaubt haben, an Sie heranzutreten, wann immer ein Problem diesen Schritt gerechtfertigt erscheinen läßt.
Ihre sehr ergebene Erika Mann

1 1897–1978, amerikanischer General; 1947–49 Militärgouverneur der amerikanischen Besatzungszone. Während der Blockade Berlins 1948/49 organisierte er die »Luftbrücke«. 1961–63 Sonderbeauftragter für Berlin-Fragen. **2** Original in englischer Sprache. **3** EM berichtet darin, daß im Münchner Vorort Freimann Listen mit den Namen aller führender NSDAP-Mitglieder sowie sämtlicher Parteimitglieder in der ganzen Welt entdeckt wurden. Es handelte sich um ca. 40 Tonnen Archivmaterial, das unter amerikanischer Aufsicht ausgewertet und systematisch katalogisiert werden sollte (s. EM, »Masterfile of the Nazi-Party«, *Pro Evening Standard London*, Arosa, 24.1.1946; im Erika Mann-Archiv der Stadtbibliothek München). **4** Nicht ermittelt. **5** Lieutenant Colonel J.W. Hensel aus Glendale, Kalifornien, Military Government Officer for Upper Bavaria, hatte der amerikanischen Militärbehörde USFET die Entdeckung gemeldet und die Verantwortung für die Bearbeitung des Materials übernommen.

TELEGRAMM VON MERRICK[1] Frankfurt, 20.11.1945[2]
Public Relations Division USFET

Folgendes ist Textmitteilung von General Clay, durch uns an Sie weiterzugeben: »Bitte danken Sie Erika Mann für ihre Nachricht. Teilen Sie ihr mit, daß wir uns der Bedeutung der Original-Listen aller NSDAP-Mitglieder bewußt sind und ihre Überführung nach Kassel vorbereiten, wo sie nicht nur von den Vereinigten Staaten, sondern auch von den anderen Mitgliedern der Viermächteregierung[3] voll ausgewertet werden können. Ich dachte, es würden schnellere Fortschritte gemacht und bin daher doppelt dankbar für ihren Bescheid, da er jetzt Maßnahmen zu einer beschleunigten Auswertung ermöglicht. Ich werde die Notwendigkeit einer Katalogisierung vor dem Transport untersuchen und dafür sorgen, daß Colonel Hensel zu Rate gezogen und seine Hilfe ausgeschöpft wird. Wir werden die Dokumente sehr bald prüfen. Ihre Tragweite wird von uns voll und ganz erkannt.«
Merrick

1 Nicht ermittelt. – Das Telegramm erreichte EM in Nürnberg, wo sie als akkreditierte Berichterstatterin für das Magazin »Pro Evening Standard London« den Prozeß gegen die Hauptkriegsverbrecher verfolgte, der am 20.11.1945 begann. **2** Original in englischer Sprache. **3** Alliierter Kontrollrat; er besteht aus den Oberbefehlshabern der vier Besatzungszonen und hatte seine Arbeit am 30.8.1945 aufgenommen.

AN LOTTE WALTER Arosa, 3.2.1946
Haus Hohenfels

Meine Süßen, –
lang lang ist's her. Ich weiß nicht, ob Ihr durch die Meinen, oder den einen oder anderen meiner Knechte über meine Sprünge auf dem Laufenden gehalten seid. Nicht einmal, ob Euch meine prolongierte Abwesenheit *auffiel*, weiß ich. Um nur kurz zu summarisieren: von meinem Stimmchen in sich immer verkürzenden Intervallen im Stich gelassen, entschloß ich mich – im Oktober, scheint mir – die Lecture Tour (ein horror,

10 000 Dollars wert, war bereits gebucht und Leigh[1] fuhr schäumend aus seiner jüdischen Haut!) fahren zu lahn. Ich hätte sie kaum geschafft, und wenn, dann zu dauerndem Schaden. Da man aber schreiben kann, ohne zu schwatzen (freilich sollte man schwatzen *können*!), blieb ich, wo ich war, um doch *einen* Beruf zu *behalten*. Gern tat ich es nicht, denn dort unten ist's fürchterlich[2] und wird es mit jedem Tage mehr. Das garstige, unselige Volk, die Deutschen, sind mittlerweile selbst dem naiven, unberatenen und keineswegs haßerfüllten Fremden (dem Angelsachsen) unleidlich geworden. Wie erst dem Kenner, der auf sie wie auf die eigene, teuflisch mißratene und entgleiste Familie schaut. Daß sie nicht »besetzt« sein wollen und, zu feige zu offener Revolte, uns mit passiver Resistenz, vereinzelten Sabotage-Akten und Morden und notdürftig kaschierten Frechheiten in Presse und Radio kommen, ist noch das netteste an ihnen. Weniger nett ist ihr triefendes Mitleid mit sich selbst, das der Leiden anderer schon deshalb niemals gedenkt, weil solche Leiden von jemandem verschuldet sein müssen, weil dieser jemand am Ende Deutschland heißt und weil Deutschland sich *so* uferlos nicht leid tun *dürfte*, wenn es schuld wäre, an anderer Leute ebenbürtigem Elend. Ein neuer Dichter, der sich dort aufgetan, ein Onkel namens Bergengruen[3], geht so weit, Deutschland Christo gleichzusetzen. Wie jener blute es für die Sünden der Welt. Bergengruen gilt als das feinste und beste, was die »innere Emigration« hervorgebracht. Das zweitfeinste, Wiechert[4], ein Wegbereiter, der sich freilich gegen Ende mit den Nazi nicht mehr vertrug, gesteht, daß man gesündigt habe, weiß aber selbst aus diesem Tatbestand etwas sehr steiles, schönes, und unwahres zu machen. Deutschland, umlodert vom Weltenhaß; vereinzelt unter den Völkern; aufschreiend, wie noch nie ein Land geschrien; verachtet und bespuckt; O Haupt, voll Blut und Wunden ...
Es ist, wie man bei Euch sagt, »to toss one's cookies!«[5]
Umso mehr, als, soweit mein Auge reicht, *niemand* die Leute haßt. *Ruhe* möchte man haben; ein wenig *still* sollen sie sein; wenigstens jetzt, ein paar Jahre lang, möchte man, daß sie *leise* wären. Nicht doch! schon wieder ist es Beispielloses, Ungeheures, Unerhörtes, was den erwählten Grausbirnen widerfährt,

und schon wieder gellen der armen Welt die Ohren von ihrem Gezeter. Pfui Spinne.
Auch Nürnberg ist bisher der wahre fun nicht gewesen. Wir machen zu viel zu falsch. Widrige Lebensbedingungen (eine völlig vitaminlose Büchsenkost, die wir uns bieten lassen müssen, um der uns »anvertrauten« Landeskinder willen – *nie* haben wir den Liberierten solche Fürsorge angedeihen lassen – ziemliche Kälte und viel Verdruß) veranlaßten mich, auf das Weihnachtsfest und eine Woche in die liebe Schweiz zu fliehen. Da, nun, ereilten mich die buntesten Diseasen, – etwas Mumpsartiges, eine toxische Vergiftung (der Leber nicht hold), eine Maul- und Klau'n-Seuche und ein ungewöhnlich stattlicher Bronchial-Katarrh. Hauptsächlich letzterem zuliebe ließ ich mich, nachdem die restlichen Beschwerden abgeklungen, auf vier Wochen hierher versetzen, wo es schön und friedlich ist und wo ich mich innerhalb der vier Wochen, die mir vergönnt – mehr als zwei sind schon verstrichen –, gewiß trefflich herausmachen werde. Von Mitte des Monats an sind Nürnberg, Berlin, Wien und, womöglich, der Balkan fällig. Aus Nürnberg, Kuzi-lieb[6], telegraphiere ich eine Berliner Adresse, damit Sie mir sagen können, was ich tun soll.
Wann ich heimkomme? So im Mai etwa. Und freue mich *gewaltig* auf das Wiedersehn.
Wie es gehen mag? Euch beiden? Dem Buch[7]? Wann erscheint es, oder ist es am Ende gar schon unter den Leuten?
Ich gedenke Eurer aufs innigste und habe in diesem Arosa den tiefsten Anlaß, so zu tun. Seid sehr umarmt. Und, bitte, schreibt! Ich möchte alles wissen – was Ihr tut und laßt, dirigiert (!!!), denkt, lest, redet und meint. Auch, daß Ihr Euch meiner affektioniert erinnert, hätte ich gern bestätigt. Denn, warum?: Daran läge mir!
Sehr die Eure: War Correspondent E.M.
Adresse, wo gleich geschrieben wird: I.M.T. Press Camp, Nürnberg

1 W. Colston Leigh (geb. 1901), damals wichtigster amerikanischer Agent für Vortrags-Tourneen. Er bezeichnete EM als »bestes Pferd in meinem Stall«. Die Verfolgungskampagne von Senator McCarthy gegen sogenannte

Linksintellektuelle beendete ihre Karriere im Frühjahr 1949. 1958 bot ihr Leigh ein Engagement für die Lecture-Saison 1959–60 an; EM mußte aus gesundheitlichen Gründen absagen. **2** Zitat aus Schillers Ballade »Der Taucher«, 16. Strophe (»Da unten aber ists fürchterlich«). **3** Werner Bergengruen (1892–1964), Erzähler und Lyriker; 1945 war sein Gedichtzyklus »Dies irae« erschienen. **4** Ernst Wiechert (1887–1950), Schriftsteller. Er war 1938 einige Monate in KZ-Haft wegen oppositioneller Reden und Rundbriefe und erhielt Schreibverbot; 1948 übersiedelte er in die Schweiz. **5** Zum Erbrechen. **6** Bruno Walter. **7** Bruno Walter arbeitete damals an seiner Autobiographie »Thema und Variationen«, die 1947 erschien.

13. ZUSAMMENARBEIT MIT DEM VATER

Im Jahr 1947 begann die engere Zusammenarbeit zwischen Thomas und Erika Mann, die ihrem »Zauberer« als Bearbeiterin von Vorträgen und Essays half. Über Erikas Kürzungen am »Doktor Faustus« spricht er in seiner Schrift »Die Entstehung des Doktor Faustus. Roman eines Romans«, 1949. Thomas Mann hatte nach einer schweren Lungenoperation sein Alterswerk am 29. Januar 1947 endlich abschließen können. »Das Leben des deutschen Tonsetzers Adrian Leverkühn erzählt von einem Freunde«, so der Untertitel, erschien im Oktober 1947 bei Bermann-Fischer in Stockholm. Erika würdigte das Ereignis mit einer kleinen Ansprache im Familienkreis (vgl. S. 228f.).

Bei der Bevölkerung der drei westlichen Besatzungszonen, insbesondere unter Intellektuellen, hielt trotz aller Umerziehungsversuche der Alliierten die Feindseligkeit gegenüber den Emigranten an. Selbst Thomas Mann wurde abgelehnt, dem man vor allem verübelte, daß er nicht rückkehrwillig war. Erika wußte um diese Stimmung und schätzte die zu erwartende Aufnahme Thomas Manns in Deutschland richtig ein; ihr Vater hörte auf sie.

Charakteristisch für Erika Manns Stellung in der geistig verworrenen Situation der Nachkriegszeit ist auch ihre Briefkontroverse mit Alfred Döblin.

TELEGRAMM AN THOMAS MANN

New York, 1.1.1947[1]

Ganze Nacht gelesen[2]. Werde mit geröteten Augen, doch glücklichen Herzens ins Neue Jahr gehen. Möchte nur wissen, wie in aller Welt Du das schaffst. Dank, Glückwünsche, Liebe und alle guten Wünsche für alle. Brief folgt. E.

1 Original in englischer Sprache. **2** Das Telegramm war EMs erste Reaktion auf die Lektüre des »Doktor Faustus«; ihr Vater hatte ihr 10 Kapitel (u.a. das »Echo«-Kapitel) zu Weihnachten 1946 nach New York geschickt. Mitte August 1946 hatten sie gemeinsam in Pacific Palisades mit der Kürzungsarbeit an diesem Roman begonnen.

AN THOMAS MANN

New York City, 1.1.1947
Hotel Sevilla

Viellieber Z., –
ja, Du *liebe* Güte, – das wird ja immer schöner und erstaunlicher und erreicht, wie Dir zweifellos bekannt, in Echo ein noch kaum geschautes Hoch. Aber schon vorher – die drei mir neuen Kapituln (Rudi bei Adrian; Rudi bei Marien und Rudis Tod und das sich Ankündigen des Doktor Faust) lesend, war ich aufs *äußerste* und erschrockenste gefesselt und ganz wie von Sereni Aufregung angesteckt. Sehr sehr sonderbar, wie gewissermaßen verständig Adri klingt, während er seinen unsinnigen Plan entwickelt, sodaß der Leser, dem Geiger und Pfeifer gleich, dazu neigt, ihn *gar* so unsinnig am Ende nicht zu finden, bis die wirklich verständige Reaktion des Mädchens ihn eines Schlechteren belehrt. Und der Tod des Werbers, der umso schrecklicher anmutet, als diesmal Serenus davon absieht, auf das Bevorstehende kommentierend hinzuweisen, sodaß – während man doch *weiß*, welche Art von Ende es mit dem Armen nehmen muß – Ines' Schüsse einen mit unfaßlicher Plötzlichkeit treffen und man, ganz wie die Zeugen jeder solchen schwer begreifbaren Katastrophe, gar nicht weiß, wie einem geschieht. Was folgt, – das musikalische Kapitel, steht – verzeih mir die Keckheit – glücklich wie nur eines an seinem Platz (kein Wört-

chen möchte ich gestrichen sehn; daß Du mir nur nicht hingehst und hinter meinem Rücken eins ausmerzest), wie denn überhaupt, rein kompositorisch, diese neuen Stücke eine Freude und ein Erstaunen sind. Und nun gar Echo, das Kind.
Ich müßte mich gründlich irren, gäbe es in der Literatur aller Zeiten und Länder etwas Ähnliches, – ähnlich Ergreifendes, und wie verwunderlich es ist, daß Dir da, immer mal wieder, ein Modell erwachsen[1], wie Du es Dir unheimlich passender nicht hättest träumen lassen können. Allein, daß es – das Modell – auf seine Art gut kumpfisch (himmels-kumpfisch) spricht, ist eine Fügung. Daß ich geweint habe wie nicht gescheut, sodaß mir die soeben vom Friseur für Silvester fein aufgepinselte Augentusche in schwarzen Bächen über die Wangen hinunterlief, deutete ich drahtlich an und hätte es wohl nicht einmal anzudeuten brauchen.
Wieviel man, – wieviel sogar ich – sagen könnte! Bin ja aber kein großer Schreiber, drücke mich besser mündlich aus und möchte nur anmerken, daß alles immer großartiger wird und so zwingend zum Ende hinführt, daß man sich kaum vorstellen kann, daß dieses noch nicht aufgeschrieben und dingfest gemacht sein sollte. *Wirkliche* Sorgen, jedenfalls, meine ich, brauchst Du Dir nun nicht mehr zu machen.
Meine sehr geringen Vorschläge[2] folgen auf gesondertem Papier. Großenteils handelt es sich um Tippfehler und dergleichen. Einen kleinwünzigen Strich stelle ich anheim, – mit mittlerem Elan. Was ich freilich von Herzen befürworte – von ganzem Herzen sogar – sind drei minime Änderungen, die Du, wenn überhaupt, gewiß sehr ungern in Betracht ziehen wirst. Bedenke aber, wenn mir, wie ich annehme, von Seiten Deiner Zuhörer widersprochen wird, daß diese ja eben zugehört und nicht gelesen haben und daß es Leser sind, auf die Du es abgesehen hast. Ich schließe und erzähle, was es allenfalls zu berichten gibt, morgen oder übermorgen, dem Element der Süßigkeit[3]. Sei umhalst und sehr bedankt.
[...]
C'est tout. Gern wüßte ich bald, was Du denkst und, besonders, daß Du mir nichts verübelst. Könnten wir dies alles besprechen, ich wäre Deiner Duldsamkeit gewiß. Schriftlich

nimmt dergleichen sich vielleicht frecher aus, – Du weißt ja doch aber genaue*stens*, wie durchaus unfrech es gemeint ist. Fahren wir denn nach Europen? Wie stehen denn die Verhandligen? Nur nicht *zu viele* Engagements, – Peter, Du? – sondern höchstens eine Lecture in Amsterdam, ein Empfang mit Tischredchen in Paris und eine Ansprache in Züritown. That's all. Es *muß* diese Reise *nicht für sich selber zahlen*, – ganz gewiß nicht. Einen »Zweck« soll sie haben und »Vorwände« müssen sein; aber ihrer drei sind genug, bei aller Dicke Deinerseits, und wenn es, alles in allem, ihrer viere waren, dann wird dies mehr als genug gewesen sein. Je vous le jure!
Die Deine: E.

1 Thomas Manns Lieblingsenkel Frido, eigentl. Fridolin (geb. 1940), ältester Sohn von Michael, der dem kleinen »Echo« als Modell diente. **2** Änderungsvorschläge, auf die Thomas Mann einging; die Anlage mußte aus Platzgründen wegfallen. **3** Katia Mann.

TELEGRAMM AN THOMAS MANN

New York, 31.1.1947[1]

Deine Nachricht[2] wahrhaft sensationell. Macht glücklich und nachdenklich. Tausend liebevolle Glückwünsche. Bitte sei überzeugt, daß der arme Adrian[3] nicht seinesgleichen hat.
Wahrlich Deine E.

1 Original in englischer Sprache. **2** Am 29.1.1947 hatte Thomas Mann ihr telegraphiert: »keen glorious child must know that Adrian's sad story was definitely brought to a happy end today« (s. Thomas Mann, »Briefe 1937–1947«, S. 526 u. 717). **3** Adrian Leverkühn, Hauptgestalt des »Doktor Faustus«.

AN LOTTE WALTER

Zürich, 26.5.1947

Beste Butze, –
so sei's denn und *wozu* hätte ich denn wohl die lieben Elterlein allein zum stillen Dolder gehen lassen, wenn nicht, um diese

Luncheon hour zu nutzen? Alles steht (man sagt es ungern, – das Schicksal fühlt sich so leicht herausgefordert) ZUM BESTEN. Und zwar sowohl in Bezug auf Z.'s Zustand, als auch die Aufnahme betreffend, die der Liebe bis dato fand, – wobei die Londoner Triumphe[1], gefolgt vom hiesigen Empfang* bei größter Anstrengendheit seiner Gesundheit eher zuträglich schienen. Ihr wißt ja genauestens, wie derlei sich abspielt, nur daß in »unserem« Falle ein Jahr äußerster Schonung, nach einem Zwischenspiel[2] von großem Ernste, vorangegangen war und man so gar nicht recht wissen konnte, wie der jähe Trubel sich auswirken würde. Dazu kam, daß Z.'s letzter offizieller Besuch in London 23 Jahre zurücklag (der von 39 war unbekannt geblieben) und schwer vorauszusehen war, wie man dort zu ihm stand. Man stand aber so, daß, zum ersten Mal in der Geschichte der London University, alle Pforten des Gebäudes geschlossen werden mußten, weil die Unmengen nicht zu halten waren; daß sowohl die im Saal, als die im Overflow-Saal (wo man nur hörte, nicht sah) vor und nach der Darbietung minutenlang tobten und während ihrer aufpaßten, wie ein einziger Luchs; daß eine Press Conference, ein Empfang, ein Broadcast, die und den anderen jagte und – dies das Verwunderlichste – nicht *ein* hämisches Wörtchen irgendwo erschien (bisher).
[...]
England, beim mausgrauen Lichte seines eigenen Himmels besehen, macht einen besseren, hoffnungsvolleren Eindruck als von außen betrachtet. Die Gerechteren selbst unter den Konservativen sagen, daß nicht nur einiges und sehr Erhebliches geleistet worden ist seit Labour an die Spitze kam, sondern daß Labour auch dort gehalten werden muß, zum Besten aller. Harold Nicolson[3] ist der Labour Party beigetreten, sehr symptomatischer Weise. Und mir kommt vor (Z. auch, aber mir, unabhängig von ihm), daß, wenn irgendwo eine Chance besteht, den der Welt so nötigen gemäßigten Sozialismus – eine Art von konsequenterem New Deal – mit *Freiheit* (Individualismus) zu kombinieren, das (trotz allem) bewundernswerte Britain sie hat und zu nutzen sucht. See?
Unser »Testflug« – der erste für den Z. seit dem Gemetzel von Chicago[4] – verlief satisfierend; und das, wiewohl wir, man-

gels normaler »reservations«, ein Air Taxi hatten mieten müssen, das so klein wie lärmend war.
Mich selber betreffend, so wäre zu sagen, daß ich emsig war – als Z.'s Secratario, Lecture- und Broadcast-Zubereiter (Bearbeiter und Kürzer), Public Relations Officer et cetera. Zu dumm, daß mir nun die Stimme wieder abhanden gekommen ist, und zwar zur Gänze. Wieviel lieber hinkte ich zuweilen ein wenig, statt immer wieder des Organes verlustig zu gehen, das mir unentbehrlich ist.
Die Schweiz, Ihr wißt es, ist schön; Zürich, um diese Jahreszeit, ist es besonders, und vorläufig kehren seine Einwohner uns zuliebe ihre freundlichsten Eigenschaften nach außen. Wenn die Veranstaltungen – in 14 Tagen, oder so – zu Ende und die Meinen am See ihrer (noch nicht getroffenen) Wahl geborgen sein werden, gedenke ich weiterzureisen – nach D. und in den Balkan. Die Permits, so scheint es, kann ich kriegen – durch die hiesige Legation in direct cooperation mit den Dortigen und regardless of Washington. Sitze dann freilich besorgt, weil ohne Re-Entry. Will man mich nicht heimlassen, treffe ich Euch im Schottischen, wohin ich, auch wenn man mich heimläßt, nicht ungern käme. [...]
Z. und M. lassen grüßen (aber schon sehr!), – und ich bin, heut wie immer, die Deine und Euere E.

1 Am 11.5.1947 traten Thomas, Katia und Erika Mann an Bord der »Queen Elisabeth« eine Reise nach Europa an. Vom 16.–24.5. hielten sie sich in London, Hotel Savoy auf, vom 24.5.–21.6. in Zürich, Hotel »Baur au Lac«, vom 21.6.–20.7. in Flims, Graubünden. Zum Abschluß verbrachte Thomas Mann einen Erholungsaufenthalt in Noordwijk aan Zee, »Huis ter Duin«; am 29.8. kehrte er mit Katia Mann nach New York zurück. Es handelte sich um ihren ersten Nachkriegsbesuch in Europa. EM kehrte nach einer Reise durch die Tschechoslowakei und Polen erst im September nach Amerika zurück. * [Anm. von EM:] – mit Frido und allem Zubehör am Flugplatz, – **2** Thomas Manns Lungenerkrankung im April/Mai 1946. **3** Sir Harold Nicolson (1886–1968), britischer Diplomat, Schriftsteller und Biograph; Deutschland-Kenner und Thomas Mann-Verehrer. **4** Thomas Manns Lungenoperation in Chicago.

AN LOTTE WALTER Zürich, 6.6.1947
Hotel Baur au Lac

Schnurrbutze, –
nicht wissend, ob Anruhendes[1] Furtwängler[2] betreffend in Eurer Provinzfiliale unserer kontinentalen Gazette gleichfalls erschienen, schließe ich es also bei. Gut herausgegeben? Aus Kindermund? War doch aber wirklich ein ekelerregender Skandal! Viel Freundliches im übrigen. Hier geht alles drunter und besonders drüber. Z. ist just 72 geworden – man sollte es, ihn sehend, nur sehr gelegentlich meinen. Der PEN Club Kongreß, wie andere Kongresse, Conventions und Konferenzen, beweist, daß die Menschen töricht sind, un-mutig (sowohl als unmutig) und (wie es in der Sprache der N.S.-Kindergärten heißt, in Zeugnissen, schlechten Babyschülern ausgestellt) »socially immature«. Auch kann ich selten umhin (hochmütiger Weise, – or so I fear), mich in derlei Zusammenhängen meines ersten Schulbesuches zu erinnern. Ich war erst 5 Jahre alt und die anderen waren sechs oder gar sieben. Dennoch – so sagt man mir – kam ich nachhaus (in die Mauerkircher, 13) und sagte: »also Ihr *glaubts* gar nicht, wie DUMM daß Kinder sind!«
Habe nun einen Orden[3] vom War Department erhalten und eine »citation«[4], gezeichnet Patterson, was nicht etwa heißen will, daß man beabsichtigt, mich fortspinnen zu lassen. Bin noch immer ohne »permits«[5], sowohl Germany'n, als auch die Heimkehr betreffend. Der Schlag soll alle meine Feinde ... Daß, wie zu erwarten stand, Z. hier den wüstesten Versuchungen[6] ausgesetzt war, die er aber schließlich alle überwand, sei am Rande vermerkt. Nicht zuletzt war es (neben meinem kleinfeinen Einfluß) die Erpressermanier derer, die ihn zu deutschpropagandistischen Zwecken auszubeuten gedachten, was ihn hinderte zu gehn. Ich lege bei, was in der Presse erschien, noch ehe (lang ehe) die von den bayerischen Bonzen offenbar unter Druck entworfenen rein privaten Einladungsbriefe an ihn gelangt, oder auch nur abgegangen waren. Am »leidesten« können einem die Scharnagel[7] und Brüder tun, die nun nicht nur das Odium auf sich genommen haben – oder denen man es aufgeladen hat, – den wenig Geliebten eingeladen zu haben,

sondern denen nun auch noch ein Refus[8] in voller Öffentlichkeit zuteile wird. Je nun. Viel wäre überdies zu berichten. Von Kästner[9] und Wiechert[10], Kerr[11], Vercors[12] (Silence de la mer), dem Zuckmayer[13], der Giehse[14] (letztere Zusammenstellung *blasphemisch*!) und hueh-allen-meinen-Pferden. Doch, wo soll eine die Zeit hernehmen für genau das, was sie gerne täte? Ich lasse hören, sobald ich weiß, was werden [wird]. Inzwischen gebe ich mich der Hoffnung hin, von Euereinem was Freundliches hingehudelt zu bekommen. K.[15] ist hier, Bibi[16] wird erwartet, die Bübchen sind gar zu nett, besonders Frido[17], der leider seit jenem Tage, vor mehr als zwei Jahren, da er, sehr zu Mieleins Beruhigung, die große Fensterscheibe im Wohnzimmer einwarf, nicht mehr bös, sondern beängstigend engelhaft gewesen ist und bleibt.

Alles Zugetane. E.

P.S. Z.'s Reuter-Interview[18], – needless to say, – natürlich *verstümmelt* wiedergegeben. Falls Ihr es denn gesehen habt.

1 Die Anlage ist nicht erhalten. Es handelt sich aber offenbar um EMs Offenen Brief »The Furtwängler Ovation. Erika Mann finds it political, not musical«, in: *New York Herald Tribune*, European Edition, Zürich, 31.5. 1947. **2** Wilhelm Furtwängler (1884–1954), Dirigent und Komponist; 1922–45 und 1950–54 Leiter der Berliner Philharmoniker. **3** Nicht ermittelt. **4** Amerikanisch: (öffentliche) Ehrung; siehe S. 180. **5** Reiseerlaubnisse. **6** Nach der Wiederverleihung der 1936 entzogenen Ehrendoktorwürde Ende 1947 war Thomas Mann vom Dekan der Bonner Universität eingeladen worden, Bonn zu besuchen. Weitere Einladungen folgten. **7** Karl Scharnagl (1881–1963), Münchner Kommunalpolitiker (Bayerische Volkspartei); 1925–33 Erster Bürgermeister in München, 1945–48 Oberbürgermeister von München. Gemeint sind die politisch integren Bayern und Münchner. **8** Widerruf, Zurückweisung. **9** Erich Kästner (1899–1974), Schriftsteller. Obwohl 1933 seine Werke verboten und verbrannt wurden, emigrierte er nicht; er publizierte im Ausland. **10** Ernst Wiechert, vgl. S. 217, Anm. 4. **11** Alfred Kerr (1867–1948), Theaterkritiker; 1933 nach Frankreich, 1935 nach England emigriert. **12** Pseudonym des französischen Schriftstellers Jean Bruller (geb. 1902); er war ein geistiger Führer der französischen Résistance. **13** Carl Zuckmayer. **14** Therese Giehse. **15** Klaus Mann. **16** Michael Mann. **17** Frido Mann. **18** Bei seiner Ankunft in England hatte Thomas Mann an Bord der »Queen Elisabeth« einem Reuter-Korrespondenten ein Interview gegeben, das in Deutschland großes Aufsehen erregte (s. Thomas Mann, »Briefe 1937–1947«, S. 540).

AN THOMAS MANN Zürich, 26.6.1947

Allerliebster Z.

Wie es mich kränkt, würmt und in der Seele erbittert, daß die Kranken[1] Dir nun den hoch-verdienten Ferienaufenthalt[2] – wenn auch hoffentlich nur augenblicksweise – zu vergällen imstande waren! Wo irgend möglich, aber, bitte, – FORGET ABOUT IT, – es und sie[3] sind der Aufregung nicht wert. Und nun gar zu glauben, auf Grund einer Stippvisite nebst Eiertänzchen wäre den Geiferern die Spucke weggeblieben, hieße sich völlig sinnlos quälen. Während es den wenigen Gutgesinnten gewiß wohl getan hätte, Dich zu sehen, bestätigt sich immer wieder, daß gerade diese für Dein Fernbleiben alles Verständnis aufbringen. Wie *fürchterlich* aber hätten die vielen Schlechtgesinnten sich fuchsen müssen, wenn und da man Dich offiziell gefeiert hätte? Der Du Dich dem deutschen Schicksal memmenhaft entzogen, mit dem Erschriebenen auf und davon gegangen, um, derweil D. sich verblutete, weitere Reichtümer aufzuhäufen, von einem Geisteserbe zehrend, das Du ihnen persönlich verdankst, – wenn Du nun gekommen wärest, auf flüchtigen Besuch, aus Glanz und Wonne und Dich hättest hochleben lassen, – *was* meinst Du hätten die gesagt und geschrieben, denen Deine bloße weltbeliebte Existenz ein schwärender Dorn ist im verseuchten Fleische?

Daß für die bösen Irren ein Emigrant per se etwas durchaus Verwerfliches, ja, Verächtliches ist, ging erst heute wieder aus einem Briefe hervor, den Opi[4] mir schickte und den ich seines häßlichen Idiotentums wegen nicht beilege. Ein deutscher Schriftsteller schreibt an einen deutschen Verleger, der das Schreiben zur gefälligen Kenntnisnahme an Opi weiterleitet und empört sich, weil Du »*sage und schreibe* DREI EMIGRANTEN« für den PEN-Club vorgeschlagen. Von wegen der *Deutschen* (die braven Heimkehrer, Becher, Unruh, Seghers[5], sind also keine) empört er sich auch, da Du diese ja gar nicht kennen könnest und, kurzum: Was *erlaubst* Du Dir eigentlich? Wenn aber schön gewöhnliche, arme, knapp mittelgroße Emigranten, die, vom patritismo gepeitscht, for good nachhause kamen, dort nur das Garstigste ernten, was hätte der reiche

Riese zu gewärtigen, ein Emigrant, der a) den Neid erweckt, b) das Nest beschmutzt und c) nur besuchsweise heimgefunden hat?

Was ich sagen möchte und wovon ich so sehr wünschte, daß Du es mir *glaubtest*, ist dies: es *ist* zur Zeit – völlig gleichgültig, *wie* man es macht – mit den Menschen nicht auszukommen, und je weniger man sich abgibt mit ihnen, desto besser, schonsamer (für alle) und, à la longue, aussichtsreicher.

Meinst Du wirklich (der Gedanke verfolgt mich!), der Besuch, von welchem ich Dir abgeraten (ohne ihn freilich, als es ernst wurde, irgend sabotieren zu wollen) hätte alles, alles zum Besseren und Guten wenden können? Nie und nimmer hätte er dies gekonnt. Ach, wäre es nicht – potentiell zumindest – so unverhältnismäßig kostspielig gewesen, ich hätte wünschen müssen, das Experiment und mit ihm die Probe aufs Exempel endlich gemacht zu sehen.

Fälscher H.[6] betreffend, so erwarte ich die Kopie Deines Briefes als Unterlage für Opis Ding an die Briten.

Der Schlag soll alle unsere Feinde treffen! Und nun willst Du, Armer, wirklich nach St. Gallen? Geh wenigstens und schau Dir die unermeßlich hübsche Stiftsbibliothek dort an.

Seid beide umhalst und, belatedly, für die fein-feine Gastfreundschaft bedankt, deren ich mich so lange von Herzen erfreute.

Ich lasse hören, sobald das Datum meines Abfluges feststeht. Wieviel lieber wäre ich bei Euch, als draußen in der bösen Welt. Daß ich nach D.[7] nicht darf, hat, bei aller gerechten Wut, die Washington mir erregt, immerhin sein Gutes.

Inniglich Kind: E.

1 Die Deutschen. **2** In Flims, Graubünden; vgl. S. 223, Anm. 1. **3** Deutschland und die Deutschen. Thomas Manns Verzicht auf einen Deutschland-Besuch, den er in einer »Botschaft an das deutsche Volk« (*Frankfurter Neue Presse* v. 24.5.1947) begründete, entfesselte eine bösartige Presse-Kampagne gegen ihn. Höhepunkt war ein Artikel des Schriftstellers Manfred Hausmann: »Thomas Mann sollte schweigen« (*Weser Kurier* v. 28.5.1947). Vgl. Thomas Mann, »Briefe 1937–1947«, S. 537f. **4** Emil Oprecht. **5** Die Schriftsteller Johannes R. Becher (1891–1958), Anna Seghers (1900–1983) und Fritz von Unruh (1885–1970) waren 1945 nach Deutschland zurückgekehrt. Becher und A. Seghers lebten in Ost-

Berlin, F. v. Unruh kehrte zeitweilig nach Amerika zurück und ließ sich 1962 in Diez a.d.Lahn nieder. **6** Manfred Hausmann. **7** 1947 wurde EM verboten, in die amerikanische Zone Deutschlands einzureisen, mit der Begründung, sie sei Mitglied des Paulus-Committees gewesen. Einflußreiche Freunde in Amerika erwirkten ihr eine Sondergenehmigung.

Erika Mann
SPEECH IM FAMILIENKREIS RE FINIS DOKTOR FAUSTUS[1] [17. Oktober 1947]

Liebe Freunde, – liebster Z.
ich habe in meinem langen Leben schon viele lange Reden gehalten und in vieler Herren Länder. Dennoch ist dies eine Première. Denn an Deinem, unserem Tisch habe ich mich noch nie zum Worte gemeldet. Es wird kurz sein, dies Wort und will nichts als meiner großen Freude Ausdruck geben, der töchterlich-privaten und der literarisch-allgemeinen (aber wer hält die beiden auseinander?) darüber, daß Doktor Faustus, die Geschichte des deutschen Tonsetzers Adrian Leverkühn, erzählt von einem Freunde, mit heutigem Tage das Licht dieser närrischen Welt erblickt hat.
Das Wort, literarisch, übrigens ist unzulänglich. Denn während dies Buch gewiß das ist, was bei Hauptmann, ich glaube in Schluck und Jau, »sehr kinstlich!« heißt, während es de facto einen artistischen tour de force erster Ordnung darstellt, eignet ihm überdies etwas sonderbar und aufregend Direktes; die ergriffene Atemlosigkeit des guten Serenus teilt sich dem Leser mit; vermutlich weil sie kein erzählerisches Kunstmittel ist, sondern die künstlerische Nutzbarmachung Deiner eigenen ergriffenen Atemlosigkeit angesichts des Schicksals, von dem Du handelst, Adrians Schicksal, das deutsche Schicksal.
Noch nie, hast Du gelegentlich gesagt, habe ein Buch Dich so sehr mit- und hergenommen und dem Erscheinen keines anderen habest Du mit solcher freudiger Beklommenheit entgegengesehen. Als Du krank wurdest – aber das ist lange her – und Dein leidenschaftliches Tun für ein Weilchen unterbrechen mußtest, meintest Du, doch halb im Ernst, das Buch habe Dich krank gemacht.

In meinem Herzen habe ich – gleich damals, die Kunde vom bevorstehenden Eingriff in Händen, dem Faustus eine freundlichere Rolle zugewiesen. Es schien kein Scherz, was die Onkels da mit Dir vorhatten und, besonders aus der Ferne, hätte ich mich, schreckhaft, wie ich bin, leicht ein wenig verängstigen können. Daß ich dies beinah gar nicht tat, verdanke ich dem Buch. Die Vorstellung, Du möchtest Adrian sitzen lassen – oder den guten Serenus mit Adrians unvollendeter Geschichte, war absurd. Anzunehmen war vielmehr, daß Du Dich nicht sehr lange würdest aufhalten lassen, in Chicaglingen, sondern ehetunlichst, ein schnell entschlossen Genesender, heimkehren würdest in den Kreis Deiner Figuren und den unseren. Der Faustus scheint mir hat Dich nicht krank, sondern kerngesund gemacht und bereit zu neuen Wagnissen auf dem Papier. Daß wir ihn feiern, verdient er auch aus diesem Grunde. Freilich möchte ich, daß er die Ehren des Abends teile mit einer, die auf den sonderbaren Namen Katia Mielein hört. Daß und aus wievielen zwingenden Gründen sich dies ziemt, weiß er so genau wie ich. Auf das Wohl der beiden, also, – möchten sie es gut haben!

1 Gehalten am Tag des Erscheinens des Buches in Europa; Typoskr. im Erika Mann-Archiv der Stadtbibliothek München.

AN LOTTE UND BRUNO WALTER

Pacific Palisades, 3.11.1947

Meine sehr Lieben, –
tausend Dank für news und Zuspruch[1]. Muß ja meinerseits zappenduster geklungen haben, in jenem gelben Brief. *So* war's gewiß nicht gemeint, umso weniger, als ich *dagegen* bin, Freunden *je* etwas vorzujammern. Dazu sind Freunde nicht – und ist niemand – da. Sagen wollte ich (vermutlich), daß Ihr die Zustände hier (vielleicht) in ihrer ganzen Bedenklichkeit zu ermessen keine Gelegenheit hattet, während mir die schönste Chance geboten wird. Ach, nein, von Europa- und Politik-Müdigkeit kann wohl so leicht nicht die Rede sein, solange Randolph Churchill sich auf Triumphreisen befindet (»we'd

better make certain – and immediately – that the Germans are our allies in this war«!).

Auch solange das Un-American Committee zu Washington tagt und Dutzende von Leuten arbeits- und brotlos macht, nur, indem es verkündet, die Angeklagten hegten »linke« Gesinnungen, möchte ich mich über einen Mangel an politischem Interesse nicht beklagen. Die »defendants« dürfen nichts zur Sache sagen und auch ihre Anwälte läßt man nicht reden (keinen Ton). Das Committee, wohlverstanden, darf nicht »richten«; es »empfiehlt« nur. Ein Unternehmer, aber, der solcher Empfehlung sich verschlösse, wäre zur Gänze schief gewickelt. – Mein Kummer, also, ist in erster Linie unpersönlicher und *äußerst* allgemeiner Art und verankert in meiner Überzeugung, daß all dies nicht nur dazu angetan, sondern dazu veranstaltet ist, uns für den Krieg in Form zu bringen. Von letzterem glaube ich, daß er kommen wird, und das betrübt mich sehr. Wo überhaupt »Persönliches« ins Spiel tritt, betrifft es nicht meinen Drang, mich zu betätigen, sondern die Notwendigkeit, mir mein Brot zu verdienen. Die Elterlein haben genug zu leisten, auch ohne daß ich ihnen – völlig neuartiger Weise – auf der Tasche kauere, und daß es mich verdrießt, zusehen zu müssen, wie mir so eine (erfolgreiche) Carrière nach der anderen im braunen Schlamm versinkt, mag dumm sein, ist aber dann doch auch wieder nicht *zur Gänze* unverständlich. Oder, doch?

Euch ist in diesen Tagen eine »petition«[2] zugegangen, die, aus Z.'s Feder stammend, an eine Reihe prominenter Personen, vor allem auch in der Welt der Musik, gesandt wurde. Wir haben die Liste nicht zusammengestellt, nur zur Bedingung gemacht, daß sie keinerlei Kommunisten, oder auch nur »Verdächtige« enthalte. An Sie, liebster Kuzi, hätten *wir* das Ding *nicht* geschickt, – annehmend, daß Sie es a) kaum unterschreiben und b) Ihre Unterschrift nur ungern verweigern würden. Als man uns aber, sehr natürlich, auch Ihren Namen nannte, mochten wir unsererseits Sie nicht disqualifizieren, und nun ist es also leider an Ihnen, ja oder nein zu sagen. Persönlich haben wir uns nur an Einstein und Shirer (William L.[3]) gewandt, deren telegraphische Einwilligung uns vorliegt.

Von meiner werten Gesundheit nur Gutes. Wie immer bewährt

sich California, und mich, braun und fett wie ich bin, dem guten Onkel Bernstein aufzudrängen, wäre geradezu hypochondrisch.

Apropos Onkel: WER denn wohl ist wieder da, sodaß es eine Art hat und eine gewaltige Freude ist?: Der Onkel Klaus[4], – von der army im Zuge der Entemigratisierung duly gefired, zur Gänze ohne job und Bleibe und also unser lieber Gast. Dear me: Wenn aber, in vier Wochen, oder so, die Medi kommt mit ihren sizilianischen Töchtern, wird und *wird* er an die Luft gesetzt und zwar, wo irgend möglich, an die New Yorker.

Wie schön, daß Ihr bald die unseren sein werdet. Ich freue mich weidlich auf die re-union und möchte nur hoffen, daß »London« nicht gar zu hektisch und anstrengungsreich verläuft, – aber da hoffe ich wohl total vergebens.

Sei mir, L., aufs beste geherzt und seien Sie mir, Herr K., aufs innigste gegrüßt. Jetzt kommt ja gleich der Gottlieb zum Tee, der geheiratet hat, eine nommée Ehrlich mit Kind und Haus und ganz in unserer Nähe, sodaß ich vor Freude schier außer Rand und Band bin.

Der »Faustus«, wie Ihr wohl wißt, ist erschienen (auf deutsch) und erste (Schweizer) Pressestimmen haben hymnischen Klang. Der rätselvolle Z., dem bisher die öffentliche Kritik ziemlich gleichgültig war, ist diesmal so aufgeregt und neugierig, wie ein – böses – Kind vor Weihnachten. Das Ding, sagt er, sei ein »Geheimbuch«, das als öffentlichen Gegenstand wirken zu sehen ihn nun einmal mit- und hernehme. Diesem, seinem Seelenzustand Rechnung tragend, habe ich neulich, am Erscheinungstage, im Kreise aller festlich geschmückten Vogerln[5] und an unserem Tische, weiß Gott eine Rede gehalten, – die erste meines Lebens, daheim.

Nochmals und von Herzen E.

DER Brief ist aber jetzt nicht *ganz* so grauslich, – gellnein?!

1 Lotte Walters Antwort auf einen Brief EMs v. 1.7.1947 aus Prag, in dem sie das »deutsche Wutgeheul und Wehgeschrei« angesichts der Europareise Thomas Manns beklagt und meldet, daß sie immer noch kein »Re-Entry Permit« für die USA hat. **2** Im Oktober 1947 hatte Thomas Mann an die tschechische Regierung ein Gesuch um politisches Asyl für den deutschen Komponisten Hanns Eisler und dessen Frau Louise gerichtet; ihnen drohte ein Auslieferungsverfahren an Deutschland aus politischen Gründen. H. Eisler (1898–1962), 1933 über Rußland nach Hollywood emigriert, lebte seit 1938 in den USA; 1948 kehrte er nach Europa zurück, seit 1950 lebte er in der DDR. **3** Amerikanischer Journalist und Schriftsteller (geb. 1904). **4** Klaus Mann. **5** Emigranten.

AN FRIDO MANN Ohio, 11.3.1948

Liebster Fridobutze[1], –
vielen Dank für den schönen Brief; auch die Hexe und das Hexenhaus haben mir sehr gefallen und ich hätte Dir schon längst geantwortet, wenn ich nicht gerade unterwegs gewesen wäre, nach Ohio. Du weißt doch noch, wer dort wohnt? Mitten in einem großen Wald, aber nicht weit entfernt von Columbus, Ohio, wohnt in seinem nigelnagel-neuen Haus aus stones und bricks kein anderer als unser Freund Till, the third little pig[2]. Und weil ich mir dachte, daß es Dich interessieren wird, von meinem Besuch bei ihm zu hören, habe ich noch gewartet mit meiner Antwort.
Also, – ich bin vorgestern dort gewesen und es war beinahe noch schöner, als ich es mir vorgestellt hatte. Erst bin ich mit dem Bus gefahren von Columbus, Ohio, bis zu dem Wald. Dann mußte ich aussteigen und zu Fuß gehen. Der Wald war sehr dicht und dunkel und es waren gar keine Wege da und natürlich auch keine Wegweiser, aber ich hörte schon von weitem einen Lärm, der klang, als wenn jemand mit einem Hammer auf einen Stein schlüge, und dazu pfiff der Jemand eine hübsche, lustige Melodie. Da wußte ich gleich, das ist der Till und wahrscheinlich haut er sich Steine zurecht, damit er sein Auffahrtssträßchen pflastern kann. Schließlich sah ich ihn auch und obwohl ich ihn selbstverständlich erkannte, war ich doch erstaunt, wie sehr er sich verändert hatte. Er hat soviel gearbeitet und nachgedacht und gelesen und geschrieben und wieder gearbeitet, daß er gar nicht mehr ausschaut wie ein third little pig, sondern wie ein großer, starker netter Bub – fast schon ein Jüngling – mit blauen Augen, hellbraunem Haar und einer goldenbraunen Haut, der man anmerkt, daß ihr Besitzer bei jedem Wetter draußen ist unter dem freien Himmel von Ohio.

Als ich kam, hatte er seinen Arbeitsanzug an, – eine Art Monteursanzug oder Overall aus grauer Leinwand und voll von blauen Flecken. Weil er nämlich seine Fensterläden blau angemalt hatte und weil er, wie immer, möglichst schnell fertig werden wollte und dabei doch die Arbeit gründlich tun, war natürlich, selbstredend die blaue Malerfarbe teilweise auf seinen Anzug gefallen, oder vielmehr gespritzt. Das machte aber nichts; es sah sogar ganz erfreulich aus, denn das Blau war genau dasselbe wie das von seinen Augen und außerdem: wenn es sein guter Anzug gewesen wäre, den er erst am Abend anzog und der aus feinstem schwarzen Tuch geschneidert ist und zu dem er ein weißes Seidenhemd trägt und eine kornblumenblaue Seidenkrawatte, dann wäre es schade gewesen.

Aber so? Ja, – ehe ich es vergesse: ich war nicht dabei, als er sich umzog, weil ich zu der Zeit die köstlichen Kräutchen pflückte, die der Till brauchte, um die Sauce recht schmackhaft zu machen, – und daher kann ich das Folgende leider nicht beweisen und eigentlich nicht einmal behaupten. Aber mitteilen will ich Dir doch, was ich glaube: daß nämlich der Till sein Schwänzchen noch hat, sein Ringelschwänzchen von früher. Er hat so eine Art, sich hinzusetzen, als ob er acht gäbe, daß seinem Schwänzchen nichts passiert, daß er es nicht verbiegt, oder gar bricht, und mir scheint beinahe sicher, daß er es noch hat, obwohl er sonst gar nicht mehr pig-ähnlich ist, sondern ganz menscherkennbar, nur viel hübscher und netter und auch stärker als die meisten Menschen.

Er freute sich sehr, als er mich sah; gleich warf er seinen Hammer in hohem Bogen übers Dach, sodaß er auf der anderen Seite des Hauses in den Bach fiel und Till später ins eisige Wasser waten mußte, um ihn wiederzukriegen. »Greetings!« rief er, »and a million and two happy salutations!« Dann führte er einen von seinen springfidelen Begrüßungstänzchen auf und sang dabei:

»I built my house for you
And Fridobutze, too.
It's strong and fine;
It's yours and mine;
And Fridobutzes, too!«

Das Haus ist nicht sehr groß, aber ungewöhnlich schön und dauerhaft. Das Dach ist repariert – Du weißt schon, an der Stelle, die der Big Bad Wolf kaputt gemacht hatte – und statt des kleinen Klaviers ist jetzt ein großer, prächtiger Flügel da. Unsere Bilder hängen an den Wänden, – Deins und meins und Tonis und noch manche andere Bilder; ich weiß gar nicht, wo der Till sie her hat. Aber wer glaubst Du wohl stand am Herd, oder am Kamin, oder wie man den Feuerplatz nennen will, an dem der Till das Essen kocht? Wer stand da, mit glühenden Augen und einem gräßlichen Grinsen im Gesicht, sodaß man die bösen, langen, gelblichen Zähne im Feuerschein blitzen sah?
The Big Bad Wolf! Er stand ganz still, aber so wie auf dem Sprung und als wollte er sich augenblicklich auf uns stürzen. Du kannst Dir vorstellen, wie entsetzt und erschrocken ich war. Das Untier mußte sich eingeschlichen haben, während Till und ich uns begrüßten und nur aufeinander aufpaßten und jetzt hatte es uns überrumpelt und Till hatte sein Jagdgewehr nicht zur Hand; nicht einmal den Hammer hatte er, der lag ja hinterm Haus im Bach. Es war ganz entsetzlich; denn, wenn ich auch wußte, daß der Till stark und mutig war, so war es doch ausgeschlossen, daß er mit seinen bloßen Händen den Big Bad Wolf erledigen könnte. Plötzlich – ich war noch ganz gebannt und klapperte vor Angst mit den Zähnen, hörte ich den Till lachen. »He is a Big GOOD Wolf now!« sagte er und streichelte die Bestie. »I killed him 10 days ago. He is dead as dead can be and the ONLY GOOD wolf is a DEAD wolf!«
Das war ein Spaß! Der Big Good Wolf – jetzt erst merkte ich es – war ausgestopft. Und so gut hatte der Till das Ausstopfen besorgt, daß das Scheusal so lebendig aussah wie Du und ich. Seine Augen waren aus Bernstein, den hatte der Till im Wald von den Bäumen gezapft. »For«, – erklärte er mir, – »I didn't want to use buttons. Buttons are alright for little Andreas but they would never have done for old Angelface here!« Und dann erfuhr ich, daß der Wolf jetzt Angelface heißt; Till hat ihn so getauft, in einer großen feierlichen Wolfstaufe, wenn auch natürlich nur zum Witz, – denn trotz den schönen Bernsteinaugen sieht der Widerling einem Teufel weit ähnlicher als einem Engel. Ich fragte noch, wie er denn ums Leben gekom-

men sei und hörte, daß unser Till ihn ertappt hat, als er gerade eines von Tills 217 Hühnern fressen wollte. Da nahm der Till die Schleuder, die er selbst gemacht hat und schleuderte einen Stein und traf den Big Bad Wolf mitten auf die Stirn. Er war gleich tot und hat wahrscheinlich gar nicht gemerkt, daß er nicht mehr lebendig war.

Zur Taufe hat der Till auch the first and the second little pig eingeladen, die – sagt er – noch genau so dumm und faul und pig-haft sind wie früher. Weil ihre albernen Häuschen aus straw und aus twigs so gar nichts taugten, und weil die beiden little pigs doch ihrerseits so gar nichts taugen, sind sie in die Stadt gezogen, nach Columbus, Ohio. Dort spielen sie jetzt in einem Orchester. Sie spielen nicht besonders gut, wie Du weißt; aber die Leute kommen trotzdem in rauhen Unmengen, um ihnen zuzuhören, einfach, weil es so selten ist, daß man two little pigs in einem Orchester findet. Sie verdienen ziemlich viel Geld; leider verschlecken sie alles gleich, kaufen Osterhasen aus Schokolade, die größer sind als sie selber und die sie eigens anfertigen lassen müssen, sodaß sie fürchterlich teuer sind. Till sagt, sie haben nie einen Cent übrig und er muß ihnen immer und immer wieder aushelfen.

Mittags haben wir Gänsebraten gegessen und abends erst Schnecken mit Kräuterbuttersauce (das waren eben die Kräutchen, die ich pflückte, während Till sich umzog) und Forellen und 8 verschiedene Ice-creams mit 19 verschiedenen Torten. Wir haben auch Bier getrunken und Wein und Schnaps und Himbeerlimonade und Schokolade mit Schlagrahm und Erdbeersaft und einen türkischen Kaffee, der so dick war vom Zukker, daß die Löffel in den Tassen standen, wie die Zinnsoldaten. Beim Abendessen, als wir gerade am lustigsten waren, wurde der Till auf einmal etwas traurig. Er ging ans Klavier, oder, richtiger, an den prächtigen, großen, glänzenden Flügel und spielte eine nachdenkliche, sehnsüchtige kleine Melodie. Zu meiner Überraschung klang der Flügel gar nicht so herrlich, wie er hätte klingen sollen. Im Gegenteil: er schepperte. Das kam aber nur davon, daß der Till sein Jagdgewehr dort aufhebt – innen drin, auf den Saiten liegt es – weil, so sagt er, das ein sehr guter, sicherer Platz ist und niemand so leicht auf die Idee verfällt, dort nachzuschauen. Es schepperte also. Dafür war Tills Stimme sehr schön und laut und klar. Er sang:

»My goodness and my dear!
Why isn't Frido here?
You'd better write
This very night
And tell him to come here!«

Ich versprach ihm, daß wir alle bald da sein würden und daß ich Dir inzwischen jedenfalls ausrichten wollte, wie sehr Du ihm fehlst. Er wurde gleich wieder lustig, und da ich ihm am Nachmittag ein bißchen Deutsch beigebracht hatte (er ist so gescheit, daß er alles, was man sagt, auf der Stelle auswendig kann – wie am Schnürchen!), sang er nun wie folgt:

»I built my house of bricks;
Ich freu mich wie verrücks;
Denn in meinen Wald
Kommt der Frido bald;
Und to my house of bricks!«

Natürlich wußte er ganz gut, daß es »verrückt« heißt und nicht »verrücks«. Aber er wollte, daß es sich reimte und deshalb machte er absichtlich einen Fehler.

Was für ein langer Brief! Dabei habe ich noch lange nicht alles erzählt, – ja, es ist durchaus möglich, daß ich das wichtigste vergessen habe. Falls dem so sein sollte, berichte ich es Dir, wenn ich Dich sehe. Auf dem Heimweg mußte ich nicht mit dem Bus fahren. Auch allein durch den finsteren Wald brauchte ich nicht zu gehen. Der Till begleitete mich bis zu einer Stelle, wo er eine Grotte in den Felsen gehauen hat. Die benutzt er jetzt als Garage für seinen goldenen Jeep, den er sich selbst aus lauter alten Teilen zusammengebaut und mit lackierter Gold-Bronze überzogen hat. Der Jeep hat keine Hupe, sondern stattdessen eine Art Glockenspiel, das klingt wie Opapalis music box – nur etwas lauter. Während wir nach Columbus, Ohio, sausten und alle Autos überholten, – denn der Jeep kann 150 Meilen in der Stunde fahren und auf dem offenen Highway darf man – in Ohio! – so schnell fahren wie man will – ließen wir die ganze Zeit diese Glockenhupe ertönen, die 11! verschiedene Melodien spielt.

Dann waren wir da und ich mußte leider aussteigen. Ehe ich durch die Drehtür ins Hotel ging, schaute ich mich noch einmal um. Der Mond schien auf Tills hellbraune Haare, sodaß sie beinah so golden aussahen wie sein Jeep, und seine blauen Augen leuchteten wie der Sternenhimmel. Er winkte und sang:

»Good By, jetzt muß ich weg!
Auf Wiedersehn, – come back!
Grüß' den Frido schön, –
Und auf Wiedersehn,
Und den Toni[3] auch; – come back!«

Dazu spielte die Glockenhupe, als ob sie aus lauter Silber gemacht wäre und der Till, der sich beim Winken halbwegs von seinem Platz hinterm Steuer erhoben hatte, setzte sich wieder hin. Obwohl ich es, wie gesagt, nicht beweisen kann, schien mir doch, daß er dabei an sein Ringelschwänzchen dachte. Jedenfalls hatte er eine sehr vorsichtige Art, damit umzugehen.

Und somit tausend Grüße an Dich und den Toni und den Pappa und die Mamma und den Micky von der lieben Tante Eri

1 Kosename für Frido Mann; der Anklang an Richard Dehmels Kinderbuch »Fitzebutze« (1900) ist wohl nicht zufällig. – Für ihren damals achtjährigen Neffen hatte EM die Wunschgestalt »Till« erfunden, mit der er eine Zeitlang in Korrespondenz stand. Jahre später machte EM Till zur Hauptgestalt ihrer erfolgreichen Kinderbuchserie »Die Zugvögel«, die von einem quer durch Europa reisenden Knabenchor handelt. **2** EM spinnt hier das Märchen von den drei kleinen Schweinchen und dem bösen Wolf aus. **3** Zweiter Sohn von Michael und Gret Mann, geb. 1942.

AN ALFRED DÖBLIN New York City, 6.5.1948

Lieber Herr Döblin.

Gestern fiel mir – sehr verspätet – Heft 7 des »Zwiebelfisch« (46/47) in die Hände, worin H.H. Bockwitz »Ein Goethegespräch« kommentiert[1]. Daß Ihnen dies passieren mußte! Und wie konnte es denn nur passieren? Lesen Sie Ihre eigene Zeitschrift nicht? Kennen Sie Ihren Goethe nicht? Und kennen Sie nicht einmal Ihren Thomas Mann, mit dem Sie sich doch so viel und auf eine so besessene Art beschäftigen? – Mir hat die Glosse Anlaß gegeben, mir Ihretwegen ein paar Gedanken, ja,

Sorgen zu machen. Wie erklärt sich Ihr anti-T.M.-Komplex, – auf welchem Trauma beruht er, – oder (ich weiß, Sie sind zur Zeit Katholik und daher vermutlich der Psychoanalyse abhold), einfacher gesagt: was ist denn nur los mit Ihnen und warum verzehren Sie sich auf so ungesunde Manier? Während mein Vater (der nie anders als reizend von Ihnen spricht und Sie gemeinsamen Bekannten gegenüber oft in den Schutz nimmt!) nichts, oder wenig weiß von dem Dauergeschrei, das Sie gegen ihn erheben, ist mir zufällig das Verschiedenste zu Ohren gekommen. Da reisen Sie nun nach Berlin – zum ersten Mal seit Ihrer Heimkehr – und gleich wird getobt, – nicht, weil die Welt schlecht regiert wäre, die Sieger sich nicht vertrügen und die Menschen nichts gelernt hätten, – nein, – nur, weil in Kalifornien einer sitzt, ein Co-Emigrant und Schicksalsbruder, und Bücher schreibt. Aber warum ärgert Sie das so entsetzlich? Im Verkehr mit Freunden, – mündlich und schriftlich; im Druck, – als Schriftsteller und Herausgeber; auch sonst, – in Ihren Eigenschaften als Vortragender, Erzieher, Jude, Katholik, Franzose, Ex-Deutscher, Ex-Emigrant, Weltbürger und Mensch scheinen Sie nichts Dringlicheres zu tun zu haben, als T.M. zu beschimpfen, mit sich überschlagender Stimme und Wuttränen im Hals. In der französischen Presse ist man Ihnen sehr ungnädig begegnet, dieser Ausbrüche wegen (hier begegnet man Ihnen leider nie und nirgends!). Mich haben die Angriffe betrübt, denen Sie sich so tollpatschig ausgesetzt. Die Herren Journalisten – fand ich – hätten ruhig je ein Auge zudrücken dürfen, in Ihrem Falle, da Sie doch – im übrigen ein Schriftsteller von Rang – offenbar in schlechter Verfassung und schonungsbedürftig waren. Ihren Zustand betreffend, so glaube ich, daß er sich bessern würde, wenn Sie selber erst wüßten, *was* Sie so rasend macht. Lassen Sie sehen!

Von Max Reinhardt sagte einmal ein kluger Freund: »Er ist herrlich, – ein ganz unvergleichlicher und großer Mensch. Wie sehr man ihm auch helfe; was immer man für ihn tue; ob man ihm enorme Summen Geldes leihe oder schenke und ihn mit Wohltaten überschütte, – er wird einem nichts von alledem je übel nehmen.«

Wie steht es, Verehrter, auf diesem Felde mit Ihnen? Nicht, als ob, was wir für Sie tun konnten, so viel gewesen wäre, daß es Sie irgend bedrücken müßte. Nur, daß Sie – vielleicht – zu den Extra-Feinfühligen gehören, die schon der kleinsten Wohltat wegen in Zorn geraten. Ich selbst habe in Lissabon versucht, Ihnen und Ihrer Familie beizustehen. Meine Eltern haben sich Ihres Sohnes wegen sehr bemüht. Anläßlich Ihres Geburtstages hat mein Vater sich nicht nur an der Sammlung beteiligt, die da angestellt wurde, sondern Sie auch noch aufs freundlichste bedichtet, – wie er überhaupt kaum je eine Gelegenheit versäumt hat und versäumt, Ihnen – mit oder ohne Ihr Wissen – gefällig zu sein. Wäre es denkbar, daß Sie nicht wegkommen können über das bißchen Nettigkeit? Kaum. Und sonst? Ihre religiöse Wandlung wird doch um Jesus nichts zu tun haben mit Ihrem Furor. Als eigentlich christlich, jedenfalls, möchte ich diese Verzückungen nicht ansprechen. – Allgemeine Bitterkeit, Enttäuschtheit (etwa auf Grund Ihrer wirklich empörenden Erfolglosigkeit in diesem Lande, in dem Sie literarisch als nichtexistent gelten müssen), Seelennot (trotz »Rom«)? Aber warum solche Verzweiflung in Haß umsetzen und diesen blindlings auf T.M. konzentrieren? – Neid? Aber andere verdienen mehr Geld und der Gegenstand Ihres Abscheus ist nicht der einzige deutsche Schriftsteller von Weltruhm. Auch kann ich mich nicht dazu verstehen, Sie mir als hysterisch blökenden Neidhammel vorzustellen. – – Sind Sie hungrig? Als »rassisch« sowohl als »politisch verfolgter« französischer Offizier sollten Sie's nicht sein. Da aber Ihre armen Versuche, den Weitentfernten zu begeifern und von strebsamen Untergebenen begeifern zu lassen, Sie so viel Zeit kosten, bleibt Ihnen womöglich nicht genug, in Küche und Keller nach dem Rechten zu sehen, und da werden Sie uns nun täglich böser und kränker. Auf meines Vaters und meine Veranlassung hat der amerikanische PEN sich entschlossen, einer Reihe von verdienten und bedürftigen deutschen Schriftstellern von Zeit zu Zeit je ein Care-Paket zukommen zu lassen. In der vielleicht irrigen Vermutung, daß Sie leidlich verpflegt seien, haben wir es unterlassen, Sie auf die Liste zu setzen, sind aber natürlich gern bereit, das Versäumte nachzuholen. Ein Wort von Ihnen und Sie figurieren an erster Stelle. Auch persönlich schickte ich Ihnen gern ab und zu eine Kleinigkeit, wüßte ich, daß eine solche Ihnen wichtig, oder auch nur akzeptabel wäre.

Ich komme zum Ende, – mag freilich den Schlußpunkt nicht machen, ohne vermerkt zu haben, daß ich keineswegs allein stehe mit meiner Sorge um Sie. Andere, die Sie in Deutschland gesehen und gesprochen haben, grämen sich kopfschüttelnd, und einer Ihrer ältesten, treuesten und gläubigsten Anhänger berichtet, es stehe schlimm und öde um Sie; Sie seien fertig. Für mein Teil glaube ich, daß Ihr Fall psychisch bedingt ist und denke zu hoch von Ihren geistigen und moralischen Kräften, um ihn für hoffnungslos zu halten. Reißen Sie sich doch zusammen, lieber Freund – und alles kann und wird gut werden.

– Wie stets mit den besten Wünschen die Ihre:

Erika Mann

P.S. Sollten Sie der Überzeugung sein, daß Ihre Haßgesänge Ihnen *gut* tun und daß Sie Gift und Galle speien *müssen* (mögen zu viel davon in sich haben und das Zeug könnte Sie umbringen!), so will ich Ihnen gewiß nicht dreingeredet haben. Des Menschen Wille ist sein Höllenreich. Und wenn ich mir gleich Figuren und Investitionen vorzustellen vermöchte, die objektiv geeigneter wären für Ihre Zwecke, so bliebe noch immer richtig, daß es keine ganz leichte Aufgabe ist, T.M. in den Augen der Weltöffentlichkeit herabzusetzen und daß Sie sich also, wo nicht um »das Gute«, so doch um »das Schwere« tapfer mühen.

1 Dr. Hans H. Bockwitz, »Ein Goethegespräch«, in: *Der Zwiebelfisch*, Jg. 25, H. 7, München 1947, S. 14f. – Der Verfasser bezieht sich auf ein »längeres Goethegespräch, in dem deutsches Wesen und die deutsche Zukunft in aktuellster Weise zur Sprache« kamen, das in Döblins Zeitschrift *Das Goldene Tor* erschienen war. Das Gespräch stammte in Wirklichkeit aus Thomas Manns »Lotte in Weimar«, zitiert nach einem »in der Nazizeit in Schreibmaschinenschrift heimlich verbreiteten Text aus dem damals noch verbotenen Roman«. Andere deutsche Zeitschriften (*Frankfurter Hefte, Hamburger Akademische Rundschau*) hatten das Gespräch ebenfalls für echt gehalten, im Gegensatz zu Döblins *Goldenem Tor* jedoch Berichtigungen gebracht.

VON ALFRED DÖBLIN

Paris, 13.5.1948
Bureau Militaire

Liebe Frau Erika Mann!
Ich habe soeben Ihren Brief erhalten, worin Sie mich ja recht zerzausen, und ich möchte gleich antworten. Die Antwort kann eigentlich nur eine einzige Richtigstellung sein. Niemals habe ich irgendetwas Persönliches gegen Thomas Mann gesagt oder gedacht. Niemals habe ich persönlich etwas gegen ihn geschrieben. Andererseits wäre es mir sehr sympathisch, damit Sie quasi ein objektives Urteil darüber haben, wenn Sie etwa noch Gelegenheit hätten oder haben sich mit Brecht etwa über unsere literarische Stellung zum Opus Thomas Manns zu unterhalten. Sie sind erheblich jünger als ich, der ja jetzt 70 wird, und darum wissen Sie nicht oder haben nicht gut vor Augen, daß Thomas Mann literarisch auf einem ganz anderen Felde steht als ich (das hat nichts mit der Qualität des Werkes zu tun, weder hüben noch drüben) und daß es sich so verhält, wird Ihnen ja jeder mit der Literatur der letzten 3 Jahrzehnte Vertraute leicht bestätigen; um noch objektiv etwas hinzuzufügen, blicken Sie in den Sörgel hinein im »Bann des Expressionismus«[1], und da finden Sie die ganze mit uns kämpfende Equipe von damals, und sie lebt zum Teil noch jetzt, aber Thomas Mann befindet sich nicht darunter. Warum zielen Sie, verehrte Frau Erika Mann, auf etwas Persönliches, oder meinen, mit mir stimme etwas nicht, wo doch die Fremdheit der literarischen Artung und des literarischen Standpunktes, im Förmlichen und Ideellen, so auf der Hand liegt und, wie gesagt, eigentlich allen Literaturfreunden bekannt ist, die auch meine, natürlich sehr unbedeutende literarische Arbeit kennen. Ausdrücklich möchte ich nocheinmal schreiben: daß ich persönlich niemals das Mindeste gegen Ihren Vater gesagt oder gedacht habe, und würden Sie mich persönlich näher kennen und mit mir etwa hier umgehen, so würden Sie begreifen und sehen, daß das garnicht in meiner Linie liegt. Würden Sie Ihren Vater nicht nach meiner Person, sondern im Großen und Ganzen nach meinem Opus fragen, so würde auch er mit voller Sicherheit die andere Ebene erkennen, auf der sich mein Denken und Gestalten literarischer

Art abspielt, er würde diese eben zur Kenntnis nehmen und sie innerlich bestimmt nicht bejahen. Sie wäre ihm fremd, und wie im Geistigen die Dinge sind, man bekämpft sich, auf diesen Ebenen. Nur unverständliche Klatschträger können Ihnen solche Gerüchte zugetragen haben, wonach ich quasi, der ich doch hier in Arbeit ersticke, mich mit weiter nichts befasse und mich »verzehre« im Haß auf Thomas Mann. Ich versichere Sie, bei aller meiner Arbeit und Schreiberei hier tritt er nicht oder sehr wenig vor mein Bewußtsein. Persönlich bin ich sehr unglücklich darüber, daß Sie glauben, mir quasi Vorwürfe wegen Undankbarkeit machen zu müssen, ich habe diese Dinge, von denen Sie schreiben, Lissabon etc. gut in Erinnerung, und wenn Sie das Religiöse kennen und was es mit Menschen macht, so werden Sie auch wissen, daß dies alles eher bewirkt als Haßempfindungen zu steigern und hervorzurufen. Wo sind eigentlich die ewigen Angriffe, die von mir gegen Thomas Mann ausgehen?

Ich gebe eine Zeitschrift heraus und ich habe ein einziges Mal 3 jungen Leuten, die mir Einsendungen machten, dort das Wort gegeben über Thomas Mann. Ich hoffe bald über den »Dr. Faustus« Kritiken zu bekommen und werde abermals in derselben Weise verfahren, nämlich indem ich differente Ansichten sich äußern lasse. Sie haben, liebe Frau Erika Mann, sehr heftig über mich und gegen mich geschrieben in diesem Brief, es ist ein Temperamentsausbruch, der mir aber sympathisch ist, – aber motiviert ist er dennoch nicht. Seien Sie übrigens versichert, daß das Ansehen von Thomas Mann im Lande bei den breiten Bürgerschichten, die es hier doch noch gibt, so groß und so fest ist, daß böswillige und unsachliche Angriffe oder hämische Bemerkungen von vorneherein verpuffen. Kulturpolitisch steht es so, daß es äußerst wichtig ist, bei der Verwahrlosung und literarischen Konfusion und bei der eingetretenen literarischen Leere auch Thomas Mann wirken zu lassen, die Werte, die seine Literatur [vertritt,] zusammen mit Hesses und anderen wirken zu lassen und sich neu befestigen zu lassen. Es freut mich festzustellen, daß ja Suhrkamp da ist und daß dieser Verlag in dieser Linie mit Erfolg arbeitet. Ihr ganzer Brief, liebe Frau Mann, zeigt mir, daß Sie in doppelter Hinsicht falsch orientiert sind: erstens über mich persönlich und das was ich treibe und hier im Lande vorhabe, und zweitens: wo die Unterschiede und Grenzen zwischen Thomas Mann und mir liegen, wo und auf welchem Gebiet sie liegen, und daß schließlich er sowohl wie ich, zusammen mit vielen anderen, Exponenten und Figuren verschiedener geistiger Strömungen sind, von anderem Ausgang, anderen klassenmäßigen Bindungen etc.

Ich wage nicht, nach dem, was Sie mir schrieben und angesichts Ihres passionierten Tones, Sie zu bitten, einen Gruß an Ihren Herrn Vater und Frau Mann zu übermitteln. Sie sind so liebenswürdig, mir ein CARE Paket anzubieten; aber das haben andere, wie Sie wohl begreifen, mehr nötig als ich, besonders Deutsche hier im Lande, und wenn Ihnen daran liegt, würde ich Ihnen aus meinem Umkreis, etwa aus dem Schriftstellerverband dieser Zone, einige Namen nennen. Ich selbst habe ja einen Sohn und einige persönliche Freunde in New York und Los Angeles, die, wenn es nötig ist, an mich denken. Ich selbst danke verbindlich für die Aufmerksamkeit Ihres Briefes und für seine Aufrichtigkeit, und danke auch weiter für Ihre Erinnerung und Ihr Interesse in den düsteren Tagen des Jahres 1940[2].

Ihr Alfred Döblin

1 Albert Soergel, »Dichtung und Dichter der Zeit. Neue Folge: Im Banne des Expressionismus«, Leipzig 1925. – Im 1. Band findet sich eine ausführliche Würdigung Thomas Manns, die mit der Vorhersage schließt, daß seine »Werke zu den voraussichtlich dauernden Dichtungen unserer Zeit gehören werden« (»Dichtung und Dichter der Zeit«, 13. Aufl. Leipzig 1921, S. 801–808). **2** Durch Thomas Mann und das von ihm eingeschaltete »Emergency Rescue Committee« erhielt Döblin die Geldmittel, die ihm die Einreise in die USA ermöglichten.

14. VERBLEIBEN IN BERLIN?

Erika Mann hatte am 10.8.1948 in der Rundfunksendung »America's Town Meeting of the Air« eine Äußerung über die Lage Berlins getan, die in den USA und in West-Deutschland scharfe Proteste auslöste. Mit der Blockade Berlins war der Kalte Krieg in eine neue Phase getreten. Jetzt ging es um die prinzipielle Entscheidung, ob die drei Westmächte Berlin verteidigen oder aufgeben sollten. – In der Rundfunk-Debatte hatte Erika Mann das Schlußwort:
»Was sollen wir in der Berlin-Frage tun? Wir haben drei Möglichkeiten: entweder ziehen wir uns aus Berlin zurück – auf die Gefahr hin, beträchtlich an Prestige zu verlieren; oder wir führen wegen Berlin Krieg und stürzen die ganze Welt damit in unsägliches Elend; oder aber wir bleiben in Berlin zu einem zumutbaren Preis, der mit Moskau zu vereinbaren wäre. Ich hoffe von ganzem Herzen, daß die Wahl auf diese dritte Möglichkeit fällt.«

AN DUFF COOPER Pacific Palisades, 27.8.1948[1]

Liebster Duff.
Schmach und Schande über mich! Und dabei ist es noch nicht einmal so, daß ich mein garstiges Stillschweigen erklären könnte, geschweige denn rechtfertigen. Natürlich gab es Gründe. Wie Du vielleicht gelesen hast, hat Klaus, der mir von meinen Brüdern am nächsten steht, versucht, sich das Leben zu nehmen[2]. Das war nicht nur ein böser Schock, sondern brachte auch eine Menge zeitraubende Unannehmlichkeiten mit sich. Es gab übrigens kein »Motiv« – nur allgemeiner Lebensüberdruß und Traurigkeit. Ja …
Außerdem ist das Haus meines Vaters von zahllosen Kindern, Schwiegerkindern und Enkeln überfallen worden, die mein Zimmer nach wie vor mit Beschlag belegen, so daß ich in letzter Zeit bei verschiedenen Freunden gewohnt habe; und bei jedem Umzug muß ein ganzer Tag abgeschrieben werden. Auch be-

kam ich mehrere überraschende Engagements, insbesondere eins von der Rundfunksendung »America's Town Meeting of the Air«[3], dessentwegen ich viele Recherchen zu machen hatte und herumfliegen mußte wie Graf Bernadotte[4] (erinnert er einen nicht unwahrscheinlich an den köstlichen alten Runciman[5]?). Das »Town«-Unternehmen entpuppte sich als die bei weitem amüsanteste Sache, an der ich je teilgenommen habe (auf diesem Gebiet). Die Rundfunksendung erreicht 10–20 Millionen Zuhörer, und gleichzeitig spricht man auch noch unmittelbar zu 4000 Leuten im Saal. Es ist eine Art »Round table«-Veranstaltung, wobei zwei Sprecher die populäre Mehrheits-Meinung zu einem beliebigen vorgegebenen Thema verteidigen und einer ihnen fortwährend und so militant wie möglich widerspricht. Ein Mann, der Butcher[6] hieß (nicht ganz zu unrecht) und während des ganzen Krieges als »Ike's«[7] persönlicher Helfer fungiert hatte, war mein Hauptgegner, doch Dein (oder Cambridge's) Dr. Brogan (Professor der Politischen Wissenschaften) erwies sich als gefährlicher. Wir stritten uns wie wild über die Berlin-Krise[8], und trotz des selbstmörderisch unbequemen Charakters meiner Ansichten erntete ich mehr »Fragen« (aus dem Publikum) als die beiden anderen zusammen – was, wie Du weißt, Sieg bedeutete. Von den sehr zahlreichen Zuschriften, die ich noch immer erhalte, sind genau 50% Schmähbriefe. Ich lege Dir eine Kopie meiner Antwort auf letztere bei – denn meiner Meinung nach ist diese Art der Reaktion ein Einfall, der unsere Feinde beträchtlich ärgern wird.

Ungeachtet meines anhaltenden Versäumnisses, es zu sagen, habe ich mich sehr über Deinen Brief gefreut. Du möchtest, daß ich »Deine Artikel schätze und Dich gernhabe«. Nun kann ich aber nicht leugnen, daß ich einige Deiner Artikel vor allem deswegen schätze, *weil* ich Dich gern habe. (Andere natürlich mag ich, weil ich sie mag.) Jedoch bin ich ganz sicher, daß es eine große Rolle spielt, wo und für wen eine solche Abhandlung geschrieben wird, und daß Du, wenn Du in Amerika lebtest, anders schreiben würdest. Ich stimme mit praktisch allem überein, was Du in Deinem Brief sagst, und mit vielem von dem, was Du in Deinen Reden zu den Leuten sagtest. Da es

Engländer sind, nehme ich an, daß sie auch Deine (für mich!) weniger überzeugenden Aussagen nicht mißverstehen werden. Hast Du schon angefangen, eins von den beiden Büchern zu schreiben? Du solltest es, das weißt Du ja. Falls nächsten Sommer kein Krieg im Gange ist, werde ich nach Europa kommen und Dir – wenn Du mich läßt – einen Besuch abstatten. Dann hoffe ich, mindestens drei Viertel des Manuskripts zu erhalten.
Herzlichste Grüße. [Unterschrift fehlt]
Da ich von Dir nicht verachtet werden möchte, füge ich hiermit eilends hinzu, daß ich nicht befürwortet habe, »wir« sollten Berlin verlassen – wo wir nun schon einmal so einen idiotischen Streitfall daraus gemacht haben. Ich habe lediglich gesagt, daß es die Westmächte und nicht die Russen gewesen seien, die durch ihre Erklärung, einen unabhängigen westdeutschen Staat mit der Hauptstadt Frankfurt[9] errichten zu wollen, die Idee eines einheitlichen, vom Alliierten Kontrollrat in Berlin regierten Deutschlands aufgegeben hätten; und daß wir nach dem Ende der Viermächte-Regierung keine Rechte in der sowjetischen Zone mehr hätten. Wenn wir darauf bestünden zu bleiben, was wir *jetzt* vielleicht besser täten, müßten die Russen etwas dafür bekommen ... usw. Im übrigen sprach ich ziemlich in Übereinstimmung mit einem Deiner Artikel – demjenigen, in dem Du andeutest, daß die UdSSR immerhin *etwas* Grund zu dem Verdacht haben *könnte*, daß wir sie nicht allzu gern haben – nie gehabt haben.
Verstehst Du?

1 Original in englischer Sprache. **2** Am 11.7.1948 hatte Klaus Mann einen doppelten Selbstmordversuch in Santa Monica, Kalifornien, unternommen. Die Medien hatten darüber berichtet. **3** Die Rundfunksendung war am 10.8.1948 ausgestrahlt worden. Aufsehen erregte vor allem EMs Antwort auf die Frage: »Miss Mann, at risk of war, should the American military forces resist Russian acts of force in order to save Germans who accept democracy and resist communism?« – Sie lautete: »How can we save Germans who accept democracy when we do not know of any crowd of Germans who are actually doing any such things. I don't think there should be war over Berlin, because I don't think Berlin is important to the Western Allies, and I don't think there are enough German democrats in Berlin to be worthy to fight over, actually.« (Wortlaut des Rundfunkgesprächs in: »Bulletin of America's Town Meeting of the Air«, vol.

14, N. 16). **4** Folke Bernadotte (1895–1948), Offizier, Philanthrop; Beauftragter der UNO. **5** Lord Walter Runciman (1870–1949), englischer Diplomat, empfahl 1938 in einem Bericht für die britische Regierung die Abtretung der sudetendeutschen Gebiete an das Deutsche Reich. **6** Englisch: Metzger; übertragen auch: Mörder, blutdürstiger Mensch. **7** Eisenhower, Dwight David (1890–1969), 34. Präsident der USA (1953–61), leitete als Oberkommandierender der alliierten Streitkräfte die Invasionen in Nordafrika, Sizilien, Italien (1943) und die Normandie (1944), war 1945–48 Generalstabschef des Heeres. **8** Am 24.6.1948 hatte die Blockade Berlins begonnen; die Westalliierten versorgten ihre drei Sektoren nach einem Plan General Clays über eine »Luftbrücke« mit Lebensmitteln, Kohle und den wichtigsten Verbrauchsgütern. Am 12.5.1949 gaben die Sowjets die Zufahrtswege nach Berlin wieder frei. **9** Die drei Westzonen wurden erst im April 1949 zur Trizone vereinigt; am 10.5.1949 wählte der Parlamentarische Rat Bonn zur »provisorischen« Hauptstadt (mit 33 Stimmen; 29 entfielen auf Frankfurt).

AN DUFF COOPER Pacific Palisades, 22.9.1948[1]

Liebster Duff.
Und ich habe gedacht, Du würdest mich kennen! Zum Teufel! »Stalinistin«. »Kommunisten-Mitläuferin, was schlimmer ist, weil weniger mutig«. Für wen hältst Du mich eigentlich? Für Lillian Hellman[2]? Aber muß ich – nur weil ich den Totalitarismus hasse und verachte (und fürchte) – deswegen »unser« (und ich meine hauptsächlich das amerikanische) System eines ignoranten, unzivilisierten und verwerflichen Imperialismus schätzen und lobpreisen? Und muß ich aus meinem spärlichen Wortschatz den Begriff »Imperialismus« streichen, nur weil Joe der Schreckliche[3] ihn gebraucht? Muß ich »unsere« Vorbereitungen für einen Krieg gutheißen, der so überflüssig ist wie Kropf und Blinddarm zusammen, – überflüssig deshalb, weil, wie Du in einem Deiner Artikel zu Recht darlegst, »die Russen keinen Krieg wollen; es liegt nicht in ihrem Interesse, Krieg zu führen; und sie haben kein Talent dafür«. (Nein, es war Dein letzter Brief an mich, in dem Du so etwas Ähnliches schriebst.) Aber »wir« wollen Krieg, weil wir so reich und so mächtig und bislang keineswegs mächtig genug sind; und weil wir zu Hause soviel – überflüssige – Schwierigkeiten haben; und weil Krieg immer so ein fabelhafter Ausweg gewesen ist,

und weil wir so leichtsinnig und kurzsichtig und dumm sind, daß man darüber nicht einmal lachen kann. Du hoffst, es nicht mehr erleben zu müssen, wenn ein wiedergeborenes Deutschland diesen heimgesuchten Planeten in eine weitere lustige Katastrophe stürzt. Ich fürchte jedoch, wir beide werden erleben, daß Amerika dies tut. Und sollte, durch irgendeine vage Chance, die große Schau hinausgeschoben werden, und Deutschland die Erlaubnis oder die Aufforderung bekommen, die erste A-Bombe zu werfen, so wäre es immer noch dieses Land hier – das ich, glaub es mir, überaus gern mag –, dessen antirussische Phobie und dessen unerzogene Überheblichkeit alles verursacht haben würden.
Ich lege eine Abhandlung von Stephen Spender[4] bei, von dem ich nicht viel halte. Meiner Meinung nach ist er ein ziemlich unbegabter Langweiler. Auch ist der »Brief« miserabel geschrieben*. Dennoch kommt darin zum Ausdruck, was mir als ein wichtiger Bestandteil der Wahrheit erscheint, und wenn Du das als »stalinistisch« ansiehst, dann sollte ich wohl besser bei nächster Ungelegenheit meine Mitgliedskarte beantragen. Nebenbei gesagt – Deine Bemerkung über die Feigheit der Kommunisten-Mitläufer zeigt Deine Unkenntnis dessen, was hier vor sich geht. Hätte ich nicht eine so heftige Abneigung gegen die Genossen und praktisch alles, was sie vertreten, so würde ich – aus schierem störrischem Mut heraus – prompt anfangen, wie verrückt mitzulaufen. Denn Du kannst mir glauben, daß weder der Ausschuß gegen »un-amerikanische Umtriebe«[5] noch die »Loyalitäts-Kontrollen«, noch die Aktivitäten des FBI und verwandter Institutionen sonderlich lustig sind, und man braucht eine gehörige Portion Starrköpfigkeit, um sich nicht einschüchtern zu lassen. Was bringt Dich übrigens zu der Behauptung: »Stalinismus ist die effizienteste Form des Totalitarismus«? Gibt es Deiner Ansicht nach irgendeinen Schnitzer, irgendeine Taktlosigkeit oder selbstzerstörerische Dummheit, die sie *nicht* begangen haben? Und sind sie nicht in der Tat sogar unfähig, »unsere« zahlreichen Fehler auszunutzen, einfach weil sie selbst nicht zwischen schwarz und weiß unterscheiden können?
Genug.

Ich freue mich zu hören, daß Du guter Dinge bist, aber es tut mir aufrichtig leid, daß kein Buch im Entstehen ist. Es gibt – so behauptest Du – schon zu viele Bücher. Ja, – aber wie viele gute (von Zeitgenossen)? Und Deins würde aller Wahrscheinlichkeit nach ausgezeichnet sein.
Sei bitte nicht böse mit mir. Ich bin sicher, daß wir, wenn ich Dich besuchte, keine Streitfragen haben würden. Es ist ja eigentlich auch gar keine da. Oder wärst Du ein entschiedener Widersacher eines Europas, das weniger korrupt wäre, weniger »ausgehalten«, weniger bereit, entweder den Sowjets oder den Amerikanern als Kolonie und Puffer zu dienen? Hättest Du etwas gegen eine stärkere und klügere Führung in einem unabhängigeren Großbritannien? Würdest Du es mißbilligen, wenn Du Großbritannien und den Kontinent – oder besser gesagt, den Kontinent unter britischer Leitung – sich gegen die beiden bulligen Trottel behaupten sähest, denen sie sich auf Gnade und Ungnade ergeben haben? Nein, und das könntest Du auch nicht.
Viele herzliche Grüße. – Irgendwie scheine ich es – in diesem und in meinem letzten Brief – geschafft zu haben, den Eindruck zu erwecken, ich sei von Politik besessen und könnte über nichts anderes mehr nachdenken, sprechen oder schreiben. Das stimmt überhaupt nicht. Aber ich bin nun mal provoziert worden und konnte Deine empörenden Anspielungen einfach nicht unerwidert lassen. Das nächste Mal wirst Du nettes privates Geplauder von mir hören. Diesmal möchte ich schließen, indem ich Deine Aufmerksamkeit auf einen brillanten Leitartikel in der WELTWOCHE (Zürich) lenke, verfaßt von jener großen demokratischen Kapazität Dr. Hjalmar Schacht[6]. Die Abhandlung trägt den Titel »Der Marshall-Plan – die Grundlage des Wiederaufbaus« und erklärt uns, warum das ERP[7] so etwas Wundervolles ist. Gibt zu denken – nicht?
Noch mehr Grüße. Deine Erika

1 Original in englischer Sprache. **2** 1905–1984, engagierte New Yorker Dramatikerin; erfolgreichstes Stück: »The little Foxes«. **3** Josef Stalin. **4** Geb. 1909, englischer Schriftsteller; er hatte sich wie Gide, Koestler u.a. vom Kommunismus losgesagt. * [Anm. v. EM:] wenn auch nicht so unordentlich wie dieser hier **5** »Un-American Activities

Committee«, später unter Vorsitz von Joseph R. McCarthy. **6** 1877–1970, Bankmann; 1924–29 und 1933–39 Reichsbankpräsident, 1934–37 zugleich Reichswirtschaftsminister. Er war 1944–45 im KZ und wurde im Nürnberger Kriegsverbrecherprozeß freigesprochen, dann von deutschen Behörden bis 1948 inhaftiert. **7** »European Recovery Program«; amerikanisches Hilfsprogramm für die westeuropäischen Staaten, das der US-Außenminister George Marshall 1947 ins Leben gerufen hatte. Seit 1948 flossen Marshall-Plan-Gelder auch nach Westdeutschland.

AN WALTER WINCHELL[1] Pacific Palisades, 16.12.1948[2]

Lieber Walter Winchell.

Obwohl wir alle uns an böse Überraschungen gewöhnt haben, ist das Engagement von Professor, Staatsrat, Kultursenator Wilhelm Furtwängler durch das Chicago Symphony Orchestra ein echter Schock. Ich bin gewiß, daß Ihnen die Nazi-Vergangenheit des Maestros bekannt ist. Dennoch möchte ich sichergehen, daß Sie über alle dazugehörigen Tatsachen unterrichtet sind.

Nach seinem unseligen Streit mit Goebbels[3] 1933/34 gab Furtwängler nach – und zwar vollständig. Er unterschrieb eine Loyalitätserklärung an den »Führer« und diente von da ab dem Regime mit all seinen beträchtlichen Fähigkeiten. Auch beschränkte er sich dabei nicht auf die »gewöhnlichen« deutschen Akte des Tuns und Lassens unter dem Nazismus. Daß er niemals etwas spielte, was von einem Juden oder sonst »Unerwünschten« komponiert war, daß er seine jüdischen Musiker entließ, ebenso wie jeden anderen, der von seinem Minister (Goebbels) mißbilligt wurde, daß er seinen Taktstock anläßlich des Geburtstages von Hitler auf dem Nürnberger Parteitag (1937) mißbrauchte – all dies war bloß die übliche Routine, und da er beschlossen hatte, im »Dritten Reich« zu bleiben, hätte Herr Furtwängler es kaum vermeiden können. Die Berliner Philharmonie war übrigens außerstande, seinen maßlosen Gehaltsforderungen zu entsprechen, und Goebbels selbst mußte einen Sonderfonds bereitstellen, um ihn bei Laune zu halten. Auch dies könnte man (obwohl ich es nicht tue!) als entschuldbar ansehen. Was seine Niedertracht außergewöhnlich macht, sind eine Reihe von Handlungen, die er keineswegs tun mußte; sie zeugen von einer Beflissenheit, mit der er seinen Bossen gefällig zu sein trachtete. So leitete er die Wiener Philharmoniker, als es galt, den »Anschluß»« zu feiern. Er dirigierte in Prag, kurz nachdem jene Stadt erobert worden war. Er trat in Paris und im besetzten Norwegen auf, und, allgemein gesprochen, er gestattete dem Nazi-Reich, ihn zu seinem Kultur-Propagandisten Nummer eins zu machen. Als Dr. Goebbels an Furtwänglers anfängliche Widerspenstigkeit erinnert wurde, antwortete er: »Vergessen Sie es! Der Mann ist viel zu wertvoll; in der Tat ist er das beste Aushängeschild für unsere Kultur!« In Österreich bekleidete Furtwängler die Stellung eines »Kulturgesandten«; seine Behörde wurde offiziell als »Dienststelle Furtwängler« bezeichnet (eine »Dienststelle« stand in direkter Verbindung mit der Regierung); und seine Amtsräume lagen neben denen von Gauleiter Bürkel.

Trotz all diesem ist Furtwängler, natürlich, von einem deutschen Entnazifizierungsgericht freigesprochen worden. Vielleicht haben Sie, oder auch nicht, die Erklärung gesehen, in der er sich als unschuldig bezeichnete. Was auch immer er getan habe, sagte er, habe er für Deutschland getan. Denn niemals hätte er auch nur im Traum daran gedacht, feige aus dem Vaterland zu fliehen in dessen Stunde der Not. Usw. usf. Nun, bis »Stalingrad« war Deutschland glänzend dran, und woran Chicagos Liebling wirklich nicht im Traum gedacht hätte, das war ein Weggang aus Protest gegen die Nazis, als alles prima ging. Aber jetzt, wo die Lage nicht mehr so verdammt rosig ist, rüstet sich der Patriot zur Abreise. – Soviel über ihn.

Warum wir ihn jedoch kommen lassen sollten, geht über meinen Verstand. Wollen Sie nicht etwas dagegen unternehmen? Schließlich ist Chicago ein bedeutender Brückenkopf. Bruno Walter ist nicht mehr der Jüngste, und in Kürze wird die äußerst wichtige New Yorker Stelle vakant sein. Wenn Hitlers Hofmusikant sich erst einmal hierzulande hat niederlassen dürfen, wird er jene Stelle bekommen, daran besteht für mich überhaupt kein Zweifel.

Bitte verzeihen Sie diesen Brief, der höchstwahrscheinlich überflüssig ist. So wie ich Sie kenne, werden Sie dies nicht ohne einen eindrucksvollen Kampf geschehen lassen. Aber ich wollte, wie schon gesagt, einfach nur gern sichergehen.

Herzlichst wie immer Ihre [Unterschrift fehlt]

PS. In der deutsch-jüdischen Wochenschrift »Aufbau« (New York) entdecke ich folgende sachdienliche Aussage, die General Robert A. McLure, damals Leiter der Information Control Division, vor erst zwei Jahren machte: »Es ist eine unbestreitbare Tatsache, daß Furtwängler sich ausdrücklich mit Nazi-Deutschland identifiziert hat. Indem er der Partei gestattete, ihn zu ihrem Werkzeug zu machen, gab er jenem Kreis von Männern eine gewisse Achtbarkeit, der heute in Nürnberg der Verbrechen gegen die Menschlichkeit angeklagt ist.«

1 1897–1972; bedeutender amerikanischer Kolumnist. **2** Original in englischer Sprache. **3** Obwohl er sich für das Auftreten von Künstlern wie Bruno Walter, Otto Klemperer und Max Reinhardt in einem »Offenen Brief« an Propagandaminister Goebbels eingesetzt hatte, ernannte der preußische Ministerpräsident Göring Furtwängler im Juli 1933 zum »Staatsrat«; im November 1933 wurde F. »Vizepräsident« der neuen »Reichsmusikkammer«, deren Präsident Richard Strauss war. Nach der Veröffentlichung des Artikels »Der Fall Hindemith« (*Deutsche Allgemeine Zeitung*, 25.11.1934) mußte F. von allen Ämtern zurücktreten und erhielt Ausreiseverbot. Im März 1935 wurde er von Goebbels rehabilitiert, im Frühjahr 1936 sagte er eine amerikanische Tournee ab.

15. IM KREUZFEUER DER PUBLIZISTEN

Schon bald geriet Erika Mann in das Kreuzfeuer von Publizisten, die aus ihrer äußerst kritischen Haltung Nachkriegsdeutschland gegenüber eine pro-kommunistische Gesinnung herauslesen wollten. Ähnlich wie Thomas und Klaus Mann neigte Erika nämlich dazu, eine »Kollektivschuld« der Deutschen anzunehmen; nicht ohne Sorge verfolgte sie die restaurative Entwicklung der neugegründeten Bundesrepublik.
Erika Mann wurde verdächtigt, eine stalinistische Agentin zu sein. Anlaß für diese und ähnliche Behauptungen waren ihr »frühzeitiger Antifaschismus«, die »Teilnahme« am Spanischen Bürgerkrieg und vor allem ihre intensive Auseinandersetzung in Zeitungsartikeln und Interviews mit der geistigen und politischen Situation West-Deutschlands.
Mit heftigen Angriffen des Journalisten Harry Schulze-Wilde in der Münchner Zeitschrift »Echo der Woche« erreichte die Verleumdungskampagne gegen Erika und ihren Bruder Klaus einen traurigen Höhepunkt.
Erika hatte von 1950 an im Lande von Senator McCarthy[1] *keine Wirkungsmöglichkeit mehr. Klaus Mann war am 21. Mai 1949 freiwillig aus dem Leben geschieden. Thomas Mann, selbst politischen Verdächtigungen ausgesetzt, verließ 1952 die USA und siedelte sich in der Schweiz an.*

1 Senator Joseph R. McCarthy (1909–1957), amerikanischer Politiker (Republikanische Partei); 1950–54 Vorsitzender des Senatsausschusses zur Untersuchung »un-amerikanischer Umtriebe«.

AN MANFRED GEORGE
Aufbau[1]
New York

Pacific Palisades, 2.3.1949

Lieber M. G.
Anbei ein Eingesandt. Und wie gut – aus wievielen Gründen – wäre es, wollten Sie es, *möglichst ungekürzt*, bringen. Es ist wirklich dieser Schulze-Wilde[2] ein interessant skandalöser, dabei im Grunde nicht (wenn auch vielleicht in seinen Ausmaßen)

untypischer Fall, dessen Erörterung im »Aufbau« sich lohnte, selbst, wenn Ihr R.v.W.[3] sich bezüglich seiner nicht so erstaunlich verirrt hätte. »Erstaunlich« schon insofern, als jeder in Deutschland lebende, oder sich auch nur zeitweilig aufhaltende, Journalist wissen müßte, welch äußerst dubiosen Ruf – to put it mildly – das »Echo der Woche« und sein Chef-Redakteur dort – und sogar dort – genießt und daß es ganz einfach nicht angeht, den (bestenfalls) verantwortungslosen Sensationslüstling so herauszustreichen. Meine Eltern meinen, übrigens, den Initialen R.v.W. vor einigem schon einmal im »Aufbau« begegnet zu sein und zwar im Zusammenhang mit einer »story« über Putzi Hanfstaengl[4], von der sie sagen (und sie müssen es wissen!), sie sei von A bis Z. erstunken und erlogen gewesen. Stimmt das? Und eine, wohl aus dem Leserkreis stammende, Erwiderung oder Berichtigung sei – nicht im Klein- sondern im »Winz-Druck« erschienen, sodaß man einer Lupe bedurft hätte, um sie zu lesen. Wie konnte denn das kommen?

Sei dem aber, wie immer. Ich hoffe sehr, daß nichts schief gehen wird, in unserem Falle. Zugegeben: das Ding[5] ist nicht *ganz* so *kurz*, wie ich es mir gewünscht hätte. War aber wirklich nicht viel anders zu machen, sollten auch nur alle *wichtigen Fakten* zur Sprache gebracht werden. Und überdies, die Sache ist, wie auch die American War Correspondents Association[6] vermerkt, »of grave interest to all of us«.

Wie immer mit den herzlichsten Grüßen die Ihre: E.M.

[Handschriftlicher Zusatz von Thomas Mann:]

Lieber Herr Manfred George, ich habe Ihnen, als Mitglied des Advisory Books noch nie einen Rat gegeben: Diesmal gebe ich Ihnen einen dringenden. Veröffentlichen Sie den Brief von Klaus! Jener Skribent *darf* im »Aufbau« nicht gelobt werden. Es ist vielmehr wichtig, daß er dort richtig gekennzeichnet wird. Schlimm genug überhaupt, daß deutsche Blätter unter frechem Mißbrauch ihrer Lizenz britische und amerikanische Staatsangehörige bei ihren Regierungen als Kommunisten denunzieren dürfen.

Ihr Thomas Mann

1 Deutschsprachige jüdische Wochenschrift; 1934 als Monatsblatt in New York gegründet, offizielles Publikationsorgan des German Jewish Club/New World Club. Unter Manfred George (vgl. S. 57, Anm. 1), der 1939 die Leitung übernahm, wurde der »Aufbau« Wochenzeitung und gab sich immer mehr »amerikanisch«; er galt bis Kriegsende nur zum Teil als Emigrantenblatt. 2 Harry Schulze-Wilde, Ps. Harry Wilde (1899–1978), Journalist; 1933 in die CSR, dann nach Frankreich und in die Schweiz emigriert, seit 1948 wieder in Deutschland. Ehemaliger Sekretär Theodor Pliviers. – Chefredakteur der Münchner Zeitschrift »Echo der Woche«, wo am 22.10.1948 der von ihm gezeichnete Leitartikel »Vor einem neuen Novemberputsch. Erika Mann als kommunistische Agentin – Stalins Fünfte Kolonne am Werk« erschienen war. Darin hatte er u.a. EMs Stellungnahme zur Lage Berlins (vgl. S. 246, Anm. 3) und eine Vortragsreise von Klaus Mann nach Berlin und Prag zum Vorwand genommen, die Geschwister zu denunzieren. 3 Nicht ermittelt. 4 Ernst Hanfstaengl (1887–1975), 1923–33 Hitlers Vertrauter, 1937 Flucht; Exil in England und Kanada. 5 Erika und Klaus Manns Erwiderung »Beispiel einer Verleumdung«, in: *Aufbau* v. 11.3.1949, New York. 6 EM hatte die »American War Correspondents Association« (AWCA), deren Mitglied sie war, eingeschaltet. Danach veröffentlichte Schulze-Wilde eine Berichtigung: »Klaus Mann macht Männchen« (*Echo der Woche*, 12.11.1948); EM konnte sich damit nicht zufrieden geben und verfolgte die Absicht, ihn zu verklagen. Nach Aussage Schulze-Wildes wurde die Klage durch die amerikanische Militärregierung unterbunden (vgl. »Klaus Mann zum 75. Geburtstag«, *Europäische Ideen*, Berlin 1981, H. 52, S. 32–36 und Klaus Mann, »Briefe und Antworten II«, S. 288f., 453f.).

AN KLAUS MANN

London, 15.5.1949
Savoy-Hotel

Schönster Stinkfisch, – ach, ach und dreimal oh! *Gleich* wollte ich – sehr natürlich – Dir schreiben, als die Hiobspost[1], von mir mit so viel liebender Schlauheit seit einigem erwartet, hier angeklingelt kam, – darin der alten Wer-war-es-noch nur zu ähnlich. Und nun und nun und wirr und wirr? Doch zunächst zu meinem Sohn Scheißkragen[2]. Wie Du lebhaft realisieren magst, sind unsere Tage voller als jedes Maß auch Bahr à la der bescheidensten Muße und sis, the shy one, leidet ein wenig, nicht, ohne dann doch wieder (*da* läutet's, – Ronald Hyde[3] is in the hall, – to jolly old hell with him!) einen *gewissen* (*nicht* erheblichen) Spaß zu derivieren von all dem törichten trouble.

(Laß ihn s'bizzli warten!) Derlei mitzumachen, wenn man selbst der Gefeierte ist, ist leidig und ermüdend genug. Hockt man nicht im Zentrum, ist es *noch* anstrengender, wiewohl des lieben und (dreimal geklopft) mysteriös dauerhaften Z. gewaltiger Ruhm[4] mir Spaß macht, und umso größeren, als er *ihm* in der Hauptsache unseretwegen einiges bedeutet. Alles bisher verlief triumphal und hat die alte Schnurrbutze[5] auch wirklich alles sehr übsch gemacht. Daß sie nun dennoch wie zu erwarten stand, (aber dann darf es doch nicht *wirklich* ...!) nach D. rennt, freut mich natürlich wenig. Nun will ers auch immer noch diskutieren mit mir, – es mir »erklären« und schmackhaft machen, und ich muß mich weigern, einen Gesprächspartner abzugeben, der seinen (meinen, nämlich) Argumenten kein Gehör zu verschaffen wünscht. Da ich mich aber *freundlich* weigere, entstand kein Mißton, – und nun ist es eben, wie es ist, – falls nicht, was wohl möglich, irgendwelche, zwischen jetzt und dann auftauchende Ärgernisse das Tollkistenstück noch verhindern. (Länger, glaub ich, *kann* ich den Editor nicht schmoren lahn.)

am 17.

Goddammit, – er *kam*, und, ganz wie das Geld, *ging* er (wenngleich ungleich *später* als dieses!); und nun sind schon wieder zween Tage beinah vergangen und war da nicht ein Minütlein, das ich Dir schreibend hätte zuwenden können (denkend, oder, wie ich's einmal las, »hindenkend« laß ich's an Teilnahme nicht, und schon gleich *gar* nicht fehlen!)

Habe jedoch nicht vor, viel zu reden, in Bezug auf Deine mich so sehr betrübende Erkrankung[6]. Nur, daß ich froh bin, weil Du Dich relativ früh entschlossest und zu *allen* mir erinnerlichen Göttern bete, Du möchtest es jetzt genug sein lassen, des grausamen Spiels, sei statuiert. *Hat* ja doch, mein sehr Lieber, nicht den *gerüngsten Sinn* und ist *nur* dazu angetan, größt' Ungemach zu bringen über Dich und die Deinen und über die auch, die gerne mal was Hübsches lesen. Ob Du denn zu irgend einem Zeitpunkt, seitdem Du mir in Inglewood dies und das versprachst, ein bißchen Glück gehabt hast, mit der Arbeit? Ach, vermutlich schlecktest Du ohn' jedweden Unterlaß, und wenn Sie Schlafmittel nehmen, wie wollen Sie denn dann schlafen? Und jetzt, sehr natürlich, bist Du reduziert und verdrüßlich und, wenn's nicht gleich geht wie aus der Pistole geschossen, redest Du Dir ein, es gehe überhaupt nicht und das reduziert und verdrüßt Dich dann um ein Vielfaches; wenn ich mir's nur nicht so haargenau vorzustellen vermöchte! Laß uns doch recht bald zusammenfahren, uns zusammensetzen und ein wenig gesunden fun haben, damit Du Dich erholst. Ob Du in die Schweiz zu kommen beabsichtigst? Ich gedenke (vaguely), scharf Ende Juni nach Österreich zu gehen, sorge mich nur sehr, wie ich zu einem Automobil kommen könnte und, da ich von Mom vernahm, daß Bets[7] noch immer eines hat, trage ich mich weißgott mit der Liqueur-Idee, die liebe Irrenhäuslerin trotz allem zuzuziehen, – oder ihr doch zumindest a chance zu geben. Wie gefällt Dir die Sache? Und dann, vielleicht, zu Tito[8].

Etwas sehr SCHÖNES hat sich zugetragen, indem nämlich anläßlich Z.'s BBC speech nach Deutschland ein Herr sichtbar wurde, der kürzlich in Düsseldorf gewesen war, wo er den Höfgen[9] getroffen und gehört hatte, daß dieser sich vor seinem Edinburger Gastspiel (das in London bleibt zerschlagen) schier zutode fürchte. Fahren, sagte unser Gustaf, müßte er nun wohl, da die Engländer (statement true!) ihn so sehr gebeten; sollte aber Erika anwesend sein, müßte er stehenden und wankenden Fußes wieder abreisen. Und dies, – all hail to chance – erfuhr ich am Tage vor Z.'s lecture in der university, von welcher eine Art Stimmungsbild nach D. gebroadcasted ward, – mit Fetzen aus der Ansage, aus seiner Rede, Beschreibung alles dessen, was vorging, – *und* einem zwanzigsekündigen Interview mit Erimaus, unsere unmittelbaren Reisepläne betreffend. Kannstadenka, daß ich keine Sekunde verlor und *gleich* wissen ließ, ich ginge nach Edinburg zu den Festspielen. Und jetzt hat also der arme, jrundjrundhäßliche Mensch keinen ruhigen *Augenblick* mehr. Nett, – gellja?

Muß mit Z. zum Teufel, um einige M.P.s im House of Commons zu treffen. Schließe daher abrupt, damit doch die envelope endlich zu Kasten geschlagen werde. Tausendfaches für Doris[10], der ich *sehr* für ihren so hochwillkommenen Bericht danke. Bei allererster Gelegenheit schreib ich ihr eins hin. Sag ihr aber bitte und mach's ihr klippeklar, daß ich in der Höllen und ihrer Spelunk wirklich und wahrhaftig (und zwar handelt es sich diesmal nicht um *Muße*, sondern ganz einfach um *Zeit*!) zu *gar* nichts komme.

Totaliter und mehr: ümpf

1 Klaus Manns Brief v. 4.5.1949 aus Cannes (»Briefe und Antworten II«, S. 302f): »Dummer Weise bin ich in einer scheußlichen finanziellen Lage ... nun verzögern sich die Friedrich'schen [Landshoff] Zahlungen von wegen Pedanterie der Nederlandsen Bank. Dies bedeutet, daß ich ohne cash in fremden Landen sitze. Du magst Dir vorstellen, wie mich das irritiert.«
2 Redensart in der Familie: »Zu meinem Sohn Wolfgang ...« Zitat aus einer Begrüßungsrede, die Constance Hallgarten zu Ehren des Grafen Richard Coudenhove-Kalergi, der bei ihr zu Gast war, gehalten hatte. Sie sprach erst sehr lang über sich selber und ging dann »zu meinem Sohn Wolfgang« (vgl. S. 187, Anm. 8) über. **3** Chefredakteur des »Pro Evening Standard London«. **4** Vom 11.–18.5.1949 hielt sich Thomas Mann in London und Oxford auf; am 13.5. wurde er zum Ehrendoktor der Universität Oxford ernannt. Seine Frau und EM begleiteten ihn. **5** Therese Giehse. **6** K. Mann befand sich vom 5.–15.5.1949 zu einer Rauschgiftentziehungskur in der Clinique St. Luc, Nice. **7** EMs Freundin Betty Knox. **8** Josip Tito, eigentl. Broz (1892–1980), jugoslawischer Politiker und Marschall; seit 1945 Ministerpräsident der Volksrepublik. **9** Hendrik Höfgen, Hauptgestalt in K. Manns Roman »Mephisto«, die gewisse Ähnlichkeiten mit Gustaf Gründgens aufweist; dieser ist hier gemeint. **10** Doris von Schönthan (gest. 1968), eine Jugendfreundin von K. Mann, die sich in seinen letzten Lebenswochen um ihn kümmerte; er beabsichtigte, sich mit ihr zu verloben.

16. SELBSTMORD DES BRUDERS KLAUS

Der Freitod von Klaus (21. Mai 1949) traf Erika von allen Familienmitgliedern wohl am schwersten. Unermüdlich setzt sie sich nun für das Werk ihres Bruders ein, um seinen Nachruhm zu sichern.
Zu ihren ersten Aktivitäten gehörte die Zusammenstellung des Bandes »Klaus Mann zum Gedächtnis«, der auf Anregung des Verlegers Fritz H. Landshoff 1950 im Amsterdamer Querido Verlag erschien. Von Pacific Palisades aus – die Verweigerung eines »Re-Entry-Permits« für die USA hinderte die Schriftstellerin daran, die Staaten zu verlassen – betreute sie die Herausgabe; sie wählte die Beiträge aus, kürzte einige und schlug Änderungen vor. Auch den letzten Aufsatz, den der am 12. März 1950 verstorbene Heinrich Mann in memoriam seines geliebten Neffen verfaßt hatte, entzifferte sie und brachte ihn in eine verwendbare Form.
Ein Text Klaus Manns sollte den Band abschließen. Sie übersetzte den Essay »Die Heimsuchung des europäischen Geistes« aus dem Englischen; er war in ihren Augen nicht nur die letzte literarische Leistung und eine Art Testament ihres Bruders, sondern auch »eine gültige und ehrenvolle Erklärung für dessen Sterben«.
Schließlich bewog sie Thomas Mann dazu, den Gedächtnisband an Stelle des erkrankten Landshoff einzuleiten. In seiner Würdigung, die ursprünglich als Einführung in einen geplanten Klaus Mann-Essayband konzipiert war, ging Thomas Mann auf das problematische Verhältnis zu seinem Sohn ein und suchte – zum ersten Mal als Vater – eine Antwort auf die Frage nach dem Geheimnis von Leben und Tod.

AN PAMELA WEDEKIND Zürich, 16.6.1949
Baur au Lac

Liebe Pamela, –
(mein Gott, seit wie langem habe ich keinen Brief so begonnen!) ich war sehr froh, von Dir zu hören, – und so zu hören. Trotz den Jahren der Trennung und der traurigen Entfremdung, weißt Du gewiß und kannst es ganz ermessen, was dieser Tod mir bedeutet. Daß er auch Dich getroffen hat, lese ich dankbar aus jeder Deiner Zeilen.
Er liegt in Cannes begraben, – ich komme eben von dort zurück. Zur Beerdigung – von Stockholm[1] aus – konnte ich nicht fahren, – der Eltern wegen, oder doch unserer Mutter wegen, und so ging ich erst jetzt.
Der Stein, den ich ihm bestellte, wird die Inschrift tragen, die dem Roman[2], an dem er zu arbeiten begonnen hatte, als Motto voranstehen sollte. Ich lege Dir – und weiß selbst nicht genau warum – den Zettel bei, auf dem er sich (er war krank, damals, und lag) ein paar Wochen vor seinem Tode diesen Satz exzerpierte.
Viel Fertiges war noch nicht da, was den Roman angeht, – nur eine Unmenge von Vorarbeiten, Notizen und Exzerpten. Besonders eindringlich hatte er sich mit Kierkegaard[3] beschäftigt.
»Gebrochen aber wird nur, wer über Einzelnem verzweifelt; und er wird deshalb gebrochen, weil er nicht total verzweifelt.« (Auch dies eines der Exzerpte.)
Es ist entsetzlich viel mit ihm dahingegangen – und nicht nur für mich und uns. Wüßte ich meinerseits nichts weiter über den Zustand unseres unseligen Planeten, als daß Klaus nicht mehr leben konnte, auf ihm, mir bangte erheblich.
Im Winter erscheint auf deutsch seine Autobiographie, »Der Wendepunkt«, deren englische Originalfassung[4] 43 drüben herauskam. Ich will dafür sorgen, daß ein Exemplar Dir zugeht.
Leb wohl, meine Liebe und sei nochmals bedankt. Wie ich leben soll, weiß ich noch nicht, weiß nur, daß ich muß; und bin doch gar nicht zu denken, ohne ihn.
Die Deine: E.

1 Die Nachricht von Klaus Manns Selbstmord erreichte Thomas Mann in Schweden, wo er sich mit seiner Frau und Erika auf Vortragsreise befand. **2** Das im April–Mai 1949 geschriebene Romanfragment »The last Day«. **3** Sören Kierkegaard (1813–1855), dänischer Theologe und Philosoph. **4** »The Turning Point, Thirty-Five Years in this Century«, New York (L.B. Fischer Inc.) 1942; die von Klaus Mann geschriebene deutsche Fassung – es handelt sich nicht um eine »Übersetzung aus dem Amerikanischen«, wie er in der Nachbemerkung vom April 1949 betont – erschien erst 1952 im S. Fischer Verlag, Frankfurt a.M.: »Der Wendepunkt. Ein Lebensbericht«. Vgl. Bd. 2, EMs Brief an Prof. Bussmann v. 15.2. 1966.

AN EVA HERRMANN

Zürich, 17.6.1949
Baur au Lac

Evbev, –
sei sehr bedankt. Ich weiß, wie Du's meinst, – nämlich GUT, – und akzeptiere gern, was unter Deinen Rat- und Trostworten irgend verwendbar ist, für meinereinen. Sogar reden tu ich mit ihm[1], – wenn freilich nicht in Deinem Sinne, sondern bloß, wie man mit sich selber spricht. Waren wir doch Teile von einander, – so sehr, daß ich ohne ihn im Grunde gar nicht zu denken bin. Nur, daß mir nicht gegeben und nicht erlaubt ist, mich davon zu machen, und daß ich bleiben muß, wiewohl ich im Entferntesten so reich an Gaben, so liebenswert, so *lebendig* nicht bin wie er es war. Unerfindlich ist das Walten der Oberen. Wenn es aber wahr ist, daß sie züchtigen, wen sie lieben, dann sind sie offenbar völlig *vernarrt* in mich.
Meine Pläne sind ungewiß. Fest steht nur, daß meines Bleibens hier nicht überlange mehr sein wird. Z. (mit Frau Mieleinlieb) scheint definitiv Ende Juli ins Vaterland zu gehen, und während ich, wie Du weißt, nichts tue oder rede um ihn zu hindern, sind schon die Vorbereitungen, – Besprechungen, Ferngespräche und Korrespondenzen – mir allzu quälend. Vermutlich gehe ich zunächst und bald nach Amsterdam, wo es mit Friederich[2] vieles zu ordnen und zu entscheiden gilt, – K's literarisches Erbe betreffend.
Sei umhalst und nochmals bedankt! E.

1 Klaus Mann. **2** Fritz H. Landshoff.

AN LUDWIG MARCUSE[1] Zürich, 19.6.1949[2]

Lieber Marcuse,
mit Ihrer *Trauer*[3] haben Sie mich sehr gekränkt, – natürlich, ohne es zu wollen, vielmehr das helle Gegenteil dringlich wollend. Wenn und da Sie ihn aber so wenig kannten, WARUM *mußten* Sie schreiben? – Daß Klaus mit Leidenschaft der Literatur lebte und mehr davon verstand, als manch steriles Rudel von Literarhistorikern, heißt nicht, daß er nichts gewesen wäre als eben ein »Literat«. Es wird sich herausstellen, daß er keineswegs (wie etwa ich!) »viele Talente«, sondern *das* reichste, blühendste, übrigens gescheiteste und ehrlichste Talent war oder besaß, das diese Generation aufzuweisen hatte. Und »Charakter« hat er also auch keinen gehabt, der »nicht mehr ganz junge Jüngling«? Gewiß: Sie schränken das ein und konzedieren, unser »Verstecker« sei nicht geradezu »charakterlos« gewesen. Daß er aber in Wahrheit einer der integersten, unbeirrbarsten, konsequentesten und in jedem Sinne treuesten Charaktere »in existence« war – sich selber treu und allem woran er glaubte, allen, denen er sich verpflichtet fühlte, – wissen Sie nicht, wiewohl mancher, der ihm und uns ferner stand, es begriff. – Den *Mephisto*[4] nennen Sie, ganz wie die Nazis dies tun, einen »Schlüsselroman«. Als ob das Buch nichts enthielte, wäre und sein wollte, als ein Porträt des Staatsrates Gründgens, von dem Sie – umsichtig und wie erläuternd – aussagen, daß ich mit ihm verheiratet gewesen sei. Für derlei »Analysen« bedürfen wir, sollte man meinen, nicht Ihrer, eines *Freundes*, und des ›Aufbaus‹, einer *freundlichen* Publikation. *Dafür* haben wir die *deutschen* Blätter, deren eines, die »Neue Zeitung« in einem sehr lustig *Rundherum*[5] überschriebenen Nachruf den Dahingegangenen »den deutschen André Germain[6]« genannt hat.

So weit, nun, gehen Sie nicht. Und doch ist das verhuschte und verklatschte Bild, das Sie von ihm entwerfen, durchaus unter einen Hut zu bringen mit jener »Charakterisierung«, und einer, der Sie läse, ohne Klaus gekannt zu haben, möchte wohl geneigt sein, sich etwas André-Germain-artiges vorzustellen, unter dem hin- und widerflitzenden Nichts-als-Literaten, den

Sie da schildern, um ihn am Ende zu »betrauern«, niemand weiß, warum.
Nochmals: ich weiß, Sie meinen es gut, und ich bin Ihnen ergo nicht böse. Nur sagen mußte ich Ihnen, wie sehr Sie mich betrübt und gekränkt haben. Ohnedies erscheint so viel Abscheuliches – absichtlich Abscheuliches – und Gemeines über den Wehrlosen, daß ihm Gerechtigkeit hätte widerfahren sollen an einer der wenigen Stellen, die dafür offen standen.
Ich sehe fast niemanden im Augenblick, hätte Sie und Sascha aber gewiß angerufen, wäre mir nicht angst gewesen, vor einer mündlichen Auseinandersetzung.
»Daheim« wird man sich hoffentlich sehen und Sie werden mir hoffentlich Ihrerseits nicht böse sein. – *Ein* wirklich schöner und adäquater Nachruf[7], übrigens, *ist* erschienen. Ein Mann, der nichts von ihm kannte, als seine Bücher und ein paar Briefe, hat ihm – in der Basler Nationalzeitung – durchaus keine Eulogie, wohl aber ein stimmiges und ergreifendes Abschiedswort gewidmet. Sie sehen! Man *kann* es mir recht machen.
Herzlich die Ihre: E.M.

1 1894–1971, Schriftsteller, Prof. für Philosophie und Deutsche Literatur; 1933 nach Frankreich, 1939 in die USA emigriert. Lebte seit 1962 in Bad Wiessee/Tegernsee. *2* Veröffentlicht in: »Briefe von und an Ludwig Marcuse«, hrsg. Harold von Hofe, Zürich (Diogenes) 1975, S. 63f. **3** Gedenkartikel »Trauer um Klaus Mann«, in: *Aufbau*, New York, 27.5. 1949. **4** Klaus Mann, »Mephisto. Roman einer Karriere«, Amsterdam (Querido) 1936. **5** Abbé, »Rundherum«, in: *Die Neue Zeitung* V, Nr. 62, München, 25.5.1949, S. 3. **6** 1881–1971, französischer Schriftsteller und Kritiker. **7** Otto Basler, »Gedenkwort für Klaus Mann«, in: *Nationalzeitung*, Basel, 9.6.1949; nachgedruckt in: »Klaus Mann zum Gedächtnis«.

TELEGRAMM AN LUDWIG MARCUSE

Zürich, 27.6.1949[1]

Mephistovorwurf de facto ungerecht[2] da fraglicher Satz redaktionell stop alles übrige gleich wichtig und gleich betrüblich stop nochmals zürne Ihnen nicht und hoffe Sie entschuldigen Irrtum. Herzlich E.M.

1 Veröffentlicht in: »Briefe von und an Ludwig Marcuse«, hrsg. Harold von Hofe, Zürich (Diogenes) 1975, S. 69. 2 Marcuse zeigte Verständnis für EMs Rechtfertigungsversuch. Zwischen ihnen bahnte sich bald darauf eine tiefere freundschaftliche Beziehung mit regem Briefaustausch an.

AN PAMELA WEDEKIND Amsterdam, 27.7.1949

Liebe Pamela, –
sei sehr bedankt. Aber ich glaube, er ist so unschuldig gestorben, wie er gelebt hat. Diese Depressionen kamen über ihn und waren umnachtend, – so sehr, daß er, bei aller Umsicht in dem, was er tat, kaum wußte, daß er es tat und »warum«. Natürlich entstammten sie der tiefsten, der entscheidenden Schicht seines Wesens, so wie es nach allem, was ihm widerfahren, schließlich war. Und nämlich war sterben zu dürfen sein sehnlichster Wunsch. Da er aber wußte, daß er *nicht* »durfte«, hätte er, der so bemüht, so brav, so treu war, es nicht über sich gebracht, wäre er wirklich Herr seiner Sinne gewesen. Man hat in Cannes alles nach Abschiedsbriefen, nach irgendeinem »letzten Wort« abgesucht.
Aber mir stand völlig fest, daß man *nichts*, – keinen Zettel, keinen Gruß, – *gar* nichts finden würde. Hätte er unser, – unserer Mutter und meiner auch nur *gedacht*, oder hätte er uns gar angeredet, er hätte es nicht vermocht. – So mischt sich in meinen Jammer kein Vorwurfstropfen und keine Bitterkeit. – Ich möchte, daß Du dies wissest und daß auch Dir sein Bild rein bleibt.
Ich habe seinen letzten, sehr schönen, sehr sehr traurigen Aufsatz, »Die Heimsuchung des Europäischen Geistes« ins Deutsche übersetzt und in der »Neuen Rundschau«[1] erscheinen lassen. Ein Exemplar geht Dir dieser Tage zu.
Danke dafür, daß Du mich eingeladen hast, – aber ich kann jetzt nicht nach Deutschland kommen, – habe vielmehr, wie Du vielleicht aus den Gazetten ersahest, schwersten Herzens die Eltern allein fahren lassen[2]. Dir zu erklären, warum, würde zu weit führen.
Laß mich nur hoffen, daß man sich doch in diesem Leben, – etwa in der Schweiz – nochmals zusammenfindet. – Jetzt gehe

ich bald nach Amerika zurück, – bin nur hier mit K.s Verlagsdingen noch ein Weilchen befaßt. – Alles alles Gute Dir, liebe Pamela.
Wie gern kenne ich Deine Kinder!
Und wie dankbar bin ich Dir für die tröstliche Unmittelbarkeit Deines Mit-Leides!
Sehr die Deine: E.

1 *Neue Schweizer Rundschau*, N.F. XVII, H. 3 (Juli 1949), Zürich, S. 131–147. – Abgedruckt in dem Sammelband »Klaus Mann zum Gedächtnis«, Amsterdam (Querido) 1950, und in: Klaus Mann, »Heute und Morgen. Schriften zur Zeit«, hrsg. Martin Gregor-Dellin, München 1969, S. 317–338. **2** Thomas Manns erstes Wiedersehen mit Deutschland nach 16 Jahren Exil (23.7.–3.8.1949); er hielt am 25.7. in der Frankfurter Paulskirche und am 1.8. im Nationaltheater in Weimar die »Ansprache im Goethejahr« (GW XI). Das Ehepaar Mann besuchte auch noch Stuttgart, München und Nürnberg.

VON KATIA MANN — Amsterdam, 4.8.1949

Liebste Schatz:
Da wären wir denn geborgen im guten Amstel[1], und eine Erleichterung ist es ja, dem Boden D.s[2] entronnen zu sein. Im übrigen verlief der Aufenthalt[3], äußerlich und persönlich, ja durchaus erfolgreich bis triumphal. Über München hat ja Theres[4] berichten mögen. Daß der Beifall dort zum Teil aufrichtig und spontan war, steht mir fest, daß das meiste dort garstig und bedrohlich ist, weiß ich ebenfalls, wenn wir eben auch persönlich nichts davon merken konnten. Die ganze Zeit waren wir schwer bewacht, ich glaube ohne Not, denn gerade in dieser Hinsicht war auch nicht das mindeste zu spüren. Im übrigen hatte gerade dieser Aufenthalt, mit all den gealterten, aber unveränderten Gesichtern und den zertrümmerten Stätten, etwas besonders Gespenstisches. Heinzchens[5] sind abscheulich, auch die P.[6] konnte mir nicht gefallen, unsere Nelly[7] ist die Beste. Von München also fuhren wir, in Bayreuth übernachtend, nach Weimar. Die Beschaffung der Inter-Zonen-Pässe machte unendliche Mühe, zahllose Telegramme

mußten hin und her gehen, aber schließlich brachte die Weimarer Delegation sie uns nach Bayreuth und die Fahrt ins Östliche konnte angetreten werden. Die gesamte thüringische Regierung war auf der Landstraße, da wir in Warta bei Eisenach persönlich eingeholt und durch das in festlichem Aufruhr befindliche Land nach Weimar geleitet werden sollten. Da dies aber ein Umweg von etwa 200 km und wirklich eine *zu* große Strapaze gewesen wäre, so zwangen wir Becher[8] zur direkten Route, die Regierung wurde telephonisch verständigt und irgendwo hinter Planen kam es dann zum feierlichen Begrüßungsakt. Was von diesem Augenblick an aufgestellt wurde, spottet jeder Beschreibung. Wenn Du sagst, die Deutschen könnten einen solchen Ruhm nicht ungenützt lassen, so ist das jedenfalls in dieser Zone verzehnfacht der Fall, vom Moment der Einreise bis zur Abfahrt, die diesmal doch erbarmungslos, in einer Cortège von zehn Wagen, mit reportierenden Radiowagen, mit Blechmusik, Schulkinder Chören, Spruchbändern, Bürgermeister-Reden, Girlanden von Ort zu Ort ging. Besonders die FDJ (Freie Deutsche Jugend), die von Morgen bis Abend ihr Friedens-Horst Wessel Lied grölte und dazwischen im Chor schrie: »Wir grüßen unseren Thomas Mann« erregte recht fatale Assoziationen, wie sogar von dem guten Becher, der überhaupt einen äußerst bedrückten Eindruck machte, ausdrücklich festgestellt wurde. Ob es richtig war, der dortigen Propaganda als so überaus fetter Bissen zu dienen, bleibt mir zweifelhaft, aber natürlich läßt sich auch manches dafür sagen. Ungeheuer strapaziös war das Ganze, und daß der Vater es wirklich recht leidlich überstanden hat, kann man nur als deutsches Wunder bezeichnen. Ohne unseren guten Motschan[9] hätten wir es wohl kaum geschafft, man kann den guten Jüngling, der uns ständig mit sorgender Aufmerksamkeit umgab und, bis wir in Frankfurt den Amsterdamer Zug bestiegen (das Flugzeug war ausverkauft und zudem das Wetter schauderhaft) alles abnahm, nicht genug loben. Gölchen[10] wollte ja eigentlich auch mitfahren und wir hatten seine Papiere eingegeben, er blieb aber in Heidelberg hängen. (Feiernder Weise?)

Nun sind wir recht froh, wie gesagt, auf freundlichem Boden zu sein, und in Ermanglio von Friedrich[11] tragen uns ja auch

die guten Hirschs auf Händen. Wehmütig ist mir dieser Aufenthalt, denn vor zwei Jahren waren wir hier ständig mit Kläuschen zusammen.
Morgen früh denn fahren wir gen Rotterdam. Natürlich kannst Du so wenig von Ehrwald aus anrufen als ich von Frankfurt aus ein Telegramm nach Österreich schicken konnte. Vielleicht finde ich auf dem Schiff eine Zeile von Dir vor oder sonst in St. Regis, wo wir ja am 12. sein sollen. Und dann kommst Du ja auch bald angeflogen. Möchte es doch nett und erholsam in Ehrwald sein und möchtest Du ein wenig schlafen. Vor allem ist Betsy[12] hoffentlich nicht eingetroffen und, wenn eingetroffen, dann ohne zu stören, bald wieder abgereist.
Mein Bestes für Theres.
Immerdein das arme Mielein

[Nachschrift von Thomas Mann:]
Das arme Herrzauberle ist auch imstande sich anzuschließen. Hat alles brav überstanden, obgleich es oft nicht wußte, ob es lachen oder weinen sollte. Von dem Volksfest in Thüringen wirst Du Dir nie eine Vorstellung machen. Verrückt, aber einmütig, weil auch die Malkontenten sich unsinnig freuten. Es ist nichts zu bereuen. Alle Besseren loben mich, weil ich es auf mich nahm. – Auf bald!

1 Hotel in Amsterdam. **2** Deutschlands. **3** Die Deutschlandreise. **4** Therese Giehse. **5** Katia Manns Bruder Heinz Pringsheim. **6** Vermutlich Lala (Klara) Pringsheim, Klaus Pringsheims Frau. **7** Viktor Manns Witwe. **8** Der Dichter Johannes R. Becher, Präsident des Kulturbundes der Sowjetischen Besatzungszone, holte Thomas Mann in Bayreuth ab und begleitete ihn nach Weimar. **9** Georges Motschan (geb. 1920) fuhr das Ehepaar Mann in seinem Wagen durch Deutschland. **10** Golo Mann. **11** Fritz H. Landshoff. **12** Vermutlich ist Betty Knox gemeint.

AN ALBERT EINSTEIN Pacific Palisades, 5.10.1949

Lieber, hochverehrter Professor Einstein, –
bitte erlauben Sie mir eine Anfrage, deren Beantwortung – wenn Sie denn so freundlich sein möchten – wenig Mühe macht.
Ich bin im Begriff, auf eine »lecture tour« zu gehen; eine meiner Ansprachen heißt »The Continuing Crisis«[1], und ich werde also nicht umhin können, auf die russische Atom-Bombe einzugehen. Nun scheint mir – nach dem wenigen, was ich von diesen Dingen weiß – durchaus nicht erwiesen, daß die Sowjets »uns« das »Geheimnis« stehlen mußten, wollten sie die Bombe herstellen. Bei dem allgemeinen Stand der Wissenschaft auf diesem Gebiet, bei der allgemein bekannten Fortgeschrittenheit der russischen Forschung und angesichts der Hilfe, die dieser (wie der »Unseren«) von deutschen Spezialisten geleistet wurde, sehe ich keinen Anlaß, jene Explosion »hinter dem eisernen Vorhang« unseren »security«-Behörden zum Vorwurf zu machen, – glaube vielmehr, daß man in Rußland auf eigene – international zugängliche und deutsche – Faust ans Ziel gelangt ist – oder doch gewiß gelangt sein könnte.
Was denken Sie? *Müssen* die Russen »uns« das »Geheimnis« gestohlen haben, – oder *könnten* sie ganz ohne Diebstahl die Bombe selbst verfertigt haben?
Gern riefe ich Sie in meinen Vorträgen als Kronzeugen auf, – indem ich etwa sagte, daß Sie – der Sie »es« wissen müssen – der Ansicht seien, es handele sich hier *nicht notwendiger* Weise um Spionage. Ginge das?
Ein Telegramm (»collect«), in dem Sie etwa sagten »green light« – oder »red light« – »go ahead«, oder »don't!«, – »agree« oder »disagree«, – wäre alles, was not täte, und wofür ich Ihnen sehr und aufrichtig dankbar wäre. – Und, nochmals: bitte entschuldigen Sie die Belästigung. Mit vielen guten Wünschen und dem erneuten Ausdruck meiner alten Verehrung die
Ihre: [Unterschrift fehlt]
P.S. Verehrung nicht weniger wahrhaftig, weil garstig vertippt!

1 Vortrag in englischer Sprache; Typoskr. im Erika Mann-Archiv der Stadtbibliothek München.

TELEGRAMM VON ALBERT EINSTEIN

Pacific Palisades, 7.10.1949[1]

Ich bin kein Spezialist für Atomforschung. Doch zweifellos können Spezialisten dieses technische Problem unabhängig voneinander lösen. Grüße Einstein

1 Original in englischer Sprache.

AN MANFRED GEORGE

Pacific Palisades, 26.1.1950

Lieber M.G.
Tausend Dank für Ihren Brief vom 16. Es ist freundlich und weise von Ihnen, mich zur Geduld zu mahnen. Nur, daß bloße Geduld zu rein gar nichts führen kann. Mit ihr habe ich es drei Jahre lang komplett erfolglos versucht[1]. Aus Kempners[2] Schreiben schien mir hervorzugehen, daß er sein Bestes schon getan habe und Genaueres nicht ausfindig machen könne. Und während Sie gewiß recht haben, wenn Sie sagen, daß »solche Dinge häufig aus Gründen ganz nebensächlicher Natur aufgehalten werden«, müßte man ja selbst das Nebensächlichste eben *wissen*. Überdies dürfte mein »file« ähnlich aussehen wie der oder das meines Bruders Klaus – damals, als nur seine Vorgesetzten und Gönner in der Armee ihn vor einem Refus bewahrten. Ebendiese machten ihn auch mit dem ungefähren Inhalt jener Dokumente bekannt. Politisches, natürlich, spielte eine Rolle (»premature anti-fascist«, in Spanien gewesen, von Schwarzschild als Kommunist denunziert, etc.). Aber auch »Persönliches« figurierte stattlich (von der Gestapo, dem Sicherheitsorgan einer befreundeten Macht, hatte man sich sagen lassen, es habe zwischen Klaus' und meinem Zimmer in München eine Verbindungstür gegeben, und überhaupt seien unsere inzestuösen Beziehungen in die Weltliteratur eingegangen. Tür, needless to say, gab es keine, und »Wälsungenblut«[3] ward geschrieben, ehe es *uns* gab).
Meinen Anwalt habe ich in starken Worten ersucht, meine Details zu ergründen, habe im übrigen gefragt, was er von einem

Briefe halte, den mein Vater dem Präsidenten schreiben möchte. Dieser, Truman[4], würde, glaube ich, sein State Department und seine FBI dazu anhalten, sich so oder so demnächst schlüssig zu werden. Falls Sie aber auf Grund neuerlicher Kempner'scher Erhebungen, von denen ich nichts weiß, doch noch Jawits[5] ins Feld führen wollen, so wäre ich herzlich dankbar; hasse ich doch nichts mehr, als in eigener Sache meinen Vater vorzuschicken, und finde überhaupt, daß die höchsten Herren nur behelligt werden sollten, wenn alles andere versucht worden und fehlgeschlagen ist. Höre ich nichts von Ihnen, so nehme ich an, daß Sie aus dem Spiele sind. Sind Sie es nicht, bitte ich Sie, mich dies ehetunlichst wissen zu lassen.
Wie immer treulich die Ihre: E.M.

1 Anfang 1947 hatte EM einen Antrag auf Erwerbung der amerikanischen Staatsangehörigkeit gestellt. **2** Prof. Robert M.W. Kempner (geb. 1899), Rechtsanwalt; 1935 nach Gestapo-Verhaftung nach Frankreich und in die USA emigriert. 1945/46 beim internationalen Militärgerichtshof in Nürnberg Anklagevertreter gegen Reichsinnenminister Frick. **3** Erzählung von Thomas Mann; Erstdruck 1906. **4** Harry S. Truman (1884–1972), demokratischer Politiker; 1945–53 Präsident der USA. **5** Jakob Jawits, republikanischer Kongreßabgeordneter, an den sich M. George wenden wollte.

AN PETER DE MENDELSSOHN[1]

Zürich, 5.7.1950
Dolder Grand Hotel

Lieber Peter, –
lassen Sie mich Ihnen aufs allerherzlichste danken für Ihren so schönen und stimmigen Beitrag zu unserem Buch »K. M. zum Gedächtnis«. Zwar weiß ich wohl – und möcht's nicht anders wissen – , daß von all diesen Worten der Erinnerung und der Treue keines etwa mir, oder uns, den »Angehörigen«, »zuliebe« geschrieben ward. Doch scheint mir immer, man dürfe oder solle Gefühlen der Dankbarkeit Ausdruck verleihen, auch, oder sogar besonders, wo, was sie hervorrief, nicht an die eigene Adresse gerichtet war. Seien Sie also – und Sie vor allem – aufrichtig bedankt. Klaus ist ergreifend enthalten in Ihren Seiten, die von seiner Person und der Wirkung, die von

ihr ausging, ein so gutes und liebevoll-genaues Bild geben, wie von seiner Arbeit (soweit dies irgend möglich war, innerhalb der räumlichen Grenzen). Besonders hänge ich an Ihrer Schilderung seines Wesens, seines Gesichts, seiner Stimme – und an der ruhigen Festigkeit, mit der Sie ihn als den »treusten und loyalsten Menschen« kennzeichnen, den Sie »auf dieser Erde gekannt«.

Aber ich wollte Ihnen keine Beschreibung und »Würdigung« liefern Ihres Beitrags. Nur danken wollte ich Ihnen, und hinzufügen, daß uns, angesichts des Wustes von Dummheit und Infamie, dem wir uns, K. betreffend, besonders in Deutschland, gegenübersehen, viel viel gelegen ist an diesem kleinen Band, und daß – in ihm – *Ihr* sein-Gedenken uns eigentümlich wohltuend war und bleibt. – Wie immer, mit den besten Grüßen und Wünschen, auch für Ihre Frau,

die Ihre Erika

1 1908–1982, Schriftsteller, Publizist, Essayist, auch in englischer Sprache; Thomas Mann-Biograph und Herausgeber. Seit 1926 mit Klaus und Erika Mann befreundet; 1933 nach Paris, 1935 nach England emigriert. 1970 nach München zurückgekehrt.

17. ENTTÄUSCHUNGEN

Im August 1950 behandelte Erika Mann in einem langen Artikel den Fall des in die Ost-Zone übergelaufenen englischen Journalisten und Leiter der Berliner Reuter-Agentur, John Peet[1]*. Sie prangerte das nicht immer korrekte Gebaren der westlichen Presse an und äußerte ihre tiefe Enttäuschung über die politische Entwicklung in der Nachkriegszeit – eine Enttäuschung, die ihr den »Verrat« des ihrer Meinung nach idealistisch veranlagten John Peet wenn nicht akzeptabel, so doch zumindest als begreiflich erscheinen ließ.*
Der Aufsatz erregte großes Aufsehen im »Freien Westen« und gab antikommunistischen Kräften Anlaß, die Hetzkampagne gegen ihre Person zu verstärken; er war in der dänischen konservativen Zeitschrift »Information« erschienen, die eine Erika Manns Argumentation widerlegende Einleitung vorangestellt hatte.
Die »Neue Schweizer Rundschau« weigerte sich, den Essay zu bringen, obwohl sich sogar Hermann Hesse[2] *für dieses »edle Bekenntnis eines tapferen und gescheiten Menschen« einsetzte, das als »Mahn- und Weckruf vor allem auf eine intellektuelle Elite« hätte wirken sollen.*

1 »Der Fall John Peet«. in: *Information*, Kopenhagen, 9.8.1950; ferner in: *Vrij-Nederland*, Amsterdam, 30.9.1950 und in der schwedischen Wochenschrift *VI*. **2** Ende Juli 1950 hatte Hermann Hesse EMs Artikel mit einem Empfehlungsschreiben an die Redaktion der »Neuen Schweizer Rundschau« geschickt.

AN HERMANN HESSE [o.O., Kanada] 9.9.1950

Lieber verehrter Herr Hesse, –
Haben Sie vielen Dank für Ihren freundlichen Brief[1] aus Bern mit seiner trüb-feurigen Einlage[2]. Wiewohl ich der Überzeugung bin, daß Dr. Meier völlig aufrichtig ist und daß jedes seiner Worte ihm von Herzen kommt, vermag ich nicht ganz zu verstehen, wie ein Mann von seiner Intelligenz diese Äußerun-

gen tun und aus seiner Haltung diese Folgerungen ziehen kann. Er respektiere, – schreibt er, – meine Ansichten, erwarte aber auch, daß man die seinen respektiere. Nun ist aber doch er der Herausgeber einer Zeitschrift, der einzigen, die in deutschem Sprachgebiet für die Veröffentlichung meines Aufsatzes[3] überhaupt in Frage kam, und also ein Machthaber, der in jedem Heft seinen Ansichten zum nötigen »Respekt« verhilft, während ich, so respektvoll ich immer sei, von ihm verurteilt werde zu schweigen. Auch ist es doch seltsam, daß eine Äußerung so irriger Natur nur vermittels eines Sonderheftes der NSR sollte widerlegt werden können. In ganz Amerika und im gesamten Marshall-Europa gibt es nur eine Donnerstimme, die 24 Stunden täglich verkündet, was Dr. Meier für richtig hält. Und ein einsamer Seufzer, der ihr widerspräche, müßte a tout prix erstickt werden? Kurios, kurios.
Wie Sie schon aus der Briefmarke ersahen, bin ich glücklich hier gelandet[4], – will sagen, ich bin gelandet. Um glücklich zu sein, müßte man von anderen Sternen wissen und leichter hingelangen können, als ich hierher.
Mit den herzlichsten Grüßen, auch von meinen Eltern, und allen guten Wünschen für Sie beide
die Ihre Erika Mann

1 Brief von Hermann Hesse an EM v. 1.9.1950 (unveröffentlicht). **2** Brief des Chefredakteurs der »Neuen Schweizer Rundschau«, Dr. Meier, an Hermann Hesse v. 16.8.1950, in dem er die Ablehnung des EM-Aufsatzes begründet. **3** »Der Fall John Peet«. **4** Von Anfang Mai bis Ende August 1950 hielten sich Thomas und Katia Mann in Europa auf. EM begleitete sie. Kurz vor der Rückreise wurde sie von ihrem Anwalt in Washington gewarnt; er befürchtete, daß die amerikanischen Behörden ihr die Einreise via New York verweigern könnten. Sie fuhr deshalb allein nach Kanada und kehrte von dort aus am 14.9.1950 in die USA zurück.

VON HERMANN HESSE Montagnola, 16.9.1950

Liebe Frau Erika
Seit unsrer Rückkehr vor 14 Tagen habe ich Ihrer oft mit einiger Unruhe gedacht und war froh, als heut Ihr Brief kam, aus dem ich wenigstens sehe, daß Sie bei den Ihren sind. Seit neu-

lich, zugleich mit einem alten Aufsatz von mir, Ihr liebes Gedicht[1] in der Nationalzeitung stand, wollte ich Ihnen einen Gruß schicken. Aber es ist jeder Tag überstopft mit wichtigem und unwichtigem Zeug, man ist immer etwas gehetzt und etwas müde, und tut das Beste nicht zu Gunsten von Kram.

Daß Dr. Meier trotz seiner Intelligenz sich so verhielt, ist gewiß einzig die Folge einer heftigen Infektion mit dem Bazillus der Bolschewikenfurcht. Ich habe ihm meine Meinung nicht verschwiegen.

Die Angst ist auch in Westdeutschland groß, doch kommen auf das Briefmosaik II[2] von dort auch viele positive und verständige Antworten.

Ich habe die Stunden[3], die wir mit Ihnen und Ihren Eltern zusammenwaren, in dankbarer Erinnerung. Das Glück, mit wachgewordenen Menschen zusammenzutreffen, ist eins der paar Glücke, die diese heutige Welt uns gelassen hat, und wenn es noch gar Kollegen, Kameraden, Künstler sind, differenzierter Schwingungen fähig, verstehende Brüder auch unsrer sonst von niemand gesehenen Sorgen, Verantwortungen und Freuden, dann ist man wieder für eine Weile dem Leben dankbar. Ich bin kein Mann des Gesprächs, ich habe zeitlebens unendlich viel Einsamkeit gebraucht, aber ich bin ein guter Zuhörer, und für die Atmosphäre jener verstehenden und mitschwingenden Kollegialität empfänglicher als ich im Moment der Begegnung zeigen kann.

Ihnen und den Ihren die herzlichsten Grüße von Ihrem

H. Hesse

Herzliche Grüße von Ninon Hesse[4].

Ich schreibe Ihrer Mutter demnächst!

1 Nicht zu ermitteln. 2 Hermann Hesse, »Briefmosaik II«, in: *Neue Schweizer Rundschau*, Augustheft 1950. 3 Thomas, Katia und Erika Mann hatten Hermann Hesse in Montagnola besucht (vgl. Thomas Manns Brief an Hermann Hesse v. 1.11.1950, in: Thomas Mann, »Briefe 1948–1955«, S. 171f). 4 Ninon Dolbin geb. Ausländer (1895–1966), Kunsthistorikerin; seit 1931 dritte Ehefrau von Hermann Hesse.

AN EDWARD J. SHAUGHNESSY
Director of Immigration and Naturalization
New York District Office

Pacific Palisades, 11.12.1950[1]

Einschreiben

Sehr geehrter Herr:

Hiermit möchte ich Sie von meinem Entschluß in Kenntnis setzen, meinen anhängigen Antrag auf die Staatsangehörigkeit der USA zurückzuziehen – ein Entschluß, zu dessen Verwirklichung dieser Brief, wie ich zuversichtlich hoffe, beitragen wird. Ich habe diesen entscheidenden Schritt lange bedacht und möchte Ihnen versichern, daß ich ihn nur nach sorgfältigster und gewissenhaftester Erwägung tue. Bitte erlauben Sie mir, meinen Standpunkt darzulegen. Ich werde mich bemühen, wenn schon nicht kurz, so doch so kurz wie unter den Umständen möglich zu schreiben.

Durch Heirat britische Staatsbürgerin geworden, kam ich im Jahre 1936 als Besucherin erstmals in dieses Land. Im Juli 1937 immigrierte ich und besorgte mir, da ich zu bleiben beabsichtigte, meine First Papers[2] am Tage nach meiner Rückkehr. 1942 wäre ich für die Einbürgerung in Frage gekommen. Doch inzwischen war längst der Krieg ausgebrochen, und ich war zu sehr damit beschäftigt, zuerst die britischen und dann die amerikanischen Kriegsbemühungen zu unterstützen, als daß ich mich für die erforderliche Dauer von sechs Monaten an einem Ort der USA hätte niederlassen können. Unzählige Male habe ich mein Leben in Gefahr gebracht, als ich während der schweren Luftangriffe für die BBC arbeitete und als Kriegsberichterstatterin bei den US-Streitkräften akkreditiert war. Hierzu hätte ich übrigens keine Genehmigung erhalten, wenn ich nicht der eingehendsten Überprüfung unterzogen und für geeignet befunden worden wäre. Von 1939 bis 1946 verbrachte ich ungefähr die Hälfte meiner Zeit im Krieg oder bei den Besatzungstruppen und, um mir etwas Erholung zu gönnen, ein Drittel bei Vortragsreisen »daheim« in den Vereinigten Staaten. Ich bekam mehr Angebote, als ich hätte annehmen können – weitaus mehr. Meinem Agenten zufolge war ich der »meistgefragte« weibliche Lecturer in diesem Land und, nebenbei bemerkt, einer der besten, mit denen er je zusammengearbeitet hat. Hunderte von Briefen verschiedenster Organisationen – Universitäten, Schulen, Kirchen, Clubs, kommunale Diskussionskreise – bezeugen den konstruktiven und pädagogisch wertvollen Charakter meiner Bemühungen.

Ich verdiente mir meinen Lebensunterhalt gut dabei, ruinierte aber meine Gesundheit – nicht weil ich das Geld so bitter nötig gehabt hätte, sondern weil ich meinen Zuhörern begreiflich machen wollte, wofür »wir« kämpften und welche Art von Frieden »wir« zu etablieren suchten. Dies waren auch die Jahre, in denen mir zwei öffentliche Ehrungen des Finanzministeriums für besondere Leistungen auf seinem Gebiet zuteil wurden, ebenso wie eine des Kriegsministeriums, das meinen hervorragenden patriotischen Einsatz an mehreren überseeischen Kriegsschauplätzen[3] anerkannte. Wäre ich amerikanische Staatsbürgerin gewesen, ich hätte mich nicht stärker bemühen können, dem Lande nützlich zu sein. In der Tat fühlte ich wie eine Amerikanerin, lebte wie eine Amerikanerin, *war* praktisch eine Amerikanerin. Daher bat ich, sobald sich die Gelegenheit dazu ergab, um Gewährung der amerikanischen Staatsangehörigkeit. Nicht, daß ich jemals meine Dankbarkeit gegenüber Großbritannien vergessen hätte und die Treue, die ich ihm schuldete, solange ich britische Staatsbürgerin war. Doch zwei meiner Brüder waren in die US-Streitkräfte eingetreten und hatten in ihnen gedient; meine Eltern waren ebenfalls amerikanische Staatsbürger geworden; und die Bindungen zwischen Großbritannien und den Vereinigten Staaten waren so stark, daß mir der beabsichtigte Wechsel der Staatsangehörigkeit keinen größeren Gesinnungswandel zu erfordern schien – keinen Umsturz meiner Prinzipien und Überzeugungen. Ich lebte und arbeitete nun einmal in den USA, und da ich dies auch weiterhin zu tun wünschte, hielt ich es nur für korrekt, mich dem guten Volk dieses Landes auch legal anzuschließen. Ich stellte meinen Antrag vor fast vier Jahren.

Seit diesem Zeitpunkt ist eine Überprüfung im Gange, die unvermeidlich dazu führte, Zweifel an meinem Charakter zu wecken, meine berufliche Laufbahn allmählich zu ruinieren, mich meines Lebensunterhalts zu berauben und mich – kurz gesagt – von einem glücklichen, tätigen und einigermaßen nützlichen Mitglied der Gesellschaft zu einer gedemütigten Verdächtigten zu machen. Freunde von mir sind zwei und drei Stunden hintereinander verhört worden, bis sie fast zusammengebrochen sind. Als sich herausstellte, daß ich weder Kommunistin, noch »Mitläuferin«, noch Mitglied einer als »subversiv« registrierten Organisation, noch sonst irgendwie politisch unerwünscht war, begannen die Behörden in meinem Privatleben herumzustochern in einer Weise, die alle Befragten äußerst schockierte. Barkeeper, Büroangestellte, Manager, Redakteure, gute Bekannte und Leute, die mich fast gar nicht kennen, wurden gleichermaßen verhört. Kein Wunder, daß potentielle Arbeitgeber eine heftige Abneigung verspürten, mich zu engagieren. Während der letzten drei Jahre ist die Zahl meiner Lecture-Termine von gut 75 in einer viermonatigen Saison auf 1 in diesem Jahr (Winter 1950/51) zurückgegangen. Mein Manager hat es für angebracht gehalten, sich von mir zu trennen, und ich würde es kaum wagen, mich in einer der Redaktionen blicken zu lassen, für die ich früher als Journalistin arbeitete. Denn sogar diejenigen, die mit Recht von meiner völligen »Unschuld« überzeugt sind, neigen heutzutage zu der Befürchtung, daß der Umgang mit einer fälschlich Verdächtigten ihnen verübelt werden könnte.

Man könnte einwenden, daß meine Ansichten, die ich in meinen Lectures freimütig auszusprechen pflege, nicht mehr so populär seien wie zur Zeit des Krieges; daß ich, wenn ich auch stets ausführlich Kritik an der UdSSR geübt habe, gegenüber gewissen Entwicklungen im zeitgenössischen Amerika kaum weniger kritisch gewesen sei; und daß meine jetzigen Mißerfolge beim Aushandeln von »Terminen« auf mein eigenes Verhalten zurückzuführen seien und nicht darauf, daß die endlose Überprüfung meine Situation prekär und schließlich unhaltbar gemacht hat. Aus zwei Gründen bin ich überzeugt, daß dies nicht der Fall ist: 1.) Jahre vor dem Krieg, zu einer Zeit, als der Isolationismus stark verbreitet war und viele meiner Zuhörer, besonders im Mittelwesten, warm mit Deutschland – jeglichem Deutschland – sympathisierten, während andere Frieden um fast jeden Preis wünschten, war meine Haltung mindestens ebenso »unpopulär« wie heute, wenn nicht sogar noch unpopulärer. Dennoch – vermutlich infolge meiner offensichtlichen Aufrichtigkeit – schienen die Leute sich nie daran zu stoßen, und ich kam mit den meisten gut zurecht. 2.) Das tue ich noch immer, wenn ich Gelegenheit habe, mir Gehör zu verschaffen. Im Oktober/November 1949 verbrachte ich vier Wochen als »Gast-Schriftsteller« an vier Colleges und Universitäten in Südkalifornien. Und niemals – nicht einmal während des Krieges, als meine »Linie« sich trefflich in das allgemein akzeptierte Muster einfügte – bin ich erfolgreicher gewesen als in dieser Zeit. Dasselbe gilt für meine Teilnahme an der Rundfunksendung »Townhall of the Air«[4] im August 1948, die sich mit der Frage »Was sollen wir in der jetzigen Berlin-Situation tun?« befaßte. Wie bei allen »Townhall of the Air«-Sendungen wurde auch damals eine dramatische Zuspitzung des betreffenden Problems verlangt, woraus sich für die Diskussionsteilnehmer die Notwendigkeit ergab, eine sehr eindeutige Haltung einzunehmen und ihre jeweiligen Meinungen möglichst extrem zu formulieren. Folglich hätte man erwarten können, daß ich mich noch unbeliebter gemacht hätte als gewöhnlich, zumal meine »Gegner« sich beide als Experten erwiesen und unablässig genau das sagten, was die Mehrheit hören wollte. Nichtsdestoweniger wurde ich in freundlichster Weise akzeptiert und erhielt mehr Fragen aus dem Publikum als meine beiden Partner zusammen.

All dies erwähne ich lediglich zum Beweis meiner Behauptung, daß es keinesfalls die Art meiner Vorträge war, die meine Laufbahn als Lecturer beendete, sondern daß ich durch Umstände außerhalb meiner Verantwortung zum Schweigen gebracht worden bin.

Natürlich sehe ich ein, daß jeder, der die US-Staatsbürgerschaft erwerben möchte, überprüft werden muß, selbst wenn mehrere vorausgegangene Überprüfungen keine ungünstigen Ergebnisse zutage gebracht haben. Eine Routine-Überprüfung, über den Zeitraum eines halben Jahres oder sogar eines Jahres hinweg, wäre nichts Ungewöhnliches gewesen und hätte keinen Schaden anrichten können. Doch daß eine Menge von Leuten fast vier Jahre lang ausgefragt wurden, mußte zwangsläufig

Mißtrauen hervorrufen – nicht nur bei den Betreffenden selbst, sondern auch bei allen, denen sie sich anvertrauten (und das waren viele).

Mir persönlich ist es völlig unerklärlich, wieso die Überprüfung solche katastrophalen Ausmaße annehmen konnte. Man hat mir niemals einen Anhörungstermin gewährt, und nur einmal bin ich von zwei Herren befragt worden, die die Einwanderungsbehörde von Los Angeles vertraten und – soweit ich erkennen konnte – in erster Linie meine verschiedenen Aufenthaltsorte während der letzten dreizehn Jahre nachprüften. Doch ich – und nur ich – hätte die verlangten Informationen liefern können und hätte freiwillig *alle* Auskünfte erteilt, die nur irgend gewünscht worden wären. Es gibt nichts in meinem Leben, was ich nicht bereitwillig erzählt hätte; nichts, was ich aus irgendeinem Grund verheimlichen müßte; nichts, was mich möglicherweise hätte davon abhalten können, amerikanische Staatsbürgerin zu werden.

Darf ich bemerken, daß es weniger der tatsächlich erlittene Schaden ist als vielmehr die Ungerechtigkeit des ganzen Vorgehens, die mich bis ins Innerste schmerzt und beleidigt. Letztendlich wird sich bei meinem Fall mit Sicherheit herausstellen, daß die Tatsachen gewichtiger sind als der ganze Wust von Zweifeln, Verdächtigungen und Denunziationen, die alle miteinander unbegründet sind und daher niemals bewiesen werden können. Doch selbst wenn ich schließlich widerwillig akzeptiert worden wäre, hätte ich mich äußerst unbehaglich gefühlt, ebenso wie das Gespenst meiner ruinierten Laufbahn mich mein Leben lang verfolgt hätte. Schlimmer noch – ich hätte nicht besonders stolz sein können auf meine Staatsangehörigkeit, ein Privileg, das ich nur mit knapper Not erworben hätte. Als britische Staatsbürgerin, entschlossen, meinem Land und seinen Freunden und Alliierten nach besten Kräften zu dienen, habe ich nie das Gefühl haben müssen, daß meine Dienste für unbedeutend erachtet wurden. Auch als Einwohnerin der USA sind mir Anerkennung und höchst ermutigender öffentlicher Beifall nicht versagt geblieben. Erst als »Einbürgerungsbewerberin« mußte ich die allmähliche Vernichtung von allem, was ich in mehr als einem Jahrzehnt aufgebaut hatte, mit ansehen.

Dieses Schauspiel war um so quälender, als es die dritte Existenz betraf, die ich mir selbst geschaffen hatte. Der Nazismus vertrieb mich aus meinem Geburtsland Deutschland, wo ich ziemlich erfolgreich gewesen war; Hitlers wachsender Einfluß in Europa veranlaßte mich, den Kontinent zu verlassen, in dem ich auf Gastspielreisen mit meiner eigenen Show über tausend Vorstellungen gegeben hatte; und jetzt sehe ich mich – ohne eigenes Verschulden – ruiniert in einem Land, das ich liebe und dessen Staatsbürgerin zu werden ich gehofft hatte.
Dennoch möchte ich es völlig klar machen, daß ich mich nach dem Gesetz – natürlich einschließlich des Gesetzes über Innere Sicherheit von 1950 – noch immer als zur Naturalisierung geeignet betrachte; daß es in meinem Lebenslauf – meinen früheren und jetzigen Aktivitäten, Verbindungen, Überzeugungen, Äußerungen und dergleichen – nichts gibt, was mich von der Erlangung der amerikanischen Staatsangehörigkeit ausschließen könnte; daß ich meinen anhängigen Antrag allein aus den oben beschriebenen Gründen zurückziehe; daß ich keine Veranlassung habe, weiterer Überprüfung auszuweichen oder eine schließliche Ablehnung zu fürchten; daß ich mich, ungeachtet der erlittenen Kränkungen ideeller und materieller Art, die mich zu dem Entschluß brachten, keinen Gebrauch von meiner Einbürgerungs-Eignung zu machen, weiterhin so betragen werde, daß ich geeignet bleibe – theoretisch, im Prinzip und *de jure*.
Ich muß wiederholen, daß ich diesen Entschluß nicht ohne sehr ernsthafte Erwägung getroffen habe. Da er nun jedoch getroffen worden ist, muß ich sagen, daß ich keinerlei Bedauern verspüre bei der Aussicht, den Rest meines Lebens als britische Staatsbürgerin verbringen zu müssen. Und Sie können ganz sicher sein, daß ich als britische Staatsbürgerin stets bemüht sein werde, den Interessen anglo-amerikanischer Zusammenarbeit nach besten Kräften zu dienen.
Ihre sehr ergebene Erika Mann-Auden

1 Original in englischer Sprache. **2** Vgl. S. 153, Anm. 3. **3** Vgl. S. 180 **4** Verkürzte Form des Titels »America's Town Meeting of the Air«; vgl. S. 244 u. S. 246, Anm. 3.

VON LION FEUCHTWANGER [o.O.] 30.12.1950

Liebe Erika,
Ich habe Ihren Brief an die Immigrationsbehörde mit heller Freude gelesen. Er ist ein kleines Meisterwerk eleganter und tödlicher Polemik – »Und beim dritten Stiche treff ich«[1]. Hoffentlich veröffentlichen Sie den Brief. Alles Herzliche und auf sehr bald.
Ihr Lion Feuchtwanger

1 Zitat aus dem »Cyrano de Bergerac« (1897) von Edmond Rostand (1. Akt, 4. Szene).

Anhang

NACHWORT UND EDITORISCHER BERICHT

Die erste Anregung zu dieser Briefausgabe kam 1980 von Richard Lemp, Leiter der Handschriftenabteilung der Städtischen Bibliotheken München. Sein Vorschlag war, den dort aufbewahrten Nachlaß von Erika Mann wissenschaftlich auszuwerten und einen Briefband zu edieren. Meine Arbeit konzentrierte sich zunächst auf die im Archiv vorhandenen zahlreichen Autographen. Gleichzeitig ermutigte mich der Verleger Berthold Spangenberg, die Vorbereitungen zu einer umfangreicheren Veröffentlichung der Korrespondenz zu treffen. Er wünschte sie sich, weil er eine Ausgabe der Briefe an die Stelle ihrer Autobiographie treten lassen wollte, über die er mit Erika Mann mehrfach gesprochen hatte, die aber dann wegen ihres frühen Todes nicht zustande gekommen ist.
Nun stammt die Mehrzahl der erhaltenen Briefe des Archivs, wenn man von wenigen Einzelkomplexen (u.a. die »Pfeffermühle«-Korrespondenz) absieht, aus der Nachkriegszeit. Das war der Grund, weshalb ursprünglich mein Interesse mehr der Rolle galt, die Erika Mann als Helferin und Mitarbeiterin von Thomas und Klaus Mann sowie als Herausgeberin und Verwalterin von deren literarischen Nachlässen spielte. Erst durch das unerwartete Zutagekommen von wichtigen Briefen und der sich eröffnenden Möglichkeit, weitere Briefwechsel aus verschiedenen Sammlungen in der Bundesrepublik Deutschland

und in den Vereinigten Staaten zu benutzen, konnte ich die Persönlichkeitsentwicklung von Erika Mann genauer erkennen und besser verstehen. Mehr und mehr faszinierte mich ihre aktive Teilnahme an der Politik während der Exilzeit. Der Zuwachs wichtiger Korrespondenz mit Thomas und Katia Mann ergänzte und vervollständigte das Bild in biographischer Hinsicht. So ist der Familienbriefwechsel zum eigentlichen Leitfaden dieses ersten Bandes geworden. Daß darunter nur wenige Briefe an den Bruder Klaus sind, immerhin eine der wichtigen Bezugspersonen im Leben Erika Manns, hängt mit der privatfamiliären Natur dieser in einem nur mühsam deutbaren Familienjargon geführten Korrespondenz zusammen.
Biographisch sind auch die Briefe an die Jugendfreundinnen Eva Herrmann und vor allem an Lotte Walter. Den Zugang zu diesem Briefaustausch verdanke ich dem Einsatz von Frau Anita Naef, die mir durch nützliche Hinweise und Informationen sehr behilflich war.
Den chronologisch geordneten 17 Briefgruppen dieses Bandes wurden jeweils kurze Einführungen vorangestellt. Sie geben Ergänzungen und klären Zusammenhänge, auch im Sinne einer noch zu schreibenden Biographie von Erika Mann, für die unsere Briefauswahl ein Fundament sein kann.
Manche Korrespondenzen, die sicherlich aufschlußreich gewesen wären, sind leider durch Kriegseinwirkungen oder durch die Umstände des Exils verlorengegangen, wie z.B. Erikas Briefverkehr mit dem langjährigen Freund Dr. Dr. h.c. Fritz H. Landshoff; ihm bin ich für seine wegweisenden Ratschläge zu Dank verpflichtet.
Die Zahl der Antworten ist aus den gleichen Gründen gering. Einige Gegenbriefe (u.a. die von Joseph Roth und Lion Feuchtwanger) wurden wegen der Wichtigkeit der Mitteilungen aufgenommen, obwohl die Briefe Erika Manns an die entsprechenden Empfänger nicht erhalten sind.
Die englisch geschriebenen Briefe, die z.T. in England, z.T. im besetzten Deutschland geschrieben wurden oder an englischsprechende Empfänger gerichtet sind, wurden von Frau Christine Todsen, zwei Briefe in französischer Sprache von der Herausgeberin übersetzt. Zwölf Briefe Erika Manns sind nach der

Durchschrift gedruckt (vom 2.1.35, 16.5.40, Sommer 41, 14.11. 45, 6.5.48, 27.8.48, 22.9.48, 6.12.48, 19.6.49, 5.10.49, 5.7.50, 11.12.50).

Erika Manns vehemente, die Regeln souverän mißachtende Zeichensetzung wurde nur dort behutsam korrigiert, wo sie der Sinnerfassung im Wege stand. Offensichtliche Tippfehler wurden stillschweigend berichtigt, ebenso falsche Schreibungen von Eigennamen, während Dialektanklänge und Anglizismen selbstverständlich belassen wurden.

Gekürzt wurde nur in wenigen Fällen bei Wiederholungen, unwichtigen Mitteilungen oder wo die Privatsphäre noch Lebender respektiert werden mußte; die Auslassungen oder Kürzungen sind durch Punkte in eckiger Klammer gekennzeichnet.

Bei der oft schwierigen Kommentierung nahm ich neben der Sekundärliteratur die Hilfe einer Reihe von Archiven, Instituten und Personen in Anspruch, denen ich hier meinen Dank ausspreche: Der Monacensia-Abteilung der Städtischen Bibliotheken München und an erster Stelle ihrem bisherigen Leiter, Richard Lemp, der für die Entzifferung schwieriger Handschriften immer wieder zur Verfügung stand und mich in meiner Arbeit mit väterlichem Rat ermutigt hat; auch seiner Mitarbeiterin Frau Gabriele Weber; dem Thomas Mann-Archiv der Eidgenössischen Technischen Hochschule, Zürich; dem Deutschen Literaturarchiv/Schiller-Nationalmuseum, Marbach am Neckar; der Abteilung Exilliteratur der Deutschen Bibliothek, Frankfurt/M.; der Bayerischen Staatsbibliothek, München; dem Institut für Zeitgeschichte, München; dem Stadtarchiv München; dem Theatermuseum München.

Mein Dank gilt auch Herrn Martin Gregor-Dellin, Herausgeber der Klaus Mann-Werkausgabe im gleichen Verlag, in dessen Klaus Mann-Briefausgabe weitere Briefe von Klaus an Erika (vom 19.9.47 und 4.5.49) sowie an Katia und Erika Mann (vom 15.5. und 20.5.49) veröffentlicht sind. Ferner danke ich Dr. Werner Berthold, Prof. Emilio Bonfatti, Magnus Henning, Dr. Fréderic Kroll, Peter de Mendelssohn (†), Prof. Dr. Walter Müller-Seidel, Yvonne Schmidlin, Eberhard Spangenberg, Pamela Wedekind-Regnier und Prof. Dr. Hans Wysling.

Unentbehrlich war die Unterstützung durch Prof. Golo Mann

und die zahlreichen Auskünfte, die er gegeben hat. Ihm drücke ich an dieser Stelle meine tiefe Dankbarkeit aus. Der Verleger Berthold Spangenberg hat meine Arbeit von Anfang an mit Ratschlägen und kritischen Anregungen unterstützt. Die Schlußredaktion hat Frau Dr. Rosemarie Wildermuth besorgt, der ich eine sorgfältige Überprüfung des Manuskripts, Ergänzungen und Hinweise vieler Art verdanke.

München, April 1984 Anna Zanco Prestel

LEBENSDATEN

1905	Am 9. November wird Erika Julia Hedwig Mann in München, Franz Joseph-Straße 2, geboren.
1906	Geburt des Bruders Klaus.
1909	Geburt des Bruders Golo.
1910	Geburt der Schwester Monika.
	1. Oktober Umzug nach Bogenhausen/Herzogpark, Mauerkircherstraße 13.
1912	Besuch der Privatschule Institut Fräulein Ebermayer mit dem Bruder Klaus.
1914	Umzug in das neue Haus, Poschingerstraße 1, im Herzogpark.
1918	Geburt der Schwester Elisabeth.
1919	Geburt des Bruders Michael.
1922	April–Juli. Besuch des Landerziehungsheims Bergschule Hochwaldhausen mit dem Bruder Klaus.
1922–24	Besuch des »Luisen-Gymnasiums« in München. Abitur im März 1924.
1924	Schauspielstudium in Berlin.
	1. September. Engagement an den Reinhardt-Bühnen in Berlin.
1925	Engagement am Bremer Schauspielhaus.
	20. Oktober. Uraufführung von Klaus Manns Stück »Anja und Esther« in den Hamburger Kammerspielen mit Klaus und Erika Mann, Pamela Wedekind und Gustaf Gründgens, der auch Regie führt.
1926	Uraufführung von Klaus Manns Stück »Revue zu Vieren« am 21. April im Leipziger Schauspielhaus mit Klaus und Erika Mann, Pamela Wedekind und Gustaf Gründgens, auch als Regisseur. Anschließend Tournee durch Deutschland.
1926	24. Juli. Heirat mit Gustaf Gründgens, Oberregisseur an den Hamburger Kammerspielen, in München.
1926–30	Verpflichtet an den Kammerspielen, am Staatstheater und am Volkstheater in München. Engagements auch in Berlin, Frankfurt und Hamburg.
1927	7. Oktober. Beginn der Weltreise mit Klaus Mann.
1929	»Rundherum. Das Abenteuer einer Weltreise«, in Zusammenarbeit mit Klaus Mann. Scheidung von Gustaf Gründgens am 9. Januar. Erste schriftstellerische Versuche als Journalistin für das Berliner Unterhaltungsmagazin »Tempo«.
1931	Veröffentlichung von »Plagiat. Komödie«. Uraufführung von »Jans Wunderhündchen« am 14. Dezember im Hessischen Landestheater in Darmstadt.
	»Das Buch von der Riviera. Was nicht im ›Baedeker‹ steht«, in Zusammenarbeit mit Klaus Mann.
1932	»Stoffel fliegt übers Meer«

1933	1. Januar–28. Februar. Eröffnung des Cabarets »Die Pfeffermühle« in München. 13. März. Emigration in die Schweiz. April. Heimliche Rückkehr in das Münchner Haus und Rettung wichtiger Manuskripte Thomas Manns, u.a. der Handschrift des Joseph-Romans. 1. Oktober. Wiedereröffnung der »Pfeffermühle« in Zürich.
1933–36	1034 Vorstellungen in der Schweiz, CSR, Holland, Belgien, Luxemburg.
1934	»Muck, der Zauberonkel.«
1935	Juni. Aberkennung der deutschen Staatsangehörigkeit. 15. Juni. Heirat mit dem englischen Dichter Wystan H. Auden. Britische Staatsbürgerin.
1936	Oktober. Überfahrt nach Amerika.
1937	5. Januar. Eröffnungsvorstellung der »Peppermill« in New York. Bald darauf Abbruch der amerikanischen Tournee. Auflösung des »Pfeffermühlen«-Ensembles. März. Auftritt auf einer Massenveranstaltung des »American Jewish Congress« im New Yorker Madison Square Garden. Anfang einer erfolgreichen Lecturer-Laufbahn. Juni. Europareise. Juli. Offizielle Einwanderung in die USA.
1938	Vortragsreisen durch die USA. Mai–Oktober. Europaaufenthalt. Juni. Mit Klaus Mann als Presseberichterstatterin in Spanien: Madrid, Barcelona, Valencia. Veröffentlichung von »Zehn Millionen Kinder« (»School for Barbarians«).
1938/39	Vortragsreisen durch die USA.
1939	Veröffentlichung von »Escape to Life« in Zusammenarbeit mit Klaus Mann. Juni–September. Europareise.
1939/40	Vortragsreisen durch die USA.
1940	Veröffentlichung von »The Other Germany« (in Zusammenarbeit mit Klaus Mann), »The Lights Go Down« und »Don't make the same mistakes«. August–Oktober. Aufenthalt in London: Mitwirkung an den Deutschland-Sendungen der BBC.
1940/41	Vortragsreisen durch die USA.
1941	Juni–Oktober. Zweiter Londoner Aufenthalt als Mitarbeiterin der BBC.
1941/42	Vortragsreisen durch die USA.
1942	Ab Januar im Amt des »Coordinator of Information« in New York tätig. Veröffentlichung von »A Gang of Ten«.

1942/43	Vortragsreisen durch die USA.
1943–44	Als Kriegsberichterstatterin mit der »Ninth US-Army« in Ägypten, Persien, Palästina, Frankreich, Belgien, Deutschland.
1944	Dezember. Rückkehr nach New York.
1945–46	Als Kriegsberichterstatterin in Europa. Auch bei den Nürnberger Kriegsverbrecherprozessen anwesend.
1947	Beginn der Zusammenarbeit mit Thomas Mann.
1947/48	Vortragsreisen durch die USA.
1949	Europareise. 21. Mai. Selbstmord des Bruders Klaus in Cannes.
1951	Europareise.
1952	Übersiedlung in die Schweiz mit Thomas und Katia Mann. »Unser Zauberonkel Muck«.
1953	Beginn der Mitarbeit an den Verfilmungen der Romane Thomas Manns: Königliche Hoheit (1953), Felix Krull (1957), Buddenbrooks (1959). »Christoph fliegt nach Amerika«.
1954	Einzug der Familie Mann in das Haus in Kilchberg, Alte Landstraße 39.
1955	Besuch beider deutschen Staaten als Begleiterin Thomas Manns. 12. August. Tod von Thomas Mann.
1953–55	»Zugvögel«-Kinderbuchserie.
1956	»Das letzte Jahr. Bericht über meinen Vater.«
1961–65	Dreibändige Ausgabe der Briefe von Thomas Mann. Intensive Beschäftigung mit dem Nachlaß von Thomas und Klaus Mann.
1969	Am 27. August im Kantonspital, Zürich, gestorben.

QUELLENNACHWEIS

Verlag und Herausgeberin danken den im folgenden genannten Archiven, Verlagen, Briefempfängern sowie deren Erben und Rechtenachfolgern für ihre Bereitschaft, die Briefe zur Verfügung zu stellen, bzw. die Abdruckgenehmigung zu erteilen:

Dr. Marta Feuchtwanger, Paseo Miramar, Pacific Palisades, California
Prof. Golo Mann, Zürich (für die unveröffentlichten Briefe von Thomas und Katia Mann)
Valerie Schwarzschild, Sorengo
Pamela Wedekind-Regnier, Ambach
Handschriften-Sammlung der Stadtbibliothek München (Nachlaß Erika Mann)
Deutsches Literaturarchiv/Schiller-Nationalmuseum Marbach am Neckar, Handschriftenabteilung (Manfred George, Hermann Hesse, Ruth Norden-Lowe, Katia Mann)
Thomas Mann-Archiv/Eidgenössische Technische Hochschule, Zürich (Thomas Mann, Katia Mann)
Deutsche Bibliothek, Frankfurt/M. (Eva Herrmann)
Bayerische Staatsbibliothek, München (Oskar Maria Graf)
Piscator Foundation, New York und Southern Illinois University, Carbondale (Erwin Piscator)
Leo Baeck Institute, New York (Leopold Schwarzschild)
S. Fischer Verlag, Frankfurt/M. (Thomas Mann, Hugo von Hofmannsthal, Carl Zuckmayer)
Erben Hermann Hesse und Suhrkamp Verlag, Frankf./M.(Hermann Hesse)
Kiepenheuer & Witsch Verlag, Köln (Joseph Roth)
Claassen Verlag, Düsseldorf (Walter Mehring)
Walter-Verlag, Olten und Freiburg im Breisgau (Alfred Döblin)
Faber & Faber Ltd., London (Wystan H. Auden)
Erben Jan Werich, Christina Voskovec, Pearblossom, California

Die Erika Mann-Zitate in den Kapitel-Einleitungen wurden großenteils unveröffentlichtem Material (Ausnahmen sind vermerkt) entnommen, das im Erika Mann-Archiv der Stadtbibliothek München liegt. – *1. Kap.:* »Als wir noch Kinder waren, – welcher Art ist unser Vater gewesen« (undatiertes Typoskr.); »Rund um das Haus« (Skizze über das Elternhaus, geschr. vor 1932; Typoskr.); »Kinder-Theater« (Zeitungsausschnitt o. D.). – *2. Kap.:* »Mein Leben« (Selbstporträt, 1964; Typoskr.). – *3. Kap.:* »Wenn ich an meine Mutter denke« (in: »Quick« v. 2.5.1965); Brief an Italo Alighero Chinsano v. 20.2.1959. – *4. Kap.:* »Versuch einer Outline für eine geplante Fernsehsendung« (1966; Typoskr.). – *6. Kap.:* Ebenda. – *9. Kap.:* Ebenda. – *10. Kap.:* »Selbstanzeige. Erika Manns Interview mit Fritz Raddatz« (Erstsendung am 10.1.1968; Typoskr.); Brief an Fräulein Prüsse v. 9.5.1966; Brief an W. A. Boelcke v. 10.1.1965.

LITERATURVERZEICHNIS

I. Erika Mann

Bücher:

Zehn Millionen Kinder. Die Erziehung der Jugend im Dritten Reich. Mit einem Geleitwort von Thomas Mann, Amsterdam (Querido Verlag) 1938, 215 S. – Engl. Ausgabe: School for Barbarians. Education under the Nazis. Introduction by Thomas Mann, New York (Modern Age Books) 1938

The Lights Go Down. Translation by Maurice Samuel, New York/Toronto (Farrar & Rinehart) 1940, 282 S.

Das letzte Jahr. Bericht über meinen Vater, Frankfurt/M. (S. Fischer Verlag) 1956, 74 S.

Zusammen mit Klaus Mann:

Rundherum. Das Abenteuer einer Weltreise, Berlin (S. Fischer Verlag) 1929, 165 S.

Das Buch von der Riviera. Was nicht im »Baedeker« steht, München (R. Piper Verlag) 1931, 185 S.

Escape to Life, Boston (Houghton & Mifflin) 1939

The Other Germany. Translation by Heinz Norden, New York (Modern Age Books) 1940, 318 S.

Kinderbücher:

Stoffel fliegt übers Meer, Stuttgart (Levy & Müller Verlag) 1932, 110 S.

Muck, der Zauberonkel, Basel (Philographischer Verlag) 1934, 112 S.

A Gang of Ten, New York (L.B. Fischer) 1942, 303 S.

Unser Zauberonkel Muck, Augsburg (Franz Schneider Verlag) 1952, 95 S.

Christoph fliegt nach Amerika, München (Franz Schneider Verlag) 1953, 118 S.

Wenn ich ein Zugvogel wär; Till bei den Zugvögeln; Die Zugvögel auf Europa-Fahrt; Die Zugvögel singen in Paris und Rom, München (Franz Schneider Verlag) 1953–55, 69 S; 96 S.; 86 S.; 87 S.

Bühnenstücke:

Plagiat. Komödie, Berlin (Oesterheld & Co.) 1931

Jans Wunderhündchen, Berlin (Oesterheld & Co.) 1931

Beitrag zu einem Sammelband:

Don't make the same mistakes; in: Zero Hour. A Summons to the Free, New York (Farrar & Rinehart) 1940, S. 13–76

Von Erika Mann herausgegeben:
Klaus Mann zum Gedächtnis. Mit einem Vorwort von Thomas Mann, Amsterdam (Querido) 1950 [EM wird auf dem Titelblatt nicht genannt]
Thomas Mann, Briefe 1889–1936, Frankfurt/M. (S. Fischer Verlag) 1961
Thomas Mann, Briefe 1937–1947, Frankfurt/M. (S. Fischer Verlag) 1963
Thomas Mann, Briefe 1948–1955, Frankfurt/M. (S. Fischer Verlag) 1965
Thomas Mann, Wagner und unsere Zeit. Aufsätze, Betrachtungen, Briefe, Frankfurt/M. (S. Fischer Verlag) 1963
Thomas Mann, Autobiographisches, Frankfurt/M. (S. Fischer Verlag) 1968
Thomas Mann, Eine Auslese, Wien (Ueberreuter Verlag) 1969

II. Benützte Literatur

Thomas Mann, Gesammelte Werke in dreizehn Bänden, Frankfurt/M. (S. Fischer Verlag) 1974 – abgekürzt: GW
Thomas Mann, Briefwechsel mit seinem Verleger Gottfried Bermann Fischer 1932–1955, hrsg. Peter de Mendelssohn, Frankfurt/M. (S. Fischer Verlag) 1973
Thomas Mann, Tagebücher 1918–1921, hrsg. Peter de Mendelssohn, Frankfurt/M. (S. Fischer Verlag) 1979
Thomas Mann, Tagebücher 1933–1934, hrsg. Peter de Mendelssohn, Frankfurt/M. (S. Fischer Verlag) 1977
Thomas Mann, Tagebücher 1935–1936, hrsg. Peter de Mendelssohn, Frankfurt/M. (S. Fischer Verlag) 1978
Thomas Mann, Tagebücher 1937–1939, hrsg. Peter de Mendelssohn, Frankfurt/M. (S. Fischer Verlag) 1980
Thomas Mann, Tagebücher 1940–1943, hrsg. Peter de Mendelssohn, Frankfurt/M. (S. Fischer Verlag) 1982
Klaus Mann, Heute und Morgen, Schriften zur Zeit, hrsg. Martin Gregor-Dellin, München (Nymphenburger Verlagshandlung) 1969
Klaus Mann, Briefe und Antworten, Bd. I und II, hrsg. Martin Gregor-Dellin, München (Edition Spangenberg im Ellermann Verlag) 1975
Eberhard Spangenberg, Karriere eines Romans. Mephisto, Klaus Mann und Gustaf Gründgens, München (Edition Spangenberg im Ellermann Verlag) 1982
Hans-Albert Walter, Deutsche Exilliteratur 1933–1950, Darmstadt u. Neuwied (Luchterhand) 1972

VERZEICHNIS DER KORRESPONDENZ

I. Von Erika Mann

Brewer, Joseph	23. 5.29	2.10.32
Clay, Lucius D.	14.11.45	
Cooper, Duff	16. 5.40	22. 9.48
	27. 8.48	
Döblin, Alfred	6. 5.48	
Einstein, Albert	5.10.49	
Frank, Bruno	26. 6.39	
Georg(e), Manfred	14.11.34	26. 1.50
	2. 3.49	
Graf, Oskar Maria	28.11.38	
Herrmann, Eva	27. 8.32	5. 6.40
	18. 4.33	17. 6.49
	9. 5.40	
Hesse, Hermann	9. 9.50	
Knuchel, Eduard F.	31. 1.35	24. 6.35
Mann, Frido	11. 3.48	
Mann, Katia	2.33	27.11.36
	11. 9.33	1. 2.37
	4. 5.34	14. 2.37
	27. 8.34	19. 3.37
	23. 1.36	1. 5.37
	11. 2.36	3. 8.37
	18. 5.36	17.11.39
	19. 9.36	22. 8.45
	24.10.36	20. 9.45
Mann, Klaus	1.12.34	4. 9.44
	3. 9.39	15. 5.49
Mann, Thomas	6. 6.22	4. 2.38
	28. 5.32	17. 7.39
	4. 6.33	24. 1.40
	16. 8.34	19. 8.40
	20. 4.35	13. 4.41
	19. 1.36	8. 6.41
	26. 1.36	15. 2.42
	29. 1.36	8. 6.45
	6. 2.36	1. 1.47
	2. 6.36	1. 1.47
	11.36	31. 1.47
	1. 2.37	26. 6.47
	11.37	[17.10.47]
Marcuse, Ludwig	19. 6.49	27. 6.49

Mendelssohn, Peter de	5. 7.50	
Norden, Ruth	14. 5.38	
Piscator, Erwin	4.11.39	
Shaughnessy, Edward J.	11.12.50	
Schmid, Minister	2. 1.35	
Schwarzschild, Leopold	28. 5.38	7.12.40
Stingy, Mr.	Sommer 41	
Verschiedene Redaktionen in der Schweiz	22.11.34	
Viertel, Berthold	22.11.39	
Walter, Lotte	7.11.39	25. 6.41
	7. 1.40	13.11.42
	16. 8.40	6. 6.43
	1. 9.40	3. 2.46
	9.11.40	26. 5.47
	13. 1.41	6. 6.47
	1. 5.41	3.11.47
Wedekind, Pamela	23. 7.24	16. 6.49
	7.26	27. 7.49
Winchell, Walter	16.12.48	
Zuckmayer, Carl	12. 5.44	

II. An Erika Mann

Auden, Wystan H.	5.39	
Benesch, Eduard	8. 6.44	
Döblin, Alfred	13. 5.48	
Einstein, Albert	7.10.49	
Feuchtwanger, Lion	30.12.50	
Hesse, Hermann	16. 9.50	
Hofmannsthal, Hugo von	3. 4.29	
Mann, Katia	21. 1.36	4. 8.49
Mann, Thomas	19.10.27	24. 2.42
	23. 1.36	
Mehring, Walter	7. 1.33	20. 4.44
	25. 8.34	
Merrick	20.11.45	
Piscator, Erwin	28. 5.40	
Roth, Joseph	Frühjahr 35	
Schwarzschild, Leopold	10.12.40	
Voskovec, Jiri	9. 2.35	
Werich, Jan	9. 2.35	
Zuckmayer, Carl	12. 5.44	

Erika Mann

Zehn Millionen Kinder

Die Erziehung der Jugend im Dritten Reich.
200 Seiten mit einer Einführung von Thomas Mann.

Das Buch behandelt in drei großen Kapiteln – Familie, Schule, Jugendorganisation – das Thema der Jugenderziehung im Dritten Reich.
"... Was Erika Mann da geschrieben, gesammelt, ausgelesen und interpretiert hat, scheint mir so wichtig, so neu kurioserweise, so unbekannt gewiß für viele und so intensiv Erinnerung stimulierend ... Mir ist bisher nichts Vergleichbares aus der zahlreichen romanhaften, erlebnisberichthaften oder historisch-dokumentarischen Literatur zur Jugenderziehung in der NS-Zeit untergekommen..."
Willy Hochkeppel im Bayer. Rundfunk